Gunter Haug

Gottlieb Daimler – Der Traum vom Fahren

Die Automobilpioniere

Gottlieb Daimler

Wilhelm Maybach

Gunter Haug

GOTTLIEB DAIMLER –
Der Traum vom Fahren

Historischer Roman

Masken-Verlag

Geißstr. 4, 70173 Stuttgart
www.masken-verlag.de

Produktion: Verlagsbüro Wais & Partner, Stuttgart
Schutzumschlag/Einband: Ilona Bucher, Berlin; Höss-Publishing, Fellbach
Abbildungen, Fotos für den Schutzumschlag/Einband und
Frontispiz mit freundlicher Genehmigung von Mercedes-Benz-Classic
Druck und Binden: CPI books GmbH, Ulm

ISBN 978-3-939500-27-8

»Oh, dieser Bosch!« Ein verächtliches Lächeln zuckte um die eisgrauen Schnurrbarthaare von Gottlieb Daimler. »Hat der also tatsächlich allen Ernstes geglaubt, dass ich unsere eigene Entwicklung gegen seinen neuen Zündapparat eintauschen würde, nur weil dieses Produkt das angeblich bessere wäre? Wie gesagt: angeblich …«

»Was es im Übrigen wohl tatsächlich ist!«, konterte Wilhelm Maybach, dessen Laune sich wesentlich von der seines jahrzehntelangen Arbeitgebers unterschied, für seine Wesensart erstaunlich unwirsch. Resigniert zuckte er anschließend mit den Schultern. »Aber da ist ja wohl nichts mehr zu machen …«

»Nein, da ist nicht das Geringste mehr zu machen.« Inzwischen war auch Daimlers anfänglich so bemüht gute Stimmung mit einem Schlage wie weggeblasen. »Das wäre ja noch mal schöner, dass ich ein Produkt perfektioniere, um es danach in den Papierkorb zu werfen, weil mir ein anderer genau dasselbe um teuerstes Geld verkaufen will!«

»Also, genau dasselbe ist es ja nun wirklich nicht«, wagte Maybach den Versuch eines weiteren Einwands.

Damit hatte er jedoch mitten in ein Wespennest gestochen. Die Reaktion kam genau so, wie sie kommen musste. »Ich weiß selber ganz genau, welches Produkt welche Eigenschaft hat. Dafür brauche ich keinerlei Belehrungen! Von niemandem! Auch nicht von meinem leitenden Konstrukteur!«

Es war ein nasskalter Tag im Januar des Jahres 1899. Gerade erst hatte sich Robert Bosch von seinen Gesprächspartnern Wilhelm Maybach und Gustav Vischer, den Vorständen der DMG, der Daimler-Motorengesellschaft, förmlich verabschiedet und war mit kerzengerade durchgedrücktem Rücken und einer geradezu provozierend selbstbewussten Haltung aus dem Besprechungsraum der DMG am Cannstatter Seelberg stolziert, als Gottlieb Daimler aus der nur leicht angelehnten Tür des Nebenzimmers trat, von wo aus er das Gespräch seiner beiden engsten Vertrauten mit dem jungen Firmenbesitzer belauscht hatte. Kraftlos ließ sich der schwer herzkranke Mann jetzt auf einen Stuhl sinken und schnappte keuchend nach Luft.

»Wie schön das früher gewesen ist – ich hätte halt besser doch selbstständig bleiben sollen. Dann wären mir solche Begegnungen erspart geblieben, und ich hätte Leute wie diesen Bosch erst gar nicht empfangen müssen. Zumal er es ja vor ein paar Jahren schon einmal bei mir probiert hat und schon seinerzeit abgeblitzt ist. Aber anscheinend gibt es auf dieser Welt wohl keine Zumutung, die mir erspart bleibt.« Mit zitternden Fingern zog er ein großes weißes Leinentaschentuch aus seiner Hosentasche und wischte sich damit langsam über die schweißnasse Stirn, während seine braunen Augen zornige Funken sprühten. Eine Zeit lang herrschte völlige Stille in dem Raum, bis Vischer schließlich ein kurzes, verlegenes Räuspern wagte, um sich dann mit einem entschuldigenden Schulterzucken von den beiden anderen zu verabschieden. »Ja, also … die Arbeit in der Buchhaltung wartet.«

Gleich danach war er verschwunden.

Wilhelm Maybach hätte es ihm gerne gleichgetan, blieb jedoch aus guten Gründen im Raum, um seinen langjährigen Weggefährten Gottlieb Daimler, der ihm längst zu einem väterlichen Freund geworden war, wieder zu beruhigen, falls ihm das angesichts der noch immer knisternden Atmosphäre überhaupt möglich war. Er konnte sich nur allzu gut ausmalen, was in Daimlers gekränkter Seele gerade vor sich ging. Und überdies betrachtete er es als seine Pflicht und Schuldigkeit, den von widrigen Umständen so oft heimgesuchten, weltberühmten Konstrukteur wieder auf den Boden der Tatsachen zurückzuholen. Auch wenn das angesichts von Daimlers Befindlichkeit, der sich wieder einmal in seiner einerseits höchst depressiven, andererseits aber auch ziemlich aufgebrachten Stimmung verfangen

hatte, alles andere als einfach war. Maybach hatte diese Gemütslage ja schon oft genug erleben können.
Dieses Mal aber schien der Stachel des Zorns besonders tief zu sitzen. Der folgende Satz aus Daimlers Mund unterstrich überdeutlich, was dem von der Welt zunehmend enttäuschten Konstrukteur so gewaltig zu schaffen machte:
»All diese kecken jungen Männer – sie scheinen offenbar nicht zu wissen, wen sie vor sich haben.«
»Der Bosch da gerade, der aber wohl schon …«, wagte Maybach einen weiteren Einwand, der freilich ein unwirsches Echo fand.
»Ach was, das ist doch alles nur vorgegaukelt mit diesem angeblichen Respekt vor unseren wunderbaren Motoren, den er da gerade geäußert hat. In Wirklichkeit aber«, seine Stimme begann jetzt merklich zu vibrieren, »in Wirklichkeit lachen sich diese Kerle doch alle über mich kaputt, während sie hinter meinem Rücken klammheimlich meine ganzen Patente für ihre Zwecke nutzen.« Der alte Mann atmete tief durch und schloss für einen erschöpften Moment die Augen. »Es ist und bleibt anscheinend immer dasselbe: Ich bin umgeben von Aasgeiern, Blutsaugern, Ignoranten und vor allem: von Idioten …«
»… aber Herr Daimler!«
»Nichts aber! Jetzt versuche bitte nicht schon wieder, mich zu beschwichtigen, Wilhelm. Das alles ist doch wahr!«
Erstaunlicherweise wagte Maybach dennoch eine weitere Gegenrede. »Also, zurzeit stehe nur ich bei Ihnen. Und Sie werden doch wohl jetzt nicht auch noch mich …«
»Ach was! Jetzt sei nicht auch noch du gleich so ehrenkäsig, Wilhelm. Du weißt doch ganz genau, worauf ich hinauswill und wen ich damit meine. Mir ist schon allein diese selbstbewusst fordernde Art in der Stimme von dem Bosch da wie das sprichwörtliche Spitzgras. Dazu noch dieser seltsame Aufzug von dem: mit seiner Wollkleidung, in der er aussieht, als käme er direkt vom Militär. Was für ein Erscheinungsbild! Und so etwas will ein ernst zu nehmender Unternehmer sein! Kommt daher wie ein gewöhnlicher In-

fanterist.« Er tippte sich mit dem Zeigefinger vieldeutig an die Stirn. »Außerdem hört man von diesem eigenartigen Menschen ja, dass er überall herumerzählt, er sei Sozialist. Ein Unternehmer und Sozialist! Wie soll denn das bloß zusammenpassen? Man kann seine Arbeiter doch auch gut behandeln, ohne dass man gleich so tut, als sei man einer von ihnen. Sie müssen einen deswegen ja auch nicht verachten, nur weil man als Unternehmer halt auf der anderen Seite steht. Oder hast du den Eindruck, Wilhelm, dass meine altgedienten Arbeiter, mit denen wir damals in der Firma begonnen haben, mich etwa nicht mögen?«
Maybach schüttelte entschieden seinen Kopf. »Nein, Herr Daimler. Ganz sicher nicht! Das genaue Gegenteil ist der Fall!«
»Eben«, nickte der alte Konstrukteur befriedigt über diese eindeutige Bestätigung seiner Ansicht – die angesichts der mittlerweile geradezu hymnischen Verehrung, die ihm seine »alten Fahrensleute« entgegenbrachten, aber auch gar nicht anders zu erwarten gewesen war. Dann jedoch verdunkelte sich seine Miene wieder rasch, als er auf den Kern seiner Rede zurückkam. »Aber ganz im Ernst: Was mich am Verhalten von diesem Bosch ganz besonders ärgert, ist die Tatsache, dass er es doch schon einmal bei mir versucht hat.Schon damals bin ich ihm nicht auf den Leim gegangen, sondern habe ihm sehr deutlich zu verstehen gegeben, dass ich an meiner eigenen, bestens bewährten Zündung festhalten werde. Aber der lässt wohl nie locker, jetzt versucht er's eben hintenrum mit Hilfe von anderen Leuten. Den Simms, den hat er ja anscheinend völlig eingewickelt, ebenso den Jellinek.Jetzt meint er offenbar, wenn er über diese Leute Druck auf die Firma ausübt, dann wird man mich irgendwann zwingen, doch noch sein Produkt zu übernehmen. Ich hätte ihm seinerzeit schon wesentlich deutlichere Worte angedeihen lassen müssen, aber offenbar bin ich damals – wieder einmal – viel zu gutmütig gewesen. Das war mein Fehler, und das ist er schon immer gewesen. Nein, Wilhelm, so ist es nun einmal.« Abwehrend hob er

die rechte Hand in die Höhe, als er bemerkte, dass sein Gegenüber offenbar neuerlich drauf und dran war, ihm eine etwas andere Sicht der Dinge ans Herz zu legen. »Meine ewige Gutmütigkeit! Das war so, und das zieht sich wie ein roter Faden durch meinen Lebensweg, und zwar leider schon seit damals, seit unserer gemeinsamen Zeit bei der Gasmotorenfabrik in Deutz. Schon dort war das im Nachhinein betrachtet mein entscheidender Fehler, dass ich diesen ahnungslosen Dummkopf nicht sofort aus der Firma habe entfernen lassen.«

»Sie meinen jetzt den Herrn Otto?«

Ungehalten blies Daimler die Backen auf. »Ja, natürlich meine ich den! Diesen Pfuscher! Wen sollte ich denn sonst meinen?« Bedeutungsvoll rollte er mit den Augen. »Ich darf eigentlich gar nicht erst an den denken, sonst rege ich mich gleich noch viel mehr auf. Dieser grässliche Otto! Ein ahnungsloser Trottel, der heutzutage gefeiert wird als der angebliche Erfinder des Viertaktmotors. Ausgerechnet der! Ich bin mir auch ganz sicher, dass seine Anhänger, die es aus weiß Gott welchen Gründen ja tatsächlich gibt, so lange keine Ruhe geben werden, bis man den Viertakter wieder Ottomotor nennen wird. Ausgerechnet nach dem Namen des angeblichen Erfinders, der dabei doch gar nicht begriff, was er zufällig zusammengeschraubt hatte. Allein wenn man bedenkt, dass er ja allen Ernstes über Monate hinweg die Explosionen in diesem Motor noch als störenden Nebeneffekt bezeichnet hat ... Dabei sind es doch genau diese Explosionen, die das eigentliche Potenzial des Motors darstellen. Ein Potenzial zum Vorwärtskommen – im wahrsten Sinn des Wortes.« Er bedachte Maybach mit einem vielsagenden Blick. »Du weißt es doch genauso gut wie ich, Wilhelm. Nicht nur, dass wir es waren, die das als Erste verstanden haben. Sondern du warst es doch auch, der den Motor schließlich zum Laufen gebracht hat – niemand sonst. Und ohne uns wäre diese Erfindung mit all ihren Mängeln und Kinderkrankheiten sang- und klanglos in der Versenkung verschwunden. Sie wäre – höchstens –

eine Episode in der Technikgeschichte geblieben, eine rasch verglühende Sternschnuppe. Aber wer will das heutzutage noch hören! Andere haben den Ruhm beansprucht, und wiederum andere haben sich unsere Erfindung nutzbar gemacht!«

»Nun ja …«, versuchte Maybach, das bittere Fazit durch seinen verlegenen Einwurf abzumildern. Allerdings erfolglos. Denn Daimler war mit seinem Lamento noch nicht zum Ende gekommen: »Zeit meines Lebens bin ich ständig nur betrogen, übers Ohr gehauen und belogen worden. Ja, so ist das: zeit meines gesamten Lebens!«

Der um zwölf Jahre jüngere Maybach musterte seinen wieder einmal in tiefe Depressionen versinkenden väterlichen Wegbegleiter mit einem besorgten Blick aus seinen dunklen Augen: »Aber Herr Daimler … Ich weiß zwar schon, worauf Sie hinauswollen. Wobei … diese Namen, auf die Sie jetzt anspielen, also Duttenhofer, Steiner und Lorenz, das alles sind doch tatsächlich nur Namen wie Schall und Rauch. Währenddessen die DMG – also die Daimler-Motoren-Gesellschaft – ja Ihren Namen trägt. Der Name Daimler ist es, der auf allen Automobilen zu lesen ist. Diesen Ursprung kann deshalb auch niemand leugnen. Daimler: Das steht für Qualität und Fortschritt. Das ist dann übrigens schon dem Frederic Simms zu verdanken, dass der Name Daimler weiterhin diesen magischen Klang entfalten kann. Insofern sollten Sie es ihm nicht verübeln, dass er versucht hat, Sie mit einem seiner Meinung nach guten Produkt in Kontakt zu bringen – auch wenn Sie den Bosch nun einmal nicht mögen. Immerhin war es ja niemand anders als der Herr Simms, der Ihre sofortige Wiedereinstellung bei der DMG durchgedrückt hat.«

Daimler schien dieser Einwand nicht sonderlich zu beeindrucken. »Ach ja, unser Mister Simms. Der Geschäftemacher. So nett und jovial der sich einerseits auch geben kann, hat er andererseits mit meinem Namen und mit meinen Automobilen ja auch beste Geschäfte gemacht. Und weil er, wie man hört, auch an den Bosch-Produkten Geld verdient, will er jetzt aus zwei kleinen Goldeseln sozusagen einen großen Goldelefanten machen, indem er diese Bosch-Zündung mit brachialer Gewalt bei uns durchdrückt. Zwei Fliegen mit einer Klappe sozusagen. Nun ja – ein Geschäftemacher halt. Diese Denkweise kann ich vielleicht sogar noch irgendwie verstehen. Aber dass er diesem sonderbaren Emil Jellinek dann auch noch diesen Floh ins Ohr gesetzt hat, so dass der inzwischen ja bereits ultimativ und in dementsprechendem Tonfall von uns verlangt, die Daimler-Motoren müssten mit der Bosch-Zündung ausgerüstet werden, das schlägt dem Fass wirklich den Boden aus! Das verzeihe ich dem nie! Wenn es dem Herrn Simms wirklich darum gehen würde, das Beste vom Besten zu bekommen, dann hätte er sich ja einmal beim Benz in Mannheim erkundigen können, was der von diesem Bosch und seiner Zündung hält. Gar nichts nämlich. Das ist im Übrigen das einzige Mal, dass ich mit dem Benz einer Meinung bin. Auch der hat dem Bosch ja schon vor Jahren eine klare Abfuhr erteilt.«

Maybach staunte nicht schlecht. »Sie hatten also tatsächlich Kontakt mit Carl Benz? Ich dachte, Sie hätten mit dem nie ein Wort gewechselt. Mir gegenüber haben Sie ja immerzu betont, Sie betrachteten auch den Herrn Benz grundsätzlich weniger als Konkurrenten, sondern viel mehr als Plagiator.«

»Nun ja«, knurrte Daimler. »Im Grunde genommen stimmt das schon. Er ist mir zwar ein paarmal über den Weg gelaufen, das letzte Mal war das vor zwei Jahren in Berlin anlässlich der Gründung des Mitteleuropäischen Motorwagenvereins. Auch da habe ich natürlich nicht direkt mit ihm gesprochen, aber seine Frau hat mich vor dem Konferenzsaal plötzlich in ein Gespräch verwickelt. Einfach so, und da habe ich halt auch von dieser Sache mit dem Bosch erfahren.«

»Das haben Sie mir nie erzählt.«

»Da gibt es auch nichts zu erzählen, denn glaube bloß nicht, dass wir auch nur ein einziges Wort miteinander gespro-

chen hätten – darauf haben weder ich noch der Benz gesteigerten Wert gelegt. Aber immerhin, so viel ist klar: Im Hinblick auf den Bosch und dessen Abreißzündung, da sind wir uns im Urteil anscheinend einig. Denn wenn er das Bosch-Erzeugnis wirklich gut gefunden hätte … Und ich weiß aus sicherer Quelle, dass es der Bosch auch in Mannheim probiert hat. Er hatte damals irgendwie herausbekommen, dass wir den Benz beim Patentgericht wegen der unberechtigten Nutzung unserer weiterentwickelten Glührohrzündung verklagt haben. Deswegen hat er anscheinend gehofft, dass der Benz jetzt mit fliegenden Fahnen auf seine Zündapparate zurückgreift, aber dem war nicht so. Der Benz hat ihm einfach die kalte Schulter gezeigt und nun lieber eine selbst entwickelte Zündung verwendet. Das wäre aber sicher nicht der Fall gewesen, wenn der Benz von dem Bosch-Erzeugnis überzeugt gewesen wäre.«
»Das scheint mir durchaus richtig kombiniert«, nickte der nachdenklich gewordene Maybach zustimmend.
»Na bitte. Und deswegen will ich diesen Bosch auch zukünftig nicht bei uns in der Firma haben. Ein Übernahmeangebot, um an die Zündapparate zu kommen! Meine verehrten Mitgesellschafter scheinen offenkundig nicht zu wissen, was sie da tun – es geht ihnen, wie immer halt, sowieso wieder nur um den kurzfristigen finanziellen Vorteil und nicht um die langfristige technische Perspektive. Nun denn«, der grauhaarige Konstrukteur bedachte Wilhelm Maybach mit einem anerkennenden Nicken, »die Verhandlungen mit dem stürmischen jungen Mann habt ihr gut geführt. Indem wir uns auf dieses konkrete Gespräch mit dem Bosch eingelassen haben, ist den Wünschen der Herren entsprochen worden – und jetzt können wir dennoch so weitermachen wie bisher. Dass der Bosch mit seinem Älbler Dickschädel auf deinen Vorschlag gar nicht eingehen konnte, das war ja absehbar. Aber immerhin liegt der Schwarze Peter damit bei ihm und nicht mehr bei uns.«
»Hm …« So ganz derselben Meinung schien Maybach nicht zu sein. Unglücklich zuckte er mit den Schultern und

musterte seinen väterlichen Freund und Gönner, den seine fortschreitende Herzschwäche in den vergangenen Monaten sichtlich gezeichnet hatte, mit einem sorgenvollen Blick. Angesichts von Daimlers schlechtem Allgemeinzustand, von seiner nervösen Anspannung gar nicht erst zu reden, schien es ihm geraten, sein Wissen um den neuesten Vorstoß ihres momentan wichtigsten Kunden Emil Jellinek im Augenblick besser für sich zu behalten. Denn wenn er Gottlieb Daimler jetzt auch noch mit der Tatsache konfrontierte, dass ihm der erzürnte Jellinek gestern in einem Telefongespräch damit gedroht hatte, in der nächsten Ausgabe der Zeitung »Neues Wiener Abendblatt« eine Anzeige zu veröffentlichen, in der er öffentlich vor einer Verwendung der Daimler'schen Glührohrzündung warnen würde, wären die Folgen womöglich unabsehbar. So aber beließ er es für heute bei einem vorsichtigen Einwand, um Daimler damit nur andeutungsweise und ganz behutsam auf die Dinge vorzubereiten, die unweigerlich auf ihn zukommen würden. »Auf Dauer gesehen werden sie dennoch keine Ruhe geben.«

»Ach was«, wehrte Daimler unwirsch ab. »Jetzt schau nicht gleich wieder so rabenschwarz in die Zukunft. Außerdem werden wir ja auch nicht bloß auf der Stelle treten, sondern unsere Zündung, genauso wie unsere Motoren, beständig weiterentwickeln. Und wenn ich sehe, welch fantastischer Fortschritt uns jetzt mit deinem Phönixmotor gelungen ist, der meiner Meinung nach freilich erst den Anfang einer ganz neuen Motorenära markiert … Ich bin mir ganz sicher: Wir werden unseren technischen Vorsprung damit noch deutlich ausbauen – und zwar in allen Bereichen. Auch der ewig fordernde Herr Jellinek wird uns spätestens zum Jahresende auf Knien Abbitte leisten müssen. Auch er wird bis dahin begriffen haben, dass ein Sozialist und ein württembergischer Unternehmer, als der ich mich nun einmal verstehe, einfach nicht zusammenpassen. Das muss auch gar nicht sein.« Er bedachte Maybach mit einem amüsierten Blick. »Wilhelm, was glaubst du, was die Leute sagen würden: die DMG, ein Unternehmen, das mit den Sozialisten zusammenarbeitet. Das wäre ja die Lachnummer des Jahres!«

»Wobei …«, um Maybachs Mundwinkel zuckte ein schelmisches Lächeln, als er seinen Einwand formulierte. »Sie selbst haben vor nicht allzu langer Zeit auch gemeint, dass die Herren Bankiers mit ihren Umtrieben geeignet seien, unsereinen geradezu in die Hände der Sozialdemokratie zu treiben …«

»… aber doch nicht so«, konterte Daimler kopfschüttelnd. »Ich habe damit nur sagen wollen, dass die Art und Weise, wie sich die Bankiers heutzutage aufführen, auf keinen Fall im Sinne von unserem hochverehrten Ferdinand Steinbeis wäre. So hat sich dieser große Mann die Förderung der Industrie und des Gewerbes im Königreich Württemberg keinesfalls vorgestellt. Nie und nimmer hätte er sich träumen lassen, dass es ausgerechnet württembergische Banken sind, deren Gründung er zunächst so kräftig gefördert hat, weil er ganz genau wusste, dass es viel Kapital braucht, um die Industrialisierung hierzulande entscheidend voranzubringen, dass es jetzt genau diese Banken sind, die einem ehrlichen Unternehmer solche heimtückischen Fallen stellen, wie ich sie des Öfteren habe erleben und erleiden müssen.«

»Das ist schon wahr – andererseits haben Sie sich davon niemals beirren lassen, sondern sind zielstrebig und entschlossen Ihren Weg gegangen.«

»Aber um welchen Preis! Meine Gesundheit habe ich dadurch ruiniert! Und kaum hatte ich einen dieser Fallstricke durchtrennt, da haben sie schon zehn neue vor mir ausgelegt.«

Wilhelm Maybach nickte ernst. »Es war in der Tat eine schwere Zeit – doch eines Tages wird die Geschichtsschreibung Ihre Pionierleistung im richtigen Licht beschreiben und dementsprechend würdigen, da bin ich mir ganz sicher.«

An Daimlers Mienenspiel ließ sich unschwer ablesen, wie

gut ihm diese Worte taten. »Wir werden sehen, Wilhelm. Wir werden sehen … Gut nur, dass sich wenigstens unsere Lebenswege rechtzeitig gekreuzt haben – und dass sich, trotz all der Stürme, die uns so heftig ins Gesicht geblasen haben, niemals auch nur der Hauch eines Zwistes zwischen uns ergeben hat. Das ist schon ein bemerkenswertes Faktum, das ich heute nicht unerwähnt lassen will.«

»Es ist ein Geschenk des Himmels gewesen.« Wilhelm Maybach schenkte seinem Gesprächspartner ein dankbares Lächeln. »Allein, wenn ich daran denke, was sonst wohl aus mir geworden wäre, wenn diese Begegnung nicht stattgefunden hätte. Ein Bäcker womöglich …«

»Was nicht gerade der schlechteste Beruf ist. Ein gescheiter Bäcker ist auch etwas wert, das kann ich bekanntlich gut beurteilen, schließlich stamme ich ja selbst aus einem Bäckerhaushalt. Und aus dir wäre sicherlich ein besonders tüchtiger Bäcker geworden.«

Maybach war der verbale Fauxpas, den er mit seiner vorherigen Bemerkung versehentlich begangen hatte, sichtbar peinlich. »Ich habe das nicht überheblich gemeint. Ich wollte nur darauf hinaus, dass für mich schon ein Lehrvertrag als Bäckergeselle unterschrieben gewesen ist. Der Herr Werner hatte bereits alles in die Wege geleitet, und ich war froh und glücklich, damit überhaupt eine Berufsaussicht bekommen zu haben. Das war alles andere als selbstverständlich für jemanden wie mich. Also: Ich wäre gerne Bäcker geworden, und so wäre es ja wohl auch gekommen, wenn da nicht plötzlich Sie auf den Plan getreten wären …«

»… oder anders herum gesagt: wenn du nicht insofern Glück gehabt hättest, dass der Gustav Werner, der ja wirklich ein bemerkenswert gutherziger Mensch gewesen ist, so ein fürchterlich schlechter Geschäftsmann gewesen ist.«

Maybach stutzte. »Das habe ich jetzt nicht verstanden. Wie meinen Sie das?«

Daimler schmunzelte beim Gedanken an die Zufälligkeiten, die das Leben manchmal mit sich bringt, amüsiert in sich hinein. »Nun, wenn der gute Gustav Werner ein guter

Firmenlenker gewesen wäre, dann wäre ich seinerzeit niemals nach Reutlingen empfohlen worden, um den Laden dort kräftig aufzuräumen.«

Er spielte mit dieser Bemerkung auf die Tatsache an, dass ihm vor allem Emil Kessler, der Gründer der Maschinenfabrik Esslingen, damals den Rat gegeben hatte, seine organisatorischen und technischen Fähigkeiten, über die er nach einer überaus sorgfältigen Berufsausbildung inzwischen verfügte, am besten gleich bei der Rettung der in eine schwere wirtschaftliche Schieflage geratenen Maschinenfabrik zum Bruderhaus in Reutlingen unter Beweis zu stellen. »Hier können Sie sich die notwendigen Sporen verdienen, um die entsprechenden Kreise auf sich aufmerksam zu machen. Es wird nicht einfach werden für Sie. Aber wenn es Ihnen gelingt, die Firma zu retten, dann haben Sie damit nachdrücklich unter Beweis gestellt, dass es Ihnen an Tüchtigkeit und Wissen nicht mangelt – ganz im Gegenteil sogar. Das wäre Ihr Meisterstück und die Empfehlung für noch größere Aufgaben.«

Sicherheitshalber hatte der in Kreisen der allmählich aufstrebenden württembergischen Industrie hoch angesehene Kessler den jungen Gottlieb Daimler bei den Verantwortlichen in der Maschinenfabrik zum Bruderhaus zur gleichen Zeit auch noch nachdrücklich empfohlen.

»Wenn Sie das so sagen …«, sinnierte Maybach. »Ja, doch. Wenn ich's recht bedenke, stimme ich Ihnen zu: Denn wenn in Reutlingen in dieser Zeit alles gut gelaufen wäre, dann hätte man Sie gar nicht erst einzustellen brauchen. Was wiederum bedeutet, dass wir uns wohl niemals begegnet wären – und folglich wäre aus dem Waisenjungen Wilhelm Maybach auch nie ein Motorenkonstrukteur geworden. Das heißt, ich wäre wahrscheinlich auf Dauer in Reutlingen geblieben, statt Sie auf Ihren weiteren Stationen begleiten zu dürfen: von Karlsruhe über Deutz bis schließlich hierher nach Cannstatt.«

»Es ist schon interessant, wie das Leben so spielt. Man stelle sich nur vor, der über die Maßen fähige Motorenkonstrukteur Wilhelm Maybach wäre um ein Haar Bäcker geworden. Wer weiß, welche Neuerungen du dann für dieses ehrbare Handwerk erfunden hättest«, lachte Daimler und musste seinen spontanen Heiterkeitsausbruch gleich darauf mit einem schweren Hustenanfall bezahlen. Es dauerte geraume Zeit, bis er sich von der Attacke, die seinen Oberkörper heftig schüttelte, zumindest wieder einigermaßen erholt hatte, während der zur Untätigkeit verdammte Wilhelm Maybach ihn mit besorgter Miene musterte. »Jetzt mach bloß nicht ein Gesicht wie hundert Tage Regenwetter, Wilhelm«, keuchte Daimler erschöpft. »Es geht ja schon wieder. Ich muss halt lernen, mich mit meinem Ungestüm ein bisschen zurückzuhalten. Aber es ist dennoch eine amüsante Vorstellung, wenn man bedenkt, wie groß die Wahrscheinlichkeit gewesen ist, dass aus uns beiden tüchtige Bäcker geworden wären. Das war bei mir ja ganz genauso. Wie gesagt: Ich entstamme sogar einer Bäckerfamilie. Doch meine Eltern haben zum guten Glück rasch erkannt, dass ich andere Fähigkeiten besaß, und erst recht, dass mein ganzes Streben auch in eine völlig andere Richtung ging.« Ein warmes Lächeln legte sich über die in den letzten Jahren so verhärmt gewordenen Gesichtszüge des alten Konstrukteurs.

Aufatmend registrierte Maybach die deutlichen Anzeichen einer seelischen Entspannung bei seinem Gegenüber. Allein die bloße Erwähnung der glücklichen Tage seiner Kindheit und Jugend im Städtchen Schorndorf schien Gottlieb Daimler allmählich die Ruhe zu bescheren, die er aufgrund seiner angeschlagenen Gesundheit so dringend benötigte. All diese schönen, nostalgischen Erinnerungen. Es war eine angenehme Reise, zurück in die Vergangenheit. Zu seinen Wurzeln im Remstal. In jene Zeit, in der Daimler als kleiner Bub diesen unermüdlichen Wissensdrang, der ihn dann sein Leben lang nicht mehr verlassen würde, zum ersten Mal in sich verspürt hatte. Es waren diese Tage, an denen Gottlieb, der am 17. März des Jahres 1834 in der Schorndorfer Höllgasse 7 geborene, zweitälteste von insgesamt vier Söhnen des gut situierten Bäcker- und Wirtsehepaares Däumler, allmählich zu begreifen begann, dass ihn irgendwie doch ganz andere Dinge interessierten, als das bei seinen drei Brüdern Johannes, Karl und Christian der Fall war.

Und wenn ihn die Erinnerung nicht gänzlich trog, dann musste das irgendwann in den frühen 40er Jahren gewesen sein, auf jeden Fall hatte es deutlich vor seinem zehnten Geburtstag stattgefunden, dieses Ereignis in der elterlichen Backstube, bei dem er erstmals die Ahnung verspürt hatte, dass ihn sein Lebensweg eines Tages wohl aus Schorndorf hinaus führen würde. Ja, sogar führen musste. Begonnen hatte es mit einem fürchterlichen Donnerwetter, das an diesem Morgen über den Bäckersprössling hereingebrochen war.

»Mach bloß so weiter!« Mit zornesroter Miene hatte sich sein Vater vor dem erschrockenen Buben aufgebaut und anklagend auf die von einer schwarzbraunen Kruste überzogenen Brote gedeutet, die er gerade eben hektisch aus dem Backofen gezogen hatte. Doch alle Eile war vergebens gewesen, allein schon der stechende Geruch nach verbranntem Teig, der sich bereits unangenehm in der ganzen Backstube ausgebreitet hatte, sprach eine überdeutliche Sprache. Das ganze schöne Brot! Verbrannt! Zu nichts mehr zu gebrauchen! Noch nicht einmal als Schweinefutter! »Aus dir wird nie ein gescheiter Bäcker werden«, donnerte der Bäckermeister Johannes Däumler seinem zweitältesten Sohn kopfschüttelnd entgegen.

»Soll's auch gar nicht«, brummelte der Bub mit trotzig gesenktem Kopf.

Der Vater vermeinte zunächst, nicht richtig gehört zu haben. Er stemmte die Hände in die Hüften und musterte seinen Gottlieb argwöhnisch. Was war denn plötzlich mit dem Buben los? Solche frechen Widerworte, das war doch sonst nicht seine Art. »Soso! Und was bitte willst du dann werden?«

Die Antwort erfolgte wie aus der Pistole geschossen: »Konstrukteur!«

»Konstrukteur?«, echote der Bäcker verblüfft. »Sonst noch was! Kann noch nicht einmal eine schwäbische Brezel schlingen, scheint jedoch der Ansicht zu sein, dass es ihm zum Konstrukteur aber trotzdem noch langt!« Er lachte trocken auf und streifte seinen Sohn dabei mit einem vielsagenden Blick.

Der hatte diesen verbalen Wink durchaus verstanden. Tatsächlich war es ihm ja trotz zahlreicher geduldiger Anweisungen von seinem Vater und dem älteren Bruder Johannes selbst in mehreren Anläufen immer noch nicht gelungen, aus einem Stück gerolltem Teig eine richtige Brezel zu schlingen. Und schon gleich gar nicht in dieser atemberaubenden Geschwindigkeit, wie es ihm die beiden anderen in scheinbar müheloser, ja geradezu spielerischer Leichtigkeit vormachten. Nein, ganz im Gegenteil. Anstelle des korrekt geschlungenen Teigstücks hatte Gottlieb vielmehr jedes Mal seine Hände in einer seltsamen Haltung verknotet, sehr zum Amüsement seiner in der Backstube ver-

sammelten Brüderschar natürlich, denen allein das Zuschauen bei Gottliebs vergeblichen Schlingversuchen ein diebisches Vergnügen bereitete. Selbst sein jüngerer Bruder Karl stellte sich da inzwischen schon wesentlich geschickter an. Nun gut, sollten die Brüder eben Bäcker werden, wenn ihnen die Arbeit überdies eine solche Freude machte. Von ihm aus herzlich gerne, er würde ihnen jedenfalls keine Steine in den Weg legen. Er, Gottlieb, träumte schon längst einen ganz anderen Traum.
»Ja, Vater!« Er schaffte es tatsächlich, seinem Vater fest in die Augen zu schauen und dessen forschendem Blick auch standzuhalten. »Ich habe wirklich nicht im Sinn, Bäcker zu werden. Ich glaube nämlich, das liegt mir nicht. Viel eher Konstrukteur. Das ist es, wovon ich immer träume. Ich fürchte, zu einem tüchtigen Bäcker tauge ich einfach nicht, da sind mir der Johannes und der Karl weit überlegen. So ist das halt, Vater.« Er breitete mit einer entschuldigenden Geste die Arme aus. »Ich weiß auch nicht, warum. Aber es ist halt so.«
Ein versöhnliches Lächeln huschte über die sich allmählich wieder aufhellende Miene des Bäckermeisters. »Ja also, wenn das so ist, dann kann ich ja von Glück sagen, dass du noch zwei Brüder hast – und ich mir wegen der Nachfolge in der Bäckerei keine Sorgen machen muss. Immerhin brauchst du dir deshalb wenigstens kein schlechtes Gewissen zu machen, sondern kannst dich in aller Ruhe um deine Konstrukteurslaufbahn kümmern. Wenn du also wirklich meinst, das tun zu müssen …«, setzte er mit einer gehörigen Portion Skepsis in der Stimme noch hinzu. Damit hatte die Debatte für diesen Tag ein Ende gefunden – was schon durch die Tatsache begründet war, dass es nunmehr darum ging, in aller Eile einen neuen Teig zu kneten, als – wenn auch verspäteten – Ersatz für die völlig verkohlten Brote.

Johannes, Karl und auch der viel später als Nachzügler auf die Welt gekommene Christian: Mit seinen drei Brüdern hatte sich Gottlieb in seinen Kindheits- und Jugendjahren gut verstanden – trotz oder vielleicht auch gerade wegen ihrer ziemlich verschieden gelagerten Interessen. Ganz besonders das Nesthäkchen der Familie, der elf Jahre jüngere Christian, war ihm ans Herz gewachsen. Doch für immer in Schorndorf zu bleiben, um hier dann eines Tages die Weinstube und die Bäckerei der Eltern zu übernehmen, das war ihm – ganz im Gegensatz zu den drei anderen – niemals als erstrebenswertes Lebensziel erschienen.

Und dabei ließ es sich in dem zu jener Zeit vielleicht etwas verschlafenen, aber wohl gerade deshalb umso beschaulicheren Oberamtsstädtchen Schorndorf doch wirklich gut leben – erst recht im Elternhaus in der Höllgasse. Bei den Häusern dort mit ihrem zweckmäßig strengen Fachwerk handelte es sich um schöne, dreistöckige Gebäude, die zwar nur einen relativ kleinen Grundriss aufwiesen, doch das wurde durch die drei Stockwerke wieder wettgemacht, so dass folglich auch eine größere Familie noch genügend Platz zum Wohnen fand. Selbst dann noch, wenn, wie im Fall des Hauses Höllgasse 7, die Däumlers im vorderen Teil des Erdgeschosses ihre Weinstube eingerichtet hatten, während sich im rückwärtigen Teil die Backstube befand. Überhaupt war die Höllgasse eine recht gute Adresse, denn sie befand sich ziemlich im Zentrum von Schorndorf, nicht allzu weit entfernt vom Rathaus. Und dort, vor allem auf dem Marktplatz, gab es natürlich immer etwas zu sehen und zu entdecken, was einen kleinen Buben gewaltig interessieren konnte: das Feilschen der Marktleute, wie sie ihre Waren anboten, die amtlichen Bekanntmachungen durch den Respekt einflößenden Büttel, Angestellte und Beamte, die mit wichtiger Miene ins Rathaus eilten, und viele andere Beobachtungen mehr.
Als besonderer Vorteil erwies sich der erfreuliche Umstand, dass es in Schorndorf auch eine Lateinschule gab, die der elfjährige Gottlieb nach der Elementarschule noch besuchen konnte. Inzwischen war nämlich auch in seinem Vater

die Überzeugung gereift, dass es wirklich besser sei, den wissbegierigen Gottlieb noch einige Zeit länger auf eine weiterführende Schule zu schicken. Ein Leben als Gastwirt oder Bäckermeister schien tatsächlich nicht das Richtige für seinen Sprössling zu sein. Gottlieb war ein wacher Bursche, ein wirklich schlauer Kopf. Von dieser Warte aus betrachtet wäre es ja vielleicht nicht unbedingt das Schlechteste, wenn sein Zweitgeborener eventuell eine Beamtenlaufbahn einschlagen könnte. Konstrukteur? Na ja, das waren halt die Hirngespinste eines kleinen Buben. Aber Beamter – ja genau: wieso eigentlich nicht? Auch seine Ehefrau Frederika konnte dieser Überlegung einiges abgewinnen, und so waren sich die Eltern in der Frage der Nachfolge bald einig: Der Älteste und der Dritte bekommen zusammen die Bäckerei, der Zweite macht Karriere im Staatsdienst, und dann soll eben der kleine Nachzügler, der Christian, eines Tages die Gaststube übernehmen. Gesund und rüstig waren sie als Eltern ja schließlich noch, um die Zeit bis da hin zu überbrücken …

Schon kurz nach Gottliebs Eintritt in die Lateinschule erkannten die dortigen Lehrer das außerordentliche Zeichentalent des neuen Schülers und empfahlen seinen Eltern deshalb nachdrücklich, dem begabten Jungen auch noch den Besuch der Zeichenschule zu ermöglichen. So sehr sich die Däumlers ob der begeisterten Worte, mit denen sich die Lehrer über das Talent ihres Sohnes äußerten, durchaus geschmeichelt fühlten, so groß war die finanzielle Belastung, die dieser zusätzliche Schulbesuch mit sich brachte. Denn schon die zwei Jahre in der Lateinschule verschlangen eine ordentliche Summe – und nun auch noch die zusätzlichen Kosten für den Zeichenunterricht. Aber nun gut, wenn nach Aussage der Lehrer tatsächlich ein so großes Talent in Gottlieb steckte, dann käme es wohl wirklich einer Sünde gleich, wenn sie ihrem Sohn diese Förderung verwehrten. Jetzt hieß es in der Höllgasse 7 halt, während dieser Zeit gut hauszuhalten und zu sparen, um das Schulgeld zusammenzubekommen. Und der Gottlieb musste im Gegenzug nicht nur seinen Eltern, sondern der ganzen Familie hoch und heilig versprechen, dass er es an Fleiß und Disziplin keinesfalls fehlen lassen würde. Dies auch eingedenk der Tatsache, dass der Unterricht an der Zeichenschule ausgerechnet sonntags stattfand. Viel Freizeit blieb dem Jungen damit nicht mehr, aber der freudestrahlende Gottlieb versicherte den Eltern, das mache ihm überhaupt nichts aus. Das Erlernen der verschiedensten Zeichentechniken sei für ihn weniger Schule, vielmehr bereite es ihm das größte Vergnügen.

Am frühen Nachmittag des 29. Oktober 1845 brach im ganzen Städtchen großer Jubel aus. Gerade eben war nämlich in Schorndorf die Nachricht eingetroffen, dass am gestrigen Tag im Königreich Württemberg eine neue Zeitrechnung begonnen hatte. Eine Lokomotive, dieses wahrhaftige Wunderwerk der Technik, hatte ihre Feuertaufe glänzend bestanden. Auf der gerade eben erst fertiggestellten Eisenbahntrasse zwischen Cannstatt und Untertürkheim war sie gefahren. Und das war ja, wie man wusste, erst der Anfang, denn demnächst schon würden auch die Bauarbeiten an der ganzen Trasse beendet werden können, der Strecke Esslingen–Stuttgart–Ludwigsburg. Ein Fahrzeug, das nicht mehr von Pferden oder Kühen gezogen werden musste, sondern die Vorwärtsbewegung aus eigenem Antrieb vollbracht hatte! Es war eine mit Worten kaum zu beschreibende Leistung dieser kühnen Ingenieure, die es schafften, die gewaltigen Kräfte dieser wahren Höllenmaschine so zu bändigen, dass sie trotz der enormen Hitze und des unvorstellbaren Drucks im Kessel nicht etwa explodierte, sondern ihre mehrfachen Pferdestärken zum Wohle ihrer Benutzer in Kraft und Geschwindigkeit umwandelte. Das Genie dieser Ingenieure hatte die Menschheit in völlig neue Dimensionen vorstoßen lassen. Und man war ja erst ganz am Anfang dieser Entwicklung …
Auch in der Weinstube Däumler in der Höllgasse 7 herrschte deshalb schon am Nachmittag eine ausgelassene Stim-

mung, die sich wieder und wieder in begeisterten Ausrufen zu Wort meldete: »Jetzt geht es so richtig voran mit unserem Land!«
»Ein Hoch auf unser Württemberg und unseren König Wilhelm!«
»Ihr alle werdet es noch erleben: Bald werden wir auch in Schorndorf eine Lokomotive dampfen sehen!«
Eine Lokomotive! In Schorndorf! Dieses mächtige, dampfende Ungetüm aus Stahl und Eisen, wie man es heute im »Intelligenzblatt« auf der ersten Seite in einer Zeichnung abgebildet sehen konnte! Und diejenigen, die kürzlich in Untertürkheim zu tun gehabt hatten und schon einmal in gebührendem Abstand einen Blick auf die Höllenmaschine hatten werfen können, bestätigten das Werk des Zeichners.
»Ja, genau. So sieht sie aus. Und gedampft hat es aus dem Schornstein, gerade so, als habe sich der Schlund der Hölle geöffnet. Von den ganzen eigenartigen Geräuschen, diesem Zischen, Schnauben und Rasseln, erst gar nicht zu reden!«
»Also ich weiß nicht, ob ich unbedingt eine Fahrt damit wagen wollte! Denn wenn das dann plötzlich explodiert, dann ist es um uns geschehen ...«
»... und ob ein Mensch diese Geschwindigkeiten überhaupt aushält, das ist auch so eine Frage, die dir kein Arzt so richtig beantworten kann. Ich wäre da auf alle Fälle vorsichtig.«

Ein wohliger Schauder kroch über den Rücken des elfjährigen Gottlieb, der natürlich ebenfalls in der Gaststube war und heute die Schularbeiten ausnahmsweise beiseitegelegt hatte, um die Berichte förmlich in sich hineinzusaugen, die sich im Laufe der Stunden und dank des deutlich fortschreitenden Konsums von gutem Remstäler Trollinger in immer neue, staunenswerte Höhen schraubten.
Aber trotz aller dem Alkohol geschuldeten Übertreibungen, manche Fakten standen felsenfest im Raum: Es war und blieb eine technische Pionierleistung, die mit dem Beginn des Eisenbahnzeitalters im Königreich Württemberg

vollbracht worden war. Und dies nicht nur im Hinblick auf die sogenannten Dampflokomotiven, sondern die Bewunderung durfte mit Fug und Recht ganz genauso den Gleisbauern und den Trassenplanern gelten.
»Ja, und wenn diese Lokomotive jetzt auch noch hier in Württemberg gebaut worden wäre, dann wäre das natürlich das Tüpfelchen auf dem ›i‹ gewesen.«
»Da hast du schon recht. Dass es ausgerechnet die Badenser in Karlsruhe sind, von denen wir die Maschine haben kaufen müssen. Na ja, alles kann man halt nicht haben.«
»Aber so eine Abhängigkeit von den Badenern, die ist auf Dauer nicht gut. Es wäre schon besser gewesen, wenn wir das selber geschafft hätten.«
»Jetzt geht das wieder los! Kaum ist mal was erreicht, kommt schon wieder einer daher und bruddelt, was das Zeug hält.«
»Ist doch aber so!«, beharrte der andere trotzig auf seinem Standpunkt.
»Mach doch mal ein bisschen langsam. Immerhin haben wir die Strecke selber gebaut. Mit eigenen Ingenieuren. Und wie gesagt, alles gleichzeitig geht halt nicht. Schritt für Schritt wird es aber schon vorwärtsgehen.«
»Da, lest doch, was hier steht«, schob sich ein anderer Gast zwischen die beiden Streithähne und deutete auf die vor ihnen liegende Zeitung mit der Abbildung der Lokomotive, »da schreiben sie doch, dass der König schon erste Maßnahmen eingeleitet hat, damit die Lokomotiven bald auch in Württemberg hergestellt werden können.«
»Eben, genau. Da siehst du es«, nickte der eine triumphierend. »Das hat man ja schon vor einem guten Jahr gehört, dass der König den Eisenbahnbau im ganzen Land als eine seiner wichtigsten Aufgaben für die Zukunft bezeichnet hat. Nur hat damals noch fast niemand so richtig begriffen, was das bedeuten soll. Erst jetzt, wo die Lokomotive tatsächlich gefahren ist. Und dann kommt gleich wieder einer wie du und will jetzt alles auf einmal haben!«, versetzte er seinem Kontrahenten noch einen verbalen Seitenhieb.

Aus guten Gründen zog es der Zweifler jedoch vor, sich dazu vorerst nicht mehr zu äußern.
Umso mehr kam die übrige Stammtischrunde in Fahrt. »Da ist inzwischen ja sogar die Rede von der sogenannten Südbahn. Die soll von Stuttgart über Ulm bis hinunter nach Friedrichshafen führen. Also längs durch das halbe Königreich. Das ist ja atemberaubend!«
»Wobei so ein Vorhaben viel leichter verkündet als tatsächlich realisiert ist. Denn allein wenn ich an die vielen Hügel und Berge bei uns in Württemberg denke. Das wird nicht einfach werden. Und erst recht die Sache mit der Alb, die ja wie eine Mauer zwischen Stuttgart und Ulm steht.«
In der Tat sorgte dieser Streckenabschnitt bei den kühnen Eisenbahnplanern für ein ganz erhebliches Kopfzerbrechen. Die Überwindung der »blauen Mauer«, der Schwäbischen Alb, schien eine Herausforderung für die Planer der Südbahn zu sein, die selbst den wagemutigsten Ingenieuren als kaum lösbar erschien. Vor allem das steilste Teilstück dabei, der Albaufstieg über das Filstal. Andererseits gelangte man aber nur über diese Trassenführung auf dem kürzesten Weg hoch nach Ulm.
»Ich glaube nicht, dass sie das schaffen werden. Das ist viel zu steil dort. Da kommen die Lokomotiven niemals hoch.«
»Für uns wäre das ein Vorteil, denn in diesem Fall müssten sie dann ja den Umweg in Kauf nehmen, den sie immer wieder angedacht und dann doch verworfen haben. Aber es wird ihnen wohl am Ende nichts anderes übrig bleiben, als die Trasse halt doch über das Remstal auf die Alb zu führen. Und das würde dann bedeuten, dass die Eisenbahn auch nach Schorndorf kommt.«
»Tatsächlich? Das wäre ja wunderbar.«
»Es hätte den Vorteil, dass wir dann als Erste im Königreich dran wären mit der Eisenbahn, wenn sie die Strecke wirklich über das Remstal führen, also weiter über Schwäbisch Gmünd und Aalen – hintenrum sozusagen. Das ist ihnen ja überhaupt nicht recht, denn das sind gut und gerne hundert Kilometer mehr.«

»Dafür ist es aber viel sicherer, dass es so herum funktioniert. Denn wenn ich sehe, dass bei diesem sogenannten direkten Weg über das Filstal eine Höhendifferenz von beinahe 200 Metern überwunden werden muss – und zwar auf kürzester Strecke! Das ist unmöglich. Das schafft selbst der beste Ingenieur nicht!«
Das eindeutige Fazit sorgte für ein einmütiges Kopfnicken in der Runde. »Da hast du recht! Und das ist gut für uns in Schorndorf.«
»Also haben auch Probleme ihre guten Seiten. Selbst unlösbare …«
»Ich werde es lösen«, mischte sich plötzlich eine helle Knabenstimme laut und vernehmlich in das zustimmende Gemurmel.
Augenblicklich wandten die Gäste sich um und musterten den hinter der Theke stehenden Gottlieb mit erstaunten Blicken, bevor sie in lautes Gelächter ausbrachen: »Soso, der junge Däumler!«
»Da schau einer an. Der Gottlieb!«
»Du kannst das Problem also lösen?«
»Ausgerechnet so ein Dreikäsehoch!«
»Ja, wie willst du das denn anstellen?«
Der Gastwirtssohn hielt den spöttischen Bemerkungen tapfer stand: »Weil ich einmal Ingenieur werde!«
»Sagt der, wo er doch bis vorgestern noch Hemd und Hose an einem Stück getragen hat«, grinste einer und sorgte damit in der ganzen Runde für eine entsprechende Heiterkeit zulasten des erbosten Jungen.
Gottlieb streifte die Schandmäuler mit einem zornigen Blick aus seinen dunklen, braunen Augen: »Lacht ihr nur, ihr werdet schon sehen!«
Aber mit diesem trotzigen Bekenntnis sorgte er nur für neuerliches Gelächter in der Gaststube.
Höchste Zeit für den Vater Däumler, seinen Buben aus der Schusslinie des Stammtischgespötts zu nehmen: »Jetzt lasst den Gottlieb in Frieden. Es ist doch nie ein Fehler, wenn jemand Ziele im Leben hat. Wieso soll der Bub denn ei-

gentlich nicht Ingenieur werden? Talent zum Zeichnen hat er, und für die Lateinschule hat es auch gut gereicht. Warum sollte so einer also nicht Ingenieur werden?«
»Und wer backt uns dann in Schorndorf das Brot?«
»Ha wer wohl?« Johannes Däumler stemmte herausfordernd die Hände in die Hüften. »Seine Brüder natürlich!«
Während die Runde dieses stichhaltige Argument mit zustimmenden Gesten zur Kenntnis nahm, schlich Gottlieb mit gesenktem Kopf aus dem Raum, wobei er leise, aber dennoch vernehmlich vor sich hin murmelte: »Ihr werdet es schon sehen. Wenn man nur will, dann ist auch ein Weg vorhanden. Eines Tages werde ich es euch zeigen!«
Die am Stammtisch versammelten Männer zogen es vor, die Bemerkung nicht weiter zu kommentieren. Schon um des lieben Friedens willen. Denn wieso sollten sie ausgerechnet wegen so etwas ein Zerwürfnis mit dem Bäckermeister Johannes Däumler riskieren, der ja offenkundig den Fantastereien seines Sohnes etwas abgewinnen konnte. Sollte man sich doch in der Familie Däumler über die seltsamen Anwandlungen des Jungen den Kopf zerbrechen. Ihre Sache war das nicht. Und brauchte es auch nicht zu sein. Probleme mit dem Wirt hatten hier am Tisch überhaupt nichts zu suchen. Dafür saßen sie viel zu gerne in dessen Weinstube und tranken ihr Viertele Remstäler Trollinger. Und außerdem: War es nicht auch das Anrecht der Jugend, sich solchen schwärmerischen Zukunftsträumen hinzugeben? Wann denn sonst, wenn nicht in diesem Alter? Das alles würde sich sowieso schon bald von ganz alleine wieder legen.
Auch der junge Däumler würde eines Tages zwangsläufig wesentlich kleinere Brötchen backen. Im wahrsten Sinn des Wortes. Darin waren sich die Stammgäste vollkommen einig, ohne weiter große Worte darüber verlieren zu müssen. Womit sie die Rechnung freilich ohne den Sohn des Wirtes gemacht hatten …
Denn dieser war durchaus schon im Alter von elf Jahren seinen eigener Kopf – mitsamt einem geradezu bockelhar-

ten Willen, von dem seine Brüder der Stammtischrunde so manche Geschichte hätten erzählen können.
Und nur wenige Monate nach seinem erregten Wortwechsel in der Gaststube hatte Gottlieb noch einen weiteren wichtigen Impuls erhalten, der ihm aufzeigen sollte, dass er sich mit seinen Zukunftsplänen auf dem richtigen Weg befand – allen Unkenrufen zum Trotz. Voller Begeisterung hatte der inzwischen zwölfjährige Gottlieb nämlich im März 1846 von der Gründung der Maschinenfabrik in Stuttgart gehört, die Emil Kessler, der Besitzer der Karlsruher Maschinenfabrik, auf Initiative und mit starker Unterstützung durch die württembergische Regierung (vor allem durch König Wilhelm persönlich) vollzogen hatte.
Emil Kessler! Allein der Name besaß einen geradezu magischen Klang. Denn seine Firma war es ja gewesen, die an das Königreich Württemberg diese allererste Lokomotive geliefert hatte, deren Jungfernfahrt zwischen Untertürkheim und Cannstatt sie im vergangenen Herbst bejubelt hatten. Die Lokomotiven würden also, genau wie es der Ankündigung des Königs entsprach, künftig hier in Württemberg hergestellt werden. Dazu war von der württembergischen Regierung extra ein Vertrag mit Kessler geschlossen worden, in dem dieser sich verpflichtete, in seinem neuen Werk, für das dann im Mai 1846 in Esslingen der Grundstein gelegt werden sollte, binnen Jahresfrist eine Lokomotive an die Königlich Württembergischen Staatseisenbahnen auszuliefern. Binnen Jahresfrist! Das war ja atemberaubend! Und dazu ein nicht nur überaus ehrgeiziges, sondern nahezu unmöglich erscheinendes Vorhaben.
Doch es funktionierte tatsächlich: Ein gutes Jahr später, im Oktober 1847, konnte die Maschinenfabrik Esslingen der Regierung die Fertigstellung ihrer ersten Lokomotive vermelden. Der Jubel am Neckar war grenzenlos. Und der nunmehr 13 Jahre junge Gottlieb Däumler in Schorndorf, dessen Schulzeit sich allmählich dem Ende zuneigte, war

mehr denn je entschlossen, seine berufliche Zukunft in dieser faszinierenden neuen Technik zu suchen und zu finden. Als sich dann die Nachricht in Windeseile verbreitete, dass jetzt doch der direkte Albaufstieg für die Südbahn in Angriff genommen werden sollte, da waren auch die allerletzten Zweifel in ihm schlagartig verstummt. Es war genauso kühn wie mitreißend zu verfolgen, mit welchem Mut und welch unerschütterlicher Zuversicht sich das rohstoffarme Land an dieses gewaltige Vorhaben wagte, das man schon bis zum Sommer des Jahres 1850 bewältigt haben wollte. Die Kosten dafür würden sich am Ende auf die ungeheure Summe von 27 Millionen Gulden belaufen, das war das Dreifache des württembergischen Staatshaushalts! Aber der König Wilhelm hatte die Südbahn von Stuttgart über Geislingen nach Ulm und dann weiter bis »hinunter« an den Bodensee zur Endstation Friedrichshafen zu seinem ganz persönlichen Anliegen gemacht: Dieser gewaltige finanzielle und bauliche Kraftakt müsse gemeistert werden – er sei ganz sicher, dass es auch gelingen werde. Und wenn das Werk erst einmal vollbracht sei, dann würde es sich im Hinblick auf die Staatseinnahmen äußerst positiv auswirken. Mit anderen Worten: Es handele sich um gut angelegtes Geld, um eine lohnenswerte Investition – für das Land und für dessen Bürger!
Und dennoch: Der gewaltige Steigungswinkel auf der Trasse ab Geislingen machte den Ingenieuren allergrößte Sorgen. Vor allem den Lokomotivbauern. Denn der steile Anstieg würde ihrer Lokomotive alles abverlangen. Dringend wurden deshalb neben besonders fähigen Trassenplanern im ganzen Land jetzt auch technisch hoch versierte Ingenieure benötigt. Männer, die dank ihrer Ausbildung und ihres überragenden technischen Verständnisses in der Lage waren, künftig noch wesentlich leistungsfähigere Maschinen zu konstruieren, mit denen Steigungen rascher und mit mehr angehängter Nutzlast überwunden werden konnten.
Ach, es war schon faszinierend zu lesen, was die neue Tech-

nik der Eisenbahn an technischen Herausforderungen und hochinteressanten Aufgaben für künftige Ingenieursgenerationen bereithielt. Aufgaben, mit denen sich der junge Daimler allzu gerne so rasch wie möglich beschäftigen würde. Allerdings, auch das war ihm durchaus bewusst, benötigte er zunächst einmal eine solide handwerkliche Ausbildung, um später den entscheidenden Schritt zu tun, der ihn aus Schorndorf herausführen würde. So sehr er sich einerseits in seinem liebenswerten Heimatstädtchen verwurzelt und geborgen fühlte und so schwer ihm dieser Schritt dann eines Tages sicherlich fallen würde, würden sich die Herausforderungen einer faszinierenden neuen Zeit, die unten am Neckar bereits begonnen hatte, stärker als jedes Heimweh erweisen. So lange, bis der technische Fortschritt in Gestalt einer sogenannten Remstalbahn endlich auch Schorndorf erreichen würde, konnte und wollte er keinesfalls warten.

Mit eiserner Willenskraft verfolgte Gottlieb seitdem seinen Weg, der ihn eines Tages zum Beruf des Ingenieurs führen sollte. Allein schon die Bezeichnung: Ingenieur! Welch ein magischer Klang in den Ohren des jungen Bäckersohns.
»Mach du das ruhig«, hatten ihm seine Brüder Johannes und Karl noch einmal ihrer Unterstützung versichert. Wie seinerzeit schon, als Gottlieb auf die Lateinschule hatte gehen dürfen: »Mach du ruhig weiter, wenn du magst. Für uns ist das sowieso nichts.« Voller Erleichterung über das Ende ihrer Schulzeit hatten sie ihn ermutigt, seinen Weg getrost weiter zu beschreiten. Ja, mehr noch, sie würden ihn sogar später während des Studiums finanziell unterstützen und von ihrem Gesellenlohn etwas zu seinem Unterhalt beisteuern. Das hatten sie Gottlieb feierlich in die Hand hinein versprochen. Samt einer einleuchtenden Begründung für diese großzügige Geste: »Wir sind nämlich froh und dankbar, dass du dich aus freien Stücken so entschieden hast. Denn als zweitältester Sohn hättest du ja auch ein Anrecht auf die Nachfolge in der Wirtschaft oder

in der Backstube besessen – womit folglich einer von uns, also wohl der Karl, sein Bündel hätte schnüren müssen. Dabei wollen wir doch beide lieber das Bäckerhandwerk lernen und können uns darüber hinaus vorstellen, die Bäckerei und die Wirtschaft später einmal sogar auch noch mit dem Christian gemeinsam zu führen.«

»Für mich wäre das nichts.«

»Eben drum. Du hast ja andere Vorlieben, was uns in dieser Hinsicht nur recht sein kann. Von daher ist es also auch billig, dass wir uns an deiner Ausbildung beteiligen werden. Schließlich sind wir ja eine Familie – und die muss gefälligst immer zusammenhalten.«

Vonseiten seiner Familie gab es also keinen Hinderungsgrund. Das noch vor Jahren für einen einfachen Bäckerbuben aus dem Remstal undenkbare Ziel war schlagartig näher gerückt.

Ingenieur! Wie sich das anhörte! Aber bis dahin lag noch eine lange Strecke vor ihm. Denn nach Meinung seiner Eltern sollte er trotz allem Talent erst einmal »etwas Gescheites« lernen, bevor die Flausen in seinem Kopf allzu große Dimensionen annahmen. Und zwar etwas, mit dem er zur Not, wenn es am Ende mit dem Ingenieur halt doch nicht klappen sollte, später sein Auskommen haben könnte. Aber was konnte das sein? Dass er nicht als Bäcker arbeiten wollte, das hatten die Eltern ja längst begriffen und akzeptiert. Eher etwas Technisches also. Denn Gottliebs Lehrer lobten ja sein erstaunliches technisches Geschick – neben seinen besonderen zeichnerischen Fähigkeiten. Also ein technischer Beruf, womöglich im Metallbereich. Etwas, bei dem man die Begeisterung für Technik und ein zeichnerisches Talent gut kombinieren konnte. Ein Beruf, den man vielleicht sogar als gute Grundlage für die spätere Ingenieursausbildung nutzen konnte.

Da war doch der Nachbar in der Höllgasse …

Ja, das war es! Natürlich: der Wilke! Ganz plötzlich war Johannes Däumler auf diese im wahrsten Sinn des Wortes zündende Idee gekommen. Ein naheliegender Gedanke,

auf den man, wie es eben gemeinhin so ist, meistens erst ganz zum Schluss kommt – wenn überhaupt.
Aber genau das war es. Der Nachbar. Der Büchsenmacher. Ganz klar! Hoffentlich hatte der die Lehrstelle für das kommende Jahr noch niemandem versprochen!
Auf diese Frage war zum guten Glück die richtige Antwort erfolgt. Die Stelle als Lehrbub war noch frei. Und der Nachbarsjunge war ihm auch durchaus willkommen.
Somit begann Gottlieb also im Jahr 1848 in der Höllgasse 5 beim Nachbarn der Däumlers, dem Büchsenmachermeister Johann Christoph Wilke, eine Büchsenmacherlehre.

Manchmal brachte Gottlieb, der sich rasch als überaus fleißiger und wissbegieriger Lehrling entpuppte, seinem Lehrherrn sogar ein noch warmes Brot mit zur Arbeit, »als kleinen Gruß von meinem Vater«. Ein Mitbringsel, das bei Wilke jedes Mal auf große Begeisterung stieß, denn zum morgendlichen Vesper ein ganz frisches Brot verspeisen zu können, das war für ihn der Gipfel aller kulinarischen Genüsse. Wo man doch gemeinhin im Schwäbischen das frische Brot erst einmal zwei bis drei Tage lang auf das Brotregal im Keller zu legen pflegte, wodurch der Appetit deutlich gezügelt wurde. Denn frisches, knuspriges Brot schmeckte nun mal wesentlich besser als ein älteres. Dementsprechend üppig fiel dann der Verbrauch an frischen Brotlaiben aus. Umso größer war deshalb Wilkes Freude, wenn ihm sein Lehrbub quasi an den strengen Augen seiner Ehefrau vorbei ein solches Brot in die Werkstatt schmuggelte. »Als hätte es dein Vater geahnt, dass mir bereits das Wasser im Mund zusammengelaufen ist, denn es hat ja heute morgen von eurer Backstube schon so gut herübergerochen …« Ja, doch: Der Büchsenmachermeister hätte es schlechter erwischen können mit seinem Lehrling. Obwohl – an manchen Tagen konnte es plötzlich vorkommen, dass der sonst so muntere Gottlieb noch gewaltig müde und verschlafen in die Werkstatt schlich. Das war im

Grunde genommen kein Wunder und hatte eine einfache Erklärung in der Tatsache, dass Gottlieb seinem Vater in aller Herrgottsfrühe beim Anzünden des Ofens und beim Teigmachen hatte helfen müssen, weil dessen Geselle an diesem Morgen entweder verschlafen hatte oder krank geworden war. Doch Erklärung hin oder her: das war ja nicht Wilkes Sache. Er war schließlich Büchsenmacher und kein Verleiher von Aushilfsbäckern. Und so musste der junge Gottlieb an solchen Tagen nicht nur einen überaus mürrischen Lehrmeister ertragen, sondern sich auch den ganzen Morgen über immer wieder den verdrießlichen Kommentar des Meisters anhören: »Es ist halt doch nicht gut, wenn die Kerle aus der unmittelbaren Nachbarschaft kommen. Sie konzentrierten sich dann nicht auf ihre eigentliche Arbeit, sondern stehen mit einem Bein noch in ihrem Elternhaus.«
Aber so ganz ernst war das nicht gemeint, und schon wenige Stunden später war Wilkes Zorn auch wieder verraucht – allerspätestens am nächsten Morgen, wenn der Lehrling wieder einmal »ganz zufällig« mit einem frisch gebackenen Brotlaib daherkam. Und so überwog in den Augen des Büchsenmachers eben doch die Überzeugung, dass der junge Däumler, trotz seiner gelegentlichen Müdigkeit am Morgen, im Grunde genommen keinerlei Anlass für größere Klagen bot. Außerdem stellte er sich wirklich sehr geschickt an – und von seinem Fleiß brauchte man wie gesagt erst gar nicht zu reden. Wilke hatte mit Gottlieb Däumler also »einen recht guten Fang gemacht«, wie er eines Tages seinem freudestrahlenden und über dieses Lob besonders stolzen Nachbarn berichtete. »Er wird mir ab dem zweiten Lehrjahr sogar schon manchmal zur Hand gehen können, und ich lasse ihn dann auch kleinere Vorarbeiten selbstständig erledigen – so geschickt, wie er sich jetzt schon anstellt. Das wird was mit deinem Gottlieb. Da bin ich mir ganz sicher. Aus dem wird mal ein richtig guter Büchsenmacher. Das habe ich nach all den Lehrlingen, die schon bei mir durch die Werkstatt gegangen sind, mitt-

lerweile im Gefühl. Es ist nämlich immer ein gutes Zeichen, wenn ein Lehrling seinem Meister schon im zweiten Lehrjahr die eine oder andere Arbeit abnehmen kann.« Was für ein Lob! Und das aus dem Munde des ansonsten eher wortkargen und ziemlich pingeligen Johann Christoph Wilke! Im Nachhinein durfte sich Johannes Däumler also selbst beglückwünschen, seinem Sohn diese Lehrstelle verschafft zu haben. »Besser ein guter Büchsenmacher als ein unglücklicher Bäcker!« Genau so musste man die Dinge sehen. Zumal sich Gottliebs Brüder dadurch mit umso größerem Eifer in der elterlichen Backstube nützlich machen konnten. Die Familientradition blieb also auf alle Fälle gewahrt!

Die Weichen waren nun gestellt, und so hätte es nach Ansicht des Bäckermeisters Däumler in Schorndorf getrost bleiben können. Gerne ruhig auch für immer, denn jeder in der Familie hatte sein Auskommen und seine berufliche Perspektive. Alles ging seinen normalen Gang. Doch mit einemmal wurde der familiäre Friede durch äußere Einflüsse ganz gewaltig gestört. Die Jahre 1848 und 1849 verliefen völlig anders, als sich das die meisten Bürger noch wenige Monate zuvor hatten träumen lassen! Kaum hatte der 14-jährige Gottlieb so richtig in seinem neuen Büchsenmacherdasein Fuß gefasst, da überstürzten sich plötzlich die politischen Ereignisse in Deutschland. Das heißt – und das war das eigentlich Verstörende daran – eben nicht nur im Deutschen Reich, sondern sogar im eher ruhigen Königreich Württemberg! Wohin man auch blickte: Überall standen die Zeichen mit einem Mal auf Unruhe und Protest. Die Revolution! Du meine Güte! Wohin sollte das nur führen? Sogar dem König Wilhelm waren im Landtag vonseiten der Abgeordneten anscheinend harsche Worte entgegengeschleudert worden. Dem König! Unfassbar!
Natürlich wurde auch in einer schwäbischen Kleinstadt wie Schorndorf diese Entwicklung mit gespanntem Interesse verfolgt und in Weinstuben wie solchen der Familie Däum-

ler dementsprechend heftig diskutiert. Manchmal führte das sogar zu Handgreiflichkeiten zwischen den beiden politischen Lagern, die sich immer mehr in einer aggressiven Feindseligkeit gegenüberstanden. Vor allem dieses direkte Aufeinanderprallen von eher national-konservativ gesinnten Bürgern mit Anhängern einer radikalen sozialistischen Gesinnung sorgte regelmäßig dafür, dass am folgenden Tag so mancher der streitlustigen Politisierer mit einer Beule am Kopf durch die Schorndorfer Gassen humpelte.

Voller Interesse verfolgte der junge Gottlieb diese für ihn im Grunde genommen höchst unterhaltsamen Auseinandersetzungen, und das, obwohl er abends nach Beendigung der Arbeit immer todmüde war und am liebsten einfach ins Bett gefallen wäre, aber andererseits … Wenn es halt nicht so interessant wäre, was sich die Leute da gegenseitig mit immer schärferen Argumenten und einer sich steigernden Lautstärke an den Kopf warfen. Seine Eltern schienen dabei eindeutig aufseiten der gemäßigten Partei zu stehen, zu der sich auch Gottlieb irgendwie stärker hingezogen fühlte, jedoch klangen ihm die Argumente der Gegenseite in mancherlei Hinsicht ebenfalls stichhaltig.

War die Nachricht, dass der Abgeordnete Friedrich Hecker im April 1848 im benachbarten Großherzogtum Baden, genauer gesagt in Konstanz, die Republik ausgerufen hatte – schon für sich genommen ein ungeheuerlicher Vorgang –, in Schorndorf zunächst mit ungläubigem Staunen aufgenommen worden, verbunden mit der festen Überzeugung aller Parteien, dass »so etwas« im Königreich Württemberg völlig undenkbar sei, wurden die Zeiten nun doch auch hierzulande zusehends turbulenter. Mehr und mehr nahm die Auseinandersetzung an Schärfe zu, bis sie nach einem Jahr auf ihren Höhepunkt zugetrieben war – zumindest aus württembergischer Sicht.

Denn nach ihrer Vertreibung aus Frankfurt tagte die Deutsche Nationalversammlung seit Anfang Juni 1849 nun plötzlich in Stuttgart. Und das ausgerechnet auf Einladung des württembergischen Justizministers Friedrich Römer!

Wie ein Lauffeuer machte die sensationelle Nachricht auch im Remstalstädtchen Schorndorf die Runde. Stuttgart: Schlagartig war aus der eher gemütlichen schwäbischen Hauptstadt damit das politische Zentrum aller Staaten des Deutschen Bundes geworden! Wer hätte eine solche Entwicklung jemals für möglich gehalten? Und was die Angelegenheit noch erstaunlicher, um nicht zu sagen unerklärlicher machte, das war die Beobachtung, dass König Wilhelm I. von Württemberg sogar gewillt schien, die Anwesenheit dieser doch eher der Monarchie feindlich gesinnten Abgeordneten in Stuttgart auf Dauer dulden zu wollen. Womöglich wäre es auch wirklich so gekommen, wenn da nicht die zunehmende Radikalisierung gewesen wäre, die letztendlich dazu führte, dass die Vertreter des Rumpfparlaments schließlich auch in Stuttgart zu unerwünschten Personen erklärt wurden und – jetzt sogar auf Betreiben des von den allzu radikalen Beschlüssen der Versammlung inzwischen maßlos enttäuschten Friedrich Römer – durch das Militär aus Stuttgart vertrieben wurden.
Gleich nach dieser dramatischen Zuspitzung überstürzten sich die Ereignisse aber noch ein weiteres Mal: Nach der Flucht des badischen Großherzogs Leopold aus seinem Land marschierten die von ihm zu Hilfe gerufenen preußischen Truppen in Baden ein, wo sie mit äußerster Härte gegen die Aufrührer vorgingen.
Was für eine Schande! Ein unverzeihlicher Fauxpas war das in den Augen der württembergischen Nachbarn. Wie konnte der Großherzog denn nur die Preußen zu Hilfe rufen? Ausgerechnet die Preußen! Grässlich!
Es dauerte Wochen, bis sich die erregten Gemüter wieder einigermaßen beruhigten. Doch auch wenn die politischen Debatten allmählich abebbten und das Interesse an der Politik mehr und mehr der Enttäuschung gewichen war, hatten die ganzen Auseinandersetzungen auch ihr Gutes gehabt, darin war sich zumindest Gottlieb Däumler einigermaßen sicher. Denn er hatte so manche interessanten Erkenntnisse aus diesen Diskussionen gewinnen können.

Zum Beispiel jene, dass er sich seitdem eher dem bürgerlichen Lager nahestehend empfand. Und königstreu war man in der Familie Däumler sowieso ja schon immer gewesen.
Aber noch eine andere Weichenstellung war in diesen Tagen erfolgt: Man veränderte den Familiennamen und nannte sich fortan Daimler.
Daimler statt Däumler. Auch bei dieser Namensanpassung war Gottlieb die treibende Kraft gewesen. Trotz seines jugendlichen Alters hatte er sich mit seinem Vorschlag bei den Eltern und den Geschwistern durchgesetzt. Der Grund dafür lag in einem heftigen Wortgefecht begründet, in das er eines Abends während einer feucht-fröhlichen Zusammenkunft mit gleichaltrigen Gesellen in einer Schorndorfer Wirtschaft verstrickt worden war. Sein sicherlich nicht mehr ganz nüchterner Tischnachbar war anscheinend plötzlich der Meinung gewesen, sich aus Gottliebs Nachnamen einen Spaß machen zu können. »Däumler. Wie komisch sich das anhört. Fast wie der kleine Däumling, obwohl du so klein doch gar nicht geraten bist, Däumler. Ja sag einmal, kannst du mir diese sonderbare Verwandtschaft vielleicht erklären?«
Der unverschämte Bursche hatte damit auf das in den vergangenen Jahren auch in Deutschland populär gewordene, uralte französische Volksmärchen »Der kleine Däumling« angespielt, bei dessen Hauptperson es sich um ein Kind handelte, das bei seiner Geburt so winzig wie ein Daumen gewesen war. Seine bitterarmen Eltern hatten sich während einer Hungersnot nicht anders zu helfen gewusst, als den kleinen Däumling und dessen Geschwister im Wald auszusetzen, um sie dort einem ungewissen Schicksal zu überlassen. Aber ausgerechnet der kleine Däumling hatte am Ende alle retten können.
»Na ja, ein pfiffiger Bursche scheinst du dem Hörensagen nach ja schon zu sein, Däumler«, fuhr der andere munter fort, ohne sich um den sichtbaren Verdruss zu scheren, den er mit seinen frechen Worten bei seinem Gegenüber längst

hervorgerufen hatte. »Schade nur, dass dich deine Eltern nicht gleich Hänsel getauft haben, so wie Hänsel und Gretel, wo die Kinder ja auch mutterseelenallein aus dem Wald zurückfinden müssen. Hänsel, ha, das wäre doch ein schönerer Name für dich als so ein gewöhnlicher Gottlieb. Hänsel Däumler. Ja, das ist es! Hört alle mal her, der da, der heißt ab jetzt Hä …«

Weiter kam er nicht. Das Wort blieb ihm buchstäblich im Hals stecken, denn wie eine Sprungfeder war der wutentbrannte Gottlieb in die Höhe geschnellt, hatte das Lästermaul heftig am Kragen gepackt und schickte sich gerade an, seine geballte Faust in die hämische, deutlich vom Alkohol verschleierte Visage des Kontrahenten zu donnern. Doch zum guten Glück für beide Beteiligten befanden sich ihre Nebensitzer noch in einem einigermaßen nüchternen Zustand und reagierten geistesgegenwärtig. Mit vereinten Kräften gelang es ihnen, den zornbebenden Gottlieb von seinem Opfer wegzureißen und ihn aus der Gaststätte zu bugsieren, wo er an der frischen Luft schließlich keuchend um Atem rang. Wer weiß, wie die Geschichte ausgegangen wäre? Auf alle Fälle war dieses Ende das bessere für alle, auch wenn Gottlieb zwischendurch einen weiteren Versuch machte, zurück in die Wirtschaft zu stürmen, um die verdiente Tracht Prügel doch noch an den richtigen Adressaten zu bringen. Aber auch dieses Mal wurde die wütende Attacke durch das entschiedene Eingreifen seiner Mitgesellen verhindert.

Als Konsequenz dieses Abends erfolgte jedoch die Namensänderung der Familie, eben von Däumler zu Daimler. Wie gesagt: Die gesamte Familie zeigte sich sofort damit einverstanden, denn in der Tat war ihnen der eigentümliche Nachname schon des Öfteren lästig gewesen. Beispielsweise, wenn es in den Augen eines Fremden wieder einmal schalkhaft aufblitzte, sobald man sich mit Nachnamen vorgestellt hatte. Auch von behördlicher Seite gab es keinerlei Hinderungsgründe für die Umbenennung, schließlich war es ja genau die Zeit, in der viele Namen und

Begriffe im Deutschen Reich aus Gründen der von allen Seiten für notwendig erachteten Vereinheitlichung der Deutschen Sprache sogar von Amts wegen eine neue Bezeichnung zugeteilt bekamen. Somit war aus der Bäckerfamilie Däumler in Schorndorf nunmehr die Familie Daimler geworden.

Unzweideutig.

Klar.

Gottlieb … Daimler. Ja, doch. Das klang besser. Erst recht für den Ingenieur, der aus ihm eines Tages werden sollte. Doch zunächst galt es, das Augenmerk auf einen möglichst guten Berufsabschluss zu richten. Zu zeigen, dass handwerklich etwas in ihm steckte. Und so wurde Gottliebs Gesellenstück ganz bewusst zu einer besonders anspruchsvollen Herausforderung, der er sich freilich nach beinahe dreieinhalbjähriger Lehrzeit bestens gewachsen fühlte. Es handelte sich dabei um eine doppelläufige Taschenpistole mit gezogenem Lauf. Sämtliche Teile waren von Gottlieb selbst hergestellt worden, sogar diese wunderbar fein ziselierten Beschläge, für die er vom Meister Wilke ein besonders großes Lob bekam.

Und nicht nur von dem, auch sein Bruder Christian kam aus dem Staunen gar nicht mehr heraus, als er Gottliebs Gesellenstück vorgeführt bekam. »Ob ich sie vielleicht auch mal halten darf«, murmelte der Siebenjährige sehnsuchtsvoll, der seinen Blick gar nicht mehr von dem Prachtstück lösen konnte, das er mit großen Kinderaugen betrachtete.

»Aber sicher, sie ist ja nicht aus Porzellan.« Voller Stolz legte Gottlieb die schwere Pistole sachte in die winzigen Hände seines Bruders. »Hier bitte, aber sei ja vorsichtig damit!«

»Weil man damit schießen kann?«, fragte der Kleine, dessen Stimme vor Aufregung vibrierte.

»Ja, auch deswegen. Man kann damit auch schießen.« Gottlieb nickte lächelnd, um dann im Konjunktiv fortzufahren: »Das heißt, man könnte … Aber das tut man nicht – und schon gar nicht zielt man mit so etwas auf Menschen.«

»Aber wenn doch gar keine Kugel drin ist?«

»Das tut man trotzdem nicht, man kann ja nie wissen.«
»Wieso hast du die Pistole dann überhaupt gemacht, wenn man damit nicht schießen soll?«
»Weil's halt mein Gesellenstück ist.«
»Aha ...«, die ratlose Miene des kleinen Christian sprach Bände.
Doch diese Erklärung musste für den Augenblick genügen. Mehr war dazu auch gar nicht zu sagen. »Komm jetzt, gib sie mir wieder. Ich lege sie in die Schatulle – und dann kann endlich die Feier beginnen. Endlich ist die Lehrlingszeit vorbei. Das wird jetzt gefeiert. Auf geht's! Komm!« Es wurde eine ausgelassene und fröhliche Feier, die so lange währte, dass der Bäckermeister Daimler gar nicht mehr ins Bett zu gehen brauchte, sondern gleich schnurstracks den Weg in die Backstube nahm, um mit seinem Tagwerk zu beginnen. Ehrensache, dass ihm Gottlieb dabei hilfreich zur Seite stand, denn »wer feiert, der muss auch den nächsten Morgen aushalten können«. Dieser Satz galt bei den Daimlers seit je als eherne Maxime, das brauchte man gar nicht mehr extra zu betonen. Eine Selbstverständlichkeit halt.

Kurz danach hieß es für Gottlieb, von Schorndorf Abschied zu nehmen, denn nach dem erfolgreichen Abschluss seiner Büchsenmacherlehre konnte er nun sein eigentliches Berufsziel näher ins Auge fassen, so wie er das ja schon immer geplant hatte. Aber dass ihm der Abschied von der Familie dermaßen schwerfallen würde ... nein, das hätte sich der inzwischen 18 Jahre alte junge Bursche nicht im Entferntesten träumen lassen. Und infolgedessen natürlich auch nicht bedacht. Wo sein ganzes Denken doch schon seit Jahren darauf ausgerichtet war, eines Tages seine Koffer zu packen und in Stuttgart den Ingenieur zu machen. »Grau ist alle Theorie«, kommentierte sein Vater angesichts der zitternden Stimme seines Sohnes trocken, bevor er sich selbst verstohlen eine Träne aus dem Augenwinkel wischte.
Während die Mutter ihren Gottlieb mit zitternden Händen

noch einmal fest an sich drückte, um sich danach rasch umzuwenden, war es nun vor allem die Verabschiedung von seinen Geschwistern, die ihm mehr zu schaffen machte, als er das für möglich gehalten hätte. Erst recht, als er mit ansehen musste, wie bei seinem kleinen Christian die Tränen mittlerweile in wahren Sturzbächen über die Wangen kullerten. Spätestens jetzt rang auch er mühsam um Fassung.
»Sehe ich dich jetzt also wirklich nie mehr im Leben, Gottlieb?«
»Aber nein, wie kommst du denn nur auf so etwas, du Dummerchen.« Gottlieb schüttelte besonders energisch seinen Kopf, um damit hoffentlich den würgenden Kloß im Hals, der in ihm bei diesen Worten seines Bruders aufgestiegen war, wenigstens einigermaßen bekämpfen zu können.
»Ja, und was habe ich dir dann getan, dass du uns trotzdem einfach verlassen willst?« Es war die reine Verzweiflung, in die sich der Kleine hineingesteigert hatte.
»Christian! Jetzt übertreib's mal nicht. Spätestens in vier Wochen werde ich wieder bei euch vorbeigucken. Versprochen! Aber jetzt muss ich rasch los, weil ich sonst noch die Abfahrt der Postkutsche verpasse. Nein, nein«, gebot er dem Kleinen Einhalt, »du bleibst bitte hier und kümmerst dich um die Mama, versprich mir das.«
Mit vor Aufregung schweißnassen Händen griff Gottlieb nach seinen beiden vollgepackten Lederkoffern. Dann wandte er sich abrupt um und stapfte mit weit ausholenden Schritten in Richtung Marktplatz davon. Bloß keine weiteren Verabschiedungsszenen mehr. Sich ja nicht mehr umdrehen. Schnell fort zur Poststation, wo inzwischen sicher schon die Kutsche bereitstehen würde. Ein einziger kurzer Blick zurück in das tränenüberströmte Gesicht seines kleinen Bruders und schon wäre es auch um seine mühsam aufgebaute Fassade der Selbstsicherheit geschehen. Möglicherweise sogar um sein ganzes Vorhaben. Aber das durfte natürlich nicht sein.

So gewaltig dieser Schritt von Schorndorf nach Stuttgart für den genauso talentierten wie ehrgeizigen Büchsenmachergesellen im Sommer des Jahres 1852 auch sein mochte, damit bot sich ihm die große Chance, seine jahrelangen Jugendträume tatsächlich wahr werden zu lassen. An der Polytechnischen Schule, der vormaligen Stuttgarter Gewerbeschule, durfte sich Gottlieb im Fach Maschinenbau als außerordentlicher Schüler einschreiben. Eine Möglichkeit, die ihm nur deshalb offen stand, weil er seine Gesellenprüfung mit so glänzendem Erfolg absolviert hatte.

Doch letztendlich war ihm die Aufnahme eines solchen Studiums nur deswegen möglich, weil ihn die Familie, wie es seine Brüder versprochen hatten, in überaus großzügiger Weise unterstützte. Nie und nimmer hätten die Eltern das Geld gehabt, um all ihren Kindern eine solche Ausbildung zu finanzieren. Das langte nur für einen aus der Familie. Gottlieb aber war nun einmal in technischer Hinsicht der fähigste Kopf, außerdem war er ja auch der Einzige, den es zu diesen neuen Herausforderungen drängte. Im Gegensatz zu seinen Brüdern Johannes und Karl, die ihre Heimat im Remstal keinesfalls verlassen wollten, sondern lieber die elterliche Back- und Weinstube übernahmen. Und so machten sie also umso lieber ihr Versprechen wahr, Gottlieb während seines Studiums dementsprechend unterstützen zu wollen. Ein Entgegenkommen, das er den beiden zeit seines Lebens niemals vergessen würde. Sie waren es, die Gottlieb Daimler damit jenen Weg ebneten, auf dem sein Traum nunmehr Wirklichkeit werden konnte.

Vorausgesetzt natürlich, er ließ es beim Studium nicht an der notwendigen Disziplin fehlen, sondern setzte sich ordentlich auf den Hosenboden. Sich ja nicht von den Verlockungen dieser großen Stadt ablenken lassen, sondern immer das große Ziel im Auge behalten. Ingenieur. Dampfmaschinen. Lokomotiven. Bewegung. Nur die Allerbesten würden es schaffen!

Schon wenige Wochen nach Aufnahme seines Studiums, gleich zu Beginn der zweiten Jahreshälfte 1852 also, war dank einer Empfehlung von Gottliebs Lehrer ein wichtiger und einflussreicher Mann auf den jungen Studenten aufmerksam geworden: kein Geringerer als der vom württembergischen König Wilhelm mit der Förderung der Industrialisierung und des Gewerbes beauftragte Ferdinand Steinbeis, der königlich-württembergische Regierungsrat und Leiter der Zentralstelle für Handel und Gewerbe! Der Eindruck, den Steinbeis nach einem Gesprächstermin vom jungen Daimler bekommen hatte, konnte kein schlechter gewesen sein. Denn dessen weitere Ausbildungsschritte wurden nun von Steinbeis persönlich in die Hand genommen, was ganz konkret zur Folge hatte, dass Gottlieb nur ein halbes Jahr später zur Vervollkommnung seiner handwerklichen Fertigkeiten erst einmal in eine der wichtigsten und fortschrittlichsten industriellen Fabrikationsstätten weit und breit geschickt wurde. Das freilich brachte eine noch weitere Entfernung von der Heimat mit sich, denn der Sitz der Firma Rolle & Schwilgue befand sich außerhalb des Königreichs Württemberg, im Elsass. Genauer gesagt in einem Ort namens Grafenstaden, etwas südlich von Straßburg. Zum ersten Mal im Leben war Gottlieb damit im Ausland. Und dann auch gleich noch auf der linksrheinischen Seite! Was freilich nach Meinung von Steinbeis insofern eine praktische Angelegenheit war, weil die Leute im Elsass allesamt die deutsche Sprache beherrschten und Daimler quasi nebenbei auch noch Französisch lernen konnte.

Eine weitere Lehrzeit also. Aber wenn er wirklich gewillt sei, aus seinem Leben »etwas Gescheites« zu machen, dann sei ein solcher Schritt unabdingbar, hatte ihm Steinbeis in deutlichen Worten zu verstehen gegeben. Eine klare Ana-

lyse. »Entweder Sie machen es genau so, wie ich Ihnen das empfohlen habe, junger Mann, oder Sie werden als einer von vielen in der grauen Masse weiterschwimmen. Es ist ganz allein Ihre Entscheidung!«
Es dauerte nur wenige Augenblicke, dann hatte der Ehrgeiz über das Herzklopfen gesiegt.

Dort in Grafenstaden begann Gottlieb Daimler ab dem 20. Januar 1853 seine zweite Lehre. Dieses Mal auf dem Gebiet der Werkzeugtechnik und des Maschinenbaus. Schon bald stand für Gottlieb fest, dass Steinbeis in der Tat keine bessere Wahl hätte treffen können, denn die Firma Rolle & Schwilgue war im weiten Umkreis nicht nur führend auf dem Gebiet des Maschinenbaus, sondern auch stark auf die technischen Anforderungen der kommenden Jahre ausgerichtet. Was nichts anderes bedeutete, als dass man demnächst auch mit der Herstellung von Lokomotiven beginnen wollte – und damit der Firma Maschinenfabrik Karlsruhe, dem beinahe schon legendären Pionier im Lokomotivenbau, ausgerechnet auf diesem faszinierenden Feld der neuen Technik Konkurrenz zu machen gedachte. Eine überaus anspruchsvolle, um nicht zu sagen gewagte Herausforderung! Wofür natürlich besonders gut ausgebildete Arbeiter benötigt wurden, die man am besten im eigenen Haus für diese ganz neue Technik ausbilden würde.
Das wiederum war ganz im Sinne des württembergischen Gewerbeförderers Steinbeis. Denn nur mit solchen Leuten konnte es in den kommenden Jahren gelingen, das immer noch äußerst wirtschaftsschwache Königreich Württemberg in eine gesicherte Zukunft zu führen. Dazu war ein rascher Ausbau der württembergischen Eisenbahn unabdingbar. Leichter gesagt als getan freilich. Denn allein die Überwindung des Albaufstiegs würde auf Dauer gesehen viel stärkere und leistungsfähigere Lokomotiven erfordern, als sie momentan im Einsatz waren!
Nachdem man bekanntlich im Jahr 1850 die Eröffnung der Südbahnstrecke von Stuttgart bis nach Friedrichshafen an

den Bodensee hatte feiern können, war bereits klar ersichtlich, dass die Entwicklung weiterhin rasch vonstattengehen musste. Denn die mit dem Bau verbundene gigantische Investition, die das Land (und sogar auch das Königshaus ganz persönlich) bis an den Rand des Ruins getrieben hatte, war immerhin erfolgreich getätigt, doch auszahlen würde sich das alles erst in einigen Jahren. Und auch dann nur, wenn man es jetzt schaffte, die Lokomotiven wesentlich leistungsfähiger zu machen. Der erste Schritt war zwar geschafft, doch wie hieß es im Volksmund so richtig: »Wer rastet, der rostet.« In der Tat! Keine Zeit, sich auf den Lorbeeren auszuruhen, denn auch in den anderen deutschen Ländern hatten sie schließlich nicht geschlafen und den Eisenbahnbau ebenfalls nach Kräften vorangetrieben.

Und im Übrigen: Trotz allen Jubels über die technische Meisterleistung des Albaufstiegs durfte man nicht verkennen, dass Württemberg noch immer meilenweit hinter den schon vor Jahrzehnten entstandenen, bedeutenden industriellen Zentren im Ruhrgebiet, im Raum Köln und Nürnberg zurücklag – vom Ausland, vor allem von England, dem Mutterland der Industrialisierung, gar nicht erst zu reden!

Wer in diesen Jahren um die Mitte des 19. Jahrhunderts als Reisender im Königreich Württemberg unterwegs war, konnte mühelos mit eigenen Augen sehen, wie ärmlich und karg es in großen Teilen dieses Landes zuging. So arm waren die Leute hier, dass vielen Familien gar nichts anderes übrig blieb als auszuwandern, weil sie in ihrem Dorf einfach kein Auskommen mehr fanden. Vielen der doch so bodenständigen Älbler und Schwarzwälder Bauern brach es beinahe das Herz, ihrer geliebten Heimat für immer den Rücken kehren zu müssen. Aber für so viele hungrige Mäuler reichte es in den Dörfern einfach nicht. Dafür waren die Böden zu karg, das Klima zu rau – und die Menschen einfach zu viele. Da konnte man sich als Bauer noch

so krummlegen, man kam auf keinen grünen Zweig. Auch dann nicht, wenn man versuchte, eine Arbeit in der Stadt zu finden. Genügend Fabriken gab es nicht, die so viele Leute hätten beschäftigen können. Was also tun, bevor der Hungertod drohte und womöglich die anderen gleich mit in den Abgrund riss? Da blieb eben nur noch, das Bündel zu schnüren und auszuwandern. Manche Dörfer finanzierten ihren »Hungerleidern« oft genug sogar noch die Schiffskarte für die Überfahrt nach Amerika, nur um sie ein für alle Mal los zu sein. Es war besser, das Geld für die Fahrkarte auszugeben, als dass die Dorfgemeinschaft die Hungerleider zeitlebens im Armenhaus durchfütterte.
Eine unvorstellbar große Zahl an Menschen musste in diesen Jahren unter Tränen ihre Heimat für immer verlassen. Schwäbische Schicksale. Tausendfach. Es gab einfach keine andere Möglichkeit, wenn man überleben wollte. Für beide Seiten nicht. Mochten sie ein neues, ein besseres Leben in der Fremde finden. Vor allem in Amerika. Dem Land, in dem die Möglichkeiten grenzenlos sein sollten. Für alle. Ohne Rücksicht auf die Herkunft.
Wurde behauptet …
Es wäre den armen Landsleuten zu wünschen.
Hoffentlich stimmte es auch …
Aber Hauptsache, sie waren weg.

Doch schnell war den Verantwortlichen in der Regierung zu ihrem eigenen Erschrecken klar geworden, dass diese massenhafte Auswanderung von Landeskindern ein ganz anderes, gewaltiges Problem nach sich zog. Denn wenn vor allem die jungen Leute dem Land den Rücken kehrten, wenn sich also ausgerechnet die Jugend, die Zukunft, gezwungen sah zu gehen und folglich nur noch die Alten zurückblieben, dann konnte das auf Dauer nicht gut sein für das Land. Das war der Grund, weshalb man alles daransetzen musste, dass es mit der Industrialisierung rascher voranging. Genau deswegen brauchte man ganz dringend umfassend gebildete und tüchtige Leute. Möglichst solche mit internationaler Erfahrung, die sich auch in den Ländern weitergebildet hatten, in denen die Industrie ihren Siegeszug schon längst angetreten hatte. Leute wie der junge Büchsenmachergeselle Gottlieb Daimler, dem nach Meinung seines Förderers Steinbeis der Aufenthalt im Elsass gut bekommen würde.

Auch wenn das Heimweh den 19-Jährigen während seiner ersten Monate in Grafenstaden oftmals schon gewaltig plagte. Es war ja damit eine Trennung von der Familie in Schorndorf gleich für viele Monate verbunden – vielleicht sogar für mehr als ein halbes Jahr, bis er die Eltern und seine Brüder wieder in die Arme schließen konnte. Viel länger als ursprünglich geplant. Aber Urlaub gab es kaum – und wenn überhaupt, dann waren es nur ein paar Tage.

Und dann diese umständliche und vor allem langwierige Rückreise in die Heimat mit den genauso unsäglichen wie quälend langsamen Postkutschen, die zu allem Übel auch noch wie Nussschalen im Ozean schaukelten! Jedes Mal dauerte die Reise gut und gerne drei Tage – mit einigem Pech konnten aber auch vier Tage daraus werden. Drei Tage für die Hinreise und drei Tage für die Rückreise – womit der einwöchige Urlaub auch schon fast wieder vorbei war. Gottlieb konnte sich also von seiner Familie im Grunde genommen gleich wieder verabschieden, nachdem er grade erst in Schorndorf eingetroffen war!

Sogar mit den relativ teuren sogenannten Eilwagen war es schlechterdings unmöglich, die Strecke innerhalb von wenigstens zwei Tagen zu bewältigen. Diese Eilpost war zwar schneller unterwegs als der »normale« Beförderungsverkehr, aber die Pferde ermüdeten umso rascher und mussten spätestens nach drei Stunden in einer der zahlreichen Relaisstationen ausgespannt werden, was jedes Mal eine dementsprechende Fahrtunterbrechung mit sich brachte.

Aber was war denn mit dem neuesten aller Verkehrsmittel? Mit der viel gerühmten Eisenbahn? Ach, die Eisenbahn! Wer konnte sich so etwas schon leisten?

Die Fahrt mit diesem fauchenden, Feuer speienden Ungetüm war ja um ein Vielfaches teurer als eine Reise mit der Postkutsche. Das war nur etwas für richtig reiche Leute. Nichts für einen Gesellen mitten in der Ausbildung.
Zudem war es noch eine höchst umständliche Angelegenheit, besonders dann, wenn man, wie im Fall von Gottlieb Daimler, auch noch Ländergrenzen zu überwinden hatte. Denn zwischen dem Königreich Württemberg und dem Großherzogtum Baden gab es zwar seit dem Jahr 1853 eine durchgehende Eisenbahnverbindung, dank derer immerhin die beiden Hauptstädte Stuttgart und Karlsruhe direkt verbunden waren. Doch in der Praxis gestaltete sich das Reisen mit dem neuen Verkehrsmittel dennoch alles andere als einfach. Zum einen, weil die Badener ihre Eisenbahn nicht den direkten Weg von Stuttgart nach Karlsruhe hatten nehmen lassen, sondern die Strecke mit einem Umweg über Bruchsal geführt hatten, und zum anderen wirkte sich ein weiterer Nachteil noch wesentlich gravierender aus: das badische Eisenbahnnetz wies nämlich eine andere Spurweite auf, als die württembergische Trasse.
»Dieses umständliche Umsteigen und auf die Anschlüsse Warten, das kann doch nicht der Weisheit letzter Schluss sein – ganz abgesehen von den enormen Kosten für eine Fahrkarte«, hatte der ernüchterte Gottlieb sein kopfschüttelndes Fazit gezogen, nachdem er sich zunächst noch voller Hoffnung an die Planung einer solchen Eisenbahnfahrt vom Rhein an den Neckar gemacht hatte. Am Ende jedoch war ihm nichts anderes übrig geblieben, als zusammen mit all den anderen hustenden und schniefenden Fahrgästen wieder in die ungeliebte Postkutsche zu steigen. Ein echtes Ärgernis, das sich für den vernehmlich murrenden jungen Mann freilich zu einem unverhofften persönlichen Glücksfall ausweiten sollte. Aber das konnte er zu diesem Zeitpunkt noch nicht einmal ahnen.

Und so hieß es für Gottlieb Daimler zunächst, viele Monate weit von der Heimat und seiner Familie verbringen zu müssen. Und das auch noch ausgerechnet im Elsass, dessen Bewohner den Deutschen gegenüber eine eher distanzierte Haltung an den Tag legten. Im Grunde genommen war das verwunderlich, wenn man sich vor Augen hielt, dass das Elsass doch jahrhundertelang zum Heiligen Römischen Reich Deutscher Nation gehört hatte. Nun denn … Vielleicht bescherten ihm diese mangelnden Kontaktmöglichkeiten mit den Einheimischen insofern auch den Vorteil, dass er so erst gar nicht durch andere Dinge von seiner Konzentration auf die Ausbildung bei Rolle & Schwilgue abgelenkt werden konnte. Ja genau: Von dieser Warte aus musste er es betrachten – und ab und zu, wenn das Heimweh allzu übermächtig zu werden drohte, halt wieder einen Brief nach Schorndorf schreiben.

Wobei es sich in Gottliebs Fall besonders glücklich fügte, dass einer seinen wichtigsten Lehrmeister in dem Grafenstader Werk ein ehemaliger Lehrer am hoch angesehenen großherzoglich badischen Polytechnikum Karlsruhe war, Jakob Friedrich Meßmer – ein ganz besonders fähiger Mann, der zudem die äußerst seltene Eigenschaft besaß, technisches Wissen mit pädagogischem Geschick verbinden zu können. Die entscheidenden Grundlagen für Daimlers so oft bestaunte und umfassende Fertigkeiten im Maschinenbau wurden in den begeisternden Lehrstunden bei diesem großartigen Mann gelegt.

Das war natürlich die beste Therapie gegen Heimweh. Und was ihm das Leben in Grafenstaden nach einiger Zeit zusätzlich angenehmer machte, war die Tatsache, dass sich inzwischen ein weiterer Lehrling aus Schwaben hier eingefunden hatte. Der junge Mann hieß Adolf Groß. Rasch schlossen die beiden schwäbischen »Exilanten« Freundschaft, froh, in der Fremde wenigstens einen vertrauten Zungenschlag hören zu können. Und sympathisch war man sich ohnehin. Kein Wunder, denn die beiden teilten genau dieselbe Wissbegier und dieselbe Begeisterung für die neue Technik, von ihrem Ehrgeiz gar nicht erst zu reden. Aus dieser zufälligen Begegnung zwischen Gottlieb

Daimler und Adolf Groß würde eine Freundschaft entstehen, die sie beinahe über ihre gesamte Berufslaufbahn pflegen würden. Eine überaus vertrauensvolle Verbindung, die sich für beide junge Männer zunächst als überaus nutzbringend erwies – bis Gottlieb Daimler viele Jahrzehnte später schließlich den Tag verfluchen sollte, an dem ihn Adolf mit einem Mann bekannt gemacht hatte, der von nun an wie ein düsterer Schatten über seinem Leben lasten würde. Es handelte sich bei dem Mann um einen schwerreichen schwäbischen Industriellen, der den arglosen Daimler zunächst dazu verleiten würde, seine von ihm gegründete Firma zum Bau von Fahrzeugen und Motoren in einem neuen Unternehmen aufgehen zu lassen, der sogenannten Daimler-Motorenwagen-Gesellschaft, der DMG. Womöglich der schwerste Fehler in seinem Leben. Max Duttenhofer hieß der Mann. Aber eine solch negative Entwicklung konnten die beiden Freunde Adolf Groß und Gottlieb Daimler zu diesem Zeitpunkt in Grafenstaden natürlich nicht einmal im Entferntesten erahnen. Noch schimmerte die Zukunft der beiden jungen und ehrgeizigen Gesellen silbern und verheißungsvoll am elsässischen Horizont.

Der Monat Oktober des Jahres 1857 bedeutete einen weiteren Meilenstein auf dem Weg des talentierten Gottlieb Daimler. Denn in diesem Monat durfte er sich dank der Vermittlung von Ferdinand Steinbeis nicht nur wieder als sogenannter außerordentlicher Studierender an der Polytechnischen Schule in Stuttgart für das Studium des Maschinenbaus einschreiben, sondern es war ihm aufgrund seiner in Grafenstaden erworbenen praktischen Vorkenntnisse auch in Aussicht gestellt worden, die Studienzeit an dieser renommierten Lehranstalt mit insgesamt zwei Jahren sogar etwas verkürzen zu können. Aber dennoch! Noch eine Ausbildung! Und das, nachdem er doch inzwischen bereits zwei handwerkliche Ausbildungen absolviert hatte, wie sein Vater kopfschüttelnd vor sich hin brummelte, als ihm der freudestrahlende Gottlieb diese Nachricht überbrachte. »Also wirklich, jetzt bist du doch schon Büchsenmachergeselle und auch noch Maschinenbauer! Was soll denn noch alles kommen? Du scheinst mir ewig in irgendeiner Ausbildung festzustecken! Aber wann endlich wirst du einmal Geld verdienen, damit du auch einen eigenen Hausstand gründen kannst, so wie deine Brüder?«

»Ach, Vater – eins nach dem anderen. Die beiden Gesellenbriefe sind zunächst einmal ein festes Fundament, das ich für mein Studium gut gebrauchen kann. In der praktischen Anwendung bin ich den meisten Studierenden deswegen ziemlich überlegen, und das ist auch der Grund dafür, dass ich für dieses Studium nur zwei Jahre brauchen werde, wenn alles so läuft, wie ich es geplant habe. Du hast schon recht: Auf den ersten Blick sind diese zwei Ausbildungen schon etwas ungewöhnlich, zumal jetzt noch das Studium obendrauf kommt. Aber das hat schon seinen Sinn, denn was mir, zumindest in meinen Augen – und Herr Steinbeis sieht das ganz genauso – zur Abrundung

und in Vorbereitung auf zukünftige Aufgaben schon noch fehlt, das sind die theoretischen Grundlagen der Mechanik. Die technische Theorie, die man aber unbedingt beherrschen sollte, wenn man es in diesem Berufsfeld zu etwas bringen will. Nun ja, zumindest die Sache mit dem Geld ist ja zum guten Glück bestens für mich geregelt worden.«
Gottlieb spielte mit dieser Bemerkung auf die großzügige finanzielle Unterstützung an, die ihm der württembergische Unternehmensförderer Ferdinand Steinbeis ermöglichte. Ganz wie das seiner Linie entsprach, begabte und fleißige junge Leute vom Schlage eines Gottlieb Daimler nach Kräften zu fördern. Und dazu gehörte, dass man ihnen nicht nur eine gute Ausbildung, sondern im Anschluss daran auch ein wissenschaftliches Studium ermöglichen musste. Dies alles natürlich im wohlverstandenen Interesse der raschen Industrialisierung des Königreichs. Das war der Grund, weshalb der junge Schorndorfer dank eines königlichen Stipendiums die Polytechnische Schule kostenlos besuchen durfte, was freilich nicht heißen sollte, dass er »deswegen große Sprünge machen« könne, wie ihm Steinbeis beim abschließenden Gespräch mit strenger Miene, aber insgeheim in sich hinein schmunzelnd, bedeutete. Denn immerhin musste er von dieser Summe auch die Unterkunft und seine Verköstigung finanzieren, was ja ein ordentliches Geld verschlang. Nach Abzug dieser Kosten blieb so gut wie nichts mehr übrig. Steinbeis hatte knapp kalkuliert. Natürlich mit voller Absicht, denn das war ein zusätzlicher Ansporn für den neuen Studenten, sich nicht auf die faule Haut zu legen. Also nicht ein solches studentisches Lotterleben zu führen, wie man das von Zuständen an den sogenannten klassischen Universitäten nur allzu oft zu hören bekam. Zwei Jahre, das musste genügen. Und sei die Stofffülle auch noch so erdrückend.
Für Gottlieb war das natürlich alles andere als ein Zuckerschlecken. Auch wenn er all seine persönlichen Bedürfnisse zurückdrängte und in seinem Zimmer in äußerster Sparsamkeit, ja geradezu nüchterndster Kargheit lebte. Für das

Erreichen seines großen Ziels wollte er dieses Opfer gerne bringen, aber so sparsam er auch wirtschaftete, das Leben in der württembergischen Hauptstadt Stuttgart war immens teuer. Letztendlich war es wieder einmal die Großzügigkeit seiner Familie, dieses einmalige Zusammengehörigkeitsgefühl, der es letztendlich zu verdanken war, dass er finanziell einigermaßen über die Runden kam. Mit aller Kraft und ohne jedes Wenn und Aber wurde er von seinen Brüdern weiterhin unterstützt, genau so, wie sie es versprochen hatten. Das war ein herrliches Gefühl, diesen felsenfesten familiären Rückhalt verspüren zu dürfen.
Selbst der brummelnde Vater hatte sich schließlich »halt ins Unvermeidliche«, wie er es ausdrückte, gefügt. In der Mitte seines Studiums war dann die Tatsache, dass sich die Brüder sogar damit einverstanden zeigten, ihrem Gottlieb das väterliche Erbe schon jetzt in mehreren Raten als Bargeld auszuzahlen – was für die Familie einen gewaltigen Kraftakt bedeutete –, zur entscheidenden Hilfestellung geworden. Eine Hilfe, die nicht vergebens sein würde, das versicherte ihnen der zu Tränen gerührte Gottlieb mit einem festen Handschlag, »und zwar verspreche ich euch das bei allem, was mir lieb und teuer ist. Das werde ich euch niemals vergessen!« Darin waren sich alle in der Familie aber sowieso völlig einig. Ihr Sohn beziehungsweise der Bruder würde das Vertrauen, das sie in ihn setzten, keinesfalls enttäuschen.
Und in der Tat: Mit der Abschlussnote »gut« dankte es Gottlieb nach zwei Jahren am Polytechnikum all seinen Unterstützern. Der erste Schritt war damit getan. Aber das musste noch lange nicht das Ende sein. Gottlieb Daimler stellte jetzt geradezu den Prototypen fundiert geschulter junger Männer dar, die das Königreich so dringend brauchen konnte. Und er war neben diesen umfassenden Kenntnissen auch noch fleißig, begabt, wissbegierig, weltläufig und zweisprachig – ganz nach dem Geschmack von Ferdinand Steinbeis! Deshalb empfahl ihm der württembergische Wirtschaftsförderer, jetzt gleich, unmittelbar

nach dem Studium, mit seinen neu erworbenen Kenntnissen noch einmal zurück nach Grafenstaden zu gehen, wo ja inzwischen in verstärktem Maße die schweren Dampfmaschinen gebaut wurden. »Also erst noch einmal diese Station, da kennen Sie sich inzwischen ja aus und können mit Ihren neuen Fähigkeiten die Dinge nunmehr von einer ganz anderen Warte aus angehen. Und danach sollten Sie sich im »richtigen Ausland« intensiv weiter umsehen.«
Gottlieb Daimler, der nach dem Ende seines Studiums einen ganz anderen Ratschlag von seinem Gönner erwartet hatte, runzelte genauso überrascht wie skeptisch die Stirn: »Noch mal Grafenstaden. So schlecht, wie die einen bezahlen. Also, ich weiß nicht – finanziell wird das nicht einfach werden.«
Doch Steinbeis ließ sich von diesem Argument natürlich nicht beeindrucken. Beschwichtigend hob der alte Mann, der nur allzu genau darüber im Bilde war, wie es in Daimler gerade rumorte, die Hände. »Abwarten junger Mann. Einfach abwarten. Das mit den Finanzen werden wir schon hinbekommen.«
Und so gelangte Gottlieb Daimler – niemals hätte er das zuvor gedacht – im November 1859 wieder nach Grafenstaden, wo er mit Begeisterung aufgenommen wurde. Einen solchen Experten konnten sie dort bestens gebrauchen. Einen gelernten Maschinenschlosser, der auch noch ein technisches Studium in der Tasche hatte.
Demzufolge wurde der 25 Lebensjahre junge Ingenieur – ganz wie es dem Kalkül von Steinbeis entsprach – von der Firmenleitung bei Rolle & Schwilgue gleich im neu begonnenen Lokomotivenbau eingesetzt. Gottlieb Daimler war damit also genau an jenem Ziel angelangt, von dem er als Kind immer geträumt hatte. Maschinenbau-Ingenieur. Lokomotivenbauer. Er hatte es geschafft! Und dennoch. Kaum am Ziel seiner Wünsche angekommen, erschien ihm der endlich erreichte Gipfel mit einem Mal in einem viel weniger glänzenden Licht. Da gab es für einen tüchtigen Ingenieur inzwischen ganz andere verlockende Herausfor-

derungen. Solche, denen seiner Meinung nach die Zukunft wirklich gehörte …

Schon die Anreise nach Grafenstaden war dieses Mal ganz besonders langsam und umständlich vonstatten gegangen. »Du meine Güte!« Gleich zweimal hatte der in allen Tonlagen fluchende Kutscher ein zerbrochenes Rad an der Postkutsche wechseln müssen, im Anschluss daran hatte dann auch noch eines der Zugpferde gelahmt, so dass man an diesem Tag bei Einbruch der Dämmerung Durlach, das eigentliche Ziel der Etappe, auf keinen Fall mehr erreichen konnte. Was bedeutete, dass sich die darüber nur wenig begeisterte Reisegesellschaft gezwungen sah, in der Poststation von Maulbronn übernachten zu müssen. Ja, schlimmer noch: Womöglich hieß das, dass noch nicht einmal der morgige Tag dafür reichen würde, um endlich in Grafenstaden anzukommen.

Voller Verdruss ballte Daimler die Fäuste. »Eines Tages werde ich diese steinzeitliche Art zu reisen endgültig zu Grabe tragen. Da muss sich dringend etwas ändern. Das ist ja eine regelrechte Schneckenpost! So kann es doch nie vorangehen im Land – und erst recht nicht, wenn sie sich noch nicht einmal im Eisenbahnwesen einig werden und auf eine verbindliche Spurbreite einigen können. Aber nun gut: Wenn es die staatlichen Stellen also nicht schaffen, dann muss eben von privater Seite dafür Sorge getragen werden, dass der individuelle Verkehr stärker entwickelt wird. Ohne dann noch auf irgendwelche verspäteten Kutschen warten zu müssen und sich dabei die Füße in den Bauch zu stehen.«

»Na, junger Mann – Sie sind wohl einer von der ganz ungeduldigen Sorte, nicht wahr?« Ein belustigter Blick des Posthalters in der Relaisstation von Maulbronn streifte den frischgebackenen Ingenieur. »Was man nicht ändern kann, darüber sollte man nicht allzu lange räsonieren. Und übrigens: Es gibt schlechtere Orte, an denen man sein Nachtlager aufschlagen muss. Jetzt kommen Sie doch erst mal herein in die Gaststube und trinken Sie lieber ein Viertele mit uns. Und dann haben Sie ja Zeit genug, um unser schönes Kloster ausgiebig zu inspizieren. Das ist doch eine wirklich herrliche Anlage, nicht wahr?«

»Ja schon ...«, kam die zögerliche Antwort, denn noch immer plagte ihn in erster Linie der Verdruss über die leidige Verspätung.

»Aber Eugen, siehst du denn nicht, dass der junge Kavalier da bereits etwas ganz anderes bewundert als dein altes Kloster?«

Verdutzt schüttelte der Posthalter den Kopf und betrachtete den Zecher am Stammtisch, der diese Bemerkung in den Raum geworfen hatte, mit einem fragenden Blick. »Was meinst du denn damit?«

»Na – guck doch mal, wen er gerade ins Visier genommen hat. Die beiden hübschen Mädchen da drüben sind ihm natürlich auch nicht entgangen. Also, ich würde heute Abend gut auf die beiden, vor allem auf die Emma, aufpassen. Nicht, dass da womöglich ein größeres Techtelmechtel daraus entsteht ...«

Augenblicklich überzog sich das Gesicht des jungen Mannes mit einer tiefen Röte. Ertappt! Denn in der Tat war ihm – bei allem Ärger über den unfreiwilligen Aufenthalt –, der Liebreiz des jungen Mädchens nicht verborgen geblieben, das also offenbar Emma hieß und mit der deutlich jüngeren Tochter des Wirtes und Posthalters von Maulbronn befreundet zu sein schien.

»Aber, also hören Sie ...«, stammelte er einen unbeholfenen Protest in Richtung des Stammtischs.

»Du brauchst deshalb nicht verlegen zu werden, sie ist ja tatsächlich ein hübsches Kind, die Emma Kurtz – und eine gute Partie noch dazu«, zwinkerte der Stammtischgast verschwörerisch aus seinen vom Alkohol leicht verschleierten Augen. Ohne zu fragen, war er mit seiner Anrede ins Du gewechselt, eine ländliche Sitte, die dem Gastwirtssohn aus Schorndorf freilich bestens vertraut war, so dass er sich darüber gar nicht zu echauffieren brauchte. »Sie ist nämlich die Tochter von unserem Apotheker. Das sind gut situierte Leute, kann ich dir sagen«, fuhr der Weinliebhaber mit gedämpfter Stimme fort, »gebildet und dennoch leutselig, wie es sich eben an einem so bedeutenden Ort wie Maulbronn auch gehört.« Zufrieden über seine scherzhafte Bemerkung grinste er in sich hinein und hob dann das Weinglas prostend vor sich in die Höhe. »Ein Prosit auf unser schönes Maulbronn!«

»Und in diesem ehemaligen Kloster ist also das Evangelische Seminar untergebracht? Wer da drin studiert, das werden alles Pfarrer?«, versuchte Daimler das Thema auf ein weniger verfängliches Feld zu bringen.

»Na ja, die meisten jedenfalls. Also diejenigen, die es schaffen, diese Schule durchzustehen. Denn es herrschen ziemlich strenge Regeln hier. Aber ja, die meisten schaffen es schon, denn sie sind sorgfältig ausgesucht worden. Da darf nicht jeder herkommen. Die werden vorher genau unter die Lupe genommen. Und wer weiß, vielleicht hat auch die Emma schon einen Schatz unter den Seminaristen gefunden. Dann wird eines Tages womöglich eine Pfarrersfrau aus ihr – irgendwo in Württemberg«, brachte der Gast trotz seines beachtlichen Alkoholpegels das Thema mit erstaunlicher Geschmeidigkeit wieder zurück auf die Ursache für Gottliebs Verlegenheit.

»Ach komm, woher denn. Unsere Mädchen sind doch noch viel zu jung zum Heiraten«, mischte sich der Posthalter kopfschüttelnd in die Debatte, um dann mit einem leichten Grinsen fortzufahren. »Obwohl, also die Emma mit ihren 16 Jahren … Da wird es nimmer allzu lange dauern, bis einer von unseren Seminaristen ein Auge auf sie werfen wird. Bislang freilich habe ich noch nichts bemerkt, es gibt also schon noch berechtigten Grund zur Hoffnung für den jungen Mann!«

»Da hast du recht: die Emma dürfte schon noch zu haben sein – genauso wie wohl auch deine Berta …«

Mit dieser Bemerkung war er jedoch eindeutig an den Falschen geraten: »Jetzt mach aber mal einen Punkt – meine

Berta ist gerade erst acht Jahre alt. In so einem Alter denkt man an so etwas noch lange nicht, deswegen sollte man dem Mädchen auch gar keine Flausen in den Kopf setzen«, begehrte der Wirt mit aller Bestimmtheit auf. »Bei meiner Berta, von der haben sich die Kerle noch lange fernzuhalten, sonst setzt es was«, fügte er mit einem unzweideutigen Seitenblick auf seinen Gast noch hinzu.
Der hatte die strenge Lektion verstanden. »Ich glaube, ich bin müde, ich gehe jetzt besser ins Bett. Gute Nacht, die Herren.« Mit einem vernehmlichen Gähnen unterstrich er seine Feststellung überdeutlich und erhob sich.
In dieser Nacht fand Gottlieb Daimler nur wenig Schlaf. Denn die ganze Nacht über ging ihm dieses Bild nicht aus dem Kopf. Das Bild des braunäugigen, dunkelhaarigen Mädchens aus der Gaststube. Emma hieß sie. Die Tochter des Maulbronner Apothekers. Emma …

Daimlers Leidensmiene am nächsten Morgen sprach offenkundig Bände. »Grüß Gott, junger Mann. Sie sehen aus, als hätten Sie nicht besonders gut geschlafen heute Nacht?«
»Ja, das kann man sagen. Irgendwie war mir die ganze Nacht über unwohl.« Gottlieb verzog sein Gesicht zu einer schmerzlichen Grimasse, während er unglücklich auf die Tasse mit dem wässrigen Zichorienkaffee starrte. »Ob wohl die Apotheke um diese Zeit schon geöffnet hat?«
»Für Notfälle haben sie immer auf«, nickte der Wirt mitleidig. Dann huschte über sein Gesicht plötzlich ein verstehendes Grinsen. »Und vielleicht haben sie heute Morgen sogar schon das Allheilmittel verfügbar, das Sie ruck, zuck wieder gesund macht.«
»Das Allheilmittel? Ich verstehe nicht, was meinen Sie damit?«
»Ja das ist ganz einfach – mit einem E fängt es an …«
»Mit E?« Gottlieb hatte nicht die geringste Ahnung, worauf der Mann hinauswollte, und im Grunde genommen stand ihm der Sinn auch gar nicht nach Rätselraten am frühen Morgen.

Der Wirt rollte mit den Augen. »Oh, die jungen Leute von heute. Wie kann man denn nur so begriffsstutzig sein. E wie Emma halt. So heißt die Apothekerstochter, die Sie gestern Abend mit Ihren Blicken ja geradezu verschlungen haben.«
Nein, das musste und das wollte er sich zu dieser Stunde nicht bieten lassen. Schon gar nicht vom Maulbronner Posthalter, der offenbar meinte, in dem jungen Mann ein willkommenes Objekt für seinen Spott gefunden zu haben. Abrupt erhob er sich und stürmte aus der Gaststube hinaus ins Freie.

Anderthalb Stunden später hatte die Postkutsche dann endlich ihre Fahrt fortsetzen können. Darin saß jetzt ein glücklicher Gottlieb Daimler, der trotz seines anfänglichen Zusammenpralls mit dem Posthalter ein überaus zufriedenes Resümee des Tagesanbruchs ziehen konnte. Denn nach seiner »Flucht« aus der Gastwirtschaft war er mit wütenden Schritten zur Apotheke gestapft, um sich dort mit einem Mittel gegen Kopfschmerzen versorgen zu lassen. Glücklicherweise war die Apotheke schon geöffnet – und was sich noch viel besser fügte: Tatsächlich war sogar das Mädchen von gestern Abend anwesend. Emma. Zusammen mit ihrer Mutter hatte sie in der Apotheke geholfen, die Regale auszuwischen und anschließend neu einzuräumen.
»Haben Sie mir vielleicht etwas gegen Kopfschmerzen«, hatte Gottlieb den Respekt einflößenden Apotheker Kurtz mit seinem imposanten grauen Vollbart gefragt und gleichzeitig seinen Blick nicht von der anmutigen Emma lassen können, die ihn auf eine geradezu magische Weise anzog. »Vielleicht etwas, das man als Tee verabreichen kann?«
Die Folge war ein durchdringender Blick aus den dunklen Augen des Apothekers. »Sie meinen nicht eher Herzprobleme?«
»Nein, nein«, widersprach der unter dem prüfenden Blick des Apothekers heftig errötende Daimler – wie kam der Mann denn bloß auf so etwas? »Wie gesagt: Es ist der Kopf, nicht das Herz.«

»Na, dann können Sie ja von Glück sagen«, sagte nickend der Apotheker, um gleich darauf seinen Kopf bedenklich zu wiegen. »Und dennoch, junger Mann, wenn ich Sie so anschaue ... Also ich an Ihrer Stelle würde mich schon einmal am Herzen untersuchen lassen – nicht dass sich vielleicht doch etwas Ernstes draus entwickelt.«
»Danke sehr, danke für den Ratschlag«, antwortete Daimler und hatte den leichten Spott in der Stimme des Apothekers gar nicht bemerkt. Am nächsten Tag war die Aufforderung schon längst wieder vergessen – dabei war der erfahrene Apotheker mit seiner scharfen Beobachtungsgabe auch in medizinischer Sicht auf dem richtigen Weg gewesen – doch das würde Gottlieb Daimler erst viele Jahre später erkennen. Es war der Tag, an dem er wegen akuter Herzbeschwerden den Morgen im Bett hatte verbringen müssen und sich dabei plötzlich wieder an dieses Gespräch zurückerinnerte, bei dem er zum ersten Mal seinem späteren Schwiegervater gegenüber gestanden hatte, dessen medizinische Diagnose schon damals den Nagel auf den Kopf traf. Leider hatte Gottlieb auf den Ratschlag damals nicht gehört.

Wie auch immer: Es war nicht das letzte Mal, dass Gottlieb während einer Postkutschenreise hier übernachtete – seit dieser Zeit pflegte er grundsätzlich in Maulbronn abzusteigen und seine Reise zu unterbrechen. Egal, wie weit die Postkutsche an diesem Tag auch noch gefahren wäre. Was regelmäßig ein verständnisloses Kopfschütteln des Postillons zur Folge hatte. Aber was wusste denn der schon? Gottlieb Daimlers Gründe für den Zwischenaufenthalt wogen schwerer als jeder Fahrplan, denn in Maulbronn wartete mittlerweile sehnsüchtig ein junges Mädchen auf ihn. Emma – seine künftige Ehefrau. Auch wenn es bis zur Hochzeit noch einige Zeit dauern würde – erst einmal galt es ja, eine gute Anstellung zu finden. Dann konnte man an Heirat und an Familiengründung denken. Egal, wie lange das auch sein würde, Emma würde auf ihn warten. Das hatte sie Gottlieb fest versprochen – und dieses Versprechen mit einem langen, innigen Kuss besiegelt.

Im Sommer 1860 schnürte Gottlieb Daimler wieder einmal sein Bündel, um mit ausdrücklicher Bewilligung der Werksleitung von Rolle & Schwilgue für einige Wochen zur weiteren Fortbildung nach Paris zu gehen, wo er in der Bandsägenfabrik Perin seine Kenntnisse in der Herstellung von hoch präzise arbeitenden Maschinen zu vertiefen gedachte. Denn bei diesem Unternehmen, dessen Gründer Perin im Jahr 1852 die erste Bandsäge der Welt konstruiert hatte, handelte es sich um eine viel gerühmte und hochmoderne Produktionsstätte. Die bei Perin in erstaunlicher Anzahl hergestellten Sägen stellten technisch regelrechte Meisterwerke dar – und zwar sowohl im Hinblick auf die verwendeten Materialien, gehärtete Metalle, Legierungen etc., als auch auf die erstaunliche Qualität. Und diese völlig neuen Erfahrungen, die ihr hoffnungsvoller junger Techniker während seiner aktiven Mitarbeit in der Bandsägenherstellung bei Perin sammeln konnte, so lautete das Kalkül der Direktion, würden im Anschluss auch wieder der Firma in Grafenstaden bestens zugute kommen. Es war ja fest vereinbart worden, dass Gottlieb Daimler nach dem Aufenthalt in Paris auf alle Fälle wieder zu Rolle & Schwilgue zurückkehrte.

Und wirklich: Die genauso anstrengende wie hochinteressante Zeit, die er – wieder einmal sozusagen als Lehrling – bei Perin verbrachte, hatte sich in der Tat gelohnt, so mühselig der Aufenthalt hier auch verlaufen war, in dieser völlig fremden Umgebung der französischen Hauptstadt, mit Arbeitskollegen, die dem Deutschen immerzu mit ein wenig distanzierter Skepsis gegenübergetreten waren – da konnte sein Französisch noch so gut sein. Erschwerend kam noch dazu, dass man seinem Französisch den elsässischen Einschlag natürlich anhörte.
Darüber hinaus handelte es sich ja um ganz andere Pro-

dukte mit dementsprechend ganz anderen Produktionsabläufen, mit denen er sich hier konfrontiert sah. Und nicht nur das: In der Fertigung der Bandsägenfabrik wurden völlig neuartige Methoden angewandt. Ein äußerst wertvoller Erfahrungsschatz für den jungen Ingenieur, der sich bei seiner weiteren Tätigkeit im Dampfmaschinenbau – vor allem im Hinblick auf die enormen Materialbeanspruchungen bei der Konstruktion von immer stärkeren Lokomotiven – als überaus wichtig erweisen konnte.

In der Tat: sogar noch Jahrzehnte später sollten diese Erfahrungen bei der komplizierten Suche nach geeigneten Materialien für den Dauerbetrieb des schnelllaufenden Benzinmotors von unschätzbarem Nutzen sein. Aber das war zu diesem Zeitpunkt natürlich noch nicht einmal zu ahnen. Ebenso wenig, dass ihm allein durch den Hinweis auf seine einstige Tätigkeit bei Perin viele Jahre später die Türen zur überaus erfolgreichen Einführung seiner Produkte in Frankreich mit einem Schlag sperrangelweit geöffnet werden würden. Das sollte sich als weiterer Glücksfall dieses Aufenthalts in Paris erweisen. Aber noch nicht einmal der weiseste Hellseher hätte so etwas voraussagen können.

Auf alle Fälle waren die Wochen bei Perin aus beruflicher Sicht keine vergeudete Zeit gewesen. Das stand bereits im Herbst des Jahres 1860, bei seiner Rückkehr zu Rolle & Schwilgue, für Gottlieb Daimler fest.

Selbst wenn er sich inzwischen nur allzu genau darüber im Klaren war, dass ihn eine weitere Tätigkeit im Elsass in beruflicher Hinsicht eigentlich nicht mehr voranbringen würde, fühlte er sich der Unternehmensleitung in Grafenstaden dennoch für einige Zeit weiterhin verpflichtet. Denn sein Paris-Aufenthalt war ja einzig und allein der Großzügigkeit der Grafenstadener zu verdanken, die ihm diese lehrreichen Monate durch ihre verständnisvolle Genehmigung erst ermöglicht hatten.

Insofern war es also nur recht und billig, die in Paris gewonnenen Erfahrungen nun zunächst einmal zum Wohle des Unternehmens Rolle & Schwilgue einzusetzen, dem er das alles zu verdanken hatte. Selbst wenn da natürlich ein gewisses Kalkül der Direktion mit im Spiel gewesen war: Es gehörte sich jetzt einfach so.

Immerhin ein weiteres Dreivierteljahr verbrachte Gottlieb Daimler deshalb noch im Elsass, bis er sich auf Anraten von Ferdinand Steinbeis entschloss, seinen Arbeitsvertrag bei der Lokomotivenfabrik zu kündigen. Er hatte dort alles gelernt, was es zu lernen gab – von der Entwicklung über die Produktion bis hin zur Organisation eines so großen Betriebes. Am 10. Juni 1861 hieß es also, vom Elsass Abschied zu nehmen. Das vom Direktor höchstpersönlich unterzeichnete Zeugnis, das er an seinem letzten Arbeitstag in Grafenstaden erhielt, war geradezu überwältigend. Besser hätte die Beurteilung gar nicht ausfallen können: »Herr Daimler hat die verschiedenen Einstellarbeiten und Montagearbeiten an Lokomotiven zu meiner vollkommenen Zufriedenheit durchgeführt. Durch seine Führung und durch seinen Fleiß bei der Arbeit konnte er sich die Hochachtung aller seiner Vorgesetzten erwerben, und er verdient in jeder Hinsicht meine Empfehlung.«

Auch sein Förderer Steinbeis durfte mit einer solchen Beurteilung seines Schützlings überaus zufrieden sein. Doch falls Gottlieb jemals gemutmaßt haben sollte, Steinbeis würde die Phase der Ausbildung damit als beendet betrachten, und jetzt könne es endlich an den ersten Karriereschritt gehen, dann war er damit kräftig auf dem Holzweg. »Niemals stehen bleiben, sich nicht mit dem Erreichten zufriedengeben, sondern sich immerzu weiterbilden und die technischen Kenntnisse bei anderen Stationen, am besten im Ausland, ausbauen und vertiefen.« So lautete die Analyse von Ferdinand Steinbeis, die dem völlig verblüfften jungen Ingenieur am Ende durchaus einleuchtete, nachdem er die erste Enttäuschung mühsam verdaut hatte.
Um diesem Anspruch gerecht zu werden, müsse er jetzt unbedingt noch ins Mutterland der Industrialisierung rei-

sen, also nach England. Der Aufenthalt in England bringe sogar einen doppelten Nutzen. Denn neben der weiteren Vervollkommnung seines technischen Wissens könne Daimler damit auch seine auf der Stuttgarter Hochschule erworbenen, noch recht bruchstückhaften Englischkenntnisse ergänzen. Für seine spätere Karriere sei dies ein unschätzbarer Vorteil, wenn er sich mit der internationalen Kundschaft dann fließend in deren Muttersprache unterhalten könne – und darüber hinaus sogar technische Spezialbegriffe mühelos beherrsche. Das alles klang tatsächlich höchst stichhaltig – und dennoch gab es da ein wesentliches Hindernis, das Gottlieb zunächst merklich zaudern ließ.

»Ich merke, Sie scheinen nicht ganz überzeugt zu sein. Haben Sie vielleicht Bedenken wegen des Heimwehs?«, versuchte der durch dieses Zögern merklich irritierte Steinbeis sich in die Seelenlage des jungen Ingenieurs hineinzuversetzen, auf den er schon seit Jahren so große Stücke hielt. Was er ganz besonders an ihm schätzte, war die Tatsache, dass dieser trotz seiner umfassenden Kenntnisse niemals damit prahlte, sondern immer bescheiden geblieben war, manchmal beinahe ein bisschen zu bescheiden. Viel eher von Selbstzweifeln geplagt, als der Angeberei verfallen.

»Nein, das ist es keineswegs«, wehrte Daimler entschieden ab. »Mit der Sehnsucht nach Hause habe ich schon während meiner Zeit in Grafenstaden ganz gut umgehen können.«

»Sondern?« Der württembergische Regierungsrat legte seine Stirn in nachdenkliche Falten, während er sein Gegenüber kritisch musterte. Genau solche ehrgeizigen und fleißigen Leute vom Schlage eines Gottlieb Daimler brauchte das Land doch so dringend. Würde der Daimler ausgerechnet jetzt, wo er unmittelbar vor einer vielversprechenden Konstrukteurskarriere stand, vor einer weiteren Herausforderung etwa kneifen? Das entsprach so ganz und gar nicht dem Bild, das sich Ferdinand Steinbeis von ihm machte. Vielleicht lag das Problem ja ganz woanders. Denn als ein »heuriger Hase«, wie man so schön sagte, konnte der mittlerweile auch schon 27 Jahre alte Mann nicht mehr unbedingt gelten. Gut möglich also, dass inzwischen ein nettes Mädchen seinen Weg gekreuzt hatte.

Aber Daimlers Bedenken waren ganz anderer Art.

»Es ist das Geld – das wird mir nicht mehr lange reichen. Allein die Reisekosten sind für mich kein Pappenstiel. Und wenn ich dann in England nicht gleich eine Anstellung finde, dann kann ich mir eine Unterkunft nicht lange leisten, von der Verpflegung einmal ganz abgesehen.«

»Das lassen Sie mal getrost meine Sorge sein. Das mit dem Geld bekommen wir schon hin.« Der innerlich aufatmende Steinbeis hatte in dieser Hinsicht nämlich schon längst Vorsorge getroffen.

Und somit konnte das Abenteuer England für den erleichterten Gottlieb Daimler also beginnen. Ein weiteres Mal ausgestattet mit einem Reise- und Ausbildungszuschuss der württembergischen Regierung ging es im Frühsommer 1861 für 15 Monate nach England. Erste Station war Leeds, wo er dank seiner guten Zeugnisse und Empfehlungsschreiben in der Maschinenfabrik Smith, Peacok & Tannet eine Anstellung fand. Zwar lediglich als Hilfsarbeiter, aber immerhin. Das bedeutete einerseits harte Knochenarbeit, andererseits würde er als Hilfsarbeiter den Produktionsprozess von seiner schwierigsten Seite her kennenlernen.

Relativ rasch war ihm nach den ersten Gesprächen klar geworden, dass es in den Augen der englischen Geschäftsleitung alles andere als ein Vorteil war, wenn man mit einem Empfehlungsschreiben daherkam. Denn damit galt man bei den Direktoren als einer jener Männer vom Kontinent, deren Aufenthalt im Mutterland der Industrialisierung nur dazu diente, die Erfahrungen der englischen Industrie in sich aufzunehmen, um sie dann eines Tages in der Heimat zu kopieren.

Schon aus diesem Grund kam für Leute »seines Schlages« mittlerweile weder eine Anstellung als Ingenieur noch als

Zeichner, ja noch nicht einmal als Facharbeiter infrage. Qualifikation hin oder her. So etwas galt inzwischen sogar eher als Hinderungsgrund für eine bessere Anstellung. Eine Erkenntnis, die er unbedingt dem alten Steinbeis mitteilen musste, der von dieser neuen Entwicklung anscheinend noch nicht das Geringste ahnte. Und so erhielt der Ingenieur Daimler nur das Angebot, einen »Job« als Handlanger für ältere Fabrikarbeiter bekommen zu können. Sollte ihm das nicht passen, konnte er gerne wieder gehen. Man hatte ihn schließlich nicht gerufen. Er war freiwillig hier erschienen. Dementsprechend mager fiel auch die Bezahlung der Hilfsdienste aus. Glücklicherweise waren jedoch die Kosten für die Lebenshaltung recht niedrig – und an ein sparsames Haushalten war Daimler ja gewöhnt. Besonders gut hatte es sich gefügt, dass er bei einem Gießereiarbeiter wohnen konnte, der ihn als Untermieter aufgenommen hatte und in dessen Familie er sehr zuvorkommend und freundlich behandelt wurde. Sogar das englische Essen schmeckte ihm vorzüglich – weitaus besser als das, was er im Elsass vorgesetzt bekommen hatte. Ja, er war halt kein Schleckmaul und schon durch seine Herkunft aus dem Schwäbischen eher an Kargheit gewöhnt. So gesehen fühlte er sich in diesen Tagen den Engländern viel näher als den eher französischen Lebensformen in Grafenstaden – trotz dieser vielen Monate im Elsass. Wie das Leben manchmal eben so spielt.

Der einzige Wermutstropfen, der ihm blieb, war die gewaltige Distanz, die zwischen ihm und Emma lag. Ja, Emma! So viele Hundert Meilen weit weg. Immer wieder war Gottlieb seit seinem damaligen, eher unfreiwilligen Aufenthalt in Maulbronn vorbeigekommen, und inzwischen hatten sich die beiden längst angefreundet, wenn nicht mehr … Einmal sogar hatte er mit der Emma einen ausgedehnten Spaziergang machen können, verfolgt von den misstrauischen Blicken des Apothekers Kurtz, der ihnen, sozusagen als »Anstandsdame«, ihre acht Jahre jüngere Freundin Berta Habermaas, die Posthalterstochter, mitge-

schickt hatte. Dennoch hatten sie sich gut unterhalten, auch deswegen, weil die von ihrer Aufgabe als Aufpasserin sichtlich unangenehm berührte Berta dankenswerterweise einige Meter Abstand zwischen sich und das verlegene junge Pärchen legte.
Es wurde ein wunderbares Gespräch, über Herkunft, Familie, Beruf und Zukunftspläne. Ob er denn auch eine Schwester habe?
»Leider nein – wir sind nur vier Brüder«, hatte Gottlieb ihr mit bedauerndem Achselzucken geantwortet.
Und weshalb er als Zweitältester nicht den Berufsweg der Eltern weitergehen wolle. Als Bäcker beziehungsweise als Gastwirt in einer gut eingeführten Wirtschaft in Schorndorf finde man doch sicher sein Auskommen? Weshalb er also etwas ganz anderes mache? Und: ob er sich denn in der Fremde, so weit entfernt von seiner Heimatstadt, nicht einsam fühle?
Fragen über Fragen – und auf jede hatte er eine gute Antwort gefunden, die Emma mit einem verständnisvollen Nicken begleitete. Bis auf die Sache mit dem Auslandsaufenthalt.
»Also, so etwas kann ich mir überhaupt gar nicht vorstellen«, hatte Emma gemeint. »Ganz allein im Ausland, wo sie eine ganz andere Sprache sprechen. Und noch dazu ohne die vertrauten Gesichter. Ohne die Freundinnen, ohne meine Familie.« Mit einem bewundernden Blick »für seinen Mut« hatte sie ihn dann bedacht. Ach ja, ein herrlicher Tag war das gewesen, und beim Abschied hatte er ihr sogar innig die Hand drücken dürfen. Aber so sehr ihn die Sehnsucht nach Emma, die seine Zuneigung offenkundig zu erwidern schien, auch plagte, galt es jetzt erst einmal, die persönlichen Sehnsüchte hintanzustellen und in England die Ausbildung zu einem guten Abschluss zu bringen. Ach, Emma …
Die Arbeit selbst war natürlich unbefriedigend und stellte zu Beginn allerhöchstens stärkere Ansprüche an seine Muskeln, viel weniger dagegen an seine Intelligenz. Es dauerte

nicht einmal eine Woche, dann hatte er die Abläufe in der Fabrik bereits verinnerlicht. Das Einzige, was ihm dabei als bemerkenswerte Tatsache ins Auge stach, waren diese erstaunlich veralteten Produktionsmethoden. Es schien ihm gerade so, als hätten sich die Engländer viel zu lange auf ihren Lorbeeren ausgeruht und, anstatt die Produktion weiter zu verbessern, seit Jahren nicht mehr investiert. Kein Wunder, dass die Maschinen oft ausfielen und ständig repariert werden mussten. Längst hätten sie ausgetauscht gehört, aber den Herren Direktoren stand offenbar weniger der Sinn nach Investitionen als vielmehr nach möglichst hohen Gewinnen. Dass die Arbeitsbedingungen eine glatte Zumutung waren, schien sie überhaupt nicht zu kümmern. Noch nicht ... Die Antwort würde bald kommen, darin war sich Gottlieb Daimler völlig sicher. Aber egal, wie unfassbar rückständig es in diesem Unternehmen auch zuging, es war dennoch richtig gewesen von Steinbeis, ihn hierher zu schicken, denn nirgendwo konnte er den Aufbau und die Grundstrukturen einer maschinellen Fertigung besser studieren als im Mutterland der Industrialisierung. Und nach der Arbeit, die ihn ja wie gesagt geistig so gut wie gar nicht forderte, konnte er sich abends noch für einige Stunden in seine Kammer setzen und mit englischer Lektüre zu diesem Thema fleißig weiterbilden.
Lange Abende vor den Büchern zu verbringen, statt mit den anderen zusammen in den Pubs und Kneipen zu hocken? Das war ein Verhalten, das den anderen Hilfskräften äußerst seltsam erschien. Mehr als einmal musste er deshalb spöttische, um nicht zu sagen aggressive Kommentare über sich ergehen lassen. Ob sich der Deutsche etwa als etwas Besseres empfände als seine englischen Kollegen. Ob es wohl unter seiner Würde sei, mit den Arbeitskollegen nach Feierabend ein Bier zu trinken und Ähnliches mehr. Doch Gottlieb Daimler ließ sich davon nicht beeindrucken, sondern gab ihnen mit möglichst klaren, aber dennoch vorsichtig gewählten Worten zu verstehen, dass das halt »seine Welt« nun mal nicht sei – dass er sich deswegen aber

keinesfalls einbilde, etwas Besseres zu sein als die anderen. Was sie nicht zu wissen brauchten und was sie höchstwahrscheinlich auch nicht verstanden hätten, war die Tatsache, dass er seine selbst gesteckten Ziele so rasch wie möglich zu erreichen gedachte. So wie das die anderen Freunde aus Deutschland und dem Elsass genauso taten, die sich ebenso wie er in allen möglichen und unmöglichen Ecken des englischen Königreichs befanden. Weggefährten, mit denen er einen ständigen diskreten Briefkontakt pflegte, der sich trotz aller Vorsicht eines Tages freilich zu einem ordentlichen Problem auswuchs. Folgendes war passiert: Einer der Freunde hatte ihm in Ermangelung seiner korrekten Wohnadresse ein Antwortschreiben direkt in die Firma geschickt. Das wäre nicht weiter schlimm gewesen, wenn als Adressat nicht Engineer (also Ingenieur) Theophil Daimler angegeben worden wäre. Kaum war der Brief eingetroffen, hatten ihn die anderen Arbeiter öffentlich am schwarzen Brett ausgehängt, so dass die Anrede von allen Beschäftigten mit dem Zeichen ungläubiger Verwunderung regelrecht begafft worden war. Wie das? Der deutsche Hilfsschlosser war ein Ingenieur? Konnte das sein? Was tat so einer denn unter Ihresgleichen? Sie womöglich ausspionieren!
Es hatte Gottlieb Daimler all seine Überredungskunst gekostet, den aufgebrachten Kollegen am Ende klarzumachen, dass es sich bei der Anrede doch nur um eine scherzhafte Bezeichnung handle, nicht um die Wahrheit. Doch ob sie ihm diese Flunkerei wirklich abgenommen hatten, das stand auf einem ganz anderen Blatt.
Gleichzeitig hatte er den Freund auf das Dringendste gebeten, in seinen Anschreiben nie wieder solche Bezeichnungen zu verwenden und die Briefe doch bitte nur noch an seine Privatadresse zu schicken – niemals an die Firma direkt. Und falls er die momentane Unterkunft Daimlers nicht wisse, dann solle er den Brief besser erst gar nicht abschicken. Man konnte ja nie wissen. Derart vorsichtig ging Daimler seit diesen unangenehmen Erfahrungen ans Werk,

dass er seitdem grundsätzlich nur noch mit seinem Namen unterzeichnete. Seltsam: Auch sonst schienen sich die Schwierigkeiten plötzlich zu häufen. Immer wieder kam es während der Arbeit zu dem einen oder anderen harschen Wortwechsel mit den Kollegen, die dem »Deutschen« spätestens jetzt nicht mehr so recht über den Weg trauen wollten. »Abends kein Bier mit uns trinken wollen, sich als Ingenieur anschreiben lassen, seltsam alles, höchst seltsam ...« Kein Wunder, das es ihm nach solchen unerfreulichen Arbeitstagen am Abend mit einem Mal schwerfiel, sich auf seine technische Lektüre zu konzentrieren. Schlagartig begriff er gar nichts mehr von dem, was da beschrieben wurde. Und schon waren sie wieder aufgetaucht, die Selbstzweifel an seinen tatsächlichen Fähigkeiten, die ihn schon während des Studiums in Stuttgart ab und an kurz befallen hatten. Nur mit dem Unterschied, dass sie damals genauso rasch wieder verschwanden, wie sie gekommen waren. Das war eine Sache von Stunden gewesen, höchstens. Nicht so dieses Mal, wo die Zweifel in seiner einsamen Kammer umso heftiger an ihm zu nagen begannen: ob seine Intelligenz denn wohl ausreiche, um diese ehrgeizigen Ziele zu erreichen, die er sich selbst gesteckt hatte. Denn mit der Konzentrationsfähigkeit schien es ihm inzwischen nicht unbedingt zum Besten gestellt. Es war eine fürchterliche Zwickmühle, in der er sich befand. Niemand war da, dem er sich anvertrauen konnte. Als einziger Ausweg blieben die Briefe. Die Probleme zu Papier bringen, vielleicht konnte das ja helfen. So handelten die Schreiben an Freunde wie Adolf Groß und all die anderen jetzt ganz plötzlich von einer zunehmenden Verzweiflung über sich selbst: »Das wird mir wohl mein ganzes Leben hindurch im Weg sein: Ich kann nämlich nicht lesen oder studieren, so lange ich will, denn sobald ich des Abends zu lange sitze oder mich nur ein wenig anstrengen muss, so bekomme ich Schwindel. Das Blut steigt mir in den Kopf und trübt mir den Verstand, dass ich nicht mehr klar denken kann, und ich muss es gegen meinen Willen aufgeben. Schon einige

Male wollte ich es durchaus forcieren, da bekam ich geradezu eine Ohnmacht und Herzklopfen und hatte eine schlaflose, schwermütige Nacht. Wenn ich von Dir höre, dass Du viermal in der Woche neben Deinem Geschäft am Tage bis nachts um 1 Uhr sitzen und arbeiten kannst, ohne Dich zu überarbeiten, so will mir fast der Mut sinken, und ich komme zu der Meinung, dass ich es nie im Leben zu etwas bringen werde und eine ordentliche Stellung werde bekleiden können. Ich komme mir vor wie ein Vogel, dem die Flügel gegeben sind, der sie aber nicht gebrauchen kann, weil sie ihm gebunden sind. Ich will aber deshalb nicht unzufrieden sein, denn es kann ja nicht alles sein, wie wir es wünschen. Und der Gott, der mich bisher so gut geführt hat, wird mich auch weiter durchs Leben führen. Er weiß seine Gaben jedem mitzuteilen, wie sie ihm zum Leben nötig sind. Nur durch Kreuz und Leiden kann ja der Christ bewährt werden.« Leiden! Ja, das gab es reichlich in diesen Tagen, in denen er allmählich immer mehr vom Glauben an seine Fähigkeiten abrückte. So zuversichtlich er sich am Ende des Briefes auch hatte geben wollen, die Selbstzweifel bohrten sich nach wie vor heftig in sein Gemüt.

Doch auch diese Phase der Niedergeschlagenheit ging glücklicherweise vorüber. Er wechselte nun rasch von einer Arbeitsstelle zur nächsten. Bewegung – ja, das war auch in diesem Fall die beste Medizin. Neue Eindrücke gewinnen, die neidvollen Kollegen einfach hinter sich lassen. Das war es. Und so gelang es Gottlieb tatsächlich, sich dank seinem eigenen, unbeugsamen Willen am eigenen Schopf aus der Krise zu ziehen und am Ende sogar fester auf dem Boden zu stehen denn je. Weshalb sollte er denn an sich zweifeln? Seine Ausbildung – fachlich und theoretisch – war hervorragend gewesen. Inzwischen war er trotz seiner jungen Jahre schon so weit herumgekommen, konnte sich neben dem Deutschen in zwei weiteren Sprachen perfekt verständigen. Und so begann ihm zu dämmern, dass seine Kenntnisse inzwischen sogar weit über denen lagen, die jene Ingenieure in England vorweisen konnte, bei denen er sich doch weiterbilden sollte. Nein, es gab wirklich keinen Grund mehr, sich schamhaft zu verstecken – zumal da ja auch noch dieser Wille war, der ihn stetig vorantrieb: der Wille, einmal etwas ganz Besonderes vollbringen zu wollen.

Dieses Feuer fühlte er in sich brennen seit den Abenden, an denen er in der elterlichen Wirtschaft fasziniert die Diskussionen verfolgt hatte, die sich um den Aufschwung des Königreichs Württemberg drehten, um die Industrialisierung, die Überwindung von technischen Herausforderungen … Und vor allem, seitdem er unter dem hämischen Gelächter der ganzen Stammtischgesellschaft bekannt hatte, eines Tages etwas Großes zu erfinden, als er sich trotzig und unter Tränen geschworen hatte, es diesen Lästermäulern schon noch zu zeigen.

Mit neuem Elan ging es für Gottlieb nun zunächst nach Manchester – zur nächsten Station, zu Roberts & Co. Hier wurden riesige Spinnereimaschinen sowie Maschinen für den Schiffs- und Lokomotivenbau produziert.

Nach einigen Monaten hatte er auch dort alles gesehen. Jetzt kam Coventry an die Reihe, wo er sich als Arbeiter bei der Firma Whitworth verdingte.

Whitworth, ein Name wie der sprichwörtliche Donnerhall! Ach, wenn da nur diese komplizierte Aussprache nicht wäre, bei der ein richtiger Schwabe zwangsläufig ins Stolpern geraten musste – da konnte man noch so perfekt seine englischen Vokabeln gelernt haben. Es war und blieb für Gottlieb ein fürchterlicher Zungenbrecher, natürlich zum diebischen Vergnügen seiner englischen Arbeitskollegen: »Sag das bitte noch mal, Daimler!«

»Whitworth.« Und schon schallte wieder brüllendes Gelächter durch die riesige Werkshalle.

Dass er es geschafft hatte, dort eine Anstellung zu finden, das war etwas ganz Besonderes. Whitworth war nicht irgendwer, sondern in der ganzen Welt berühmt. Die Firma war absolut führend in der Herstellung und der Normung

von Spezialwerkzeugen. Es war eine Erfahrung, die ihm in den kommenden Jahren besonders zugutekommen würde.
Zur Krönung von Gottlieb Daimlers Englandaufenthalt wurde jedoch der Herbst des Jahres 1862. Der Besuch auf der Weltausstellung in London! Ein Aufenthalt, den er sich zum Abschluss dank des von Steinbeis vermittelten Stipendiums noch hatte leisten können. Das Neueste vom Neuen in allen Bereichen der Technik war da ausgestellt und zu bestaunen – und Gottlieb staunte aus vollen Zügen.
Ja mehr noch: Er saugte alle diese faszinierenden Ideen und Techniken förmlich in sich auf. Die Zeit in England hatte sich als äußerst lohnenswert erwiesen, so mühsam sie teilweise auch verlaufen war. Ferdinand Steinbeis hatte ihm – wieder einmal – die richtige Fährte aufgezeigt.
Gegen Ende 1862 ging es dann wieder zurück nach Württemberg. Endlich!
Endlich wieder schwäbisch sprechen können – und vor allem wieder schwäbisch essen können. »Grüß Gott!« sagen und Rostbraten mit Spätzle bestellen, »aber bitte mit ganz viel Soß'!«, das war halt doch das Höchste der Gefühle.
Gleich bei seiner Rückkehr in die Heimat beschäftigte sich Gottlieb Daimler intensiv mit dem Gedanken, sich eventuell selbstständig zu machen. Der Grund für diese Überlegung war ein Studienkamerad, der ihn für ein paar Tage zu sich nach Hause, nach Künzelsau, eingeladen hatte, wo seine Eltern eine Mühle am Kocher betrieben. Die abwechslungsreiche hohenlohische Landschaft, die Gottlieb zum ersten Mal sah, begeisterte ihn gleich zu Beginn seines Besuches. Ja, hier konnte man sich wirklich wohlfühlen. Das könnte etwas werden mit der Idee seines Freundes, hier in der alten Mühle am Kocher mit Hilfe von Wasserkraft eine moderne Produktionsstätte aufzubauen. Eine Gießerei, Maschinenbau oder Ähnliches. Doch eines war rasch klar: Das bedeutete zunächst einmal, kräftig investieren zu müssen. Ein Vorschlag, der beim alten Müller jedoch auf wenig Gegenliebe stieß. Er zeigte keinerlei Neigung, diesen Wünschen seines Sohnes nachzukommen.

Keinesfalls würde er für so eine Schnapsidee sein sauer verdientes Geld zur Verfügung stellen. Mit einer Mühle habe man bislang sein Auskommen gehabt, weshalb sollte man sich also jetzt ausgerechnet »auf so etwas Unsicheres, Neumodisches wie Maschinenbau« einlassen.

Nachdem auch von Gottliebs Eltern in Schorndorf keine weitere finanzielle Unterstützung erwartet werden konnte (viel genug hatten sie ja auch schon in seine Ausbildung investiert), schon deshalb nicht, weil jetzt erst einmal sein älterer Bruder an der Reihe war, der als Bäckermeister einige teuere Umbauarbeiten in der Schorndorfer Backstube vornehmen musste, war das Projekt am Kocher also genauso rasch wieder begraben, wie es ersonnen worden war. Wo kein Geld vorhanden war, konnte man halt auch nichts aufbauen. Im Nachhinein betrachtet war das auch ganz gut so, denn Gottlieb wäre mit diesem Vorhaben in eine gewaltige Sackgasse gerauscht, darüber war er sich später völlig sicher. Um Haaresbreite wäre er, berauscht vom Glücksgefühl, endlich wieder in der Heimat zu sein, in eine finanzielle Katastrophe geschlittert und wahrscheinlich vor lauter Schulden seines Lebens nie mehr froh geworden. Denn eines hatten die beiden jungen Männer in ihrer überschäumenden Gründereuphorie schlichtweg nicht bedacht: Zu dieser Zeit lag Künzelsau noch fernab von jeder Eisenbahnstrecke. Und ohne eine direkte Anbindung an die Eisenbahn war in diesen Jahren der technische Fortschritt genauso undenkbar wie der Aufbau einer florierenden Produktion im Maschinenbau. Gerade er hätte das doch eigentlich wissen müssen, schlug sich Gottlieb Daimler verblüfft und irgendwie auch zornig auf sich selbst mit der flachen Hand gegen die Stirn, als ihm allmählich dämmerte, welch großes Glück in diesem Fall die Tatsache bedeutete, dass ihnen niemand das Geld für dieses Abenteuer hatte geben wollen.

Während sich die Idee mit der Firmengründung also rasch verflüchtigte, bekam Gottlieb nun den Hinweis eines gleichaltrigen Kollegen, dem Sohn eines Firmenbesitzers aus Geislingen, sich doch einmal in der Firma seines Vaters um eine Anstellung zu bewerben. Früher waren sie in Stuttgart öfter zusammengesessen und hatten sich immer gut verstanden. Jetzt waren sie sich zufällig wieder begegnet, wobei Gottlieb dem Freund seine momentane Situation geschildert hatte – auch die sonderbare Verhaltensweise von Ferdinand Steinbeis, der ihm nicht, wie er das eigentlich gemutmaßt hatte, gleich nach seiner Rückkehr aus England eine Arbeitsstelle als Ingenieur vermittelt hatte. Im Gegenteil sogar, denn aktuell war von Steinbeis nicht das Geringste zu hören gewesen. Sonderbar …

Aber vermutlich handelte es sich dabei wieder einmal um eine Art Prüfung, die ihm sein bisheriger Förderer damit auferlegen wollte.

»Ja, dann bewirb dich doch einmal bei uns, gerade vorgestern hat mir mein Vater erklärt, dass momentan eine Stelle als technischer Zeichner frei ist. Das ist sicherlich nicht ganz das, was du dir erträumt hast, aber andererseits auch besser als gar nichts – und eine gute Basis sowieso, um dich von hier aus in aller Ruhe nach einer gescheiten Tätigkeit umzuschauen.«

Gesagt, getan. Gottlieb Daimler bewarb sich also um die freie Stelle in der Maschinenfabrik Straub in Geislingen an der Steige – und bekam vom Firmeninhaber, der dank seines Sohnes bestens über die außerordentlichen Kenntnisse und die Leistungsfähigkeit des Interessenten im Bilde war, auch sofort den Zuschlag. So jemand passte bestens zu dem stetig aufstrebenden Unternehmen, aus dem eines Tages die Württembergische Metallwarenfabrik hervorgehen sollte, die dann unter dem Kürzel WMF weltweit zum festen Begriff für Qualitätserzeugnisse wurde. Einen besonders guten Ruf hatte sich die Firma Straub damals vor allem mit dem Bau von Wasserturbinen erworben. Aus kleinsten Anfängen der handwerklich geprägten Mühlentechnik war innerhalb weniger Jahre geradezu ein Musterunternehmen hervorgegangen, das sich in Windeseile den technischen Fortschritt zunutze machte und kräftig expandierte. Eine Unternehmung, wie sie in jenen frühen Jahren der Industrialisierung in Württemberg so typisch war.

Gottlieb Daimler durfte zu Recht stolz auf die Tatsache sein, gleich bei seiner ersten Bewerbung in einer solchen Firma aufgenommen zu werden. Umso mehr überraschte ihn wieder einmal die Reaktion von Ferdinand Steinbeis, denn jener zeigte sich bestenfalls mäßig begeistert über diese Tatsache. »Wenn Sie das unbedingt machen wollen, dann machen Sie es halt in Gottes Namen, aber dass das gleich von Anfang an klar ist: das kann nur für eine kurze Übergangszeit Ihre Arbeit sein«, brummte Steinbeis verdrießlich. »Fürs Erste wollen wir es also dabei belassen, aber Sie wissen ja, in erster Linie brauchen wir unsere guten Leute jetzt im Eisenbahnbau.« Mit anderen Worten: Daimlers Förderer hätte es wesentlich lieber gesehen, wenn sein Schützling gleich zu Kesslers Lokomotivenfabrikation in die Maschinenfabrik Esslingen gegangen wäre. Doch das war jetzt nicht mehr zu ändern. Hätte Steinbeis sich eben gleich darum gekümmert, anstatt zunächst gar nichts mehr von sich hören zu lassen. Manchmal konnte man direkt den Eindruck gewinnen, dass es grundsätzlich falsch war, was immer man auch machte. Steinbeis war schon ein recht schwieriger Charakter – was den Verdiensten, die er für das Königreich Württemberg und ebenso auch um Gottlieb Daimler persönlich erworben hatte, freilich nicht den geringsten Abbruch tat. Nun denn: Es war jetzt eben so, wie es war. Und das war auch gar nicht so verkehrt, denn schließlich war es Gottlieb ganz recht, nach seiner Ankunft in Deutschland jetzt erst einmal eine gewisse Eingewöhnungszeit in die hiesigen Verhältnisse nutzen zu können. Und vielleicht konnte ein bisschen Abstand von Steinbeis ja auch nicht schaden, denn irgendwann würde er dem über diese Auskunft sicher nicht sonderlich glücklichen Mann beibringen müssen, dass dem Lokomotivenbau inzwischen schon längst nicht mehr sein Hauptinteresse galt. So gesehen war es also gar nicht verkehrt, dass Gottlieb

Daimler jetzt als technischer Zeichner bei der Maschinenfabrik Straub in Geislingen anheuerte – wo er darüber hinaus sogar das Versprechen des Firmenchefs bekommen hatte, nebenbei, falls es die eigentliche Arbeit zuließ, ab und zu auch einen Auftrag als Konstrukteur bearbeiten zu dürfen.
In der zweiten Hälfte des Jahres 1863 hatten sich die leichten Irritationen im Verhältnis zwischen Steinbeis und Daimler erstmals zu einer kurzzeitig ernsthafteren Meinungsverschiedenheit ausgewachsen. Der Grund dafür lag in der Tatsache begründet, dass Gottlieb Daimler der mittlerweile recht ungeduldig formulierten Empfehlung von Steinbeis, nach Esslingen zu gehen, nicht Folge leisten wollte. So sehr ihn Steinbeis auch drängte, zu Emil Kessler wollte er nicht gehen. Und wenn es hundertmal, wie Steinbeis das wieder und wieder formulierte, der wichtigste Industriebetrieb in ganz Württemberg war.
Das würde nämlich automatisch eine Arbeit im Eisenbahnbau bedeuten. Schon wieder Dampfmaschinen. Nein, das war wirklich nicht, was er auf Dauer gesehen anstrebte. Kindheitsträume hin oder her. Diese Lektion hatte er inzwischen gelernt. »Ausgerechnet Dampfmaschinen! Nie und nimmer wird denen die Zukunft gehören. Auch wenn die Dampftechnik im Augenblick noch so übermächtig erscheinen mag. Die Zukunft liegt anderswo. Da bin ich mir ganz sicher.« Egal, wie vehement Steinbeis auch auf die Tatsache verwies, dass Daimler doch genau aus diesem Grund eine dermaßen sorgfältige, überdies mit zahlreichen Stipendien der Regierung versehene Ausbildung genossen habe, um als Ingenieur das Eisenbahnwesen im Königreich weiter voranzubringen.
»Das ist mir nach all meinen Stationen im In- und Ausland einfach keine rechte Herausforderung mehr. In Esslingen, da hat es sowieso schon so viele gute Köpfe, dass die meinen Rat nun wirklich nicht dringend brauchen. Andere technische Verfahren scheinen mir mittlerweile wesentlich wichtiger für mein Fortkommen – auch im Hinblick auf eine nutzbringende Anwendung für unser Land.«

Das waren ja unerhörte Worte, so etwas ausgerechnet gegenüber dem Herrn Steinbeis zu äußern, der sich doch so überaus große Verdienste um die Industrialisierung des Landes erworben hatte! Daimlers langjähriger Förderer und Gönner hatte sichtlich um Fassung ringen müssen, als Gottlieb ihn mit dieser Argumentation konfrontierte. Minutenlang blieb es still zwischen den beiden.
Auch den darauffolgenden Vorschlag von Steinbeis, den dieser nach einiger Bedenkzeit formulierte, er möge sich dann wenigstens in Stuttgart mit einer eigenen Werkstatt für Holz- und Metallbearbeitung selbstständig machen – eine ausreichende Summe als Gründungsdarlehen könne er ihm vonseiten der württembergischen Regierung dafür in Aussicht stellen –, hatte Daimler abgelehnt. In diesem Fall mit der Begründung, er fühle sich noch zu jung dafür, um sich auf Dauer gesehen fest in einer ganz bestimmten Richtung zu binden. Erst recht im Hinblick auf diese von Steinbeis skizzierte Tätigkeit, die seiner Meinung nach für einen Techniker mit seiner Ausbildung nur eine wenig zukunftsträchtige Herausforderung darstelle.
»Das ist ja zum aus der Haut fahren!« Zutiefst verstimmt gab sich Steinbeis noch Tage später im Gespräch mit Emil Kessler, dem er voller Wut über den Disput mit seinem einstigen Schützling ausführlich Bericht erstattete. Ausgerechnet Kessler freilich schien zur erstaunten Überraschung seines Gesprächspartners nicht gewillt, die Verärgerung des anderen zu teilen. Mehr noch: Er konnte Daimlers Argumentation sogar einiges abgewinnen. Natürlich war da bei dem jungen Mann schon eine gewisse Kühnheit im Spiel gewesen, gleich zwei Vorschläge des hoch angesehenen Wirtschaftsförderers nacheinander einfach in den Wind zu schlagen. Doch andererseits: Wenn sich der offenbar ja recht forsche Herr Daimler folglich nicht einfach nur ins gemachte Nest setzen wolle, sondern nach wie vor eine echte Herausforderung suche, so gab Emil Kessler zu bedenken, dann spreche das im Grunde genommen durchaus nicht gegen ihn. Im Übrigen, fuhr Kessler schmunzelnd

fort, wisse er, wovon die Rede sei, denn er selbst sei diesbezüglich ja ebenfalls in mancherlei wortreiche Auseinandersetzungen mit dem eigenen Sohn verstrickt, der nur wenige Jahre jünger sei als der jetzt 29-jährige Daimler. »Mit den jungen Leuten ist es halt nie so ganz einfach«, seufzte der selbst erst knapp 50 Lebensjahre zählende Emil Kessler vernehmlich. Ausgerechnet er, der schon in jungen Jahren gewaltig viel erreicht hatte! »Aber das muss anscheinend wohl immer so sein – und ehrlich gesagt, Herr Steinbeis, bei uns früher, da war das doch auch nicht viel anders, oder? Ohne einen gehörigen Dickkopf kommt man auf Dauer gesehen nicht vom Fleck, da kann man so begabt und gebildet sein, wie man will. Es hat schon einen Vorteil, wenn sich der junge Mann traut, Ihnen zu widersprechen, und auf seinem eigenen Weg beharren will. Innerhalb gewisser Grenzen natürlich – aber die scheinen mir von ihm keineswegs überschritten worden zu sein.«
Die Antwort war ein verdrießliches Knurren. »Na ja, wenn Sie das so sehen. Aber ich meine dennoch …«
Der impulsive Kessler schnitt seinem Gegenüber einfach mitten im Satz das Wort ab. »Jetzt warten Sie doch erst einmal ab, Sie werden schon sehen, wir finden noch eine gescheite Aufgabe, in der sich unser ehrgeiziger Herr Daimler die Hörner dann ein bisschen abstoßen kann.«
»Ihr Wort in Gottes Ohr! Wenn Sie also meinen. Aber so ganz recht ist mir das Ganze trotzdem nicht.«
»Das muss es ja auch gar nicht, Herr Steinbeis. Das ist ja verständlich. Aber wie gesagt: abwarten lautet die Devise …«, schmunzelte der Direktor der Maschinenfabrik Esslingen zufrieden in sich hinein.
»So wie ich Sie kenne, haben Sie doch schon etwas ganz Bestimmtes im Auge«, argwöhnte Steinbeis skeptisch. »Aber doch wohl nicht in Schorndorf?« Immerhin war Daimlers Heimatstadt mittlerweile an das württembergische Eisenbahnnetz angeschlossen worden. War das der eigentliche Grund dafür, weshalb sich Daimler gleich nach seiner Rückkehr aus England dort eine Zeit lang aufgehal-

ten hatte? Nicht wegen der familiären Bande, sondern wegen der Eisenbahn? Obwohl – ihm gegenüber hatte er sich doch dahin gehend geäußert, dass er seine Zukunft nicht im Eisenbahnwesen sehe.

»Nein, nicht Schorndorf«, lächelte Kessler geheimnisvoll. »Ich habe da etwas ganz anderes im Auge. Eine Werkstätte, in der er sogar seine jetzt gerade in Geislingen erworbenen Kenntnisse nutzbringend wird einsetzen können.«

»Aber wo soll das denn bitte sein?«

Doch sooft Steinbeis im weiteren Verlauf ihres Gesprächs auch immer insistierte, am heutigen Tage bekam er von Emil Kessler keine Antwort auf diese Frage. Steinbeis musste schließlich nicht alles wissen. Nicht, dass er Kesslers inzwischen schon sorgsam ausgeheckten Pläne womöglich noch vereitelte. Er würde es ihm schon noch rechtzeitig mitteilen und ihn dann natürlich bitten, dafür seinen offiziellen Segen zu spenden. Vordergründig würde sich dann die Zentralstelle des königlich württembergischen Wirtschaftsförderers Steinbeis als Vermittler der neuen Arbeitsstelle präsentieren dürfen. So dass alles auch wirklich seine Ordnung hatte.

Und wirklich, nur wenige Wochen später war es bereits so weit, dass Gottlieb Daimlers neuer Arbeitsvertrag geschlossen werden konnte. Selbst Steinbeis zeigte sich von Kesslers Idee überaus angetan. Damit ging es für Daimler jetzt also nach Reutlingen – und das sogar mit der ausdrücklichen Billigung von Ferdinand Steinbeis, dank der kräftigen Unterstützung des verständnisvollen Emil Kessler. Es handelte sich um eine genauso ehrenhafte wie überaus verantwortungsvolle Berufung. Denn hier in Reutlingen benötigte man tatsächlich einen Mann mit ganz besonderen Fähigkeiten. Im Lauf der vergangenen Jahre war nämlich Gustav Werners Maschinenfabrik zum Bruderhaus in eine schlimme wirtschaftliche Schieflage geraten, die durch die Absatzkrise des Jahres 1863 noch dramatisch verschärft worden war. Das Bruderhaus brauchte deshalb

dringend die Hilfe eines technisch hoch versierten Ingenieurs, der dazu in international konkurrenzfähigen Produktionsmethoden erfahren sein sollte.
Bei Pfarrer Gustav Werner, dem Begründer des Reutlinger Bruderhauses, handelte es sich um einen sozial überaus engagierten Mann, dessen ganzes Streben darin bestand, die Verschmelzung eines modernen Industrialismus mit einem auf christlicher Bruderliebe gegründeten Sozialismus zu bewerkstelligen. Zusätzlich zu seinen sozialen Unternehmungen, wie der Versorgung und Unterbringung von Waisen, Verarmten und Behinderten, hatte Gustav Werner seiner Einrichtung deshalb in rascher Folge erst eine Papiermühle, dann eine Holzbearbeitungsanstalt und schließlich eine Maschinenfabrik angegliedert, die inzwischen viele Hundert Menschen beschäftigte und längst nicht nur zum größten Arbeitgeber im weiten Umkreis von Reutlingen geworden war, sondern auch zu einem der neben Esslingen wichtigsten Industriezentren in ganz Württemberg. Voller Sorge hatten Leute wie Steinbeis und Kessler in den vergangenen Monaten die immer zahlreicher werdenden Hiobsbotschaften aus Reutlingen vernehmen müssen. Ein drohender, ja inzwischen sogar immer wahrscheinlicher werdender Zusammenbruch der Werner'schen Fabrik stand zu befürchten. Genau das durfte aber auf keinen Fall eintreten, denn es wäre ein schlimmer Rückschritt für den sich allmählich abzeichnenden industriellen Aufstieg des Königreichs Württemberg. Dank der Vermittlung des vorausblickenden Kessler, der sich zwischendurch sogar für die Gründung eines Bruderhaus-Rettungsvereins eingesetzt hatte, erhielt Gottlieb Daimler im Dezember 1863 nun also seine Anstellung als verantwortlicher Werkstätteninspektor bei der Maschinenfabrik zum Bruderhaus. Hoffentlich würde es ihm gelingen, das ins Trudeln geratene Unternehmen rasch wieder zu stabilisieren. Eine gewaltige Aufgabe, in die er ohne Zögern einwilligte.

Die Freude, die der ehrgeizige junge Techniker über seine Berufung in eine leitende Position in dieser bekannten und höchst angesehenen Einrichtung zunächst empfunden hatte, war freilich bereits am ersten Tag verflogen. Denn die Verhältnisse, die Daimler an seinem neuen Arbeitsplatz vorfand, waren viel schlimmer, als er das bei einem solchen Unternehmen jemals für möglich gehalten hätte. Das war schon aufs erste flüchtige Hinsehen unschwer zu erkennen, wie sehr hier alles, aber wirklich alles, im Argen lag. Nicht nur die miserable Organisation im Produktionsbereich. Das war für ihn seit seinen Erfahrungen in England ja nichts wirklich Neues. Jedoch: Hier sah es noch um ein Vielfaches düsterer aus. Mit solchen Zuständen … Nein, damit hätte er niemals gerechnet! Und all die anderen Fachleute in Württemberg wohl genauso wenig. Ein Umstand, der die Sache noch zusätzlich erschwerte. Denn erst einmal musste nun möglichst rasch eine schonungslose Analyse der Probleme erstellt werden, damit Leute wie Steinbeis erkennen konnten, wie es in Wahrheit um das Bruderhaus bestellt war. Und parallel dazu musste der Betrieb natürlich irgendwie am Laufen gehalten werden! Es gab Arbeit an allen Ecken und Enden. Da half kein Kopfschütteln, da mussten jetzt ganz entschlossen die Ärmel hochgekrempelt werden, und dann hieß es arbeiten, von morgens früh bis spät in die Nacht hinein. Irgendwie musste es gelingen, das drohende Ende von Gustav Werners Lebenswerk abzuwenden. Ein Ende, das viel näher gerückt war, als es der in wirtschaftlichen Dingen recht arglose Firmengründer samt seinen ganzen Beratern wahrgenommen hatte. Ach Gott ja, diese sogenannten Berater. Das waren allesamt sicherlich höchst honorige Menschen, die aber über die Produktionsabläufe in einem modernen Industriebetrieb nicht im Mindesten im Bilde waren. Und so schrieb der neue Werkstättenvorstand Daimler gleich am Ende der ersten Arbeitswoche einen zwischen Verzagen und Hoffnung schwankenden Brief an Adolf Groß, in dem er seinem Freund von der äußerst prekären Lage im Bruderhaus Bericht erstattete. »Seit 14 Tagen bin ich in der Anstalt des Reisepredigers G. Werner in Reutlingen angestellt als Techniker. Wir machen Turbinen, Mühleneinrichtungen, Transmissionen und landwirtschaftliche Maschinen. Unser Geschäft ist in einem verwahrlosten Zustand, aus dem herauszubringen ich helfen soll. Aber es ist außer mir kein Techniker hier. Nun gut, so gesehen habe ich hier eine schöne Aufgabe – falls ich die Geduld habe, sie zu lösen. Und falls mir genügend Zeit dazu bleibt. Herrn Werners Anstalten sind dir vielleicht bekannt und das Prinzip, auf welches sie sich gründen. Kannst du mir vielleicht einige Zeichnungen von landwirtschaftlichen Maschinen verschaffen, Lehmknetmaschinen, Malzschrotmühlen etc. Meine Adresse: G. D., Ingenieur im Bruderhaus Reutlingen. Meine besten Glückwünsche zum neuen Jahr. Es grüßt Dich Dein getreuer Gottl. Daimler.«

Schon kurz nach der Aufnahme seiner Tätigkeit in Reutlingen, genauer gesagt bei einem seiner täglichen Betriebsrundgänge wenige Tage vor Weihnachten des Jahres 1863, war ihm ein auffallend stiller und schüchtern wirkender Junge aufgefallen. Vom Alter her mochte der Bursche wohl 16 oder 17 Jahre alt sein. Immer wieder – selbst in den kurzen Arbeitspausen – sah er ihn in einem bestimmten Winkel des Büros hocken und mit hoch konzentriertem Gesichtsausdruck feine Linien auf ein Blatt Papier zeichnen. Was genau die Zeichnung wohl darstellen mochte? Um das erkennen zu können, dafür war Daimler zu weit entfernt. Und so ergriff er kurzerhand die Initiative und lugte neugierig über die Schulter des Jungen, der sein Näherkommen gar nicht bemerkte hatte, so sehr war er in seine Zeichnung vertieft. »Was machst du denn da Schönes?« Erschrocken zuckte der Gefragte zusammen und bedeckte

das Stück Papier, das er auf seinen rechten Oberschenkel gelegt hatte, mit seinen Händen, blieb dabei aber stumm.
»Er ist ein bisschen schüchtern, unser Wilhelm.« Mit einem entschuldigenden Lächeln zuckte der Betreuer für die Waisenknaben, der in einer anderen Ecke des Raumes seine Pausenmahlzeit, einen kleinen verschrumpelten Apfel, verzehrte, mit den Schultern.
»Und wie heißt er mit vollem Namen, der Wilhelm?«
»Maybach, Wilhelm Maybach«, stammelte der Junge.
»Er spricht nicht so arg viel«, setzte der Betreuer erklärend hinzu. »Er scheint halt nach wie vor seine Eltern sehr zu vermissen – trotz all der Jahre, es sind wohl bereits an die sieben, die er nun schon hier bei uns ist.«
Daimler bedachte den Mann mit einem dankbaren Kopfnicken und wandte sich dann erneut an den Jungen.
»Und wie alt bist du nun, wenn ich fragen darf?«
»17.« Das war die ganze karge Antwort.
»Na, sehr gesprächig bist du ja tatsächlich nicht gerade …«
»… aber zeichnen tut er für sein Leben gern. Das gefällt ihm. Das Zeichnen, das ist sein Ein und Alles.«
»Ach ja?« Ein Lächeln huschte über Daimlers Miene. »Ich zeichne nämlich auch sehr gerne. Lass mich doch mal sehen, was du da gemacht hast.«
Augenblicklich überzog sich das Gesicht des Jungen neuerlich mit einer tiefdunklen Röte. Mit allen Anzeichen der Verlegenheit versuchte er, das Papier vor den neugierigen Blicken der beiden Männer zu verstecken.
Sehr zum Missfallen seines Erziehers. »Was ist denn das für ein Benehmen, Maybach? Augenblicklich erhebst du dich und begrüßt den Herrn Daimler, wie es sich gehört. Hast du mich verstanden? Auf der Stelle!«
Wie von einer Nadel gestochen fuhr der Junge in die Höhe. »Entschuldigung, äh … Grüß Gott …«
»Wie heißt das richtig?«, nahm der Erzieher seinen Zögling weiterhin streng ins Visier.
»Äh ja, ich meine, Grüß Gott … Grüß Gott, Herr Direktor Daimler«, stotterte der Knabe aufgeregt.

»Schon gut.« Daimler streckte dem Jungen aufmunternd seine rechte Hand entgegen. »Jetzt lass mich mal sehen, was du da gemalt hast.«
Mit tief gesenktem Kopf reichte ihm der Knabe daraufhin zögernd das Blatt Papier, das mit vielen feinen Bleistiftstrichen überzogen war.
»Ach, das ist ja wunderbar! Eine Landschaftszeichnung. Und die Berge hier, das dürfte doch wohl die Reutlinger Umgebung darstellen.«
»Ja genau, so ist es«, bestätigte nun auch der Erzieher und schürzte anerkennend die Lippen. »Es ist ganz deutlich zu erkennen: Das da vorne, das ist die Achalm, und der Hügel am rechten Bildrand, das ist der Georgenberg, und in der Ferne, also im Hintergrund, da schimmert der Albtrauf durch.«
»Donnerwetter! Das hast du aber wirklich geschickt gelöst – und mutig obendrein. Gerade der Hintergrund mit diesem grauen Farbton für den Albtrauf, der wie eine Mauer hinter dem Land aufragt. Genau so, wie man es als Betrachter von weitem auch empfindet. Da war beim Zeichnen ein gutes Stück Abstraktionsvermögen mit im Spiel. Das ist in der Tat bemerkenswert! Ich kann das, glaube ich, schon deswegen ganz gut beurteilen, weil ich in meiner Jugend selber viel gezeichnet habe. Heute komme ich leider fast nicht mehr dazu, es sei denn, es handelt sich um eine technische Zeichnung. Für mehr bleibt mir kaum noch die Zeit. Schade eigentlich …«
»Er hat das malerische Geschick von seinem Vater geerbt. Obwohl der Mann eigentlich in Heilbronn Schreiner war.«
Daimler sah, wie der Junge unglücklich den Kopf senkte. Um ihn etwas aufzumuntern, unterbreitete er ihm ganz spontan einen verlockenden Vorschlag.
»Weißt du was? Wenn ich einmal Zeit habe, dann machen wir einen Ausflug und zeichnen gemeinsam. Du musst mir zeigen, wo der Punkt ist, an dem du dieses schöne Motiv gesehen hast. Würdest du das für mich machen?«
Der Junge schien mit einem Schlag wie verwandelt. Ein

freudiges Blitzen aus seinen gerade eben noch so traurigen Augen sprach Bände. »Aber gerne, Herr Direktor!«

»Nun denn, ich werde mich melden und Wort halten, das verspreche ich dir. Vielleicht wird es ja schon am Dreikönigstag so weit sein, falls das Wetter mitmacht. Was meinst du? Wäre das eine Möglichkeit?«

Der Junge schien sein Glück kaum fassen zu können. »A ... aber ja«, stotterte er aufgeregt, »s ... selbstverständlich, Herr Daimler!«

»Nun gut. Ich melde mich also bei dir«, Daimler hob grüßend die Hand und nahm seinen kurz unterbrochenen Rundgang wieder auf.

»Was ist denn mit seiner Familie genau geschehen? Wieso ist der Wilhelm hier bei uns?« erkundigte er sich bei seinem Begleiter, als sie schließlich außer Hörweite des Jungen gelangt waren.

»Er ist Vollwaise. Beide Eltern sind seit langem verstorben – erst die Mutter, offenbar bei einem tragischen Unfall am Wasser, dann einige Zeit später der Vater. Er ist ertrunken wie seine Ehefrau. Und womöglich, wie es in den Akten vermerkt ist, handelt es sich im Fall des Vaters sogar um eine Selbsttötung – aus Gram über den Tod der geliebten Frau ist er in den Tod gegangen und hat seine armen Kinder zurückgelassen. Weil es keine weiteren Verwandten gegeben hat, die sich um die Kinder hätten kümmern können, ist Wilhelm dann im Alter von zehn Jahren von Pfarrer Werner bei uns im Bruderhaus aufgenommen worden.«

»Der arme Bursche ...«, sinnierte Daimler. »Dabei ist er ganz offensichtlich ein recht talentiertes Kind, allein wenn ich an die Zeichnung denke. Das ist wahrlich nicht einfach, in diesem Alter schon in einem solchen Grad der Abstraktion zu zeichnen.«

»Und vor allen Dingen ist der Wilhelm nicht nur höchst diszipliniert, auch auf den anderen Gebieten erweist er sich als enorm gescheit. Wir wollten ja ursprünglich, dass er eine Bäckerlehre macht.«

»Ach, schau an, ein Bäcker«, schmunzelte Daimler vergnügt.

Was daran so besonders sein sollte, darauf konnte sich sein Begleiter natürlich keinen Reim machen. Denn dass Daimler selbst aus einer Bäckersfamilie stammte, das war dem Mann nicht bekannt. »Das ist ja nicht gerade der schlechteste Beruf.«

»Nein, das ist es ganz und gar nicht. Aber nachdem sich sein Talent und seine Intelligenz in der letzten Zeit immer deutlicher bemerkbar gemacht haben, sind wir übereingekommen, dem Burschen zumindest versuchsweise eine andere Berufsausrichtung zu ermöglichen. Und deshalb haben wir unserem Wilhelm vor einigen Monaten die Erlaubnis erteilt, neben einer Ausbildung als technischer Zeichner auch noch die Abendkurse in Physik und Mathematik an der städtischen Oberrealschule hier in Reutlingen besuchen zu dürfen. Das kostet zwar ordentlich viel Geld für das Bruderhaus – und gerade momentan ist das finanziell für uns alles andere als einfach, aber wir hoffen, dass sich diese Investition in die Zukunft des Knaben eines Tages für unseren Betrieb auszahlen wird. Und bislang scheint es so zu sein, dass er im Unterricht dort problemlos mitkommt – obwohl er der jüngste von allen Schülern ist.«

Daimlers Interesse war nun erst recht geweckt. »Das ist ja eine interessante Information. Ich denke, ich werde mir den Namen des jungen Mannes merken müssen. Maybach also … nun gut.«

Mit einem kräftigen Händedruck verabschiedete er sich von dem Erzieher und inspizierte weiter die riesigen Werkhallen der Maschinenfabrik zum Bruderhaus. Immer wieder musste er dabei jedoch an die Begegnung mit dem kleinen Maybach zurückdenken. Ja! Solche Leute waren für die Zukunft des Unternehmens wichtig. Dieses außerordentliche Zeichentalent, die rasche Auffassungsgabe und sein offensichtlicher Wissensdurst. Das erschien Daimler eine vielversprechende Kombination. Diesen Wilhelm Maybach musste er auf alle Fälle im Auge behalten.

Ein Tag, kurz nach Weihnachten im Jahr 1863. Es war der

Tag, der den Beginn einer lebenslangen Weggemeinschaft markieren sollte.

Mit dem Beginn des Jahres 1865 war das nahezu Unglaubliche geschafft. Seit diesem Jahr segelte die Maschinenfabrik zum Bruderhaus wieder spürbar in ruhigerem Fahrwasser. Und das trotz dieses gravierenden Ereignisses, das im vergangenen Jahr das ganze Land kurzzeitig in eine Art lähmenden Schockzustand versetzt hatte. 1864, das Jahr, in dem der seit 48 Jahren regierende König Wilhelm I. gestorben war. Es war unfassbar, der König tot! Ihr König Wilhelm, während dessen jahrzehntelanger Regentschaft die meisten Württemberger geboren worden waren. Der König, der Württemberg dank seiner grandiosen Weitsicht vom bitterarmen Agrarstaat ganz behutsam in ein neues Zeitalter geführt hatte, die beginnende Industrialisierung. Eine neue Ära, deren Erfolg versprechende Konturen sich allmählich deutlich sichtbar abzeichneten. Kaum jemand konnte sich das Land ohne seinen überaus beliebten Monarchen an der Spitze vorstellen. Und jetzt war es dennoch so weit gekommen. Sie hatten ihren König Wilhelm an der Seite seiner Katharina auf dem Rotenberg zu Grabe tragen müssen. Sein im Volk wesentlich weniger populärer Sohn Karl saß nun auf dem Königsthron. Es waren viele Wochen vergangen, bis sich die Leute zumindest einigermaßen an diese unabänderlichen Tatsachen gewöhnt hatten.
Wenigstens für das Bruderhaus war dieses Jahr zu einem der wirtschaftlichen Konsolidierung geworden – und im darauffolgenden würde man erstmals wieder schwarze Zahlen schreiben.
Dies war ganz eindeutig einzig und allein das Verdienst des jungen Werkstättenleiters Gottlieb Daimler. Dazu brauchte man kein Fachmann sein, um diese Tatsache zu erkennen. Kein Wunder also, dass Daimler die Direktoren des Bruderhauses deshalb ersuchte, nunmehr doch bitte auch in eine hierarchisch verantwortungsvollere (und natürlich auch besser bezahlte) Position gebracht zu werden. Doch

dieser Bitte wollten die Direktoren des Bruderhauses trotz aller Verdienste ihres Angestellten keinesfalls nachkommen. Sie wollten den ehrgeizigen jungen Mann viel lieber auf einer ihnen untergeordneten Position wissen und damit jederzeit über ihn bestimmen können. Nicht, dass sie sich ansonsten womöglich innerhalb der Führungsebene für die eine oder andere Entscheidung zu rechtfertigen hätten. »So ein unruhiger Jungspund mit einem solchen Temperament in unserem Kreis, also nein. Da könnte es manchmal zu durchaus unangenehmen Situationen kommen, und das wollen wir doch lieber vermeiden. Er soll erst einmal in unser Alter kommen, denn mit dem umfassenden Wissen einer langjährigen Erfahrung sieht man manches dann doch etwas anders als so ein aufgeregter Jüngling. Erfahrung ist bekanntlich durch nichts zu ersetzen.«
Solche und ähnliche Überzeugungen machten die Runde im Kreis der Bruderhaus-Direktoren, die freilich allesamt keine Techniker waren. Das stellte im Übrigen einen der wahren Gründe dar, weshalb das Bruderhaus in diese bedrohliche Schieflage geraten war. Vielleicht aber war es auch der wahre Grund dafür, dass sie Gottlieb Daimler die gewünschte Anerkennung in Form des Direktorenpostens, den sie ihm bei seinem Eintritt damals für den Erfolgsfall in Aussicht gestellt hatten, jetzt verweigerten. Höchstwahrscheinlich war das so. Denn ein bestens ausgebildeter Techniker im Direktorium wäre ihnen allen in sämtlichen Fragen des Arbeitsablaufs natürlich haushoch überlegen gewesen.

Diese kategorische Ablehnung des bei seinem Eintritt ins Bruderhaus in Aussicht gestellten beruflichen Aufstiegs bereitete Daimler verständlicherweise von Tag zu Tag einen wachsenden Verdruss. Der Unmut mündete sogar in mehreren lautstarken Auseinandersetzungen mit den Direktoren – Daimler schrammte während dieser erregten Debatten mehrfach knapp an einer Kündigung vorbei und war dabei selbst schwankend, ob er womöglich nicht sogar aus freien Stücken »den ganzen Bettel hinschmeißen sollte«,

wie er seinem Freund Adolf Groß voller Ärger und Enttäuschung in einem zornigen Brief mitteilte.
Doch so weit sollte es dann doch nicht kommen – auch deshalb, weil nun zunächst ganz andere, höchst private Angelegenheiten die volle Konzentration des Werkstättenleiters beanspruchten. Viel erfreulichere Dinge waren das, als sie in der Firma auf ihn warteten.

Am 9. November 1867 wurde die Hochzeit des inzwischen immerhin schon 33 Jahre alten Gottlieb Daimler mit der 24-jährigen Emma Pauline Kurtz aus Maulbronn gefeiert, der Apothekerstochter, mit der ihn ja schon seit Jahren eine innige Freundschaft verband. Und bei der nicht minder glanzvollen Nachfeier aus Anlass der in Maulbronn erfolgten kirchlichen Vermählung lud der inzwischen doch festbegeisterte Daimler die gesamte Belegschaft des Bruderhauses in den dortigen Speisesaal ein. Auch der junge Wilhelm Maybach durfte natürlich an der Feierlichkeit teilnehmen – und lernte bei dieser Gelegenheit ein besonders anmutiges Mädchen aus der Heimat der Braut kennen. Berta Habermaas hieß sie. Und bald schon hatte Wilhelm Maybach in Erfahrung gebracht, um wen genau es sich bei dieser jungen Dame handelte. Nämlich um die 16 Jahre alte Tochter des Maulbronner Posthalters. Die allerbeste Freundin der jetzigen Frau Daimler. Kaum hatte er Berta beim Eintreten in den Saal erblickt, da war es auch schon um Wilhelm Maybach geschehen: Von einer Sekunde auf die andere hatte er sich in dieses liebreizende Mädchen verliebt. Eine Zuneigung, die auf ebenso spontaner Gegenseitigkeit beruhte. Und wenn auch bis zur Hochzeit noch viele Jahre ins Land gehen sollten – zehn Jahre würden es am Ende sein –, so feierten die beiden ein gutes Jahr später bereits ihre heimliche Verlobung, indem sie sich das Eheversprechen gaben.
Doch bei der Heiratsfeier des Herrn Daimler lagen solche Pläne für Wilhelm Maybach noch in weiter Ferne. Zunächst einmal hieß es jetzt für den ehemaligen Waisen-

knaben, seinen eigenen Weg zu finden und diesen dann zielstrebig weiter zu beschreiten – vielleicht deswegen, um die zukünftigen Schwiegereltern davon überzeugen zu können, dass jemand wie er trotz seiner Herkunft aus dem Waisenhaus wirklich in der Lage war, nicht nur eine Familie zu gründen, sondern auch für deren Unterhalt Sorge tragen zu können. Mit einem standesgemäßen Unterhalt natürlich, denn seine Verlobte stammte aus geordneten, um nicht zu sagen gutbürgerlichen Verhältnissen.

Auch Wilhelm Maybachs großes Vorbild Gottlieb Daimler strebte unverkennbar längst nach höheren Aufgaben. Der ewigen Auseinandersetzungen wegen der nicht erfolgten Anerkennung seiner Verdienste um das Bruderhaus allmählich müde, setzte er seinen ganzen Ehrgeiz nunmehr daran, baldmöglichst eine verantwortungsvollere Position zu finden. Wenn irgend möglich in einer Firma, in der er endlich verstärkt auf dem Feld der zukunftsweisenden Gasmotoren würde arbeiten können. Denn der viel bestaunte Motor des Erfinders Nikolaus Otto aus Deutz hatte in diesem Jahr auf der Pariser Weltausstellung den ersten Platz vor allen anderen dort präsentierten Erfindungen belegt! Wenn sich doch nur die Herren im Bruderhaus für Experimente in dieser Richtung hätten erwärmen lassen. Doch nichts dergleichen war geschehen. Gar nichts, eher das Gegenteil. Eine geradezu aggressive Ablehnung schlug ihm inzwischen entgegen, wenn er dieses Thema auch nur andeutungsweise streifte. Diese Ignoranten!

Dabei wäre es nach seiner festen Überzeugung für das Bruderhaus ganz besonders lohnenswert, schon jetzt, also noch in einem frühen Stadium, mit dem verheißungsvollen Motor dieses Nikolaus Otto zu arbeiten und ihn womöglich entscheidend weiterzuentwickeln. Denn so grandios und überwältigend dessen Erfolg auf der Pariser Weltausstellung auch ausgefallen war, hörte man andererseits in den folgenden Monaten recht häufig von den enormen Schwierigkeiten, die diese Konstruktion im alltäglichen Betrieb mit sich brachte. Was im Grunde genommen niemanden zu verwundern brauchte, denn bei Nikolaus Otto handelte es sich dem Vernehmen nach ja gar nicht um einen gelernten Techniker, sondern um einen biederen Kaufmann, der abends zur Entspannung nach seiner eigentlichen Arbeit liebend gerne an irgendwelchen technischen Erzeugnissen herumbastelte. Jawohl: bastelte. Umso erstaunlicher, dass ausgerechnet diesem Mann eine solche Erfindung gelungen sein sollte. Allein, das war ja kaum zu glauben. Aber nun diese mit so vielen Mängeln behaftete Erfindung als gut ausgebildeter Techniker zum verlässlichen Dauerbetrieb zu bringen, das wäre weiß Gott eine faszinierende Aufgabe. Aber nein, die Herren Nichttechniker im Direktorium des Bruderhauses konnten sich eine solche Aufgabenstellung logischerweise nicht zu eigen machen. Das lag schon in der Natur der Sache begründet. Wie sollte es auch anders sein …

Wie ein Blitz aus heiterem Himmel hatte das Schicksal in diesem Jahr 1867 wieder einmal seinen unerbittlichen Lauf genommen. Der Tod von Emil Kessler, dem Gründer der Maschinenfabrik Esslingen, dem das Land doch so viele wertvolle Impulse zu verdanken hatte, löste in den Kreisen der württembergischen Fabrikanten eine ähnliche Schockwelle aus, wie dies drei Jahre zuvor beim Tod des Königs Wilhelm der Fall gewesen war.

Emil Kessler. Ausgerechnet der! Ein Herzschlag! Ganz plötzlich und völlig unvermutet war Kessler während eines Rundgangs durch seine Fabrikhallen in Esslingen vom Tode ereilt worden.

Und das im Alter von erst 54 Jahren! Mitten in der Blüte seines verdienstvollen Lebens stehend. Es war eine Katastrophe! Die Trauer im Land war grenzenlos – und auch Gottlieb Daimler fühlte sich von dieser wahrhaftigen Tragödie, die Kesslers Tod bedeutete, tief betroffen.

Aber was würde denn nun aus der Maschinenfabrik werden?

Man hörte munkeln, dass Kesslers erst 26-jähriger Sohn Emil junior die Verantwortung in der Firma übernehmen wollte. Ein überaus mutiger Schritt in diesem Alter.
Doch Emil würde vor dieser gewaltigen Herausforderung sicherlich bestehen können, so fleißig und begabt, wie Gottlieb Daimler ihn bei ihren zahlreichen Begegnungen kennengelernt hatte. Vielleicht sollte auch er jetzt nach Esslingen gehen, um den neuen Leiter der Maschinenfabrik bei dieser anspruchsvollen Aufgabe zu unterstützen. Es würde ihm mittlerweile nicht sonderlich schwerfallen, Reutlingen den Rücken zu kehren. Zumal man ihn dort erst kürzlich wieder der Weisungshoheit eines neuen Direktors unterstellt hatte, anstatt ihm selbst endlich die Verantwortung für das Ganze zu übertragen. Um in eine solche Position zu gelangen, fehlte es ihm mit seinen 33 Jahren noch an Lebenserfahrung, war ihm auf seinen Protest hin klipp und klar erwidert worden. Er sei schlichtweg noch viel zu jung für einen Direktorenposten. Und wie war dann die Meinung der Herren im Hinblick auf den erst 26-jährigen Emil Kessler junior? Auf diese Frage hatten sie nur kurz mit den Schultern gezuckt und es vorgezogen, dem Werkstättenleiter keine Antwort zu geben, außer einem genauso überdeutlichen wie in seinen Ohren unverschämten Satz: »Ja, das wäre es dann für heute gewesen. Auf Wiedersehen, Herr Daimler.«
Nun denn, so sehr diese fortwährende Zurücksetzung auch in ihm nagte, so eindeutig rang sich Gottlieb Daimler schon bald zu dem Entschluss durch, nicht der erstbesten Verlockung zu erliegen, nur um Reutlingen endlich hinter sich lassen zu können. Die Maschinenfabrik Esslingen, dort würde man ihn sicherlich aufnehmen. Aber auch dort wurden nicht diejenigen Produkte hergestellt, denen doch längst seine Zukunftsträume galten.
Er würde sich zu einem ruhigen und überlegten Handeln zwingen, um in nicht allzu ferner Zukunft die verantwortungsvolle Stelle zu suchen, die man ihm im Bruderhaus leider verwehrte. Und außerdem würde er seinen Förderer

Steinbeis schriftlich davon in Kenntnis setzen, dass es ihm in Reutlingen längst nicht mehr behagte. Steinbeis würde ihn verstehen. Denn auch dieser verdienstvolle Mann hatte sich ja in der Vergangenheit Daimler gegenüber schon mehrfach verdrießlich darüber ausgelassen, dass in der württembergischen Industrie die Techniker viel zu oft das Nachsehen gegenüber den Kaufleuten hätten! Das aber war nach Ansicht von Steinbeis der falsche Weg. Vielleicht also konnte Ferdinand Steinbeis mit seinen unzähligen Kontakten etwas für ihn tun.

Es dauerte noch geraume Zeit, bis sich Daimler tatsächlich an den Schreibtisch setzte, um diesen Brief zu schreiben. Am 25. August 1868 schickte er seine Post nach Stuttgart dann endlich ab: »Es wird Ihnen bekannt sein, dass die Werner'schen Anstalten unter einen Vorstand gestellt sind, der aus drei Mitgliedern besteht: Herrn Werner, Herrn Dorn, technischer Direktor, und Herrn Munz, wirtschaftlicher Direktor. Herr Dorn scheidet nun demnächst aus und will seine Stelle dem Herrn Munz zusätzlich angedeihen lassen. Ich habe seit vier Jahren zugesehen, wie immer Männer vom anderen als vom Maschinenfach an der Leitung unserer Maschinenfabrik ihre Proben machen und will nicht abermals dasselbe Vergnügen haben. Auch kann der Maschinenfabrik mit einem Verwalter, der ihr seine Tätigkeit nur halb zuwenden kann, wieder nicht gedient sein. Der Unterzeichner bleibt nur hier, wenn er seine Aufgabe ganz hat und als Verwalter der Fabrik durch den Aufsichtsrat angestellt wird.«

Die Dominanz der Nichttechniker über den Sachverstand! Das musste Steinbeis ja ganz gewaltig gegen den Strich gehen, wenn er diese Schilderung zu lesen bekam. Es würde sicherlich keine Woche dauern, bis er eine dementsprechende Antwort aus Stuttgart in Händen hielt.

Doch Gottlieb Daimlers Vermutung trog. Auch noch zwei Wochen nach dem Absenden des Briefes blieb die Antwort aus. Keinerlei Reaktion aus Stuttgart! Und das, obwohl seine Wortwahl doch ziemlich drastisch ausgefallen war.

Seltsam, Steinbeis schien sich nicht für seinen Schützling einsetzen zu wollen – war das nun also die späte Revanche wegen seiner früheren Weigerung, zur Maschinenfabrik Esslingen zu gehen? Nun denn, immerhin hatte Steinbeis insofern recht behalten, als er dem jungen Konstrukteur schon damals prophezeite, dass dessen Weg ins Bruderhaus irgendwann in einer Sackgasse enden würde. So zumindest hatte es den Anschein. Steinbeis ließ ihn für die damalige Widerborstigkeit jetzt also büßen! Ehrlich gesagt konnte er es dem Mann nicht einmal verdenken. Erst viele Jahre später erhielt Gottlieb Daimler freilich Kenntnis von der Tatsache, dass der weitblickende Wirtschaftsförderer in aller Stille dennoch seine Verbindungen im Sinne Daimlers hatte spielen lassen – ausgerechnet wieder in die Vorstandsetage der Maschinenfabrik Esslingen, jetzt also zu Emil Kessler junior, in dessen Büro nach wie vor unzählige Kontakte zusammenliefen, die dessen Vater aufgebaut hatte. Wenngleich Steinbeis tatsächlich der Meinung war, diese Aktivitäten nicht an die große Glocke hängen zu müssen, um den ungestümen jungen Mann zumindest ein bisschen zappeln zu lassen. Das konnte nicht schaden.
Denn bekanntlich konnten sich auch negative Erfahrungen für den weiteren Lebensweg eines verheißungsvollen Ingenieurs als durchaus wertvoll erweisen. Auch wenn man so manche Erfahrung besser vermieden hätte, aus all diesen Eindrücken, Herausforderungen, Siegen und Niederlagen formte sich ein widerstandsfähiger und selbstbewusster Charakter, den es unbedingt brauchte, wenn man sein großes Ziel nicht aus den Augen verlieren wollte.

Am 13. September des Jahres 1869 durfte im Haus des Vorstands der Werkstätten der Maschinenbaugesellschaft Karlsruhe ein freudiges Ereignis gefeiert werden: die Geburt des ersten Sohnes. Paul. Paul Daimler. Ein Name, der viele Jahre später für immer in die Geschichte der Motorisierung eingehen würde.

Pauls Vater Gottlieb hatte inzwischen das Bruderhaus in Reutlingen verlassen können und in der badischen Hauptstadt Karlsruhe endlich eine leitende und somit verantwortliche Position übernommen. Seit Dezember 1868 fungierte er als Werkstättenvorsteher bei der hoch angesehenen Karlsruher Maschinenbaugesellschaft, bei der es sich um kein geringeres Unternehmen handelte als um den Nachfolgebetrieb von Emil Kesslers einstiger Maschinenfabrik. Eigentlich kam es ja einer Ironie der Geschichte gleich, dass er ausgerechnet diesen Posten übernommen hatte. Denn auch in Karlsruhe wurden hauptsächlich Dampfmaschinen hergestellt. Maschinen also, von denen er doch mehr als einmal behauptet hatte, mit so etwas wolle er sich keinesfalls mehr beschäftigen. Jetzt war es genau so gekommen! Seltsam!

»Was geht mich mein dummes Geschwätz von gestern an!« Nach dieser Devise habe er wohl gehandelt, hatte sein Freund Adolf Groß den Wechsel Daimlers nach Karlsruhe süffisant kommentiert. Nun ja, so ganz unrecht hatte der Adolf damit sicherlich nicht. Zumal Daimler nach wie vor die Auffassung vertrat, dass eben nicht dem Dampfantrieb, sondern den Gasmotoren die Zukunft gehörte.

Selbst wenn die Dampfmaschinen den Gasmotoren an Leistungskraft momentan noch klar überlegen waren – irgendwann würden sich die Dinge umkehren. An dieser Einschätzung hielt Daimler eisern fest. Und immerhin: Der Arbeitsvertrag in Karlsruhe hatte ihm seine erste leitende

Position beschert. Als Direktor und Werkstättenvorstand konnte er endlich weitestgehend selbstständig schalten und walten. Und von dieser Position aus würde er sich in aller Ruhe weiter umsehen können und eines nicht allzu fernen Tages die wirklich richtige, hundertprozentig mit seinen Vorstellungen übereinstimmende Tätigkeit finden.
Immerhin war es ihm in diesem Monat auch gelungen, den mittlerweile 23-jährigen Wilhelm Maybach aus dem Reutlinger Bruderhaus zu sich nach Karlsruhe zu holen. So wie er dies dem jungen Mann beim Abschied in Reutlingen fest in die Hand hinein versprochen hatte. Maybach hatte dort inzwischen seine Ausbildung zum technischen Zeichner mit Bravour absolviert. Die Begeisterung des ansonsten so ruhigen und in sich gekehrten Maybach war ihm sichtlich ins Gesicht geschrieben, als er zaghaft an die Bürotür des Direktors Daimler klopfte, um seinen Arbeitsantritt in Karlsruhe zu vermelden. Was nicht nur bei seinem künftigen Vorgesetzten Gottlieb Daimler, sondern auch bei dessen Frau Emma für große Freude sorgte – und erst recht bei Emmas Maulbronner Freundin Berta, mit der auch Wilhelm Maybach inzwischen engere Bande verknüpften.

»Also: Wir nennen unseren Erstgeborenen Paul!« Wie zur Bekräftigung seiner Worte nickte der frischgebackene Vater nachdrücklich, während er seine von der Geburt schwer erschöpfte Frau mit einem glücklichen Lächeln bedachte.
Zu Daimlers Überraschung runzelte Emma jedoch fragend die Stirn. »Paul? Wieso denn Paul?«, murmelte sie mit matter Stimme. »Wieso denn nicht, Gottlieb, so wie es eine gute alte Tradition ist, den Erstgeborenen nach seinem Vater benennen.«
In den Augen ihres Mannes blitzte es schalkhaft auf. »Hm, wieso ich das so haben will? Das ist im Grunde genommen ganz einfach: deinetwegen nämlich!«
»Meinetwegen?« Diese Aussage schien Emma mehr als rätselhaft. »Das verstehe ich nicht. Ich kenne doch gar keinen Paul.«

»Aber du kennst doch wohl deinen zweiten Vornamen, oder? Pauline. Emma Pauline, auf diesen Namen haben dich deine Eltern doch taufen lassen.«
»Ja schon …« Noch immer verstand Emma nicht, worauf ihr Mann mit seinem rätselhaften Vorschlag eigentlich hinauswollte.
»Ja, dann ist die Sache doch ganz einfach. Ich möchte mit dieser Tradition auch nicht generell brechen, er soll schon nach seinen Eltern benannt werden. Aber mir ist es lieber, wenn er deinen Namen trägt. Denn du hast schließlich die ganzen neun Monate über die Last mit unserem Kind alleine tragen müssen, von der Geburt gar nicht erst zu reden. Deshalb will ich das Kind nach dir nennen. Aber nachdem es die männliche Form von Emma bekanntlich nicht gibt – das würde höchstens Emmerich heißen, und das, na ja, das will ich unserem Sohn dann doch ersparen –, so bin ich auf deinen zweiten Vornamen gekommen, eben in der männlichen Form, also Paul statt Pauline. Einverstanden?«
»Einverstanden!« Emma Pauline Daimler schenkte ihrem Mann ein strahlendes Lächeln und schloss dann müde die Augen, um nach den Strapazen der Geburt in einen langen, glücklichen Schlaf zu fallen.

18. Januar 1871: Schon seit dem Morgen brodelte es in der großherzoglich-badischen Residenzstadt Karlsruhe. Lautstarke patriotische Gesänge dröhnten durch die festlich beflaggten Straßen. Immer wieder brandete vor dem Karlsruher Schloss Jubel auf – ausgelassener Beifall für die zahlreichen Redner, die heute dem in Massen versammelten Volk ein ums andere Mal die Gründung des deutschen Kaiserreichs im Spiegelsaal des Schlosses von Versailles verkündeten. Der alte König Wilhelm von Preußen wurde dort am heutigen Tag zum deutschen Kaiser gekrönt.
Wilhelm Maybach musterte seinen Mentor zurückhaltend, der ihn heute früh gleich nach dem Arbeitsbeginn aufgefordert hatte, ihn zu der Versammlung vor dem Schloss zu begleiten. Seltsam, denn Gottlieb Daimler schien von der

Neugründung des deutschen Kaiserreichs längst nicht so begeistert, wie das bei allen anderen der Fall war. Vorsichtig erkundigte sich Maybach nach dem Grund für diese offensichtliche Skepsis. »Freuen Sie sich denn gar nicht, dass es nun endlich wieder ein deutsches Kaiserreich gibt?«

»Nun ja«, knurrte Daimler mit düster gerunzelter Stirn. »Du musst wissen: Ich kenne Frankreich durch meine langjährigen Aufenthalte im Elsass und auch in Paris ziemlich gut, und deshalb habe ich auch schon den Ausbruch dieses unsäglichen Deutsch-Französischen Krieges für einen gewaltigen Fehler gehalten. Und jetzt noch diese unglaubliche Demütigung der besiegten Franzosen durch die Preußen, ausgerechnet in Versailles, sozusagen dem »Allerheiligsten« von Frankreich, ein deutsches Kaiserreich zu proklamieren, das kann auf Dauer einfach nicht gut gehen. Die Franzosen werden diese Schmach, die man ihnen hier zufügt, niemals vergessen – und auch im Interesse unserer wirtschaftlichen Beziehungen ist das eine bodenlose Dummheit. Gerade unsere Maschinenfabrik mit ihren traditionell engen Verbindungen ins Elsass und noch viel weiter nach Frankreich hinein wird gewaltig darunter zu leiden haben – und je stärker sie die nationale Karte weiter reizen, desto mehr werden wir es dann ausbaden müssen.«

In der Tat erforderte es von Gottlieb Daimler in den kommenden Monaten alle Konzentration, um den Gesprächsfaden mit seinen zahlreichen französischen Lieferanten und Geschäftspartnern in dieser politisch so überaus schwierigen Zeit nicht abreißen zu lassen. Monate, in denen an eigene Neukonstruktionen nicht im Entferntesten zu denken war – noch nicht einmal an die eigentlich dringend notwendigen Weiterentwicklungen der zurzeit hergestellten Maschinen. Doch immerhin war es ihm dank seines engagierten Einsatzes wenigstens gelungen, die Maschinenfabrik Karlsruhe ohne jegliche wirtschaftliche Einbußen durch diese schwierige Zeit zu steuern. Das Gegenteil war der Fall: Dank der perfekten Arbeitsorganisation und seiner überragenden Kenntnisse in allen Fragen des Konstruktionswesens, mit denen er den Betrieb in den vergangenen Jahren von Grund auf neu strukturiert hatte, konnte die Maschinenfabrik ihre Produktivität sogar deutlich steigern. Eine staunenswerte Tatsache, die natürlich auch in den Führungsetagen anderer deutscher Unternehmen nicht unbemerkt blieb.

Der 11. April 1872: Die Geburt der Tochter Emma war problemlos für Mutter und Kind vonstattengegangen. Gott sei Dank. Erleichtert atmete Gottlieb am Ende dieses Tages auf. Ihr drittes Kind, nachdem im vergangenen Jahr der zweite Sohn der Familie Daimler in Karlsruhe zur Welt gekommen war, der nach dem Vornamen von Gottlieb Daimlers bestem Freund Adolf benannt worden war. Adolf Groß, sein Weggefährte seit den Grafenstadener Lehrlingstagen, zu dem die Verbindung nie abgerissen war – egal wohin es die beiden Männer beruflich auch verschlagen hatte. Adolf war inzwischen im Süden tätig, als Vorstand der Lokomotiven-Reparaturwerkstätte Rottweil. Jetzt also war endlich auch ihr erstes Mädchen auf die Welt gekommen, das nach dem Wunsch von Gottlieb Daimler natürlich auf den Vornamen seiner Mutter getauft werden sollte. Die Freude über das neue Familienmitglied stand ihm sichtbar ins Gesicht geschrieben, als er seine Ehefrau am Ende des Tages überglücklich umarmte: »Ach Emma, nach zwei Söhnen nun eine Tochter, unser Glück ist damit vollkommen.«
»Nun ja, Gottlieb«, seufzte Emma mit überraschend dunkler Stimme, »beinahe – ja. Beinahe wäre das tatsächlich wohl so.«
Ihr Ehemann stutzte. »Beinahe? Wieso denn nur beinahe?«
»Ach nichts …« Mit einer verlegenen Handbewegung winkte Emma ab.
Doch so ohne weiteres ließ sich ihr Ehemann nicht abwimmeln. »Jetzt sag halt schon, was hast du denn damit gemeint? Raus mit der Sprache!« Beim besten Willen konnte er sich nicht erklären, worauf seine Frau mit dieser seltsamen Andeutung eigentlich hinauswollte.

Immer noch schien Emma zu zögern. Erst nach einem langen nachdenklichen Blick auf ihn folgte die Erklärung. »Weißt du, es ist halt so. Ich denke manchmal, wenn du bloß nicht in diesem Deutz unterschrieben hättest. Ich habe jetzt schon Heimweh, allein wenn ich nur daran denke. Unsere ganzen lieben Verwandten und Freunde sind doch hier in der Nähe zu Hause. Dort oben, da kennen wir gar niemanden. Die fremde Umgebung, diese riesige Entfernung nach Württemberg – und dann, dann auch noch die Sprache dort, dieses Rheinländische …«

Damit hatte Gottlieb Daimler nun wahrlich nicht gerechnet. Zugegeben: Bei seiner Unterschrift unter den Anstellungsvertrag in der neuen Firma hatte er lediglich diese herausragende Position im Auge gehabt, die er künftig bekleiden würde – vom üppigen Direktorengehalt gar nicht erst zu reden. Dass seine Ehefrau jedoch ganz andere Gedanken bewegten, darauf war er bisher in seiner stolzen Genugtuung über diesen beruflichen Karriereschritt niemals gekommen. Und so brachte der überraschte Daimler zunächst auch nur einen im Nachhinein betrachtet ziemlich unbeholfenen Einwand zustande: »Aber dafür haben sie doch ihren berühmten Karneval …«

»Der Karneval!« Emma rollte gequält mit den Augen. »Das kommt für mich dann noch erschwerend dazu. Als wenn ich damit etwas anfangen könnte! Karneval! Allein, wenn ich an die hiesigen Umtriebe denke, das alles ist mir hier in Karlsruhe schon viel zu viel!«

»Na ja«, lächelte Daimler milde, der sich inzwischen wieder einigermaßen gefangen hatte. »Das kommt halt davon, wenn man wie du aus einem streng christlichen, um nicht zu sagen beinahe pietistischen Elternhaus stammt. Aber das wird sich schon geben. Die Leute dort oben sind wirklich sehr nett. Ich kann darüber selbst nach mehreren Aufenthalten absolut keinerlei Klagen führen.«

Sogar das Gegenteil war der Fall. Weswegen also unglücklich sein? Nach wie vor fühlte sich Gottlieb Daimler stolz und glücklich über die Tatsache, dass sich Eugen Langen

über mehrere Monate hinweg persönlich um ihn bemüht hatte. Ausgerechnet dieser bekannte Unternehmer war es, der unbedingt ihn und keinen anderen als Vorstandsmitglied in Deutz verpflichten wollte – in der dortigen Gasmotorenfabrik, einem der modernsten und fortschrittlichsten Betriebe in ganz Deutschland! Die Erzeugnisse der Gasmotorenfabrik Deutz galten seit dem Triumph auf der Pariser Weltausstellung als wahre Wunderwerke der Technik. Dort in Deutz also sollte fortan der mit seinen 38 Lebensjahren immer noch recht junge Gottlieb Daimler die Führungsposition bekleiden! Niemand anderen habe er für diese Aufgabe gewollt, so hatte sich Eugen Langen ihm gegenüber gleich mehrmals geäußert. Gottlieb Daimlers guter Ruf und zusätzliche Empfehlungen vonseiten der Technischen Hochschule in Karlsruhe waren offenbar der ausschlaggebende Grund für Langen gewesen, den Vorstand der Karlsruher Maschinenfabrik unbedingt nach Deutz verpflichten zu wollen. Langen hatte sich nach einem geeigneten Mann für diese Aufgabe in ganz Deutschland sorgfältig umgesehen – natürlich auch an seinem ehemaligen Studienort Karlsruhe, und da war ihm der Name Daimler genannt worden. Offensichtlich mehr als nur einmal – und von ganz verschiedenen Seiten.
Direktor in der Gasmotorenfabrik Deutz! Das war ein Angebot an einen ehrgeizigen Techniker und Konstrukteur, dem man sich einfach nicht entziehen konnte. Vor allem die damit verbundene Aufgabe, Nikolaus Ottos berühmten Motor weiterentwickeln zu können – beziehungsweise ihn erst einmal verlässlich zum Laufen zu bringen, denn an der Zuverlässigkeit im Dauerbetrieb schien es nach wie vor zu hapern.
Aber – was war mit Nikolaus August Otto selbst? Mit dem Erfinder dieser erstaunlichen Kraftmaschine. Mit jenem Mann also, der ja zusammen mit Eugen Langen die Gasmotorenfabrik überhaupt erst begründet hatte? Es war eine atemberaubende Neuigkeit, die Daimler bei den Vertragsverhandlungen mit Langen zu hören bekam: Denn

ausgerechnet Otto würde künftig in der Hierarchie der Gasmotorenfabrik ganz klar hinter Gottlieb Daimler lediglich in der zweiten Reihe stehen – und zwar noch nicht einmal als Techniker, sondern als kaufmännischer Leiter. Forschungs- und Betriebsleiter der Firma aber würde einzig und allein Gottlieb Daimler sein.
Nun gut, bekanntermaßen war Otto ja auch kein Techniker, sondern Kaufmann. Reisender in Kolonialwaren (Schokolade, Tee, Kaffee, Reis etc.). Einer, der halt ein bisschen an einer atmosphärischen Verbrennungsmaschine herumgebastelt hatte. Und dem dann, mehr zufällig als aus Kenntnis der technischen Abläufe, ein geradezu genialer Coup gelungen war. Plötzlich war dieser Motor dann tatsächlich gelaufen. Mit zahlreichen Kinderkrankheiten zwar, aber eben dennoch. Der Kaufmann, der einen Verbrennungsmotor entwickelte. Eine geradezu unglaubliche Geschichte. Doch inzwischen waren auch in Deutz die Jahre ins Land gegangen, mit vielerlei Problemen und noch mehr Kundenreklamationen. Die Gründereuphorie war längst verflogen.
Nach ihrem hoffnungsvollen Beginn war die Firma jetzt also in eine bedrohliche Schieflage geraten, die ohne das beherzte Eingreifen von Eugen Langen zum sicheren Zusammenbruch geführt hätte. Langen, der technisch gut ausgebildete Sohn eines wohlhabenden rheinischen Zuckerfabrikanten, hatte im Jahr 1864 zusammen mit dem jungen Handlungsreisenden Nikolaus August Otto ein Unternehmen gegründet, dem sie den Namen N. A. Otto & Cie. gegeben hatten. Zweck dieser Firma war es, die von Otto entscheidend weiterentwickelte atmosphärische Maschine des Franzosen Etienne Lenoir, also den Gasmotor, gemeinsam zu vermarkten und immer weiter zu verbessern. Es handelte sich um die Gründung der ersten Motorenfabrik der Welt – und um eine geradezu atemberaubende Kombination: Zwar waren die ersten hier produzierten Motoren so erfolgreich, dass die neue Firma schon auf der Pariser Weltausstellung des Jahres 1867 dafür die Goldmedaille

verliehen bekam, dafür aber erwiesen sich die Maschinen auf der anderen Seite eben als extrem störungsanfällig. Die Tatsache, dass sie mit einer Leistung von maximal drei Pferdestärken in ihrer Leistungskraft den Dampfmaschinen bei weitem unterlegen waren, fiel dabei noch nicht einmal so sehr ins Gewicht, denn für den Einsatz in zahlreichen Kleinbetrieben reichte diese Leistung bestens aus. Im Moment jedenfalls noch – aber sicherlich nicht auf Dauer gesehen. Wesentlich problematischer war jedoch die mangelnde Zuverlässigkeit der Motoren – im Vergleich zu den recht störungsfrei arbeitenden Dampfmaschinen. Und schlimmer noch: Die häufigen Reparaturen mussten samt und sonders kostenlos ausgeführt werden, was wiederum eine enorme finanzielle Belastung für die junge Firma mit sich brachte. Aber um überhaupt auf Dauer gesehen den Einsteig in eine gewinnbringende Produktion zu schaffen, musste die Anzahl der in Deutz hergestellten Maschinen deutlich gesteigert werden. Von einem halben Dutzend Motoren pro Monat würde man in Zukunft nicht bestehen können. »Wachsen oder weichen« lautete folglich die Devise. Mit dieser eindeutigen Anforderung sah sich Eugen Langen bereits im Jahr 1869 konfrontiert – und dementsprechend handelte er dann auch. Ein Neubau musste her – samt einem Investor, der in der Lage war, dafür das notwendige Kapital beizusteuern. Mit dem Hamburger Kaufmann Ludwig August Roosen-Runge war dieser Kapitalgeber rasch gefunden. Und so beteiligte sich Roosen-Runge mit der stolzen Summe von 22.500 Talern – allerdings für lediglich drei Jahre – an dem Unternehmen, so dass die Firma, die nunmehr unter dem Namen Langen, Otto & Roosen firmierte, nicht nur ihre Verbindlichkeiten bezahlen, sondern auch ihre Produktion deutlich steigern konnte. Auf immerhin über 20 Motoren pro Monat. Darüber hinaus war man mit der restlichen Investitionssumme des Hamburgers noch in der Lage gewesen, an der Straße zwischen Deutz und Mühlheim das Gelände für den großzügig geplanten Neubau zu kaufen.

Das allerdings bedeutete eine wahre Herkulesaufgabe für Eugen Langen, über dem ja beständig das Damoklesschwert des nach drei Jahren fest vereinbarten Ausstiegs seines Geschäftspartners Roosen-Runge schwebte. Doch Langens Rechnung ging auf: Dank der gesteigerten Produktionszahlen befand er sich in der Lage, dem Hamburger im Januar 1872 das eingebrachte Kapital samt Zinsen zurückzuzahlen und die Firma nunmehr in die Gasmotoren-Fabrik Deutz AG umzuwandeln.
Auch Nikolaus August Otto wurde im Zuge dieser Neugründung von Langen ausbezahlt, der nunmehr als alleiniger Verantwortlicher firmierte. Eine gut begründete Maßnahme, denn Otto hatte sich noch nie um die alltäglichen finanziellen Sorgen des Unternehmens gekümmert: Seine ganze Konzentration richtete sich vielmehr auf die Weiterentwicklung der atmosphärischen Maschine – und auf sein »liebes Annchen«, wie er seine Frau nannte, die er einst auf einem Kölner Maskenball kennen und lieben gelernt hatte. Otto also war als Mitinhaber ausgeschieden, sollte der Firma aber dennoch erhalten bleiben. Nur wie? Das war die große Frage, mit der sich Eugen Langen monatelang das Hirn zermarterte, bis er auf die richtige Idee kam. Sein Part sollte derjenige des unternehmerischen Leiters sein, aber keinesfalls würde er genügend Zeit aufbringen, um einerseits den von ihm konzipierten Firmenneubau überwachen zu können und andererseits im Alltagsbetrieb die Produktion zu organisieren, zu überwachen und dann auch noch die dringend notwendigen Verbesserungen an den Motoren vorzunehmen. Nein, für diese gewaltige Aufgabe brauchte es einen produktionstechnisch erfahrenen und umfassend ausgebildeten Ingenieur – wenn möglich, sogar jemanden mit internationaler Erfahrung. Eugen Langen war auch klar, dass er bei dieser entscheidenden Position nicht auf seinen ehemaligen Kompagnon Nikolaus August Otto würde zurückgreifen dürfen. Denn Otto – bei allen Verdiensten, die er sich mit der atmosphärischen Maschine zweifellos erworben hatte – war nun einmal ein tech-

nisch versierter Laie und kein Fachmann. Ein Handlungsreisender, kein Ingenieur, bei dem sich die Oberleitung einer hoch spezialisierten Motorenfabrik in guten Händen befand. Die Störanfälligkeit seiner Maschinen hatte er ja in den vergangenen Jahren nie beheben können.
So war es zu Beginn des Jahres 1872 also zum Kontakt mit Gottlieb Daimler gekommen, der in Unternehmerkreisen inzwischen als ein Mann galt, den man auf alle Fälle im Auge behalten musste. Denn trotz seines jungen Alters hatte er sich als Leiter der Maschinenfabrik Karlsruhe bestens bewährt. Seine ausgezeichneten technischen Kenntnisse, gepaart mit seinem enormen Fleiß, würden ihn sicherlich schon bald für größere Aufgaben empfehlen. Genau das war nun dank Langens Angebot der Fall.
Gottlieb Daimler schien in der Tat der richtige Mann am richtigen Fleck zu sein. Ganz zu schweigen von seinen glänzenden Verbindungen nach Frankreich – was seit dem Krieg von 1870/71 und der damit verbundenen deutschen Annektion des Elsass im Interesse einer allmählichen Wiederaufnahme gegenseitiger Handelsbeziehungen nur von Vorteil sein konnte. So einem Mann könnte der Spagat am ehesten gelingen. Technische Weiterentwicklung, hervorragende Betriebsorganisation und gute Verkaufszahlen.

Am 11. März 1872 wurde der Arbeitsvertrag zwischen Eugen Langen und Gottlieb Daimler unterschrieben – trotz Emmas mehrfach vorsichtig geäußerter Skepsis wegen des künftigen neuen Wohnorts in Deutz. Aber welcher junge ehrgeizige Konstrukteur hätte dieser Verlockung widerstehen können: Direktor mit Oberleitung über die Werkstätten, dazu das Zeichenbüro. Die Personalhoheit. Dann das enorme Einkommen, jährlich 1500 Taler plus 5 Prozent vom Reingewinn und der kostenlosen Wohnung. Eine richtige Direktorenwohnung natürlich, ein Neubau. Bezugsfertig würde das Haus gegen Mitte des Jahres 1873 sein. Und im Haus direkt neben dem technischen Direktor Daimler würde Nikolaus Otto wohnen. Diese beiden Männer Haustür an Haustür, sozusagen auf Augenhöhe. Davon versprach sich Eugen Langen ein besonders gedeihliches Miteinander zum Wohl der Firma. Und Daimler sollte noch mehr bekommen, denn Langen räumte ihm sogar das Recht ein, aus seinen Einnahmen Aktien der Gesellschaft erwerben zu können.

Begeistert willigte der neue Direktor ein – freilich unter einer Bedingung, deren Erfüllung er von Eugen Langen unbedingt erwartete: Sein vertrauter Weggefährte Wilhelm Maybach musste mit nach Deutz übernommen werden. Und zwar als Leiter der dortigen Konstruktionsabteilung. Eine Bedingung, auf die sich Langen mit großer Freude einließ. Es war ein überdeutliches Zeichen, wie hoch er Daimlers Stellenwert in seinem Unternehmen einschätzte. Und Nikolaus Otto? Nun gut, sollte der künftige kaufmännische Leiter in seiner Freizeit ruhig weiter an irgendwelchen Gasmaschinen herumtüfteln, meinte Daimler schmunzelnd auf Maybachs Frage. Es spielte schlichtweg keine wesentliche Rolle. Das alles ließ sich ja wirklich prächtig an und zeugte von Eugen Langens unternehmerischem Weitblick.

Der einzige Wermutstropfen fand sich in der Tatsache, dass Daimlers Wechsel nach Deutz nicht sofort erfolgen konnte. In Karlsruhe bestanden die Eigner der Maschinenfabrik nämlich auf der korrekten Einhaltung der Kündigungsfrist – was bedeutete, das es mindestens September werden würde, bis er seine Tätigkeit an der neuen Arbeitsstelle aufnehmen konnte.

Die Planung des Umzugs der ganzen Familie Daimler in den Norden würde sicherlich einige Wochen in Anspruch nehmen, trotz der großzügigen Unterstützung auch in diesen Fragen, die ihm der an einer raschen Eingewöhnung Daimlers höchst interessierte Eugen Langen fest versprochen hatte. Das würde manches leichter machen. Auch den Weggang von Karlsruhe, wo er seine beinahe vierjährige Tätigkeit immer in guter Erinnerung behalten würde. Genauso, wie es auch andersherum der Fall war. Liebend gerne hätten die Karlsruher ihren Vorstand Daimler nämlich weiter bei sich beschäftigt, das ließ sich aus dem Inhalt des Zeugnisses unschwer herauslesen: »Herr Ingenieur Gottlieb Daimler aus Schorndorf (Württemberg) hatte vom Dezember 1868 bis heute als Vorstand der Werkstätten den Betrieb unserer sämtlichen Werkstätten zu leiten. Derselbe hat uns in dieser Stellung besonders durch Förderung zweckmäßiger Einrichtungen sowie durch Heranbildung tüchtiger Kräfte für den Betrieb sehr gute Dienste geleistet. Wir bedauern seinen Austritt, der seinerseits freiwillig erfolgt.«

Das war wirklich ein hervorragendes Zeichen der Wertschätzung seiner organisatorischen Fähigkeiten, das man in diesem Zeugnis sehr deutlich zum Ausdruck brachte! Und genau so wollte er sich eines Tages auch aus Deutz verabschieden. In zehn Jahren vielleicht. Wenn es ihm gelungen war, »den Karren dort wieder richtig zum Laufen zu bringen«. Ja, doch. Irgendwann wollte er schon wieder zurückkehren in seine schwäbische Heimat. Auch im Interesse der Familie. Besonders Emma würde es recht sein. Aber dieser Tag lag noch in weiter Ferne. Erst einmal galt es, sich in Deutz zu bewähren – und zwar so rasch wie möglich.

Sozusagen als »Vorauskommando« hatte er am 1. Juli 1872 schon Wilhelm Maybach nach Deutz schicken können. Und Eile tat wirklich Not, diese Gewissheit verschaffte ihm allein ein erster flüchtiger Blick auf die Kopien der während der vergangenen Wochen in Deutz eingegangenen Reklamationen, die man ihm auf sein Verlangen hin nach Karlsruhe übersandt hatte. Zunächst würde sich Maybach ganz rasch einen gründlichen Überblick über die Lage in der Firma verschaffen müssen. Auf dessen Basis würde Daimler dann bei seinem Eintreffen ohne weiteren Zeitverzug gleich die nötigen Maßnahmen einleiten können. Und das waren nicht gerade wenige, denn neben der notwendigen Überarbeitung bei der Konstruktion der Motoren war auch der Neubau der Gasmotorenfabrik noch längst nicht völlig bewerkstelligt – im Grunde genommen zum guten Glück! Denn gerade in dieser Phase schien es allen Beteiligten (und vor allem Gottlieb Daimler selbst) dringend geboten, dass die neue Werksleitung gleich zu Beginn einen möglichst großen Einfluss auf die künftigen Produktionsstrecken und Betriebsabläufe nehmen konnte. Und so war es Wilhelm Maybachs Aufgabe, gleich in den ersten Tagen seines Aufenthalts in Deutz die Problemstellen zu finden, zu analysieren und Verbesserungsvorschläge auszuarbeiten.

Im Übrigen hatte Daimler in dieser Zeit des Umbruchs einen Entschluss gefasst: Er wolle den Wilhelm Maybach von nun an mit »Sie« ansprechen – und auch nicht mehr mit seinem Vornamen, sondern wie es sich für einen Mann in seiner jetzigen Position gehöre, mit dem Familiennamen. So viel Respekt meinte er dem fleißigen und kenntnisreichen Maybach schuldig zu sein. Trotz der Tatsache, dass er zwölf Jahre jünger war als sein langjähriger Vorgesetzter. Aber den künftigen Leiter des Deutzer Konstruktionsbüros vor allen Ohren zu duzen, nur weil er ihn damals in Reutlingen zu einer Zeit kennengelernt hatte, in der sich Maybach noch in einem jugendlichen Alter befand, das schien ihm inzwischen einfach nicht mehr angemessen. Und so hatte er eines Tages den völlig verdutzten Wilhelm Maybach einfach mit »Sie« und bei dessen Nachnamen angeredet – natürlich ohne dass er sich vorher oder nachher um eine Erklärung bemüht hätte. Das war jetzt halt so. Es war sein Entschluss, der hiermit feststand, und der schüchterne Maybach würde ihn niemals infrage stellen. Wer wessen Vorgesetzter war und wer allein die Richtung vorgab, das stand ja völlig außer Frage, hatte sich Daimler gedacht – aber die Rechnung dieses Mal ohne den Wirt gemacht. Denn Maybach dachte erstaunlicherweise nicht im Traum daran, dieses Angebot, bei dem es sich ja eher um eine Anordnung handelte, widerspruchslos zu akzeptieren. Ganz im Gegenteil sogar! Schlagartig war seine Gesichtsfarbe in

tiefes Rot gewechselt, sei es aus Verlegenheit oder aus einer gewissen Verstimmung heraus.
»Aber … aber … Herr Daimler …«, stotterte Maybach. »N … Nein … das kann … das kann ich doch nicht akzeptieren. Sie sind der Direktor für mich – das sind Sie schon immer gewesen. Und das wird auch immer so bleiben … Ich bin der Wilhelm, und Sie der Herr Direktor Daimler. Wo … wo kämen wir denn hin, wenn sich jeder Untergebene auf dieselbe Stufe mit seinem Vorgesetzten stellen wollte. Nein, Herr Daimler: ich bitte Sie sehr herzlich, dieses Vorhaben nicht weiter zu verfolgen und doch alles so zu belassen, wie es schon immer gewesen ist.«
Daimler vermeinte, nicht richtig gehört zu haben. Es war das allererste Mal, dass ihm Maybach offen widersprach. Noch dazu in einer solchen Angelegenheit, wo er doch eigentlich nur seiner Wertschätzung Ausdruck verleihen wollte, die er dem fleißigen, immerzu loyalen Maybach und dessen technischen Fähigkeiten entgegenbrachte.
Doch es war nichts zu machen. Selbst ein weiterer Vorstoß scheiterte an Maybachs rigoroser Gegenwehr. Und so beließ es Gottlieb Daimler schließlich bei dem Kompromiss, dass er seinen engen Vertrauten weiterhin duzen, ihn allerdings gleichzeitig mit dem Nachnamen ansprechen würde. Diesbezüglich sei nicht weiter mit ihm zu verhandeln, teilte er dem schon wieder aufbegehrenden Maybach kategorisch mit. Und damit war die Diskussion beendet. So wurde es von nun an gehandhabt.

❧

Deutz! Die Gasmotoren! Endlich keine Dampfmaschinen mehr. Ein Traum wurde Wirklichkeit. Da musste man seine schwäbischen Befindlichkeiten halt etwas zurückstellen und die bittere Pille schlucken, die so ein Umzug den Rhein hinauf nun einmal mit sich brachte. Es war ja schließlich nicht für immer. »Und weißt du, Emma, so ein bisschen Karneval, das kann doch auch einer so sittsamen Schwäbin wie dir vielleicht ein kleines bisschen gut tun.«

»Ach Gottlieb, bitte! Spotte jetzt nicht auch noch über mich. Ihr Techniker seid ja allesamt nicht sonderlich fromm, aber dieser Karneval, das kannst du ruhig zugeben, der ist doch auch dir ein echter Gräuel.«

»Ja, schon, aber die Arbeit reizt mich dafür umso mehr, und denk bitte daran: Auch meine Entlohnung dort ist ja durchaus üppig. Mit dem in Deutz verdienten Geld können wir immerhin in ein paar Jahren wieder zurück ins Schwäbische gehen und uns da dann sogar etwas Eigenes aufbauen.«

Emma horchte sofort auf. »Du denkst also daran, eines Tages zu Hause eine eigene Firma zu gründen?«

»Aber ja, natürlich. Das kannst du dir eigentlich denken, dass ein eigenes Unternehmen mein größter Wunsch ist. Neben unserem Familienglück natürlich.«

»Und du wirst das also auf alle Fälle anstreben – egal wie gut es dir in Deutz auch gefällt?«

Allmählich wurde ihm der Verlauf des Gesprächs unangenehm. Zumal, weil Emma nun eine ganz konkrete Aussage von ihm erwartete. »Nun ja – jetzt lass uns halt erst einmal in Deutz ankommen. Das ist ja die Zukunftsmusik …«

Doch seine Frau ließ keine Ausflüchte mehr zu. Jezt hatte sie ihn an den entscheidenden Punkt gebracht. »Was heißt hier nun ja? Entweder ja oder nein! Strebst du also eine Rückkehr nach Württemberg an oder nicht?«

»Ja, sicher.«
»Versprochen?«
»Sage ich doch: versprochen!«
»Nun gut«, seufzte Emma schicksalsergeben, »dann lass uns halt nach Deutz ziehen, in Herrgotts Namen eben.«
»Amen!«, konnte sich der verlegen lächelnde Daimler diesen spöttischen Schlussakkord nicht verkneifen – und handelte sich damit prompt einen umso vorwurfsvolleren Blick seiner Ehefrau ein.

Am frühen Morgen des 1. September 1872 war endlich der neue technische Direktor Gottlieb Daimler in Deutz eingetroffen und gleich nach seiner Ankunft von einem zwar sichtlich erschöpften, aber dennoch überglücklich wirkenden Wilhelm Maybach durch seine neue Wirkungsstätte geführt worden. Maybach hatte in den vergangenen zwei Monaten schon gut vorgearbeitet und ein Konstruktionsbüro eingerichtet, das allen Anforderungen Daimlers auf das Genaueste entsprach.
»So weit habe ich bisher also alles in Ihrem Sinne organisieren können, Herr Daimler. Die Produktion in den neuen Hallen ist ebenfalls auf einem ganz guten Weg, und bei den Maschinen habe ich ohne allzu große Schwierigkeiten erste kleine Änderungen vornehmen können, die sie mir nun deutlich störungsfreier erscheinen lassen. Übrigens, ich habe mich auch diesbezüglich erkundigt, werden die Direktorenvillen spätestens Mitte des nächsten Jahres fertig sein.«
»Das ist jetzt erst einmal nicht so wichtig, zunächst steht die Arbeit hier im Werk im Vordergrund – fürs Erste habe ich mit Langen ausgemacht, dass ich in eine Wohnung in der Johannisstraße ziehen werde. Die ist zwar recht klein, aber das macht mir nichts aus. Denn ich werde anfangs sowieso Tag und Nacht eher in der Firma verbringen als im Bett. Ganz gut also, dass meine Frau noch nicht mit umgezogen ist.« Darüber waren Emma und er übereingekommen, dass es am sinnvollsten sei, ihn erst einmal allein

nach Deutz ziehen zu lassen, bis er dort »allmählich Boden unter die Füße bekommen habe«, wie sich Gottlieb ausdrückte.
Es war sicherlich nicht verkehrt, wenn Emma noch eine Weile in Karlsruhe blieb – auch wegen der Nähe zur Maulbronner Verwandtschaft und natürlich zu ihrer Freundin Berta.

Was er in Deutz an ersten Eindrücken gewann, ließ ihn erleichtert aufatmen. Das alles war ja noch viel größer und imposanter, als er sich das jemals vorgestellt hatte. Wahrlich ein Unternehmen mit Zukunft! Und was für einer Zukunft! Gleich nach seiner Ankunft sandte der stolze Daimler deshalb eine Postkarte mit einer Ansicht von Deutz und der Fabrikationsanlagen an seine Ehefrau. Dort, wo in der Mitte der Fotografie die Firma zu erkennen war, zeichnete er als Markierung einen kometenähnlichen Stern auf die Abbildung, um Emma zu veranschaulichen, wo gerade ihr künftiges Wohnhaus gebaut wurde. Voller Euphorie vermerkte er dazu auf der Rückseite der Karte: »Von hier aus wird ein Stern aufgehen, und ich will hoffen, dass er uns und unseren Kindern Segen bringt.«
Doch trotz aller schwärmerischen Beschreibungen, die sich auch in seinen folgenden Briefen an seine Lieben häuften, zögerte Emma den Umzug der Familie weiter hinaus. Sie wolle einfach nicht in ein Provisorium ziehen, sondern lieber abwarten, bis die Direktorenvilla endlich fertiggestellt wäre, erklärte sie ihrem ungeduldig drängenden Mann. »Das gibt ja keinen Sinn. In Karlsruhe, da haben wir eine schöne große Wohnung für mich und die drei Kinder – wieso soll ich sie da in eine winzige Wohnung stecken, zumal in der Fremde. Dort kennen wir ja keine Menschenseele. Nein, lieber bleibe ich noch eine Weile in Karlsruhe, auch wenn mir die Trennung von dir natürlich schon zu schaffen macht. Ach, übrigens, auch die Berta kann sich überhaupt nicht vorstellen, womöglich so weit weg von zu Hause zu wohnen. In Deutz!«

So, wie sie den Namen der Stadt mit einem überdeutlichen Ausrufezeichen versah, konnte man beinahe meinen, sie schreibe über ein Lager für nach Sibirien verbannte Strafgefangene. Und dann noch die Erwähnung ihrer besten Freundin Berta, die inzwischen mit Wilhelm Maybach verlobt war … Dass Berta Habermaas ihrem Verlobten in absehbarer Zeit nicht nach Deutz folgen würde, hatte einen ganz anderen Grund, denn Maybach war dagegen. Auf Daimlers Frage, was ihn denn eigentlich davon abhalte, seine Berta zu heiraten und sie anschießend zu sich nach Deutz zu holen, hatte Maybach in seiner trocken bescheidenen Art erklärt, das das für ihn zu diesem Zeitpunkt keinesfalls infrage komme. »Denn erst einmal will ich es im Leben zu etwas Gescheitem gebracht haben, dann kann ich daran denken, meinem künftigen Schwiegervater unter die Augen zu treten und ihn um die Hand seiner Tochter zu bitten. Erst dann, wenn ich mich bei dieser enormen Herausforderung in Deutz bewährt habe, kann ich eine Familie gründen. Da wird jedoch noch einiges Wasser den Rhein hinunterfließen, bis ich diesen Beweis hoffentlich antreten kann. Gerade ich als Waisenknabe spüre da eine ganz besondere Verantwortung in mir.«

Mai 1873. Der Tag des Einzugs von Emma Daimler in die gerade fertiggestellte Direktorenvilla. Ein Doppelhaus, dessen andere Seite offenbar schon etwas früher fertig geworden war, wie man am Verputz unschwer erkennen konnte. »Wer wohnt jetzt da neben uns?«, gab sich Emma beim ersten Betreten des Grundstücks genauso ahnungslos wie neugierig.
Kaum wahrnehmbar verzog ihr Mann das Gesicht: »Einer meiner Direktorenkollegen.«
»Aha.« Emma war das leichte Zucken natürlich nicht entgangen – umso genauer wollte sie der Sache gleich auf den Grund gehen. »Und wer ist das?«
»Der Nikolaus Otto. Ich hätte es ja vorgezogen, mein Wohnhaus lieber ganz frei stehend bauen zu lassen und

vielleicht auch besser etwas weiter weg vom Fabrikgelände.«
Emma, die längst über wesentlich mehr Details im Bilde war, als ihr Mann ahnte, tat dennoch überrascht. »Soso! Höre ich da etwa einen Anflug leichter Verstimmung aus deiner Antwort heraus?«
Daimler zuckte ungeduldig mit den Achseln. »Ach, ich weiß nicht so recht. Ich hätte es auf jeden Fall lieber gehabt, wenn ich die Leute, die ich den ganzen Tag über in der Firma zu Gesicht bekomme, nicht auch noch am Abend und in der Freizeit sehen muss. Aber der Herr Langen hat sich das wohl anders gedacht. Er meint es ja gut – aber dennoch. Ich weiß einfach nicht. Ich habe da so ein eigenartiges Gefühl, und zwar jedes Mal, wenn ich mit dem Herrn Otto zusammentreffe. Das könnte so eine Eifersucht sein bei dem, obwohl ich ihm doch wirklich nichts getan habe. Wie auch? Außerdem sind die Zuständigkeiten ganz genau verteilt: Ich bin als technischer Leiter eingestellt, er ist der kaufmännische Direktor im Unternehmen.«
»Na, das kann dann ja eine herrliche Nachbarschaft werden! Wand an Wand mit deinem innerbetrieblichen Widersacher!« Emma rollte heftig mit den Augen. »Da haben wir uns auf etwas Schönes eingelassen!«
Daimler schnaubte ärgerlich. »Ach was, Widersacher. Jetzt lass uns die Dinge nicht gleich auf die Spitze treiben. Es wird sich schon alles geben, da bin ich mir ganz sicher.«
»Ich weniger«, beharrte Emma nachdrücklich auf ihrer Skepsis. »Denn ich bin schließlich diejenige, die ab jetzt Wand an Wand mit der Familie deines Kontrahenten leben muss. Du bist den ganzen Tag in der Firma und hast deine Ablenkung, während ich womöglich die Trauermiene meiner Nachbarin ertragen muss.«
»Jetzt male doch bitte nicht alles gleich in so rabenschwarzen Farben, Emma! So weit wird es ganz sicher nicht kommen!«
»Wer weiß …«
»Übrigens«, versuchte Daimler die Diskussion nun so rasch

wie möglich auf ein weniger kritisches Feld zu lenken, »der Herr Otto, der hat seine Frau, so hört man, im Karneval beim Tanzen kennengelernt.«
Die Reaktion seiner Ehefrau erfolgte ganz so, wie das von ihm beabsichtigt gewesen war. »Im Karneval?« Emma schlug die Hände über dem Kopf zusammen. »Ein Karnevalspaar als Nachbarschaft. Na, das wird ja immer toller!«
»Zumindest scheinen die beiden in dieser Hinsicht zwei ganz typische rheinische Frohnaturen zu sein. Der Kuhberg, wo sie sich gefunden haben, das ist übrigens der größte Tanzsaal von Köln. Da sollten wir beide unbedingt auch einmal hingehen, haben sie im Betrieb gemeint.«
Auch die folgende Reaktion war vorhersehbar gewesen. »Ich? Zum Karneval? In einen Tanzsaal mit lauter Fastnachtsnarren? Auf gar keinen Fall mache ich so etwas!«, wies Emma das hinterhältige Ansinnen ihres Mannes empört zurück. »Sonst noch was?«
»Ist schon gut«, beschwichtigte dieser. »Jedenfalls, nach diesem ersten Kennenlernen im Karneval soll sich der Otto zehn Jahre lang nicht getraut haben, seine Angebetete zu heiraten, weil er gedacht hat, das Geld reiche ihm nicht für die Gründung einer Familie. Zehn Jahre lang …«
»Na ja«, zeigte sich Emma von dieser Auskunft nur wenig beeindruckt und verzog dabei ihr Gesicht. »Da kenne ich allerdings noch so einen Fall.«
»Du meinst den Maybach?«
»Genau den! Der scheint sich ja genauso wenig zu trauen, der Berta endlich einen Antrag zu machen. Das geht jetzt auch schon gut und gerne seit vier Jahren so. Und dabei wartet die Berta doch so sehnlich darauf, dass er sich endlich einen Ruck gibt.«
Daimler konnte ein leichtes Schmunzeln nicht unterdrücken. »Ja, ja, mein guter Maybach. So ist er halt, schüchtern, still und immer ein bisschen im Zweifel darüber, ob er auch wirklich die Initiative ergreifen soll und darf.«
»Schöner wäre es jedenfalls, wenn ein solches Ehepaar hier neben uns wohnen würde.«

»Der Maybach? Direkt neben uns? Also ich weiß nicht so recht.«
»Ich schon«, gab Emma mit fester Stimme zurück und hatte das Thema damit erfolgreich wieder an den Ausgangspunkt gebracht. »Eine solche Nachbarschaft wäre nämlich bestens dazu geeignet, mir dieses Heimweh zu vertreiben, das ich spüre, seitdem ich in Köln aus der Eisenbahn gestiegen bin. Wenn aber meine Berta hier wäre, dann wäre das alles halb so schlimm für mich.«
»Nun ja«, zuckte ihr Ehemann mit den Schultern. »Das geht schon deswegen nicht, weil die Nachbarwohnung nun eben mit der Familie Otto belegt ist. Aber wenn du die Berta hier in der Nähe haben möchtest, also ein schönes Haus ganz in der Nähe von uns, das könnte ich dann schon besorgen. Doch dazu müsste sich der Maybach halt erst einmal einen Ruck geben und heiraten.«
Emma reckte entschlossen das Kinn in die Höhe. »Das werde ich ihm schon bald und sehr deutlich unter die Nase reiben.«
»Da bin ich aber gespannt. Wie gesagt, eine geeignete Wohnung in unserer Nähe könnte ich besorgen. Dabei würde mich auch der Herr Langen unterstützen. Denn er hat mir mehrfach erklärt, wie wichtig es ihm sei, dass sich seine führenden Leute mit ihren Familien hier in Deutz wohlfühlen. Dafür will er gerne persönlich Sorge tragen, dass sich seine schwäbische Kolonie, wie er sie nennt, im Rheinland ein bisschen wie zu Hause fühlt.«
»Das wäre in der Tat sehr schön. Allerdings: Wenn es uns allzu gut geht, dann kann das ja auch zu gewissen Verschiebungen führen«, deutete Emma mit dem rechten Arm auf den Bauch ihres Mannes.
»Was willst du damit sagen?«
»Na ja, dass es dir hier in Deutz offenbar ganz gut geht, das sieht man dir förmlich an.«
»Du meinst …« Verblüfft betrachtete Gottlieb Daimler den Körperteil, den seine Frau eindeutig noch immer im Visier hatte.

»Ja, das meine ich. Also an Umfang hast du inzwischen recht kräftig zugenommen. Du bist, im wahrsten Sinn des Wortes, gewichtiger geworden.«
»Also …!« In gespielter Empörung stemmte der solchermaßen Beurteilte die Hände in die Hüften, erzielte damit freilich bei seiner Ehefrau nicht den gewünschten Effekt. Ganz im Gegenteil sogar.
»Es ist so, wie es ist. Oben hast du inzwischen deutlich weniger, in der Mitte dafür aber umso mehr«, spielte sie nun auch noch auf die etwas schütter gewordene Haarpracht ihres Mannes an. Der zog es vor, diese weitere, leider nur allzu zutreffende Beobachtung besser nicht zu kommentieren und verlegte sich auf einen versöhnlichen Tonfall.
»Hauptsache, es geht uns gut, oder?«
»Ja, schon …«
»… und Liebe geht halt mal bekanntlich durch den Magen. Apropos – was wollen wir heute essen? Mir knurrt nämlich langsam der Magen. Weißt du was, zur Feier deiner Ankunft werde ich dich jetzt einladen – und zwar in die beste Wirtschaft von ganz Köln. Koste es, was es wolle!«
In gespieltem Tadel verzog Emma das Gesicht. »Also bitte, da haben wir es schon! Kaum ist mein Mann fort von zu Hause, schon sind die Sitten verdorben – und keine Spur von der schwäbischen Sparsamkeit ist mehr übrig geblieben.«
»Das ist mir heute ganz egal. Heute wird deine Ankunft gefeiert. Alles andere soll keine Rolle spielen. Also lass uns endlich aufbrechen. Am liebsten hätte ich ja einen schönen Rostbraten mit Spätzle und viel Soß', aber so etwas Gutes haben sie hier leider nicht.«
»Na, dann wird es aber wirklich höchste Zeit, dass wir den Rheinländern das beibringen. Das heißt, wofür sie ja wirklich berühmt sein sollen, das ist der Sauerbraten. Ist der tatsächlich so gut?«
»Allerdings. Das ist eine prima Idee! Auf geht's, Emma. Komm! Mir läuft schon das Wasser im Mund zusammen, wenn ich nur daran denke. Ein schöner rheinischer Sauer-

braten, das ist fast so gut wie ein gutes schwäbisches Rostbrätle.«

Hand in Hand spazierten die beiden zum Eingang des Firmengeländes, wo schon eine Kutsche für sie bereitstand, die den Herrn Direktor und seine Ehefrau zum Willkommensmahl in die Kölner Innenstadt befördern würde.

Alles, ja wirklich alles fühlte sich für Gottlieb Daimler an diesem schönen Maitag des Jahres 1873 so herrlich leicht und unbeschwert an. Im Range eines alleinverantwortlichen Direktors bekleidete er eine herausragende Position in einer der modernsten Firmen der deutschen Industrie, eine hochinteressante Tätigkeit noch dazu, die mit einer überaus großzügigen Entlohnung verbunden war – und jetzt war auch noch seine Ehefrau eingetroffen. Morgen würden die drei Kinder samt dem Hausmädchen nachfolgen. Endlich waren sie als Familie wieder vereint. Das Leben konnte so schön sein!

Bis auf die gelegentlichen, etwas beklemmend verlaufenden Begegnungen mit Nikolaus August Otto fühlte sich Gottlieb Daimler in seiner neuen Tätigkeit wirklich pudelwohl. Zumal die ersten Maßnahmen, die er und Maybach gleich zu Beginn getroffen hatten, bereits Früchte zeigten. Die Gasmotoren waren deutlich zuverlässiger geworden, die Fertigung wesentlich effektiver, was auch den neuen Produktionshallen zu verdanken war, in denen sie die genaue Anordnung der Maschinen zum Glück noch nach ihren eigenen Plänen hatten vornehmen lassen können. Parallel dazu war inzwischen auch der Auftragseingang merklich gestiegen – und das Beste war, dass die Produktion mit diesen Anforderungen problemlos Schritt halten konnte. Innerhalb nur eines Jahres hatte sich die Zahl der ausgelieferten Motoren bereits verdoppelt – und weitere Steigerungen waren absehbar. Alles lief zur Zufriedenheit.

Wenn – ja wenn da eben nicht manches Mal die eher verdrossene Miene von Nikolaus Otto einen kleinen Schönheitsfleck im glänzenden Lack zurückgelassen hätte. Nun denn, irgendwie konnte Daimler die Stimmungslage des Mannes durchaus nachvollziehen. Otto sah sich bei weitem nicht nur als ursprünglicher Mitbegründer der Firma, sondern vor allem als genialer Konstrukteur. Und genau darin lag das Problem. Denn ein Konstrukteur im eigentlichen Sinn, nein, das war Nikolaus August Otto ganz sicher nicht. Und schon gar nicht in den Augen von Gottlieb Daimler, der als umfassend ausgebildeter Büchsenmacher, Maschinentechniker und sogar studierter Ingenieur in dieser Hinsicht eine wesentlich strengere Sicht der Dinge an den Tag legte als der von seinem Naturell her viel mehr zum Ausgleich neigende Wilhelm Maybach. Und dennoch waren sich die beiden Männer einig in der von Daimler formulierten Einschätzung, dass es viel leichter sei, eine Idee zu haben, als sich hinterher um deren solide Ausführung zu kümmern. Gut möglich, dass auch Nikolaus Otto diese Grundeinstellung nicht verborgen geblieben war – obwohl Daimler alles daransetzte, den ohnehin verstimmten Mann nicht zu vergrätzen. Dessen durch Langen vorgenommene Degradierung musste nicht noch zusätzlich ausgekostet werden.

Wenige Wochen danach in Deutz: Jetzt war es dennoch zu einer ersten, schärferen Auseinandersetzung mit Otto gekommen – aller Vorsicht zum Trotz. Die Meinungsverschiedenheit hatte sich ganz plötzlich in einem Gespräch unter den Direktoren entzündet, in dem Daimler von den ordentlichen Fortschritten berichtete, die Wilhelm Maybach bei seinen Versuchen zur Leistungssteigerung des Motors erzielt hatte. Maybach war es gelungen, anstelle der bisherigen drei nun zehn Pferdestärken aus der Maschine herauszuholen! Und noch besser: Der überarbeitete Motor würde sogar schon bald in die Serienfertigung gehen können, hatte er nicht ohne Stolz vermeldet. Eine ganze Reihe von Kunden hatte sich bereits gemeldet und den neuen Motor bestellt. »Das heißt, wir werden unsere Prognose, was die Stückzahlen angeht, für dieses Jahr deutlich nach oben korrigieren müssen. Und das wiederum bedeutet, dass wir möglichst rasch neue Leute für die Produktion einstellen müssen«, erläuterte Daimler seinen Vorstandskollegen. »Diese Arbeiter, die würde ich übrigens am liebsten aus dem Schwäbischen holen«, hatte er noch hinzugefügt und damit unabsichtlich eine Reaktion provoziert, mit der weder er noch die anderen Direktoren gerechnet hatten.

»Aus dem Schwäbischen?« Nikolaus Otto spuckte den Satz förmlich aus seinem Mund. Und noch einmal: »Aus dem Schwäbischen? Natürlich! Woher denn sonst? Alles Gute kommt bekanntlich aus dem Süden! Sie tun ja gerade so, als wenn wir hierzulande über keine guten Leute verfügen würden! Schwäbische Arbeiter! Sonst noch was?«

Daimler war von dieser harschen Replik wie vor den Kopf gestoßen. Dermaßen hart war er noch nie während seiner gesamten Berufslaufbahn angegangen worden – und dann auch noch im Beisein von Eugen Langen! Eine Frechheit war das. Ein geradezu flegelhaftes Benehmen. Dennoch versuchte er, seiner Stimme einen möglichst ruhigen Klang zu geben, als er in die fassungslose Stille hinein, die diese Attacke im Direktorium ausgelöst hatte, seinen Vorschlag schließlich begründete: »Ich wüsste nicht, was es daran zu kritisieren gibt. Es ist nun einmal so, dass die schwäbischen Arbeiter sehr zuverlässige und vor allem sehr gut ausgebildete Leute sind. Das kann ich in der Produktion jeden Tag mit meinen eigenen Augen sehen.«

Doch Otto schien offenbar keine Lust zu verspüren, die Bitterkeit, die schon lange in ihm brodelte, bei diesem Gespräch einfach hinunterzuschlucken. »Ich sag's ja: wer sonst, wenn nicht die Schwaben!«, warf er spöttisch in die Runde.

»Es ist so, wie es ist. Und dabei bleibe ich. Im Übrigen handelt es sich bei der Produktion bekanntlich um meinen Geschäftsbereich und nicht um den ihrigen. Aus gutem Grund ist das von Herrn Langen im vergangenen Jahr so entschieden worden.« Diese Erwiderung war ihm jetzt doch wesentlich schärfer über die Lippen gekommen, als er eigentlich beabsichtigt hatte. Aber andererseits brauchte sich dieser Otto darüber nicht zu wundern. Was glaubte der denn eigentlich, wer er war!

Eugen Langen freilich zeigte sich tief betroffen von dieser Art der Auseinandersetzung. »Aber meine Herren! Wie kommen Sie denn dazu, sich dermaßen heftig zu befehden. Ich bitte Sie beide doch sehr um Mäßigung!« Im gleichen Augenblick schoss der ansonsten so bedächtige Mann, von dem es in Deutz hieß, ihn könne niemals etwas aus der Ruhe bringen, blitzartig aus seinem schweren Ledersessel hoch und stürmte mit zornigen Schritten aus dem Raum. Entgeistert blickten ihm die beiden Streithähne hinterher, als er mit einem vernehmlichen Knall die Tür hinter sich ins Schloss warf. Dann erhob sich auch Daimler, griff wortlos nach seinem Hut und verließ den Ort des unseligen Disputs, ohne Nikolaus Otto eines Blickes zu würdigen.

An diesem Abend geschah es zum ersten Mal, dass Gottlieb Daimler beim Zubettgehen dieses seltsame Ziehen in

der linken obere Brustseite verspürte. Oder war es eher ein Drücken in der Herzgegend? Dazu gesellte sich ganz plötzlich eine erstickende Atemnot. Mühsam richtete er sich auf und rang keuchend nach Luft, während der Schweiß in dicken Tropfen von seiner nassen Stirn rann. Erst durch dieses eigenartige Röcheln war Emma erwacht. »Um Gottes willen, Gottlieb! Was ist denn nur mit dir?«
Doch ihr Mann war im Augenblick noch nicht einmal in der Lage, ihr zu antworten, so schmerzhaft krampfte sich jetzt sein ganzer Brustkorb zusammen. Es dauerte geraume Zeit, bis es Emma gelang, dem Kranken einigermaßen Linderung zu verschaffen. Als Tochter eines Apothekers war sie zum guten Glück in Fragen der Ersten Hilfe nicht ganz unerfahren. Dank der warmen Wickel auf seiner Brust und der kalten Umschläge an den Beinen begann sich Daimlers Körper allmählich zu entspannen. »Gott sei Dank, Emma. Es geht wieder.« Dennoch blieb es eine unruhige Nacht, und der Konstrukteur fand nur schwer in den Schlaf, aus dem er bereits im Morgengrauen wieder erwachte.
An diesem Morgen hatte ihm Emma die strikte Anweisung erteilt, auf gar keinen Fall aufzustehen, sondern das Bett zu hüten. »Und zwar so lange, bis dich der Arzt gesehen hat, den ich habe rufen lassen. Der soll dich eingehend untersuchen. Du kommst mir nicht aus dem Bett, bevor wir nicht wissen, wie dieser seltsame Anfall heute Nacht zustande gekommen ist und was es damit auf sich haben kann.«

Der Mediziner machte ein bedenkliches Gesicht, während er seine Instrumente wieder zusammenpackte. »Das sind ganz typische Symptome, die auf eine beginnende oder sogar bereits vorhandene Herzschwäche hindeuten. Es ist ein echter Teufelskreis: Aufregung, der Blutdruck schießt in die Höhe, dadurch wird dieses unangenehme Herzrasen ausgelöst. Sie spüren es in der Brust, das da irgendetwas nicht stimmt, machen sich – zunächst eher unbewusst –

gewisse Sorgen, während womöglich die Auseinandersetzung, die Sie so sehr in Rage versetzt hat, noch weiter andauert. So dreht sich die Spirale immer weiter und weiter, was ihrem Herzen natürlich alles andere als guttut. Wenn Sie also künftig nicht besser auf sich achtgeben, wird sich diese Herzschwäche in gravierender Weise verschlimmern. Sie sollten jede Aufregung unbedingt vermeiden. Und wenn ich sage »jede«, dann meine ich damit auch jedwede Aufregung«, sprach der Arzt seinem Patienten eindringlich ins Gewissen. »Also, ich wiederhole mich: schonen Sie sich, machen Sie langsamer, und vor allen Dingen möglichst keine Aufregung mehr. Ich weiß, wie schwer es Ihnen fällt, das zu akzeptieren. Aber ich kann im Interesse Ihrer Gesundheit nur nochmals an Sie appellieren, Herr Daimler, dass Sie meinen Rat beherzigen. Ihrem angegriffenen Herzen zuliebe.«

»Sie haben gut reden«, knurrte Daimler verdrießlich. »Zeitlebens war ich kerngesund, Krankheit war für mich ein Fremdwort. Meine Arbeit war für mich immer die allerbeste Medizin. Und jetzt kommen Sie daher und wollen, dass ich kürzertrete.«

Der Arzt schüttelte energisch den Kopf. »Nein, das sehen Sie falsch. Ich will gar nichts. Ich empfehle Ihnen nur, sich künftig ein bisschen zurückzunehmen. Die Entscheidungshoheit liegt natürlich bei Ihnen. Ich für meinen Teil kann Ihnen nur die Konsequenzen aufzeigen, wenn Sie meinen Ratschlag nicht befolgen.«

»Na ja, ich werde darüber nachdenken«, lenkte der immer noch sichtlich blasse Konstrukteur schließlich ein. »Aber Sie müssen mir auf alle Fälle auch etwas versprechen.«

»Ich? Ihnen etwas versprechen? Worauf wollen Sie hinaus?«

Die Antwort kam wie aus der Pistole geschossen: »Kein Wort zu irgendjemandem über meine kurzfristige Unpässlichkeit!«

»Das kann ich Ihnen garantieren. All das, was wir miteinander beredet haben, unterliegt ja ohnehin der ärztlichen Schweigepflicht.«

»Dann bitte ich Sie nochmals dringend, sich auf alle Fälle daran zu halten«, konnte sich Daimler einfach nicht zurückhalten, was bei seinem Gegenüber natürlich eine entsprechende Reaktion auslöste.

»Wenn ich sage, ich halte mich daran, dann tue ich das auch.« Der Arzt war sichtbar eingeschnappt. Kein Wunder.

»Entschuldigen Sie bitte. Es war nicht so gemeint, wie es in Ihren Ohren wohl geklungen hat. Aber wissen Sie, ich bin noch immer dermaßen durcheinander. Denn wie gesagt, so etwas ist mir nie passiert.« Es war ein fürchterliches Gefühl. Von einem Moment auf den anderen war nichts mehr in seinem Leben so wie bisher. Nur wegen dieser plötzlich aufgetretenen Beschwerden, die zwischendurch so heftig geworden waren, dass er sogar um sein Leben gefürchtet hatte. Und dazu diese Ohnmacht, dieses Ausgeliefertsein. Nicht auszudenken, wenn ihn eine solche Attacke ein weiteres Mal heimsuchte. Womöglich sogar in der Runde der Direktoren.

Um Gottes willen! Alles, nur das nicht!

Das wäre ja noch schöner, wenn ausgerechnet Otto von seinen gesundheitlichen Problemen erführe. Nein, einen solchen Triumph wollte er dem unverschämten Gegenspieler, als der sich Otto am gestrigen Nachmittag entpuppt hatte, wahrhaftig nicht gönnen. Schlimm genug, dass er sich damals auf Eugen Langens Vorschlag eingelassen hatte, Haustür an Haustür »mit diesem verdienstvollen Mann« zu wohnen. Von wegen gedeihlicher Nachbarschaft, die sich zum gegenseitigen Nutzen entwickeln würde. Im Gegenteil: Der ständige Lärm, der aus dem Nachbarhaus drang, in dem Nikolaus Otto mit seinem Annchen sowie inzwischen sage und schreibe sieben Kindern wohnte, war ohnehin längst einer Zumutung für die Daimlers geworden. Und überhaupt: was bildete sich dieser Dilettant mit seiner als Versuchswerkstatt deklarierten Murksbude denn eigentlich ein? Ihn, einen durch und durch technisch versierten und bestens ausgebildeten Ingenieur, derart frech herausfordern zu wollen! Allein der Gedanke an den gestrigen

Disput ließ Daimler spüren, wie sich sein Herz schon wieder schmerzhaft zusammenkrampfte. Ruhig! Nur ruhig bleiben! Den Ratschlag des Arztes befolgen und an etwas anderes denken.
Das war aber viel leichter gesagt als getan. Ruhig bleiben! Wie konnte man denn ruhig bleiben, wenn man derart unverfroren angegangen wurde?
Sein Herz sei angeschlagen! Was für eine niederschmetternde Diagnose! Eine vermaledeite Geschichte!
Zeit seines Lebens würde ihn diese Herzschwäche von nun an begleiten. Schlimmer noch: Es wurde nicht besser. Das genaue Gegenteil war der Fall.

Die Auseinandersetzung hatte also begonnen. Ein Zwist, der nicht nur in den Augen des zunehmend beunruhigten Eugen Langen so überflüssig war wie ein Kropf. Da war es ihm gelungen, zwei, wenn nicht mit Maybach sogar drei der fähigsten Köpfe des Motorenbaus vertraglich an seine Firma zu binden, und dann so etwas! Wie Kampfhähne gingen Daimler und Otto inzwischen aufeinander los! Unfassbar! Dabei wäre es doch so wünschenswert, diese Männer in einem konstruktiven Miteinander vereint zu wissen. Zum Wohle der Firma – und des technischen Fortschritts. Was könnten diese drei gemeinsam nicht alles bewerkstelligen! Aber es war offensichtlich: Das Tischtuch zwischen Daimler und Otto war zerschnitten. Natürlich fühlte sich Otto zurückgesetzt, denn er war es doch gewesen, der einst mit Langen die Firma gegründet und den Motor entwickelt hatte. Und dann kam da plötzlich so ein Kerl aus dem Schwabenland daher und wurde ihm von Langen direkt vor die Nase gesetzt. Ja, schlimmer noch: Sämtliche Verbesserungen an Ottos Motor durfte dieser Daimler jetzt auf seinen Namen zum Patent anmelden.
Auch noch so strenge schriftliche Instruktionen der Firmenleitung im Hinblick auf die Zuständigkeiten, wie Langen sie extra von einem Juristen hatte formulieren lassen, konnten das Zerwürfnis nicht mehr beheben.

Selbst Wilhelm Maybach runzelte inzwischen häufig missmutig die Stirn, wenn Nikolaus Otto wieder einmal mit einer ziemlich schlampigen und wohl sogar absichtlich ungenauen Konstruktionsidee daherkam, die er einfach mit ein paar hastigen Strichen auf das Papier geworfen hatte. In der Tat – da schien der Herr Daimler recht zu behalten – schienen die beiden überkorrekten Schwaben von ihrer Mentalität her einfach nicht ins Rheinland zu passen.
Ach ja, das Heimweh. So faszinierend die Arbeit trotz aller Auseinandersetzungen mit Otto auch war und blieb, die Sehnsucht nach »seinem« Schwabenland konnte sogar der sonst so nüchterne Maybach während seiner seltenen Mußestunden in sich spüren.
Schon von daher war es ihm ein schöner Trost, dass Berta Habermaas oft nach Deutz kam, um dort ihre Freundin Emma zu besuchen. Das war der offizielle Grund, in Wirklichkeit aber – das wusste natürlich auch Emma Daimler nur allzu genau – war es der Berta mindestens genauso sehr um eine Begegnung mit ihrem inzwischen schon dauerverlobten Wilhelm Maybach zu tun. Wenigstens ab und zu also ein bekanntes Gesicht aus den beschaulichen Maulbronner Jugendtagen, das den Alltag im eher tristen, mittlerweile stark von der rasch wachsenden Industrie geprägten Deutz für einige Stunden vergessen ließ.
Wie schön, wenn die Berta doch ständig hier sein könnte. Aber ihr Verlobter zögerte und zögerte. Noch immer nicht hatte er sich zu der entscheidenden Frage durchringen können. Die Hochzeitsfeier schien nach wie vor in weiter Ferne – auch wenn Emma ihr Möglichstes versuchte, um den Zauderer doch endlich in die von ihr gewünschte Richtung zu bewegen.

Gegen Ende Oktober 1873 war Gottlieb Daimler vom Firmeninhaber Langen als offizieller Vertreter der Gasmotorenfabrik zu einer Versammlung der Kölner Handelskammer gesandt worden. Das war so ganz und gar nicht nach seinem Geschmack. Solche Termine bereiteten ihm schon deshalb kein Vergnügen, weil sie nicht nur stundenlang dauerten, sondern ihn auch von der eigentlichen Arbeit fernhielten. Sinnlos verplemperte Zeit für einen Konstrukteur. Aber nun denn. So etwas gehörte anscheinend auch zur Position eines Direktors der hoch angesehenen Gasmotorenfabrik.

Nach der raschen Abhandlung der Tagesordnung war man inzwischen beim Punkt »Verschiedenes« angelangt, wo sich die Herren in mehr oder minder sinnlosen Gesprächen über Gott und die Welt ergingen – und damit weiterhin »die Zeit totzuschlagen pflegten, anstatt etwas Gescheites zu schaffen«, wie Daimler mürrisch in sich hinein brummelte.

Doch halt! Welche Worte hatte er da gerade eben vernommen? Kaiserabkommen?

Wien?

Neugierig wandte sich der Konstrukteur in die Richtung um, aus der diese Begriffe an seine Ohren gedrungen waren. Ja, in der Tat: Politik! Darum ging es der Gesprächsrunde offenbar gerade. Voller Begeisterung würdigten die Herren das kürzlich in Wien abgeschlossene sogenannte Dreikaiserabkommen zwischen dem deutschen Kaiser Wilhelm I., dem österreichisch-ungarischen Monarchen Franz Joseph I. und Zar Alexander II. von Russland, das im Endeffekt auf eine Isolation Frankreichs abzielte.

»Damit werden wir dem Franzmann wieder einmal zeigen, wo der Hase lang läuft! Kaum den Krieg verloren, strecken sie schon wieder keck die Köpfe aus dem Sand!«

Gottlieb Daimler konnte einfach nicht anders. Kaum hatte er diesen Satz vernommen, mischte er sich unwirsch in die Debatte ein: »Also ich weiß nicht, wie Sie nur zu einer solchen Haltung kommen können. Ich finde viel eher, dass wir die Franzosen nicht so despektierlich behandeln sollten, wie das momentan anscheinend zur Unsitte wird. Ich sage das, weil ich selber lange genug in Frankreich gelebt, gearbeitet und die Menschen dort kennen und schätzen gelernt habe. Und außerdem: Dieses forsche, waffenstarrende Preußentum derart in den Vordergrund zu stellen, das tut auf Dauer gesehen ganz sicher nicht gut. Meiner Meinung nach war es schon ein schwerer Fehler, dass man das deutsche Kaiserreich ausgerechnet im Schloss von Versailles ausgerufen hat!«

Doch anstelle von Nachdenklichkeit oder selbst einer einigermaßen begründeten Gegenrede erntete der Konstrukteur für seinen Einwurf nur Hohn und Spott. »Ja, ja, unser Schwabe. Er kann es anscheinend nicht verwinden, dass ein Preuße im Deutschen Reich den Ton angibt und kein Württemberger!«

Oh, diese Dummköpfe … Wieder einmal sah sich der zunehmend isolierte Daimler in seiner eher negativen Einschätzung der Bewohner der preußischen Rheinprovinz bestätigt. Schwätzer halt! Vielleicht sollte er sich doch ganz allmählich wieder in Richtung Süden orientieren und dort im Württembergischen erste vorsichtige Kontakte knüpfen? Obwohl: Rein von seiner Deutzer Tätigkeit her betrachtet würde er lange suchen müssen, bis er in der Stuttgarter Gegend eine vergleichbare Stelle finden konnte. Und an die Gründung einer eigenen Firma war momentan nicht zu denken, denn dazu bedurfte es noch einiges mehr an Kapital. Aber in vier bis fünf Jahren vielleicht …?

❧

Der 5. September 1878. Ein richtiger Glückstag! Denn nachdem seit ihrem ersten Kennenlernen inzwischen tatsächlich zehn Jahre hatten ins Land gehen müssen, wurde nun Hochzeit gefeiert. Die Vermählung von Berta Habermaas und Wilhelm Maybach. Vor allem bei der hochschwangeren Emma Daimler hatte allein die Nachricht von der unmittelbar bevorstehenden Heirat ihrer besten Freundin für ausgelassenen Jubel gesorgt. Endlich würde sie ihre Berta in der Nähe wissen. Die Maybachs würden sogar ein Haus ganz in der Nähe beziehen können. Dafür hatte Emma gesorgt. »Frau Berta Maybach«. Wie eigenartig sich das anhörte! Und – wie schön!
Nur etwas mehr als sechs Wochen später, am 22. Oktober 1878, kam mit Tochter Martha das vierte Kind der Daimlers zur Welt. Welch ein Glück, dass Berta inzwischen in Deutz sozusagen gleich um die Ecke wohnte, denn so konnte sie ihrer Freundin bei der langwierigen Geburt hilfreich zur Seite stehen.

Und einige Monate später war es dann genau umgekehrt. Am 6. Juli 1879 brachte auch Berta Maybach in Deutz ein gesundes Kind zur Welt: einen Sohn, der auf den Namen Karl Maybach getauft wurde.
Einer der ersten Gratulanten war Gottlieb Daimler. »So, jetzt haben wir also schon zwei rheinländische Frohnaturen in unseren Familien – erst unsere Martha und nun auch noch euer Karl!«
Er hatte es eigentlich scherzhaft gemeint, löste damit jedoch bei seinem Gegenüber eine völlig unerwartete Reaktion aus. »Ein Rheinländer? Niemals!« Mit einer bei ihm völlig ungewohnten Heftigkeit schüttelte Wilhelm Maybach seinen Kopf. »Mein Karl ist ein Schwabe – kein Rheinländer!«
»... aber dennoch hier in Köln am Rhein geboren«, mach-

te sich der Direktor der Gasmotorenfabrik Deutz nun einen Spaß daraus, nachdem er die erste Verblüffung über das von ihm verursachte Echo überwunden hatte. »Und damit ist er halt auch ein Rheinländer – ob er will oder nicht.«

»Er ist ein Schwabe«, beharrte Maybach energisch auf seinem Standpunkt. »Ich bin gebürtiger Schwabe, meine Frau ist Schwäbin, folglich ist es auch unser gemeinsamer Sohn. Und deswegen wird in unserem Haushalt auch weiterhin Schwäbisch gesprochen, damit wir erst gar nicht Gefahr laufen, dass er womöglich nicht unseren Dialekt beherrschen wird.«

»Nun denn.« Gottlieb Daimler konnte sich ein amüsiertes Grinsen nicht verkneifen. »Im Grunde genommen sind wir uns ja einig. Du kannst dir sicher vorstellen, dass es auch für mich so eine Sache war, als unsere ersten drei Kinder, der Paul, der Adolf und die Emma, in Karlsruhe auf die Welt gekommen sind. Dass sie so gesehen also Badener sind. Und jetzt noch die Martha als Rheinländerin. Das ist schon eine Sache, an der ein aufrechter Schwabe schwer zu kauen hat. Aber immerhin weiß ich mich ja in dieser Hinsicht ganz offenkundig mit dir in meinem Leide vereint – und das ist ja auch ein gewisser Trost. So, jetzt sind aber genug Probleme gewälzt worden, jetzt wird die Geburt des ersten Kindes der Familie Maybach erst einmal gebührend gefeiert!« Mit einer entschlossenen Bewegung wandte sich Gottlieb Daimler um und griff zu der mitgebrachten Champagnerflasche, die er vorher auf dem Tischchen neben der Eingangstür der Maybach'schen Wohnung abgestellt hatte. »Gläser bitte!«

Am 4. Juli 1881 erblickte ein weiteres Kind der Familie Daimler das Licht der Welt. »Wilhelm wird er heißen. Unser Nesthäkchen – und garantiert auch unser letztes Kind«, stieß der frischgebackene Vater mit vor Rührung vibrierender Stimme mühsam hervor.

Die von der Geburt ihres Sohnes stark erschöpfte Emma wandte langsam den Kopf und musterte ihren Mann mit einem erstaunten Blick aus müden Augen. »Wie meinst du das? Was soll das heißen: unser letztes Kind?«

»Genau das, was ich sage: Ich denke, fünf Kinder sind genug. Paul, Adolf, Emma, Martha und jetzt der Wilhelm – zwei Mädchen und drei Buben, das ist doch eine gute Mischung. Und alle sind gesund – wofür wir dem Herrgott dankbar sein sollten. Fünf gesunde Kinder, das ist wirklich ein Geschenk des Himmels. Und fünf sind genug. So turbulent, wie es bei uns inzwischen zugeht. Und ich finde, wir sollten auch bedenken, dass ich nicht mehr der Jüngste bin. Immerhin bin ich jetzt schon 47 Jahre alt. Unsere Kinder sollten nicht den Eindruck haben, dass sie beim eigenen Großvater aufwachsen – und auch nicht bei der eigenen Großmutter«, fügte er noch hinzu, während ein schelmisches Lächeln um seine Mundwinkel zuckte.

»Also Gottlieb!«, entrüstete sich seine Ehefrau. »Du kannst manchmal richtig uncharmant sein.«

In gespielter Zerknirschung hob der Getadelte seine Hände. »Schon gut, schon gut, Emma. Ich bereue alles und behaupte hiermit das Gegenteil. Beziehungsweise lade ich die Sache mit dem biblischen Alter nun eben alleine auf meine Schultern. Aber dennoch«, in einem merklich ernsteren Tonfall fuhr er fort, »ich denke wirklich, dass wir es bei dem fünften Kind belassen sollten. Ich spüre nämlich in der Tat, dass ich nicht jünger werde – und vor allem der tagtägliche Ärger in der Firma hat mir in den letzten Jahren schon einigermaßen zu schaffen gemacht. Auch wenn man mir das vielleicht nicht immer so angemerkt hat …«

»Ich habe das wohl bemerkt, Gottlieb. Auch, dass du manchmal in aller Heimlichkeit mitten in der Nacht aufgestanden bist und deine Herztropfen eingenommen hast …« Gottlieb Daimler staunte nicht schlecht. »Du hast das gemerkt?« »Aber natürlich. Und dass es in der Firma nicht gerade rund läuft – vor allem auf der Ebene der Direktoren, das ist doch längst ein offenes Geheimnis. Man muss dich ja manchmal bloß anschauen, wenn du am Abend heimkommst. Da muss ich dich gar nicht mehr erst fragen,

wie dein Tag gewesen ist. Und wenn ich's doch einmal wissen will, dann muss ich am nächsten Tag nur die Berta fragen, was denn gestern wieder los gewesen ist.«
»Die Berta Maybach! Das ist ja …«
»Du brauchst dich gar nicht so zu echauffieren, Gottlieb. Da ist doch nichts dabei, wenn ich mich mit meiner besten Freundin über die Arbeit unserer Männer unterhalte. Die Berta ist schließlich kein Lästermaul! Das, was zwischen mir und der Berta gesprochen wird, bleibt grundsätzlich unter uns. Das solltest du eigentlich wissen. Ich kann mich auf die Berta genauso sicher verlassen, wie es du bei deinem Wilhelm Maybach kannst.«
Ihr Ehemann nickte zustimmend. »Du hast ja recht, Emma. Die Maybachs, auf die ist wirklich Verlass. Wenn nur alle so wären wie diese beiden.«
In der Tat waren die vergangenen Monate, im Grunde genommen die ganzen letzten Jahre, in besonderem Maße anstrengend verlaufen. Und dies nicht etwa wegen der Arbeit als solcher, nein ganz im Gegenteil: Die Arbeit selbst bereitete Daimler nach wie vor großes Vergnügen. Es war einfach eine Lust, beobachten zu können, wie reibungslos der von ihm glänzend durchorganisierte Betrieb funktionierte. Und wie hervorragend die Qualität war, die seine guten, fleißigen Leute produzierten. An erster Stelle war da natürlich der Wilhelm Maybach zu nennen. Der Wilhelm, der unablässig darum bemüht war, die Motorenleistung weiter zu steigern – und daneben noch klaglos den fürchterlichen Murks reparierte, den Nikolaus Otto ihm in unschöner Regelmäßigkeit zu allem Überfluss als angeblich neue Erfindung präsentierte. Ja, Murks, das war genau die richtige Bezeichnung für diesen Pfusch, den der Freizeittechniker Otto ständig als Krone der Ingenieurskunst betrachtete.
Ach ja – alles könnte so schön sein. Wäre da nicht diese belastende, anscheinend niemals enden wollende Konfrontation mit Nikolaus Otto, der immer noch die Meinung vertrat, er allein sei es, dem der Ruhm als Erfinder des Gas-

motors gebühre. Dabei hätte Ottos mehr oder minder ziellose Herumexperimentiererei niemals ein fruchtbares Ergebnis hervorbringen können, wenn da nicht Gottlieb Daimler gewesen wäre, der sich in der Firmenleitung mit der Forderung durchgesetzt hatte, Otto für seine weiteren Experimente einen fachkundigen Ingenieur als Ratgeber an die Seite zu stellen. Ob dem das nun gefiel oder nicht. Eigentlich hatte Daimler damit ja darauf abgezielt, dem technischen Dilettanten dessen sinnentleerte Pfuscherei innerhalb der Firma gänzlich verbieten zu können, als er im Spätjahr 1875 Kenntnis davon erhalten hatte, dass Otto wieder einmal auf eigene Faust versuchte, den hochverdichteten Motor des Amerikaners Brayton weiterzuentwickeln. Damit hatte er ihnen öffentlich den Fehdehandschuh vor die Füße geworfen. Denn Maybach und Daimler verfolgten bekanntermaßen ein ganz anderes Konzept zur weiteren Leistungssteigerung der Motoren. Zugegeben: Sie waren damit bislang keinen Millimeter vorangekommen. Aber dennoch … Deshalb Daimlers Vorstoß bei Eugen Langen. Doch wieder einmal wollte der seinem früheren Kompagnon nicht vor aller Augen und Ohren dermaßen in die Parade fahren, sondern erlaubte ihm sogar in seiner Freizeit in einer firmeneigenen Versuchswerkstätte weiterhin seine seltsamen Experimente. Allerdings – wenigstens in dieser Hinsicht hatte sich Daimler durchsetzen können – mit der Auflage, diese Experimente niemals ohne das Beisein des eigens für diesen Zweck eingestellten Ingenieur Franz Rings zu tätigen.

Und dann … ja dann war etwas wahrhaft Unfassbares geschehen: Anfang Mai des Jahres 1876 hatte Nikolaus Otto (mit entscheidender Unterstützung durch den fachkundigen Rings, aber davon war naturgemäß bei Otto nie die Rede) eine mit Hochdruck arbeitende atmosphärische Maschine irgendwie zum Laufen gebracht, die nach einem viertaktigen Prinzip funktionierte und verglichen mit den bislang in Deutz hergestellten Motoren eine gewaltige Leistungssteigerung versprach. Schon wenige Tage später, am

9. Mai 1876, konnte der überaus skeptische Wilhelm Maybach den Motor auf seinen Prüfstand stellen und vermeldete am Ende dieses Tages dem darüber ziemlich konsternierten Gottlieb Daimler die eindeutige Feststellung, dass die Zufallsentdeckung von Nikolaus August Otto ausweislich des Arbeitsdiagramms wahrhaftig eine Sensation darstellte. Dieser viertaktige Motor würde ganz enorme Pferdestärken hervorbringen können, vorausgesetzt natürlich, ein sachkundiger Konstrukteur nahm sich nun der vielen ungeklärten technischen Detailfragen an. Aber dann, »dann gehört allein diesem Motor die ganze Zukunft«. In dieser Einschätzung war sich Maybach absolut sicher.
Als ganz besonders ärgerlich erwies sich in diesem Zusammenhang für Daimler die Tatsache, dass der angebliche Erfinder Otto offenkundig noch nicht einmal begriffen hatte, weshalb ihm dieser sensationelle Coup gelungen war. Denn während Otto noch monatelang mit wachsendem Starrsinn die Überzeugung vertrat, das gewaltige Leistungspotenzial sei einzig der Tatsache zu verdanken, dass er die gefährlichen Explosionen im Motor unter Kontrolle gebracht habe, war sich die gesamte Fachwelt sofort darüber einig, dass der tatsächliche Geniestreich im Prinzip des Viertakts begründet lag. Da hatte dieser Nikolaus August Otto also den Viertaktmotor erfunden – ohne die Funktionsweise seiner »Erfindung« verstanden zu haben. Eine Erfindung, die sozusagen aus Versehen zustande gekommen war. Es war nicht zu fassen!
Und wieder einmal brauchte es Wilhelm Maybach, um dieses angebliche Wunderwerk der Technik richtig zum Laufen zu bringen. Zu einem verlässlichen Dauerbetrieb. Während wochen- und nächtelanger Versuche, die ihn bis an den Rand der körperlichen und nervlichen Erschöpfung führten, war es Maybach endlich gelungen, zunächst die geeigneten Öle zu finden, die den Betrieb des Motors über eine gewisse Zeitdauer hinweg erst ermöglichten. Öle, die unbedingt temperaturbeständig sein mussten. Das war auch so eine technische Grundanforderung, die dem Frei-

zeitbastler Otto natürlich niemals bewusst geworden war. Genauso verhielt es sich auch mit den Schiebern, die der Dauerbelastung erst standzuhalten vermochten, als Maybach sie mit Lagern aus Bronzeguss ausstattete. Auch dieses auf den ersten Blick so nebensächliche Detail, ohne das der Motor jedoch niemals reibungslos würde funktionieren können, war einzig und allein Maybachs Forschungsarbeit zu verdanken. Erst dadurch kam der neue viertaktige Motor wirklich ins Laufen!

Dennoch beanspruchte dieser Otto das alleinige Patentrecht an »seiner Erfindung« und hatte auch gleich den gewünschten Namensvorschlag parat: »Otto Silent« sollte der Motor in der Fachwelt künftig genannt werden. In der Tat sorgte die ganz besonders ruhige Laufweise des Motors für großes Staunen. Vielleicht war das der Grund, weshalb sie dann tatsächlich diese Bezeichnung akzeptierten. Otto Silent! Nichts gegen den englischen Ausdruck für »ruhig« – aber musste man denn unbedingt noch den Namen Otto dazufügen? Ausgerechnet Otto!

Wo es sich doch ganz eindeutig um Maybachs Verdienst handelte, den Motor zum Laufen gebracht zu haben.

Aber das war wieder einmal so typisch für den eitlen Dilettanten Nikolaus August Otto! Dementsprechend krisenhaft nahmen die Dinge nunmehr ihren Lauf, da Daimler wieder und wieder darauf pochte, dass es erst unter seiner technischen Oberleitung gelungen war, den Motor funktionsfähig zu machen. Und selbst jetzt würden noch viele weitere arbeitsintensive Wochen und Monate vor Daimler und Maybach liegen, um den Motor endgültig zur Serien- und Verkaufsreife zu entwickeln. Denn nach wie vor bereitete ihnen dessen viel zu rascher Verschleiß das größte Kopfzerbrechen. Nervenzermürbende »Kleinigkeiten«, mit denen sich der große »Erfinder« natürlich nicht mehr die Hände schmutzig machen mochte.

Immer wieder kam Daimler in diesen Tagen die bittere Erkenntnis in den Sinn: »Ideen haben kann jeder – die gute Ausführung ist aber das Entscheidende.«

Und weshalb musste er sich eigentlich gegenüber der Firmenleitung immer öfter für sein Vorgehen rechtfertigen? Ausgerechnet Eugen Langen schien der festen Überzeugung verfallen zu sein, dass sich Otto mit seiner Pfuschkonstruktion allergrößte Verdienste um die Firma erworben habe.
In der Folge kam es deshalb zu einem erbitterten Briefwechsel zwischen Langen, Otto und Daimler, der von Langen schließlich mit der kategorischen Entscheidung beendet wurde, dass Otto dem Motor zwar seinen Namen geben durfte, die Patentrechte jedoch auf die Deutzer Gasmotorenfabrik eingetragen werden sollten, und zwar ohne dass der darüber höchst erboste Otto irgendeine Extrazahlung erhalten hätte. Im Gegensatz zu Daimler, der als technischer Leiter indirekt von den Patenteinnahmen profitierte.
Dass sich im Zuge dieser erbittert geführten Auseinandersetzung ein tiefer Graben zwischen ihnen aufgetan hatte, der sich niemals mehr würde zuschütten lassen, das war jedem der Kontrahenten damit klar geworden.

Eugen Langen trieb die unfassbare Erkenntnis zur Weißglut, dass er in seiner Firma zwei Männer beschäftigte, die man mit Fug und Recht als geniale Wegbereiter des technischen Fortschritts bezeichnen durfte – aber was taten diese beiden? Anstatt sich in der täglichen Arbeit mit ihren Fähigkeiten gegenseitig zu befruchten, pflegten sie lieber einen zähen Kleinkrieg.
Es war zum Haareraufen!
Gestern war die Lage dann vollends eskaliert, als sich Daimler weigerte, Nikolaus Otto auch nur in die Nähe der Erprobungswerkstatt kommen zu lassen, in der Maybach unermüdlich daran arbeitete, den Motor weiter zu verbessern. Otto hatte daraufhin auf dem Absatz kehrtgemacht und angekündigt, sich auf der Stelle bei Eugen Langen beschweren zu wollen. »Ich lasse mir dieses unverschämte Verhalten nicht mehr bieten!« Zu allem Überfluss hatte er

seinem Ärger auch noch in einer gewaltigen Lautstärke Luft gemacht, so dass damit auch dem letzten Arbeiter klar geworden war, was sie schon lange vermuteten: dass nämlich das Tischtuch zwischen den beiden wichtigsten Leuten der Gasmotorenfabrik Deutz zerschnitten war. Und zwar irreparabel.

Daimler hielt nun mit seiner Meinung nicht mehr länger hinter dem Berg. Ganz absichtlich im Beisein von Maybachs Leuten ließ er seinem Unmut freien Lauf. »Es ist unglaublich: Da doktert einer einfach so in der Weltgeschichte herum, schraubt dann – von keinerlei technischem Verständnis gebremst – nach seinem Gusto irgendetwas zusammen und lässt sich dann sofort als Erfinder feiern, wenn das Maschinchen ein paar erstickte Töne von sich gibt! Dabei sind doch wir die richtigen Erfinder, denen eigentlich der Ruhm gehört – aber anstatt uns dafür dankbar zu sein, dass wir seine Missgeburt zum Laufen gebracht haben, versucht er zu allem Übel auch noch, uns Techniker hinter unserem Rücken schlechtzureden.«

Seiner ganzen angestauten Wut machte er am 23. April 1878 dann Luft in einem Brief, der wieder einmal an seinen alten Freund Adolf Groß in Rottweil gerichtet war und in dem er Ottos unselige Rolle mit drastischen Worten beschrieb: »Unter Führung unseres Dilettanten wird der hiesige Karren immer mehr verfahren, und ich bin nicht frech genug, demselben so, wie es sich gehört, entgegenzutreten. Ich muss erst von außen die Anstöße kommen lassen, wenn meine schriftlichen, den Herren mitgeteilten Anliegen nicht berücksichtigt werden. Es ist zum Kuckuck holen, dass überall die Leute erst durch Schaden klug werden und der ruhig denkende Techniker durch den schwungvollen Kaufmann von seiner Bahn abgelenkt wird.«

»Ja, wenn es ums Feiern geht, dann sind sie immer ganz vorne mit dabei!« Kopfschüttelnd betrachtete Gottlieb Daimler den riesigen Menschenauflauf, der sich an diesem Spätnachmittag des 15. Oktober 1880 auf der Kölner Domplatte versammelt hatte, wo am heutigen Tag die Fertigstellung des Kölner Doms gefeiert wurde. Nach einer Unterbrechung von vielen Hundert Jahren war das mit seinen 157 Metern Höhe höchste Bauwerk der Welt endlich fertiggestellt worden – ein Ereignis, zu dem sich sogar der Kaiser veranlasst gesehen hatte, aus dem fernen Berlin nach Köln zu kommen. Sozusagen, um dem Einweihungsgottesdienst mit seiner persönlichen Anwesenheit die Krone aufzusetzen. Eine Tatsache, bei der es sich allerdings um ein ziemliches Politikum handelte, denn Kaiser Wilhelm I. und das neue Kaiserreich steckten unter Kanzler Bismarck bekanntlich in einer erbitterten Auseinandersetzung mit den Kirchen, in allererster Linie mit der Katholischen Kirche. In diesem sogenannten Kulturkampf wollte Bismarck die völlige Trennung von Kirche und Staat erreichen – und zwar für alle Zeiten. Das hatte inzwischen dazu geführt, dass der amtierende Erzbischof von Köln des Landes verwiesen worden war und folglich also noch nicht einmal an der Einweihungsfeier des Doms teilnehmen konnte. Eine in den Augen der meisten Kölner Bürger skandalöse Tatsache, die sie dem Kaiser mit ihrem absichtlichen Fernbleiben von der Einweihungsfeier trotzig vergelten wollten. »Aber da siehst du es wieder einmal: Was kümmert es das normale Volk, wenn die da oben meinen, sie müssten miteinander raufen«, deutete Daimler mit seinem weit ausgestreckten rechten Arm auf die fröhlich feiernde Menschenmenge rund um den festlich beleuchteten Dom. »Die Leute lassen sich das Fest trotzdem nicht verderben, und sie sind schon ganz ordentlich bei Laune – dank der unzähligen Gläser Kölsch, die sie bereits in sich hineingeschüttet haben. Jaja, das ist halt schon ein eigenartiges Völkchen hier oben am Rhein«, kam er wieder einmal auf sein Lieblingsthema zu sprechen.

»Ach Gottlieb, jetzt sei doch nicht gleich so. Jetzt lass den Leuten doch auch einmal ihren Spaß und ihre Feierlaune«, bedachte Emma ihren Gatten mit einem missbilligenden Blick.

»Von mir aus gerne«, brummte der. »Aber ich weiß jetzt schon, was das wieder bedeuten wird …«

»Was meinst du damit?«

»Dass ich morgen früh dann wieder den ganzen Ärger habe, weil Dutzende zu spät oder gleich gar nicht zur Arbeit kommen werden. Das ist genauso wie im Karneval, wenn die einmal mitten im Feiern sind, dann kümmert sie der nächste Tag überhaupt nicht mehr – und ich, ich stehe dann frühmorgens vor halb leeren Werkstätten. Weshalb die Motoren dann zum fest vereinbarten Lieferdatum nicht fertig sind. Das kümmert aber den Herrn Langen später wieder kein bisschen, da wird es nur wieder heißen, es sei mein Fehler –wie immer, wenn die Lieferfrist nicht eingehalten worden ist.«

»Aber das müsste er doch verstehen, zumal dann, wenn er heute seinen großen Auftritt vor dem Kaiser gehabt hat«, gab Emma zu bedenken.

»Da mach dir mal keine Illusionen. Das mit dem Empfang beim Kaiser ist ein zweischneidiges Schwert. Eigentlich wollte der Langen dem Empfang genauso fernbleiben wie die meisten anderen Kölner Honoratioren, aber weil wir von der Gasmotorenfabrik mit unseren Vier-PS-Gasmotoren den Strom für die Beleuchtung des Doms produzieren und das natürlich eine hervorragende Werbung für unseren Betrieb ist, da hat er halt nicht Nein sagen können. Nur deshalb ist er zu dem Empfang gegangen. Deswegen hat er vorher auch ein Gesicht gemacht wie drei Tage Regenwetter.«

»Und wieso bist du nicht hingegangen? Das wäre ja auch

einmal etwas gewesen, wenn du mich zum Empfang des Kaisers geführt hättest.«
Daimler streckte abwehrend die Hände aus. »Sonst noch was? Um diese Herrschaften mache ich lieber einen großen Bogen – und außerdem: Lieber habe ich unsere beiden Gasmotoren fest im Blick, für den Fall der Fälle, der hoffentlich nicht eintreten wird. Denn wenn die plötzlich den Dienst versagen würden, dann wär's schlagartig dunkel am Dom – und der Schuldige wäre schnell gefunden – du kannst dir sicher denken, wer. Nein, da bleibe ich lieber weit weg und beobachte den ganzen Trubel aus sicherer Distanz.«
»Immerhin ist es aber doch ein geschichtsträchtiges Ereignis: die Fertigstellung des größten Gebäudes der Welt. Nach so vielen Jahrhunderten.«
»Lange werden sie ihre Freude daran nicht haben.«
Emma maß ihren Ehemann mit einem erstaunten Blick. »Was willst du damit sagen? Dass der Dom etwa nicht sicher gebaut ist und bald einstürzen wird? Ehrlich gesagt, habe ich schon meine Zweifel, ob es sich da nicht vielmehr um den Turmbau zu Babel handelt, den wir zu Gesicht bekommen.«
»Nein, nein, so habe ich das nicht gemeint. Du brauchst keine Angst zu haben, dass dir der Dom auf den Kopf fallen wird«, lachte Daimler und drückte seine Frau zärtlich an sich. »Ich will damit nur daran erinnern, dass die Kölner schon bald von einem anderen Bauwerk überholt werden – natürlich von einem schwäbischen!«
»Einem schwäbischen?«
»Ja sicher. Hast du es denn kürzlich nicht gelesen? Nun gut, den Kölner Zeitungen war das natürlich nur eine kleine Notiz wert, aber auch in Ulm wird seit diesem Jahr wieder am Münster gebaut – und das hat ähnlich riesige Dimensionen wie der Kölner Dom. Und wenn ich es richtig verstanden habe, dann wollen die Ulmer alles daransetzen, um die Kölner bei der Höhe des Turms noch zu überflügeln. Wenn es auch nur ein paar Meter sein werden. Sie werden

es schaffen. Davon bin ich überzeugt. Und dann sind – wieder einmal – die Schwaben vorne – beziehungsweise ganz oben, wie man in diesem Fall besser sagen sollte.«
Emma nickte stumm. Allein die Art und Weise, wie sich ihr Mann über den Kölner Dom, die feiernden Menschen und den Weiterbau des Ulmer Münsters geäußert hatte, signalisierte ihr überdeutlich, wie tief die Kluft geworden war, die Gottlieb von seiner früher so geliebten Tätigkeit in Deutz inzwischen trennte – von der persönlichen Distanz zwischen den Hauptverantwortlichen in der Gasmotorenfabrik gar nicht erst zu reden. Es war manchmal sicherlich auch eine Mentalitätssache: hier der eher etwas schwerblütige schwäbische Perfektionist, dort die wesentlich leichtlebigeren und umgänglicheren Rheinländer. Aber egal, was letztendlich auch den Ausschlag für diese Entfremdung gegeben hatte, es war nun einmal so gekommen. Man passte schlichtweg nicht mehr zueinander. Ob ihrem Gottlieb diese Konsequenz bereits in ihrer ganzen Tragweite bewusst war? Falls nicht, dann war es nun ihre Aufgabe, ihrem Mann das zu verdeutlichen. An ihr, Emma Daimler geborene Kurtz aus Maulbronn, würde eine Rückkehr ins Schwäbische jedenfalls nicht scheitern. Ganz sicher nicht!

»Gottlieb?«
Wie aus weiter Ferne hatte er die leise Frauenstimme vernommen, die ihn gerade beim Vornamen nannte. Irritiert wandte er den Kopf und blickte in das blasse Gesicht seiner Frau, die ihn aus ernsten Augen musterte. »Hast du verstanden, was ich gerade gesagt habe?«
»Ja – das heißt – ehrlich gesagt, ich glaube nein. Entschuldige, ich war wohl mit meinen Gedanken ganz woanders.«
»Das scheint mir allerdings auch so«, zog Emma Daimler ihre Stirn in kritische Falten. »Wenn du deine Frau noch nicht einmal wahrnimmst, nachdem sie dir gerade ein Kind geboren hat.«
»Entschuldige Emma, du weißt, das lag wirklich nicht in …«

»Schon gut, schon gut«, wehrte Emma den schuldbewussten Wortschwall ihres Mannes lächelnd ab. »Ich hatte mit meiner Frage nur versucht, ein bisschen etwas anzudeuten …« Absichtlich legte sie an dieser Stelle eine Pause ein, um Gottlieb die Möglichkeit zu geben, den Gesprächsfaden wieder aufzunehmen.
»Und das wäre?«
»Ich denke, finanziell geht es uns doch glänzend, nicht wahr?«
Daimler nickte, ohne recht zu wissen, worauf seine Frau mit ihrer als Frage formulierten Feststellung eigentlich hinauswollte. »Ja. Das kann man schon so sagen. Das ist wenigstens eine gewisse Genugtuung für mich. In diesem Punkt hat der Herr Langen wirklich Wort gehalten. Allein meine Anteile an der Firma und die Einnahmen, die ich durch die Patente erziele, die unter meiner Leitung angemeldet worden sind, haben uns inzwischen ein recht ordentliches Vermögen beschert.«
»Aber was nützt das ganze Geld, wenn man nicht zufrieden ist?«
»Tja, das ist in der Tat die Frage …«
»… und wenn die Gesundheit darunter leidet.«
Ganz allmählich dämmerte ihm, worum es Emma ging. »Und wenn die Familie zu kurz kommt. Die Kinder würden ab und zu auch gerne einmal einen glücklichen Vater sehen. Das können sie sich aber nur wünschen, hinbekommen muss der das schon selber.«
»Ach Emma. Wenn das nur so einfach wäre, wie es klingt. Aber wenn du den ganzen Tag über in Zwist und Hader verwickelt bist, dann ist es halt nicht so leicht, am Abend beim nach Hause kommen plötzlich eine Feiertagsmiene aufzusetzen.«
»Das ist mir schon klar. Aber so kann es auf Dauer einfach nicht mehr weitergehen. Die Familie, deine Gesundheit, unser aller Wohlergehen. Es wird Zeit, dass wir uns neu orientieren.«
»Neu orientieren?«

»Du hast mich schon richtig verstanden. Es wird Zeit, sich wieder in Richtung Süden zu orientieren. Geld genug haben wir – wie du mir ja selber gerade eben bestätigt hast. Was also hält uns noch hier in Deutz, wo du deine Arbeit doch längst getan hast. Der Betrieb ist hervorragend organisiert. Der Höhepunkt dessen, was du hier bewirken konntest, ist längst erreicht. Mehr noch: Dieser Höhepunkt ist eigentlich überschritten, auch das hast du schon mehr als einmal selber gesagt. Gerade jetzt, wo sie dich zwingen wollen, kleinere und billigere Motoren zu bauen, die dem Ruf der Firma – und deinem – nicht gerade dienlich sein werden. Ein Mann wie du, der sich schon immer dem technischen Fortschritt verpflichtet gefühlt hat – und nicht dem Rückschritt. Gottlieb! Du versteht mich schon, oder?«

Der solchermaßen deutlich angesprochene Daimler nickte unglücklich. »Und ob ich dich verstehen kann. Nur allzu gut sogar. Ich selber hätte nicht besser ausdrücken können, was mich gerade quält.«

»Dann sei ein Mann und ergreife die entsprechenden Konsequenzen! Meinen Segen dazu hast du!«

»Du meinst wirklich, dass wir Deutz verlassen und wieder zurück nach Württemberg ziehen sollten?«

»Allerdings – und zwar am besten nach Stuttgart. Oder gleich nach Cannstatt, wo sie so gute Thermalbäder haben. Das würde deiner Gesundheit sicherlich guttun.«

»Und was dann? In meinem Alter fühle ich mich noch viel zu jung dafür, um nur als Privatier durch die Kuranlagen zu flanieren.«

»Das verlangt auch niemand von dir. Mit den ganzen Geld, das du von dem Herrn Langen ausbezahlt bekommen wirst, kannst du dir doch mit Sicherheit den Aufbau einer eigenen Entwicklungswerkstätte leisten, in der du einen neuen, noch besseren Motor konstruieren wirst. Einen, der ganz nach deinen Vorstellungen funktionieren wird. So, wie du mir das schon so oft geschildert hast. Diesen Motor, der nicht mehr fest an einen Ort gebunden ist, sondern den man universell einsetzen kann. Das ist es doch, wovon

du schon lange träumst und was sie dich hier nicht machen lassen wollen.«
»Ja, sicher. Schon. Und du meinst also …«
»… natürlich meine ich. Du solltest folglich mit Bedacht darangehen, diese neue Phase in deinem Leben ganz allmählich konkret werden zu lassen. Nach beinahe zehn Jahren hier im Rheinland, denke ich, kann dir deswegen auch niemand böse sein, wenn du noch einmal eine neue Herausforderung suchst.«
»In der Tat!« Gottlieb Daimler spreizte die Finger beider Hände und betrachtete sie einzeln. »Beinahe zehn Jahre sind es geworden. Zehn Jahre meines Lebens. Du hast recht: Wir sollten noch einmal etwas Neues in Angriff nehmen. Und dann natürlich im Schwäbischen. In Stuttgart – warum eigentlich nicht?«
Ein zufriedenes Lächeln huschte über das Gesicht seiner Ehefrau. »Das ist schön, dass du auch so denkst. Ich werde dich dabei unterstützen, wo ich kann – und mich auch schon einmal vorsorglich bei unseren Verwandten und Bekannten im Stuttgarter Raum ganz unverbindlich erkundigen, wo denn eventuell gerade etwas Interessantes zu besichtigen wäre, das für eine inzwischen immerhin siebenköpfige Familie taugt – womöglich gleich mit einem separaten Gebäude, in dem du dann ungestört deiner Leidenschaft frönen kannst, um irgendwann deinen Traum Wirklichkeit werden zu lassen.«
»Aber …«, schlagartig hatte sich ein Schatten über Daimlers gerade noch so optimistische Miene gelegt, »was ist dann mit dem Maybach? Den kann ich doch nicht alleine hierlassen!«
»Dann nimm ihn halt mit! Der würde sich freuen – und erst recht seine Frau. Das kannst du mir glauben.«
»Der Maybach und ich. Wir beide zusammen – in einer Entwicklungswerkstatt, wo uns keiner in die Arbeit reinredet … das wäre … das ist … ja doch, das ist ein ungeheuer faszinierender Gedanke!«
»Dann denke ihn ruhig zu Ende. Aber jetzt erfülle einmal

deine väterlichen Pflichten, denn die haben im Augenblick nämlich eindeutig Vorrang!«
»Meine väterlichen Pflichten …« Ratlos starrte Daimler in das Gesicht seiner Ehefrau, die darauf einen schicksalsergebenen Blick zum Himmel sandte.
»Was ist das nur für ein Vater! Da ist erst vor ein paar Stunden sein Kind auf die Welt gekommen, und er hört nicht einmal, wie sich das arme kleine Würmchen die Seele aus dem Leib weint.«
In der Tat! Erst nach diesem Hinweis bemerkte auch der frischgebackene Vater das leise Weinen des neuen Erdenbürgers.
»Er hat Hunger. Das arme Kind. Reiche ihn mir doch bitte rüber, damit ich ihn an die Brust legen kann. Aber vorsichtig bitte, das ist kein Motor, sondern ein kleines, zerbrechliches Menschlein. Unser Wilhelm. Zwar hier in Deutz geboren, aber er wird später einmal voller Stolz von sich sagen können: aufgewachsen in Württemberg. Daran werden wir arbeiten. Ab heute. Nicht wahr, Wilhelm?«
Auch Gottlieb Daimler nickte glücklich.
Damit war die Unterhaltung der beiden Eheleute fürs Erste beendet. Denn der Säugling beanspruchte jetzt die ganze Aufmerksamkeit seiner Mutter. Und danach brauchte Emma nach den Strapazen der Geburt erst einmal Schlaf. Alles Wesentliche war ja besprochen. Sie waren sich einig. Der Weg würde sie wieder zurückführen. In die schwäbische Heimat. Hin zu neuen technischen Herausforderungen. Die Zukunft erschien Gottlieb Daimler plötzlich wieder verheißungsvoll. Womöglich würde es dann auch mit der Gesundheit wieder besser werden. Eine durchaus berechtigte Hoffnung. Denn wenn er sich erst einmal von der Last der alltäglichen Probleme befreit sah, was sollte ihn dann noch niederdrücken? Ja doch, die Zukunft dämmerte bereits rosarot am Horizont. Eine Zukunft jedoch, die ausgerechnet im Fall des gerade geborenen Wilhelm düstere Schatten mit sich bringen würde. Aber das konnte zu diesem Zeitpunkt natürlich noch niemand ahnen.

Zeitgleich zu dieser innerlichen Abkehr von Deutz verschärften sich die Schwierigkeiten, mit denen Daimler innerhalb der Gasmotorenfabrik zu kämpfen hatte. Seine Neigung, Deutz sobald als möglich den Rücken zu kehren, wurde dadurch umso nachhaltiger befördert.
Denn der Absatzkrise, in der das Werk seit dem Sommer des Jahres 1881 plötzlich steckte, mit billigeren (und damit weniger sorgfältig hergestellten) Motoren zu begegnen, war in Daimlers Augen genau der falsche Weg. Eine Sackgasse. Doch Eugen Langen hatte entschieden und ließ sich von seinem Produktionsdirektor nicht mehr umstimmen, egal was der an stichhaltigen Argumenten auch ins Feld führte. Und noch ein Ereignis gesellte sich hinzu, das ihn bewog, sein Vorhaben zügig umzusetzen. Es war beim Abendessen der Familie. Gerade erzählte der mittlerweile zehnjährige Adolf freudestrahlend von den neuesten Abenteuern in der Schule. Vor allem einer seiner Freunde habe sich heute besonders hervorgetan. Richtig jeck könne der manchmal sein, und im Übrigen …
»Der kann was?«, hatte ihn sein Vater unvermittelt unterbrochen.
»Wie was?« Verwirrt zuckte Adolf mit den Schultern. »Was meinst du, Vater?«
»Was für ein Wort du da gerade gebraucht hast, wollte ich wissen«, schnappte der Vater barsch.
»Du meinst … ach so: jeck.«
»Und was soll das bitte heißen?«
»Jeck … was das heißen soll?« Hilfe suchend schaute der Junge in die Runde. » Na, jeck eben!« Er konnte sich die offensichtliche Verstimmung seines Vaters beim besten Willen nicht erklären. »Wie soll ich das beschreiben? So in etwa mit fröhlich, nein, mehr als das … hmm.«
»Du weißt es also selber nicht! Und dennoch verwendest du solche Worte!«
»Gottlieb! Worauf willst du denn eigentlich hinaus?«, mischte sich nun auch Emma Daimler in das Gespräch, um ihrem Sohn beiseitezustehen.

»Ich will damit nur sagen, dass unser Sohn kölnische Begriffe verwendet. Und zwar anscheinend gedankenlos, ohne sie richtig begriffen zu haben – und das in einem schwäbischen Haushalt! Also nein! Ich denke, es ist wirklich höchste Zeit, dass wir dem Rheinland den Rücken kehren – bevor mich womöglich meine eigenen Kinder bald nicht mehr verstehen!« Er unterbrach sich kurz und schaute dabei streng in die Runde. »Und dass eines klar ist: Nie mehr möchte ich in unserem Haushalt rheinländische oder kölnische Redensarten hören. Schwäbisch – oder meinetwegen auch Hochdeutsch, das mag noch angehen. Aber nicht mehr kölnisch. Verstanden?«

Und wie sie verstanden hatten! Alle um den Tisch versammelten Daimler-Kinder nickten eifrig mit den Köpfen, während über das Antlitz seiner Ehefrau ein amüsiertes Lächeln huschte. Oh, dieser Mann!

Damit war nicht nur die familiäre Sprachdebatte für diesen Tag glücklich beendet, sondern Gottlieb Daimler war auch seiner Rückkehr in die Heimat wieder ein Stück näher gerückt. Und bis es dann tatsächlich so weit sein würde, sollten seine Kinder die demnächst anstehenden Sommerferien bei ihren Großeltern in Maulbronn verbringen. Dort in dem gutbürgerlichen und vor allem alteingesessenen Apothekerhaushalt konnte man ihre schwäbischen Wurzeln sorgsam hegen und pflegen. Samt dem heimischen Dialekt natürlich.

Während also auch dieser Entschluss gefasst und bald danach in die Tat umgesetzt wurde, bestimmten in den folgenden Wochen harsche Wortwechsel über weitere Maßnahmen zur Bekämpfung der sich verschärfenden wirtschaftlichen Krise Gottlieb Daimlers wenig freudvollen Arbeitsalltag. Zugegeben: Selbst der von Maybach weiterentwickelte Viertaktmotor war in diesem Krisenjahr schlechter verkauft worden als bisher – und sofort lagen deshalb bei Eugen Langen die Nerven blank. Die ehemals so vertrauensvollen, in einer konstruktiven Atmosphäre abgehaltenen Gespräche mit dem Firmeninhaber konnten längst nicht mehr als Dialoge bezeichnet werden. Es handelte sich vielmehr um ultimative Aufforderungen an den Produktionsleiter Gottlieb Daimler.

Auf keinen einzigen Einwand seines Direktors schien er sich einlassen zu wollen. Die Gasmotorenfabrik sei momentan an einem kritischen Punkt angelangt. Das war zwar auch in Daimlers Augen richtig analysiert, aber dass hierfür seine falsche Produktpolitik die Ursache sein sollte, das mochte Langen nicht einsehen. Im Gegenteil sogar. Langen argumentierte inzwischen allen Ernstes, man werde sich künftig wohl auch mit der Produktion von Dampfmaschinen beschäftigen müssen, die nun einmal eine bei weitem höhere Leistung brachten als die Gasmotoren. Ja, mehr noch: Vom kaufmännischen Standpunkt aus betrachtet sei es schlichtweg ein Fehler gewesen, so lange auf Daimler zu hören, der starrköpfig nur auf die Gasmotoren setzte.
Aber diese »Daimleriaden« – einer von Langens engsten Freunden hatte tatsächlich genau diese Formulierung verwendet und damit zu allem Überfluss auch noch Zustimmung ausgelöst – führten die Gasmotorenfabrik schnurstracks in den Abgrund. Deshalb gelte es jetzt, das Ruder rasch herumzureißen. Was ein weiteres Mal bedeutete, dass er strikte Anweisung bekam, sich endlich um die Herstellung von billigeren Gasmotoren zu kümmern. Und darüber hinaus könne er sich getrost mit dem Gedanken vertraut machen, dass man demnächst auch in die Produktion von Dampfmaschinen einsteigen werde. Nichts Schlimmeres als das! Dampfmaschinen! Seiner Meinung nach war das die Technik von vorgestern. Völlig veraltet und ohne Zukunft. Ausgerechnet Dampfmaschinen!
Fatalerweise wollten sie aber mit diesen Dampfmaschinen ihre Zukunft sichern! Ausgerechnet von ihm erwarteten sie, diese völlig falsche Kehrtwendung zu vollziehen!
Dabei stand für Gottlieb Daimler doch völlig außer Frage, dass die Zukunft den Gasmotoren gehörte beziehungswei-

se den nicht ortsgebundenen Verbrennungsmotoren, die er endlich so gerne entwickelt hätte.
Es schien Daimler inzwischen gerade so, als sei er (bis auf seinen getreuen Maybach natürlich) von lauter Ignoranten umzingelt. Niemand in Deutz schien fähig, sich mit ihm über die wirklichen technischen Herausforderungen auszutauschen, die sich für die nahe Zukunft längst abzeichneten. Einzig im Briefwechsel mit seinem Freund Adolf Groß war es ihm möglich, diese Fragen genauer zu erörtern. Wenigstens brauchte er dem nicht erst lange erklären, worum es überhaupt ging. Aber Adolf Groß wohnte viele Hundert Kilometer entfernt von Deutz, in Rottweil. Schon aus diesem Grund war es nicht möglich, sich ganz spontan während der Arbeit oder im Anschluss daran einmal auszutauschen, zu diskutieren oder direkt an einer Maschine die eine oder andere Variante auszuprobieren. Die Briefe brauchten mehrere Tage, bis dann die Argumente hin und her gewechselt waren. Eine quälend lange Zeitspanne. Kein Wunder, dass sich Gottlieb Daimler mehr und mehr fühlte wie der sprichwörtliche Fisch auf dem Trockenen, dem allmählich die Luft abhanden kam.

Irgendwie musste er den tagsüber aufgestauten Zorn doch loswerden, der sich zunehmend wieder auf seine ohnehin angeschlagene Gesundheit auszuwirken begann. Irgendein Ventil musste er bedienen – ähnlich wie bei einer Dampfmaschine, die dem Druck nicht ewig standhalten würde, wenn man ihn nicht irgendwann entweichen ließ. Und so wurde in dieser Zeit der seelischen Anspannung sein sogenanntes »Sudelbuch« mit einem Mal immer wichtiger. Dabei handelte es sich um ein kleines Notizbuch, das ihm ursprünglich nur dazu gedient hatte, die eine oder andere Erkenntnis kurz zu skizzieren, auf die er beim Rundgang durch die Produktionshallen gekommen war und die es wert war, später im Konstruktionsbüro zusammen mit Maybach noch einmal näher erörtert zu werden. Mittlerweile füllten sich die Seiten des Sudelbuchs jedoch rapide

– aber nicht mehr mit den bisherigen technischen Stichwörtern und Zeichnungen, sondern vielmehr mit einer Unzahl von Notizen und hastig auf das Papier gekritzelten Vorhaltungen, mit denen sich Gottlieb Daimler all die grenzenlosen Demütigungen von der Seele schrieb, die ihm tagtäglich zu schaffen machten. Voller Empörung brachte er hier fürs Erste Sätze und Episoden zu Papier, die er dann eines Tages sorgfältig ausarbeiten würde – zur nachdrücklichen Rechtfertigung seines nunmehr feststehenden Entschlusses, Deutz auf alle Fälle zu verlassen. Nicht, dass die Herrschaften meinten, er würde diese Zumutungen, die sie ihm angedeihen ließen, einfach vergessen. Nein, hier drinnen war alles ganz genau verzeichnet, schwarz auf weiß – notfalls auch als Erinnerungsprotokoll für eine eventuelle gerichtliche Auseinandersetzung, wenn es denn je auch noch so weit kommen sollte. Er würde vorbereitet sein.

Seiner Emma freilich wollte er mit seinen Befindlichkeiten nicht auch noch zur Last fallen. Denn im Hinblick auf die Emma plagten ihn mittlerweile ebenfalls große Sorgen. Es war ihm nicht entgangen, dass sich seine Frau trotz ihrer langjährigen Haushaltshilfe und des inzwischen angestellten zweiten Dienstmädchens mit der Erziehung der Kinder offenbar so stark verausgabt hatte, dass sie in den vergangenen Jahren deutlich krankheitsanfälliger geworden war. Immer öfter litt Emma – und das auch nicht mehr nur im Winter – an einer sich über Wochen hinziehenden Bronchitis, die regelmäßig einherging mit starkem Husten und Fieber. Oft genug bewegte es sich an der Grenze zur Lungenentzündung, wie der Hausarzt der Daimlers, der längst am Ende seines Lateins angelangt war, kopfschüttelnd feststellte. Eine Luftveränderung, besser noch eine Kur hatte er angeraten, doch Emma wies den Ratschlag augenblicklich in einem für sie ungewohnten, geradezu brüsken Tonfall zurück. »Ich bin doch keine alte Frau, die sich in Kuren ergehen muss. Ich werde schon wieder zu Kräften kommen. Ich brauche halt noch ein bisschen Schonung.

Dann wird das schon wieder. Das bisschen Erkältung da. Von wegen Kur! Ich bitte Sie!«
Der solchermaßen grandios gescheiterte Mediziner hatte aber bei seinem Abschied den Hausherrn zur Seite genommen und ihm mit leiser Stimme zugeflüstert, dass er es für dringlich geboten halte, die so überaus widerspenstige Patientin keinesfalls mit irgendwelchen Probleme zusätzlich zu belasten. Sie habe mit sich und ihrem alles andere als guten Gesundheitszustand wahrlich genug zu schaffen.
Insofern stellte das Sudelbuch auch aus diesem Grund ein wirklich gutes Ventil für Gottlieb Daimler dar, um seiner angestauten Empörung auf diesem Weg wenigstens etwas Luft zu verschaffen. Allein das Niederschreiben dieser hastigen Zeilen tat ihm einfach gut. Sich den Ärger einfach von der Seele zu schreiben. Zu spüren, wie sich sogar sein Herzschlag beruhigte. »Hölle, siegst du, Lügenbude. Verdummungsanstalt. Sie haben meine Frau krank gemacht. Die Hölle der Niedertracht hat gesiegt über die Geradheit. Die Planlosigkeit feiert Triumphe.« Ha!

Doch auch wenn ihm diese bitteren Zeilen kurzfristig Entspannung verschafften, so waren sie eben doch nichts anderes als ein Ausdruck von Daimlers wachsender Empörung gegenüber dem Verhalten von Eugen Langen und dessen nunmehr ultimativer Forderung, kleinere und billigere Motoren zu produzieren: »… und es müssen auch nicht unbedingt immer Produkte ausgeliefert werden, die noch in den nächsten 50 Jahren funktionieren.« Das war sein Schlusssatz gewesen, bevor er sich grußlos umwandte und den Raum verließ, in dem der verdatterte Gottlieb Daimler, der im ersten Moment geglaubt hatte, sich verhört zu haben, alleine zurückblieb. Billiger, leistungsschwächer und – das war das allerschlimmste – von geringerer Qualität.

Man konnte es drehen und wenden, wie man wollte, das war in höchstem Maße rufschädigend, wo doch gerade

Gottlieb Daimler mit seinem guten Namen bei den Kunden für die Gewissheit stand, grundsätzlich die beste Qualität geliefert zu bekommen: Maschinen auf dem neuesten Stand der technischen Entwicklung, hergestellt mit den besten Materialien und der größtmöglichen Sorgfalt! »Vom Besten das Beste« – keinen anderen Leitspruch konnte es für ihn jemals geben!
Und nun so etwas von ihm zu verlangen! Unerhört! Niemals würde er sich darauf einlassen!

In den folgenden Nächten fand Gottlieb Daimler kaum in den von ihm so dringend benötigten Schlaf. Kaum war der erschöpfte Mann in einen unruhigen Dämmerzustand gefallen, da peinigte ihn sein Körper schon mit einem beklemmenden Ziehen im Brustkorb und stechenden Herzschmerzen. Er sollte einfach nicht zur Ruhe kommen. Wieder und wieder suchte er nach einem Ausweg aus dieser Zwickmühle, in der er sich hoffnungslos gefangen wähnte.

Ganz am Ende dieser nächtelangen Qualen fasste der verbitterte Daimler den trotzigen Entschluss, diese neuerliche Anordnung, bei er es sich ja eigentlich um ein Ultimatum handelte, einfach zu ignorieren. Er würde sich gar nicht dazu äußern und erst recht nicht formell dagegen zur Wehr setzen, denn das würde nur eine noch schärfere Gegenreaktion provozieren. Einfach ruhig bleiben und Zeit gewinnen. Dann würden sich die Dinge vielleicht von ganz allein erledigt haben.

Immerhin zwei Jahre Verzögerung hatte er schließlich mit dieser, für ihn ansonsten so ganz und gar ungewohnten, Verhaltensweise herausschinden können, bis es halt doch zu einer weiteren schriftlichen Anweisung gekommen war, die ihm zu allem Überfluss auch noch Gustav Langen, der Stiefbruder des Firmenchefs Eugen Langen, gemeint hatte erteilen zu müssen. Eine regelrechte Demütigung war das, dass noch nicht einmal der Firmenbesitzer selbst das Ge-

spräch mit ihm gesucht hatte. Aus der Anweisung ging klipp und klar hervor, wer künftig in der Firma das Sagen hatte – und wer eben nicht mehr: »Herr Daimler wird die von Herrn Commerzienrat Langen empfohlenen und von der Direction und dem Aufsichtsrat beschlossenen Constructionen von billigeren sowohl als von kleineren Gasmotoren und von verschiedenen Spezialanwendungen durch Herrn Rings zur Ausführung bringen lassen und darüber sowohl wie andere technische Fragen in beständigem Verkehr mit Commerzienrat Langen bleiben, indem er wöchentlich mindestens eine Privatconferenz mit demselben abhält. Wo und wann diese Privatconferenzen abzuhalten sind, bestimmt Herr Commerzienrat Langen.«
Das war ja starker Tobak! Er sollte also künftig jede Woche bei Eugen Langen vorreiten und Bericht erstatten müssen. Ein Misstrauensbeweis, wie er deutlicher kaum hätte formuliert werden können. Eine absichtliche Demontage des technischen Direktors Gottlieb Daimler, die hiermit schrittweise eingeleitet wurde. Anders konnte das ja gar nicht verstanden werden.
Und dazu noch die geforderte enge Zusammenarbeit mit Rings, der einst als technische Unterstützung des Dilettanten Otto eingestellt worden war, aber längst als eine Art verlängerter Arm dieses ewigen Widersachers fungierte, der sich natürlich auch für den Billigmotor starkgemacht hatte. Offenbar mit Erfolg, denn allem Anschein nach hielt Eugen Langen an seinen zwei Jahre alten Forderungen fest. Pfusch!
Falls er in der Frage, Deutz den Rücken zu kehren, jemals noch irgendeinen Zweifel gehegt hatte, dann war ab sofort auch dieser beiseitegewischt. Und so lautete der nächste Eintrag im Sudelbuch:»Sie Herr Commerzienrat haben es infolge Ihrer voreiligen Ehrsucht zuwege gebracht, auf allen Geschäftsgebieten den Fremden unsere Interessen preiszugeben. Perlen vor die Säue und Millionen den fremden Konkurrenten in die Taschen zu werfen. Schon früher hat die Ehrsucht und Eifersucht alle Ihre Schritte bestimmt,

jetzt wieder. Andere, Fremde, hebt man auf, die Eigenen drückt man nieder. Das Brudeln und das Fudeln. Ich streite mich nicht mehr. Man schiebt den Praktiker, dessen gute Seiten man glaubt benutzt zu haben, hinaus.«

Das intensive Gespräch mit seiner schon wieder leicht erkälteten Emma, die ihrem Mann bei dessen abendlicher Ankunft im Direktorenhaus »schon von weitem an der Nasenspitze« angesehen hatte, das sich im Betrieb etwas Gravierendes ereignet haben musste, brachte Gottlieb Daimler die endgültige Klarheit, wie er seine nächsten Jahre als Konstrukteur würde angehen müssen. Eigentlich versuchte er ja, ein solches Gespräch über seine Sorgen und Nöte sorgsam zu vermeiden, so wie es ihm der Arzt »im wohlverstandenen gesundheitlichen Interesse der Frau Daimler« ans Herz gelegt hatte. Doch es war Emma selbst, die ihm keinerlei Ausflüchte gestattete und die Rede deshalb ganz gezielt auf die momentane Situation und auf die Zukunftspläne der Familie brachte.
»Dann ist es also mit dem Stern nichts geworden – mehr als ein rasch verglühender Komet ist davon wohl nicht übrig geblieben.«
Irritiert runzelte Daimler die Stirn und bedachte seine Ehefrau mit einem fragenden Blick. »Welcher Stern? Und was für ein Komet?« Beim besten Willen konnte er sich keinen Reim darauf machen, worauf sie gerade anspielte.
Emma lächelte amüsiert. »Weißt du es denn nicht mehr? Damals, gleich in deinen Anfangstagen in der Firma, da hast du mir doch eine Postkarte nach Karlsruhe geschickt mit der Ansicht von Deutz und an einer bestimmten Stelle, wo das Firmengelände zu sehen war, da hast du einen Pfeil mit einem Stern aufgemalt und dazugeschrieben, dass von hier aus einmal ein Stern aufgehen wird …«
»Ach das!« Daimler nickte müde, während er sich mit dem Zeigefinger an die Stirn tippte. »Das hatte ich beinahe vergessen. Ja richtig, der Stern, der von hier aus aufgehen sollte …«

»… ist nun also zu einem Kometen geworden und verglüht.«

»Kein Wunder, bei all diesen Dilettanten, die meinen mir in die Suppe spucken zu müssen – und es mit ausdrücklicher Billigung der Firmenleitung mittlerweile auch dürfen!« Unwillkürlich ballte er die Hände zu Fäusten, während sich sein Gesicht zu einer schmerzlichen Grimasse verzog. »Allein wenn ich daran denke, was alles hätte werden können, wenn … Aber man lässt mich ja nicht. Ja doch, von hier aus hätte wirklich ein segensreicher Stern aufgehen können. Der Betrieb, das kann ich mit Fug und Recht für mich in Anspruch nehmen, ist glänzend organisiert. Wir haben beste Produktionsbedingungen, hervorragend geschulte Arbeiter, technisch versierte Ingenieure – und inzwischen einen ganzen Haufen ahnungsloser Geschäftemacher in der Firmenleitung, die mich und den Maybach behindern, wo es nur geht.«

»Dann wird der Stern anstatt über dem Rhein jetzt halt über dem Neckar leuchten. Was mir eh lieber ist«, kommentierte Emma trocken. »Du musst es so sehen: Die Grundlagen für all die hoffnungsvollen Entwicklungen, die in deinem Kopf ja schon längst eine ziemlich klare Form angenommen haben, die sind hier während deiner Zeit in Deutz gelegt worden. Und nun ist es eben an dir, die Dinge in die Hand zu nehmen und im richtigen Sinn zu gestalten. Zusammen mit dem Wilhelm Maybach wirst du den alten Stern in einem noch schöneren Glanz erstrahlen lassen, da bin ich mir ganz sicher. Und wenn das jetzt in Stuttgart der Fall sein wird, dann ist mir das natürlich sowieso umso angenehmer.«

»Na, dann bin ich ja beruhigt, dass du für mich die Koffer sozusagen schon mit gepackt hast.« Gottlieb Daimler schnaufte dankbar durch. »Wenigstens sind wir beide uns einig – das ist ja schließlich die Hauptsache. Nicht auszudenken, wenn du womöglich lieber hiergeblieben wärst und in Deutz Wurzeln geschlagen hättest – oder eines von den Kindern! Da ist doch kein Problem zu erwarten, bei den Kindern, oder?« Dieser Gedanke war ihm ganz plötzlich in den Sinn gekommen. Was nämlich, wenn die Kinder …

Doch zum guten Glück war das nicht der Fall. »Diese Sorge kann ich dir nehmen. Solange die Maybachs mit nach Stuttgart ziehen, sehe ich keine Probleme, was einen Umzug betrifft«, konnte Emma in dieser Hinsicht rasch Entwarnung geben.

»Schön.« Zum ersten Mal seit langer Zeit fühlte sich Gottlieb Daimler wieder ruhig und entspannt. Selbst die Beklemmung in der linken Brustseite schien sich etwas gelockert zu haben. »Ich freue mich richtig darauf, endlich wieder nach Hause zurückzukommen. Irgendwie hängt man mit seinen Gefühlen halt schon an dem Land, in dem man geboren worden ist und wo man seine Wurzeln hat.« In einer impulsiven Geste legte er den Arm um Emmas Schultern und drückte seiner überraschten Frau, die solche Gefühlsausbrüche ihres Mannes gar nicht gewohnt war, einen schmatzenden Kuss auf die Wange. »Württemberg, wir kommen!«

Aber natürlich galt es, zunächst weiter mit aller Vorsicht zu agieren. Nur ja keinen Rauswurf provozieren – das würde den Herren sicher ganz gut passen! Nein, erst einmal mussten die Pläne jetzt konkretisiert und auch mit Maybach durchgesprochen werden. Dazu kam – dabei handelte es sich hauptsächlich um Emmas Aufgabe – die nunmehr intensivere, aber dennoch höchst diskrete Suche nach einem geeigneten Grundstück. Ein großes Haus, möglichst mit einem großen Garten für die Kinder – und idealerweise mit genügend Platz, um eine kleine Versuchswerkstätte im Garten zu bauen. Das alles möglichst direkt in Stuttgart. Das würde schwierig genug werden, dort ein solches Grundstück zu finden. Noch nicht einmal der Kaufpreis war dabei das Problem, denn beim Abschied aus Deutz würde sich Gottlieb Daimler dank seiner Aktien, seiner von der Firma garantierten Patenteinnahmen und der ordentlichen

Spareinlagen der letzten Jahre als reicher Mann auf den Heimweg ins Schwäbische machen können. Den Kaufpreis, egal wie hoch er sein mochte, würde er jederzeit bezahlen können. Aber ein geeignetes Grundstück in dem inzwischen rasch expandierenden Stuttgart zu finden, schien viel eher das Problem zu sein. Dennoch, Stuttgart sollte es schon sein. Nicht Maulbronn und auch nicht Schorndorf, sondern die württembergische Hauptstadt selbst. Dort, »wo eben die Musik spielte« und bald schon, dank der neuen Firmengründung durch Gottlieb Daimler, noch lauter erklingen würde!

Immer klarer wurde sich Gottlieb Daimler in diesen Wochen und Monaten darüber, worauf er sich bei seinen künftigen Forschungen zu konzentrieren hatte. Eigentlich gingen diese Visionen ja schon seit vielen Jahren in ihm um, doch vor lauter Konzentration auf die Alltagsarbeit war er nie dazu gekommen, seine Gedanken konsequent zu Ende zu denken. Es hatte ihm schlichtweg die Zeit dazu gefehlt.
Zunächst musste es gelingen, mit den Motoren unabhängig zu werden. Unabhängig vom ortsfesten Gastank, mit dem die Motoren bislang generell verbunden waren. Im Vergleich zu den jederzeit mobilen Dampfmaschinen war das ein klarer Nachteil. Denn Dampfmaschinen konnten universell verwendet werden. Man brauchte sich ja nur die Lokomotiven anschauen. Die waren nichts anderes als fahrende Dampfmaschinen.
Und leistungsstärker waren sie noch dazu.
Momentan noch.
Diesen kräftemäßigen Vorsprung würde man aber dank des viertaktigen Motors bald schon aufgeholt, wenn nicht sogar überholt haben.
Blieb eben noch das Problem Nummer eins: die Mobilität! Irgendwie musste es gelingen, auch die Gasmotoren universell einsetzbar zu machen. Unabhängig von einem Standort. Wenn möglich nicht nur zu Lande, sondern ge-

nauso zu Wasser und in der Luft. Eine wahrhaft kühne Zukunftsperspektive.
Die in erster Linie vom richtigen Brennstoff abhängig sein würde. Der Brennstoff war das entscheidende Problem. Das bisher verwendete Gas? Eher nicht. Auf Dauer gesehen war das die falsche Lösung. Irgendein anderer Stoff musste gefunden werden. Er sollte möglichst flüssig sein und leicht in einen Tank gefüllt werden können. Fest verbunden mit dem mobilen Motor. Ein Stoff, der als Treibstoff-Luft-Gemisch im Zylinder zur Explosion gelangen konnte. Und leicht beschaffen sollte man diesen Treibstoff dann auch noch können. Aber was konnte das sein?
Außerdem war das ganze System momentan noch viel zu schwer, um es zu bewegen. Der Motor sowieso. Der Tank ebenso. Und schneller laufen würden die Motoren erst recht müssen. Viel viel schneller. Hundert Anforderungen, tausend Fragen, zehntausend Lösungsansätze, die geprüft werden mussten.

Ja, darin sah Gottlieb Daimler die faszinierenden Herausforderungen für die Zukunft. Nicht in dieser »Steinzeittechnik«, der man in Deutz mittlerweile den Vorzug gab, sondern schnellere, leichtere und vor allen Dingen mobile Antriebe.
Zunächst würde er sich zusammen mit Maybach in verstärktem Maße über den Treibstoff Gedanken machen. Etwas, das problemlos mit Luft reagieren konnte. Denn an Luft gab es schließlich nirgendwo auf der Erde einen Mangel. Ein Treibstoff-Luft-Gemisch. Also Petroleum vielleicht. Petrolether. Benzin. Das damit verwandte Ligroin. Oder Aliphatin. Kerosin. Einer dieser Stoffe könnte es sein. Und er spürte es ganz genau: In der Lösung dieser ganz entscheidenden Frage des Treibstoffs lag die Zukunft! Nirgendwo sonst! Schon längst nicht mehr in Deutz.

Aber immer noch galt es, die Gegenwart nicht zu vernachlässigen. Noch immer verdiente er sein Geld in Deutz.

Noch war der »Absprung« nicht geschafft. Auf keinen Fall wollte er sich mit einem Missklang verabschieden.
Da zur Zeit Nikolaus August Otto derjenige war, auf dem die Augen der Geschäftsleitung mit Wohlgefallen ruhten, würde es sicherlich nichts schaden, wenn er sich einen Ruck gab und einen besseren Kontakt mit Otto aufzubauen versuchte. Einen schriftlichen Versuch zumindest sollte es ihm wert sein. Um des lieben Friedens willen – für die restliche Zeit in Deutz. Und so schlug er dem Kontrahenten in ganz versöhnlichem Ton vor: »Unangenehmes aus der Vergangenheit zu vergessen und in der Zukunft durch förderliches Zusammenwirken den Interessen der Gasmotorenfabrik zu dienen. Wenn dies auch Ihr Wunsch ist, so bin ich stets bereit, auch Ihnen entgegenzukommen«. Aber dass er mit seinem Friedensangebot, in dem er Otto sogar ein freundschaftliches Verhältnis angeboten hatte, bei diesem dermaßen abblitzen würde, das hätte er sich niemals träumen lassen!
Was hatte ihm dieser unverschämte Ignorant da zurückgeschrieben? »Nur im Interesse der Sache selbst habe ich zu Ihren wiederholten persönlichen Auslassungen geschwiegen und Ihnen nicht entsprechende Antworten gegeben, die einen unmittelbaren Bruch herbeigeführt hätten.«
Was für eine Antwort! Von dieser Warte aus betrachtet bereute Daimler längst seinen doch nur gut gemeinten Versöhnungsversuch. Besser, er hätte den Brief gar nicht erst geschrieben. Aber nun denn: Spätestens damit stand fest, dass es zu keiner Verständigung mehr kommen konnte. Die gegenseitige Abneigung stand glasklar im Raum. Kein weiteres Versteckspiel mehr.
Gut zu wissen, dass im Falle von Otto jedes weitere Wort vergeblich sein würde. Ottos Entscheidung. Vielleicht sogar Ottos knallhartes Kalkül. Nun denn.

Am 15. Oktober verabschiedete sich Gottlieb Daimler gleich für mehrere Wochen von seiner Familie, denn im Auftrag der Gasmotorenfabrik würde er eine ausgedehnte

Russlandreise absolvieren, um in dem fernen, riesigen Zarenreich neue Geschäftskontakte zu knüpfen. Dass es sich in Wirklichkeit eher um eine Flucht aus den Deutzer Verhältnissen handelte, wo sich das Ende längst abzeichnete, darüber war er sich durchaus bewusst. Man musste sich nur einmal die Jahreszeit vor Augen halten, in der er diese Reise antrat. »Und jetzt meinst du, dass du ausgerechnet im beginnenden russischen Winter dorthin reisen musst!« Emma hatte sich entsetzt gezeigt, als er sie vor einigen Tagen über seine Pläne informiert hatte. »Weißt du denn eigentlich, wie kalt es dort werden kann?«
»Das weiß ich schon«, hatte er versucht, sich von diesem Einwand gänzlich unbeeindruckt zu zeigen. »Aber die Pflicht ruft – wenn wir momentan schon keine Absatzsteigerung im Inland erzielen können, dann soll ich eben die Marktlage im Ausland erkunden. Und speziell Russland ist da ein weites Feld für uns.«
»Aber du bist doch gar kein Kaufmann. Die sollen den Herrn Otto schicken.«
»Den Otto! Ausgerechnet den«, lachte Daimler trocken. »Der wärmt sich lieber so lange die Hände am Ofen der Geschäftsleitung, während ich weg bin, und wird dabei in aller Ruhe versuchen mich vollends aus der Firma hinauszutreiben. Mir ist schon klar, dass sie mich auch deswegen nach Russland schicken, weil ich den Billigmotor immer noch nicht in die Produktion gebracht habe. Es dürfte sich folglich also schon um so eine Art Strafexpedition handeln. Sozusagen werde ich auf den Spuren von Napoleon über die Beresina wandern. Dort, wo schon die Grande Armée untergegangen ist. Jetzt ist es halt meine Karriere, die sich hier dem Untergang zuwenden soll – scheinen die Herren jedenfalls zu meinen …«
»Aber Gottlieb!«
»Keine Angst, Emma. Auch mir tut dieser Abstand momentan ganz gut – und wenn ich mit dieser Reise meinen Horizont erweitern kann, dann schadet das nichts. Übrigens, nachdem ich auf deinen Rat hin über den Adolf Groß

meine Kontakte in den Süden intensiviert habe, hat der Adolf mir inzwischen zurückgeschrieben, dass ich nebenbei auch die Interessen von württembergischen Fabrikanten in Russland vertreten und Erfolg versprechende Geschäftsverbindungen sondieren soll. In erster Linie meint er damit natürlich die Hohentwiel-Gesellschaft.«

Der sogenannten Hohentwiel-Gesellschaft gehörte auch Daimler schon seit Jahren an. Auf Empfehlung seines alten Freundes Groß war er dieser Vereinigung damals beigetreten. Dass Adolf Groß dabei als Vermittler fungierte, lag auf der Hand, denn er amtierte schon geraume Zeit als Vorstand der Rottweiler Lokomotiven-Reparaturwerkstätte. An dieser war in erster Linie der Rottweiler Pulverfabrikant Max Duttenhofer beteiligt, welcher sich wiederum zum Vorsitzenden der Hohentwiel-Gesellschaft hatte wählen lassen. Eine Verbindung, in der sich die unterschiedlichsten Charaktere und Berufe versammelten und bei deren Zusammenkünften es vordergründig um Geselligkeit und um den weiteren Ausbau von Kontakten in alle möglichen Richtungen ging. So befanden sich unter den Mitgliedern Bankiers genauso wie Unternehmer und Ingenieure, ja selbst der Dichter Victor von Scheffel gehörte diesem bunt zusammengewürfelten Kreis an.

Mit eiserner Hand zusammengehalten wurde er von Max Duttenhofer, einer ebenso schwerreichen wie schillernden Unternehmerpersönlichkeit. Dank seiner enormen Einkünfte aus der Pulverfabrikation hätte er sich schon in jungen Jahren ein Leben als vornehmer Müßiggänger in Baden-Baden, an der Côte d'Azur oder in Paris leisten können – wie das eben die meisten dieser unerträglich arroganten Bonvivants aus der sogenannten besseren Gesellschaft zu tun pflegten. Doch so ein Leben war nicht nach Duttenhofers Geschmack, der stattdessen unablässig über neuen Verfahren zur Herstellung von Schießpulver brütete, die für ihn noch wesentlich höhere Gewinne abwerfen könnten. Bei diesem Mann handelte es sich um einen von sich selbst Getriebenen, wenn nicht gar um einen Besessenen, keinesfalls um einen Müßiggänger. Auf jeden Fall war Duttenhofer einer, dem es bei all seinem Tun und Handeln grundsätzlich darum ging, »die Hände möglichst überall im Spiel zu haben«, sein Vermögen ins Uferlose zu vermehren und mit all seinen Investitionen und Beteiligungen in der Industrie Einfluss weit über Deutschland hinaus zu gewinnen. Macht! Das war der Motor, der diesen Mann unermüdlich vorantrieb.

Diese Eigenarten, die man zu Beginn seiner Karriere vielleicht noch als gesunden Ehrgeiz hätte bezeichnen können, waren schon längst in einen geradezu krankhaften Allmachtsfanatismus umgeschlagen.

Eine Charakterschwäche, die sich am Beginn der Bekanntschaft zwischen Gottlieb Daimler, Adolf Groß und Max Duttenhofer noch nicht erahnen ließ. Zumal es Duttenhofer mit seinen vollendeten Umgangsformen immer blendend gelang, seinem Gegenüber Sand in die Augen zu streuen. Ob es sich bei diesen Leuten nun um Bankiers, Industrielle, Investoren, Adelige oder um Konstrukteure handelte. Einer von ihnen trug fatalerweise den Namen Daimler. Es sollte allerdings noch Jahre dauern, bis Gottlieb Daimler in diesen Abgrund blickte. Doch da war es bereits zu spät.

Der gesetzte, bestens gekleidete Herr mit den grau melierten Haaren, der laut seines Reisepasses mittlerweile 47 Lebensjahre zählte, verneinte die Frage des Zollbeamten heftig. Nein, er sei nicht unterwegs, um eine Bildungs- oder gar eine Vergnügungsreise durch das weite Russland zu unternehmen. Das schiere Gegenteil sei der Fall: eine Geschäftsreise. Eine Reise, die dem Mann ganz offensichtlich kein allzu großes Vergnügen bereitete. Das konnte man am finsteren Ausdruck seiner Miene als Reaktion auf die Frage nach dem Zweck seines Aufenthaltes beinahe überdeutlich ablesen. Was daran freilich so schlimm sein sollte, von nun an ein knappes Vierteljahr kreuz und quer durch Russland reisen und dabei durchaus in den besten Hotels des Landes absteigen zu können, wie der Herr auf eine weitere Frage des Zöllners die Adressen seiner im voraus gebuchten Unterkünfte verlesen hatte, das blieb dem Beamten ein Rätsel. Allein an dessen Kleidung konnte man mit einiger Sicherheit vermuten, dass dieser Gottlieb Daimler dabei keinesfalls das kleinste Zimmer in diesen Häusern der gehobenen Kategorie würde beziehen müssen. Womit diese angebliche Geschäftsreise ja wohl eher einem Kuraufenthalt gleichkam als einer anstrengenden Erkundungsfahrt, mutmaßte der Zöllner insgeheim, als er seinem verdrießlichen Gegenüber dessen Reisedokumente nach ausführlicher Überprüfung wieder aushändigte und diesem einen erfolgreichen und vor allen Dingen guten Verlauf der Reise wünschte.

Eine gute Reise! Daimler schnaufte innerlich durch und schluckte die patzige Bemerkung hinunter, die ihm schon auf der Zunge gelegen hatte. Aber was konnte der freundliche Zollbeamte denn dafür, dass er sich tatsächlich dazu hatte breitschlagen lassen, diese Reise überhaupt anzutreten. Um Absatzmöglichkeiten und Kooperationen zu sondieren. Was für eine Schnapsidee! Und was für eine unglaublich lange Reisestrecke! Da hatte Emma kürzlich mit all ihren Bedenken doch völlig recht gehabt. Und sich das in seinem Alter überhaupt noch anzutun! Diese ganzen Strapazen. Allein die Liste der Städte, über die ihn der Weg führen würde, ließ ihn schaudern. Über Berlin würde es nach Warschau gehen, dann Riga, Sankt Petersburg, Moskau, Kiew, und schließlich – hoffentlich gesund und wohlbehalten – über Wien zurück in die Heimat.

In der Rückschau späterer Jahre würde er all die Erlebnisse, die ihm auf dieser Reise zuteilwurden, als enormen Erfahrungsschatz bezeichnen. Was hatte er in dem riesigen Zarenreich im eiskalten Winter nicht alles gesehen und erlebt. Ein gewaltiges Land, voller Emotionen und Kontraste. Schockierend und faszinierend zugleich. Widersprüche an allen Ecken und Enden der über eine unglaubliche Distanz verstreuten Städte, Dörfer und Weiler.

Russland eben.

Natürlich waren ihm auch die enormen sozialen Gegensätze nicht verborgen geblieben, die immer häufiger in gewalttätigen Unruhen mündeten und noch nicht einmal mehr vor ausländischen Gästen haltmachten. Ganz im Gegenteil: Die bitterarmen Leibeigenen und bis aufs letzte Hemd ausgebeuteten Fabrikarbeiter konzentrierten sich in ihrer Verbitterung längst nicht mehr nur auf Fabrikanten, Adel und Großgrundbesitzer, sondern gaben in zunehmendem Maße auch den Ausländern die Schuld an ihrer geradezu beschämend hoffnungslosen Lage. In wütenden Steinwürfen gegen die Fassaden, ja manchmal sogar gegen Gäste der vornehmen Hotels selbst, in denen Ausländer wie Gottlieb Daimler abzusteigen pflegten, gipfelten inzwischen diese Proteste. Demonstrationen des Hasses und der Verzweiflung von Menschen, denen schon von weitem anzusehen war, in welch bitterer Armut sie ihr Dasein fristen mussten, ohne dass sich irgendein Angehöriger der russischen Oberschicht auch nur im Entferntesten Gedanken um die Lage des Volkes machte, dessen unfassbare Lebensumstände am Rande eines menschenwürdigen Daseins in den Augen jener Herrschaften sozusagen als gottgegeben betrachtet werden durfte. So war das eben im Land des Zaren: Die einen schwelgten in einem geradezu atemberaubenden Luxus, während die Angehörigen der Unterschicht an den Straßenrändern massenhaft krepierten.

Diese niemals zuvor von ihm erlebten Kontraste hinterließen einen gewaltigen Eindruck auf den zu Beginn seiner Reise zutiefst verstörten Gottlieb Daimler. Wie konnte das gesellschaftliche Leben, ja wie konnte ein ganzes Volk solche unvorstellbaren Dissonanzen nur aushalten? Hier der ausgezehrte zerlumpte Bettler, der im Schatten der Paläste im selben Moment unter Qualen verhungerte, während sich dort in den Schlössern und Palais der Oberschicht bei festlichen Tanzvergnügungen und Bällen eine geradezu unbeschreibliche Pracht entfaltete – vor allem in Sankt Petersburg, rund um den Zarenhof, in goldglänzenden Opernhäusern, verschwenderisch luxuriösen Restaurants, marmorbeladenen Palästen. Ja wirklich: ein verwirrendes Land, das dementsprechend zwiespältige Gefühle in ihm auslöste.

Ob dieser tiefe Riss, der sich durch die russische Gesellschaft zog, schon in absehbarer Zeit nicht mehr nur in vereinzelten Steinwürfen und Protesten, sondern in einer gewaltigen, alles zerstörenden Explosion enden würde? Es konnte eigentlich gar nicht anders sein, auch wenn die von ihm ganz vorsichtig auf diese »Unwucht« angesprochenen Großgrundbesitzer nur gelangweilt grinsten und meinten, das sei in Russland noch niemals anders gewesen, und das Volk wisse schon ganz genau, welche drastischen Strafen es nach sich ziehen würde, falls es jemals wagen sollte, sich gegen die gottgegebene Obrigkeit auflehnen zu wollen.

Russland in jenen Jahren um die Mitte der zweiten Hälfte des 19. Jahrhunderts: Das war einerseits weites Bauernland, auf der anderen Seite rasant wachsende Metropolen wie Moskau und Sankt Petersburg, in denen die Industrie bei-

nahe über Nacht neue Stadtviertel (um nicht zu sagen Elendsquartiere) aus dem Boden wachsen ließ, mitsamt zahlreichen, inzwischen bereits schon wieder verlotternden Fabriken.
Dass, wie Daimler natürlich ebenfalls bemerkte, in diesem Land die Arbeitsmoral mehr als zu wünschen übrigließ, das konnte sich jeder klar denkende Mensch eigentlich schon von vornherein ausmalen.
Es waren – im zutreffendsten Sinn des Wortes – erschöpfende Erkenntnisse, die er im russischen Winter gewann. Eine überaus anstrengende Reise, deren Strapazen das angegriffene Herz des Konstrukteurs mehrfach bedenklich ins Stolpern brachten, so dass er nach den tagelang in engen, bitterkalten Kutschen oder hoffnungslos überfüllten Zugabteilen verbrachten Wegstrecken oft mehrere Tage der Erholung in einem Hotelzimmer benötigte, bevor wieder an Gespräche mit potenziellen Geschäftskunden zu denken war. Allein diese sich offenbar ewig hinziehenden Unterhaltungen! Ohne mit der Wimper zu zucken, schienen seine Gesprächspartner es geradezu darauf anzulegen, die ganze Nacht über rauchend und vor allem Wodka trinkend im Salon zu verbringen. Das war seiner angeschlagenen Gesundheit natürlich erst recht alles andere als förderlich! Ein Zwiespalt, wohin auch immer man den Blick wandte. War ihm das Leben in diesem Land am einen Tag so überaus prächtig, faszinierend und begeisternd erschienen, so folgte tags darauf schon wieder die schockierende Ernüchterung. Eine langsam glimmende Lunte an einem Pulverfass. Sprengstoff im wahrsten Sinn des Wortes. Sozialer Sprengstoff. Schon möglich, dass das alles nur durch diese brutale Strenge und wahrhaft drakonische Unterdrückungsmaßnahmen der herrschenden Klasse noch eine Zeit lang unter Kontrolle gehalten werden konnte. Aber nicht auf Dauer gesehen. Nie und nimmer würde er mit einem solchen Land Geschäfte machen wollen. Wenn es nach ihm ginge, dann auf keinen Fall. Aber in Deutz war seine Meinung bekanntlich ja schon lange nicht mehr gefragt.

Nun denn, er würde dennoch nicht damit hinter dem Berg halten. Wenn sie trotzdem meinten, sich den Russen andienen zu müssen: Bitteschön, dann sollten sie es halt tun. Sollte hinterher aber ja keiner kommen und behaupten, er habe sie nicht mit deutlichsten Worten vor einer Verstrickung in Russland gewarnt …

Schon am Tag nach dem Ende dieser Reise, am 16.12.1881, machte sich Gottlieb Daimler auf, um der Firmenleitung seine noch ganz frischen, persönlichen Eindrücke zu schildern. Hierbei erlebte er die nächste Überraschung. Eugen Langen war gar nicht anwesend. Er befände sich selbst noch auf Reisen, wurde dem verdutzten Daimler mitgeteilt. Das war jedoch ganz und gar untypisch für Langen, der mit der Ankunft seines Direktors in dieser Woche hatte rechnen können, da Daimler in mehreren Telegrammen seine Rückkehr für diesen Zeitraum längst angekündigt hatte. Und jetzt sollte Langen nicht anwesend sein, nachdem er seinen wichtigsten Mann auf eine monatelange Reise geschickt hatte, von der er sich doch nach seinen eigenen Worten »recht viele lohnenswerte Geschäftskontakte« versprach. Ausgerechnet jetzt sollte der ansonsten so pflichtbewusste Langen selbst unterwegs sein, anstatt möglichst rasch den Bericht seines Abgesandten entgegenzunehmen? Kaum denkbar. Zumindest noch vor ein, zwei Jahren wäre eine solche Verhaltensweise völlig undenkbar gewesen. Seltsam. Um nicht zu sagen in höchstem Maße eigenartig. Aber Gottlieb Daimler war nicht der Mann, der sich lange mit möglicherweise taktischen Finessen den Kopf zerbrach. Vielmehr galt seine Konzentration immer noch den technischen Herausforderungen bei der Verbesserung ihrer Produkte – und folglich den Gesprächen mit Maybach, der aus den zurückliegenden drei Monaten viel Interessantes zu berichten wusste. Und auch Daimler war ja in Russland durchaus mit einigen bedenkenswerten Anregungen konfrontiert worden – so rückständig und bitterarm das riesige Zarenreich gemeinhin auch sein mochte.

Vor allem diese schier ewig dauernden Fahrten in den wenigen, meist total überfüllten Zügen.
Diese Reisen hatten ihm – im wahrsten Sinn des Wortes – sogar den Weg gewiesen. Eines Nachts, als er in dem hoffnungslos überfüllten, stickigen Zugabteil wieder einmal nicht in den Schlaf gefunden hatte, da war ihm ganz plötzlich der Gedanke in den Sinn gekommen, der ihn seitdem unablässig umtrieb. Eine wahrhaft faszinierende Idee. Seltsam nur, weshalb er daran nicht schon viel früher gedacht hatte. Das lag doch eigentlich auf der Hand. »Die Herausforderungen der Zukunft liegen in der Entwicklung eines ortsunabhängigen Gasmotors. Nirgendwo sonst. Und wenn ich ortsunabhängig sage, dann meine ich damit keine motorbetriebenen Transportkutschen für mehrere Dutzend Reisende, sondern vielmehr die Möglichkeit für jeden einzelnen von uns, selbstständig eine solche motorisierte Kutsche bewegen zu können! Die Freiheit des Individuums, seine Fahrten völlig unabhängig zu planen und durchführen zu können.«
Maybach stutzte und musterte seinen Vorgesetzten mit einem argwöhnischen Blick. »Aber das ist doch nichts Neues, Herr Daimler. In dieser Frage waren wir uns im Prinzip doch schon vor Ihrer Abreise nach Russland einig gewesen.«
Daimler beschrieb eine wegwerfende Handbewegung. »Ja, sicher. Im Prinzip schon. Aber inzwischen ist mir eben auch noch klar geworden, wie genau das Verkehrsmittel aussehen soll, das dann mit diesen Motoren ausgerüstet werden muss.«
»Ah so.« Trotz seines zaghaften Kopfnickens konnte man es an Maybachs Miene nur allzu deutlich ablesen, dass er noch immer nicht so recht wusste, worauf der andere eigentlich hinauswollte. Es wurde ihm allerdings rasch erklärt.
»Also, wenn du das einmal am eigenen Leib hättest erleben müssen, Maybach! Dieses riesige Land, in dem es üblicherweise mehrere Tage dauert, bis man von einer Stadt in die nächste gelangt – und dann zu allem Übel noch diese Ver-

kehrswege! Ich sage dir: Man hält es nicht für möglich! Denn von Straßen im eigentlichen Sinn kann in Russland wahrlich keine Rede sein. Und selbst die wenigen Hauptrouten, die sie dennoch als Straßen bezeichnen, befinden sich in einem dermaßen schlechten Zustand, dass eine Kutschfahrt beinahe einer absichtlichen Körperverletzung gleichkommt. Es ist ja auch hierzulande nicht unbedingt ein Quell der Freude, sich in eine wackelige Postkutsche quetschen zu müssen, aber dort … Ich sag's dir! Ohne Achsbruch geht es angesichts dieser Wege, die mit unzähligen Schlaglöchern übersät sind, so gut wie nie. Wenn man sich also nicht selber auf ein Pferd setzen will, um sich möglichst rasch bis zur nächsten menschlichen Siedlung durchzukämpfen, dann bleibt einem nur die Eisenbahn. Aber auch das ist ein überaus zweifelhaftes Vergnügen, denn erstens gibt es nur ganz wenige Strecken, die durch dieses gewaltige Land führen, und dann sind die Verbindungen dermaßen spärlich … Die Folge davon sind total überfüllte Züge, egal ob in der ersten, zweiten oder in der dritten Klasse. In den Abteilen drängt sich alles zusammen, was es irgendwie geschafft hat, sich in den Zug hinein zu quetschen. Männlein, Weiblein, Hühner, Hasen – dazu herrscht, du kannst es dir sicher denken, ein geradezu unbeschreiblicher Gestank. Mit anderen Worten: Es geht dort zu wie in der sprichwörtlichen Sardinenbüchse.«

Wieder nickte Maybach zögernd, denn einerseits konnte er sich die Qualen, die der doch stets auf ein sauberes und korrektes Äußeres bedachte Herr Daimler in Russlands Eisenbahnen hatte erleiden müssen, lebhaft ausmalen, andererseits war ihm noch immer nicht ganz klar, was Daimler mit dieser drastischen Schilderung genau bezweckte.

»… und dabei hast du nicht den Hauch einer alternativen Möglichkeit, diesen stinkenden Eisenwaggons zu entgehen, wenn du in einer einigermaßen erträglichen Zeit sagen wir mal von Moskau nach Sankt Petersburg gelangen willst. Dafür gibt es letztendlich einzig und allein die Eisenbahn. Es ist mir deshalb ganz klar geworden: Die Herausforderung der Zukunft wird sein, den Reisenden künftig andere Fortbewegungsmittel an die Hand zu geben. Individuelles Reisen, und zwar weder mit der Pferdekutsche (selbst wenn es eine Eilpost wäre) noch auf dem Pferderücken – sondern …« Er legte eine ganz bewusste Pause ein und bedachte Maybach wiederum mit einem bedeutungsvollen Blick. »… sondern mit einer motorisierten Kutsche! Das ist es! Wir müssen es einfach schaffen, nicht nur einen ortsunabhängigen Motor zu konstruieren, sondern dieser muss dann auch dermaßen leistungsfähig und robust sein, dass wir den Motor als Antrieb direkt in das Fahrwerk einer Kutsche einbauen können, die dann vom Reisenden selbst gesteuert werden kann.«

»Donnerwetter!«, entfuhr es dem sonst so zurückhaltenden Maybach ganz spontan. »Das ist … das ist jetzt aber wirklich eine gewaltige Herausforderung. Das hieße ja, das wäre … das würde …«

»… das Reisen revolutionieren und völlig neue Horizonte erschließen. In der Tat.«, vollendete Daimler mit bedeutungsvoller Miene den von seinem Mitarbeiter begonnenen Satz. »Du hast recht, Maybach, anspruchsvoll, das ist es wahrhaftig. Aber wir werden zuversichtlich darangehen, diese in deinen Ohren noch so kühn klingende Vision Wirklichkeit werden zu lassen. Und falls man uns in Deutz damit nicht haben will – was ja inzwischen zu vermuten ist … nun denn, dann werde ich mich eben selbstständig machen. Das hätte sogar den unbestreitbaren Vorteil, dass wir sämtliche Experimente in eigener Leitungshoheit durchführen könnten und niemanden um Erlaubnis zu fragen brauchten. Keinen Langen nicht, und erst recht keinen Otto. Also, ich für meinen Teil bin entschlossen, von nun an diesen Weg – und keinen anderen – bis zu seinem erfolgreichen Ende zu gehen. Und ich hoffe sehr, dass auch du meiner Meinung bist und dass du dich von mir ebenfalls für dieses Vorhaben erwärmen lassen wirst.«

»Aber ja!«, brach es begeistert aus Maybach heraus. »Natürlich werde ich dabei sein. Egal, wohin Sie auch gehen werden, Herr Daimler. Wenn Sie mich dabei brauchen können und mich mitnehmen wollen, so ist mir das eine Auszeichnung und eine Ehre gleichermaßen. Ich werde dabei sein. Meinetwegen auch am Ende der Welt! Auf jeden Fall!«

»Nun denn!« Daimler bedachte seinen langjährigen Weggefährten mit einem warmen und zufriedenen Lächeln. »Wo ein Wille ist, da ist auch ein Weg. Und wenn zwei Konstrukteure wie wir, die beide ganz genau wissen, was sie wollen, ein solches Vorhaben mit Bedacht und Konzentration angehen, dann wird es am Ende auch gelingen. Der Traum vom individuellen Fahren, zu Lande, zu Wasser und sogar in der Luft: er wird eines Tages wahr werden. Wir beide werden alles daransetzen, dass wir es sind, die dieser herrlichen Vision den fruchtbaren Boden bereiten.«

Es sollte ein langer Weg werden.

Und es würde noch viel Wasser den Rhein hinunterfließen. Denn zunächst wartete in den Deutzer Montagehallen der eher graue Arbeitsalltag auf die beiden Konstrukteure. Aber eines Tages würde es so weit sein. Man hatte nur darauf zu achten, dass man vor lauter Alltagsproblemen diese kühne Vision nicht mehr aus den Augen verlor. Genauso wenig wie den Traum von der eigenen Produktionsstätte. Natürlich nicht in Deutz – sondern am Neckar.

Eine Woche später war es endlich so weit. Am 22. Dezember 1881 wurde Gottlieb Daimler frühmorgens durch einen Boten zum Firmeninhaber gebeten, um Eugen Langen Bericht zu erstatten. Ausführlich schilderte er dabei seine auf der Reise gemachten Erfahrungen, samt dem Fazit, dass er ein verstärktes Deutzer Engagement im Osten äußerst skeptisch beurteile. Genau dasselbe gelte auch für Polen, das er ja ebenfalls durchquert hatte. Hier wie dort sei es nicht nur dieses höchst brisante soziale Ungleichgewicht, das irgendwann zwangsläufig zur Katastrophe führen müsse, sondern erschwerend hinzu kämen seiner Meinung nach die bei weitem zu hohen Einfuhrzölle, die Behinderung des freien Handels für ausländische Firmen, die höchstwahrscheinlich nicht beachteten Patentrechte, die eher zweifelhafte Vertragstreue der russischen Partner, alltägliche Lieferschwierigkeiten selbst für einfachste Erzeugnisse und nicht zuletzt der mehr als mangelhafte Arbeitseifer der Beschäftigten. All diese Argumente klangen mehr als stichhaltig. Jedes einzelne von ihnen. »Und dennoch möchte ich nicht verschweigen, dass man eventuell auch den einen oder anderen positiven Aspekt in die Diskussion mit einbeziehen kann: beispielsweise die demnächst in Russland geplanten Industriemessen, und eventuell eine gewisse Vorzugsbehandlung für Firmen, die sich auf eine gleichberechtigte Geschäftsbeziehung mit einem russischen Lizenzpartner einlassen. Was allerdings bereits wieder ein nicht zu unterschätzendes Risiko im Hinblick auf unsere Patente etc. bedeuten würde …« Gottlieb Daimler hatte wirklich nichts ausgelassen, sondern sämtliche Vor- und Nachteile, die solche Geschäfte mit dem Zarenreich mit sich brächten, akkurat aufgelistet und mithilfe von ganz konkreten Beispielen, die ihm auf seiner ausgedehnten Reise begegnet waren, auch anschaulich geschildert.

Eugen Langen hatte es vorgezogen, während der gesamten Stunde, die der Bericht in Anspruch nahm, zu schweigen. Erst ganz am Ende von Daimlers Vortrag hatte er so etwas wie »typisch« in sich hinein gebrummelt. Möglich, dass ihm dabei auch noch der Ausdruck »ewiger Skeptiker« herausgerutscht war. Daimler jedenfalls meinte später, so etwas könne es durchaus gewesen sein.

Mit einem impulsiven Ruck war Eugen Langen plötzlich aus seinem Sessel hochgeschossen, dankte seinem Direktor knapp für dessen Mühen und streckte ihm dann die rechte Hand entgegen, um den völlig überrumpelten Daimler ohne jeden weiteren Kommentar zu verabschieden. Noch nicht einmal ein gut gemeintes »Jetzt ruhen Sie sich nach den ganzen Strapazen aber erst einmal ein bisschen aus« oder etwas Ähnliches war dabei über seine Lippen gekommen.

Man brauchte es nicht extra zu betonen, denn natürlich war

das ein äußerst seltsames Gebaren von Langen, über das sich Daimler zunächst nicht genug wundern konnte. Erst viele Monate später wurde ihm bewusst, weshalb sich der Firmeninhaber damals genau so und nicht anders verhalten hatte. Die Kündigung war nämlich schon längst geschrieben. Bereits Tage vor dieser Unterredung. Deshalb womöglich diese sichtliche Verkrampfung des früher doch so umgänglichen Eugen Langen.

Also zu einem Zeitpunkt, an dem die Würfel längst gefallen waren. Was jedem Mitglied der Geschäftsleitung bekannt war. Bis auf Gottlieb Daimler eben.

Dessen Widersacher Nikolaus August Otto hatte während Daimlers Abwesenheit in Deutz ganze Arbeit geleistet. In einem am 22. November verfassten Schreiben an Langen stellte er den Direktor vor eine klare Alternative: »Er oder ich.« Natürlich hatte der Erzrivale längst gewittert, dass der Daimler in der Direktion mittlerweile die wesentlich schlechteren Karten besaß, und somit hatte Otto seine eigenen Trümpfe gezielt ausgespielt.

Wortwörtlich hieß es in dem Schreiben: »Bevor Sie in der Angelegenheit Daimler einen definitiven Entschluss fassen, halte ich es für meine Pflicht, Ihnen offen auszusprechen, wie ich mich für die Folge zur Gasmotoren-Fabrik stellen wollte. Es war mein fester Entschluss, im nächsten Jahr unseren Aufsichtsrat zu bitten, mich im Laufe des Jahres 1883 meiner Stellung als Direktor zu entbinden. Durch die jetzt schwebenden Differenzen mit Daimler und in Anbetracht der wahrscheinlichen Folgen ist die Möglichkeit gegeben, dass ich diesen Entschluss fallenlasse. Obgleich ich den möglichen Fall meines Austrittes wohl überlegt habe und mit voller Beruhigung der Zukunft entgegensehen darf, so will ich doch hier bemerken, dass es mein Herzenswunsch wäre, wenn wir auch ferner zusammenstehen könnten, wenn ich mit ganzer Seele für und nicht vielleicht gegen ein Werk sein müsste, dessen Größe mir nicht den kleinsten Teil verdankt. Die Entscheidung liegt nun in Ihren und Ihrer Freunde Händen …«

Ein glasklares Ultimatum, ja mehr noch: eher schon eine knallharte Erpressung, mit der Langen folglich nur zwei Möglichkeiten blieben. Entweder – oder.
Langen hatte sich darauf eingelassen und entschieden. Für Otto – gegen Daimler. Das offizielle Kündigungsschreiben der Gasmotorenfabrik Deutz bekam Daimler freilich erst am 28.12.1881 durch einen Boten der Direktion überreicht – es handelte sich dabei um eine fristgerechte Kündigung auf den 30. Juni 1882. Darin hieß es ganz versöhnlich, man strebe eine einvernehmliche Trennung an. Zunächst schien es sogar dem von dieser Kündigung nicht mehr sonderlich überraschten Daimler, dass dieses gegenseitige Einvernehmen eventuell möglich sein könnte. Doch gleich danach kam alles wieder einmal ganz anders. Allein das auf den ersten Blick so großzügig wirkende Angebot an Daimler, in voller Eigenverantwortung die nun trotz seiner erst kürzlich vorgebrachten Bedenken geplante neue Niederlassung der Deutzer Gasmotorenfabrik in Sankt Petersburg übernehmen zu können, diente ja in Wahrheit nur dazu, nach außen hin den schönen Schein zu wahren und der Öffentlichkeit sowie den Kunden eine innerbetriebliche Harmonie vorzugaukeln, von der schon längst keine Rede mehr sein konnte. Selbst der im Grunde seines Herzens in solchen Dingen so überaus vertrauensselige, ja manchmal geradezu naiv handelnde Konstrukteur hatte den Braten dieses Mal schnell gerochen. Denn auf keinen einzigen seiner Wünsche nach einer Konkretisierung dieses zunächst noch recht diffusen Angebots wollte die Firmenleitung eingehen. Weder auf seine Forderung nach einer schriftlichen Fixierung der finanziellen Rahmenbedingungen, was beispielsweise die ausschließlichen Nutzungsrechte auf alle bestehenden und künftigen Motorenpatente im russischen Reich betraf, die er für sich und seine Erben einforderte, hatten sie sich eingelassen, noch auf den Vorschlag, dass dieser Vertrag ausschließlich von Daimlers Seite kündbar sein sollte. Auf keinen Fall werde man sich auf eine solche Klausel verständigen, hieß es dazu kategorisch aus der Direktion.

Der menschlich tief enttäuschte Gottlieb Daimler hatte den Bogen am Ende ganz absichtlich weiter gespannt, als dass es noch ein gutes Ende hätte geben können. Aber das entsprach durchaus seinem Kalkül. Denn Eugen Langen in Person sollte für jedermann deutlich sichtbar ganz alleine den Schwarzen Peter dafür übernehmen müssen, dass es nun eben doch nicht zu einer gütlichen Aufhebung des jahrelangen Beschäftigungsverhältnisses kam.

Um seinem überbordenden Zorn zumindest etwas Luft zu verschaffen, griff Daimler nun wieder zu seinem vertrauten Sudelbuch, das ihm auch während seiner Russlandreise als Notizbuch, Skizzenblock und Kummerkasten gleichermaßen wieder einmal gute Dienste geleistet hatte. Sozusagen als Ventil, genau wie beim verbesserten Viertaktmotor. Was für ein schöner und zutreffender Gedanke! Zum ersten Mal seit Tagen stahl sich wieder ein leichtes Schmunzeln in seine zunehmend verhärmten Züge. Ein Ventil. Genau, so war es. Das Sudelbuch: Dank dieser Gelegenheit, sich alle erlebten Zumutungen und die ganze Wut von der Seele schreiben zu können, wurde ihm erst jetzt in letzter Konsequenz bewusst, wie sich die künftige Rolle des Triumphators Otto in Deutz darstellen würde. Ausgerechnet Otto, dessen »Verdienst in dem Gasmotor war, uns alle 14 Tage zu hindern«. Und wie man dagegen plötzlich mit ihm umging, der in Deutz doch nahezu alles aufgebaut hatte: »Sie haben mich um meine Ehre gebracht. Die Hauptarbeit ist jetzt getan. Die Sache und die Personen sind groß geworden, ihr Namen in alle Länder getragen. Der Mohr kann jetzt gehen, also findet man es zweckmäßig, den Vertrag zu lösen.«

Nun denn: Es war eben so. Ende Juni 1882 würde er den Zumutungen in Deutz endgültig den Rücken kehren können. Selbst wenn die rechtlichen Auseinandersetzungen um eine einigermaßen gerechte Entlohnung für all seine Verdienste noch Monate, wenn nicht gar Jahre andauern

würden. Doch diese lästigen Einzelheiten konnten seine Anwälte klären – wobei man nötigenfalls, dazu war er felsenfest entschlossen, die Sache bis zur obersten Instanz durchfechten würde, um zu seinem guten Recht zu kommen.
Er würde niemals vergessen, wie Eugen Langen ihn in diesen letzten Deutzer Monaten behandelt hatte: nicht nur, dass der den in nüchterne Worte gefassten Auflösungsvertrag von seinem Neffen Gustav hatte unterschreiben lassen, anstatt es selbst zu tun, wie es sich doch eigentlich gehört hätte. Und kein Wort des Dankes für seine zehn Jahre währende, aufopferungsvolle Tätigkeit zum Wohle der Firma. Im Gegenteil: Zu allem Überfluss hatte Eugen Langen tatenlos zugesehen, als ihm dieser Gustav Langen Anfang Januar sogar den Gerichtsvollzieher auf den Hals hetzte. Vermutlich war dies mit der ausdrücklichen Billigung Eugen Langens geschehen. Ultimativ (»innerhalb von 14 Tagen«) war in dem amtlichen Schriftstück die Übertragung der bisher auf Daimler lautenden Patente an die Gasmotorenfabrik eingefordert worden!
Falls sie aber mit dieser unverschämten Vorgehensweise darauf spekuliert hatten, ihren Werkstättendirektor einzuschüchtern, hatten sie sich gewaltig verkalkuliert. So nicht! Er würde ihnen die Patente erst dann überschreiben, wenn sie sich bereit zeigten, seine eigenen finanziellen Forderungen – immerhin rund 50.000 Goldmark – zu erfüllen. Denn solange er als Inhaber der Patentrechte fungierte, saß er am längeren Hebel. Sollten sie ihm den Gerichtsvollzieher schicken, so oft sie wollten. Und dennoch war das ganze Geschehen um ihn herum einfach ungeheuerlich! Entsprechend gravierend wirkte es sich auf seine Gesundheit aus. Das Herz! Selbst wenn er am Ende mit absoluter Sicherheit obsiegen würde, wie ihm der befreundete Rechtsanwalt Kielmeyer fest versichert hatte: Diese ganzen juristischen Spitzfindigkeiten waren ja unerträglich! Was nützte es ihm, Deutz als schwerreicher Mann verlassen zu können, wenn es den gesundheitlichen Ruin bedeutete? So weit

durfte es nicht kommen. Denn auch Emmas Gesundheitszustand gab momentan wieder Anlass zu ernsten Bedenken. Es war nicht zu übersehen, dass ihr die ständigen Probleme mit der Lunge inzwischen schwer zusetzten, auch wenn sie sich alle Mühe gab, ihrem Mann den Anschein einer unbeeinträchtigten Schaffenskraft vorzugaukeln. So leicht konnte sie ihn jedoch nicht täuschen. Sie brauchte eine Ablenkung, eine Aufmunterung. Eine Luftveränderung. So rasch wie möglich. Auch in dieser Hinsicht tat ein Tapetenwechsel also gut.

Es galt folglich, den Blick jetzt beharrlich nach vorn zu richten. Hauptsache, die Deutzer ließen ihn ziehen. Eugen Langen würde bald merken, welchen Fehler er damit begangen hatte, die Produktion nun dem Dilettanten Otto in die Hände zu geben. Einzig und allein Otto. Denn auch sein getreuer Maybach würde Daimler schon bald in die Heimat nachfolgen. Bereits am 18. April hatte Daimler in aller Stille mit ihm einen privaten Anstellungsvertrag geschlossen, in dem sie ihre künftige Zusammenarbeit schriftlich und mündlich fest besiegelten. Und zwar »dauerhaft«, wie es im Vertrag extra formuliert und hervorgehoben worden war. Über diesen Vertrag und über die ersten Monate ihrer Zusammenarbeit durfte allerdings nichts nach außen dringen, denn Daimler war es aufgrund von Konkurrenzausschlussklauseln in seinen Deutzer Verträgen natürlich strikt untersagt, sich unmittelbar nach dem Ausscheiden in Deutz gleich wieder mit der Konstruktion von Motoren zu beschäftigen. Doch zunächst würde es ja sowieso erst einmal um die Einrichtung der Werkstätte als solcher gehen, dann um die ersten Konstruktionszeichnungen und Versuchsanordnungen, die sich eine geraume Zeit hinziehen würden. Bis dahin war die Karenzzeit abgelaufen. Es genügte also, wenn Maybach in Deutz seine Kündigung aussprach. Mehr nicht. Er war keinesfalls dazu verpflichtet, seine Zukunftspläne vor der dortigen Direktion auszubreiten.

Unter diesen Voraussetzungen hatten die beiden Männer also ihren Vertrag geschlossen. Wilhelm Maybach waren dabei von Daimler mindestens 1200 Mark als jährlicher Verdienst garantiert worden. Ein überdeutlicher Ausdruck von Daimlers Wertschätzung. Der Abschied zwischen den Familien brauchte also nicht allzu tränenreich ausfallen. In wenigen Wochen würde man sich schon wieder sehen. Wenn dann auch die Maybachs – natürlich mit Emma Daimlers tatkräftiger Hilfe – ein geeignetes Domizil am Neckar gefunden hätten.

Trotz aller Zukunftseuphorie konnte Gottlieb Daimler den bitteren Kloß in seiner Kehle nicht ignorieren, als es jetzt an die Verabschiedung von Eugen Langen ging. Ein für allemal der Gasmotorenfabrik den Rücken kehren. Wo er anfangs durchaus gute Jahre dort hatte verbringen können. Ein richtiger Musterbetrieb war unter seiner Ägide entstanden. Der Ruf, den sich die Firma erworben hatte, durfte als geradezu legendär bezeichnet werden. Erst die im Laufe der Jahre gereifte Überzeugung der Kunden, für ihr gutes Geld aus Deutz grundsätzlich eine herausragende Qualität geliefert zu bekommen, hatte den ganzen Reichtum in die Firmenkasse geschwemmt. Und dennoch ein solcher Abschied, bei dem es sich ja, das konnte man drehen und wenden, wie man wollte, eben doch um eine Kündigung handelte!

Nein, das hatte er nicht verdient. Aber jetzt bloß nicht sentimental werden: ein kurzer, kühler Händedruck. Das war es dann.

Schon beim Verlassen des Vorstandsbüros konnte er es spüren. Die Vorfreude auf all die neuen Herausforderungen. Auf diese neue Phase seines Lebens, die sich bereits rosarot und verheißungsvoll am Horizont abzuzeichnen begann.

Das neue Anwesen in der Cannstatter Taubenheimstraße 13, direkt vor den Toren Stuttgarts, wartete auf sie. Dort würde er allen Zweiflern zeigen, zu welchen Leistungen ein Mann mit Visionen und technischem Verständnis in der

Lage war. Und eines nicht allzu fernen Tages würde es Langen bitter bereuen, dass er seinen fähigsten Mann einfach hatte gehen lassen. Ihm sozusagen den Laufpass gegeben hatte. Dieser Tag würde kommen. Ganz sicher. Aber er würde ihn nicht mehr zurückgeben. Gottlieb Daimler würde in Cannstatt bleiben. Dort, wo ihn der Bürgermeister beim Kauf des Hauses mit offenen Armen empfangen hatte. Dort, wo er den Stern von Deutz nun tatsächlich zum Leuchten bringen würde.

❧

Es war ein wunderbares Anwesen, für dessen Kauf letztendlich Emmas Urteil den Ausschlag gegeben hatte. Zahlreiche Objekte waren ihnen in den vergangenen Wochen vom Cannstatter Oberamtsrat Keppler, einem alten Freund der Familie, in aller Vertraulichkeit empfohlen worden. Viele Abende hatten sie über den Plänen zugebracht, die ihnen von Keppler übersandt worden waren. Es war schwierig, aus der Entfernung eine Entscheidung zu treffen. »Nur auf dem Papier sozusagen«, seufzte Emma unglücklich.

»Das ist im Grunde genommen nichts anderes als das, was ich immer mache«, entgegnete ihr Mann lächelnd. »Man muss sich das Ganze halt nur bildlich vorstellen können.«

»Das ist leichter gesagt als getan. Also, lass mich mal sehen. Dieses Anwesen hier, das ist doch ein großes Grundstück. Von daher käme das wohl infrage. Was meinst du?«

Daimler nickte nachdenklich. »Ja, ich glaube, das würde passen. Das käme auch meinen Wünschen entgegen, wenn ich meine Experimente so gut versteckt tätigen könnte, dass mir nicht jeder Spaziergänger gleich in die Suppe spucken kann. Also von daher, wenn wir schon mitten in die Stadt ziehen sollen, was du und die Kinder ja unbedingt wollen …«

»Natürlich will ich das, bevor ich sonst wieder stundenlang allein im Haus hocke, während du bei deinen Konstruktionen bist …«

»Schon gut, schon gut. Ich verstehe dich ja.« Der Konstrukteur hob beschwichtigend die Hände in Richtung seiner Ehefrau. »Ich meine ja nur, dass ich halt die Möglichkeit brauche, dass mir niemand einfach über die Schulter gucken kann. Die Konkurrenz nicht und auch keine Spione aus Deutz, die sie mir sicherlich auf den Pelz schicken werden.«

»Eben drum! Deswegen sollten wir diese drei Anwesen jetzt

noch einmal ganz genau unter die Lupe nehmen – soweit das aus der Ferne eben möglich ist«, stieß Emma einen erschöpften Seufzer aus.
Am Ende blieben zwei Anwesen übrig. Die durchaus repräsentative Villa Denger und eine nicht minder elegante Villa in der Taubenheimstraße 13, beide in Cannstatt. »Da schau noch mal auf den Grundstücksplan von der Taubenheimstraße. Dieser riesige Garten, das ist es doch!«
»Und der Weinkeller scheint mir auch nicht ganz ohne zu sein. Da werden wir eine Menge guten Trollinger lagern können.«
»Ach, du immer mit deinem Trollinger. Wann willst du den ganzen Wein denn trinken? So wie ich dich kenne, wirst du vor lauter Arbeit sicher zu gar nichts mehr kommen.«
»Abwarten und Tee trinken«, lächelte Daimler geheimnisvoll. »Irgendwann, eines nicht allzu fernen Tages, werden wir ein großes Fest in diesem Garten hier veranstalten und alle dazu einladen. Die ganzen Freunde und Verwandten. Da schau, dieser Garten ist so groß, da könnten wir ja glatt ganz Schorndorf unterbringen!«
In der Tat: Der Garten mit seinen beinahe parkartigen Ausmaßen gab schließlich den Ausschlag für die Entscheidung zugunsten der Taubenheimstraße 13. Ein durchaus als herrschaftlich zu bezeichnendes Objekt – für das die Familie Daimler natürlich einen dementsprechenden Preis zu bezahlen hatte. Eine horrende Summe – 750.000 Mark –, aber andererseits waren die riesige Villa und das höchst repräsentative Grundstück mitten in Cannstatt jede Mark des üppigen Kaufpreises wert.
Allein die Lage: leicht erhöht, mit einer herrlichen Sicht über fast ganz Cannstatt. Bis über den Neckar, hinüber in die württembergische Hauptstadt Stuttgart. »Cannstatt zu unseren Füßen!« Daimler nickte zufrieden. »Und irgendwann werde ich in den Park ein Türmchen bauen, um meinen sehnsuchtsvollen Blick noch weiter schweifen lassen zu können – bis zum Rotenberg – fast bis nach Schorndorf!«
»Ausgerechnet mein Mann, der Techniker, entwickelt sich

im Alter allmählich zu einem nostalgischen Träumer«, lachte Emma kopfschüttelnd. »Aber nun gut, wenn du meinst. Du wirst das Türmchen sowieso den Kindern überlassen – und denen wird es recht sein. Denn so, wie ich dich kenne, wird man dich aus dem Gartenhaus da drüben allenfalls mit Gewalt holen können. Ich bin mir nämlich sicher, dass du dort zusammen mit deinem Maybach Tag und Nacht verbringen wirst!«

In der Tat: das Gartenhaus. Emma war sich nur allzu genau darüber bewusst, was sie damit ansprach. Es handelte sich um ein nahezu ideales Gebäude, das man bestens zu jener Werkstatt umbauen konnte, in der die Konstruktionsträume ihres Mannes endlich Gestalt annehmen sollten. Dazu war es mitten in dem parkähnlichen Garten gelegen. Ein geradezu idealer Standort. Wie überhaupt allein schon die beeindruckende Größe des Anwesens Taubenheimstraße 13 seine Bewohner zuverlässig vor den allzu neugierigen Blicken interessierter Zeitgenossen schützen würde. Idealer ging es nicht. Dazu befand sich das Gelände mitten im Cannstatter Kurgebiet – unmittelbar angrenzend an den Kursaal und an das sogar international für seine Heilwirkung berühmte Kurbad. Emma versprach sich davon zuversichtlich eine Linderung der Herzprobleme ihres Mannes. »Da kannst du jetzt tagsüber arbeiten, konstruieren, tüfteln und nach getaner Arbeit am Abend dann gleich rüber zur Kur gehen – besser hätten wir es gar nicht treffen können!« Denn vor allem bei Herz- und Kreislaufleiden sowie bei Problemen mit dem Blutdruck stellten die Kurärzte ihren Patienten eine rasche Linderung ihrer Leiden in Aussicht. Auch von dieser Warte aus betrachtet hatten die Daimlers also mit dem Grundstückskauf einen wahren Glückstreffer gelandet. Selbst wenn sie dafür eine solch atemberaubende Summe hatten auf den Tisch legen müssen. Aber davon ließ sich Gottlieb Daimler nicht abschrecken – der Kaufpreis als solcher war für ihn ja keinerlei Problem, denn seit seinem Abschied aus Deutz durfte er sich mit Fug und Recht als reicher Mann bezeichnen.

Jetzt würde er also darangehen können, sich seinen Traum zu erfüllen. Den Traum vom Fahren. Natürlich vom motorisierten Fahren!
Der Traum von der allgemeinen Motorisierung.
Unabhängig vom Standort: zu Lande, zu Wasser und in der Luft.
Eines Tages würde dieser Traum Wirklichkeit sein. »Ach, was für eine herrliche Zeit!« Seit seinem Weggang aus Deutz fühlte er sich beinahe wie neu geboren. Als sei er plötzlich von einer zentnerschweren Last befreit.
Und endlich zurück in der Heimat – mit all den vertrauten schwäbischen Sprachklängen. Kein Mensch mehr weit und breit, der ihn wegen seines Dialekts hänselte. Ganz im Gegenteil. Denn ein gepflegtes Schwäbisch gehörte hier in Cannstatt sozusagen zum guten Ton. In des Wortes wahrster Bedeutung. Ach, es war eine Lust zu leben! »Ich glaube fast, da brauche ich jetzt gar keine Kur mehr. Das schöne Cannstatt, unser wunderbares Haus hier, du und die Kinder – das ist mir schon Kur genug. Da brauche ich nicht mehr ins Heilwasser springen. Das ist auch so schon das reinste Lebenselixier!«
Emma hob bei diesen Worten tadelnd den Zeigefinger. »Untersteh dich! Das wäre ja noch schöner, nach der ganzen Mühe, die ich mit der Grundstückssuche gehabt habe. Und jetzt will mein Herr Gemahl einfach kneifen. Nichts da! Ab heute wird geschwommen – und zwar regelmäßig. Jedes Widerwort ist sinnlos!«
»Zu Befehl!«, salutierte Daimler grinsend. »Ich beuge mich den Machtverhältnissen in diesem Haus!«
Selten in den vergangenen Jahren hatte die Familie den Vater so fröhlich erlebt. Seit seiner Rückkehr in die Heimat fühlte er sich gleichsam von einer neuen Kraft durchströmt. »Pudelwohl fühle ich mich. Wie ein Fisch im Kurwasser«, hatte er bei ihrer Rückkehr aus dem Kurbad scherzhaft zu seiner Emma gemeint. Er staunte selbst, wie gut ihm die Anwendungen und das Schwimmen im ziemlich kalten, dafür glasklaren Cannstatter Mineralwasser bekamen. Samt

der obligatorischen, sich daran anschließenden Trinkkur, die auf Emmas kategorische Anweisung hin nach dem Bad zu erfolgen hatte. Ohne einen kräftigen Schluck vom Wasser des Brunnens in der Eingangshalle durfte es nicht nach Hause gehen, und wenn ihn dieser von Emma behauptete angebliche Trinkgenuss auch noch so seltsam anmutete.
Beim ersten Mal hatte der ahnungslose Daimler, durstig, wie er nach dem Schwimmen eben war, gleich einen besonders großen Schluck aus dem metallenen Becher zu sich genommen. Eine nicht nur unvorsichtige Handlung, sondern auch eine, die eines Konstrukteurs eigentlich nicht angemessen war. Wo er doch schon von Berufs wegen die Dinge normalerweise erst auf das Genaueste abzuwägen gewohnt war, bevor er sich an deren Umsetzung begab. Doch trotz seines mittlerweile gesetzten Alters von immerhin 48 Lebensjahren hatte er sich an diesem Tag benommen wie ein junger Springinsfeld! Vermutlich wegen der grenzenlosen Euphorie, die er momentan in sich spürte. So kam es eben, wie es hatte kommen müssen. Mit einem entsetzen Aufschrei, der in einem jämmerlich gurgelnden Geräusch seinen Untergang fand, würgte er das Wasser wieder aus der Kehle, um anschließend genauso mühsam wie entsetzt zu keuchen: »Was ist denn das? Willst du mich umbringen, Emma?«
Doch Emma hatte für ihren entgeisterten Gemahl nur ein vorwurfsvolles Kopfschütteln übrig. »Was soll denn sein?«
»Dieses Wasser hier. Das ist ja furchtbar. Das ist doch durch und durch verunreinigt. Völlig sauer. Ungenießbar.«
»Von wegen ungenießbar!«, schüttelte Emma ihren Kopf und richtete mit einer Hilfe suchenden Geste die Augen zum Himmel. »Das ist doch genau das Gute an diesem Wasser. Das saure Element daran. Ein sogenannter Mineral-Säuerling. Etwas Gesünderes gibt es gar nicht.«
Daimler antwortete mit einem indignierten Stirnrunzeln, während er den Becher und dessen Inhalt voller Skepsis betrachtete. »So etwas … so etwas soll gesund sein? Das ist doch fürchterlich!«

»Ist es nicht. Man muss es halt vorsichtig zu sich nehmen – und nicht gleich eine ganze Elefantenportion trinken, wie das mein ungestümer Gatte gerade getan hat.«
»Das passiert mir kein zweites Mal!«
»Und ob!«
»Wie meinst du das?«
»Genau wie ich es sage«, beharrte Emma mit entschlossener Miene felsenfest auf ihrem Standpunkt. »Das tut dir gut, und deshalb wirst du auch jedes Mal einen Becher davon trinken, bevor wir wieder nach Hause gehen. In kleinen Schlucken halt und ein bisschen vorsichtiger als gerade – aber jetzt bist du ja sowieso hoffentlich gewarnt.«
Noch einmal schüttelte Daimler angewidert seinen Kopf. »Sonst noch was? Du willst mich umbringen. Gib's doch zu! Aber dafür gäbe es auch andere Methoden, die schneller gehen und das Opfer nicht dermaßen leiden lassen ...«
»Ach, mein armer Gottlieb«, lachte Emma trocken auf. »Was du dir wieder so alles denkst und zusammenreimst. Genau das Gegenteil ist der Fall. Das tut dir und deiner Gesundheit besonders gut, dieses saure Wasser. Und deshalb wirst du es zu dir nehmen wie eine Arznei. Denn bedenke doch: Welche Arznei ist nicht bitter?«
Sprach die Apothekerstochter aus Maulbronn. Nun zuckte ebenfalls ein amüsiertes Lächeln um Gottlieb Daimlers Mundwinkel. »So gesehen hast du ja vielleicht recht. Schon mein Großvater hat gesagt: Eine Arznei, die gut schmeckt, die gibt es nicht. Und wenn es sie geben würde, dann würde sie nichts taugen.«
»Genau so ist es«, pflichtete Emma diesem Fazit zufrieden bei und streckte ihm gleichzeitig einen neuen Becher entgegen, der wiederum bis an den Rand mit dem Mineralwasser gefüllt war. »Auf ein Neues: Sehr zum Wohl. Prosit!«
»Du meine Güte! Etwa den ganzen Becher?«
»Den ganzen Becher!«, lautete die strenge Antwort.
»Also, ganz so voll hättest du ihn ja auch nicht füllen müssen!«, maulte Daimler verdrießlich und war gerade drauf

und dran, einen Teil des Wassers auszukippen, als ihn ein besonders strenger Blick von Emma rasch innehalten ließ. »Also gut.« Er verzog das Gesicht zu einer leidvollen Grimasse, während er den Becher tapfer zum Mund führte. »Nun denn: Augen zu und durch!«

Wenig später war die vermeintliche Tortur ohne weitere Komplikationen überstanden.

»Na siehst du! Und gib am besten gleich noch zu, dass es gar nicht so schlimm gewesen ist. Das war vorher nur das Erschrecken über den ungewohnten Geschmack auf der Zunge, sonst gar nichts. Das erwartet man halt nicht von einem Wasser, dass es derart sauer schmeckt.«

»Aber ein Viertele Trollinger ist mir trotzdem lieber …«

»… und deswegen gehen wir jetzt auch nach Hause, wo als Belohnung ein »Cannstatter Zuckerle« auf dich wartet.«

»Gegen so ein Getränk aus Cannstatt habe ich allerdings weitaus weniger einzuwenden«, strahlte Daimler und reichte seiner Frau den Arm. »Auf nach Hause also. Rasch.«

Bereits wenige Wochen später war den beiden der Gang ins benachbarte Mineralbad zum lieb gewordenen Ritual geworden wie auch der anschließende obligatorische Schluck aus dem Becher mit dem heilkräftigen Cannstatter Mineralwasser. Hauptsache, es diente der Gesundheit. Und in der Tat: Wann hatte er sich zum letzten Mal so wohlgefühlt wie momentan? Er musste weit zurückdenken – mindestens bis in seine Deutzer Anfangsjahre …

Schon im August dieses Jahres 1882, während die beiden ältesten Söhne Paul und Adolf die Sommerferien wieder einmal bei ihren Großeltern in Maulbronn verbrachten, begann Gottlieb Daimler mit den ersten vorbereitenden Arbeiten für seine künftige Tätigkeit. Sofort nach der Übernahme des Grundstücks hatte er das Gewächshaus im Garten ausräumen, mit einem neuen Boden versehen und durch einen Anbau vergrößern lassen. Allerdings zogen sich die Arbeiten deutlich länger hin, als er das erwartet hatte. Es war ja kaum noch auszuhalten, wie lange es dauerte, bis aus der ehemaligen Gerätekammer endlich das künftige Büro entstand! Und jetzt erwies sich das Gebäude auch noch als feucht! Im Grunde genommen war das kein Wunder, denn wie ja schon der Name sagte handelte es sich um ein Gewächshaus. Dementsprechend war es gebaut worden. Was nunmehr folglich umfangreiche Entfeuchtungsmaßnahmen erforderte und einen weiteren Zeitverzug bedeutete.

Auch bei verschiedenen Umbauten im eigentlichen Wohnhaus der Familie ergaben sich mancherlei unvermutete Schwierigkeiten, denn beispielsweise zeigten sich die Grundmauern des Hauses zu aller Überraschung als weitaus weniger stabil, als es zunächst den Eindruck gemacht hatte. Zusätzlich zum üppigen Kaufpreis verschlang also auch der Umbau noch einmal eine ordentliche Geldsumme. Zum guten Glück war Geld jedoch das kleinste Problem – viel weniger gravierend als die Zeit, die beim Umbau verstrich.
Nun gut, wenn er sich also folglich derart in geduldiger Ungeduld zu üben hatte, dann konnte man parallel zu der ganzen Bauerei ja auch noch an die Verwirklichung des Türmchens denken, das dereinst seine Denkerstube abgeben sollte. Ein solches Bauwerk zu planen und dann entstehen zu sehen, das brachte ihm wenigstens etwas Ablenkung in diese Phase der schöpferischen Tatenlosigkeit.

Dennoch: Die jetzt gezeigte Geduld würde sich später auszahlen. Denn diese erste Werkstatt mitten im großen Garten besaß den entscheidenden Vorteil, dass sie von der Straße aus so gut wie gar nicht eingesehen werden konnte. Die Deutzer Spione, die ganz sicher längst in Cannstatt eingetroffen waren, würden nicht das Geringste zu Gesicht bekommen. Und wenn man auch noch dichte Vorhänge anbrächte, die zusätzlich die Geräusche dämpfen würden, dann stand den heimlichen Experimenten erst recht nichts

mehr im Wege. Die Gefahr einer drohenden Klage aus Deutz wegen irgendwelcher Patent- oder Karenzzeitverletzungen schien Daimler damit sicher gebannt.
Spätestens am 1. Oktober würden sie endlich mit der Arbeit beginnen können. Maybach und er.
Denn inzwischen hatte auch Maybach der Gasmotorenfabrik Deutz den Rücken gekehrt und war mit seiner Familie an den Neckar gezogen, wo sie dank Emma Daimlers umsichtiger Suche ebenfalls in Cannstatt, in der Pragstraße 34, ein schönes Domizil für sich gefunden hatten.
Und Wilhelm Maybach wäre nicht Wilhelm Maybach gewesen, wenn er nicht unmittelbar nach seinem Eintreffen in Cannstatt selbst die Kelle und den Pinsel in die Hand genommen hätte, um das ehemalige Gartenhaus so schnell wie möglich zur Werkstatt umzufunktionieren. Denn auch er konnte es fast nicht mehr erwarten, sich endlich unbehelligt von allen anderen Aufträgen und produktionstechnisch bedingten Anfragen zusammen mit Gottlieb Daimler nur noch auf die Arbeit am neuen Motor stürzen zu können. Aber das war noch nicht alles, denn kaum war der todmüde Maybach nach den Umbauarbeiten am Abend in seinem neuen Domizil eingetroffen, da ging es auch schon emsig weiter – begleitet vom wachsenden Unverständnis seiner Ehefrau, die samt dem Rest der Familie immer noch mitten in den »Umzugsnachwehen« steckte, wie sie ihrem Mann mehrfach vorwurfsvoll vor Augen und Ohren hielt. Doch an Wilhelm Maybach prallten diese Vorhaltungen völlig wirkungslos ab. Es gehe nun um andere, größere Fragestellungen, die zu lösen seien, pflegte er lediglich als Antwort vor sich hin zu murmeln. Und schon saß er wieder am Schreibtisch seines künftigen Arbeitszimmers, umgeben von wahren Bergen an unausgeräumten Umzugskisten, Wäsche, Möbeln, Akten und Skizzen. Doch lediglich für seinen gewaltigen Stapel von eng mit vielen Zahlen, technischen Formeln und Konstruktionszeichnungen beschriebenen Papiere schien er ein Auge zu haben. Durch die Bank handelte es sich dabei um Patentschriften, insgesamt

nicht weniger als 8000 Stück, durch die er sich nächtelang zielstrebig hindurchkämpfte, um irgendwann der Lösung des seit Jahrzehnten bestehenden Hauptproblems bei der Motorenentwicklung auf die Spur zu kommen: die Frage der richtigen, der einwandfrei funktionierenden Zündung. Dem Problem der Probleme.

»Wenn wir schon nicht an die eigentliche Konstruktionsarbeit gehen können, dann halte ich es für besser, meine Zeit anderweitig sinnvoll zu nutzen: eben mit theoretischen Studien«, hatte Maybach eines Tages trocken angemerkt, nachdem ihm nun sogar selbst Gottlieb Daimler ernsthaft ins Gewissen zu reden versucht hatte, mitsamt dem dringenden Rat, doch wenigstens einmal in dieser Woche früh ins Bett zu gehen und eine ganze Nacht richtig durchzuschlafen. Denn bleich und todmüde war Maybach an diesem Morgen in der Gartenhausbaustelle erschienen, war kaum noch in der Lage gewesen, sich auf den Beinen zu halten, und hatte dennoch auf alle Vorhaltungen geradezu trotzig reagiert, beinahe wie ein kleines Kind, dem man gerade sein liebstes Spielzeug wegnehmen wollte. Nun denn, wenn es überhaupt jemanden gab, der die unglaubliche Geduld, gepaart mit einem enormen Sachverstand, aufbringen konnte, unter dieser unüberschaubaren Masse an Patentschriften womöglich die richtige Zündungslösung für den neuen Motor zu entdecken, dann war das tatsächlich Wilhelm Maybach. Und erwachsen war er ja schließlich auch. Also schien es Daimler geraten, seinem Wegbegleiter einfach dessen Willen zu lassen. Denn falls Maybach wirklich diese Stecknadel im Heuhaufen würde finden können, dann würden sich die nächsten Schritte sozusagen von ganz allein ergeben.

Die Zündung war es, der im Hinblick auf die von ihnen angestrebte Leistungssteigerung mit der gleichzeitigen Verkleinerung der Motoren eine entscheidende Rolle zukam. Und diese Miniaturisierung musste einfach sein, wenn es eines Tages überhaupt gelingen sollte, die Motoren als Triebwerk in ein ortsunabhängiges Fuhrwerk einzubauen.

Bislang handelte es sich ja um wahre Ungetüme, viel zu groß und viel zu schwer, um diesen Anforderungen auch nur im Entferntesten gerecht werden zu können.
Natürlich mussten es auch Viertaktmotoren sein, denen ihre ganze Aufmerksamkeit gelten sollte. Keinesfalls ein Zweitakter, »denn damit bekommen wir keine so hohen Drehzahlen hin, wie sie nun einmal zur Bewegung eines Fuhrwerks notwendig sein werden«. In ihrer Prioritätensetzung waren sich die beiden Konstrukteure absolut einig. Also lief es wohl doch auf eine Weiterentwicklung des bisherigen Deutzer Modells hinaus. Wer, wenn nicht das kongeniale Duo Daimler und Maybach, wäre dazu in der Lage? Jedenfalls nicht der angebliche Erfinder Otto, der in Übereinstimmung mit den Herren der Geschäftsleitung in Deutz damit ja nur das schnelle Geld verdienen wollte: »Doch die Herrschaften in Deutz werden bald weit genug in der Gunst der Käufer zurückfallen, und eines nicht allzu fernen Tages, wenn ich meiner vertraglichen Pflichten endlich ledig bin und unseren völlig neu entwickelten, leistungsfähigen kleinen Viertakter präsentieren werde, werden sie aus dem Staunen nicht mehr herauskommen und vielleicht begreifen, welches Unrecht sie an mir begangen haben, als sie mir so brutal in den Arm gefallen sind«, ballte Daimler voll grimmiger Entschlossenheit die Faust. »Falls es diese Kaufleute, die dort das Ruder übernommen haben, in ihrer ganzen Geldgier und Einfalt überhaupt jemals kapieren werden …«
Andererseits waren die Anforderungen an diesen neuen Motor aber enorm. Denn er musste nicht nur um ein Vielfaches kleiner ausfallen als alle bisherigen Modelle. Man würde auch andere Materialien als die bisherigen verwenden müssen. Womöglich sogar ganz neuartige Metalle und Legierungen.
Da stellte sich natürlich zum wiederholten Mal die Frage nach dem richtigen Treibstoff. Ein solcher Treibstoff musste überall erhältlich sein können, also sozusagen auch »beim Kaufmann um die Ecke«, und außerdem sollte er pro-

blemlos (und gefahrlos!) in einem Behälter im Fahrzeug mitgeführt werden können. »Um es folglich auf den Punkt zu bringen: Ein kleiner, handlicher und ebenso leichter, schnelllaufender Viertakt-Benzinmotor muss es werden, universell einsetzbar. So und nicht anders lautet unsere Anforderung an die Zukunft!«, brachte es Daimler schließlich auf den Punkt. Anspruchsvoller konnte die Aufgabe gar nicht sein.

Aber genau das war es, was den beiden Männern beinahe Flügel verlieh. Die Aussicht, etwas ganz und gar Neues, Einmaliges konstruieren zu können. Wahrhaftig: Ein ganzer Berg an technischen Schwierigkeiten stand da vor ihnen. Schwindelerregend hoch – und dennoch faszinierend. Ein Berg, aufgeschichtet aus lauter Problemen, die sie als leidenschaftliche Techniker aber nur allzu bereitwillig annahmen und geradezu lustvoll zu überwinden trachteten. Endlich wieder eine echte Herausforderung und keine von einer profitgierigen Geschäftsleitung erzwungene Rückwendung zu billigen und anspruchslosen Produkten mehr. Endlich konnten sie sich ihrer eigentlichen Bestimmung zuwenden und als Diener des Fortschritts fungieren – der Zukunft den Weg bereiten. Der Traum eines jeden Konstrukteurs. Gottlieb Daimler fühlte sich von neuer Kraft durchströmt. Die heftigen Herzattacken, seine Probleme mit dem Blutdruck, alles war plötzlich wie weggeblasen. Die Faszination der neuen Aufgabe war ein Jungbrunnen, aus dem er bereits einen ersten Schluck hatte nehmen dürfen.

Aber es galt nun, keine Zeit mehr zu verlieren. Nicht länger wegen des sich verzögernden Umbaus nur »nutzlos in der Gegend herumstehen und die Hände in den Hosentaschen verstecken«, wie es der rastlose Daimler seiner kopfschüttelnden Ehefrau gegenüber eines Abends freudestrahlend ausdrückte.

Wenigstens einen kleinen Luxus, eine kleine Besonderheit, hatte er sich beim Umbau des Gartenhauses in eine Werkstatt gegönnt. Als Antrieb und Verpflichtung sozusagen. Und so ließ er unter dem Dach der neuen Werkstätte sein in Stein gemeißeltes Motto anbringen, das ihm schon immer Antrieb und Verpflichtung gewesen war: »Das Beste oder Nichts!« Nach dieser Devise würden sie auch künftig handeln und damit den uralten Traum vom Fahren Wirklichkeit werden lassen. Für jedermann. Überall. Zu Lande, zu Wasser und in der Luft!

Erst in den allerletzten Tagen des Spätsommers waren sie so weit. Die eigentliche Arbeit konnte endlich beginnen. Zwar wirkte das Gelände rund um das ehemalige Gewächshaus immer noch wie eine einzige Baustelle, doch innerhalb des Gebäudes, das Daimler und Maybach in nächtelanger Arbeit und in aller Heimlichkeit ohne fremde Hilfe zu einer Werkstatt umfunktioniert hatten, sah die Sache bereits ganz anders aus. Alle Maschinen, Werkzeuge und Vorrichtungen, die sie für ihre Experimente benötigten, waren mittlerweile vorhanden. Sogar eine kleine Esse, in der sich einzelne Werkstücke für ihre ganz spezielle Verwendung formen ließen.

»Klein, aber oho, unser Werkstättle, nicht wahr, Maybach?« Voller Begeisterung klatschte Gottlieb Daimler in die Hände und ließ seinen Blick stolz durch den immer noch nach frischer Farbe riechenden Raum schweifen, wo die verschiedenen Werkzeuge in penibler Ordnung aufgereiht an den Wänden befestigt waren. Eben ganz so, wie man es von einer Fabrikationsstätte gewohnt sein durfte, in der ein Gottlieb Daimler das Sagen hatte. »Wirklich: Tipptopp sieht es jetzt aus, hier drinnen. Ja, Ordnung ist eben das halbe Leben! Hast du auch alle Vorhänge ganz fest zugezogen?«

»Natürlich – und sogar extra noch mal von außen genau kontrolliert, ob auch wirklich kein Schatten durchdringt«, gab Daimlers engster und einziger Mitarbeiter mit vor Anspannung leicht vibrierender Stimme zurück.

»Gut. Dann kann ich nur noch sagen: Auf geht's, Maybach. Lass uns das große Werk also in Angriff nehmen!«

Nahezu jeden Abend und jede Nacht drangen seitdem seltsam gedämpfte Geräusche von dem Daimler'schen Grundstück über die Einzäunung hinweg bis zum Gehweg der Taubenheimstraße. Worüber sich die wenigen Spaziergänger, die sich um diese Zeit noch hierher verirrten, natürlich keinerlei Reim machen konnten. Eigenartig: Manchmal handelte es sich um stampfende Geräusche, und es schien beinahe so, als vibriere sogar der Erdboden ganz leicht. Dann wieder klang es eher metallisch. Doch egal, wie gewaltig sich die neugierigen Zaungäste auch die Hälse verrenkten, es war nichts zu erkennen. Nicht das mindeste. Nur so viel war klar: Es musste sich um das Gartenhaus handeln, aus dem die Geräusche kamen – wenigstens in dieser Frage bestand unter den nächtlichen Kiebitzen Einigkeit. Aber was darin genau vor sich ging, das war durch den dicken Stoff der Vorhänge nicht auszumachen.
Und selbst der Daimler'sche Gärtner, bei dem sich einer der Spaziergänger am folgenden Morgen nach der Ursache dieser eigenartigen Geräusche erkundigte, hatte nur ratlos mit den Schultern gezuckt und seinen Kopf geschüttelt. Wobei der Mann einen einigermaßen verschreckten, oder sollte man besser sagen, einen beinahe bekümmerten Eindruck gemacht hatte. Merkwürdig.
In der Tat war von den beiden Konstrukteuren bestens Vorsorge dafür getroffen worden, um ihre Experimente geheim zu halten. Ganz besonders hatte ihr Augenmerk dabei der Dämmung der Explosionsgeräusche gegolten. Sogar für die Beseitigung der Motorabgase hatten sie Sorge getragen, indem sie die Abgase über eine Rohrleitung direkt in eine Grube leiteten.
Und dennoch … kam es eines Tages dann doch so, wie es wahrscheinlich einfach hatte kommen müssen.
»Im Nachhinein betrachtet habe ich es mit meinem Misstrauen vielleicht etwas übertrieben, aber wer kann vorher schon sagen, ob jeder Mensch, den man in seinem Haushalt anstellt, auch wirklich so verschwiegen und vor allen Dingen so vertrauenswürdig ist, wie man sich das immer

wünschen würde. Nun gut, bei unserem Gärtner Weinbuch scheint das ja ganz offensichtlich der Fall zu sein. Ein wirklich guter Mann!« Gottlieb Daimler nickte wie zur Bekräftigung dieser Einschätzung nachdrücklich mit dem Kopf.

Eine Feststellung, die bei seiner Gemahlin freilich auf völliges Befremden stieß. »Wie? Ein guter Mann? Gestern hast du ihn doch noch angebrüllt und gesagt, du würdest ihm gleich heute morgen die Papiere ausstellen und den Laufpass geben. Keinen Tag länger würdest du so jemanden unter deinem Dach beschäftigen wollen …«

Daimler lachte kurz auf und beschrieb dann mit der rechten Hand eine wegwerfende Geste in die ganze Runde, die neben seiner Ehefrau noch aus dem Ehepaar Berta und Wilhelm Maybach bestand. »Wie sagt man so schön? Was geht mich heute noch mein dummes Geschwätz von gestern an … Aber im Ernst: Der Mann hat ja eigentlich nur seine staatsbürgerliche Pflicht getan – und das kann ich ihm doch keineswegs übelnehmen. Zumal der Maybach und ich wirklich alles dafür getan haben, um uns in höchstem Maße verdächtig zu machen.«

Berta Maybach fasste sich mit beiden Händen an den Kopf. »Also, das müssen sie uns jetzt aber doch noch einmal ganz genau erzählen, Herr Daimler. Mein Mann zieht es ja wieder einmal vor zu schweigen«, fügte sie mit einem vorwurfsvollen Blick auf Wilhelm Maybach noch hinzu. »Waren da also tatsächlich Polizisten mit Handschellen in der Werkstatt, die sie und meinen Mann haben verhaften wollen? Das ist ja entsetzlich! Ich darf gar nicht daran denken, was daraus hätte entstehen können …«

Emma Daimler legte fürsorglich den Arm um die Schulter ihrer Jugendfreundin. »Nun komm, Berta. Jetzt beruhige dich erst einmal wieder. Es ist im Grunde genommen ja nichts passiert – und es hätte auch gar nichts passieren können. Also Gottlieb«, wandte sie sich wieder an ihren Mann. »Jetzt sag halt schon: Wie kommt dieser plötzliche Sinneswandel im Hinblick auf unseren Gärtner zustande?«

»Durch reifliches Überlegen natürlich. Ich habe den Rest der vergangenen Nacht Zeit genug gehabt, noch einmal gründlich über alles nachzudenken. Und heute Morgen auf der Cannstatter Polizeiwache, da haben es mir beide Polizisten, also der Herr Sieger und sein Wachtmeister, das ist ein Mann mit dem Nachnamen Eberhardt, ganz genau bestätigt, dass es tatsächlich so gewesen ist. Und dann ist auch noch der Herr Nast, also der Oberbürgermeister von Cannstatt, dazugekommen, dem die ganze Sache jetzt natürlich hochnotpeinlich ist. Und der hat ebenfalls bestätigt, dass wir schon länger in einem gewissen Verdacht gestanden haben.«

»Im polizeilichen Verdacht!«, stöhnte Berta Maybach auf. »Mein armer Mann!«

»Jetzt lass den Herrn Daimler doch endlich erzählen«, meldete sich nun sogar Wilhelm Maybach zu Wort, der bis dahin ernst und still neben seiner Gemahlin auf dem Zweisitzersofa im Daimler'schen Wohnzimmer gesessen hatte.

Daimler nickte seinem Mitarbeiter dankbar zu. »Also, es war so: Natürlich sind bei unserer Arbeit immer wieder Geräusche entstanden. Das lässt sich nun einmal nicht vermeiden, wenn man an einem Explosionsmotor arbeitet. Mal hat es eben einen Schlag getan, dann wieder hat der Boden draußen etwas gewackelt, und an anderen Abenden, wenn uns halt ein Werkzeug heruntergefallen ist, hat es metallische Töne gegeben. Dazu kommt, dass ich dem Gärtner ja strikte Anweisung gegeben habe, das Gartenhaus nicht zu betreten. Noch nicht einmal das Aufräumen dort drinnen habe ich ihm erlaubt. Im Gegensatz zu meinen sonstigen Anordnungen. Ich will es ja sonst durchaus immer sauber und aufgeräumt haben.«

»Im Haushalt schon, nur nicht im Gartenhaus«, warf Emma lächelnd ein.

»Nur nicht in unserer Werkstatt, um genau zu sein. Da drinnen haben wir schon selber für die notwendige Ordnung und Sauberkeit gesorgt, nicht wahr, Maybach? Dass der Gärtner das einigermaßen sonderbar gefunden hat, das kann man ja verstehen. Und dann die Tatsache, dass wir immer die Vorhänge zu gelassen haben und meistens in der Nacht gearbeitet haben, das hat in dem guten Weinbuch halt irgendwann einen schlimmen Verdacht reifen lassen: Er hat nämlich geglaubt, in dem Gartenhaus hätten wir eine Falschmünzerwerkstatt untergebracht. Dass ihn das beunruhigt hat, ist doch klar!«

»Eine Falschmünzerwerkstatt!« Berta Maybach schlug entsetzt ihre Hände vor den Mund. »Als ob mein Mann ein Falschmünzer wäre …«

»Nun ja, so ein Verdacht kann einem unwissenden Zeitgenossen schon kommen. Der hat wie gesagt bald gemerkt, dass hier nur nachts gearbeitet wird, dass es dabei stampft wie bei einer Prägepresse, und dann klingt es auch noch metallisch. Dann unser wirklich recht repräsentatives Anwesen, die Villa, die zahlreichen Umbauten: Dass dieser ganze Reichtum eventuell durch illegale Münzprägung zustande gekommen sein könnte, das hat sich der Weinbuch nun eben so zusammengereimt. Er ist verständlicherweise mit diesem Verdacht nicht zu mir gekommen, hat es aber auch nicht in der Öffentlichkeit herumgeschwätzt. Das muss ich ihm hoch anrechnen. Obwohl er sich ja in einem gewaltigen Loyalitätskonflikt befunden hat. Zwischen seinem Arbeitgeber und dem Wohl des Staates. Deswegen ist er zunächst einmal nur inoffiziell zur Polizei gegangen, zu dem Wachtmeister Eberhardt, den er gut kennt – aber diese beiden haben dann auch nicht mehr so recht weitergewusst. In ihrer Not sind sie deswegen beide zusammen beim Oberbürgermeister Nast erschienen und haben ihm Bericht erstattet.«

»Und wieso ist der Nast dann nicht gleich zu dir gekommen und hat sich der Sache so angenommen, wie es eigentlich seiner Pflicht und Schuldigkeit entsprochen hätte«, erkundigte sich Emma mit kritisch gerunzelter Stirn.

»Weil der Nast auch nicht so recht gewusst hat, wie er sich da verhalten sollte. Einerseits kennt er mich als Ehrenmann, und er war ja auch bei der Vermittlung dieses An-

wesens hier dermaßen bemüht und zuvorkommend, aber andererseits hat er sich wohl gedacht, es sei besser, in nichts hineinzugeraten ...«
»... und deswegen hat er es vorgezogen, dann lieber gar nichts zu machen und den Dingen eben ihren Lauf zu lassen. Also wirklich!«, empörte sich Emma im Gegensatz zu ihrem Mann nun umso heftiger.
»Ich finde sein Verhalten auch ziemlich feige, aber andererseits: Was wäre gewesen, wenn er zu uns gekommen wäre und gesagt hätte, er vermute auf unserem Anwesen eine Fälscherwerkstatt? Da hätte es dann zwei Möglichkeiten gegeben: Entweder er hätte mich mit einer solchen, ja wahrhaft ungeheuerlichen Anschuldigung schwer beleidigt oder aber, er hätte recht gehabt ... Und was dann?« Daimler ließ die Frage bewusst eine Zeit lang offen im Raum stehen.
Doch Emma zeigte sich von der übervorsichtigen Handlungsweise des Cannstatter Oberbürgermeisters noch immer aufs Höchste empört. »Also, du solltest es nicht beschönigen, denn er hat den Dingen einfach ihren Lauf gelassen und damit ganz bewusst riskiert, dass sich andere die Finger daran verbrennen. So rum oder anders herum. Das kommt auf ein und dasselbe heraus. Erschwerend kommt dabei für mich die Tatsache hinzu, dass er damit billigend in Kauf genommen hat, dass wir nunmehr regelrecht ausspioniert worden sind. Und das gleich über mehrere Tage hinweg!«
»Ausspioniert!«, echote Berta Maybach, die sichtlich um ihre Fassung rang. »Das wird ja immer schlimmer!«
»Nun, ganz so ist es auch wieder nicht!«, versuchte der Konstrukteur die beiden Damen zu beschwichtigen. »Gut, Tatsache ist, dass der Gärtner mitsamt seinem Freund, dem Wachtmeister, natürlich erst einmal ziemlich ratlos dagestanden ist, nachdem der Oberbürgermeister sich aus der Sache rausgehalten hat. Sie wussten nicht, was sie jetzt tun sollten. Deshalb hat sich der Eberhardt schließlich an seinen Vorgesetzten, den Polizeiunteroffizier Sieger gewandt,

und der hat dann beschlossen, dass man den Dingen erst einmal so diskret und vorsichtig wie möglich auf den Grund gehen sollte, ehe man womöglich in irgendetwas hineingerät.«

»Hineingerät!«, wiederholte Emma voller Zorn. »Wenn ich das schon höre.«

»Es ist aber nun mal so gewesen. Also haben die drei verhinderten Detektive einen Plan geschmiedet. Teil eins bestand darin, dass unser Gärtner Weinbuch ein Stück Wachs in die Hand gedrückt bekommen hat, um vom Schloss in der Gartenhaustür heimlich einen Abdruck zu machen …«

»Einen Abdruck? Das .. das ist ja ungeheuerlich!«

Unwirsch klopfte Daimler mit den Fingerknöcheln auf die Tischplatte und bedachte seine Ehefrau mit einem tadelnden Blick. »Jetzt lass mich halt endlich einmal ausreden und fahr mir bitte nicht ständig in die Parade. Also, wo war ich stehengeblieben? Jetzt habe ich doch glatt den Faden verloren.«

»Sie waren bei der Sache mit dem Wachsabdruck für das Schloss in der Gewächshaustür«, gab ihm Maybach das entsprechende Stichwort.

»Ja, richtig. Vielen Dank, Maybach. Also, der Gärtner hat es geschafft, den Wachsabdruck zu machen, und hat ihn anschließend auf die Polizeiwache gebracht. Mit diesem Abdruck sind sie dann in eine Cannstatter Schlosserei gegangen und haben einen Schlüssel anfertigen lassen.«

»Das muss folglich eine Aktion gewesen sein, die sich über Tage hingezogen hat«, brach es jetzt doch wieder aus Emma heraus. »Was nichts anderes bedeutet, als dass wir tagelang ausspioniert und beobachtet worden sind. Das ist und bleibt in der Tat ein ungeheuerlicher Vorgang!«

»Und äußerst unangenehm ist mir dieses Gefühl noch dazu«, sprang Berta Maybach ihrer empörten Freundin hilfreich zur Seite, nicht ohne ihren Mann vorsorglich mit einem warnenden Blick zu bedenken. »Das muss man sich einmal vorstellen: Da lebt man friedlich und ahnungslos vor sich hin, und in Wahrheit wird man von allen Seiten heimlich ausgeschnüffelt. Das ist weiß Gott keine schöne Vorstellung.«

»Wohl wahr«, gab ihr nun auch der Hausherr recht, während er sich nachdenklich seinen silbergrauen Vollbart kraulte. »Aber die Geschichte ist noch lange nicht zu Ende. Die Polizisten haben nämlich nach der Herstellung des Schlüssels gleich wieder unseren armen Weinbuch in die Pflicht genommen. Er sollte einen günstigen Zeitpunkt abpassen und dann ausprobieren, ob der Schlüssel auch wirklich passt. Das hat er getan – und siehe da: Der Schlüssel hat sich einwandfrei im Schloss gedreht. Freilich hat er sich nicht getraut, die Tür zu öffnen und unsere angebliche Fälscherwerkstatt alleine zu betreten, sondern er hat einfach wieder zugesperrt und ist mit der Erkenntnis, dass der Schlüssel funktioniert, wieder auf der Wache erschienen. Dort haben sie dann ihren Plan ausgetüftelt, um uns als vermeintlichen Falschmünzern endgültig auf die Schliche zu kommen und die Werkstatt samt aller Beweismittel auszuheben.«

»Du liebe Güte«, stöhnte Emma leise auf, vermied aber nach einem kurzen Seitenblick auf ihren Ehemann im Augenblick jeden weiteren Kommentar.

»Wieder war es der Weinbuch, der von den Polizisten den Auftrag bekommen hatte, alles für die Aktion vorzubereiten, die ja gestern um Mitternacht stattfinden sollte. Er musste dafür sorgen, dass die Verbindungstür zwischen unserem Garten und dem Kursaal offen bleibt, und natürlich hat er sich auch darum kümmern müssen, dass unser Wachhund nicht anschlägt. Er hat den armen Hund mit einer Extraportion Futter einfach weg gelockt und dann eingesperrt. Die Aushebung der Geldfälscherwerkstatt konnte folglich beginnen!« Gottlieb Daimler hielt kurz inne und schmunzelte kopfschüttelnd in sich hinein. »Heimlich, still und leise sind die drei Helden dann um Mitternacht durch unseren Garten geschlichen und haben mit ihrem Nachschlüssel die Tür zur Werkstatt geöffnet. Dort war es natürlich stockdunkel, und erst, als einer von den Polizisten

eine Windlaterne angezündet hat, da haben sie unsere ganzen mit Tüchern abgedeckten Maschinen und Werkzeuge sehen können – aber nirgendwo eine Stanze, wie man sie zum Prägen von Münzen eigentlich braucht. Es ist ihnen also relativ schnell klar geworden, dass hier drinnen nicht heimlich Geld gemacht wird und sie auch keine Fälscherwerkstatt ausgehoben hatten, sondern dass sie sich auf einer völlig falschen Fährte befanden. Und gerade in dem Moment, als ihnen diese bittere Erkenntnis gedämmert ist, da bin plötzlich ich ins Spiel gekommen. Denn irgendwie hatte ich kurz vor dem Zubettgehen so ein eigenartiges Gefühl. Es war mir auch so, als hätte ich draußen im Garten etwas gehört. Also bin ich ans Fenster gegangen und habe unten im Gartenhaus einen schwachen Lichtschein gesehen. Das war die Windlaterne. Ja, und so war am Ende ich es, der die drei sozusagen auf frischer Tat ertappt hat.«
»Das war nicht ungefährlich, Gottlieb. Angenommen, es wären richtige Einbrecher gewesen.«
»Daran habe ich in diesem Augenblick wirklich nicht gedacht. Mich hat einfach die Sorge umgetrieben, dass da womöglich tatsächlich Spione aus Deutz in der Werkstatt herumschnüffeln – alles andere hat für mich keine Rolle gespielt. Ich gebe auch durchaus zu, dass ich gestern Nacht wirklich furchtbar wütend auf unseren Gärtner gewesen bin. Deswegen habe ich ihm ja auch gesagt, er solle sofort seinen Koffer packen und gehen – aber jetzt, bei Tageslicht betrachtet, sieht die Sache natürlich schon ein bisschen anders aus. Der arme Mann hat im Grunde genommen doch nur seine staatsbürgerliche Pflicht getan – und von den beiden Polizisten ist er dann auch noch regelrecht benutzt worden. Ich finde, wir sollten den Weinbuch behalten. Was meinst du, Emma?«
Emma zögerte nur kurz. »Na ja, einerseits hat er uns tagelang ausspioniert. Das ist schon ein komisches Gefühl. Aber andererseits …«
»Er wird es nie wieder tun. Ich denke, er weiß jetzt umso besser, was er an uns hat und dass ich dort drüben keine

unrechten Dinge mache – auch wenn er sicherlich nicht begriffen hat, wozu die Werkstatt nun wirklich da ist. Aber das geht ihn genauso wenig etwas an wie die beiden Polizisten. Und die sind zum guten Glück auch nicht dahintergekommen, was der Maybach und ich da auf den Weg bringen wollen. Also Emma: Behalten wir den Weinbuch als Gärtner?«

»Du hast recht, wir sollten ihn behalten«, pflichtete Emma dem Vorschlag ihres Mannes bei. »Aber mir stellt sich da inzwischen noch eine ganz andere Frage. Nämlich die, was jetzt eigentlich der Oberbürgermeister Nast für eine Rolle gespielt hat. Der war doch, wie du sagst, beinahe von Anfang an in die Sache eingeweiht.«

Daimler verzog abschätzig das Gesicht. »Ja, der feine Herr Nast. Der hat sich schön aus allem herausgehalten, seine Hände eifrig in Unschuld gewaschen und den ahnungslosen gespielt – so wie er das auch jetzt noch tut. Nur ja nicht in irgendetwas hineinkommen, das war die Devise, nach der er gehandelt hat. So kann ihm später niemand einen Vorwurf machen.«

»Da liegt er aber gewaltig daneben! Na, der wird von mir aber etwas zu hören bekommen, wenn er mir das nächste Mal begegnet.«

»Tue ruhig, was du nicht lassen kannst«, schmunzelte der Konstrukteur, der über die impulsiven Gefühlsausbrüche, die seine Ehefrau in Windeseile zum brodelnden Vulkan werden lassen konnten, nur allzu gut im Bilde war. »Er hat es wahrhaftig verdient, dass man ihm einmal ordentlich den Kopf wäscht. Und das kann halt niemand so gut wie du!«

Die mitternächtliche Falschmünzeraffäre war also glücklich überstanden, ohne dass Daimler und Maybach die Befürchtung hegen mussten, im Zuge der nächtlichen Polizeiaktion seien womöglich spezielle Details ihrer Konstruktion ausspioniert worden – aber dafür wuchs nun plötzlich die Beunruhigung in der Cannstatter Bevölkerung. Denn allen

Geheimhaltungsappellen zum Trotz war gerüchteweise natürlich doch etwas über diese äußerst merkwürdigen Versuche im ehemaligen Gartenhaus durchgesickert. Experimente, die nicht das Geringste mit Fauna oder Flora zu tun hatten, wie das in einem solchen Bauwerk eigentlich zu erwarten gewesen wäre. Eher das Gegenteil. In rascher Folge machten immer wildere Gerüchte die Runde: dass der eigenartig verschlossene Herr Daimler und sein mindestens genauso schweigsamer Techniker Maybach in dem Gebäude an einer Höllenmaschine herumbastelten. Man experimentiere dort mit einem völlig neuen Treibstoff, einer hoch entzündlichen Flüssigkeit, die sie mit Luft vermischen und mittels einer Flamme zum Explodieren bringen wollten. Und so etwas mitten in einem Wohngebiet. Ja, schlimmer noch: direkt angrenzend an die Cannstatter Kureinrichtungen – samt ihren kostbaren Mineralquellen.
»Eines Tages werden sie uns noch ganz Cannstatt in die Luft jagen.« Solche besorgten Meinungsäußerungen ließen die Menschen die Taubenheimstraße fortan meiden.
»Macht ja einen großen Bogen um dieses Anwesen«, schärften die Eltern ihren Kindern strengstens ein – und fragten sich gleichzeitig fassungslos, wie die Behörden so einem verantwortungslosen Treiben tatenlos zusehen konnten.

Es war an einem regenverhangenen Morgen im Frühjahr 1883. Gerade eben hatte die Familie Daimler das gemeinsame Frühstück beendet. Die Mutter hatte sich als Erste erhoben.
»Also Kinder – auf geht's in die Schule!«
Doch die zehnjährige Emma blieb einfach sitzen: »Nein Mutter. Ich gehe heute nicht in die Schule. Auf keinen Fall!«
Voller Verwunderung bemerkten die Eltern, dass ihre Tochter plötzlich mit den Tränen kämpfte.
»Ja aber warum denn nicht?«
»Weil ich nicht mehr gehe. Nie mehr!«
»Was soll das denn heißen?«

»Ich gehe nimmer in die Schule!« Es kostete das Mädchen ganz offensichtlich ihre ganze Selbstbeherrschung, um nicht vollends in Tränen auszubrechen.
»Ja, aber Emma!« Fürsorglich legte Gottlieb Daimler den Arm um die Schulter seiner Tochter und drückte sie sachte an sich. »Jetzt sag halt schon, was quält dich denn?«
»Die blöden Cannstatter!«
»Die blöden Cannstatter, aha. Und wieso genau?«
»Sie sagen, ich sei keine von ihnen!«
»Na ja, genau genommen bist du ja auch in Karlsruhe geboren worden.«
»Aber das ist es doch gar nicht«, schluchzte Emma. »Sie sagen zu mir, ich sei eine Reigschmeckte, so eine rheinische Frohnatur, ein kölnischer Karnevalsjeck.«
»Ja, aber wieso denn?«
»Weil sie behaupten, dass ich nicht richtig Schwäbisch kann – und deshalb würde ich auch nicht zu ihnen gehören.«
Gottlieb Daimler war außer sich! »Ja, sonst noch was – das lasse ich mir nicht gefallen, dass so mit meinen Kindern umgesprungen wird! Wozu gibt es denn eigentlich Lehrer in der Schule? Die müssen als Aufsichtspersonen doch merken, wenn die ihnen anvertrauten Kinder von anderen gehänselt werden – und von einem guten Schulmeister sollte man auch erwarten dürfen, dass er diesem Spiel dann ein Ende bereitet! Na, denen werde ich den Marsch blasen!« Obwohl sich bei diesem heftigen Temperamentsausbruch sofort wieder dieses unangenehme Ziehen in der Herzgegend bemerkbar machte, stand sein Entschluss fest. Unverzüglich würde er sich zum Direktor in die Schule begeben und dem Mann ordentlich die Leviten lesen. Ausgerechnet seine Kinder sollten keine rechten Schwaben sein?
Von unvermuteter Seite wurde sein Tatendrang jedoch gebremst. »Vielleicht solltest du dich erst einmal an deine eigene Nase fassen, bevor du das machst«, warf seine Ehefrau skeptisch in die Debatte.
»Ich?« Daimler streifte sie mit einem verwunderten Blick.

»Wie, ich? Was habe denn ich mit diesen Hänseleien zu tun?«
»Direkt nichts – indirekt freilich einiges …«
Ganz absichtlich ließ Emma den zweiten Teil ihres Satzes offen und steigerte damit die Verblüffung ihres Mannes erheblich. »Was soll das heißen, direkt und indirekt?«
»Nun, ich meine eben, du solltest mehr Geduld haben mit den Kindern – so ganz heimisch sind sie hier nämlich in der Tat noch nicht geworden.«
»Nicht heimisch geworden?« Damit hatte er nicht gerechnet. »Was bedeutet das nun wieder: dass sich unsere Kinder hier nicht wohlfühlen? Das ist doch … nein, das ist völlig ausgeschlossen!«
Emma schürzte die Lippen. »Das meinst du vielleicht – und das ist ja auch ganz einfach zu erklären. Du hast schließlich in der Werkstatt tagtäglich zusammen mit deinem Maybach deine Arbeit. Ihr zwei steckt den ganzen Tag über zusammen. Aber unsere Kinder, die haben hier niemanden. In der Schule sind ihnen viele noch recht fremd und hier zu Hause, da fühlen sie sich manchmal regelrecht eingesperrt.«
Vor lauter Erstaunen klappte Gottlieb Daimler förmlich der Unterkiefer herunter. »Sie fühlen sich wie? Eingesperrt? Meine Kinder? Im eigenen Haus?«
»Ja, richtig: eingesperrt. Denk doch mal ein bisschen nach: Sie dürfen hier ja keinen Besuch empfangen – nicht so wie in Deutz, wo ständig Freunde zu ihnen nach Hause gekommen sind. Du warst es doch, der ihnen das untersagt hat.«
»Aus guten Gründen.«
»Das mag ja sein – und dennoch ist es, wie es ist. Sogar mich plagt hier manchmal die Einsamkeit.«
Ihr Mann verstand die Welt nicht mehr. »Aber du kannst doch Besuche machen!«
»Das erfordert manchmal auch die Einladung zum Gegenbesuch.«
»Das muss noch eine Weile warten. Zum jetzigen Zeitpunkt

fremde Leute im Haus zu haben, also ich weiß nicht … Das geht nicht. Noch nicht.«
»Eben das meine ich ja. Und insofern ist Cannstatt tatsächlich ein schwierigeres Pflaster für uns alle, als ich das jemals erwartet hätte.
Solche Überlegungen hatte er aus dem Munde seiner Frau zuvor noch nie gehört. Und der Blick, den sie ihm dabei zuwarf, sprach ebenfalls eine besonders deutliche Sprache.
»Ja, aber Emma …«
»Schon gut, Gottlieb. Das ist im Moment eben noch so, daran lässt sich wohl nichts ändern, und ich kann das auch nachvollziehen, weshalb das so sein muss. Aber umso deutlicher zeigt dir die Szene von gerade eben, dass nicht alle Daimlers so vorbehaltlos von ihrem neuen Wohnort schwelgen können, wie es bei dir der Fall ist. Gott sei Dank der Fall ist«, setzte sie rasch hinzu, um ihr Fazit in den Ohren ihres sichtlich verdatterten Mannes ein kleines bisschen milder klingen zu lassen. »Wie gesagt, daran kann man momentan noch nichts ändern. Ich meine aber deshalb, du solltest für die Kinder mehr Verständnis zeigen und wenigstens ab und zu ein bisschen früher nach Hause kommen. Ich weiß ja, wie schwer dir das fällt, wenn die Arbeit gar so faszinierend ist, aber du bist halt auch ein Vater, Gottlieb – und nicht nur ein Konstrukteur.«
»Das … das wollte ich nicht, dass ihr darunter zu leiden habt«, stammelte er verlegen.
»Das weiß ich ja. Aber deswegen habe ich es dir jetzt halt einmal sagen müssen – und vielleicht ist der Kummer auch genau zum richtigen Zeitpunkt über unsere Emma hereingebrochen, so dass du es mit deinen eigenen Augen und Ohren hast erleben können. Vor lauter Arbeit bekommst du kaum noch mit, wie es in unserer Familie zugeht.«
»Aber das war wirklich nicht meine Absicht. Ich …«
Emma legte behutsam den Zeigefinger an die Lippen. »Wie gesagt, ich weiß es. Und du weißt es jetzt auch – weshalb du künftig für manches in der Familie vielleicht etwas mehr Geduld und Verständnis aufbringen wirst.«

»Natürlich«, murmelte er immer noch tief betroffen, während er vorsichtig den Arm um die Schulter seiner Frau legte. »Und eines, das verspreche ich dir hiermit: In absehbarer Zeit – so lange wird es nicht mehr dauern, denn auch die Deutzer Karenzzeit ist bald abgelaufen –, in absehbarer Zeit wird die ganze Geheimniskrämerei ein Ende haben, und dann werden wir hier auch wieder Besuch empfangen können.«
»Dein Wort in Gottes Ohr«, seufzte Emma.
»Versprochen ist versprochen!«
»Schon recht, Gottlieb. Ich glaube dir ja. Deine Versprechen hast du schließlich immer gehalten.«
»Eben. Ein Wort ist ein Wort!« Damit war für diesen Morgen alles gesagt – und die beiden Männer machten sich in der geheimnisvollen Werkstatt noch emsiger ans Werk als bisher. Falls das überhaupt möglich war …

Im Spätsommer des Jahres 1883 herrschte dicke Luft in der Cannstatter Werkstatt. Und zwar im wahrsten Sinn des Wortes. Sozusagen im doppelten Wortsinn.
Eine ärgerliche Stimme durchdrang den dichten, dunklen Qualm, der bereits das ganze Gebäude ausfüllte.
»Wieso funktioniert es denn jetzt wieder nicht? Das kann doch gar nicht sein!« Wutentbrannt starrte der Konstrukteur auf ein kleines, schwarzes Metallteil, an dessen Seite dicke Rauchschwaden hervorquollen und wischte sich dabei mit dem Handrücken über das rußgeschwärzte Gesicht, während es in seinen dunklen Augen bedrohlich düster funkelte. »Wieso läuft die vermaledeite Verbrennung denn nicht richtig und vollständig ab, Maybach? Wir haben das alles doch ganz genau berechnet. Es müsste eigentlich eine hundertprozentig saubere Explosion stattfinden – so optimal, wie wir das Benzin-Luft-Gemisch inzwischen eingestellt haben!«
Doch auch Maybach zuckte nur ratlos mit den Schultern und schüttelte unglücklich den Kopf, während er gleichzeitig seine Aufschriebe auf einem großformatigen Papier, das über und über mit Zahlen, Formeln, Skizzen und Berechnungen beschriftet war, miteinander verglich. »Ich kann es mir ehrlich gesagt auch nicht so recht erklären«, murmelte er niedergeschlagen. »Eigentlich hat alles seine Richtigkeit. Wir haben uns ganz genau an unsere bisherigen Erkenntnisse und an alle daraus resultierenden Berechnungen gehalten. Eigentlich müsste es gehen …«
»Müsste, könnte, sollte!« Daimlers wütende Replik mündete in einem erstickten Hustenanfall. Kein Wunder in dieser rauchgeschwängerten Atmosphäre, die das Atmen allmählich mühsam machte. Es dauerte eine ganze Weile, bis sich seine Bronchien wieder einigermaßen beruhigt hatten. Doch sein Nervenkostüm war inzwischen zum Zerreißen gespannt! »Es muss irgendwie an der Zusammen-

setzung des Gemischs liegen. Zu viel Luft oder zu wenig Luft. Allerhöchstens könnte es sonst noch an dieser vermaledeiten Zündung liegen. Aber sonst …« Verdrießlich zog er die Nase hoch. »Maybach! Jetzt sag schon! Etwas anderes kann es eigentlich gar nicht sein. Nachdem wir doch jedes einzelne Werkstück hundertmal in den Händen gehalten und überprüft haben.«
In der Tat. Dieser Ansicht war auch Maybach, der lediglich in einer hilflosen Geste die Hände hob, um sich gleich darauf zum x-ten Mal am heutigen Tag über das Glührohr der Zündung zu beugen und es noch einmal in einen ganz besonders sorgfältigen Augenschein zu nehmen.
Es war zum Davonlaufen! Denn eigentlich hatten die beiden Männer insgeheim gehofft, spätestens am heutigen Mittag »so weit zu sein«. Was nichts anderes bedeutete, als dass sie bis dahin ihren nagelneuen Verbrennungsmotor zum Laufen gebracht haben wollten. Zum verlässlichen Betrieb wohlgemerkt. Doch dem war absolut nicht so. Inzwischen war es schon später Nachmittag.
Und dabei waren sie so zuversichtlich gewesen. Ausschließlich die besten Materialien waren zum Einsatz gekommen. Wie gesagt, hundertmal geprüft und verbessert. Auf das Sorgfältigste eingebaut. Nochmals überprüft. Und ein weiteres Mal.

Vor wenigen Wochen, am 15. August, um genau zu sein, hatte die Glockengießerei Kurtz aus Stuttgart endlich die Gussteile für den völlig neu konstruierten Motor ausgeliefert. Von diesem, vor allem von dem aus einem Stück gegossenen Zylinder, erhofften sich die beiden Konstrukteure die alles entscheidende Robustheit, derer es bedurfte, um diese gewaltigen Kräfte auszuhalten, die im Dauerbetrieb des extrem schnelllaufenden Motors zum Einsatz kommen würden. »Glockenguss, wie man ihn für die Herstellung von Kirchenglocken verwendet. Für den Einbau in einen Explosionsmotor!« Der Glockengießer war aus dem Staunen gar nicht mehr herausgekommen, als ihm Daimler persönlich die Bestellung überbrachte. Aber der dachte nicht im Traum daran, sich vor dem Mann wortreich zu rechtfertigen und ihm die ganz speziellen Konstruktionsdetails näher zu erklären. Ganz im Gegenteil sogar. Er hatte Kurtz vielmehr zu absolutem Stillschweigen verpflichtet – keinesfalls wolle er haben, dass über diese Order auch nur das Geringste nach außen dringe. Widrigenfalls würde er von einer Bestellung (und eventuellen Folgeaufträgen) unverzüglich Abstand nehmen. Der solchermaßen streng vergatterte Kurtz hatte es dem Herrn Daimler in die Hand hinein versprechen müssen, womit die Herstellung und die baldige Lieferung des Gussteils fest vereinbart waren.

An der handwerklichen Qualität des Zylinders war nicht das Geringste auszusetzen. Es handelte sich sogar um allerbeste Qualität, wie man das von der traditionsreichen Glockengießerei Kurtz nicht anders gewohnt war.

Doch was half das alles, wenn das Benzin-Luft-Gemisch nicht richtig explodieren wollte, sondern nur irgendwelche ruckartigen, unkontrollierten Kolbenbewegungen verursachte. Vom schwarzen Rauch und dem beinahe unerträglichen Gestank einmal ganz abgesehen. Aber das alles konnte doch eigentlich gar nicht sein.

Gottlieb Daimler holte noch einmal tief Luft, egal, wie bitter es auf seinem Gaumen deshalb auch nach Ruß und unvollständiger Verbrennung schmeckte. Dann bedachte er Maybach mit einem durchdringenden Blick voll grimmiger Entschlossenheit, den dieser mit einem kaum wahrnehmbaren, zustimmenden Nicken beantwortete. Für die beiden Männer war damit die Position klar bezogen. Aufgeben? Niemals! Jetzt erst recht nicht! Und heute sowieso noch lange nicht. Es musste doch mit dem Teufel zugehen, wenn sie es nicht doch noch schaffen würden.

Aufmunternd klatschte Daimler in die Hände. »Also komm, Maybach! Versuchen wir es halt noch mal.«

Ein weiteres Mal setzte Maybach nun den Schraubenschlüssel an. Vorsichtig, ganz behutsam drehte er an einer kleinen Stellschraube oberhalb des Glührohres.

Worauf sich das Geräusch, das aus dem Innern der Maschine drang, ganz allmählich veränderte. Wieder ins Stottern geriet, puffte, zischte, allmählich zu verebben drohte …

»Maybach! Genau anders herum! In die andere Richtung!«

Doch Maybach war ohnehin schon längst in der Gegenrichtung aktiv geworden.

Schon wieder dieses vermaledeite Knattern! Unregelmäßig. Unschön. Auch die neuerliche tiefdunkle Rauchwolke kündete von alles anderem als von einer befriedigenden Verbrennung des Benzin-Luft Gemischs. Und schon gar nicht von einer kraftvollen, womöglich regelmäßigen Leistung. Vom verlässlichen Dauerbetrieb schien der Motor also offenbar noch Lichtjahre entfernt. Weshalb auch immer.

»Zum Kuckuck noch mal!«

Doch plötzlich waren da schlagartig ganz andere Geräusche zu hören, die aus dem Motor drangen. Beinahe schon … das wäre ja … es war tatsächlich so!

»Jetzt! Endlich!« Daimler schrie es förmlich. »Das ist es, Maybach. Weg mit dem Schraubenschlüssel! Wir haben es! Er läuft! Und wie!«

In der Tat gab der Motor mit einem Mal ganz regelmäßige Geräusche von sich. Und machte dabei anscheinend problemlos seine Umdrehungen. Auch die Rauchwolke hatte eine andere Färbung angenommen. So, wie man sich das bei einer möglichst perfekten Explosion eben vorstellte, die zu einer perfekten Verbrennung im Motorraum führte. Regelmäßig. Kraftvoll. Ja! Der Durchbruch war geschafft. Es war, als hätten sie die Welt aus den Angeln gehoben!

»Maybach! Wir haben es!« In einer ungestümen Geste umarmte Daimler den verlegen zurückweichenden Maybach innig, um dessen Mund ebenfalls ein glückliches Lächeln zuckte. »Endlich! Maybach! Der Triumph ist unser! Ab jetzt wird es zügig vorangehen!«

In der Tat lag der Konstrukteur mit seiner Einschätzung dieses Mal richtig. Am Ende der Woche waren sie mit ihrem Probebetrieb bereits so weit gediehen, dass Wilhelm Maybach ein erstes Betriebsprotokoll erstellen konnte. Das Ergebnis war beeindruckend. Denn der Motor mit seinen gerade einmal 100 Kubikzentimeter Hubraum leistete sage und schreibe 0,25 Pferdestärken, und das bei sensationellen 600 Umdrehungen – das waren mehr als dreimal soviel, als es die konventionellen Gasmotoren aus Deutz schafften. Dazu war ihr Motor um ein Vielfaches kleiner und leichter. Die ersten Anforderungen, die sich die beiden Erfinder vor vielen Monaten selbst gestellt hatten, waren damit erfüllt. Und zwar genau so, wie sie sich das vorgestellt hatten. Perfekt!

Der erste schnelllaufende, einzylindrige Viertakt-Versuchsmotor der Welt konnte damit in seine eigentliche Bewährungsphase gehen: den verlässlichen Dauerbetrieb.

Auch dieser Prüfung würde ihr Produkt problemlos standhalten. Dessen waren sich die beiden völlig sicher. Und dann … dann würde es mit dem alles entscheidenden Schritt weitergehen, dem all diese Vorarbeiten ja schließlich gedient hatten: mit dem Einbau des Motors als alleinigen Antrieb in eine Kutsche! Ein Traum begann Wirklichkeit zu werden.

Am 16. Dezember und am 23. Dezember beantragte Gottlieb Daimler den patentrechtlichen Schutz für ihre beiden Erfindungen. Inzwischen hatten sie ihrem Motor auch einen Namen gegeben, eine Bezeichnung, die allerdings auf Emma Daimler zurückging. »Wenn man ihn aufrecht hinstellen würde, dann sieht er fast aus wie eine Standuhr«, hatte sie eines Tages schmunzelnd gemeint, als sie die beiden Männer zu später Stunde in der Werkstatt besuchte und dabei einen interessierten Blick auf das laut fauchende Monstrum warf, dem Daimler und Maybach wieder einmal ihre ganze Aufmerksamkeit widmeten und deshalb gar nicht bemerkt hatten, wie es längst Nacht geworden war. Sie hatten noch nicht einmal gehört, wie Emma zur Tür hereingekommen war.

»Wie, Standuhr?«, blinzelte ihr Ehemann verständnislos.

»Na, schau doch mal genau hin!« Emma deutete mit dem weit ausgestreckten rechten Arm auf das große Rad, an dem sich der Zylinder und daneben die Zündvorrichtung befanden. »Jetzt denke dir das einmal so, dass dieses längliche Teil nicht waagrecht daliegt, sondern dass es senkrecht steht. Dann sieht das aus wie eine Standuhr, die halt ein besonders großes Pendel aufweist.«

»In der Tat!« Wilhelm Maybach neigte seinen Kopf auf die linke Seite und staunte nicht schlecht, als er sich dabei vergegenwärtigte, was Frau Daimler damit wohl meinte. »Sie haben recht: Von weitem könnte man dann tatsächlich meinen, es sei eine Standuhr!«

»Eine Standuhr!«, wiederholte Daimler stirnrunzelnd. »Also wirklich! Unseren schönen Motor, die Krone des Fortschritts, mit einer einfachen Standuhr vergleichen zu wollen …«

»Es ist, wie es ist«, beharrte Emma auf ihrer Feststellung. »Aber wie das Kind am Ende dann heißen wird, das ist nicht meine Sache. Es wird ja sicherlich wieder irgend so eine Patentnummer bekommen. Reichspatent DRP Nummer soundso viel … Für mich aber ist und bleibt es die Standuhr. Und nun auf Wiedersehen, die Herren – und passen Sie auf, dass nicht jeder einfach so mir nichts, dir nichts in die Werkstatt spazieren kann, wie ich es gerade gemacht habe. Da ist dem Spionieren ja Tür und Tor geöffnet. Nicht, dass womöglich jemand die schöne Form der Standuhr abguckt und als sein eigenes Patent anmeldet. Adieu.« Damit wandte sie sich um und verließ die Werkstatt, wo zwei einigermaßen verdatterte Konstrukteure einen verwunderten Blick auf ihren Motor warfen.

Die Standuhr.

Ein Name war geboren.

Ein Name, der selbst für Laien innerhalb weniger Jahre weltweit zum festen Begriff werden sollte.

Doch kein Triumph währt ewig. Diese bittere Erkenntnis, die in diesem Fall seine Familie betraf und ihn deshalb umso härter niederschmetterte, musste Gottlieb Daimler nur wenige Wochen später, im Januar des Jahres 1884, schmerzlich erfahren. Sein zweijähriger Sohn Wilhelm, das Nesthäkchen, war beim Spielen schwer verunglückt. Ohne dass es das Kindermädchen, das dabei wirklich keinerlei Schuld traf, hatte verhindern können, war der Kleine rasch auf einen Baum geklettert. Auf dem von einer dünnen Eisschicht überzogenen Ast war er dann jedoch ausgerutscht und aus einer Höhe von zwei Metern heruntergestürzt. Nur zwei Meter. Normalerweise hätte das im schlimmsten Fall vielleicht zu einem gebrochenen Arm oder einem verstauchten Knöchel geführt, nicht so bei dem kleinen Wilhelm. Denn der völlig überraschte Bub, der zwar zunächst noch mit seinen Armen ruderte, um das Gleichgewicht zu halten, war rücklings auf den Boden gestürzt, mit all den fatalen Folgen, die ein solch übler Sturz mit sich bringt. Wilhelms Rückgrat war bei dem Aufprall schwer verletzt worden, seine Wirbelsäule war eindeutig in Mitleidenschaft gezogen. Was genau, das ließ sich momentan nicht eindeutig diagnostizieren, wie die Ärzte den tief besorgten Eltern auseinandersetzten. Ob es sich um einen Riss, einen Bruch oder eine Schwellung handelte, auf jeden Fall drückte eine dadurch verursachte Schwellung auf die Nerven im Rückenmark. Das sei wohl auch der Grund dafür, weshalb der Kleine zurzeit seine Beine nicht bewegen könne und seit dem Sturz auch keinerlei Gefühl mehr darin spüre. Die bedenklichen Mienen und ihr beinahe schon mitleidiger Gesichtsausdruck, den sie dabei zur Schau stellten, sprachen Bände. Die Ärzte waren machtlos. Bei einer solchen Verletzung seien die Grenzen der ärztlichen Heilkunst schlichtweg erreicht, wenn nicht gar überschritten. Auf jeden Fall sei jetzt erst einmal eine ganz besonders strenge Bettruhe vonnöten. Nicht, dass der eventuell gebrochene Wirbel bei einer falschen Bewegung womöglich die Nervenstränge ganz zerstörte. Mehr könne man im Augenblick nicht tun. Sowohl den Ärzten wie auch den Eltern blieb also in der momentanen Situation nichts anderes übrig, als hilflos am Krankenbett des Patienten zu sitzen und auf eine allmähliche Besserung seines Zustandes zu hoffen. Wenn erst einmal die Schwellung zurückgegangen sei beziehungsweise wenn dann der gebrochene Wirbel wieder zusammengewachsen wäre, dann vielleicht …

Doch von den Folgen dieses Sturzes hat sich Wilhelm Daimler nie mehr vollständig erholen können. Seitdem war der Kleine häufig krank und bettlägerig, und auch in seiner körperlichen Entwicklung blieb er zunehmend zurück. Und dennoch – oder gerade deshalb – wurde Wilhelm nun erst recht zum Sonnenschein seines Vaters. Zu Gottlieb Daimlers Lieblingssohn, an dessen Bettchen der Konstrukteur gleich beim Nachhausekommen grundsätzlich als Erstes eilte, um ihm dann aus dem großen Märchenbuch der Gebrüder Grimm geduldig ein Märchen nach dem anderen vorzulesen. Bis der Junge endlich eingeschlafen war.

29. August 1885. »Das wird wieder Monate, wenn nicht Jahre dauern, bis es so weit ist.«, seufzte Gottlieb Daimler schicksalsergeben, während er die Kopie des Schreibens, mit dem er gerade den Patentschutz für seinen »Reitwagen mit einer Gas- oder Petroleum-Kraftmaschine« beantragt hatte, in die Innentasche seines Werkstattkittels steckte. Als Treibstoff, so hatten sie in dem Patentantrag geschrieben, würde tatsächlich Benzin zur Verwendung kommen. Damit hatten sich in den zahllosen Versuchen eindeutig die besten Ergebnisse erzielen lassen. Mit diesem Treibstoff konnte man unabhängig von einem stationären Gastank agieren, denn das flüssige Benzin ließ sich relativ problemlos in einem eigenen Behältnis mitführen.

»Aber es hilft alles nichts. Und wenn es noch so lange dauert und noch so viele Prüfungen gemacht werden, bis das Patentamt Ihnen recht gibt: Das ist es wert. Denn wenn Sie die Sache mit dem Treibstoff gar nicht zum Schutz anmelden würden, dann würden wir ruck, zuck überall die Nachbauten von Leuten sehen, die behaupten, sie hätten den

Reitwagen angeblich selbst erfunden und nicht wir. Es wäre ja weiß Gott nicht das erste Mal.«
»Ist ja schon gut, Maybach. Speziell in diesem Fall wäre es wirklich höchst ärgerlich, wenn das Zweirad nicht auf meinen Namen eingetragen werden würde. Ich denke nämlich, damit ist uns wieder ein ganz entscheidender Schritt gelungen, den sich die anderen nur allzu gerne an ihre Fahnen heften würden.« In der Tat durften die beiden Männer stolz auf ihr neuestes Produkt sein, ein zweirädriges Vehikel samt einem zusätzlichen Stützrad und vor allem mit angebautem Benzinmotor, der es laut Maybachs Versuchsprotokoll immerhin bereits auf eine Motorleistung von 0,5 Pferdestärken brachte. Das sollten ihnen die anderen nicht einfach nachmachen dürfen, dieses Kunststück, überhaupt einen Explosionsmotor an ein so kleines und zerbrechlich wirkendes Holzgefährt anzubauen. Und dieses Zweirad von dem Motor dann auch noch antreiben zu lassen. Hoffentlich …
Auch hier musste noch die allerletzte Hürde genommen werden. Die erste Fahrt eines Menschen als selbstständiger Lenker des motorisierten »Zweieinhalbrades«. In der Werkstatt hatte sich das für den Antrieb vorgesehene Hinterrad durch den Motor zwar einwandfrei bewegen lassen, aber ob dasselbe auch der Fall wäre, wenn ein Mensch als zusätzliche Last auf dem Sattel Platz genommen hatte? Erst recht angesichts der für ein solches Gefährt doch bedenklich schlechten Straßenverhältnisse. Andererseits war es ja gerade der Zustand dieser Straßen, der Daimler und Maybach zur Überzeugung hatte kommen lassen, dass man es wohl am besten erst einmal mit diesem zweirädrigen Reitwagen probieren sollte. Denn wie oft hatte man schon erleben müssen, dass die Pferdekutschen mit ihren schmalen Rädern auf abschüssigen Strecken aus den Spurrillen gesprungen und dann unkontrolliert den ganzen Hang hinuntergeschlittert waren, ohne dass der verzweifelte Kutscher auch nur die geringste Chance gehabt hätte, den Wagen irgendwie zum Stehen zu bringen. »Nein, da scheint mir

fürs Erste ein zweirädriges Gefährt mit dem zusätzlichen dritten Rad zur Abstützung schon besser geeignet zu sein. Auch wenn es, rein von der Konstruktion her betrachtet, mit den zwei Haupträdern zwangsläufig für den Lenker eine recht wackelige Angelegenheit sein wird. Aber es muss halt ein Mann sein, der kräftig ist und der über einen guten Gleichgewichtssinn verfügt. Dann kann man mit so einem Zweirad vielleicht doch besser in der Spurrille bleiben, wie mit einer vierrädrigen Kutsche. Zumal dann, wenn der Motor, was der Herrgott verhüten möge, irgendwelche Aussetzer haben wird. Also erst einmal das Zweirad. Später, wenn wir mit dem Reitwagen eine gewisse Erfahrung gewonnen haben, dann werden wir auch das Wagnis eingehen können, eine mit unserem Motor versehene Kutsche auf einer Straße auszuprobieren.«

Aber wer sollte der Lenker des Reitwagens sein? Keiner wollte sich so richtig daran wagen. Auch nicht Daimler selbst, was angesichts seiner nach wie vor ziemlich angeschlagenen Gesundheit alles andere als ratsam gewesen wäre. Ebenso wenig drängte es den sowieso eher zurückhaltenden Maybach in den Sattel und nicht einmal ihren seit einigen Monaten ebenfalls in der Werkstatt tätigen Monteur Kübler. Auch Adolf, der zweitälteste der Daimler-Buben, von dem es in der Familie hieß, er sei der waghalsigste von allen, wollte sich nicht an dieses Abenteuer herantrauen. Nun gut, im Alter von 14 Jahren wäre es nach Ansicht seines Vaters wohl auch nicht unbedingt angebracht gewesen, selbst wenn der Junge es gewollt hätte. Allein die Vorstellung, mit dem Hinterteil direkt über einer Explosionsmaschine zu sitzen, in der es sekündlich zu diesen kraftvollen Explosionen kam – also nein! Und nebendran der Behälter mit dem hoch entzündlichen Benzin. Nicht auszudenken, was da alles passieren konnte. Kein Wunder also, dass sich zunächst niemand dieser Lebensgefahr aussetzen wollte. Aber dann hatte sich doch noch jemand gemeldet. Und zwar freiwillig. Ein Familienmitglied.

Der 16-jährige Paul Daimler. Allen Protesten seiner entsetzten Mutter zum Trotz, die aus guten Gründen von dem ihrer Meinung nach irrwitzigen Vorhaben ihres Sohnes erst knapp eine Stunde zuvor Kenntnis erhalten hatte. Aber die Männer in der Familie wischten alle Bedenken der Mutter beiseite und entschieden, dass Paul Daimler also der erste Mensch sein sollte, der einen motorisierten Reitwagen selbstständig vom Punkt A zum Punkt B steuern sollte.
»Unser Paul, das ist der mit dem meisten technischen Sachverstand in der Familie – und einen gewissen Mut bringt er auch noch mit«, wie Gottlieb Daimler nicht ohne Stolz zum wiederholten Male gegenüber dem ehrfürchtig staunenden Berichterstatter der »Cannstatter Zeitung« erwähnte, als sein Sohn inzwischen bereits auf dem Gefährt Platz genommen hatte. »Und außerdem hält er sich in jeder freien Minute bei uns in der Werkstatt auf – wo er sich durchaus bereits nützlich macht. Er sagt, er wolle eines Tages in meine Fußstapfen treten. Nun ja, das wird die Zukunft dann zeigen, ob es so weit kommt oder ob er doch noch einen anderen Berufswunsch haben wird. Aber auf alle Fälle verfügt der Junge durch die Mithilfe in der Werkstatt trotz seines jugendlichen Alters über eine ganz ordentliche Erfahrung im Umgang mit dieser neuen Technik.«
Was für ein dornenreicher, von zahlreichen Rückschlägen gepflasterter Weg lag hinter ihnen! Nun gut, im Nachhinein betrachtet mussten sie für diese Verzögerungen, die ihnen zunächst so viel Verdruss bereitet hatten, in gewisser Weise sogar dankbar sein. Denn einzig und allein aus diesem Grund waren sie mit ihren Planungen zufällig in die Nähe eines wahrhaft historischen Datums gelangt. »Der 10. November! Das wäre ein hervorragender Tag für so eine epochemachende Erprobungsfahrt!«
Während Maybach seine Stirn in nachdenkliche Falten legte und angestrengt zu überlegen schien, worauf der Herr Daimler mit dieser Bemerkung wohl hinauswollte, erhielt er von dem begeisterten Konstrukteur postwendend die Antwort. »Das ist Schillers Geburtstag. Da finden dann

wieder landauf, landab die Schillerfeiern statt. Das ist folglich geradezu ideal für unser Vorhaben. Denn die Menschen sind deshalb zunächst von der Schillerfeier abgelenkt und werden von uns dementsprechend wenig Notiz nehmen. Das ist gut im Hinblick auf ein immer noch mögliches Scheitern unserer Probefahrt, auch wenn ich mir eigentlich nicht vorstellen kann, dass wir damit Schiffbruch erleiden werden. Aber wer weiß«, fügte Daimler achselzuckend hinzu. »In dieser Hinsicht haben wir ja schon alles erleben müssen, nicht wahr, Maybach? Bei den Verbrennungsmotoren, da gibt es anscheinend nichts, was es nicht gibt. Wenn dann aber alles gut gegangen ist, umso besser: Dann wird mein Paul sozusagen im Triumphzug durch das Spalier fahren. Dann können sie nach unserem Schiller gleich noch den Daimler-Reitwagen hochleben lassen. Ein besseres Datum als diesen Geburtstag kann es für uns also gar nicht geben! Hoffentlich kommt uns nichts Unvorhergesehenes mehr dazwischen, es wäre allzu schade um den schönen Termin! Wir sollten direkt in die Kirche gehen und eine Kerze anzünden, damit auch das Wetter hält!«

Das Wetter hielt, und Daimlers Wunsch ging in Erfüllung: Am frühen Morgen des 10. November war die nochmalige Überprüfung aller Funktionen zur völligen Zufriedenheit von Wilhelm Maybach ausgefallen. Mit den seiner Art entsprechenden trockenen Worten, denen man am leichten Zittern seiner Stimme dennoch eine gewisse Anspannung anmerkte, die auch ihn ergriffen hatte, legte Maybach endlich den Schraubenschlüssel beiseite: »Ich glaube, wir wären dann so weit, Herr Daimler.«
Der Weg war frei!
Am 10. November 1885 würde Paul Daimler die allererste Fahrt eines Menschen mit einem motorbetriebenen Gefährt wagen – und damit Geschichte schreiben. Falls alles gut ging … Die Fahrt sollte ihn über die Distanz von gut zwei Kilometern von Cannstatt bis nach Untertürkheim führen. »Einfach geradeaus am Neckar entlang, das ist eine

ganz gerade Strecke ohne nennenswertes Gefälle, da müsste man das Gefährt also einigermaßen gut beherrschen können. Du darfst halt nie loslassen!«, schärfte Daimler seinem 16-jährigen Sohn, dessen Wangen vor Aufregung und Anspannung rot glühten, bis kurz vor dem Start wieder und wieder ein. »Niemals loslassen! Verstanden?«

»Vater, bitte!«

»Du darfst das nicht vergessen: niemals loslassen!«

Wie ein Lauffeuer hatte sich unter der Bevölkerung herumgesprochen, bei welcher technischen Pioniertat die Menschen am heutigen Tag Zeugen werden konnten. Gerade erst hatten sie sich auf den Rückweg von den Schillerfeiern in Cannstatt, Gaisburg, Wangen und Untertürkheim begeben, da drangen tatsächlich schon diese lauten, knatternden Motorengeräusche an ihre Ohren, mitsamt der sensationellen Nachricht, dass der junge Daimler auf einer Höllenmaschine mit zwei Rädern sitze und gerade drauf und dran wäre, mit diesem Gefährt in einer geradezu aberwitzigen Geschwindigkeit das Neckartal hinauf bis nach Untertürkheim zu rasen.

Kein Wunder, dass die Menschen jetzt in wahren Massen an die Strecke strömten und – kaum dass sie den Reitwagen von weitem erblickten – in nicht enden wollende Hurra- und Hochrufe auf das Gefährt und seinen todesmutigen Lenker ausbrachen. Aber was waren das für Geräusche, die von dem rasch heransausenden, stark schlingernden Gefährt ausgingen! Dazu die schwarze Rauchwolke, die direkt unter dem Gesäß des Jungen in den grauen Himmel quoll. Eine Herausforderung des Schicksals! Ein Höllenritt! Konnte das wirklich gut gehen? Konnte denn ein Vater dermaßen verantwortungslos handeln und sein eigen Fleisch und Blut der Lebensgefahr auf einer derartigen Höllenmaschine anvertrauen?

Es klappte wirklich! Paul musste dabei – wie sie es im Nachhinein errechneten – Geschwindigkeiten von bis zu 12 km/h erreicht haben. Sensationell! Während Wilhelm Maybach den Jungen beim Startpunkt betreute, hatte sich Gottlieb

Daimler mittels einer normalen Kutsche an den geplanten Endpunkt, also an den Untertürkheimer Bahnhof begeben, wo er dem hoffentlich guten Ausgang des Experiments mit heftig klopfendem Herzen entgegensah.
Plötzlich brach unter den zahlreichen Beobachtern Jubel auf, der sich wie in einer Stafette von weit hinten am Neckar bis zum Bahnhof fortpflanzte, auf dessen Stufen der Konstrukteur die Ankunft seines Sohnes erwartete.
Und jetzt … jetzt war es auch hier zu hören: das typische Knattern des Motors. Tausendfach hatte es ihm schon in den Ohren geklungen – in der Werkstatt – und nun erstmals auch in der Öffentlichkeit. Paul! Da hinten kam der Junge tatsächlich auf dem Reitwagen dahergesaust. Leicht schwankend zwar, aber dennoch schien er sich gut im Sattel des Gefährts halten zu können. Nach wie vor der strengen Ermahnung seines Vaters folgend: Nur ja nicht den Lenker loslassen! Niemals. Da! In diesem Augenblick war er auf dem Platz vor dem Bahnhof angelangt, von dem man inzwischen vorsichtshalber alle Pferdekutschen in eine sichere Distanz verbannt hatte, um die Pferde bei dem ganzen Lärm und Gestank nicht scheu zu machen. »Bravo, Paul! Bravo! Du hast es geschafft! Ein Hoch auf Daimler und seinen Reitwagen!«
Zur Feier des wahrhaft geschichtsträchtigen Ereignisses drehte Paul Daimler, begleitet vom frenetischen Applaus der Masse, gleich eine Ehrenrunde. Das war ihm ja nicht zu verdenken. Und noch eine.
Aber jetzt … Es reichte. Denn wenn er mit seinen eisenberingten Holzreifen auf dem glitschigen Pflaster ausrutschte, womöglich gar stürzte und sich dadurch ernsthafte Blessuren zuzog, dann wäre der schöne Triumph bereits wieder infrage gestellt. »Reitwagen samt Fahrer schwer verunglückt!« Der Konstrukteur konnte die Schlagzeile der Zeitungen schon förmlich vor seinen Augen sehen. »Ehrgeiziges technisches Experiment gescheitert!« und so weiter und so fort …
»Anhalten! Sofort anhalten! Mach den Motor aus, Paul«,

rief Daimler mit sich vor Anspannung überschlagender Stimme. »Paul! Hörst du denn nicht? Bleib endlich stehen, habe ich gesagt. Paul!«
Doch scheinbar unbeeindruckt von den zunehmend verzweifelten Rufen seines Vaters drehte Paul weiterhin seine Runden auf dem Untertürkheimer Bahnhofsplatz vor der allmählich auf riesige Ausmaße anwachsenden, atemlos staunenden Menschenmenge.
Da! Der Blickkontakt gerade eben! War das etwa die Andeutung einer verzweifelten Ratlosigkeit, die der Konstrukteur meinte bemerkt zu haben, als Paul wieder einmal an ihm vorbeibrauste?
Weiter, weiter. Immer weiter. Seltsam. Ansonsten pflegte sich sein Junge doch an das zu halten, was ihm sein Vater auftrug. Erst recht in der Öffentlichkeit.
Gottlieb Daimler schien es, als sei eine halbe Ewigkeit vergangen, bis der Motor zunächst einige unregelmäßige Geräusche von sich gab, um dann endlich ganz zu verstummen. Nur Augenblicke später war auch das Gefährt zum Stillstand gekommen.
Aufgebracht schob sich Daimler durch die rasch näher rückende Menge, um seinen Sohn barsch zur Rede zu stellen. »Was war denn das? Wieso hast du nicht angehalten?«
Erschöpft wischte sich Paul mit dem Handschuh über seine schweißnasse Stirn. »Weil ich nicht gewusst habe, wie ich das machen sollte, Vater …«
»Du hast waaas nicht?«
»Ich habe nicht gewusst, welchen Hebel ich betätigen muss, um anzuhalten.« Paul rollte mit den Augen, um seinem Vater damit zu offenbaren, wie gerne er dessen Anordnung doch in die Tat umgesetzt hätte, wenn da halt nicht dieses Problem mit dem richtigen Hebel gewesen wäre.
»Ha, diesen hier«, deutete der fassungslose Erfinder, der sich einem wahren Wechselbad der Gefühle ausgesetzt sah, auf den entscheidenden Mechanismus. »Das ist der Hahn für das Benzin. Logischerweise direkt an der Benzinleitung angebracht. Ich dachte, das wüsstest du – so oft, wie du bei

uns mitgeholfen hast. Und wenn du diesen Hahn herumdrehst, dann geht der Motor von ganz alleine aus. Denn wenn kein Benzin mehr nachkommt ...«

»Ach Vater, das hört sich alles so einfach an. Natürlich weiß ich, was es mit der Benzinleitung für eine Bewandtnis hat. Aber dann setz du dich halt einmal auf so eine Maschine und versuche während der rasenden Fahrt irgendeinen Benzinhahn zu ertasten, den du dann auch noch zudrehen sollst. Und außerdem: Warst du es nicht, der gesagt hat, ich solle um Himmels willen ja die ganze Zeit über mit beiden Händen den Lenker festhalten. Damit hast du übrigens recht gehabt, wenn ich das nicht getan hätte, dann wäre ich mehr als einmal heruntergefallen. Das war vielleicht ein heißer Ritt! Und zwar in jeder Beziehung.« Ächzend hievte sich Paul aus dem Sattel des Reitwagens und deutete anschließend vielsagend auf sein Hinterteil. »Da, fass mal hier ran. Ich glaube, das glüht noch immer!«

Mit dieser Bemerkung lag er gar nicht so weit daneben. Denn auch Gottlieb Daimler konnte am Hosenboden seines Sohnes noch die Hitze spüren, die von dem direkt unter dem Sattel angebrachten Motor ausgegangen war. »In der Tat: Das muss ein wahrhaft heißer Ritt gewesen sein! Also frieren hast du sicherlich nicht müssen.«

»Das war meine größte Sorge, dass der Kleiderstoff womöglich Feuer fangen könnte«, nickte Wilhelm Maybach wenig später ernst, als auch er endlich am Zielort der Triumphfahrt eingetroffen war. »Da werden wir schon noch eine besondere Schutzvorrichtung anbringen müssen ...«

»... und vor allem auch eine bessere Federung«, rieb sich Paul vielsagend den schmerzenden Rücken. »Ich habe nämlich gemeint, mir würden alle Knochen im Leib durcheinandergewirbelt, so hat dieses Vehikel regelrechte Bocksprünge mit mir gemacht. Ein Geißbock ist nichts dagegen! Aber gut, es ist ja jetzt überstanden – und gut ausgegangen dazu.«

Erschöpft und vor Anspannung am ganzen Leib zitternd stand der 16-Jährige neben dem Reitwagen, dessen Lenker

er immer noch mit der rechten Hand krampfhaft umklammerte, während ihm sein Vater, von dem allmählich die Anspannung wich, ein ums andere Mal begeistert auf die Schultern klopfte.
»Gut gemacht, Paul, sehr gut! Wir haben soeben einen wahrhaft historischen Moment erlebt …« Es schien beinahe so, als hätte Daimler erst jetzt so richtig begriffen, was er da gerade eben sagte. Urplötzlich glitzerte es wässrig in seinen dunklen Augen, während er mit Mühe den trockenen Kloß hinunterschluckte, der in seinem Hals aufstieg, als er sich der Bedeutung dieses Augenblicks schlagartig bewusst wurde. »Mein jahrzehntelanger Traum … der Traum vom selbstständigen Fahren. Er ist mit dem heutigen Tag Wirklichkeit geworden. Dieses Datum wird in die Geschichte eingehen, und du Paul, du als erster Fahrer mit ihm!« Ohne sich seiner Tränen zu schämen, die ihm inzwischen über die Wangen strömten, wischte sich der Konstrukteur mit seinem weißen Leinentaschentuch über das nasse Gesicht. »Und jetzt, mein Junge, jetzt hast du einen Wunsch bei mir frei. Was wünschst du dir denn?«
Die Frage war kaum ausgesprochen, da blitzte es schon schalkhaft in Pauls Augen auf. Postwendend erfolgte seine Antwort. »Etwas zu essen Vater! Ich habe nämlich einen Mordshunger. Denn heute morgen, da habe ich vor lauter Aufregung keinen einzigen Bissen zu mir nehmen können. Aber jetzt … Es ist gerade so, als hätte ich ein Loch im Bauch. Hörst du, wie mein Magen knurrt? Der ist sogar noch lauter als dein Benzinmotor!«
Daimler lachte vergnügt auf. »Ja wenn das so ist, dann werden wir schleunigst für Abhilfe sorgen müssen. Ich kenne da zum Glück in Untertürkheim eine gute Wirtschaft, wo auch die Portionen recht ordentlich sind. Worauf hast du denn Appetit?«
»Dreimal darfst du raten, Vater«, grinste Paul. »Auf unser Leibgericht natürlich, einen richtig schönen Rostbraten mit viel Spätzle und noch mehr Soß'!«
»Dagegen habe auch ich nicht das Geringste einzuwenden.

Also, auf geht's in die Wirtschaft. Und du, Maybach, du kommst natürlich auch mit.«
»Aber der Reitwagen«, wagte Maybach einen zaghaften Einwand. Tatsächlich wäre er jetzt auch viel lieber erst einmal in die Werkstatt nach Cannstatt zurückgekehrt, um dort zusammen mit dem Monteur Kübler sämtliche Verschleißteile des Motors nach dieser ersten Erprobungsfahrt unter realen Bedingungen einer ganz genauen Inspektion zu unterziehen.
»Nichts da! Jetzt wird erst einmal gefeiert. Das muss nach so einer langen Zeit und so viel Arbeit auch mal sein. Der Alltag, der kommt dann morgen wieder von ganz alleine. Du kommst mit und damit basta. Und du, Kübler«, wandte sich Daimler an ihren Werkstattmitarbeiter, »du kommst natürlich auch mit. Auch du hast dir mit deiner sorgfältigen Arbeit das Anrecht auf ein Rostbrätle redlich erworben.«
»Und den Reitwagen?«, gab nun jedoch auch Kübler zu bedenken, »den können wir doch nicht einfach hier stehen lassen.«
»Könnten wir schon«, schmunzelte Daimler listig. »Denn wer sollte ihn angesichts dieser riesigen Menschenmenge schon stehlen wollen? Und Benzin ist bekanntlich auch keines mehr im Behälter drin … Aber nein«, beschwichtigte er seine durch diese mit voller Absicht so leicht dahin geworfene Aussage sichtlich beunruhigten Mitarbeiter lächelnd. »Unseren guten Reitwagen, den nehmen wir natürlich mit und stellen ihn dann so lange bei der Wirtschaft in den Schuppen, bis wir gegessen haben. Hinter verschlossener Tür natürlich. Und jetzt kommt schon, ihr beiden. Wenn ihr den Wagen zu zweit schiebt, dann geht's leichter und schneller. Einer auf jeder Seite. Und beeilt euch, nicht dass uns der Paul sonst womöglich noch verhungert. Das hätte er nach seiner heutigen grandiosen Leistung nämlich wirklich nicht verdient.«

Dank des Wagemutes von Paul Daimler war die Pioniertat zu einem erfolgreichen Ende gebracht worden. Ein völlig neues Kapitel in der noch jungen Geschichte des ortsunabhängigen Explosionsmotors war damit aufgeschlagen. Künftig würde dieser Tag bei den schwäbischen Landsleuten eine neue Bedeutung erlangen. Es war jetzt nicht mehr nur der Tag von Schillers Geburtstag, sondern in allererster Linie auch der Tag des erst 16-jährigen Paul Daimler, der am 10. November 1885 mit seinem enormen Wagemut Technikgeschichte geschrieben hatte. Die erste Motorradfahrt der Welt! Ja, sogar mehr noch: Das Geschehen am Schillergeburtstag des Jahres 1885 sollte auch als erste Überlandfahrt eines motorbetriebenen Fahrzeugs in die Weltgeschichte eingehen.

1886

Es war zwar schon Ende August, der 28., um genau zu sein, und dennoch eine schwülheiße Nacht, als wieder einmal etwas Merkwürdiges auf dem Anwesen in der Taubenheimstraße 13 vor sich ging. Die Zeiger der Turmuhr auf dem großen Zifferblatt der Cannstatter Stadtkirche waren bereits auf 11 Uhr vorgerückt, als ein riesiges Pferdefuhrwerk am umzäunten Eingang vor der Villa zum Stehen kam. Schätzungsweise ein halbes Dutzend dunkler Gestalten machte sich jetzt an der Ladung zu schaffen, ohne dass dabei die ansonsten üblichen lautstarken Flüche und Kommandos zu hören gewesen waren, mit denen ein solcher Transport gemeinhin beinahe zwangsläufig einherging. Aber mehr als einige wenige Geräusche unterdrückter Stimmen und die eine oder andere geflüsterte Anordnung drangen nicht über die Straße. Das hatte seinen guten Grund, denn die schon am 8. März dieses Jahres eingegangene Bestellung war schon damals mit der strikten Anweisung einhergegangen, dass dieses hiermit gekaufte Gefährt auf alle Fälle in der Nacht und mit aller gebotenen Diskretion geliefert werden müsse.
Diese Bedingung war vom Kunden derart eindeutig formuliert worden, dass sich selbst die gestandenen Schmiede der Stuttgarter Wagenbaufabrik Wilhelm Wimpff & Sohn jetzt nicht getrauten, die Auslieferung ihres Produkts mit der üblichen Lautstärke zu begleiten.
Weshalb aber die ganze Heimlichtuerei? Achselzuckend hatte ihnen der greise Firmeninhaber Wilhelm Wimpff erklärt, dass es sich bei der Kutsche um ein ganz besonderes Geburtstagsgeschenk des Herrn Daimler an seine Ehefrau handele, die am 29. April ihren 43. Geburtstag gefeiert habe. Seltsam. Der 43. Geburtstag. Und dann so ein überaus

teures Geschenk. Denn das war ja schließlich kein sogenannter runder Geburtstag, und es war ihnen auch gar nicht möglich gewesen, die Lieferung bis zu diesem 29. April zu realisieren. Der Konstrukteur aus Cannstatt war mit seiner Bestellung schlichtweg viel zu spät erschienen, als dass man wunschgemäß hätte liefern können. Dafür war die Anzahl an Aufträgen, die sich in der renommierten Kutschenbaumanufaktur stapelten, viel zu groß. Selbst bei einer Vorzugsbehandlung, die man angesichts der Bestellung dieser hochwertigsten Kutsche im gesamten Sortiment schon einmal in Erwägung ziehen konnte, war es unmöglich, den gewünschten Termin einzuhalten.
Am Ende hatte sich die Auslieferung leider sogar um einige Monate nach hinten verschoben, aber dafür hatten der Herr Daimler beziehungsweise seine Ehefrau nun auch wirklich das Beste vom Besten bekommen, das derzeit auf dem Kutschenmarkt in Württemberg zu kaufen war. Eine Kutsche »mit allen Schikanen«, wie man so schön sagte. Deshalb war das gute Stück dann auch auf den enormen Kaufpreis von sage und schreibe 775 Mark gekommen! Eine atemberaubend hohe Summe. Ein Preis, der selten für eine Kutsche bezahlt werden musste, hin und wieder vielleicht einmal vom königlichen Hof in Stuttgart, aber niemals von einfachen Bürgern. Selbst die finanziellen Möglichkeiten eines normalen Kaufmanns überstieg diese Summe bei weitem. Aber der Herr Daimler sei ja »nicht irgendwer«, sondern bekanntlich ein hoch vermögender Mann, der sich deswegen eine solche Ausgabe halt auch leisten könne, hatte der greise Senior Wilhelm Wimpff auf ihre diesbezüglich geäußerte Verwunderung angemerkt.
Weil nun das Geschenk aber erst so arg verspätet eingetroffen war, solle es umso mehr zu einer großen nachträglichen Überraschung für das Geburtstagskind werden. So hatte es der Herr Daimler ausdrücklich gewünscht. Um nicht mehr Lärm als unbedingt notwendig zu machen, hatte Wimpff nur diejenigen Männer aus seiner Firma den Transport vornehmen lassen, auf deren Diskretion er sich

hundertprozentig verlassen konnte. Insgesamt waren das gerade einmal drei Leute. Neben seinem Sohn Friedrich handelte es sich um den Enkel Albrecht Wimpff, der beim Großvater gerade eine Lehre als Schmied und Kutschenbauer absolvierte, und dann noch um den am längsten bei Wimpff beschäftigten Schmied, einen besonders zuverlässigen und verschwiegenen Mann.
Für diese drei würde der Transport und vor allem das Abladen der schweren Kutsche eine höchst mühsame Angelegenheit werden, gab Wimpff seinem Auftraggeber noch zu bedenken. Doch Daimler hatte diese Einwürfe mit dem Hinweis zerstreuen können, dass der Gärtner, sein Wilhelm Maybach und das Hausmädchen den Lieferanten in der Nacht hilfreich zur Seite stehen würden. Mit vereinten Kräften würden sie es dann sicherlich schaffen, das zentnerschwere Geschenk die vielen Stufen hoch bis in das Gartenhaus neben der Villa zu bugsieren. Einfach würde es nicht werden. Und eine recht schweißtreibende Angelegenheit sowieso. Erst recht bei diesen Temperaturen. Aber es würde schon klappen. Im Übrigen sei der Wunsch eines Kunden nun einmal Befehl, hatte der achselzuckende Wimpff seinen von diesem Transportauftrag nur mäßig begeisterten Männern erläutert.

»Die Idee mit dem Geburtstagsgeschenk ist am unverdächtigsten. Wenn ich das so sage, dann wird uns keiner draufkommen, dass wir die Kutsche in Wahrheit für einen ganz anderen Zweck brauchen«, lächelte der Konstrukteur zufrieden über seine fintenreiche Taktik für die Begründung der heimlichen Kutschenlieferung in sich hinein. »Und dieses Modell hier, gell Maybach, das ist wirklich ein richtiges Prachtstück. Eine sogenannte Americain: Schau nur, wie edel sie aussieht. Dunkelblau mit roten Zierstreifen und dazu die schönen schwarzen Ledersitze, eine wahre Traumchaise – auch wenn sie einen Nachteil hat: Sie muss halt immer noch von Pferden gezogen werden und kann sich nicht aus eigener Kraft bewegen. Nun gut, genau

das ist es ja, wo wir Abhilfe schaffen werden. Nicht wahr, Maybach?«
In der Tat hatte er sein Vorgehen minutiös geplant, samt dieser also ganz bewusst angewandten Verschleierungstaktik, die das angebliche Geburtstagsgeschenk betraf. Jetzt also war die Kutsche endlich da – und es war, wie bei einem Produkt aus dem Hause Wimpff und Sohn nicht anders zu erwarten, von einer ganz hervorragenden handwerklichen Qualität. Das war selbst im flackernden Schein der Windlaterne schon auf den ersten Blick zu erkennen. Es handelte sich um die besten Materialien, verarbeitet von wahren Meistern ihres Fachs. Elegant, robust und solide. Vom Besten das Beste. Ein Leitmotiv, das für den Kutschenbauer Wimpff genau dieselbe Gültigkeit besaß wie für den Motorenkonstrukteur Gottlieb Daimler.
Dieses Gefährt, das jetzt in seiner ganzen Pracht vor ihm im dunklen Portal des Gartenhauses stand und sicherheitshalber gleich noch mit einer dicken, dunklen Plane bedeckt werden würde, um es vor allzu neugierigen Blicken eventueller Besucher zu schützen, es war die Wegbereiterin des Fortschritts. Mit jener Kutsche würde das neue Kapitel der Motorisierung der Menschheit seinen Fortgang nehmen. Dessen war er sich absolut sicher. Wenn alles klappte – und daran war eigentlich nicht zu zweifeln –, dann handelte es sich bei dieser Kutsche um das erste vierrädrige, selbstständig fahrende Automobil der Welt!
»Was meinst du, Wilhelm? Ich würde sagen, wir müssen unser Gäule vorne anspannen. So wie so eine Kutsche eben konstruiert ist, da ist der Antrieb, also normalerweise die Pferde, ja auch vorne dran.«
Während er sich unmittelbar nach dieser Frage tief zu der vorderen linken Radnabe hinunterbeugte und sich den Anschein gab, als wolle er jedes Konstruktionsdetail der Kutsche noch einmal ganz genau in Augenschein nehmen, behielt er Wilhelm Maybach dennoch verstohlen genau im Visier. Denn es war ja das erste Mal seit über einem Jahrzehnt gewesen, dass er seinen langjährigen Wegbegleiter

bei dessen Vornamen genannt hatte. Einfach so – ohne Maybach darauf vorzubereiten. Testweise sozusagen. Mal schauen, wie der darauf reagierte.
Aber sein Maybach ließ sich nicht das Geringste anmerken. Falls er es überhaupt bemerkt hatte – wovon auszugehen war –, dann schien er für sich beschlossen zu haben, diese Anrede geflissentlich zu überhören. Als sei da gar nichts gewesen. Kein Wunder, dass jetzt auch Maybach mit einem Mal diese ganz besonders interessierte Miene wie sein Arbeitgeber zur Schau stellte und ebenso wie dieser die Vorderseite der Kutsche mit einem dermaßen übertriebenen Interesse musterte, dass man beinahe hätte meinen können, es sei das erste Fuhrwerk, das ihm jemals vor Augen gekommen sei. Erst nachdem geraume Zeit vergangen war, wandte er sich um und wiegte nachdenklich den Kopf: »Ja, also, ich weiß nicht so recht, Herr Daimler …« Ganz bewusst ließ er den zweiten Teil seines Satzes offen, während er sich mit allen Anzeichen der Verlegenheit ob dieses schemenhaft angedeuteten Widerspruchs im Nacken kratzte.
»Und warum nicht?«, zog der solcherlei Einwände von Maybach nicht gewohnte Daimler seine Stirn auch prompt in kritische Falten.
»Nun ja«, krampfhaft schien Maybach nach den angemessenen Worten zu ringen. »Irgendwie schiene es mir halt besser, der Motor könnte die hintere Achse antreiben …«
»… was aber eine völlige Umkehr des Kutschenprinzips bedeuten würde! Nein, das geht nicht, denn die Pferde werden nun einmal vorne an die Kutsche gespannt, und deswegen muss der Antrieb auch vorne eingebaut werden, sonst kommt die ganze Konstruktion in eine Schieflage – auch gewichtsmäßig. Nein Wilhelm, wir werden unser Gäule vorne einbauen – zumindest bei diesem Modell.«
Das letzte Wort war damit gesprochen. Maybach würde sich in den nächsten Tagen also mit der Frage beschäftigen, an welcher vorderen Stelle genau sie ihren Motor so sicher und effektiv einbauen und befestigen konnten, dass noch

genügend Platz für den Tank, den Antrieb und natürlich den Kutschenlenker vorhanden war. Diese Fragestellung würde ihnen sicherlich noch so manchen Kopfschmerz bereiten, darüber waren sich die beiden Männer im Klaren, ohne dass es deshalb irgendwelcher Worte bedurft hätte. Genau so unausgesprochen wurde auch die Tatsache besiegelt, dass Daimler seinen Konstrukteurskollegen von nun an in der Werkstätte bei seinem Vornamen nennen würde, während er es in der Öffentlichkeit wie bisher beim »Maybach« beließ. Schon aus Respekt gegenüber dem so überaus fähigen Mann. Auch wenn es dadurch also weiterhin zu mancherlei seltsamen Konstellationen kommen würde: wenn beispielsweise Emma Daimler ihre Jugendfreundin Berta logischerweise duzte, während sie deren Mann mit »Sie« und »Herr Maybach« anredete, im Gegensatz zu Daimler, der bei solchen Gelegenheiten das vertraute »du« und »Wilhelm« verwendete.
Nun denn, man sollte die Dinge manchmal eben lassen, wie sie waren. Hauptsache, die Arbeit an der motorisierten Kutsche ging zügig voran. Was tatsächlich auch der Fall war. Und so gelang den beiden dank der engagierten Mitarbeit des bienenfleißigen Monteurs Kübler sogar noch im Lieferjahr das kaum für möglich gehaltene Kunststück, den richtigen Platz für ihren schon wieder verbesserten Motor samt der Antriebsvorrichtung in der Americain-Kutsche zu finden. In tage- und nächtelanger Arbeit hatten sie alle technischen Hindernisse aus dem Weg räumen können. Jetzt war es kein großer Schritt mehr bis zum vollständigen Einbau der entsprechenden Werkteile, die sie zum Großteil sogar eigenhändig in ihrer Werkstatt herstellten. Denn woher sollte man diese Spezialanfertigung sonst schon beziehen? Ausgerüstet war man für solche Dinge bekanntlich gut genug – und mit Kübler hatten sie ja den richtigen Mann gefunden, der diese Arbeiten zu ihrer vollkommenen Zufriedenheit übernehmen konnte. Die ersten Probefahrten mit der Motorkutsche würden damit in absehbarer Zeit erfolgen können! Die automobile Zukunft

war greifbar nahe gerückt! Allerdings durfte man trotz aller Euphorie, die in diesen Tagen herrschte, nur ja nichts überstürzen. Sondern vorsichtig, Schritt für Schritt, die nächsten Etappen einplanen. Allein die Frage, ob die Werkstätte mit ihren recht beengten Verhältnissen überhaupt der geeignete Ort dafür war, den Motor schlussendlich hier in die Kutsche einzubauen, stand nämlich auf einem ganz anderen Blatt und brachte so manche schlaflose Nacht für Gottlieb Daimler mit sich, der so liebend gerne die Entscheidung getroffen hätte, die Motorkutsche in der Taubenheimstraße fertigzustellen, aber irgendetwas ließ ihn zögern ... Bloß nicht hudeln! Wieso kam ihm ausgerechnet dieser Spruch aus seinen Schorndorfer Kindertagen zur Zeit ständig wieder in den Sinn? Nun denn: Gar so falsch war der Satz schließlich ja auch nicht. Besser, die Dinge zweimal sorgfältig von allen Seiten betrachten, als hinterher die Scherben zusammenkehren zu müssen!
Auch in anderer Hinsicht galt es nach wie vor, eine gewisse Vorsicht walten zu lassen: So sehr es Daimler und Maybach auch drängte, schien es den beiden Konstrukteuren am Ende aber dennoch sinnvoller, bei ihrem neu produzierten Motor, dem stärksten, den sie jemals gebaut hatten, erst noch eine umfangreiche Erprobungsphase zu absolvieren, bevor man sich den kritischen Augen der Öffentlichkeit präsentierte. Nur ja nicht mit einem nicht völlig ausgereiften Produkt das Scheitern riskieren.
Um den völlig überarbeiteten Motor also auf seine Robustheit zu testen, schienen ihnen Versuche auf dem Wasser das ideale Feld zu sein. Und wenn sich der Motor dabei als verbesserungsbedürftig erweisen sollte, würde man in aller Ruhe die nötigen Korrekturen tätigen, um danach das eigentliche Ziel anzusteuern: den Einsatz in der Motorkutsche. So sehr es Daimler und Maybach buchstäblich in den Fingern juckte, so sorgsam vermieden sie jede übertriebene Hast. Einen Schritt nach dem anderen. Erst die Versuche zu Wasser, danach würde man weitersehen.
Und so versetzte der Konstrukteur aus der Taubenheim-

straße 13 die Cannstatter Öffentlichkeit im August des folgenden Jahres mit einem spektakulären Auftritt einmal mehr in ungläubiges Staunen. Während Maybach, wie immer, zunächst lieber im Hintergrund blieb, unternahm Gottlieb Daimler auf dem Neckar in Cannstatt jetzt seine Probefahrten mit dem Motorboot. Ein Boot, das er übrigens ganz folgerichtig auf den Namen »Neckar«getauft hatte.

Um sein Experiment möglichst lange vor neugierigen Blicken zu verbergen und gar nicht erst die Vermutung aufkommen zu lassen, dass da womöglich die erste Testfahrt mit einem vom neuartigen Benzinmotor angetriebenen Boot bevorstand, hatte Daimler das Boot während der Nachtstunden vorsichtshalber mit allerlei Drähten umwickeln lassen, so dass es selbst für einigermaßen fachkundige Zeitgenossen eher den Anschein hatte, es sollten damit wohl irgendwelche elektrischen Experimente unternommen werden.

Diese Vorsicht hatte noch einen weiteren Grund, denn den beiden Konstrukteuren war nur allzu bekannt, wie besorgt, ja geradezu ängstlich sich die Menschen nach wie vor über den Benzinmotor und dessen »explosive Gefahren« äußerten. Nicht auszudenken, zu welcher Katastrophe es womöglich führen würde, wenn sich da einer der sorgengeplagten Cannstatter in einer Panikattacke etwa bemüßigt fühlte, die Explosionsgefahr mithilfe einer Axt und einer Säge todesmutig zu bannen und das motorbetriebene »Höllenschiff« für immer in den trüben Fluten des Neckars zu versenken. Auch deswegen schien die falsche Spur, die sie mit den im Grunde genommen völlig nutz- und funktionslosen Drähten legten, absolut geboten. Man musste die Menschen eben ein bisschen an der Nase herumführen – und ihnen dann ganz rasch zeigen, wie problem- und gefahrlos das vom Benzinmotor angetriebene Neckarboot in Wahrheit funktionierte.

Genau so wurde es gemacht. Der darauffolgende Jubel war grenzenlos. Die Zeitungsberichte in der örtlichen Presse

schwankten zwischen fassungsloser Bewunderung und maßlosem Staunen: »In der letzten Zeit hat ein auf dem Neckar fahrendes, von etwa acht Personen besetztes Boot, das sich, wie von unsichtbarer Kraft getrieben, mit großer Geschwindigkeit stromauf- und -abwärts den Weg durch die Fluten bahnt, bei den Vorübergehenden nicht geringes Aufsehen erregt. Das Schiffchen mit eigenartigem Triebwerk ist von Ingenieur Daimler hier gebaut; die ersten Probefahrten wurden Anfang August gemacht. Seitdem haben mehrere hervorragende Techniker solche Fahrten mitgemacht. Seitens des Ruderers bedarf es nur eines Drucks mit der Hand, um das Boot nach jeder gewünschten Richtung in schnellerem oder langsamerem Lauf in Bewegung zu setzen.«
Auch wenn so mancher Berichterstatter die eigentliche Form des Antriebs beim Boot Neckar ganz offenkundig noch immer nicht so richtig begriffen hatte, ein weiterer Schritt in die Zukunft war damit getan – oder, um besser im Bild zu bleiben: Auch die nächste Woge war gemeistert.

Denn immerhin war es die Geburtsstunde des ersten benzinbetriebenen Wasserfahrzeugs gewesen. Des ersten Motorboots der Welt! Maybach und Daimler durften zu Recht stolz auf die Tatsache sein, dass ihnen auch dieses Vorhaben geglückt war. Vor allem Daimlers guter alter Freund und Weggefährte aus den Grafenstader Lehrlingstagen, Adolf Groß, der inzwischen seit einem knappen Jahr als Direktor der hoch angesehenen Maschinenfabrik Esslingen fungierte, war extra zu den Vorführungen nach Cannstatt gereist und hatte sich während der erfolgreichen Probefahrten voll des überschwänglichen Lobes gezeigt. Vor allem er war es, der den Zeitungsredakteuren eindringlich auseinandersetzte, welche technische Pioniertat sie als Zeugen hatten miterleben können. Dabei handele es sich lediglich um ein kleines Glied in einer viel größeren Kette, dessen wahre Bedeutung sich erst in einigen Jahren, wenn nicht Jahrzehnten, vollständig begreifen ließe.

Erst der mit Benzin befüllte dreirädrige Reitwagen, jetzt das Motorboot und demnächst … Hoffentlich …
Denn nachdem der Motor auf dem Wasser seine Bewährungsprobe derart glänzend bestanden hatte, dann müsste es ja direkt mit dem Teufel zugehen, wenn das nicht in Bälde auch auf der Straße der Fall sein könnte. Und zwar so bald wie möglich. Eile war inzwischen geboten, denn man war ja schließlich nicht alleine auf der Welt. Da gab es bekanntlich noch einen Konstrukteur, der ihnen womöglich bereits dicht auf den Fersen war. Ein genauso spannender wie nervenaufreibender Wettlauf zeichnete sich plötzlich ab, nachdem am 3. Juli dieses Jahres die »Neue Badische Landeszeitung« wie aus heiterem Himmel über die an diesem Morgen erfolgte öffentliche Ausfahrt des von Karl Benz entwickelten Dreirad-Fahrzeugs mit Gasmotorbetrieb, für das Benz inzwischen ebenfalls über ein Patent verfügte, auf der Ringstraße in Mannheim berichtete. Und wenig später war in den badischen Zeitungen sogar zu lesen, dass Benz diesen von ihm konstruierten Motorwagen demnächst bereits in Serie produzieren werde.

Es galt also, sich zu beeilen. Zwar bestand nach Gottlieb Daimlers Ansicht zwischen dem dreirädrigen Benz-Produkt aus Mannheim und der Cannstatter Motorenkutsche schon allein durch die Anzahl der Räder ein ganz entscheidender Unterschied, aber dass sich auch Benz in absehbarer Zeit ebenfalls einer Motorisierung der wesentlich stabileren vierrädrigen Kutschen zuwenden würde, das stand für ihn völlig außer Frage. Wem also würde es als erstem Konstrukteur gelingen, der Öffentlichkeit ein stabiles und alltagstaugliches Motorvehikel vorführen zu können?
Im Frühherbst des Jahres 1886 waren Maybach und Daimler mit ihrer Arbeit so weit gediehen, dass man sich nun endlich trauen konnte, die ersten öffentlichen Ausfahrten mit der vom »Standuhrmotor« angetriebenen Motorkutsche zu wagen. Als geeignete Wegstrecke für diese Fahrversuche hatten sie sich dieses Mal das Neckartal zwischen

Esslingen und Cannstatt ausgesucht – was schon aus dem Grund folgerichtig war, weil der Motor in der Maschinenfabrik Esslingen in die Kutsche eingebaut worden war, eine wahre Präzisionsarbeit, die allerhöchste Anforderungen an die Menschen und erst recht an die dementsprechenden Maschinen erforderte. Die Ausstattung in der kleinen Werkstatt in der Cannstatter Taubenheimstraße hatte dafür tatsächlich nicht mehr ausgereicht. Und so musste sich Gottlieb Daimler eines Tages schweren Herzens zu dem Entschluss durchringen, die Endmontage bei der Maschinenfabrik Esslingen zu tätigen. Hoffentlich konnte ihr Vorhaben dennoch weiterhin so geheim gehalten werden, wie sie das bislang geschafft hatten! Zunächst hieß es deshalb, die umgebaute, aber eben noch immer antriebslose Wimpff-Kutsche wiederum sozusagen bei Nacht und Nebel aus der Werkstatt zu schaffen und möglichst unbemerkt in die Fabrik nach Esslingen zu transportieren. Am folgenden Tag würde die »Standuhr« nachfolgen und unter der gewissenhaften Anleitung von Wilhelm Maybach in die Kutsche eingebaut werden.
Die Möglichkeit dieser Schlussfertigung in Esslingen beinhaltete durchaus eine gewisse Logik, denn dort fungierte ja bekanntlich Gottlieb Daimlers alter Freund Adolf Groß als leitender Direktor. So gesehen bot die Sache gleich noch einen weiteren Vorteil: Denn wenn die Kutsche nun schon einmal in Esslingen endgültig fertiggestellt war, dann konnte der Adolf Groß als unangefochtene Autorität auf dem Gebiet des Maschinenbaus ja auch gleich noch den Erfolg der ersten Probefahrten mit der Daimler'schen Motorkutsche zweifelsfrei bezeugen. Und Adolf Groß willigte natürlich begeistert in Daimlers Vorschlag ein. Genau so wurde es dann auch gemacht: Maybach würde die Kutsche lenken, Daimler als aufmerksamer Begleiter daneben sitzen – und Adolf Groß würde das epochale Ereignis dokumentieren. Auf die Sekunde und auf den Meter genau!
Es war ein Triumphgefühl ohnegleichen, das die beiden Männer durchströmte, als ihnen Adolf Groß am Ende des

Tages schließlich mit ernster Miene gratulierte und sie dabei noch einmal nachdrücklich auf die enorme Bedeutung dieses Augenblicks hinwies. »Damit ist euch etwas wahrhaft Gewaltiges gelungen. Die Namen Daimler und Maybach werden für alle Zeiten in die Geschichte der Menschheit eingehen!« Es schimmerte wässrig in den Augen des Freundes, als er mit vor Rührung vibrierender Stimme ein weiteres »Hoch« auf die beiden Konstrukteure ausbrachte. Paul und Adolf Daimler stimmten dabei genauso begeistert in diese Hochrufe ein wie der erst sieben Jahre alte Karl Maybach!

Es war Mitte November 1886, als Gottlieb Daimler, der heute deutlich früher als gewohnt nach Hause gekommen war, es sich mit einem zufriedenen Aufatmen in seinem Lieblingssessel im Wohnzimmer bequem machte und gemütlich die »Cannstatter Zeitung« durchblätterte, bei der ihn, wie immer, vor allem die Nachrichten aus der Technik und die Annoncen ganz besonders interessierten. Gerade hatte er den Anzeigenteil aufgeschlagen, der in dieser Ausgabe mit besonders zahlreichen Inseraten aufwartete. Vor allem eine der Anzeigen sprang ihm sofort ins Auge. »Da schau her! Wir scheinen allmählich wahrhaftig zum Industrieland zu werden. Schon wieder einer, der eine Firma eröffnet hat. Immer mehr Handwerker orientieren sich anscheinend an den neuen Herausforderungen unserer Zeit. Weißt du, Emma, wo das sein soll, diese Rotebühlstraße 75 B in Stuttgart?«
Emma, die gerade in der Nähe des Fensters stand, wo sie die große Zimmerpalme in kritischen Augenschein genommen hatte, deren fächerförmige Blätter seit Tagen immer mehr eine ungesunde gelbe Färbung annahmen, wandte sich nachdenklich um. »Wo sagst du? Die Rotebühlstraße in Stuttgart – hm. Das dürfte irgendwo im Westen sein. Direkt am Rand von Stuttgart. Nicht allzu weit vom Hoppenlaufriedhof entfernt, würde ich vermuten. Nun gut, die Nummer 75, das geht eher noch mehr nach

weiter draußen. Es dürfte die Gegend sein, wo sich gerade viele neue Firmen ansiedeln, eben weil es da halt mit den Mieten noch ziemlich billig ist.«

»Erst recht wahrscheinlich in der Nummer »B«. Dabei handelt es sich dann ja wohl um ein Hinterhaus.«

»Das denke ich auch. Aber was ist daran denn so interessant?«

»Ach, eigentlich gar nichts. Nur eben wie gesagt die Tatsache, dass offenbar schon wieder einer sein Glück in den neuen Techniken machen will. Er nennt sich »Werkstätte für Feinmechanik und Elektrotechnik Robert Bosch«. Mir zeigt das deutlich, dass Stuttgart auf dem richtigen Weg ist. Jetzt, nachdem sie endlich das große öffentliche Elektrizitätswerk in Angriff nehmen wollen, das wir so dringend brauchen, nachdem wir mit der ersten Anlage ja schon überall im Land, sogar in Berlin, große Aufmerksamkeit erzeugt haben. Das ist der richtige Weg. Denn siehe da: Kaum spricht sich diese Kunde herum, da inserieren auch schon junge Handwerker in dieser neuen Sparte, der Elektrotechnik. Na dann, viel Glück, junger Mann. Wir können solche Firmen gut gebrauchen, wenn wir tatsächlich einmal das Ruhrgebiet überflügeln wollen und aus Württemberg endgültig die Keimzelle des technischen Fortschritts machen werden. Denn was nützen uns die schönsten Erfindungen, wenn wir hinterher keine Handwerker und Facharbeiter haben, die diese Produkte in Serie herstellen können.«

»Ach, mein lieber Gottlieb und sein unstillbarer Ehrgeiz, es vor allem diesen Deutzern unbedingt zeigen zu wollen!« Kopfschüttelnd baute sich Emma vor ihrem Mann auf und nahm ihm die Zeitung aus der Hand, was Gottlieb Daimler mit einem verdutzten Stirnrunzeln quittierte. »Was ist denn so schlecht daran, wenn man ein bisschen Ehrgeiz entwickelt?«

»Im Grunde genommen gar nichts«, lächelte Emma nachsichtig, »aber du hast dir ja selber die Antwort gegeben, ein bisschen – und nicht rast-und ruhelos …«

»Aber so habe ich es doch gar nicht …«
»Schon gut, schon gut.« Die Hausherrin hob beschwichtigend die Hände und stoppte damit seine Rechtfertigungsrede schon im Ansatz. »Es ist ja alles recht und gut, und ich will diesem jungen Mann, wie heißt er noch mal …«
»Hosch, glaube ich … oder war's Brosch … ich weiß es nimmer. Hättest du mir nicht die Zeitung weggenommen, dann könnte ich es dir genau sagen«, brummelte Daimler, während es in seinen braunen Augen schelmisch glitzerte.
»Ist ja auch einerlei.« Emma machte eine wegwerfende Geste. »Es geht mir halt nur darum, die Kirche im Dorf zu lassen und sowohl mit dem Ehrgeiz als auch mit den persönlichen Vergeltungsgelüsten im Hinblick auf Deutz künftig ein wenig mehr hauszuhalten. Schon um deiner Gesundheit willen. Doch, doch, du brauchst jetzt gar nicht erst zu versuchen, die Sache gleich wieder kleinzureden. So wie du dich nämlich gestern Nacht im Bett herumgewälzt und gestöhnt hast, da braucht man kein Arzt sein, um zu hören, dass es dir nicht gut gegangen ist.«
»Ach was, das bisschen Ziehen in der Brust …«
»Das bisschen Ziehen! Ach, Gottlieb, mach mir doch nichts vor. Du bist drauf und dran, vor lauter Arbeit und hauptsächlich wegen deinem Ehrgeiz, im Wettlauf mit Carl Benz der Erste zu sein und zu bleiben, deine Gesundheit vollständig zu ruinieren. Deswegen wird jetzt nicht mehr lange gefackelt, sondern aufgestanden. Und dann geht es ab ins Kurbad.«
»Wie bitte? Etwa jetzt noch? Um diese Uhrzeit?« Ungläubig deutete Gottlieb Daimler auf die Zeiger der großen Standuhr in ihrem Wohnzimmer. »Jetzt ist es gleich sechs Uhr! Da wird doch sicherlich gleich geschlossen werden. Und außerdem habe ich eigentlich gar keine Lust mehr dazu. Ich bin müde, und jetzt womöglich den ganzen Weg hinunterzulaufen und dann dort vor verschlossenen Türen zu stehen … Ach weißt du, einen gemütlichen Abend habe ich mir wirklich anders vorgestellt.«
Doch auch dieses Argument lief ins Leere. »Nein, das geht

schon noch. Bis acht Uhr haben sie heute geöffnet. Ich habe mich extra danach erkundigt. Also komm, keine Müdigkeit vorschützen, es wird dir guttun. Sie streckte den rechten Arm aus. »Da, greif zu! Mit vereinten Kräften werden wir dich in Windeseile aus dem Sessel lupfen.«
In gespielter Verzweiflung verdrehte Gottlieb Daimler die Augen. »Diese Frau! Wenn sie sich etwas in den Kopf gesetzt hat: ha, dann gibt sie einfach keine Ruhe mehr!«
»Das musst ausgerechnet du sagen«, gab Emma lachend zurück. »Jetzt komm schon, greif endlich zu!«
Ihr Ehemann tat, wie ihm geheißen worden war, und ergriff Emmas Hand, die sich ins Hohlkreuz legte und angestrengt versuchte, den müden Daimler, der ihr absichtlich keinerlei Mithilfe angedeihen ließ, aus seinem bequemen Sessel zu ziehen. Doch lediglich sein Oberkörper bewegte sich leicht nach vorn. Der Mann selbst jedoch hob sich um keinen Zentimeter.
»Du meine Güte, bist du aber schwer geworden«, keuchte Emma, während sie fest die Zähne zusammenbiss und es ein weiteres Mal versuchte. »Du machst dich absichtlich schwer. Aber warte nur!«
Doch auch der neuerliche Versuch zeitigte keinerlei befriedigendes Ergebnis. »Also gut, ich gebe auf. Dann musst du dich halt alleine aus deinem Sessel schälen und kannst keine …« Der Schluss ihres Satzes endete in einem trockenen Husten. »Ich meine, du solltest jetzt freiwillig …«
Wieder wurde sie von einer Hustenattacke unterbrochen, die dieses Mal jedoch wesentlich heftiger ausfiel. Es handelte sich um einen regelrechten Anfall, der in einem erstickten Würgen mündete.
»Emma, du meine Güte! Was ist denn bloß? Kann ich dir helfen?« Blitzartig war Gottlieb Daimler hochgeschossen und umklammerte den linken Oberarm seiner von Hustenkrämpfen geschüttelten Frau.
»Wasser … Hol mir bitte ein Glas Wasser«, stieß Emma mühsam hervor, während sie sich kraftlos in den frei gewordenen Sessel sinken ließ.

Es dauerte geraume Zeit, bis der Anfall endlich vorüber war. Erschöpft strich sich Emma mit dem Handrücken über ihre schweißnasse Stirn. »Gott sei Dank! Es ist vorbei!«
»So heftig wie dieses Mal habe ich es bei dir aber noch nie erlebt.«, legte Daimler seine Stirn in sorgenvolle Falten. »Oder hast du das manchmal auch tagsüber, wenn ich nicht da bin?«
»Eigentlich nicht …«
»Eigentlich nicht!« Ihr Ehemann stemmte vorwurfsvoll die Hände in die Hüften. »Was ist denn das für eine Antwort? Was soll das heißen? Was ist dann uneigentlich?«
»Ach, Gottlieb«, winkte Emma müde ab. »Du weißt doch, dass ich nun einmal schon seit Jahren an dieser chronischen Bronchitis laboriere. Mal ist es besser, dann wieder ein bisschen schlechter. Erst recht natürlich jetzt wieder, in dieser kühlen Jahreszeit. Und der Nebel, der seit Tagen in der Stadt hängt, der macht mir natürlich zusätzlich ein bisschen zu schaffen …«
»Der Nebel …«
»Jetzt sag bloß, du hast das gar nicht bemerkt. Vor lauter Schaffen und Experimentieren. Das sieht dir wieder ähnlich!«
»Na ja …« Verlegen zuckte der Konstrukteur die Schultern. »So ist das halt, wenn man an der Spitze des Fortschritts arbeiten möchte …«
»… und dabei Haus, Ehefrau und Kinder vergisst. Von der eigenen Gesundheit gar nicht erst zu reden! Umso richtiger ist es jetzt, endlich etwas für die Gesundheit zu tun und ins Kurbad zu gehen! Auf, komm jetzt!«
»Aber Emma! Das ist doch wohl nicht dein Ernst. Nicht jetzt, nach dieser Hustenattacke gerade eben.«
»Doch, gerade jetzt. Jetzt erst recht sogar. Das wird nämlich auch mir guttun, dieses heilkräftige Cannstatter Wasser.« Unter Aufbietung all ihrer Kräfte und ihres ganzen Willens schaffte es Emma, sich mit einem Ruck aus dem Sessel zu erheben und ihrem immer noch verblüfften Mann durch ein energisches Nicken mit dem Kinn das eindeuti-

ge Zeichen zum Aufbruch zu geben. »Komm jetzt, Gottlieb, wir gehen!«
Es war nichts zu machen. Emma würde sich durch kein Argument der Welt von ihrem Vorhaben abbringen lassen. Da half nur noch, sich mehr oder minder still in sein Schicksal zu ergeben. »Oh, diese Frau mit ihrem bockelharten Dickschädel!«
»Das sagt der Richtige! Ausgerechnet du! Aber nach dem Bad, da wirst du mir insgeheim schon recht geben. Also losmarschiert jetzt, der Herr Konstrukteur!«

In der Cannstatter Gartenhauswerkstatt war es inzwischen eng geworden. Viel zu eng. Möglichst rasch musste eine deutlich größere Fabrikationsstätte gefunden werden – das bisherige Nebeneinander zwischen dem Versuchsbetrieb neuer Motoren einerseits und andererseits der beginnenden Serienfertigung des bewährten Motors in der kleinen Werkstatt konnte es auf Dauer gesehen nicht mehr geben. Aber nach einem großen Umzug seiner Werkstatt stand Gottlieb Daimler auch nicht der Sinn – schon gar nicht an einen ganz anderen Ort. Da fügte es sich gut, dass ganz in der Nähe des Daimler'schen Anwesens, ebenfalls noch in Cannstatt, gerade ein Grundstück zum Verkauf stand: eine nahezu 3000 Quadratmeter große, ehemalige Vernickelungsfabrik samt Lagergebäude auf dem Seelberg. Sowohl das Gebäude als auch das umgebende Gelände machten zwar einen stark vernachlässigten und alles andere als aufgeräumten Eindruck, ganz anders, als man das üblicherweise von einer Daimler'schen Produktionsstätte gewohnt war, aber diesen Mangel würde man rasch beheben. Hauptsache das Gelände und die Hallen waren groß genug – und befanden sich darüber hinaus eben auch in Cannstatt. Daimler fackelte folglich nicht lange, sondern erwarb gleich nach der Besichtigung am 5. Juli 1887 das ganze Areal an der Ludwigstraße um den nicht gerade unerheblichen Kaufpreis von immerhin 30.200 Mark.
Der geplanten Ausweitung ihrer Produktion stand damit nichts mehr im Wege. Platz hatte man nun endlich mehr als genug – und neue Arbeiter würde man jetzt ebenfalls einstellen können, was auch dringend notwendig war, um den wachsenden Auftragseingängen gerecht werden zu können.
Hier im Schwäbischen dürfte es eigentlich kein Problem sein, handwerklich gut ausgebildete Leute zu finden, dessen

waren sich Daimler und Maybach sicher. Die zusätzlichen technischen Fertigkeiten, die im Umgang mit den Motoren benötigt wurden, ließen sich solchen Männern problemlos beibringen. Und womöglich würde sogar der eine oder andere von jenen tüchtigen Männern, die sie vor Jahren aus dem Süden in die Gasmotorenfabrik nach Deutz geholt hatten, einem Ruf an den Neckar Folge leisten, wenn die Landsleute dort oben erst einmal Kenntnis von der Tatsache erhielten, dass ihnen in Gottlieb Daimlers neuer Produktionsstätte in Cannstatt alle Türen offen standen.

Unmittelbar nach dem Kauf des »alten Schuppens« übersiedelten sie mit der kompletten Fertigung von der Taubenheimstraße auf den Seelberg. Und weil nach Daimlers Ansicht die Zeit wieder einmal heftig drängte, die Aufträge mussten schließlich rasch erledigt werden, hielt man sich erst gar nicht mit großen Renovierungsarbeiten auf, sondern begann mit der Produktion inmitten der alten, ausrangierten Arbeitsgeräte des Vorgängerbetriebs.

Natürlich würde man hier »in dem ganzen Saustall« schon einmal richtig aufräumen müssen, aber das konnte man später machen, wenn die derzeitigen Aufträge abgearbeitet waren. »Eines nach dem anderen«, rechtfertigte sich Gottlieb Daimler vor seinen entgeistert dreinschauenden neuen Arbeitern achselzuckend. Immerhin 23 neue Monteure waren es. Männer, die von Daimler und Maybach sorgsam ausgesucht, geradezu auf Herz und Nieren geprüft worden waren. Bewerbungen für die neue Daimler-Fabrik auf dem Seelberg waren in Hülle und Fülle eingegangen. Kein Wunder, denn die Firma verfügte dank ihrer zahlreichen, in aller Welt gefeierten Erfindungen, inzwischen über einen glänzenden Ruf. Umso größer war dann das Entsetzen bei den neuen Leuten, die sich einen wahren Musterbetrieb vorgestellt hatten. Von wegen Musterbetrieb! Zunächst musste man sich beim Arbeitsantritt am frühen Morgen erst einmal durch eine von Spinnweben durchzogene, teilweise von zentimeterdickem Staub bedeckte Bruchbude kämpfen. Wie sollte man denn ausgerechnet

hier drinnen, »in so einer Sauerei«, die modernsten Maschinen der Welt herstellen?
Vor allem Anton Welt, den Daimler als Produktionsmeister für den neuen Betrieb eingestellt hatte – und der schließlich 38 Jahre, bis zu seinem Renteneintritt, in der Firma bleiben sollte –, zeigte sich gleich an seinem ersten Arbeitstag völlig perplex. Wohin war er da nur geraten? Und so machte der unerschrockene Welt seinem neuen Arbeitgeber gleich in der Mittagspause bittere Vorhaltungen. »Wenn ich daran denke, mit welchen kühnen Hoffnungen und in welch freudiger Erwartung ich heute Morgen erschienen bin. Auch alle meine Bekannten und Verwandten haben mich darum beneidet, dass ich nun die Gelegenheit haben sollte, meinen Teil am weiteren Erfolg des schnelllaufenden Benzinmotors beizusteuern. Und dann so etwas: Anstatt in eine wohleingerichtete Werkstätte hat man mich in einen Raum geführt, in dem außer einem einzigen Motor nicht viel zu sehen war. Und dann meine erste »Arbeit, die im Aufräumen und im Ausfegen bestanden hat, um überhaupt einmal eine gescheite Werkbank aufstellen zu können. Mitten in dem ganzen Dreck. Das hätte ich in so einem Betrieb nun wirklich nicht vermutet.«
Doch Gottlieb Daimler bedachte den zutiefst enttäuschten Mann lediglich mit einer wegwerfenden Geste. »Zu einem ganzen Mann gehört, dass man auch den Besen führen kann. Dazu sollte man sich nie zu schade sein«, meinte er lächelnd. »Erst einmal muss das Geld verdient werden, das der Umzug und der Kauf des Geländes hier verschlungen hat, und dann geht's ans Aufräumen und ans schöner Herrichten. Eins nach dem anderen halt.« Er war eben ein richtiger Schwabe. Sparsam und auch im persönlichen Auftreten bescheiden. Und das trotz seines, wie man munkelte, immer noch riesigen Vermögens, über das er seit dem Weggang aus Deutz verfügte, das sich auch nach den nicht ganz billigen Experimenten am neuen Motor und dem Kauf des neuen Fabrikgeländes sicherlich noch auf einige Hunderttausend Mark belaufen dürfte.

Auch einen Buchhalter hatte man inzwischen einstellen müssen. Die Fragen der Abrechnung, der Bestellungen und vor allem auch der betriebswirtschaftlichen Kalkulation ließen sich nun nicht mehr abends oder in der Nacht quasi nebenbei erledigen. In Karl Linck fand er einen guten, höchst verlässlichen Finanzfachmann.
Und so war also alles zum Besten bestellt. Die Serienproduktion konnte beginnen – samt der angestrebten Weiterentwicklung ihres Motors natürlich, dessen Potenzial ganz sicher noch längst nicht ausgereizt war. Das würde jetzt in erster Linie Wilhelm Maybachs Aufgabe sein. Ja, der Maybach! Der war seit dem Umzug auf den Seelberg überglücklich. Denn erstmals in seiner Berufslaufbahn verfügte er jetzt in dem großen Fabrikgebäude über sein eigenes Konstruktionsbüro, das er mit niemandem teilen musste. Das war gerade für den bescheidenen Maybach etwas ganz Besonderes, was er freilich niemals zur Bedingung für seine Weiterbeschäftigung bei Daimler gemacht hätte. Umso besser, dass es nun so gekommen war. Hier im eigenen Konstruktionsbüro, sozusagen in seinem »zweiten Wohnzimmer«, würde er sich also fortan freudig auf all die neuen Herausforderungen stürzen. Und diese waren zahlreich. Zunächst war da die Sache mit diesem – wieder einmal spektakulären – Prestigeprojekt, das sein Vorgesetzter unbedingt bis zum 27. September realisiert haben wollte. Diesen Jahres wohlgemerkt! Die Zeit war äußerst knapp bemessen, aber Daimler setzte wieder einmal alles daran, seine Idee von der motorbetriebenen Straßenbahn bis zu dem von ihm genannten Datum in Betrieb nehmen zu können. Denn wenn diese Motorstraßenbahn erst einmal funktionierte, dann war ihm reichsweit schon wieder eine enorme Aufmerksamkeit sicher. Man musste einfach beständig immer wieder neue Schlagzeilen produzieren, um nicht in Vergessenheit zu geraten. Das war seine feste Überzeugung. Und seine von einem Einzylindermotor angetriebene Motorbenzinstraßenbahn, die auf einer Versuchsstrecke zwischen dem Cannstatter Kursaal und dem Wilhelmsplatz

verkehren sollte, würde ihm diese neuerlichen Schlagzeilen bescheren. Dessen war er sich ganz sicher. Zum Glück hatte es bei der entscheidenden Sitzung im Cannstatter Stadtrat keine allzu großen Diskussionen gegeben, als der Konstrukteur Daimler um die Genehmigung für sein Vorhaben nachgesucht hatte. Freilich hatten die Kommunalpolitiker nachdrücklich darauf bestanden, dass die Stadt Cannstatt keinesfalls irgendwelche finanziellen Verpflichtungen im Zusammenhang mit dem Vorhaben zu übernehmen habe. »Selbstverständlich. Das geht alles ausschließlich auf meine Rechnung«, hatte er ganz nonchalant zur Antwort gegeben – und innerlich dennoch die Fäuste geballt. Diese schwäbischen Kleingeister! Nun denn.
Pünktlich zur Eröffnung des Cannstatter Volksfestes am 27. September 1887 konnte Gottlieb Daimler seine Benzinstraßenbahn tatsächlich in Betrieb nehmen. Die dafür notwendigen Schienen hatte er, wie versprochen, auf eigene Kosten (die nicht unerheblich gewesen waren) legen lassen. »Die Investition wird sich eines Tages auszahlen, warte nur, das wird gar nicht lange dauern«, versuchte er seine Ehefrau zu beschwichtigen, die angesichts der Rechnung, die sie zufällig zu Gesicht bekommen hatte, knapp an einem Ohnmachtsanfall vorbeigeschrammt war.
Aber Emma war dieses Mal nicht so leicht zu beruhigen. »Du weißt ja, dass ich mich normalerweise aus deinen geschäftlichen Angelegenheiten heraushalte, Gottlieb«, fuhr sie sich über ihre vor Anspannung schweißnasse Stirn. »Aber gehst du hier nicht einen Schritt zu weit? Können wir uns das wirklich leisten – angesichts dieser enormen Kosten, die ja schon allein der Fabrikkauf verschlungen hat. Dazu die ganzen neuen Arbeiter, die ebenfalls jede Woche bezahlt werden müssen …«
»Mach dir keine Sorgen«, fuhr Daimler in einem möglichst unbefangenen Tonfall fort. »Wer nicht investiert und seine Erfindungen auch nicht öffentlich vorführt, dem wird niemals ein großer Erfolg beschieden sein. So ist es halt nun einmal: Erst kommt die Saat, anschließend die Ernte

– die aber auch nur aufgeht, wächst und gedeiht, wenn man sie sorgsam pflegt, gießt und düngt. Du wirst schon sehen …«

Restlos war Emma immer noch nicht überzeugt. In der Zwischenzeit hatte sie nämlich des Öfteren bemerkt, wie ihr Mann am späten Abend in seinem Büro am Schreibtisch hockte und dabei endlose Zahlenkolonnen miteinander verglich, addierte, subtrahierte. Die eine Seite war mit roter Tinte geschrieben, die andere mit schwarzer. Am Ende dominierte eindeutig das Rot. Er schien sich wirklich Sorgen um die Einnahmen zu machen – eine Seite, die sie bis dahin an ihrem Mann gar nicht gekannt hatte und die er auch sorgsam vor ihr zu verbergen suchte. Aber Emma hatte es dennoch bemerkt. Und geschwiegen. Bis zum heutigen Tag. Aber da war er plötzlich wieder: sein unerschütterlicher Optimismus. Diese Begeisterung, mit der er jedes seiner neuen Erzeugnisse präsentierte. Dieses einzigartige Funkeln in seinen Augen und diese unglaubliche Überzeugungskraft, dank derer sich sein ganzes Umfeld auf einer Welle der schier grenzenlosen Euphorie tragen ließ.

Nun gut, hoffentlich behielt ihr Gottlieb auch in diesem Fall recht. Vielleicht würde es nach einer überzeugenden Vorführung der Motorstraßenbahn tatsächlich nicht mehr lange dauern, bis man daranging, die bisherigen Pferdestraßenbahnen zu ersetzen. Eventuell konnten damit sogar die Menschen in der benachbarten Hauptstadt endlich begreifen, was so ein Daimler-Motor zu leisten vermochte. Denn vor allem die Verwaltung in Stuttgart zeigte dem Erfinder aus dem kleinen Nachbarstädtchen Cannstatt bisher eher die kalte Schulter, weshalb auch immer. Vermutlich konnten es die Stuttgarter schlichtweg nicht ertragen, dass in dem idyllischen Kurort Cannstatt mit seinen international gerühmten Mineralquellen nun auch noch ein bedeutender Erfinder seine Firma aufgebaut hatte. Neid und Missgunst schienen wohl wieder einmal im Spiel zu sein – wie so oft, wenn Kleingeister das Sagen haben. Dabei war

doch Stuttgart eine der weltweit ersten Städte, in denen überhaupt eine Straßenbahn verkehrte. Sie könnten dank Daimler jetzt also wieder an der Spitze des Fortschritts stehen, wenn sie nur begriffen, was der Cannstatter Konstrukteur da geschaffen hatte.
Andererseits konnte Emma nur hoffen, dass die Straßenbahn während ihres Versuchsbetriebes von den noch recht häufigen Motorproblemen einigermaßen verschont blieb. Vor allem das oft schwierige Anlassen des Motors im kalten, regnerischen Herbstwetter würde den neidvollen Skeptikern natürlich zusätzliches Wasser auf ihre Mühlen verschaffen. Wie das bei technischen Neuerungen leider so häufig der Fall war.

In endlosen Stunden brütete Daimler während der folgenden Nächte in seinem Türmchen abseits des Wohnhauses über den zahllosen Plänen, Ideen und Konstruktionsskizzen, die ihm immer neue Impulse und Ideen verschafften. Die Möglichkeiten der allgemeinen Motorisierung schienen in der Tat unendlich zu sein – genauso wie die technischen Gerätschaften, die für diesen Zweck zu konstruieren waren. Eine unübersehbare Fülle von Visionen und Herausforderungen – beinahe zu viel für ein einzelnes Menschenleben.

Am darauffolgenden Morgen pflegte der genauso unausgeschlafene wie von einer permanenten Ungeduld getriebene Erfinder dann wieder in die Fabrikräume auf dem Seelberg zu eilen, um dort die in der Nacht ersonnenen Versuchsanordnungen möglichst rasch aufbauen zu lassen. Die Spannung war jedes Mal grenzenlos – das ließ sich nicht nur an Daimlers Miene, sondern auch in den Gesichtern seiner Leute mühelos ablesen. Und dann wieder nur ein Knall, eine Rauchwolke – und alles war nach wenigen Sekunden vorbei!
Die Anspannung wich genauso schnell einer maßlosen Enttäuschung. Wie der sprichwörtliche begossene Pudel

ließen Daimler und die Arbeiter nun wieder ihre Köpfe hängen. Noch nicht einmal von dem immerzu optimistischen und gut gelaunten Meister Anton Welt ließen sie sich in diesen Phasen tiefster Ernüchterung ein bisschen aufmuntern.

Obwohl, was hatte er da gerade eben aus Daimlers Mund gehört? »Nicht traurig sein, Männer. Das wird schon noch werden. Jetzt macht mal kein solches Gesicht mehr. Ihr seht ja alle aus, als wäret ihr allesamt der Elefantenkrankheit anheimgefallen.«

Überrascht blickte Anton Welt auf. »Was soll das denn heißen, Herr Daimler – Elefantenkrankheit?«

»Dass deine Kollegen wieder einmal alle den Rüssel hängen lassen. Kennst du den Ausdruck dafür denn nicht? Das nennt man die Elefantenkrankheit.« Daimlers erstaunliche Erklärung mündete in einem befreiten Gelächter seiner Männer. Der Bann der Enttäuschung war damit gebrochen. Na, Gott sei Dank.

Und dennoch traf den Konstrukteur ein ziemlich nachdenklicher Blick von Welt. »Dass ausgerechnet Sie jetzt so fröhlich sein können! Sie muss so ein Fehlversuch doch am härtesten treffen. Nach der ganzen nächtelangen Arbeit.«

»Das mag schon sein – aber was wäre, wenn ich gleich die Flinte ins Korn werfen würde? Geduld, mein lieber Welt. Das habe ich in den vergangenen Jahren oft genug erleben und erleiden müssen. Rückschläge, neue Versuche, wieder nichts, noch mal berechnen, von vorne beginnen und so weiter und so fort. Ja, die alte Weisheit stimmt schon: Auch Rom ist bekanntlich nicht an einem Tag erbaut worden!«

»Da haben Sie auch wieder recht«, nickte der von dieser Aussage tief beeindruckte Welt und klatschte dann umso energischer in die Hände. »Also Männer, ihr habt's gehört: auf ein Neues!«

Am 13. Oktober 1887, kurz nach der erfolgreichen Jungfernfahrt der Benzinstraßenbahn, gewann Gottlieb Daimler wieder die grenzenlose Bewunderung seines Publikums

– und das sogar vor einer überaus finanzkräftigen Kulisse. Voller Begeisterung verfolgte der internationale Geldadel am Waldsee bei Baden-Baden, wie der Konstrukteur aus Stuttgart sein mit Benzin betriebenes Motorboot »Rems« über die Wasserfläche sausen ließ. Und damit nicht genug: Denn nach der wahrhaft triumphalen Vorführung auf dem Wasser bat Daimler die von ihm persönlich geladenen Gäste zum Bahnhof der Kurstadt und präsentierte den staunenden Bankiers, Unternehmern, Offizieren und Adeligen seine motorisierte Draisine, die ebenfalls ausschließlich von einem seiner schnelllaufenden Einzylindermotoren angetrieben wurde. »Hier können Sie erkennen, dass mein neuer Benzinmotor universell einsetzbar ist: zu Wasser genauso wie auf dem Lande. Und sehen Sie nur, mit welchem Tempo er das Schienenfahrzeug vorantreibt!« Zum guten Glück funktionierte der Motor einwandfrei. Es handelte sich in der Tat um eine höchst beeindruckende Demonstration der Leistungsfähigkeit dieser neuartigen Technik. Von wegen Höllenmaschine! Ein »Wunderwerk der Ingenieurskunst«, jubelten die Menschen, nachdem wie üblich zunächst ein eher ungläubiges Staunen geherrscht hatte, das sich dann aber rasch in lautstarken Hochrufen seine Bahn brach. Die ansonsten in der Öffentlichkeit so zurückhaltend agierenden Herrschaften waren hörbar begeistert – und schienen sich tatsächlich mit dem Gedanken zu tragen, zumindest ein solches pfeilschnelles Motorboot zu erwerben, wenn nicht gar eine motorisierte Daimler-Kutsche. Demnächst mussten zumindest die Bestellungen für die Motorboote also endlich in Hülle und Fülle eintreffen. Bestellungen, die sonderbarerweise nach der Jungfernfahrt des ersten Bootes im vergangenen Jahr auf dem Neckar beinahe gänzlich ausgeblieben waren.

Womöglich war es damals ein Fehler gewesen, nicht gleich dorthin zu gehen, wo sich die Geldleute am liebsten aufhielten: in Baden-Baden. Doch als Fabrikant war man lernfähig – und nun war der Schritt ja gemacht. Nun konnten sich die Auftragsbücher also füllen.

Immerhin war es noch in Baden-Baden zu einem ganz wichtigen Kontakt gekommen, als Prinz Hermann zu Sachsen-Weimar den Konstrukteur beiseite nahm und ihm seinen Wunsch darlegte, möglichst schon innerhalb der nächsten Wochen eine gewisse Strecke mit dem Daimler'schen Motorwagen fahren zu dürfen. Daimler war einverstanden, denn das wäre dann natürlich wieder so ein Ereignis, für das man auch die in Stuttgart und Umgebung erscheinenden Zeitungen interessieren könnte: wenn ein Angehöriger des deutschen Hochadels das Wagnis unternahm, sich in aller Öffentlichkeit mit einem Daimler-Motorwagen chauffieren zu lassen! Daran hatte bislang noch kein einziges Mitglied des württembergischen Königshauses auch nur den geringsten Gedanken verschwendet. Zumindest war bei Gottlieb Daimler vonseiten des Stuttgarter Hofes bisher keinerlei Anfrage eingegangen. Wenn nun aber der Prinz von und zu Sachsen-Weimar höchstpersönlich … Für die Geschäfte konnte das nur gut sein.

Kaum dass es an der Tür geklopft hatte, war der Mann auch schon polternd in den Raum hereingeplatzt, ohne zuvor, wie es sich eigentlich gehört hätte, die Aufforderung zum Eintreten abzuwarten. Doch Anton Welt schien sich in diesem Augenblick mit angemessenen Umgangsformen nicht beschäftigen zu wollen. Ganz im Gegenteil! »Aber Herr Daimler! Das kann doch wohl nicht wahr sein!« Mit hochrotem Kopf baute sich der ansonsten so ruhige, stets zuverlässige Meister vor Gottlieb Daimlers Schreibtisch auf und wischte sich mit dem Ärmel seiner Arbeitsjacke über das schweißnasse Gesicht.
»Ja, Welt! Was um Himmels willen ist denn bloß passiert?«
»Was passiert ist?« In der Tat war Anton Welt völlig außer sich. Aber aus welchem Grund nur? Der Fabrikbesitzer sollte es gleich erfahren. »Das kann man doch nicht machen, Herr Daimler. Jetzt haben wir das Automobil gerade erst auf das Sorgfältigste zerlegt, für den Transport verpackt, verladen, und alles ist zur Abfahrt bereit – da kommt

plötzlich der Herr Maybach daher und sagt, alles müsse wieder herunter und ausgepackt werden. Und zwar mit Ihrer Billigung! Ist das wirklich wahr?«

»Ja, sicher. Schon.« Ganz langsam dämmerte Daimler, worin der Grund für Anton Welts Aufregung bestand.

»Aber das geht doch nicht, so kommen wir ja niemals voran! Wir haben den Wagen exakt nach Ihren Angaben – und denen vom Herrn Maybach – zusammenmontiert. Danach für den Transport wieder auseinandergebaut und verpackt – und jetzt plötzlich heißt es: Kommando zurück! Jetzt geht also alles wieder von vorne los.«

»Aus gutem Grund!«

»Aber der Wagen ist doch genau so gebaut worden, wie ihn der Kunde bestellt hat und wie es Ihren Vorgaben entspricht.«

»Das mag ja so sein. Aber wenn der Herr Maybach inzwischen durch seine Versuche ein anderes Ventil erprobt hat, das viel zuverlässiger ist als das bisher verwendete, dann muss eben jetzt das bessere eingebaut werden. So ist das nun einmal, mein lieber Welt.«

»Selbst wenn der Kunde das gar nicht bestellt hat?«, ließ sich der Meister nicht so rasch in seine Schranken verweisen, noch nicht einmal von seinem Arbeitgeber persönlich. Schließlich hatte er eine einwandfreie Arbeit abgeliefert.

»Ach Welt«, seufzte Daimler. »Wie viele Monate bist du denn jetzt schon bei uns in der Firma?«

Welt stutzte. Was war denn das nun wieder für eine Frage?

»Ha, schon eine gute Zeit …«, begann er die Monate seit seinem Eintritt in die Daimler-Fabrik am Seelberg langsam an den Fingern seiner Hände abzuzählen, wurde dabei aber von Daimler mit dem Einwurf unterbrochen: »Auf jeden Fall lange genug, um zu wissen, wie mein Firmengrundsatz lautet, oder?«

»Ha, klar weiß ich das: das Beste oder Nichts«, deklamierte Welt und drückte dabei stolz den Rücken durch.

»Na also, da hast du es ja gerade selber gesagt: vom Besten das Beste. Und wenn der Herr Maybach da eben am heutigen Tag zu der Überzeugung gekommen ist, dass das neu erprobte Ventil besser ist als das bisher verwendete und dass es ab sofort zum Einbau in unsere Motoren verwendet werden soll, dann hat das auch genau so zu geschehen. Und zwar ab dem Moment, an dem seine Entscheidung gefallen ist.«

»Aber doch nicht auch noch bei einem Wagen, der gerade fix und fertig verpackt und verladen worden ist«, stöhnte Welt.

»Doch, auch an dem!«, setzte Daimler jetzt eine strenge Miene auf. »Noch einmal: das Beste oder Nichts! Und zwar zu jeder Zeit. Da bin ich mit dem Herrn Maybach völlig einer Meinung. Unsere Kunden haben ein Anrecht darauf, von uns immer den neuesten Stand der Technik geliefert zu bekommen. Und wenn sich nach der Bestellung eben ein neues Bauteil als besser erwiesen hat, dann wird dieses neue Bauteil von uns auch eingebaut. Ohne dass der Wagen deswegen teurer wird. Das ist auch so ein Grundsatz, auf den sich unsere Kunden fest verlassen dürfen. Punktum.«

Anton Welt verzog unglücklich sein Gesicht und deutete mit dem Daumen der rechten Hand auf einen imaginären Punkt hinter sich. »Also tatsächlich? Alles herunter laden, dann wieder zurück in die Werkhalle, dort auspacken, das Ventil einbauen, danach neu verpacken? Die ganze Litanei?«

»Die ganze Litanei«, nickte Daimler nachdrücklich.

»Jetzt weiß ich auch, woher der Spruch kommt, den man inzwischen immer wieder in Cannstatt und in Untertürkheim hören kann …« Bewusst ließ Welt seine Bemerkung im Raum stehen. Ein kleines bisschen Revanche sollte schon sein dürfen. Und er wusste genau, dass man sich als fleißiger und präziser Arbeiter beim Herrn Daimler so etwas schon einmal heraus nehmen durfte.

»Welchen Spruch meinst du denn damit, Welt?«

»Ha, den natürlich: Wenn du koi Geduld hosch, dann gosch zum Daimler, do kosch se lerna!«, rezitierte Anton Welt grinsend und tippte sich anschließend mit dem Zeigefinger grüßend an die Stirn, um das Büro rasch zu verlassen, in dem ein verblüffter Gottlieb Daimler zurückblieb, der seinem Meister mit offenem Mund hinterherstarrte. »Und dennoch«, murmelte er schließlich lächelnd vor sich hin. »Sollen sie sagen, was sie wollen. Das Beste oder Nichts. Das wird mein Wahlspruch bleiben, solange ich Konstrukteur bin. Daran wird sich nicht das Geringste ändern. Bei mir nicht – und genauso wenig auch beim Maybach.«

❧

»Das ist ja einfach unglaublich! Den Mann muss ich unbedingt kennenlernen!« Mit einem energischen Ruck erhob sich Gottlieb Daimler aus seinem bequemen Lesesessel und deutete mit dem Zeigefinger auf einen Artikel in der »Leipziger Illustrierten«, den er gerade intensiv studiert hatte.

Stirnrunzelnd musterte Emma Daimler ihren Mann, der sie mit seinem impulsiven Ausruf jäh aus einem erschöpften Halbschlaf riss, in den sie nach einer schlimmen Hustenattacke gesunken war. »Gottlieb! Was ist denn los, dass du mich derart erschrecken musst?«

Verlegen senkte der Getadelte seinen Kopf und murmelte eine hastige Entschuldigung. »Das wollte ich nicht, Emma. Verzeih mir. Da ist wohl wieder einmal der Gaul mit mir durchgegangen.«

»Das kann man wohl sagen …«, nickte Emma während der zweite Teil ihrer Erwiderung durch einen trockenen Hustenanfall erstickt wurde.

Sorgenvoll musterte der Konstrukteur seine Ehefrau, deren Oberkörper von dem Husten regelrecht durchgeschüttelt wurde. »Emma! Soll ich nicht doch lieber den Arzt holen?«

»Untersteh dich!«, keuchte die Kranke mühsam und wischte sich mit dem Handrücken kraftlos über ihre schweißnasse Stirn. »Ausgerechnet du willst mir den Doktor auf den Hals hetzen – und selber, da bringen dich keine zehn Pferde zu einer Untersuchung.«

»Das ist doch etwas völlig anderes. Ich weiß schon, was mir guttut und was nicht. Aber wenn ich so sehe, wie du dich wieder quälst … Dann geh doch wenigstens schon mal ins Bett und deck dich gut zu.«

»Das mache ich ja gleich nachher. Aber ich kann doch nicht den ganzen Tag über im Bett liegen bleiben – nur wegen so

einer Bronchitis. Denn wer kümmert sich dann um den Haushalt, um die Kinder und – nicht zuletzt – um meinen Mann?«
»Aber dafür haben wir doch unser Dienstmädchen.«
Drohend hob die Dame des Hauses ihren Zeigefinger, während ein kaum wahrnehmbares, schalkhaftes Lächeln um ihre Mundwinkel zuckte. »Das würde dir so passen. Du und unser junges Dienstmädchen …«
»Aber Emma! Ich bitte dich!«
»Das sollte doch nur ein Spaß sein«, versuchte Emma, die aufkeimende Empörung ihres Mannes gleich im Ansatz wieder zu dämpfen.
»Na ja«, brummelte der verdrossen. »Späße gibt es …«
»Jetzt spiel nicht gleich die beleidigte Leberwurst. Du siehst, es geht mir eigentlich ganz gut – und ich kann zumindest in verbaler Hinsicht noch durchaus mit dir Schritt halten. Ich habe halt eine kleine Bronchitis. Davon geht die Welt nicht unter. Du kennst das ja von mir: Meine Lunge und die Atemwege, das ist eben meine schwache Seite. Wie bei dir das Herz, so ist es bei mir eben die Lunge. Und damit Ende der Diskussion. Jetzt sag mir lieber, was dich vorhin so sehr in Wallung gebracht hat, dass du mich mit deinem ungestümen Ausruf beinahe aus dem Sessel geworfen hättest.«
Schlagartig war Daimler damit wieder in seinem Element und präsentierte seiner Frau den entsprechenden Artikel aus der »Leipziger Illustrierten«. »Da … schau! Das musst du einmal lesen. Das ist wahrhaft sensationell, was der Mann da vorhat. Den muss ich unbedingt kennenlernen. Ich werde ihn hierher nach Cannstatt einladen und ihn bitten, so rasch wie möglich herzukommen. Denn das … wenn das klappen würde, dann wäre es die vollständige Erfüllung meines Traums. Dann nämlich hätte sich der Kreis endgültig geschlossen: zu Lande, zu Wasser und fortan auch in der Luft!«
Mit wachsender Faszination hatte Gottlieb Daimler in dem Zeitungsartikel von den Versuchen des Leipziger Verlegers

und Buchhändlers Dr. Friedrich Hermann Wölfert mit einem gasbefüllten Ballon gelesen. Wobei … Ballon war eigentlich die falsche Bezeichnung für die zylindrische Hülle, die eher einer in der Luft befindlichen Zigarre ähnelte als einem wirklichen Ballon. Das alles war ja hochinteressant! Daimler begriff natürlich sofort, welche ungeahnten Möglichkeiten sich durch dieses offenbar schon seit Jahren immer weiter entwickelte Zigarren-Ballongefährt darboten – im Gegensatz zu einem einfachen Ballon.
Es brauchte nun halt noch einen eigenständigen Antrieb, mit dem man das bislang völlig der jeweils vorherrschenden Windrichtung ausgelieferte Luftfahrzeug manövrieren konnte. Das ging nur bei einer solchen Zigarrenform. Keinesfalls mit einem Ballon. Ja, genau: das war es!
Diese Grundidee mit dem Luftschiff, die Wölfert von einem inzwischen verstorbenen Mann namens Baumgarten übernommen hatte, war wirklich bestechend. Jedoch war wieder einmal – wie so oft in den vergangenen Jahren – ein völliger Laie mit der Sache befasst. Ein Buchhändler eben, der weder auf dem Gebiet der physikalischen und aerodynamischen Grundlagen und erst recht nicht im Hinblick auf die Funktionsweise und die Möglichkeiten von Verbrennungsmotoren sattelfest sein konnte. Es schien Daimler ganz ähnlich wie bei Otto und dessen Zufallsentdeckung zu sein. Umso mehr ein Grund, sich so rasch wie möglich mit diesem Dr. Wölfert in Verbindung zu setzen. Man musste sich die Sache dringendst einmal näher anschauen können. Schon am nächsten Tag ging deshalb ein entsprechender Brief von Cannstatt nach Leipzig. Verbunden mit der Einladung in die Daimler'sche Versuchswerkstatt – und mit der zunächst nur andeutungsweise skizzierten Möglichkeit, womöglich einen Verbrennungsmotor an das Luftschiff zu bauen, um es damit steuerbar zu machen. Bei aller gebotenen Vorsicht natürlich, denn entscheidend war ja die Frage, mit welchem Gas das Luftschiff befüllt werden sollte und ob man sicherstellen konnte, dass die vom Motor ausgehende Hitze dieses Gas nicht zur Explosion brachte.

Vor allem das Glührohr der Zündung würde Probleme machen! Das lag auf der Hand. Doch wo ein Wille war, da war auch ein Weg. Bisher war das immer so gewesen. Weshalb sollte es dieses Mal anders sein. Nein, man durfte sich nicht von vornherein in Skepsis ergehen. Sondern mit der nötigen Mischung aus Zuversicht und Sachverstand an die Sache herangehen.

Ein lenkbares Luftgefährt, mit dem sich die Menschen punktgenau vom Ort A zum Ort B über den Himmel transportieren lassen könnten! Eine faszinierende Vorstellung! Und deren Verwirklichung lag im Grunde genommen greifbar nahe. So schien es jedenfalls Gottlieb Daimler – und auch bei dem Leipziger Luftfahrtpionier stieß das Angebot aus Cannstatt auf dankbares Interesse. So dauerte es nur wenige Wochen, bis Dr. Friedrich Hermann Wölfert der Einladung tatsächlich Folge leistete. Seine Begeisterung kannte keine Grenzen, als er gleich nach seinem Eintreffen vom Bahnhof aus in der motorisierten Kutsche durch die ganze Kurstadt chauffiert wurde, und steigerte sich nochmals, als er von den erfolgreich verlaufenen Experimenten mit motorbetriebenen Booten auf dem Neckar hörte. Zwei verwandte Seelen waren da anscheinend zusammengetroffen, deren Schlussfolgerung genau dieselbe war: Wenn ein solcher Antrieb auf dem Land und auf dem Wasser funktionierte, weshalb sollte es dann nicht genauso gut auch in der Luft gehen?

Das motorbetriebene Luftschiff. Sie würden das Wagnis angehen. Die Frage lautete also nicht mehr ob, sondern nur noch wann auch diese Vision Wirklichkeit würde. Ein kurzer, kräftiger Handschlag und die Verabredung war hiermit getroffen. Dementsprechend euphorisch gestimmt ging man auseinander – in der zuversichtlichen Hoffnung, schon bald wieder zusammenzutreffen.

Zunächst jedoch wurde die Geduld beider Männer auf eine harte Probe gestellt. Denn es gingen Monate ins Land. Ein Problem folgte auf das andere.

Und gleichzeitig galt es für Daimler, sich ebenso um all die

anderen Dinge zu kümmern, die der anspruchsvolle Firmenbetrieb inzwischen mit sich brachte. Auch Wilhelm Maybach brauchte Unterstützung bei der Weitenwicklung des bisherigen Motors. Dazu mussten die Fahrzeuge wesentlich robuster und vor allem überlandtauglicher gemacht werden. Denn so begeistert sich Presse und Bevölkerung über die ersten Erfolge der motorisierten Kutschen auch gezeigt hatten, noch immer überwog die Skepsis, ob so ein Gefährt auch wirklich in den Anforderungen des Alltags bestehen würde. Aus diesem Grund blieben die Leute doch lieber bei ihren guten alten Pferdekutschen. Nicht einmal in seinen ärgsten Alpträumen hätte sich Gottlieb Daimler ausmalen können, wie kümmerlich die Absatzzahlen seiner Motoren selbst nach der geglückten Fahrt mit dem Reitwagen und mit der Wimpff-Kutsche noch immer ausfielen – während die Kosten für Produktion und Verbesserung der Motoren allmählich geradezu ins Uferlose wucherten.
Bei allem Drang zur raschen Verwirklichung seines dritten Traumes musste er sich jetzt erst einmal stärker als bisher um die wirtschaftliche Seite des Unternehmens kümmern. Mit aller Macht drängte sich das Graubrot des Alltags momentan in den Vordergrund – viel heftiger, als ihm das lieb war. Doch es war nun einmal nicht zu ändern.
Die Träume mussten warten.

Schon allein die schwarze Umrandung des Briefes, den ihm der Bote an diesem 30. Dezember 1887 persönlich überreichte, ließ Gottlieb Daimler nichts Gutes ahnen. Eine Trauernachricht. Und das auch noch am vorletzten Tag des Jahres! »Emma, kannst du den Brief bitte aufmachen? Ich glaube, meine Nerven wollen dieses ewige Auf und Ab nicht mehr mitmachen, dem ich das ganze Jahr über ausgesetzt gewesen bin.«
Der Konstrukteur warf seiner an der Esszimmertür verharrenden Ehefrau einen flehentlichen Blick zu. Auch Emma Daimler hatte in diesem Moment einen seltsam schmerzvollen Stich in der Magengegend verspürt, als ihr Mann andeutete, es handele sich um eine Trauernachricht, die ihm da gerade eben überbracht worden sei. Bloß nicht ein plötzlicher Todesfall in der eigenen Familie! Nicht jetzt, nach diesen doch einigermaßen geruhsam verbrachten Weihnachtstagen, die freilich von der Sorge um den Gesundheitszustand ihres kleinen Wilhelm düster überlagert worden waren, der sich eine schlimme Bronchitis zugezogen hatte und sich nun endlich wieder auf den Weg der Besserung befand. Sofern man bei ihrem Sorgenkind überhaupt von einer Gesundung reden durfte, denn seit seinem Unfall und dem damit verbundenen unheilbaren Rückenleiden musste der Kleine die meiste Zeit des Tages im Bett verbringen. Doch immerhin: Das Schlimmste war überstanden, die vom Arzt befürchtete Lungenentzündung hatte sich zum Glück nicht auch noch eingestellt.
Kaum, dass man also in dieser Hinsicht erleichtert aufatmen konnte, jetzt schon wieder eine Hiobsbotschaft. »Nun komm schon, Gottlieb«, konzentrierte Emma ihre ganze Nervenkraft und streckte die rechte Hand nach dem Schreiben aus. Hoffentlich bemerkte ihr Mann nicht, wie sehr sie dabei zitterte. »Gib mir halt den Brief. Es ist sicher

nichts aus unserem direkten Umfeld. Du wirst schon sehen – eher von weiter weg, eine Nachricht aus Deutz wahrscheinlich …«
Mit klopfendem Herzen betrachtete sie den Briefumschlag, der mit einem rötlichen Siegel verschlossen war. Eine französische Postmarkierung war daneben zu lesen. »Paris. Hm … seltsam. Wen kennen wir denn in Paris außer der Familie Sarazin? Und die beiden sind doch noch so jung, da kann doch nichts …« Die Worte erstarben ihr auf den Lippen. »Oh mein Gott!«
Wenig später hielt sich Gottlieb Daimler die schockierende Nachricht ein weiteres Mal vor Augen. Am 24. Dezember 1887 war Eduard Sarazin gestorben! An den Folgen eines langjährigen Nierenleidens, wie es in einem begleitenden Satz hieß. Und das im Alter von nur 47 Jahren. »Wieso hat er mir nie gesagt, dass er krank ist? Ich hatte keine Ahnung davon. Das ist ja fürchterlich. Die arme Louise Sarazin!«
Die beiden beinahe gleichaltrigen Männer kannten und schätzten sich schon seit vielen Jahren. Bereits seit Daimlers Tätigkeit in der Gasmotorenfabrik in Deutz, wo er erstmals mit Eduard Sarazin, dem in Paris lebenden Deutzer Vertriebsbeauftragten für den französischen Markt, zusammengetroffen war. Da Daimler die französische Sprache ja fließend beherrschte und Eduard Sarazin andererseits über einen enormen technischen Sachverstand verfügte, waren sie sich gleich auf Anhieb sympathisch gewesen – und hatten ihren freundschaftlichen Kontakt auch in späteren Jahren nie abreißen lassen, auch dann nicht, als Daimler der Gasmotorenfabrik längst den Rücken gekehrt hatte und Eduard Sarazin sich mit einer eigenen Firmengründung in Paris selbstständig gemacht hatte. »Aber von einem Nierenleiden hat er mir nie etwas erzählt. Du meine Güte, Eduard! Wir hätten doch versuchen können, in Deutschland einen Spezialisten zu finden, der ihm vielleicht hätte helfen können.«
»Hätte, könnte, wollte … es ist zu spät, Gottlieb. Die arme Frau Sarazin!«

Emma Daimler tupfte sich mit dem Taschentuch über ihre tränenfeuchten Wangen. »Wie geht es denn nun für sie weiter, ohne ihren Eduard? Aus ihrem Begleitbrief geht ja hervor, dass sie völlig vor dem Nichts steht. Können wir ihr irgendwie helfen, Gottlieb?«

»Natürlich können wir das. Es ist ja sogar meine Verpflichtung meinem langjährigen Freund und Geschäftspartner gegenüber. Irgendwie wird es schon möglich sein, die Gesellschaft weiter zu betreiben. Von meiner Seite bekommt sie jedenfalls alle Unterstützung, die ich ihr geben kann.«

In der Tat befand sich die junge Witwe in einer verzweifelten Lage. Denn ihr verstorbener Mann hatte im vergangenen Jahr von Gottlieb Daimler das Patent erworben, um auf dem französischen Markt mit einer Produktion von Daimler-Motoren zu beginnen. Waren sich die beiden Männer aufgrund ihrer Freundschaft im Hinblick auf die finanziellen Vorleistungen für den Rechteerwerb schnell handelseinig geworden, so hatte der Aufbau der Produktion natürlich eine ordentliche Geldsumme verschlungen, weswegen Sarazin und Daimler weitere Lizenznehmer suchten, die sie in Gestalt von René Panhard und Emile Levassor, den Inhabern der ehemaligen Pariser Bandsägenfabrik Perin, in der ja auch Daimler in seinen Jugendtagen eine Zeit lang gearbeitet hatte, glücklicherweise fanden.

»Anscheinend befürchtet die Frau Sarazin, dass ich einerseits die Lizenzrechte nun gänzlich an Panhard und Levassor übertragen werde, und auf der anderen Seite fragt sie sich natürlich, ob der Motorenauftrag, den mein lieber Sarazin bei Panhard und Levassor in Auftrag gegeben hatte, jetzt überhaupt noch erfüllt wird. Wenn nicht, dann hieße das, dass sie auf einem ordentlich hohen Schuldenberg sitzenbleiben würde. Dabei würde sie, so lese ich das zwischen den Zeilen heraus, anscheinend gerne selbst irgendwie mit der Firma weitermachen. Sie ist ja eine sehr tatkräftige Frau, aber sie fürchtet halt, dass nun alles, was sie mit ihrem Mann aufgebaut hat, wie ein Kartenhaus zusammenfallen wird. Und anständig, wie sie halt ist, deutet sie schon einmal an, dass sie mir dabei keinerlei Steine in den Weg legen wolle …«

»Aber Gottlieb … du wirst das doch nicht im Ernst in Erwägung ziehen!«

Gottlieb Daimler maß seine Ehefrau mit einem tadelnden Blick. »Also Emma! Was denkst du denn von mir! Nie und nimmer lasse ich die arme Frau im Regen stehen. Das bin ich schon allein meinem guten Freund und Weggefährten Eduard schuldig. Wir werden schon einen Weg finden, da bin ich mir sicher.«

»Wenn ich lese, was sie da schreibt, bricht mir beinahe das Herz. Die Arme muss sich in einer fürchterlichen Lage befinden.« Emma hielt sich das Blatt mit den in einer hastigen Handschrift formulierten Sätzen noch einmal konzentriert vor die Augen. »Allein schon diese Formulierungen, wie sie sich an dich wendet – und das unmittelbar nach dem Tod ihres Mannes: ‚Sie werden nun einen neuen Vertreter für Frankreich nehmen wollen; aber weil ich von allen vorausgegangenen Verhandlungen weiß und bis auf den heutigen Tag über die Einzelheiten informiert bin, so stehe auch ich Ihnen so lange für Ihre Arbeiten zur Verfügung, bis Sie einen passenden Ersatz für meinen Mann gefunden haben.' Das ist schon eine großartige Geste von ihr.«

»Sicherlich«, nickte Daimler. »Und Gott sei Dank hat der Eduard sie also in alle Geschäftsvorgänge eingeweiht. Er hat da, denke ich, schon insgeheim Vorsorge getroffen, für den Fall des Falles, der nun leider eingetreten ist. Ich kann es immer noch nicht glauben: der Eduard tot – im Alter von gerade einmal 47 Jahren!«

Emma machte einen Schritt auf ihren Mann zu und legte ihre Hände schwer auf seine Schultern, während sie ihm ernst in die Augen sah. »Da siehst du wieder einmal, wie schnell es gehen kann. Ob 47 Jahre oder 44, wie du – man ist nicht davor gefeit, vor allem dann nicht, wenn man mit seiner Gesundheit nicht sorgsam umgeht. Wenn ich daran denke, was wäre, wenn … Nein, schon der bloße Gedanke

daran ist mir unerträglich. Bitte, Gottlieb, lass dir dieses tragische Schicksal eine Lehre sein, und achte künftig ein bisschen mehr auf deine Gesundheit. Versprich mir das.«
»Du willst wohl, dass ich länger lebe als du«, versuchte Daimler die bedrückende Atmosphäre mit dieser scheinbar leichthin in den Raum geworfenen Bemerkung etwas zu entkrampfen, war dabei aber an die Falsche geraten.
»Bitte, Gottlieb! Mit so etwas macht man keine Scherze!«
»Obwohl es gemeinhin schon so ist, dass die Frauen länger leben als ihre Männer. Außerdem bist du neun Jahre jünger als ich, also ist die Wahrscheinlichkeit durchaus gegeben, dass du …«
Emma fasste sich mit beiden Händen an den Ohren. »Gottlieb! Tu mir den Gefallen und hör auf damit. Bitte! Ich kann und ich will so etwas gar nicht hören!«
Damit war diese Diskussion endgültig beendet.

Das Schicksal sollte freilich schon bald auch in der Ehe der Daimlers seinen Lauf nehmen. Und zwar ganz anders, als der Ehemann dies vorausgesagt hatte.

Schon am 4. Januar 1888 sandte Gottlieb Daimler sein Antwortschreiben an die Witwe nach Paris: »Liebe Frau Sarazin! Das vergangene Jahr hat nicht glücklich für uns geendet. Ihre Nachricht, dass Ihr lieber Gatte, unser guter Monsieur Sarazin, nicht mehr ist, hat mich sehr betroffen. Ich kann Ihnen nicht sagen, wie sehr ich ihn beklage. Ich muss immer an ihn denken und bedauern, nicht früher meinen versprochenen Besuch in Paris gemacht zu haben, damit wir uns noch einmal in diesem Leben hätten wiedersehen können, um uns die Hände zu drücken. Jetzt ist es zu spät, und ich kann nur noch Ihnen den Ausdruck meiner Gefühle und des Bedauerns übermitteln. Ich hatte keine Ahnung von seiner Krankheit, nur seine Schrift fand ich etwas verändert. Ich möchte wohl gern, dass Sie mir in Ihrem nächsten Brief über seine Krankheit und die letzten Tage erzählen wollen.

Was nun unsere Geschäfte anbelangt, so eilt es mir nicht, einen neuen Vertreter für Paris zu suchen, und ich höre gern, dass Sie auf dem Laufenden über unsere Geschäfte sind und mir nützlich sein wollen, was ich von Herzen gern annehme. Ferner sehe ich auch, dass Sie etwas von meinem Motor halten, ebenso wie Monsieur Sarazin, und ich begreife gut, dass Sie ungern die Früchte der Arbeit Ihres Gatten in anderen Händen sehen möchten. Ich möchte Ihnen durch diese Zeilen sagen, dass ich hoffe, im Sinne Ihres Gatten zu handeln, wenn ich Ihnen zusichere, dass Sie auch fernerhin an den Geschäften beteiligt bleiben, nur kann ich jetzt noch nicht sagen, in welcher Weise. Jedenfalls werde ich in nächster Zeit nichts ohne Ihren Rat unternehmen.
Ich kann demnächst noch nicht nach Paris kommen, denn ich bin noch zu sehr mit der Ausarbeitung meiner Konstruktion beschäftigt, und ich möchte doch die endgültigen Pläne für den dortigen Konstrukteur mitbringen. Wird Ihre Adresse dieselbe sein wie bisher?
Genehmigen Sie, liebe Frau Sarazin, die Versicherung meiner herzlichsten Teilnahme. Möchte Gott Ihnen seinen Trost geben für Ihren Schmerz, auch Ihrer Familie.«

Tatsächlich wurde in derselben Woche aus Paris von Panhard und Levassor ein Brief an Daimler gesandt, in dem der Lizenzgeber ganz konkret gefragt wurde, wie man sich denn im Falle der Motoren, die der verstorbene Monsieur Sarazin bestellt habe, nunmehr verhalten solle.
»Fürs Erste: weitermachen!«, lautete die eindeutige Antwort aus Cannstatt.

Louise Sarazin erwies sich als Frau der Tat. Schon Anfang Februar reiste sie nach Cannstatt, wo sie dem erstaunten Daimler und dessen Firma einen ausführlichen Besuch abstattete. Und dies, so drückte sie sich klar und deutlich aus, einzig zu dem Zweck, um zu überprüfen, inwieweit es gelingen könne, womöglich in die Fußstapfen ihres Mannes zu treten und die Firma eigenständig weiterzuführen.

Die Gespräche mit der überaus sachkundigen Witwe Sarazin verliefen in einer höchst professionellen Atmosphäre – sehr zum Erstaunen von Wilhelm Maybach, der das zu Beginn der ersten Unterredung schlichtweg nicht für möglich gehalten hatte, sondern nur etwas von »nutzlos vertaner Zeit« vor sich in den Bart gebrummelt hatte, als er von Daimler zu der Besprechung mit der Madame Sarazin gebeten worden war.
Am Ende des Besuches war man sich einig geworden, dass Louise Sarazin das Wagnis der Firmenweiterführung eingehen würde. Mit dem nagelneuen Einzylindermotor im Begleitgepäck fuhr sie in der Eisenbahn zurück nach Paris, um dort den überaus skeptischen Emile Levassor von einer gemeinsamen Unternehmenspartnerschaft zu überzeugen. Ein hartes Stück Arbeit, doch Louise Sarazin war nicht die Frau, die sofort klein beigab. Und so schaffte sie es bis zum Herbst des Jahres wenigstens, Levassor immerhin zu einer gemeinsamen Reise nach Cannstatt zu überreden, wo es dann zu hoch erfreulichen Gesprächen zwischen Daimler, Maybach und den französischen Interessenten kam. Das Eis war gebrochen …

In Deutschland selbst blieb jedoch die Absatzlage für Produkte aus dem Hause Daimler nach wie vor schwierig. Selbst im Frühjahr und im Sommer noch. Die demnächst anbrechenden »besseren Zeiten mit besseren Geschäften«, die er seiner Ehefrau in Aussicht gestellt hatte, ließen auf sich warten. Wie lange denn eigentlich noch?! Und wie konnte man dieser seltsamen Zurückhaltung der Kundschaft nur begegnen? Wieso schienen die Leute immer noch der Meinung zu sein, dass es sich bei der benzingetriebenen Motorkutsche zwar um ein schönes Spielzeug, aber keinesfalls um ein alltagstaugliches Gefährt handelte.
»Ich finde, da bleibt nur eine Möglichkeit, Gottlieb. Du musst dich einfach mit dem Motorwagen mitten ins Getümmel werfen.«
»Wie meinst du das, Emma, mitten ins Getümmel werfen?«

»Ich meine, du solltest dich mit dem Motorwagen einfach auf den Cannstatter Straßen zeigen – vor allem möglichst oft am Wilhelmsplatz. Damit die Leute dich sehen und merken, wie problemlos der Wagen im Dauerbetrieb funktioniert.«

»Aber Emma: ich doch nicht. Ich bin als Lenker für so etwas doch gar nicht geeignet. Ich habe mich noch nie selbst auf den Chauffeurssitz gesetzt und möchte das eigentlich auch künftig vermeiden. Ich spüre schon die Herzschmerzen, allein wenn ich an die ganze Aufregung denke, die damit verbunden ist.«

Emma hob abwehrend die Hände. »Das sollst du auch gar nicht selber tun müssen. Das war nur bildlich gesprochen. Das kann dann der Wilhelm Maybach für dich übernehmen. Oder unser Paul. Der hat es ja schon mit dem Reitwagen geschafft und ist nebenbei nicht nur ein begeisterter Wagenlenker, sondern inzwischen dank deiner Ausbildung auch ein höchst kundiger Mechaniker.«

»Und hoffentlich bald ein genauso begabter junger Ingenieur. Wenn er sein Studium erst einmal beendet hat, dann kann ich ihn bestens beim Maybach und bei mir einsetzen. Aber zurück zu deinem Vorschlag: Ich fürchte, so einfach ist das nicht. Es hat schon die letzten Male wütende Blicke und ärgerliche Rufe hinter meinem Rücken gegeben, als ich mit dem Motorwagen unterwegs war, der vom Maybach gesteuert worden ist. Wir würden mit unserem Gefährt bloß die Pferde scheu machen, haben sie gerufen. So ein Wagen, der dürfe gar nicht auf einer normalen Straße fahren und so weiter und so fort …«

»Dann holst du dir bei der Stadt eben eine Genehmigung dafür. Ich wüsste nicht, aus welchen Gründen der Cannstatter Gemeinderat das ablehnen sollte.«

Genau so wurde es gemacht. Am 28. Juli 1888 erhielt Gottlieb Daimler auf seinen Antrag »um die Erlaubnis zur Befahrung der hiesigen Straßen mit einer mechanisch ausgerüsteten viersitzigen leichten Chaise von gewöhnlicher äußerer Bauart« vom Cannstatter Stadtschutzamt die schriftliche Genehmigung dazu. »Gegen die beabsichtigte Verwendung der Dampfchaise innerhalb der Stadt ist nichts zu erwidern.« Auch diese Hürde war also gemeistert. Man würde künftig verstärkt auf sich aufmerksam machen und in Cannstatt bald schon zum gewohnten Straßenbild gehören. Und dann … spätestens dann müsste es ja fast schon mit dem Teufel zugehen, wenn sie nicht mit Aufträgen geradezu überschüttet würden.

Man musste heutzutage eben nicht nur ein guter Erfinder sein, sondern ein genauso guter Verkäufer. Aktiv sein – und sich der Kundschaft überall präsentieren.

Beispielsweise auch auf dem Deutschen Feuerwehrtag in Hannover. Dort erregte Gottlieb Daimlers gewaltige, vier Pferdestärken leistende, »Feuerspritze mit Motorbetrieb«, für die er vom Kaiserlichen Patentamt soeben den Patentschutz erhalten hatte, eine enorme Aufmerksamkeit. Um nicht zu sagen, »Sie war die Attraktion des ganzen Feuerwehrtages!«, wie es der stolze Ingenieur seiner Ehefrau nach der Rückkehr aus Hannover in aller Ausführlichkeit schilderte.

»Dann kann es ja endlich vorangehen mit den Bestellungen, Gottlieb. Das freut mich sehr«, atmete Emma erleichtert auf. Denn es war ihr natürlich nicht entgangen, mit welcher inneren Anspannung ihr Mann zur Vorstellung des neuen Produkts nach Hannover aufgebrochen war. Schon die vorangegangenen Wochen waren erfüllt gewesen von einer geradezu knisternden Spannung. Und als ständiger Begleiter dabei die unausgesprochene Frage, weshalb die Pioniertaten Gottlieb Daimlers in der Presse und in großen Teilen der Bevölkerung enthusiastisch gefeiert wurden, während der Auftragseingang gewaltig zu wünschen übrigließ – um es ganz vorsichtig auszudrücken.

Aber jetzt! Würde es vorwärtsgehen. Wenn schon die ansonsten eher zurückhaltenden Feuerwehrkommandanten diese neue Erfindung nicht nur bejubelt, sondern auch »in absehbarer Zeit« zahlreiche Bestellungen angekündigt hat-

ten, dann war das gleichzeitig ein nachdrücklicher Vertrauensvorschuss in die Robustheit und die Alltagstauglichkeit der Daimler'schen Motorwagen.
Doch ausgerechnet zu diesem Zeitpunkt geschah etwas völlig Unerwartetes. Ein anderes, wahrhaft epochemachendes Ereignis, verdrängte Daimler plötzlich wieder aus den Schlagzeilen.
Es war eine sensationelle Nachricht, die am späten Nachmittag des 7. August 1888 bei den Zeitungslesern im ganzen Land für Aufsehen sorgte: Vorgestern, also am 5. August, war der badischen Konstrukteursgattin Bertha Benz etwas Unglaubliches gelungen: eine Automobilfahrt mit einem dreirädrigen Patent-Motorwagen (es handelte sich um das neue Modell 1888 ihres Mannes, des Konstrukteurs Carl Benz) von Mannheim über Heidelberg nach Bruchsal, dann weiter nach Durlach bis in ihren Geburtsort Pforzheim, und noch am selben Tag ging es gleich wieder zurück über Bretten und Bruchsal bis zum Ausgangsort Mannheim. Eine staunenswerte Leistung, denn immerhin war dabei eine Distanz von beinahe 110 Kilometern zurückgelegt worden. Und das alles an einem einzigen Tag! Das hätte keiner der staunenden Leser so einer motorisierten Kutsche jemals zugetraut. Dass sie dermaßen verlässlich funktionierte!
Bislang hatten sie alle diese Dinger eher als ein Spielzeug für den Zeitvertreib reicher Leute betrachtet, die sich ein Vergnügen damit machten, vielleicht ein paar Kilometer weit durch die Städte zu knattern, wobei sie die Zugpferde genauso wie die Kutscher der herkömmlichen Chaisen meistens zu Tode erschreckten, bevor ihre nutzlose Fahrt wieder in der Werkstatt endete. Aber alltagstauglich? Einsetzbar im Überlandbetrieb? Nie und nimmer! Mit dem heutigen Tag, an dem die Kunde von der Rekordfahrt wie ein Lauffeuer im ganzen Land die Runde machte, war alles anders geworden.
Bertha Benz, sowie ihre beiden Söhnen Eugen und Richard, hatte mit dieser ersten Überlandfahrt einer motorbetrie-

benen Kutsche ganz eindeutig Automobilgeschichte geschrieben.

»Gottlieb?«

»Du, Gottlieb, ich rede mit dir. Hörst du mir überhaupt zu?«

Überrascht fuhr Gottlieb Daimler herum und blickte in die fragende Miene seiner Ehefrau. »Entschuldige bitte, Emma. Ich war gerade in Gedanken ganz woanders.«

»Ja, das habe ich gemerkt. Anscheinend hat dir der Zeitungsbericht da ordentlich zu schaffen gemacht, oder?«

»Das kann ich beim besten Willen nicht abstreiten«, nickte Daimler unglücklich. »Damit sind wir wieder ins Hintertreffen geraten – und das ausgerechnet durch den Benz und dazu noch wegen diesem Wagen, der doch nur drei Räder hat. Es ist nicht zu fassen!«

»Und der Carl Benz hatte anscheinend keine Ahnung davon.«

»Sagt er … also ich glaube ihm das nicht so recht, obwohl er ja bekanntermaßen als Zauderer gilt.«

»Aber so, wie es hier berichtet wird, soll es wirklich gewesen sein. Bei der Frau Benz scheint es sich, wie man hört, um eine recht tatkräftige Person zu handeln, die es einfach nicht mehr hat mit ansehen können, dass die Leute sich nicht getraut haben, so eine Motorkutsche zu kaufen. Das ist bei uns ganz genauso – nur dass ich dir leider nicht dieselbe Stütze sein kann, wie das die Bertha Benz für ihren Mann ist.«

»Ach, Emma, was redest du denn da für einen Unsinn«, fuhr Daimler ärgerlich dazwischen. »Wieso sollst du mir denn keine Stütze sein?«

»Weil ich halt wieder mal krank in der Wohnstube liege und mit meinem ewigen Husten kämpfe, anstatt mich auf eine Wimpff-Kutsche zu setzen und den Leuten zu zeigen, was so eine Kutsche zu leisten vermag, wenn sie mit einem Daimler-Motor ausgestattet ist.«

»Also erstens: Das mit der selbstständigen Fahrt der Frau Benz ist ja so eine Sache. Wenn ich's richtig lese, dann hat die ihre beiden Söhne dabeigehabt, die sich in Wahrheit wohl ans Steuer gesetzt haben werden und nicht sie – und zweitens macht das die Sache doch auch nicht anders, ob eine Frau sie fährt oder zwei Jugendliche.«

Emma wiegte skeptisch den Kopf. »Das sehe ich etwas anders. Immerhin hat sie damit bewiesen, dass selbst eine Frau eine solche Benzinkutsche steuern kann. So kinderleicht ist das. Das hat sie damit ausdrücken wollen, und das ist ihr auch bestens gelungen. Wo man uns Frauen doch immer unterstellt, wir könnten nicht mit der Technik umgehen. Und dann setzt die sich einfach auf den Kutschbock – und fährt los. Das war schon eine tolle Werbung für die Firma Benz. Ach übrigens, was ist das eigentlich für ein Stoff, den sie da beim ersten Halt in der Apotheke in Wiesloch gekauft hat? Ligroin steht hier in dem Artikel. Was ist das?«

Ihr Mann beschrieb eine unwirsche Handbewegung. »Ligroin. Damit haben wir auch schon experimentiert, der Maybach und ich. Das ist ein ganz ähnlicher Treibstoff, wie auch wir ihn für unsere Motoren verwenden. Wir haben uns zwar inzwischen für einen damit eng verwandten Stoff, nämlich für das sogenannte Mittelbenzin entschieden, aber gut: Notfalls würde sich in unserem Motor beinahe genauso gut mit diesem Ligroin eine kontrollierte Explosion erzeugen lassen. Benzin ist zwar besser, aber Ligroin geht auch. Ehrlich gesagt würde mich in diesem Zusammenhang vor allem interessieren, ob der Apotheker in Wiesloch kein Benzin vorrätig gehabt hat, was ich eigentlich kaum glauben kann, oder ob die Frau Benz in Wahrheit ganz bewusst dieses Ligroin haben wollte, weil sie es von den Versuchen ihres Mannes her kennt. Das ist die Vermutung, zu der ich eher tendiere. Denn von seinen Motoren her ist der Benz uns gegenüber eindeutig im Hintertreffen. Ich halte ihn nicht gerade für den genialsten Motorenbauer, da kann er meinem Maybach keinesfalls das Wasser reichen, aber sein Gefährt als solches und der Einbau des Motors, das war schon eine reife Leistung. Da hat es der Benz schon zu einer gewissen Meisterschaft gebracht, das muss ihm der Neid lassen.«

»Ach, Gottlieb«, seufzte Emma. »Ich würde dir ja so gerne helfen …«

»Jetzt hör aber endlich auf damit, Emma. Was kannst du denn dafür, dass du es auf der Lunge hast. Und außerdem: Wir schaffen das schon ganz gut ohne weitere Hilfe, der Maybach und ich. Wir wollten halt nur vorsichtig sein und noch ein bisschen zuwarten, bis wir natürlich auch so eine Fahrt unternommen hätten. Nun ja, das haben wir jetzt von unserer Vorsicht. Diesen Triumph hat sie uns genommen. Umso mehr ist es ein Ansporn, fleißig und kompromisslos weiterzuarbeiten.« Müde rieb er sich die Augenlider, bevor er seiner Frau mit einem entschuldigenden Lächeln zunickte. »Am besten, du gehst jetzt wieder ins Bett und schläfst dich richtig gesund. Ich muss noch einmal kurz hinüber in mein Büro. Ich habe da vorhin nämlich so eine Idee gehabt …«

»Ich habe es mir schon fast gedacht. Aber bitte bleib nicht wieder so lange weg wie in der letzten Zeit. Das tut deiner Gesundheit nämlich nicht gut. Du brauchst nämlich mehr Schlaf, wenn du …« Der Rest ihres Satzes ging in einer erstickten Hustenattacke unter. Gottlieb Daimler brach es beinahe das Herz, seine geliebte Ehefrau so elend sehen zu müssen, abwechselnd geschüttelt von Fieber- und Hustenanfällen. Und ihr dabei keine Linderung verschaffen zu können! Es wurde allmählich besorgniserregend, denn kein Arzt und keine Therapie hatten bislang etwas bewirkt. Eher im Gegenteil. Es war im Lauf der Jahre schlimmer geworden mit den Bronchialbeschwerden. Fast schon lebensbedrohlich. Auch wenn die tapfere Emma sich beharrlich weigerte, dies zuzugeben: Von Woche zu Woche schien sie Kraft zu verlieren.

Es wurde wieder eine lange Nacht im Türmchen über der Cannstatter Taubenheimstraße. Denn natürlich war Daimler diese Zeitungsmeldung nicht mehr aus dem Kopf gegangen. Dass es ausgerechnet die Ehefrau seines badischen Konkurrenten Benz gewesen war, die mit ihrer Pioniertat die Vorzüge des Automobils nachdrücklich unter Beweis gestellt hatte. Noch nicht einmal die Tatsache, dass es sich dabei nur um ein dreirädriges Vehikel handelte und nicht, wie bei dem Daimler-Wagen, um ein »richtiges« Fahrzeug, schien eine Rolle zu spielen. Der Zuverlässigkeitsnachweis war nun einmal von Bertha Benz erbracht worden. Logischerweise in einem Benz-Wagen! Ausgerechnet Benz! Klar, dass die Öffentlichkeit den Mannheimer und seine Produkte enthusiastisch feiern würde. Und dass sich die Aufmerksamkeit der Redakteure umso stärker auf Benz konzentrieren würde. Falls … ja falls Daimler nicht in der Lage wäre, rasch dagegenzuhalten und sich wieder selbst an die Spitze des Fortschritts zu setzen. Samt der dazugehörenden Schlagzeilen.

Sie würden die Dinge beschleunigen müssen. Gleich morgen würde er dem kürzlich mit seinem Zigarrenballon und den Gaserzeugungsmaschinen in Cannstatt eingetroffenen Dr. Wölfert sein Einverständnis signalisieren, dass ihr kühnes Vorhaben nunmehr verwirklicht werden könne. Eventuell sogar noch in dieser Woche. So schwierig und hoch riskant die Sache auch war. Und so skeptisch Daimler diesem Luftgefährt mittlerweile gegenüberstand, seitdem er nämlich diesen zerbrechlich wirkenden Ballon mitsamt seiner eigenartigen Form zu Gesicht bekommen hatte.
Es war schon eine höchst problematische Angelegenheit, einen Benzinmotor an so eine bis zum Platzen mit hochexplosivem Wasserstoff befüllte Ballonhülle montieren zu wollen. Und was die Sache noch wesentlich kritischer erscheinen ließ, das war natürlich die Tatsache, dass dabei ein Mensch sein Leben riskierte. Denn Wölfert hielt eisern an seinem Vorhaben fest, höchstpersönlich in die Motorengondel steigen zu wollen, um sein Luftschiff mithilfe des Motors auch tatsächlich steuern zu können. Wahrhaftig »auf Teufel komm raus« wollte der Buchhändler als erster Mensch in die Weltgeschichte eingehen, der mit einem lenkbaren, von einem Verbrennungsmotor betriebenen Apparat durch die Lüfte gefahren war. Ein mehr als tollkühnes Unterfangen. »Aber ohne Risiko gibt es nun einmal keinen Fortschritt«, bemerkte Daimler am Ende seiner Überlegungen lapidar auf die Einwände des tief besorgten Maybach, der schon am gestrigen Tag dringend dafür plädiert hatte, lieber noch eine Weile abzuwarten und bloß nichts zu überstürzen. Von einer Herausforderung des Schicksals hatte Maybach sogar gesprochen. Und von der schlussendlichen Verantwortung, die man als Konstrukteur besitze. Angesichts der genauso kurzen wie ziemlich turbulent verlaufenen Vorbereitungsphase musste Daim-

ler seinem Chefkonstrukteur zwar innerlich beipflichten, aber andererseits war es eben dringend notwendig, endlich wieder in die Schlagzeilen zu kommen.
Wenn da nur nicht zu allem Überfluss die Sache mit der Gaserzeugung wäre, die sich wesentlich komplizierter erwies als das stabile Anbringen des in einer Art Gitterkäfig untergebrachten Vier-Pferdestärken-Motors an der äußeren Ballonhülle. Selbst die an einem Gestänge zwischen Motor und Käfig angehängte Schiffsschraube schien ziemlich problemlos zu funktionieren. Aber das Gas! Wie schwierig das schon war, überhaupt die ausreichende Menge an Wasserstoff herzustellen! Das hätte der Wölfert im Vorfeld ruhig schon einmal andeuten können, welche gewaltigen Mengen an Rohstoff dafür benötigt wurden. So hätte man rechtzeitig Vorsorge treffen können. Stattdessen hetzten Daimlers Leute in Cannstatt mittlerweile von einer Drogerie zur anderen und kauften dort sämtliche Vorräte an Schwefelsäure und Zinkspänen auf, die sie bekommen konnten. Die Grundstoffe für die Produktion einer hoffentlich ausreichenden Menge Wasserstoff, ohne den sich die Luftzigarre niemals vom Boden des Fabrikhofes auf dem Seelberg in den Himmel heben würde. Am Ende waren sämtliche Cannstatter Drogerien leer gekauft – und es reichte immer noch nicht! »Die Gaserzeugungsmaschinen schaffen es nicht. Es muss noch viel mehr Wasserstoff in den Ballon, um einen Menschen vom Gewicht des Herr Wölfert tragen zu können – vom Motor und dem schweren Gehäuse einmal ganz abgesehen«, deutete Wilhelm Maybach auf ein eng beschriebenes Blatt Papier, auf das er zum wiederholten Mal seine hastigen Berechnungen geworfen hatte. »Man kann es drehen und wenden, wie man will: Der Herr Wölfert ist einfach zu schwer dafür. Es geht nicht.«
»Es muss aber gehen! Wenn wir heute nicht starten, dann können wir gleich die ganze Woche vergessen. Denn der Wasserstoff wird aus der Hülle entweichen, und nirgendwo in Cannstatt gibt es inzwischen auch nur noch einen Milli-

liter Schwefelsäure zu kaufen. Bis sich die Drogerien damit wieder versorgt haben, ist die Woche rum. Mindestens.«
Während Maybach schicksalsergeben den Kopf senkte und Daimler fieberhaft überlegte, woher er auf die Schnelle vielleicht doch noch eine derart große Menge Zink und Schwefelsäure bekommen konnte, trat der schwer atmende Leipziger Wölfert an ihn heran. »Ich verzichte – wenngleich auch schweren Herzens.«
Unwirsch fuhr Daimler herum. »Verzichten! So einfach schmeißt man die Flinte nicht ins Korn, Herr Wölfert. Wenn ich das nur vorher geahnt hätte … dieser ganze Aufwand hier. Meine gesamte Produktion steht still – alles arbeitet nur dafür, damit sich Ihr Ballon mit Ihnen in den Himmel hebt – und da kommen Sie einfach so daher und sagen mir, es ginge nicht. Also wirklich …«
»Gemach, gemach, Herr Daimler«, hob Wölfert beschwichtigend die Hand. »Ich sage ja nicht, dass der Ballon nicht abheben soll, ich sage doch nur, dass ich darauf verzichte mitzufahren.«
»Und was soll das dann heißen? Meinen Sie etwa, ich lasse es zu, dass diese aufgeblähte Wasserstoffzigarre ohne Lenker von meinem Fabrikgelände aufsteigt? Niemals!«
»Das sollen Sie auch nicht. Es soll jetzt halt nur ein anderer den Ballon lenken, leider. Ein Mann, der um einige Pfunde leichter ist als ich. Der Knabe da drüben«, deutete Wölfert auf den Techniker, den er aus Leipzig mitgebracht hatte. »Der heißt nicht nur so, der hat auch einen ganz zierlichen Körperbau. Der ist viel leichter als ich. Ich verzichte also schweren Herzens auf den Ruhm der ersten motorisierten Luftfahrt.«
Daimler staunte nicht schlecht und warf zunächst einen verwunderten Blick auf Wölfert, dann musterte er den in einiger Entfernung auf dem Fabrikhof stehenden, ziemlich unschlüssig wirkenden Mitarbeiter, mit skeptischer Miene. »Der Mechaniker soll für Sie in den Käfig steigen? Ja, will der das denn überhaupt? Sie wissen, die Sache ist lebensgefährlich!«

Wölfert zuckte wegwerfend mit den Schultern und winkte den Techniker gleichzeitig zu sich. »Ich habe es mit ihm besprochen. Nicht wahr, Knabe: du machst es. Und dir wird dann auch der ganze Ruhm der ersten Fahrt eines Menschen mit einem motorbetriebenen und lenkbaren Luftschiff zuteilwerden.«
Der schmächtige junge Mann nickte und machte dabei einen nicht sonderlich glücklichen Eindruck. »Ich mache es, Herr Dr. Wölfert. So, wie Sie es von mir verlangt haben.«
»Also ich weiß nicht so recht, Wölfert,« gab Daimler angesichts dieses deutlichen Zögerns zu bedenken. »Ich denke beinahe, wir sollten doch …«
»… jetzt endlich mit den Startvorbereitungen beginnen. Ich übernehme die Verantwortung«, warf Wölfert entschlossen dazwischen. »Also, Knabe, du kommst jetzt mit mir. Noch einmal, damit das klar ist: Du darfst die Schraube erst dann mit dem Motor verkoppeln und sich drehen lassen, wenn du die nötige Höhe erreicht hast. Auf keinen Fall vorher. Aber im Augenblick sind die Windverhältnisse günstig, so dass du ziemlich kerzengerade in die Höhe steigen müsstest. Von daher muss jetzt alles rasch gehen. Herr Daimler: Bitten Sie Ihre Männer, die Leinen in die Hand zu nehmen, und den Herrn Maybach, augenblicklich den Motor zu starten. Es geht los.«
Daimler und Maybach tauschten skeptische Blicke. Ob der Wasserstoff in der Zigarrenhülle wirklich ausreichte, um den Ballon tatsächlich hoch genug steigen zu lassen? »Da ist kein einziges Gramm Reserve mehr«, knurrte Maybach kopfschüttelnd. Doch Wölfert war längst nicht mehr zu bremsen.
Und tatsächlich! Am Mittag des 10. August 1888 wurde die eigenartige Luftzigarre von ihren Leinen befreit und erhob sich, verfolgt von den skeptischen Blicken der Arbeiter, auf dem Seelberg, zögernd und zunächst mit einem beängstigend starken Schaukeln und Schwanken, ganz allmählich in die Lüfte. Im Fabrikhof war es mucksmäuschenstill geworden – und auch draußen bei den zahlreichen Zaun-

gästen an der Ludwigstraße, unter denen sich die Nachricht von der unmittelbar bevorstehenden Himmelfahrt wie ein Lauffeuer herumgesprochen hatte. Nur die allen Arbeitern bestens vertrauten Geräusche des offenbar völlig problemlos arbeitenden Daimler-Explosionsmotors waren zu hören. Auch wenn manchen von ihnen eine Gänsehaut über den Rücken lief, wenn sie nur daran dachten, wo genau ihr Motor angebracht war: direkt unterhalb der Hülle mit vielen hundert Liter hoch entzündlichem Wasserstoffgas als Inhalt. Wenn das keine Herausforderung des Schicksals war! Selbst der schwarzgraue Rauch, den ihr Motor in gewohnter Art und Weise ganz regelmäßig ausspuckte, erschien ihnen plötzlich wie ein schlechtes Omen.

Ein motorgetriebenes, gasbefülltes Luftschiff. Wie hatten sie nur jemals an so etwas Verrücktes glauben können! Das konnte doch gar nicht gut gehen. Der arme Luftfahrer da oben. Kein Wunder, dass Wölfert im letzten Moment angeblich »verzichtet« hatte. Der Mann war schließlich nicht lebensmüde!

»Da, schaut!«

»Um Gottes willen!«

Mit offenen Mündern und entsetzten Augen starrten sie in die Höhe, wo das bedrohlich schwankende Luftgefährt jetzt nach einem Windstoß unaufhaltsam auf den Fabrikschornstein zugetrieben wurde. Zwei, drei Sekunden noch, dann würde es daran hängen bleiben – und zerschellen.

Zerschellen? Von wegen!

»Es wird explodieren – und die glühend heißen Trümmer werden dann auf uns herunterregnen. Rette sich, wer kann!«

Doch kaum machte der entsetzte Beobachter Anstalten, sich umzudrehen, um so rasch wie möglich die Stätte der nahenden Katastrophe zu verlassen, da ertönte direkt neben ihm ein lauter Hurraruf.

Das unmöglich Scheinende war geglückt!

»Er hat es geschafft!«

»Er ist über den Schornstein drüber gekommen!«

»Und jetzt nimmt er Fahrt auf! Er hat den Hebel eingelegt – die Schraube dreht sich!«

»Fantastisch!«

Unter den nunmehr ausgelassenen Hochrufen der Männer entschwand das schwankende Luftschiff unendlich langsam in Richtung Nordwesten. Und damit tatsächlich gegen die vorherrschende Windrichtung! Egal, wie schwach das Lüftchen auch wehen mochte. »Er fährt gegen den Wind. Das hat noch nie jemand geschafft! Unserem Motor sei Dank!«

Diese Erkenntnis allein war es, die zählte.

An diesem wahrhaft historischen 10. August des Jahres 1888.

Dem Tag der ersten Fahrt eines von einem Explosionsmotor getriebenen Luftschiffs.

Hoffentlich ging auch die weitere Reise der eigentümlichen Luftzigarre gut vonstatten. Denn vor allem bei der Landung könnte es zu einer ähnlich gefahrvollen Situation kommen wie am Start. Wie weit das Luftgefährt vom Motor wohl überhaupt vorwärtsgetrieben werden mochte, bis der Mechaniker am Steuer eine geeignete Landemöglichkeit finden würde? Sofern das überhaupt in seiner Macht stand, dabei aktiv einzugreifen. Denn wer sollte schon Bescheid darüber wissen, welche Steuereigenschaften so ein Luftruder besaß. Im Grunde genommen wussten sie gar nichts. Eine einzige falsche Bewegung des Hebels, und schon war es zu spät. Nicht auszudenken!

Ein solches Unglück bei der Landung würde im Handumdrehen alles zunichtemachen, was sie gerade eben noch als Pioniertat hatten hochleben lassen. Der Konstrukteur, dessen Herzschlag sich mehr und mehr beschleunigte, konnte sich bereits lebhaft ausmalen, was die Zeitungen dann schreiben würden: »Luftschiff mit Daimler-Motor explodiert!« Es wäre die schiere Katastrophe.

»Paul, also wenn das hier gut geht …« Erschöpft wischte sich Gottlieb Daimler mit zitternden Händen den Schweiß von der Stirn, während er den 19-jährigen Paul mit einem

Blick bedachte, den dieser nie wieder in seinem Leben vergessen würde. »Wenn das am Ende doch noch gut ausgeht, dann soll der Wölfert künftig alleine weitermachen. Ich glaube einfach nicht mehr, dass dieser Art, sich durch die Luft zu bewegen, die Zukunft gehören kann.«
Überrascht musterte Paul, der den allmählich in der Ferne verschwindenden Punkt mit beinahe derselben inneren Anspannung verfolgt hatte, die versteinerte Miene seines Vaters. »Aber Vater, es scheint doch alles auf einem guten Weg …«
»Man soll den Tag nicht vor dem Abend loben«, entgegnete der. »Denn was ist, wenn sich bei der Landung das Gas in der Hülle entzündet? Nein! Das ist ein viel zu hohes Risiko. Das habe ich heute ein für alle Mal begriffen. Der Steuermann des Lenkballons sitzt in seinem Käfig ja sozusagen direkt unter einer Bombe. Ich denke, es muss eine ganz andere Lösung für die Luftfahrt geben: ohne Ballon. Denn allein die Windempfindlichkeit dieser Hülle, ganz abgesehen von dem Gas …«
»Aber Vater, wie soll das denn sonst gehen? Ohne Hülle! Ich kann doch nicht direkt auf dem Motor sitzen!«
»Aber vielleicht unter ihm.« Der Konstrukteur kreuzte die Zeigefinger seiner immer noch zitternden rechten und linken Hand übereinander. »Wenn wir den Motor – oder vielleicht mehrere Motoren übereinander – über diesem Käfig mit dem Lenker anbringen und ihn dann vorne mit einer Art rotierender Schraube versehen würden … Es wäre da halt noch die Frage der Seitenstabilität zu lösen.«
»Aber, das ist … das wäre ja …« Verblüfft schnalzte Paul mit der Zunge. »Auf so eine Idee muss man erst einmal kommen, Vater. Donnerwetter! Das klingt beim ersten Hinhören zwar ziemlich tollkühn, aber im Grunde genommen könnte es tatsächlich so funktionieren.«
»Es wird funktionieren, dessen bin ich mir sicher. Es müssten halt nur die richtigen Leute an dieses Werk gehen …« Daimler ließ den zweiten Teil seines Satzes unbeendet und musterte seinen Sohn mit einem vielsagenden Blick.

Dessen Reaktion fiel genauso aus wie erwartet. »Du meinst also … du glaubst, ich? Ich soll so einen motorisierten Flugapparat entwickeln?«
»Genau das meine ich. Das technische Rüstzeug dazu hast du jedenfalls. Wo du dich doch schon als kleiner Bub in der Motorenwerkstatt nützlich gemacht hast. Und wenn du jetzt demnächst noch dein Maschinenbaustudium absolviert hast, dann bist du sogar auf dem neuesten Stand der Wissenschaft. Wer also, wenn nicht du, Paul?«
»Das hat tatsächlich seinen Reiz. So einen, wie soll ich ihn nennen, einen Hubflügler zu entwickeln. Das wäre wirklich etwas ganz Einmaliges.«
Anerkennend klopfte Daimler dem angehenden Ingenieur auf die Schulter. »Also, dann schau zu, dass du dein Studium gut hinbekommst, und behalte die Idee von diesem Hubflügler, wie du ihn genannt hast, immer im Hinterkopf. Vielleicht – vielleicht wird sich eines Tages der erste Hubflügler der Welt von diesem Fabrikgelände aus in den Himmel heben. Konstruiert von einem klugen Ingenieur namens Paul Daimler. Das wäre doch etwas, nicht wahr?«
»Allerdings, Vater. Das wäre wunderbar.«
Ein lauter Ruf, der aus dem Büro des Buchhalters Karl Linck über den ganzen Fabrikhof schallte, unterbrach die beiden. »Er setzt zur Landung an. Ein telefonischer Anruf aus Aldingen: Gerade eben ist er gesehen worden, wie er auf eine Wiese am Neckar sinkt!«
»Gebe Gott, dass es keine Bruchlandung wird«, schickte Daimler einen flehentlichen Stoßseufzer gen Himmel. »Und im Gegenzug schwöre ich bei allem, was mir hoch und heilig ist, dass ich keinen zweiten Lenkballon mehr vom Seelberg aus starten lassen werde. Einmal und nie wieder! Und jetzt komm, Paul! Hoffentlich ist alles gut gegangen. Maybach: Du kommst auch mit!«
Ohne eine Antwort abzuwarten, stürmte der Konstrukteur, gefolgt von seinen nicht minder aufgeregten Begleitern, zu der für ihn am Tor bereitstehenden Pferdekutsche. »Fahren Sie so schnell wie möglich«, rief er dem Kutscher schon

von weitem entgegen. »Beeilung bitte!« Und schon knallte die Peitsche. Im Schnellzugtempo ratterte die Kutsche samt ihren Insassen, deren Nerven zum Zerreißen gespannt waren, aus dem Firmengelände in Richtung Neckartal.

Am Ende war das hoch riskante Experiment tatsächlich gut ausgegangen. Der todesmutige Monteur Knabe war mit seinem Lenkballon sogar bis in die Nähe von Kornwestheim gelangt und hatte damit in der Luft eine Distanz von gut vier Kilometern zurückgelegt, bevor er vor den entsetzten Augen der völlig ahnungslosen Landbevölkerung, die auf den Kartoffeläckern mit ihren Hacken gerade dem Unkraut zu Leibe rückte, auf einer Wiese am Neckar mehr oder minder sanft wieder mit dem Boden in Berührung kam. Hauptsache gelandet! Der Lenker war zum guten Glück am Leben geblieben. Zwar am ganzen Körper übersät mit blauen Flecken – aber am Leben und einigermaßen munter, nachdem der erste Schock verdaut war.
Gottlieb Daimler durfte damit auch die dritte Stufe seines Lebenstraumes verwirklicht sehen, den er einst in der elterlichen Gaststube in Schorndorf unter dem Gelächter der Stammtischgäste zum ersten Mal geäußert hatte: zu Wasser, zu Lande – und in der Luft! Wenngleich er es nie wieder tun würde! Wie gesagt: keinesfalls mehr mit einem Gasballon.
Doch das zählte im Augenblick nicht. In diesem wahrhaft historischen Moment war nur von Bedeutung, dass die tollkühne Herausforderung des Schicksals ein gutes Ende genommen hatte. Die erste mit einem Benzinmotor gesteuerte Fahrt eines Luftschiffes war mithilfe eines Daimler'schen Motors zur viel bejubelten Tatsache geworden. Der Name Daimler beherrschte erneut alle Schlagzeilen!

Immer noch ging es nicht voran. Der wirtschaftliche Erfolg wollte sich einfach nicht einstellen. Schlagzeilen hin oder her. Unglaublich, dass sie trotz aller spektakulärer Erfolge in diesem Jahr 1888 bisher noch keine fünf Motoren hatten verkaufen können – und auch für das kommende Jahr sah es bislang keinen Deut besser aus. Als besonders fatal wirkte sich dabei die Tatsache aus, dass man bei so geringen Stückzahlen wirtschaftlich natürlich niemals auf einen grünen Zweig kommen konnte. Ganz im Gegenteil sogar: Das Geld wurde allmählich knapp. Seine Ehefrau Emma, vor deren scharfer Beobachtungsgabe er niemals etwas verbergen konnte, war die Erste, die ihn ganz behutsam mit diesem Thema konfrontierte. Zunächst war es ihm noch gelungen, die Frage durch den Verweis auf die riesige Summe, die ihm nach seinem Ausscheiden in Deutz ausbezahlt worden war, leichthin vom Tisch zu wischen, aber das Vermögen schmolz inzwischen schneller als der sprichwörtliche Schnee in der Julisonne. Logisch, dass es Emma irgendwann auffallen musste.
»Du musst dir halt Partner suchen«, hatte sie gemeint. »Kompagnons.« Ein Vorschlag, mit dem sie bei ihrem Mann jedoch auf heftige Ablehnung stieß.
»Auf gar keinen Fall. Bei meinen Weggang von Deutz habe ich mir geschworen, nie mehr abhängig sein zu wollen. Nur noch als mein eigener Herr zu agieren. Meine Erfahrungen in Reutlingen und vor allem dann in Deutz, die reichen mir für den Rest meines Lebens.«
Doch so schnell ließ Emma nicht locker. »Aber es gibt doch auch vernünftige Geschäftspartner. Den Adolf Groß beispielsweise …«
Allein die Art und Weise, wie sie den Namen seines Freundes betonte, ließ Daimler aufhorchen. »Hast du etwa schon mit ihm geredet?«

Emma zuckte verlegen die Schultern.
»Hinter meinem Rücken!«
»Natürlich nicht direkt, sondern nur andeutungsweise. Ich habe ihn kürzlich zufällig getroffen, als du verreist warst. Das war am Rande einer Einladung bei den Kaysers in Obertürkheim.«
»Kayser? Sind das nicht diese Holzhändler?«
»Genau. Und außerdem sind sie die Schwiegereltern von dem jungen Mann, der im Frühjahr bei dir war und dir seinen Zündapparat vorführen wollte, wo du dich dann so fürchterlich darüber echauffiert hast.«
Daimler verzog schmerzhaft das Gesicht. »Oje, du meinst diesen Bosch! Kommt der doch einfach zu mir und will mir einen Zündapparat nach Deutzer Muster aufschwätzen – ausgerechnet mir! Und dann steht dieser lange Kerl mit seinem trotzigen Blick vor einem und behauptet, das sei das Beste, was man auf dem Markt bekommen könne. Na, ich habe ihm ja die passende Antwort gegeben …«
»… also wie gesagt, die Kaysers sind seine Schwiegereltern und wollen aufgrund ihrer gesellschaftlichen Kontakte für ihn halt ein bisschen antichambrieren.«
»Deswegen haben sie also auch den Adolf Groß eingeladen. Ja klar, wenn der solche Apparate für die Maschinenfabrik in Esslingen bestellen würde, dann wäre das für diesen Bosch natürlich ein glänzendes Geschäft. Aber da hat er die Rechnung ohne die Herrschaften aus Deutz gemacht, die werden ihm schon rechtzeitig auf die Finger klopfen und ihn wegen Patentverletzung verklagen.« Daimler verschränkte die Arme vor der Brust und musterte seine Ehefrau mit einem skeptischen Blick. »Aber wie war das jetzt mit deinem Gespräch mit dem Adolf?«
»Deswegen brauchst du gar nicht so kritisch zu gucken. Das Zusammentreffen war ja wie gesagt rein zufällig. Ich hatte gar nicht gewusst, dass er mit seiner Frau ebenfalls zu den Kaysers eingeladen war – und da sind dann halt wir zwangsläufig und nur ganz kurz auch auf die wirtschaftlichen Dinge zu sprechen gekommen. Er hat mir geschildert,

wie wohl er sich inzwischen in seiner Position als Direktor in Esslingen fühlt und hat sich beiläufig nach dem Gang der Dinge bei dir erkundigt. Wie das halt so ist. So sind wir darüber ins Gespräch gekommen. Nur kurz, wie gesagt.«
Man konnte es förmlich an seiner Nasenspitze ablesen: Daimlers Skepsis war trotz Emmas beschwichtigender Formulierungen noch lange nicht verflogen. »Soso, kurz. Und was hast du ihm ganz kurz erzählt?«
»Nun ja – schon so viel, dass die Absatzzahlen halt nicht ganz so hoch sind, wie wir und vor allem wie du das erwartet hast – und dass es schön wäre, wenn etwas mehr frisches Kapital in die Firma käme, als immer nur aus dem eigenen Vermögen zuschießen zu müssen.«
»Oh Gott! Das hast du alles gesagt?«
»Ja sicher.« Verwundert runzelte Emma ihre Stirn. »Das ist doch dein langjähriger guter Freund, der Adolf Groß. Also wenn man sich nicht einmal mehr mit Freunden …«
Ihr Ehemann fiel Emma barsch ins Wort. »Bitte mach das künftig nicht mehr!«
»Aber wieso denn nicht? Der Adolf Groß hat doch, das hast du mir selber mehr als einmal gesagt, glänzende Kontakte zu Investoren und Bankiers. Wieso solltest du diese Kontakte nicht nutzen können und über ihn einige Geldgeber als stille Geschäftspartner gewinnen. Denn was geschieht, wenn die Aufträge auch in den nächsten Monaten so spärlich hereintröpfeln wie bisher. Was dann?«
»Es wird schon gehen.«
»Ja, ja. Mein lieber Ehemann und das Prinzip Hoffnung. Wie wäre es dann, wenn du dich wenigstens im Ausland verstärkt um Lizenzpartner bemühen würdest?«
Erstmals schien Daimler geneigt, auf einen ihrer Vorschläge näher einzugehen. »Ja, das habe ich mir auch schon überlegt. Allerdings wird mich das eine Menge Zeit kosten. All diese langen Reisen, die damit verbunden sind. Und das wiederum bedeutet, dass ich den Maybach lange allein lassen muss.«
»Wenn wir eine Zeit lang ohne dich auskommen, dann

wird's dein Maybach ja wohl auch können. Und es ist immer noch besser, ihr legt bei der Neuentwicklung eine kleine Pause ein, als dass hinterher das ganze Geld für immer weg ist.«
»Nun ja …« Eine sonderlich große Begeisterung legte der Konstrukteur zwar sichtlich nicht an den Tag, aber zähneknirschend schien er sich zu fügen. »Ich muss dir in diesem Punkt schon recht geben. Leider. Ich werde die Dinge angehen.«
»Und Lizenznehmer suchen, versprochen?«
»Wenn ich es doch sage! Versprochen!«

Tatsächlich machte sich Gottlieb Daimler nun in wesentlich stärkerem Maße daran, Kontakte mit dem Ausland zu knüpfen, um dort Lizenznehmer für seine Motoren zu suchen und zu finden. Aber mitten hinein in diese von ihm nicht sonderlich geschätzte Suche nach neuen Geldquellen platzte die Nachricht, dass sein härtester Konkurrent Carl Benz am 12. September 1888 auf der Münchener »Kraft- und Arbeitsmaschinen-Ausstellung« für seinen neu konstruierten Patent-Motorwagen die Goldene Medaille erhalten hatte. Das bedeutete natürlich einen schweren Schlag für den Konstrukteur Daimler, der doch so felsenfest von der Überlegenheit seiner eigenen Produkte überzeugt war – und den lästigen Mannheimer Konkurrenten dennoch immer in seinem Nacken spürte.

Endlich! Wie im wahren Leben auf Regen immer wieder Sonnenschein folgt, so entwickelten sich plötzlich auch die Dinge im Falle der Cannstatter Motorenfabrik: Am 29. September 1888 erwarb der Klavierfabrikant William Steinway aus Long Island, New York, die Daimler-Patent-Lizenzen für die USA und gründete dort The Daimler Motor Company.
Ausgerechnet ein Klavierfabrikant! Nun ja. Im Grunde genommen war das relativ leicht zu erklären und genauso simpel wie folgerichtig, denn schon der alte Steinway pfleg-

te seit Jahren eine Bekanntschaft mit Wilhelm Maybach. Es war eine zufällige Begegnung gewesen, die noch aus Maybachs Deutzer Tätigkeit resultierte. Damals, Mitte der 70er Jahre, war Maybach im Auftrag der Gasmotorenfabrik zur Weltausstellung nach Philadelphia gereist und hatte anlässlich dieses Auftrags die Gelegenheit wahrgenommen, endlich wieder einmal mit seinem Bruder Karl zusammenzutreffen, der als Meister bei der New Yorker Instrumenten- und Klavierfabrik Steinway and Sons beschäftigt war. Bei dieser Firma handelte es sich um die Gründung des deutschen Auswanderers Heinrich Steinway aus Seesen, und dieser beschäftigte – schon der Sprache wegen – vor allem deutschstämmige Arbeiter wie eben Karl Maybach. Die Steinways zeigten sich über den Besuch aus Deutschland hocherfreut. Mehr noch: Im Laufe seines kurzen Aufenthalts entwickelte sich sogar eine lockere Freundschaft zwischen dem ansonsten so zurückhaltenden Wilhelm Maybach und den Mitgliedern der Familie Steinway. Über all die Jahre hinweg hatten sie brieflich Kontakt miteinander gehalten – und nachdem dann auch noch der aus Cannstatt stammende Monteur Kübler, der lange bei Steinway gearbeitet hatte, wieder in seine Heimat zurückgekehrt war und inzwischen in der Daimler-Fabrik auf dem Seelberg arbeitete, waren die Verbindungen logischerweise noch stärker geworden. Bei seinem kürzlich erfolgten Besuch in der alten Heimat hatte William Steinway unbedingt auch Maybach und Kübler seine Aufwartung machen wollen. So war es zu einer Begegnung mit Daimler gekommen, samt einem anschließenden Rundgang durch die Werkshallen. Steinway hatte sich tief beeindruckt von den Daimler'schen Produkten gezeigt. Ja mehr noch: Steinway begriff sofort, auf welches Potenzial er hier ganz zufällig gestoßen war. Produkte, mit denen man auf dem amerikanischen Markt gleichsam aus dem Nichts heraus eine führende Marktstellung erreichen konnte. Und so mündete der ursprüngliche Freundschaftsbesuch des Deutschamerikaners in Cannstatt schließlich in ganz konkreten geschäftlichen

Verhandlungen, bei denen Steinway nicht nur sein Interesse für die Lieferung von zwei Motoren zum Einbau in die New Yorker Straßenbahn dokumentierte, sondern in deren weiterem Verlauf man sich auch über die Gründung einer gemeinsamen Unternehmung verständigte, bei der künftig in Lizenz Daimler-Motoren für die USA und Kanada hergestellt werden sollten.
So wurde also am 29. September 1888 auf Long Island The Daimler Motor Company aus der Taufe gehoben. Der Klavierfabrikant William Steinway und der Cannstatter Konstrukteur Gottlieb Daimler durften sich damit als die ersten Hersteller von Gas- und Benzinmotoren auf dem amerikanischen Kontinent feiern lassen. Ein Meilenstein in der amerikanischen Technikgeschichte! Wenn das kein Lichtblick war! Jetzt müsste es doch endlich auch in Deutschland mit den Aufträgen vorangehen, wenn sich sogar die Amerikaner von den Vorzügen der Daimler-Produkte hatten überzeugen lassen.
Müsste, sollte, könnte …

Zusammen mit Wilhelm Maybach, der wieder einmal den Wagen steuerte, unternahm Gottlieb Daimler im Herbst dieses Jahres 1888 länger ausgedehnte Fahrten mit der Motorkutsche. Einerseits zur Entspannung für Leib und Seele, aber andererseits natürlich vor allem zur Erprobung der Alltagstauglichkeit ihrer Konstruktion – nirgendwo sonst konnte man bessere Erkenntnisse gewinnen als bei solchen Ausfahrten. Die beiden Männer pflegten dabei vorzugsweise erst gegen Abend zu diesen Ausflügen aufzubrechen – rasch hinaus aus Cannstatt, in deutlich dünner besiedelte Landstriche.

Das alles deshalb, um das immer noch riesige Aufsehen zu vermeiden, das sie regelmäßig verursachten, wenn sie mit ihrer Motorkutsche an jubelnden Leuten vorbeiknatterten, die in ihrer grenzenlosen Euphorie oftmals völlig außer Acht ließen, wie viele Nerven es den armen Maybach als Chauffeur kostete, seinen Wagen einigermaßen sicher durch die rasch anwachsende Menschenmenge zu steuern.

»Bevor es da irgendwann womöglich einen Unfall gibt, verlegen wir unsere Fahrten lieber auf den Abend«, hatte Daimler folglich beschlossen. »Und gerade jetzt im Herbst, wenn es abends schon ganz schön kalt ist, werden sich die meisten bereits lieber in der warmen Stube aufhalten. Wir selbst müssen uns eben gut anziehen, um uns keine Erkältung zu holen.«

Vorzugsweise führte sie ihre Route ins Remstal, in dem sich der gebürtige Schorndorfer Daimler natürlich auskannte »wie in meiner eigenen Westentasche«.

Auch an diesem Abend durchquerten die beiden wieder mit ihrem Wagen das Remstal und erfreuten sich an den regelmäßigen Geräuschen des problemlos arbeitenden Motors. Inzwischen befanden sie sich in der Nähe von Schorndorf, als buchstäblich aus dem Nichts plötzlich ein men-

schengroßer Schatten schemenhaft direkt vor der Motorkutsche auftauchte, dem kurz danach ein erstickter Aufschrei und ein trockener Aufprall folgten. Zum guten Glück hatte Maybach vor der Remsbrücke seine Geschwindigkeit sowieso schon deutlich gedrosselt, so dass der Wagen mit einem kurzem Ruck zum Stehen kam und der Zusammenprall mit dem rätselhaften Etwas von daher nicht sonderlich stark gewesen sein konnte. »Ja, um Gottes willen, was ist das denn bloß gewesen?«, hörten die beiden eine empörte männliche Stimme aus dem Dunkel fragen.
Wenig später bekam die Stimme im fahlen Licht des Scheinwerfers dann auch ein Gesicht. Gottlieb Daimler vermeinte, seinen Augen nicht trauen zu können. Der Schuhmachermeister Schnabel aus Schorndorf! Ein Nachbar aus der Höllgasse. »Ja, Schnabel! Was machst du denn hier?«
Das Staunen beruhte auf Gegenseitigkeit. »Die Stimme kenne ich doch. Da schau her, das ist doch der Gottlieb Daimler, nicht wahr?«
»Wer denn sonst? Der heilige Geist bin ich auf jeden Fall nicht. Aber wieso läufst du uns denn direkt in den Wagen hinein?«
»In den Wagen hinein!«, empörte sich der andere. »Da komme ich nichtsahnend von meinem Obststückle und denke, da vorne, die beiden Lichter, da kommen halt links und rechts auf dem Weg zwei Radfahrer auf dich zu – hältst du dich also am besten in der Mitte. Und plötzlich … plötzlich knattert es laut, tut einen Schlag, und schon liege ich auf dem Boden. Und dann kommt einer auch noch daher und fragt mich, was ich da tue.«
»Ach, Schnabel. Du hast also unsere beiden Lichter am Wagen tatsächlich für zwei Radfahrer gehalten? Das tut mir jetzt aber leid, denn das hast du natürlich nicht ahnen können. Also komm, wir machen das wieder gut. Du hast dir doch hoffentlich nicht wehgetan?«
»Nein, nein, das geht schon. Vielleicht einen blauen Fleck am Hintern morgen, aber mehr ist nicht passiert.«
»Dann ist es ja noch mal gut ausgegangen. So, komm jetzt!«

Daimler streckte dem Schuhmacher seinen rechten Arm entgegen. »Auf geht's, hoch mit dir. Wir drehen um und fahren dich heim. Direkt nach Schorndorf! Als Wiedergutmachung für den Unfall.«
»Mit dieser Höllenmaschine da?« Die Miene des Angesprochenen sprach Bände.
»Also, wenn ich es hier drauf aushalte, dann wirst du das ja wohl auch können, oder? Und einem alten Nachbarn wirst du dazu hin wohl trauen können. Auf geht's in die Höllgasse, mach schon, hinauf auf den Bock! Wenn wir alle ein bisschen zusammenrücken, dann hat's da oben gut für alle drei Platz.«
Wenig später war der Schuhmachermeister Schnabel gesund und wohlbehalten in der Höllgasse angelangt und hatte danach wochenlang sein Thema, indem er seiner atemlos staunenden Kundschaft davon berichten konnte, wie es ihm bei seiner Höllenfahrt mit der motorisierten Kutsche ergangen war. Immerhin durfte er sich seitdem rühmen, weltweit einer der ersten Fahrgäste in einer Benzinkutsche überhaupt gewesen zu sein.

War die Sache mit dem nächtlichen Unfall kurz vor Schorndorf – vermutlich dem ersten Unfall der Automobilgeschichte – also überaus glimpflich verlaufen, so schien sich auch ansonsten das Blatt weiter zum Besseren zu wenden. Zumindest, was die ausländischen Aktivitäten und Geschäftsabschlüsse betraf. Denn nur ein knappes halbes Jahr nach dem Abschluss des amerikanischen Lizenzvertrags war auch die sorgfältige Suche nach einem verlässlichen Partner in Frankreich von Erfolg gekrönt worden. Am 5. Februar 1889 konnte Daimler tatsächlich den lange erstrebten Lizenzvertrag mit Louise Sarazin abschließen, der ihr die Nutzung der Daimler-Patente in Frankreich gestattete. Auch der Wunsch des Cannstatter Konstrukteurs war akzeptiert worden, dass jeder in französischer Lizenz hergestellte Motor den Namen Daimler zu tragen hatte. Kein Problem für die geschäftstüchtige Witwe Sarazin, die nunmehr, mit ausdrücklicher Billigung Daimlers, ihre Nutzungsrechte an die Firma Panhard & Levassor in Paris abtrat und sich dabei eine 20-prozentige Gewinnbeteiligung an jedem Motor sicherte. Ihre monatelangen Überzeugungsversuche bei dem so überaus vorsichtig agierenden Emile Levassor hatten damit endlich Früchte getragen. Und zwar durchaus nicht nur in geschäftlicher Hinsicht, denn wenig später wurden Louise Sarazin und Emile Levassor sogar ein Paar. Am 4. Mai 1890 fand in Paris die Hochzeit statt! Und selbstverständlich ließen es sich die Daimlers nicht nehmen, persönlich bei der Trauung anwesend zu sein.

Diese Verbindung markierte den Beginn einer überaus erfolgreichen Partnerschaft, die sich sowohl für die französische als auch für die deutsche Automobilindustrie von unschätzbarem Nutzen erweisen sollte. Denn beim Kutschenbau machte den Franzosen so leicht niemand etwas vor und folglich künftig auch nicht beim Bau von speziellen Karosserien für die neuen Automobile samt ihren Motoren. Und beim Motorenbau wiederum war ja die Firma Daimler führend. Die Begeisterung in der französischen Presse nach der erfolgreichen Vorführung des ersten Gemeinschaftsproduktes »Panhard&Levassor, Bauart Daimler« kannte jedenfalls keine Grenzen!

»... später hat der Däumling mit seinen Stiefeln sein Glück gemacht und viele große und kleine Reisen. Hat vielen Herren gedient und wenn es ihm wo nicht gefallen hat, ist er spornstreichs weitergegangen. Kein Verfolger zu Fuß noch zu Pferd konnte ihn einholen – und seine Abenteuer, die er mithilfe seiner Stiefel bestand, sind nicht zu beschreiben. So, und jetzt wird endlich geschlafen, kleiner Mann!«
Vorsichtig klappte Gottlieb Daimler das dicke alte Märchenbuch der Gebrüder Grimm zu, dessen Seiten vom vielen Vorlesen in den vergangenen Jahren inzwischen schon deutliche Verschleißspuren aufwiesen, und bedachte seinen mittlerweile achtjährigen Sohn Wilhelm mit einem vielsagenden Blick.
Wilhelm nickte folgsam. »Das war wieder schön. Ich könnte es mir wohl noch tausendmal anhören. Ich glaube, es wird mir nie langweilig werden. Es ist einfach mein Lieblingsmärchen.«
Sein Vater schmunzelte amüsiert in seinen silbergrauen Vollbart hinein. »Ja, das verstehe ich, denn mein Lieblingsmärchen ist es nämlich auch.« Wenngleich aus einem ganz anderen Grund, aber den sollte sein Nesthäkchen erst später einmal erfahren. In ein paar Jahren dann.
»Ach Papa, wenn ich nur auch solche Siebenmeilenstiefel haben würde ...«
Der Satz seines kleinen Sohnes versetzte Daimler einen schmerzhaften Stich direkt ins Herz und führte ihm schlagartig wieder all die vergeblichen Arztbesuche, Therapien und Kuraufenthalte vor Augen, mit denen sie versucht hatten, die Folgen des schlimmen Unfalls zu lindern, den Wilhelm vor Jahren erlitten hatte. Doch in Wahrheit hatte nichts davon wirklich geholfen. Eher das Gegenteil war der Fall. Wilhelm schien immer schwächer zu werden, oft war er tagelang völlig ans Bett gefesselt, wo er sich überdies

mit heftigen Rückenschmerzen wimmernd hin und her wälzte.
Und selbst wenn die Phase der Bettlägerigkeit ab und zu vorüber war, auch dann bedeuteten nur wenige unsichere Schritte für seinen armen Buben schon die reinste Höllenqual. An ein normales Spielen mit anderen Kindern, in der Sandkiste oder gar an einem Klettergerüst, war nicht im Entferntesten zu denken. Man durfte schon froh sein, wenn er sich überhaupt im Garten aufhalten konnte.
Auch künftig würden sie zwar nichts unversucht lassen, vielleicht doch noch den richtigen Arzt ausfindig zu machen, der ihrem Wilhelm die Erfolg versprechende Behandlung angedeihen lassen konnte, doch so ganz allmählich war sowohl bei Gottlieb als auch bei seiner Ehefrau die Hoffnung auf eine vollständige Heilung ihres Sohnes geschwunden. Ohne dass sie es sich gegenseitig eingestanden hätten.
Was momentan noch erschwerend zu diesen an sich schon drückenden Sorgen hinzukam, war die Tatsache, dass es auch Emma seit einiger Zeit besonders schlecht ging. Die Lungenkrankheit war wieder ausgebrochen. Dieses Mal mit aller Härte – und seltsamerweise ausgerechnet jetzt, im Frühsommer! So war es bislang noch nie gewesen.
»Weißt du, was schön wäre, Papa?«, unterbrach die Kinderstimme seine bekümmerten Gedanken.
»Was denn, Wilhelm?« Vorsichtshalber fuhr er sich mit der Hand kurz über das Gesicht. Nicht dass sein Sohn sonst womöglich das verdächtige Glitzern in den Augen des Vaters bemerkte.
»Wenn die Mama auch bald wieder vorlesen könnte. Dann könntet ihr euch ja abwechseln. Einen Abend du – und den nächsten die Mama.« Der Kleine machte eine kurze Pause, bevor er seinen Vater aus ernsten Augen musterte. »Papa, sag: Die Mama wird doch wieder gesund werden, oder?«
»Aber natürlich, Wilhelm. Wir müssen halt nur fest daran glauben. Und bevor du einschläfst, kannst du ja noch beten und den lieben Gott bitten, dass er die Mama bald wieder gesund macht.« Abrupt erhob er sich und legte das Mär-

chenbuch auf das Nachtkästchen neben dem Bett seines Sohnes. »So, jetzt ist aber wirklich Schluss für heute. Jetzt wird geschlafen. Gute Nacht, Wilhelm.«

»Gute Nacht, Papa.«

Leise schloss Gottlieb Daimler die Tür des Kinderzimmers hinter sich und trat in das Halbdunkel des Flurs hinaus. Also hatte selbst der kleine Wilhelm schon bemerkt, wie ernst es um seine Mutter stand. Im Grunde genommen war das ja kein Wunder. Alle Familienmitglieder mussten es hören, dieses keuchende Husten, das immer öfter in ein ersticktes Gurgeln überging. Und als selbst der Arzt heute morgen nach einer weiteren eingehenden Untersuchung recht bedenklich den Kopf geschüttelt hatte, sagte allein diese Geste im Grunde genommen mehr aus als tausend beschwichtigende Worte. Es stand nicht gut um Emma. Man musste sogar mit dem Schlimmsten rechnen. Mit dem Allerschlimmsten!

»Unsere treubesorgte Gattin, Mutter und Schwester
Emma Daimler, geb. Kurtz
ist heute früh nach langjährigem Leiden sanft entschlafen; im Alter von 46 Jahren.
Die Beerdigung findet Dienstag Nachmittag, 3 Uhr auf dem Uffkirchhof statt.
Der trauernde Gatte:
G. Daimler, Ingenieur
mit seinen 5 Kindern.
Die Schwester:
Marie Kurtz in Maulbronn
Cannstatt, den 28. Juli 1889.«

Am Sonntag, morgens um halb sieben, war Emma gestorben.

Nach dem Leichenschmaus, den die Familie Daimler mit ihren Verwandten und den engsten Freunden im Cannstatter Kursaal einnahm, hatte der tief deprimierte Witwer

der jüngeren Schwester seiner verstorbenen Frau, der Schwägerin Marie Kurtz, sein Herz ausgeschüttet: »In letzter Zeit scheint es bei uns Schlag auf Schlag zu gehen. Erst ist im Herbst letzten Jahres mein Vater gestorben, vor einigen Wochen dann mein Onkel, jetzt die Emma – und was wird jetzt nur mit meinem armen Wilhelm – ohne Mutter! Allein die letzten beiden Tage haben mir gezeigt, wie dringend ich eine Frau in unserem Haus brauche. Eine Frau, die sich jetzt um die Kinder kümmert – vor allem natürlich um den Wilhelm.«
Marie hatte sofort verstanden, worauf ihr Schwager hinauswollte. »Also in den ersten Tagen werde ich dir schon helfen können. Die Kinder kennen mich schließlich ja auch ganz gut durch die Ferien, die sie immer bei uns in Maulbronn verbracht haben – aber auf Dauer wird das natürlich nicht gehen. Schon deswegen nicht, weil ich mich inzwischen stärker um meine Eltern zu Hause kümmern muss. Sie sind ja auch nicht mehr die Jüngsten. Also Gottlieb, du solltest dir deshalb möglichst rasch ein zweites Hausmädchen suchen, das den Haushalt besorgt, während sich die Kinderfrau um die Kleinen kümmert.«
Aber der Witwer schien von Maries im Grunde genommen doch großzügigem Angebot, im Haushalt in den nächsten Tagen nach dem Rechten zu sehen, nicht sonderlich getröstet. »Ach Marie, wenn du nur wüsstest …«
Was sollte das denn heißen? Marie Kurtz streifte ihren Schwager mit einem irritierten Blick,
worauf diesem ganz unvermittelt die Röte ins Gesicht schoss. Sichtlich verlegen senkte er den Kopf und winkte müde ab, während er sich langsam auf einen der Stühle sinken ließ: »Ach nichts, Marie. Es ist – nichts …«
Der Mann konnte einem wirklich leidtun – und dennoch sollte sie sich nicht allzu teilnahmsvoll um ihren Schwager kümmern, denn man durfte es nicht zulassen, dass sich der Gottlieb nun tagelang nur in seinem Leid erging. Vielmehr musste er sich nun eben intensiver als bisher um seine bedauernswerten Kinder kümmern, die nach dem Verlust ih-

rer Mutter zu Halbwaisen geworden waren. Allein schon dieses Wort: Waisen! Marie Kurtz schauderte zusammen – und war sich ihrer Pflichten umso deutlicher bewusst. Bei allem Verständnis für den Witwer – jetzt waren es zunächst einmal die Nichten und Neffen, denen sie ihre ganze Fürsorge zu widmen hatte.

Auch Gottlieb Daimlers alter Freund und Weggefährte Adolf Groß hatte der Verstorbenen die letzte Ehre erwiesen. Nachdem sich nun der Leichenschmaus allmählich dem Ende zuneigte – die Trauergäste waren, wie es hierzulande Sitte war, mit Kaffee und Hefezopf verköstigt worden und machten sich allmählich wieder auf den Heimweg –, fasste Adolf Groß den Witwer am Arm und zog ihn ein Stück von den anderen weg auf die ruhigere Seite des Nebenzimmers, wo er sich vor zufälligen Mithörern in Sicherheit wähnte. »Ach Gottlieb, es tut mir ja so leid. Um deine arme Emma – und auch um dich«, begann er mit teilnahmsvoller Stimme. »Aber ganz unerwartet ist ihr Ableben leider nicht gekommen – auch für mich nicht. Ja, doch …«, setzte Groß rasch hinzu, als er bemerkte, wie sein Freund bei diesen Worten schmerzvoll zusammenzuckte. »Ich war schon seit einiger Zeit über ihren Gesundheitszustand im Bilde. Emma selbst hat mich diesbezüglich ins Vertrauen gezogen. Das weißt du wahrscheinlich nicht, dass sie schon seit längerem den Kontakt mit mir gesucht hat – auch im Hinblick auf deine wirtschaftliche Zukunft.«
In der Tat zeigte sich Gottlieb Daimler ziemlich überrascht. »Du? Du hattest ohne mein Wissen einen länger währenden Gedankenaustausch mit meiner Emma – nicht nur bezüglich ihrer Krankheit, sondern auch wegen meiner Zukunft?« Das war ja viel mehr, als ihm Emma bei ihrem letzten Gespräch zu diesem Thema erzählt hatte!
»Ja, genau.« Adolf Groß setzte eine schuldbewusste Miene auf. »Sie wollte aber nicht, dass wir diese Erörterungen an die große Glocke hängen, sondern sie hat mich vor allem um einen ehrlichen Rat gegeben – und um meine Hilfe-

stellung, wenn … Nun ja, so hat sie sich eben ausgedrückt: wenn es mit ihr zu Ende gegangen wäre. Nein«, abwehrend hob er die Hand und gebot seinem aufbegehrenden Freund damit Einhalt. »Sag jetzt erst einmal nichts, sondern lass dir erzählen, worum es ihr dabei im Detail zu tun war. Am besten, du setzt dich hier auf diesen Stuhl und hörst mir fünf Minuten lang einfach zu.«

Der völlig konsternierte Daimler tat, wie ihm geheißen wurde, und Adolf Groß begann damit, dem Konstrukteur seine Sicht der Dinge darzulegen.

Bis kurz vor ihrem Tod hatte die schwer erkrankte Emma Daimler also noch einen intensiven Briefkontakt mit Adolf Groß gepflegt. Schon vor Monaten hatte sie ganz offensichtlich geahnt, dass es mit ihrem Leben bald zu Ende gehen würde und dass sie nicht mehr die Kraft besaß, ein weiteres Mal gegen die heimtückische Lungenkrankheit anzukämpfen. Während ihrer letzten Lebensphase hatte die Sorge der längst vom Tode gezeichneten Frau nur noch ihrer Familie gegolten. Der Zukunft ihres Mannes und der Kinder, die sie schon bald für immer würde verlassen müssen. Das war der Grund gewesen, weshalb sie heimlich den Kontakt mit Adolf Groß intensivierte. Trotz der Erfolge mit den beiden Lizenzverträgen, aus denen noch lange keine nennenswerten Einnahmen zu erwarten waren, benötige man bald schon frisches Geld. Am besten einen verlässlichen Kompagnon, einen guten Kaufmann, der in der Lage war, ihrem Mann wenigstens diese Last von den Schultern zu nehmen und die Firma auf eine breitere finanzielle Grundlage zu stellen. Dafür wollte Emma vor ihrem Tod noch unbedingt Sorge tragen – gerade auch angesichts der angeschlagenen Gesundheit ihres Mannes. Nicht, dass die Kinder neben dem Tod der Mutter auch noch den Verlust ihres Vaters zu beweinen hätten. Das war es, was Emma Daimler in ihren letzten Lebenswochen unablässig beschäftigte.

Adolf Groß hatte sich daraufhin angeboten, in Emmas Sinn Kontakt mit Max Duttenhofer aufzunehmen, dem sogenannten Pulverkönig. Ihr Mann kenne ihn ja bereits über die Hohentwiel-Gesellschaft. Max Duttenhofer, Generaldirektor der Köln-Rottweiler Pulverfabriken, war es in den vergangenen Jahren mit der Erfindung des rauchfreien Schießpulvers gelungen, sein ohnehin schon beachtliches Vermögen im wahrsten Sinn des Wortes explosionsartig zu vergrößern. Die Produktion in seinen stetig wachsenden Pulverfabriken, von denen er längst mehrere besaß, konnte mit dem Auftragseingang kaum noch Schritt halten – ganz abgesehen von den enormen Gewinnen, die sie dem in finanzieller Hinsicht anscheinend niemals zu sättigenden Duttenhofer in die Kasse spülten.

Wenige Tage nach diesem letzten Gespräch mit Adolf Groß war Emma gestorben – »beruhigt im Hinblick auf die Zukunft meiner geliebten Familie«, wie sie sich in einem ihrer letzten Sätze Groß gegenüber ausgedrückt hatte.

Ausgerechnet Duttenhofer! Also nein, dieser Duttenhofer, das sei nicht unbedingt ein Mann nach seinem Geschmack, hatte Daimler schließlich gemeint, als Adolf Groß mit seiner Erklärung zum Ende gekommen war. »Der spielt mir viel zu sehr die deutschnationale Karte. Für einen Schießpulverfabrikanten ist das zwar nachvollziehbar – aber ich für meinen Teil sehe die Dinge etwas nüchterner. Nicht, dass ich etwas gegen ein starkes Deutschland einzuwenden hätte, ganz im Gegenteil, aber ob man sich tatsächlich dermaßen gegen Frankreich und England in Stellung bringen muss, wie dies Leute vom Schlage Duttenhofers immer wieder tun – also, ich weiß nicht …«

Aber so leicht ließ sich Groß nicht von seinem Vorschlag abbringen. »Du musst doch deinen Kopf frei haben von diesen finanziellen Dingen und dich ganz deiner Konstrukteurstätigkeit widmen können. Das hast du doch selber schon oft gesagt – du brauchst jemanden zur Entlastung in den kaufmännischen Dingen. Maybach wird das wohl nicht sein können …«

»Der Wilhelm? Nie und nimmer. Der brütet Tag und Nacht über seinen Konstruktionszeichnungen, er ist ein Techni-

ker durch und durch, aber nie und nimmer ein Kaufmann.«
»Siehst du! Eben drum! Du brauchst einige helfende Hände von außerhalb – und wenn ein Freund wie ich dir den Duttenhofer empfiehlt – es stehen dazu übrigens auch noch einige andere Namen auf meiner Liste. Denk wenigstens einmal in aller Ruhe darüber nach. Wenn schon nicht aus eigenem Einsehen, dann wenigstens deinen Kindern und deinen Leuten zuliebe!«
Der von den Ereignissen der letzten Tage schwer gezeichnete Gottlieb Daimler winkte müde ab und gab sich geschlagen. »Ach Adolf, wenn du also meinst … Ich bin einfach nicht mehr in der Lage, dir weiter zu widersprechen. Ich fühle mich so – so kaputt und durcheinander. So hoffnungslos, einsam und verlassen.«
Adolf Groß würde also den Kontakt mit Duttenhofer bezüglich einer gemeinsam zu betreibenden Motoren-Gesellschaft einfädeln. Sollte er tun, was er für richtig hielt. Vielleicht war das auch ganz gut so. Gottlieb Daimler selbst würde sich in absehbarer Zeit um solche Dinge nicht kümmern können – er wollte das auch gar nicht. Erst recht nicht jetzt, am Tag der Beerdigung seiner geliebten Ehefrau, die er so schmerzlich vermisste.

Aus den von der Schwägerin versprochenen »einigen Tagen« waren am Ende dann doch mehrere Wochen geworden, in denen sich Marie Kurtz um die Daimler-Familie kümmerte, die durch den Tod der Mutter so jäh ihres warmherzigen Mittelpunkts beraubt worden war. Vor allem die Mädchen, also die 16-jährige Emma und die 11 Jahre alte Martha, dankten es der Tante mit einem tadellosen Verhalten – und sogar, was früher undenkbar gewesen wäre, mit einer tatkräftigen Mitarbeit im Haushalt. Nur ja nicht allein sein jetzt. Das war am wichtigsten. Da durfte dann schon einmal auch ein bisschen Hausarbeit absolviert werden, wenn es dadurch gelang, die Tante Marie noch ein bisschen länger an das so einsam gewordene riesige Haus in der Taubenheimstraße zu binden. Am dankbarsten aber zeigte sich der kleine Wilhelm, dem das Ableben seiner Mutter einen besonders schweren Schock versetzt hatte, wodurch alle Therapieerfolge der Ärzte hinsichtlich seines Rückenleidens schlagartig wieder zunichtegemacht waren und der Bub schlimmer denn je auf sein Krankenlager geworfen wurde. Die unzähligen Stunden, die Marie vorlesend an Wilhelms Bett verbrachte, brachten ihm wenigstens einen gewissen Trost und ließen ihn zumindest während dieser Zeit die Trauer über den Verlust der Mutter vergessen. Wenn doch nur sein Vater diese Lücke hätte ausfüllen können! Aber das war natürlich unmöglich – das konnte auch der achtjährige Wilhelm schon einigermaßen begreifen, denn irgendjemand musste ja für das Auskommen der vielköpfigen Familie Sorge tragen. Und trotzdem …

Umso größer war der Schock, als die Tante Marie eines Tages mit gepackten Koffern vor ihnen stand und erklärte, dass sie noch heute abreisen würde. Zurück nach Maulbronn, wo sie sich nun dringend wieder um den Haushalt der Eltern zu kümmern habe und wo sie schon sehnsüchtig erwartet werde. Die erste schlimme Zeit seit der Beerdigung habe man einigermaßen gut hinter sich gebracht, und das inzwischen eingestellte zusätzliche Hausmädchen sei nach der sorgfältigen Einweisung in ihre Aufgaben bestens in der Lage, die entstehende Lücke somit zu schließen. »Aber Marie, bist du dir wirklich sicher, dass das sein muss? Wir, also nicht nur ich, sondern wir alle, können uns gar nicht vorstellen, wie es ohne dich hier weitergehen soll. Kannst du es dir denn nicht noch einmal überlegen?«, startete der völlig konsternierte Gottlieb Daimler einen letzten Versuch, die Schwägerin zum Bleiben zu bewegen. Zumal … zumal sie ihm in den vergangenen Wochen mehr und mehr ans Herz gewachsen war. Kein Wunder, denn diese verblüffende äußere Ähnlichkeit der jüngeren Schwester mit seiner verstorbenen Ehefrau hatte ihm manchmal beinahe den Atem verschlagen. Und ihn daran denken lassen, wie es wohl wäre, wenn …

»Nein, Gottlieb, mein Entschluss ist gefasst. Und dabei bleibt es auch. Basta!« Der scharfe Tonfall, der hörbar keinerlei Widerspruch duldete, und die entschlossene Miene, die Marie Kurtz dabei zusätzlich an den Tag legte, sprachen eine eindeutige Sprache. Auch wenn es dem gramgebeugten Witwer beinahe das Herz brach: Jeder weitere Einwand war zwecklos und würde im Zweifelsfall eher zusätzliche Barrieren zwischen ihnen aufbauen. Vielleicht war es also tatsächlich besser, Marie zunächst einmal ziehen zu lassen. Er würde dann in ein oder zwei Wochen einmal nach Maulbronn fahren und ihr dort einen Besuch abstatten. Und falls sich die Dinge günstig entwickelten, würde sie inzwischen eventuell schon ein gewisses Heimweh nach dem Daimler'schen Haushalt in der Cannstatter Taubenheimstraße entwickelt haben. Vielleicht sogar Sehnsucht nach ihren Nichten und Neffen – und womöglich auch ein ganz kleines bisschen nach dem Schwager, Gottlieb Daimler.

Lange hatte er gezaudert und gezögert, ob er nicht doch noch mehr Zeit ins Land gehen lassen sollte, ob es sich überhaupt schickte, diesen Schritt zu tun und ob der vorgebliche Anlass für sein Erscheinen wohl passend schien. Dann aber, in den letzten Septembertagen, hatte Gottlieb Daimler sich schließlich zu einer Entscheidung durchgerungen. Ja, er würde zu den Schwiegereltern nach Maulbronn fahren – und dort seine Schwägerin zu einer kleinen Spritztour mit dem Automobil einladen. Das würde in dem beschaulichen Klosterort natürlich ein riesiges Aufsehen verursachen, wenn er zum ersten Mal überhaupt in der altehrwürdigen Geschichte des ehemaligen Zisterzienserklosters aus einer benzinbetriebenen Motorkutsche steigen würde. Eine höchst beeindruckende Vorführung, die ihre Wirkung sicherlich nicht verfehlen würde. Und anschließend, sozusagen als Tüpfelchen auf dem »i«, würde er es wagen, seiner Schwägerin noch die Frage zu stellen, ob sie eventuell daran interessiert sei, mit ihm zusammen die Weltausstellung in Paris zu besuchen, wo es neben dem

von Wilhelm Maybach ganz neu entwickelten, wahrhaft sensationellen Stahlradwagen noch eine weitere Attraktion zu bestaunen gäbe: einen sage und schreibe 300 Meter hohen Turm ganz aus Eisen! Eigentlich müsste es ja mit dem Teufel zugehen, wenn die Marie nicht mit Begeisterung in diesen Vorschlag einwilligte. Andererseits: Die Schwägerin hatte auch ihren ganz eigenen Kopf. Also würde er schon seinen ganzen Charme aufbieten müssen, um zum gewünschten Ergebnis zu kommen.
Zwei Tage später war es so weit: Unter den begeisterten Jubelrufen der Maulbronner Jugend, den teilweise entsetzten Blicken der alten Frauen und vor den ungläubig staunenden Mienen der Männer fuhr die fauchende und knatternde Daimler'sche Motorkutsche in einem wahren Triumphzug in das Maulbronner Klosterareal ein, nicht ohne auch noch eine mit empörtem Geschnatter auseinanderstiebende Gänseherde in zwei ungleiche Hälften zu teilen. Direkt vor der Apotheke, dem Wohnhaus von Daimlers Schwiegereltern, brachte der Chauffeur Bauerschmidt das Automobil zum Stehen. Kurze Zeit später verstummte auch der Motor, nachdem er, begleitet von einer dunklen Rauchwolke, ein letztes, kraftloses Knallgeräusch von sich gegeben hatte.
Ruck, zuck war der Wagen jetzt von einer dichten Traube aufgeregter Jugendlicher umringt, während die Alten eher auf eine vorsichtige Distanz bedacht waren, während sie ein ums andere Mal ziemlich skeptische Blicke in Richtung des pferdelosen Ungetüms warfen. Mehr als einmal waren dabei Sätze zu hören, die das unmittelbar bevorstehende Ende der Welt für gekommen hielten. Sätze, in denen klar die Überzeugung zum Ausdruck gebracht wurde, dass es sich um schieres Teufelswerk handeln müsse, wenn ein Wagen, ganz ohne Deichsel und von keinem Zugtier gezogen, selbstständig durch die Lande fahre. »Wenn ein solcher Wagen kommt, dann geht die Welt unter«, hätten schon die Altvorderen prophezeit. Und jetzt – jetzt sei der erste Teil der Weissagung sichtbar Wirklichkeit geworden, auf deren baldige Vollendung man sich also vorbereiten müsse.

Natürlich gaben aufgeklärte Menschen vom Schlage der Apothekersfamilie Kurtz nicht das Geringste auf ein solches Geschwätz, zumal man sich über den Schwiegersohn und dessen neumodische Experimente ja bestens im Bilde befand. Der alte Apotheker hatte sich bei einem Besuch im vergangenen Jahr in Cannstatt zum maßlosen Erschrecken seiner Frau sogar getraut, selbst einmal für eine kurze Ausfahrt neben dem Chauffeur Platz zu nehmen. »Und wie man sieht, bin ich am Leben geblieben«, hatte er hinterher lachend gemeint, allerdings etwas leiser angefügt, dass diesem ersten Mal nicht unbedingt noch eine weitere Fahrt folgen müsse. Dafür sei ihm die Luft neben dem qualmenden Benzinmotor doch viel zu schlecht gewesen. Und überhaupt …

Aber heute war die Reihe an seiner Tochter Marie, die nun von ihrem Schwager mit ausgesuchter Höflichkeit dazu eingeladen wurde, zusammen mit dem Chauffeur Bauerschmidt und ihm selbst eine kleine Spritztour in die schöne Maulbronner Umgebung zu unternehmen. Doch Marie stand der Sinn absolut nicht nach solcherlei Vergnügungen – weshalb auch immer. Sei es, dass sie sich vor einer Fahrt mit dem Vehikel tatsächlich fürchtete, sei es, dass sie ahnte, welcher Hintergedanke ihren Schwager dabei in Wahrheit bewegte.

Egal, wie oft es Gottlieb Daimler auch versuchte, ihr diese Fahrt doch noch schmackhaft zu machen, am Ende verbunden mit dem Hinweis, den er sich eigentlich als Krönung des Tages für den guten Schluss der Ausfahrt hatte aufsparen wollen, er werde mit diesem Wagen sogar zu einer Fahrt zur Weltausstellung nach Paris aufbrechen, Marie blieb standhaft bei ihrer strikten Weigerung. Dann vielleicht mit der Eisenbahn nach Paris? Nein, auch nicht mit der Eisenbahn.

Spätestens mit dieser kategorischen Zurückweisung musste er sich darüber im Klaren sein, dass die Marie nicht willens war, sich mit ihrem Schwager auf eine möglicherweise engere Beziehung einzulassen. Sie hatte ihm einen Korb

gegeben – dazu noch in aller Öffentlichkeit! Was für eine Blamage!
Der verschmähte Kavalier freilich handelte, wie es eben seinem Naturell entsprach, wieder einmal blitzschnell. In der Vorwärtsverteidigung liegt die Kraft. Hatte er solche Sätze nicht immer wieder aus dem Mund dieser unsäglichen Generäle hören müssen, wenn die mit stolzgeschwellter Brust auf irgendwelchen unvermeidbaren Empfängen mit ihren angeblichen Heldentaten im Krieg von 1870/71 prahlten? Nun gut, dann würde er diese Taktik jetzt halt auch einmal anwenden, schon deswegen, um damit von den so überaus ernüchternden Tatsachen abzulenken. Trübsal blasen, das konnte er dann auch noch daheim. Jetzt galt es erst einmal, sich als Mann von Welt zu zeigen und sich nichts von der Demütigung anmerken zu lassen, als die er die Szene von gerade eben durchaus empfinden musste.
»Also Burschen: Wenn die Marie sich schon nicht traut – zwei von euch dürfen mit rauf. Halt! Nicht alle auf einmal!«
Tatsächlich hatte sich auf dieses Kommando hin die gesamte Maulbronner Jugend ruck, zuck an den Wagen geklammert und war drauf und dran, das Gefährt in eine bedrohliche Schieflage zu bugsieren. »Sofort runter!«, donnerte der erschrockene Chauffeur mit lauter Stimme.
»Du da – und du da«, deutete Daimler auf zwei in etwa zwölf Jahre alte Jungen. »Ihr dürft mit. Los, rein mit euch, aber dann während der Fahrt ja nicht aufstehen. Verstanden?«
Die vor Aufregung rotglühenden Köpfe nickten eifrig.
»Also Bauerschmidt, dann kann es losgehen!«
Puffend und knatternd rumpelte der Wagen durch das Klostertor, verfolgt von einer johlenden Kinderschar, die mit der Zeit immer weiter zurückblieb, bis man sie schließlich gänzlich abgehängt hatte. Der Konstrukteur stellte ein zufriedenes Grinsen zur Schau. »Na also, schneller als alle eure Pferdekutschen, nicht wahr?«
»Ein bissle schon«, traute sich einer der Burschen zu antworten.

»Ein bissle!« echote Daimler erstaunt, bevor ein anerkennendes Lächeln über seine Miene huschte. »Na ja, du hast schon recht. So arg viel schneller als die Pferdekutschen sind wir noch nicht. Aber auch das wird nicht mehr lange dauern, wenn ich nur an den nagelneuen Stahlradwagen von unserem Maybach denke, nicht wahr, Bauerschmidt?«

»Und ob, Herr Daimler«, nickte der Angesprochene bedeutungsvoll. »Das ist dann noch mal etwas ganz ander... Ja was ... Ja sag einmal. Was isch denn jetzt los?«

Mitten im Satz war er von einem lauten Knall aus dem Motor unterbrochen worden, dem ein heftiges Ruckeln folgte. Kurz danach war der Wagen mitten auf der grob geschotterten Landstraße zum Stehen gekommen.

Während sich die Buben ängstlich ins Gesicht starrten – hoffentlich hatten sie doch nicht zu viel riskiert und würden jetzt womöglich gleich mit dem Gefährt in einer gewaltigen Explosion in die Luft fliegen –, schien sich der Konstrukteur des Vehikels nicht sonderlich zu beunruhigen. Daimler vielmehr verdrehte nur kurz die Augen »Schon wieder die Zündung. Na gut, das werden wir aber gleich wieder haben. Ihr bleibt jetzt bitte einfach sitzen, und auch du bleibst da, wo du bist, Bauerschmidt. Auf mein Kommando drehst du dann wieder an der Kurbel. Ich mach den Rest dann schon.«

»Aber Herr Daimler«, protestierte der Chauffeur, bei dem es sich ja um einen Mechanikermeister aus der Automobilfertigung handelte. »Lassen Sie mich das doch machen. Sie machen sich doch mit dem ganzen Öl und dem Ruß bloß Ihren schönen Anzug dreckig.«

»Kommt überhaupt nicht infrage, Bauerschmidt.«, winkte Daimler lässig ab. »Das wäre ja noch mal schöner, wenn sich ein Konstrukteur vor ein bissle Öl und Ruß fürchten würde, wenn ich mir zu fein für so etwas wäre. Und außerdem würde es dann mit Recht womöglich heißen, dass ich es nicht schaffen würde, meine eigenen Wagen zu reparieren. Ha – sonst noch was? Also Buben, aufgepasst, gleich geht's weiter!«

Mit einer, angesichts seiner inzwischen doch recht stattlichen Körperfülle, erstaunlichen Behändigkeit kletterte er vom Wagen, streifte sich rasch seinen dunklen Ausgehrock vom Oberkörper und krempelte die Hemdsärmel hoch. Dann ging er zur Rückseite der Kutsche, band den dort angebrachten Transportkoffer los und öffnete ihn. Daraus entnahm er ein blaues Hemd, das er über sein weißes Anzugshemd zog, und eine ganze Menge Werkzeug. Ohne ein weiteres Wort kroch Daimler unter das Automobil, wo er sich ganz offenkundig am Motor zu schaffen machte. Es konnten keine zehn Minuten vergangen sein, bis er wieder zum Vorschein kam und mit einem breiten Lächeln in seinem ölverschmierten Gesicht zum Chauffeur meinte: »So, fertig. Jetzt läuft unser Gäule wieder, Bauerschmidt. Du kannst die Kurbel drehen.«
Und tatsächlich: Wenige Augenblicke später gab der Motor wieder die gewohnten Knattergeräusche von sich. Gerade so, als sei nie etwas gewesen. »Jetzt fahren wir aber wie geplant vollends weiter bis nach Lienzingen, und dann erst drehen wir um, nicht dass die Kerle nachher sagen, wir hätten uns nimmer getraut«, gab er dem Chauffeur voll selbstsicherer Gewissheit entsprechende Anweisung.
Genau so wurde es gemacht. Problemlos kamen die Fahrgäste samt ihrem Fahrzeug nach Lienzingen und ebenso wohlbehalten wieder zurück nach Maulbronn, wo sie mit einem frenetischen Applaus empfangen wurden.
Nachdem sich Gottlieb Daimler im Haus der Schwiegereltern Gesicht und Hände gewaschen hatte, verabschiedete er sich rasch. Denn die Heimfahrt nach Cannstatt würde gut und gerne vier Stunden in Anspruch nehmen. »… und im Oktober wird's halt doch schon recht bald dunkel«, fügte er als Erklärung hinzu, nicht ohne noch einmal einen längeren Blick ins Gesicht seiner Schwägerin zu werfen, den diese freilich mit einem kaum merklichen Kopfschütteln quittierte.
Er hatte verstanden. »Schade«, murmelte er traurig in seinen dichten grauen Vollbart hinein und kletterte auf den

Beifahrersitz neben den Chauffeur. Grüßend tippte er sich zum Abschied an den schwarzen Hut, dann betätigte Bauerschmidt vorsichtig den Gashebel, worauf sich die Motorkutsche langsam in Bewegung setzte. Schon wenig später war sie den nach wie vor staunenden Blicken der Maulbronner entschwunden, während die Motorengeräusche noch eine ganze Zeit lang zu hören waren. Es wurde eine stumme Rückfahrt. Der tief in melancholische Gedanken versunkene Daimler und neben ihm sein altbewährter Chauffeur und Meister Bauerschmidt, der nur allzu genau darüber im Bilde war, was in seinem Nebensitzer gerade vor sich ging. Es war ein Jammer, dieses Drama miterleben zu müssen und doch nicht helfen zu können. Hoffentlich kamen für den Herrn Daimler bald wieder bessere Zeiten! Vielleicht auf der Weltausstellung. Denn immerhin hörte man aus Frankreich nur erfreuliche Dinge, was die Daimler'schen Produkte betraf. Vielleicht würde ihn wenigstens das wieder aufmuntern und ihm irgendwie über den Verlust seiner Frau hinweghelfen können.

Ja! Was hätte es doch für eine wunderbare Feier werden können, diese geradezu triumphale Rückkehr der beiden Konstrukteure von der Pariser Weltausstellung! Wenn seine Emma doch nur diesen überwältigenden Erfolg hätte erleben dürfen! Denn hier in Paris gab es zwischen Mai und Oktober 1889 für das begeisterte Publikum aus aller Herren Länder nicht nur ein Weltwunder zu bestaunen, längst nicht nur den sogenannten Eiffelturm, diese unglaubliche Eisen- und Stahlkonstruktion des Ingenieurs Gustave Eiffel, das mit weitem Abstand höchste Gebäude der Welt, das sich 300 Meter hoch in den Himmel über Paris reckte, sondern auch – man höre und staune – den von Maybach konstruierten Stahlradwagen, der von Gottlieb Daimler und Wilhelm Maybach höchstpersönlich präsentiert worden war. Ja, erstaunlicherweise schien der Erfolg ihres Wagen die Schlagzeilen bezüglich des Eiffelturms sogar noch weit in den Schatten zu stellen, denn im krassen Gegensatz zu der gigantischen Eisenkonstruktion, die von den meisten Franzosen, allen voran den Parisern, mit geradezu aggressiver Ablehnung aufgenommen worden war, erntete der Stahlradwagen regelrechte Begeisterungsstürme des Publikums auf der Weltausstellung. Das war natürlich auch das Verdienst ihrer neu gewonnenen französischen Geschäftspartner Panhard & Levassor sowie in erster Linie dasjenige von Madame Louise Sarazin, die nach Kräften (und dank vieler guter Beziehungen) dafür gesorgt hatte, dass die Präsentation des Wagens bei der pompösen Ausstellung in den Mittelpunkt des Interesses gerückt wurde. Selbst Carl Benz, ihr schärfster Konkurrent, der hier seinen ebenfalls hoch gelobten Benz Patent-Motorwagen ausstellte, hatte bewundernd die Lippen geschürzt, als er in einem Moment, in dem er sich von den beiden Cannstattern und ihren französischen Kompagnons unbeobachtet fühlte, den Wagen einem näheren Augenschein unterzogen hatte. Natürlich war es von weitem zu einem Blickkontakt gekommen, aber alle drei Männer hatten so getan, als würden sie sich gar nicht kennen und achteten künftig umso strikter darauf, einander geflissentlich aus dem Weg zu gehen.

Die Daimler'sche Präsentation durfte mit Fug und Recht als einer der Höhepunkte der Weltausstellung bezeichnet werden. Im Übrigen handelte es sich ja beinahe schon um eine Ironie des Schicksals, wenn man sich allein diese Fakten vor Augen hielt: dass die Witwe Sarazin dem Witwer Daimler bei der Vorbereitung seiner Präsentation geholfen hatte.

Und jetzt? Kaum auf der Rückreise, da waren jegliche Euphorie, jegliches Triumphgefühl sofort wieder umgeschlagen in den alten Zustand der Vereinsamung und der tiefen Depression. Denn wohin würde er zurückkehren? In ein einsam gewordenes Haus. Die beiden großen Söhnen Paul und Adolf mit ihren 21 beziehungsweise 18 Jahren gingen inzwischen – schon durch ihre Ausbildung bedingt – eigene Wege, und die Kleinen lagen längst schlafend in ihren

Betten, wenn der Vater am Abend endlich von der Arbeit nach Hause kam. Nur Emma war es gewesen, die geduldig auf ihren Mann gewartet hatte und mit der er zur Entspannung die herrlichsten Gespräche hatte führen können. Aber Emma war nicht mehr. Als einsamer, gramgebeugter, grauer Witwer würde er in Cannstatt eintreffen.
Denn was spielten wirtschaftliche Erfolge und technische Überlegenheit jetzt überhaupt noch für eine Rolle, so kurz nach dem Tod eines geliebten Menschen? Derart einsam und verlassen wie in diesen Tagen hatte er sich sein Lebtag lang noch nicht gefühlt. So … so hilflos und ohne jeden Antrieb. Erst recht in geschäftlichen Angelegenheiten, die ihm im Grunde genommen schon immer ein Gräuel gewesen waren. Mittlerweile mehr denn je.
Bevor womöglich auch noch die Firma unter seinen Befindlichkeiten zu leiden hatte, würde er am besten möglichst bald Emmas letztem Willen entsprechen und nach den Vorschlägen von Adolf Groß einen oder mehrere Partner in die Firma holen. Sollten die sich künftig um die finanziellen Belange kümmern. Umso mehr Zeit blieb ihm dann für seine Konstruktionspläne und die ganzen Versuche zusammen mit dem Wilhelm Maybach.
Sicherheitshalber konsultierte er auf Empfehlung seines Freundes Groß vor einer endgültigen Entscheidung noch Kilian Steiner, den hoch angesehenen Vorsitzenden der Württembergischen Vereinsbank. Und als ihm auch dieser die klare Empfehlung gab, auf alle Fälle den Pulverkönig Duttenhofer sowie dessen langjährigen Geschäftspartner Wilhelm Lorenz, einen ebenfalls äußerst vermögenden Karlsruher Patronenfabrikanten, als Teilhaber in seine Firma zu holen, war seine Entscheidung gefallen. »Zwei Kommerzienräte – ausgerechnet!«, knurrte Daimler amüsiert, als er den Entwurf des am 14. März 1890 unterschriebenen Gesellschaftsvertrag für die Daimler-Motoren-Gesellschaft, kurz DMG genannt, auf seinen Schreibtisch legte. Wo er doch von solchen Titeln und dieser damit verbundenen Ehrenkäsigkeit noch nie viel gehalten hatte. Das war seiner

Meinung nach ein überaus seltsamer Menschenschlag, dem es auf solcherlei Dinge ankam. Mit Leistung und mit dementsprechend hervorragenden Produkten musste man die Leute überzeugen, nicht durch mehr oder minder gekaufte Ehrentitel. Nun denn, es konnte ihm eigentlich egal sein. Wenn sich die beiden Herren nur sorgsam um den guten Gang der Geschäfte kümmerten und diese so richtig in Schwung brachten, wie sie dies ihm wieder und wieder beteuerten. Unüberhörbar waren seine beiden neuen Geschäftspartner nämlich nicht gerade auf den Mund gefallen.

Immerhin handelte es sich bei den Herren um wahre Ehrenleute, auf deren Rat und verlässliche Partnerschaft man sich hundertprozentig verlassen könne, hatte ihm Adolf Groß nochmals versichert. Auch sein eigener Eindruck, geprägt durch die Lobreden des Bankiers Steiner auf Duttenhofer und Lorenz, war durchaus derselbe.
Dass es sich dabei um eine mehr als fatale Fehleinschätzung handelte, die teilweise durch ein raffiniert eingefädeltes Ränkespiel und andererseits durch seine grenzenlose Naivität in solchen Dingen hatte zustande kommen können, dass sollte sich schon wenige Wochen später zeigen. Doch im Augenblick schien es dem ahnungslosen Daimler eher so, als sei er in den lästigen Fragen der kaufmännischen Geschäftsführung durch die neu gegründete DMG entlastet worden. Endlich kümmerten sich andere, die darüber besser Bescheid wussten, um diese Dinge, so dass er sich zusammen mit Maybach voll und ganz auf die Entwicklung neuer Motoren konzentrieren konnte.
Aber was war mit seinem privaten Wohlergehen? Seit dem Tod seiner geliebten Emma fühlte sich Gottlieb Daimler, als sei ihm das Herz aus der Brust gerissen worden. Ob ihm wohl noch einmal ein ähnliches Glück beschieden sein würde, wie es die ebenfalls verwitwete Louise Sarazin mit Emile Levassor offenbar hatte finden dürfen? Nein! Auf keinen Fall! Emma war und blieb … eben seine Emma, die

mit keiner anderen Frau auf der ganzen Welt zu vergleichen war. Auch nicht mit ihrer Schwester Marie, mit der er sich durchaus »eine gewisse engere Verbindung« hätte vorstellen können. Aber daraus war ja nichts geworden. Zum guten Glück war es deswegen nicht zum Bruch zwischen ihnen gekommen, so dass sich Marie Kurtz zu seiner Erleichterung nach wie vor bereitfand, während Daimlers zahlreicher Reisen nach Cannstatt zu kommen, um in seiner Abwesenheit in der Taubenheimstraße nach dem Rechten zu sehen und die Dienstboten zu beaufsichtigen. Sie war schon eine große Hilfe, vor allem auch für die Kinder, die ihre Tante sowieso innig ins Herz geschlossen hatten. Selbst Paul und Adolf, den beiden Großen, sah man die Freude schon von weitem an, wenn die Tante Marie wieder einmal mit vollgepackten Koffern im Hausflur stand und mit strenger Miene ankündigte, dass in den nächsten Wochen, wenn sie während der Abwesenheit des Hausherrn das Regiment führe, »wieder ein anderer Zug herrsche« – wobei natürlich grundsätzlich das genaue Gegenteil der Fall war. Wenigstens den Kindern half Maries Anwesenheit also weiter, während Gottlieb Daimler versuchte, auf den Reisen, die er oft eher als eine Flucht empfand, Ablenkung und Zerstreuung zu finden.

❧

Am 31. Mai 1890 war das Ulmer Münster fertiggestellt worden, und natürlich wurde dieses Ereignis mit einem großen Fest gebührend gewürdigt – immerhin handelte es sich mit seinen 161 Metern Höhe um das höchste Kirchengebäude der Welt – ja eigentlich sogar um das allerhöchste Gebäude, denn der Eiffelturm, das war eben, wie schon der Name aussagte, doch halt »nur« ein Turm. Aber das Ulmer Münster war ein Haus, ein Gotteshaus und eindeutig höher als der Kölner Dom – genau, wie er das vor zehn Jahren seiner Emma vorhergesagt hatte – damals, als sie bei der Einweihung des Kölner Doms zugegen gewesen waren. Er hatte es ja prophezeit, dass die Ulmer den Kölner Dom überflügeln würden. Jetzt war es so weit gekommen. Ein Gedanke, der ihm gleich wieder einen schmerzhaften Stich ins Herz versetzte. Alles war so gekommen, wie sie es damals geplant hatten: zurück nach Stuttgart, die Firmengründung, dann der Siegeszug seiner Benzinmotoren. Ach, Emma!

Auch mit den Geschäftspartnern liefen die Dinge plötzlich nicht mehr so, wie sich Gottlieb Daimler das erhofft und gewünscht hatte. »Und jetzt«, notierte er in einem bitteren Schreiben an seinen Kollegen Groß, »jetzt ist alles ganz anders gekommen. Im Vertrauen auf die guten Versprechungen der Freunde habe ich unterschrieben und ihnen die Macht gelassen – jetzt sehe ich, dass ich getäuscht bin.« Damit war der Bruch mit Adolf Groß so gut wie besiegelt. Wieder ein Freund weniger, im Falle von Groß tat das naturgemäß ganz besonders weh. Ausgerechnet der älteste Freund, über dessen wahre Motive sich Gottlieb Daimler freilich immer mehr im Unklaren war. Je länger er darüber grübelte, weshalb ausgerechnet Adolf Groß ihm diesen Duttenhofer so eindringlich als Kompagnon ans Herz gelegt hatte, dessen Geschäftsgebaren er doch über viele Jahre eigentlich kennengelernt haben musste, desto unklarer wurden ihm die Motive.

Dann zu allem Überfluss auch noch die Empfehlung, den Bankier Steiner als Ratgeber zu verpflichten. Wo der doch – wie Daimler inzwischen hatte erfahren müssen – mit Duttenhofer genauso unter einer Decke steckte wie der von Steiner ins Spiel gebrachte Rechtsanwalt Haussmann, der all diese im Grunde genommen sittenwidrigen Verträge beglaubigt hatte.

Der ursprüngliche Firmengründer Gottlieb Daimler fungierte damit nur noch als einer von drei Vorständen in der Geschäftsleitung der neu gegründeten Aktiengesellschaft. Sobald sich also die beiden anderen, Duttenhofer und Lorenz, einig waren, hatte Daimler zwangsläufig das Nachsehen. Von wegen »Primus inter Pares«, wie es in den Gesprächen zuvor immer geheißen hatte. Und dass natürlich seine Meinung den Ausschlag bei allen Entscheidungen geben solle. Die niedergeschriebene und beglaubigte Wirklichkeit sah völlig anders aus: Er besaß lediglich ein Drittel der Firma und damit nur ein Drittel der Stimmenanteile. Dafür gehörten dieser neuen Unternehmung und den beiden anderen Herren nun alle seine Patente und Erfindungen – genauso wie die Fabrikanlagen. Zwei Drittel zu einem Drittel. Wie hatte er nur so blauäugig sein können? Ein abgekartetes Spiel – in dem er sich einfach hatte über den Tisch ziehen lassen!

Mit aller Macht würde er nun darangehen müssen, mit der Hilfe eines hoffentlich fähigen Anwalts die schlimmsten Auswüchse mit dem Hinweis auf sittenwidrige Bestimmungen im Umgang mit dem Firmengründer abzumildern. Aber natürlich war sich auch der Konstrukteur der unumstößlichen Tatsache bewusst, dass er es gewesen war, der seine Unterschrift unter diesen wahrhaft skandalösen Vertrag gesetzt hatte. Und zwar im Zustand völliger geistiger Klarheit. Auch wenn diese geistige Klarheit durchaus

bezweifelt werden durfte, angesichts dessen, was er da unterschrieben hatte!
Dass sich Max Duttenhofer bei Daimler während ihrer Vertragsverhandlungen sogar mündlich ausbedungen hatte, noch in diesem Jahr einen nagelneuen Stahlradwagen nach Rottweil geliefert zu bekommen, das setzte dem ganzen Debakel sozusagen die Krone auf. Denn natürlich hatte der verlässliche Daimler Sorge dafür getragen, dass sein künftiger Geschäftspartner »das erste motorisierte Fahrzeug in Rottweil – und im ganzen weiten Umkreis!« zum vereinbarten Zeitpunkt auch tatsächlich geliefert bekam.
Wie blöde man nur sein konnte! Es war zum Auswachsen! Doch das alles half jetzt auch nicht mehr weiter. Es gab nur ein Rezept, um den Kummer und dieses Gefühl der grenzenlosen Demütigung zu überwinden. Sich mit aller Kraft in die Arbeit zu stürzen. Es schien Gottlieb Daimler das Letzte, was ihm noch geblieben war. Sie Träume waren zerstoben.

Wenigstens der Juni brachte einen kleinen Lichtblick in die bleierne Düsternis des Alltags. Die Tatsache, dass William Steinway seinen ersten Vierzylindermotor bestellte, der nach Aussage von Wilhelm Maybach sogar schon gegen Ende August nach New York ausgeliefert werden könnte. Und kaum hatte Steinway die Nachricht von dem fest versprochenen Liefertermin erhalten, da erfolgte gerade einmal zehn Tage später bereits die Bestellung für den zweiten Motor. Beide waren als Antrieb für Boote im New Yorker Hafen bestimmt. Eine bessere Werbung für die Daimler-Produkte in Amerika konnte es kaum geben. Und damit würde man auch den Kurpfälzern endlich wieder einmal zeigen können, wo der Barthel in Wirklichkeit den Most holte. Denn auch Benz und seine Leute produzierten inzwischen, wie die badischen Zeitungen begeistert schrieben, Bootsmotoren von außerordentlicher Qualität. Aber auf dem amerikanischen Markt war zunächst einmal nur Daimler vertreten. Nicht Benz.
Immerhin dieser kleine Triumph war ihm vergönnt.

Im Sommer 1890 begab sich Daimler auf eine ausgedehnte Reise nach Norddeutschland, auf die ihn sein zweitältester Sohn Adolf begleiten durfte. Als eine Art vorgezogenes Geburtstagsgeschenk, denn der Junge würde ja demnächst seinen 19. Geburtstag feiern. Es konnte auch nicht schaden, den Adolf rechtzeitig mit den internationalen Geschäftsgepflogenheiten vertraut zu machen, nachdem der Junge später unbedingt, wenn er ebenfalls wie sein Bruder Paul das Ingenieurstudium absolviert hatte, in die DMG eintreten wollte. Es war ein gutes Gefühl, endlich nicht allein zu einer längeren Reise aufbrechen zu müssen, sondern in Begleitung eines Familienmitglieds. Andererseits war es höchste Zeit, wieder einmal die Koffer zu packen, um der bedrückenden Leere des Hauses in der Taubenheimstraße zu entfliehen, das auf ihn seit Emmas Tod nur noch düster und bedrückend wirkte. Und auch, um Duttenhofer und dessen gesamte Mannschaft von juristischen Ränkeschmieden eine Zeit lang nicht mehr sehen und ertragen zu müssen. Offizieller Hauptgrund für die Reise war die Vorführung von Daimler-Motoren bei einer großen Technikausstellung. Es machte natürlich immer einen besonders guten Eindruck, wenn der Firmeninhaber und Konstrukteur dann persönlich anwesend war.
So angenehm er Adolfs Begleitung auch empfand, so einsam fühlte sich Daimler abends, wenn Adolf sich auf sein Hotelzimmer zurückgezogen hatte. Das waren jene Stunden, an denen er seine Emma umso schmerzlicher vermisste. Es war schon so, wie ihm der Spiegel kürzlich verdeutlichte, in den er einen eher zufälligen Blick geworfen hatte: Da war ein einsamer, alt und grau gewordener Mann, der zwar die 60 noch längst nicht erreicht hatte, dessen Augen ihn aber anblickten, als handele es sich um die Augen eines von der Welt verlassenen Greises. Es war, leider, genau so. Wenn nur nicht diese Einsamkeit wäre. Dieses Gefühl, ganz allein auf der ganzen Welt zu stehen. Mutterseelenallein.
Seltsam, dass ausgerechnet jetzt wieder die Sehnsucht er-

wachte: das Heimweh nach Cannstatt, nach den übrigen Familienmitgliedern, die er doch geradezu fluchtartig verlassen hatte. Es war wie verhext: Kaum war er zu Hause in Cannstatt, da drängte es ihn mit aller Macht fort. Ganz weit fort. Und kaum war er der Taubenheimstraße entflohen, da wollte er gleich wieder zurück.
Immer öfter griff Daimler in solchen Momenten inzwischen wieder zum Füllfederhalter, um sich seine Einsamkeit von der Seele zu schreiben. Ein Brief an seine Familie – und an die Marie, die ihm ja dankenswerterweise wieder einmal den Haushalt führte. Also schrieb er »An Fräulein Marie, Martha und Wilhelm Daimler, Taubenheimstraße 13, Cannstatt. Bremen, 18. August 1890. Meine Lieben! Hier sitze ich am Abend auf einer Pagode am See in der Ausstellung, während Adolf sich auf dem See im Nachen schaukelt; wir wollen unser Petrolboot noch mit Lämpchen alluminieren und dies heute Abend noch probieren. Wir finden sehr viel Aufmerksamkeit und werden auch Bestellungen auf Bahnen und Schiffe bekommen. Das Preisgericht haben wir gestern bei uns gehabt, und heute erhoffen wir, dass wir sehr gut beurteilt sind. Viele Grüße, euer G. D.«
Es klang beinahe wie eine Entschuldigung für seine Abwesenheit. Vielleicht war es das auch. Vielleicht aber war es in Wahrheit jedoch etwas ganz anderes: der Brief eines einsamen alten Mannes, eines gramgebeugten Witwers, dem das Leben nicht mehr viel zu bieten hatte. War es so? Konnte das wirklich und wahrhaftig schon alles gewesen sein?

Es kam einem kleinen Wunder gleich: Auch in rechtlicher Hinsicht schien sich im Hinblick auf die ärgerlichen Vertragsbedingungen innerhalb der DMG offenbar doch noch etwas bewegen zu lassen. Immerhin war es Daimler gelungen, am 28. November 1890, im Rahmen der notariellen Anmeldung der Daimler-Motoren-Gesellschaft in das Handelsregister von Cannstatt, noch einige wichtige Per-

sonalien zu fixieren – vor allem jene, dass in den Aufsichtsrat der DMG neben Daimler, Lorenz, Duttenhofer, Groß und Steiner mit Wilhelm Maybach und Karl Linck zwei seiner engsten Vertrauten einrücken konnten, so dass er dem Treiben der anderen Herrn nicht mehr gar so hilflos ausgesetzt war. Scheinbar hatten sie nachgegeben. Ein gewisser Triumph war Daimler also vergönnt.
Doch in Wahrheit trog auch hier der schöne Schein.

Am letzten Tag des Monats Januar 1891 fiel Gottlieb Daimlers Blick beim Nachhausekommen am Abend auf einen schwarzumrandeten Brief, der ganz oben auf dem Poststapel lag, den die Haushälterin wie immer fein säuberlich auf der Garderobenkommode im Flur der großen Villa abgelegt hatte. Das verhieß nichts Gutes. Eine Trauernachricht. Von einem Augenblick auf den anderen verspürte er, wie sein Herz in der Brust wieder heftig zu pochen begann. Gleichzeitig begann ihn ein schwereloses Schwindelgefühl zu erfassen, wie das in der letzten Zeit jedes Mal der Fall war, wenn er ein solches Schreiben in den Händen hielt. Schlagartig war sie wieder da, die Trauer über den Verlust seiner Emma. Um wen es sich wohl dieses Mal handeln mochte? Ach Gott! Dieser unsagbare Schmerz beim Tod eines geliebten Menschen. Bitte niemand aus der eigenen Familie. Es würde ihm das Herz brechen. Bitte nicht.
Für einen langen Moment schloss er die Augen und atmete tief in sich hinein. Sich konzentrieren. Ganz langsam Luft in die Lungen strömen lassen. Nur ja nicht die Gefühle übermächtig werden lassen. Mit zitternden Händen griff er nach dem Schriftstück und zog sich einen der beiden Stühle heran, die neben der Kommode standen. Der Brief kam aus Deutz. Abgesandt von einer ihm wohlbekannten Adresse. Denn im Nachbarhaus hatte er selbst ja zehn Jahre lang gewohnt. Frau Anna Otto hatte ihm geschrieben. Anna Otto? Die Ehefrau von Nikolaus Otto, die Frau seines ärgsten Widersachers. Sollte womöglich etwas mit Otto … Aber nein, der dürfte doch gerade einmal 58 Jahre alt sein

– und hatte sich bei Daimlers Wegzug aus Deutz der allerbesten Gesundheit erfreut. Erst recht angesichts der Tatsache, dass ihm Daimler das Feld gänzlich hatte überlassen müssen. Es konnte also kaum möglich sein, dass Nikolaus Otto schon das Zeitliche gesegnet hatte.
Doch die Vermutung entsprach den Tatsachen: Nikolaus Otto war am 26. Januar des Jahres 1891 verstorben. So lautete der Inhalt der Trauernachricht, die er nun in seinen Händen hielt. Unterzeichnet von Anna Otto. Der Witwe. Ein eigenartiger Gedanke, sich die lebensfrohe, immerzu unternehmenslustige Nachbarin jetzt als schwarzgekleidete Witwe vorstellen zu müssen. Ottos Annchen.
Ein eigentümliches Gefühl der Trauer ergriff von ihm Besitz, gerade so, als sei ein lieber Freund von ihm gegangen. Egal, wie wenig sie sich zu Ottos Lebzeiten auch geschätzt hatten … Schade eigentlich, dass alles so gekommen war. Wie anders hätte es doch sein können. Ächzend erhob sich der spürbar betroffene Daimler und begab sich auf direktem Weg in sein Arbeitszimmer, ohne vorher noch den im Wohnzimmer versammelten Kindern einen guten Abend zu wünschen, so wie er das ansonsten grundsätzlich beim Nachhausekommen zu tun pflegte. Am heutigen Abend nicht. Zunächst einmal galt es, sich den eigenartigen Kummer über Ottos Ableben von der Seele zu schreiben und dessen Witwe gleichzeitig sein Beileid auszusprechen. Das gehörte sich jetzt einfach so.
Und so verfasste er einen Kondolenzbrief, in dem er sich zu seinem eigenen Erstaunen sogar zu der Formulierung durchringen konnte, dass er dem Verstorbenen, bei Lichte betrachtet, doch einiges zu verdanken habe.
»Die ganze Vergangenheit steigt mir wieder vor der Seele auf, und auch mein späteres Lebensschicksal ist mit durch ihn bestimmt worden.« Ja. So war es. Wie auch immer man diese Zeilen werten mochte. Sie beide waren schon ein gewaltiges Stück weit den Weg gemeinsam gegangen, auf dem der technische Fortschritt ihr ständiger Begleiter gewesen war. So heftig die gegenseitige Abneigung und die wachsen-

den Meinungsverschiedenheiten zwischen ihnen auch ausgefallen waren, so wenig war an der Tatsache zu rütteln, dass Nikolaus Otto als ein wichtiger Impulsgeber auf dem Weg zur umfassenden Motorisierung angesehen werden musste. Das konnte selbst Gottlieb Daimler nicht bestreiten. Schon gar nicht öffentlich – bis auf diesen Beileidsbrief. Sei es, wie es wolle: Ohne Ottos dilettierende Herumstocherei im technischen Nebel hätte er womöglich den Versuchen mit dem Kurbelbetrieb weiterhin den Vorzug gegeben. Ein Projekt, das irgendwann in einer hoffnungslosen Sackgasse geendet hätte. So gesehen war es schon der richtige Weg gewesen, den von Otto »erfundenen« Viertakter grundlegend zu überarbeiten und zum Laufen zu bringen. Ein Verdienst, das sich wiederum nur er und Maybach an die Fahnen heften durften.

Es waren nur wenige Wochen vergangen, bis sich neuerlich dunkle Wolken über der DMG zusammenzogen. Wieder einmal gab es Ärger. Und natürlich, wie sollte es auch anders sein, mit Duttenhofer! Auf keinen Fall werde er Maybach zum Leiter der Konstruktionsabteilung oder gar zum technischen Direktor ernennen, hatte der gemeint und sogar noch behauptet, dass es eine derartige Abrede nie gegeben habe. Am 11. Februar 1891 kam es deswegen zu einem regelrechten Eklat: Von einem Tag auf den anderen schied Wilhelm Maybach aus der Daimler-Motoren-Gesellschaft aus, vor lauter Enttäuschung und Wut über all die nicht eingehaltenen Versprechungen. Ausgerechnet Maybach! Der neben dem Firmengründer fähigste Kopf der DMG!
Und auch Karl Linck hatte Daimler bereits im Vertrauen angekündigt, dass er dem Beispiel des Konstrukteurs bald folgen werde, falls sich nichts Gravierendes ändere. Eine zaghafte Einschränkung, zu der freilich nicht der geringste Anlass bestand. Ein deutlicheres Signal dafür, dass es innerhalb des DMG-Vorstandes kräftig rumorte, was die »alten Fahrensleute« Welt, Kübler und Bauerschmidt schon seit längerem vermuteten, konnte es gar nicht geben. Selbst auf Daimlers flehentliche Appelle zum Bleiben hatte Maybach keine Rücksicht mehr genommen. Wenn nun also schon Daimler mit seinem Vermittlungsversuch scheiterte …

Den beiden langjährigen Weggefährten war in diesen Tagen schmerzhaft veranschaulicht worden, dass Daimler in seiner einst von ihm selbst gegründeten Firma nichts mehr zu sagen hatte. Buchstäblich auf Granit hatte er mit all seinen Vorschlägen gebissen. Vor allem mit der dringlichen Forderung nach einer Steigerung der technischen Qualität

und der damit verbundenen Einsetzung von Maybach als Produktionsdirektor. So, wie man das im Vorstand vor einigen Monaten eindeutig fest verabredet hatte. Doch die Herren hatten dem Firmengründer mit knappen Worten kühl zu verstehen gegeben, dass diese Weichenstellung nicht mehr in seiner Entscheidungshoheit liege. Ebenso wenig wie die Sache mit Karl Linck als kaufmännischem Direktor. Diese Position bekam jetzt plötzlich ein Mann namens Gustav Vischer übertragen.
Ende der Diskussion.
Eine Katastrophe!

Man konnte es nicht anders sagen: Wilhelm Maybach war regelrecht aus der Firma, die er doch zusammen mit Daimler aufgebaut hatte, hinausgeekelt worden. Es war unfassbar! Das durfte doch nicht das letzte Wort gewesen sein! Niemals zuvor hatte er sich dermaßen hintergangen und betrogen gefühlt. Noch nicht einmal in Deutz! Aber im Interesse der Firma galt es, jetzt alle Kränkungen und alle Eitelkeit hintanzustellen und noch einmal das unmöglich Scheinende zu versuchen. Er würde noch einen allerletzten Vorstoß wagen. Ganz bewusst mit einem Schreiben an Duttenhofer persönlich.
Er bekam noch nicht einmal eine Antwort.
Das war überdeutlich.
So gesehen zeichnete sich umso deutlicher ab, worauf die Dinge hinausliefen. Dem altbewährten Sudelbuch vertraute Daimler schließlich das Ergebnis seiner Überlegungen an. Wie Duttenhofer inzwischen lauter Speichellecker um sich scharte, die zwar von der Technik keine Ahnung hatten, dafür aber dem großen Vorsitzenden gegenüber auch niemals aufzumucken wagten: »Ein ganzes Heer von persönlichen Günstlingen, mit hohen Gehältern, absoluter Geschäftsuntüchtigkeit, aber umso größerer Unterwürfigkeit … ohne praktische Erfahrungen in Motorenfabrikation und ohne tiefere Kenntnis.« Dorthin ging die Reise! Duttenhofer setzte auf Masse, lediglich auf Quantität! Und im

Gegensatz zu Daimler schon gar nicht auf eine Verbesserung der Qualität.
Man wollte nur noch das schnelle Geld machen! Und das alles ausgerechnet in einer Firma, die dem technischen Fortschritt den Weg bereitet hatte. Die völlige Umkehr aller bisherigen Ansprüche. Selbst die altgedienten Meister machten entsprechend sorgenvolle Gesichter. Und ausgerechnet in dieser Situation war ihr Wilhelm Maybach gegangen – wo man ihn doch gerade jetzt dringender brauchte denn je. Qualitätsprobleme, wohin man auch blickte. Und der Herr Daimler? Ein kurzer Blick genügte, um zu begreifen, wie es in diesem Mann rumoren musste. Und das Allerschlimmste daran: Der Herr Daimler schien völlig hilflos!
Was also tun? Nach wenigen Tagen intensiven Überlegens stand für Daimler und Maybach die Antwort fest. Wenn nicht innerhalb der DMG, dann eben außerhalb. Äußerst wahrscheinlich, dass auch Gottlieb Daimler eines Tages der DMG den Rücken kehren würde. Ob freiwillig oder unter Druck, das war zunächst einmal dahingestellt. Aber es würde keinesfalls schaden, für alle Eventualitäten gerüstet zu sein. Beispielsweise durch die Vereinbarung einer neuen Zusammenarbeit in einem ganz neuen Unternehmen. Und so vereinbarten die beiden Männer die Gründung einer neuen Firma. Mit Gottlieb Daimler als Firmeninhaber und Wilhelm Maybach als erstem Konstrukteur. Genau wie früher. Zurück zu den Ursprüngen. Man war ja damit nicht gerade schlecht gefahren. Dafür hatte es noch nicht einmal eines juristischen Vertrages oder gar eines Notars bedurft. Ein Handschlag zwischen den beiden Männern hatte vollkommen ausgereicht. Man kannte sich ja lange genug und war sich der Redlichkeit des anderen absolut sicher. Ganz im Gegensatz zu Duttenhofer, Steiner und Co …
Allerdings galt es, keine Zeit zu verlieren. Denn die Konkurrenz in Mannheim und Frankreich war ja ebenfalls fleißig am Produzieren und vor allem auch am Verbessern ihrer Produkte. Was wiederum bedeutete, dass Maybach

seine Konstruktionstätigkeit zunächst in der privaten Wohnung betreiben würde, bis man hoffentlich bald eine befriedigendere Lösung gefunden hatte.
Wenig später war das gesuchte Objekt auch schon gefunden: das ehemalige Hotel Hermann in Cannstatt. Als Strohmann im heimlichen Auftrag seines Finanziers Gottlieb Daimler mietete Wilhelm Maybach um immerhin 1800 Mark Jahresmiete den Gartensaal des ehemaligen Hotels für sich an. Und bereits in der folgenden Woche nahm er in dem heruntergekommenen Anwesen mit zunächst zwölf Arbeitern und fünf Lehrlingen seine Konstruktionsarbeit auf. »Es ist fast wie damals auf dem Seelberg. Da hat es auch nicht besser ausgeschaut, Herr Daimler. Schon von daher habe ich also ein gutes Gefühl. Das wird etwas Gutes werden mit der neuen Unternehmung. Wir werden es den Herrschaften bei der DMG schon zeigen. Da bin ich mir ganz sicher!«
»Dein Wort in Gottes Ohr, Wilhelm. Meinen Segen hast du.«

Palermo im Dezember 1891. Daimlers Geschäftsreise nach Sizilien war in vielerlei Hinsicht erfolgreich verlaufen. Nicht nur wegen der damit verbundenen räumlichen Distanz zwischen sich und den neuen Herren in der DMG, nicht nur zur Entspannung, sondern auch wegen des spürbaren Erholungseffektes, den die so überaus vielfältigen neuen Eindrücke ganz im Süden Europas in Körper und Seele des angeschlagenen Konstrukteurs hinterließen. Vordergründig war es bei dieser Reise um eine technische Demonstration gegangen. Man wollte den Italienern im eigenen Land einmal zeigen, wie verlässlich die mittlerweile 4 PS starken Daimler-Motoren als Schiffsantriebe funktionierten. Und um der ganzen Sache noch eine spektakuläre und öffentlichkeitswirksame Krone aufzusetzen, hatte Daimler in der sizilianischen Hauptstadt eine mit Benzinmotor betriebene Straßenbahn installieren lassen – genau so wie einst in Cannstatt. Der Publikumserfolg, den er bei den be-

geisterungsfähigen Sizilianern erzielte, stellte alles bisher Dagewesene in den Schatten. Die Reise war ein voller Erfolg. Auch gesundheitlich fühlte er sich im milden Klima des Südens endlich wieder besser. Der geradezu euphorische Brief an die Schwägerin Marie Kurtz, die sich in der Zeit seiner Abwesenheit wieder einmal um den Haushalt in der Taubenheimstraße kümmerte, sprach Bände über seine plötzlich wieder neu erwachten Lebensgeister. »Liebe Tante! Hier ist es so angenehm lau, dass ich alle Winterkleider weggelassen habe. Blumen blühen noch überall, die Geranien wachsen wild an der Bahnlinie und Rosen und Cactus, die eben reifende, essbare Feigen tragen. Die Zitronen in den Gärten werden eben goldig gelb, voll wie Reinettenbäume – und die schönen Palmenarten, Fächerpalmen, Johannisbrotbäume. Gestern war ich in den Bergen um Palermo, im Kloster Monreale, da sind im Hof Kreuzgänge und im Garten Aloe, und trotz des guten süßen Weins gibt's fast kein Wirtshaus. Räuber habe ich bis jetzt nicht getroffen, sie sollen seltener sein, wie ich sie in Württemberg gefunden habe. Übermorgen will ich zurück über Catania, Ätna, Messina, dann per Schiff nach Neapel, dann Rom und heim. Herzliche Grüße von deinem Schwager Gottlieb.
PS: Bahn und Schiff laufen voll besetzt, machen den Italienern viel Vergnügen.«

Im Verlauf des Jahres 1892 ging es weiter aufwärts. Natürlich nicht in der DMG, dort türmten sich inzwischen die Schwierigkeiten geradezu in den Himmel. Aber dafür in seinem zusammen mit Maybach heimlich betriebenen neuen Projekt, von dem die Herren der DMG-Geschäftsleitung nach wie vor nicht die geringste Ahnung in sich trugen. Ein ums andere Mal lachte Daimler bei diesem Gedanken schadenfroh in sich hinein. Bald schon würden sie ihr blaues Wunder erleben, denn der technische Fortschritt, dem allein die Zukunft gehörte, nahm gerade in Cannstatt seinen Lauf. Aber eben nicht auf dem Seelberg, sondern einen Steinwurf davon entfernt. Spätestens im Oktober, hatte Wilhelm Maybach ihm versichert, würde er eine fertige technische Konstruktionszeichnung für den Bau eines ganz neuen Motors präsentieren können. Und auf Maybach war bekanntlich Verlass. Sowohl in den Fragen der Terminierung als auch bei den technischen Details. Wenn Maybach also sagte, er sei den entscheidenden Schritt vorangekommen und sein neuer Motor werde alles bisher Dagewesene völlig in den Schatten stellen, dann würde es genau so kommen. Und man würde sich dann auch nicht lange mit dem Prototyp aufhalten, denn parallel dazu arbeiteten sie bereits an den Plänen für eine serienmäßige Herstellung des nagelneuen Motors.

Es war eine anspruchsvolle Tätigkeit, die von seinen Leuten höchste Präzision und beste Kenntnisse in der Feinmechanik sowie im Motorenbau erforderte, denn mit diesem Motor betrat Maybach absolutes technisches Neuland: zwei parallel stehende, in einem Block zusammengegossene Zylinder und eine Nockenwelle zur Steuerung der Auslassventile, so etwas hatte es bisher noch nicht gegeben. Dementsprechend groß war die Zahl der Schwierigkeiten und Rückschläge. Doch der zähe Maybach, der die Wirkungsweise des Motors penibel berechnet hatte, ließ sich niemals beirren, sondern ging den Weg bis zur Produktionsreife beharrlich weiter. Unablässig brütete er über seinen Skizzen und ließ ein Versuchsmodell nach dem anderen anfertigen. Bis zur völligen körperlichen Erschöpfung. Mittlerweile fand er vor lauter Anspannung kaum noch in den Schlaf. Noch nicht einmal dann, wenn seine Ehefrau ein Machtwort sprach und Berta ihren blassen, beinahe zum Skelett abgemagerten Mann mit harschen Worten ins Bett scheuchte. Doch selbst im Schlafzimmer gingen Maybach die Zeichnungen, Versuchsanordnungen und Problemstellungen nicht mehr aus dem Kopf. Am Ende einer kurzen, fast schlaflos verbrachten Nacht stürzte er hastig wieder ins Konstruktionsbüro, um all die Ideen, die ihm während der erzwungenen Bettruhe in den Sinn gekommen waren, möglichst rasch zu Papier zu bringen. »Es ist allmählich zum Verzweifeln mit diesem Mann!«, kommentierte Berta Maybach kopfschüttelnd all diese überaus befremdlichen Vorgänge. »Er ist von seiner Idee geradezu besessen und lässt nichts anderes an sich heran. Manchmal glaube ich fast, dass er vor lauter Motor gar nicht mehr weiß, dass er auch noch eine Familie hat!« Doch der Erfolg gab Maybach am Ende recht: Über viele Jahre hinweg galt sein universell einsetzbarer Motor als Wunderwerk der Technik und wurde vieltausendfach in Straßenfahrzeuge, Schiffe und Luftschiffe eingebaut.

Ein echter Meilenstein der Motorisierung – nicht zu Unrecht sollte ihn der völlig begeisterte William Steinway spontan als den »Phönix-Motor« bezeichnen, als er ihm zum ersten Mal vorgeführt wurde. Wahrhaftig ein passender Name für dieses Produkt, denn wie der sagenhafte Phönix aus der Asche würde damit auch die neu gegründete Firma zu ungeahnten Höhenflügen aufsteigen und bald sämtliche Konkurrenten – vor allem aber die DMG – weit hinter sich lassen.

Dank ihrer geradezu generalstabsmäßigen Planung würden sie schon demnächst mit der serienmäßigen Fertigung beginnen können, und dann, spätestens dann würden die Herren in der DMG endgültig ihr blaues Wunder erleben. Obwohl: Wenn man sich die Bedingungen vor Augen führte, unter denen sie in dem ehemaligen Hotel immer noch produzieren mussten. »Eine elende Bruchbude! Es ist eine Schande«, stöhnte Gottlieb Daimler, als ihm bei einem Besuch an der gerade aufgebauten neuen Werkbank ein Stück Putz von der Decke auf den Kopf gerieselt war. »Das ist ja die reinste Rattenburg – und in so etwas soll man reibungslos und präzise arbeiten können! Es ist ja im Grunde genommen unfassbar. Während sich in meiner eigenen Firma die Geier ausbreiten, muss ich meinen fähigsten Mann in dieser Bruchbude unterbringen.«

»Aber da ist halt momentan nichts zu machen – es ist eben

so, wie es ist. Und was man nicht ändern kann, das sollte man auch nicht allzu lange beklagen«, wandte Maybach ein. »Hauptsache meine Leute hier sind gut, und die Arbeit geht trotz aller Widrigkeiten zügig voran.«
Ein Lächeln zuckte um Daimlers Mundwinkel: »Das ist mal wieder ein typischer Wilhelm Maybach: immer nur um Ausgleich und Besänftigung bemüht. Aber nun gut – oder auch nicht gut, ich verspreche dir hiermit: Von Dauer wird dieser Zustand auf alle Fälle nicht sein. Bald schon werden wir etwas Besseres finden und dann den Herren Duttenhofer und Co. endgültig zeigen, wo der Barthel den Most holt!«

Kurz danach kam Emma Maybach auf die Welt. Das dritte Kind das Ehepaares Maybach. Ihre einzige Tochter, nach den beiden Söhnen Karl und Adolf. Ganz bewusst ließen die Maybachs das Töchterchen auf den Namen Emma taufen, nach Daimlers verstorbener Frau, der auch von Berta Maybach immer noch so schmerzlich vermissten Freundin.

Erschöpft und niedergeschlagen ließ sich Gottlieb Daimler am Abend dieses verregneten Novembertages in seinen Wohnzimmersessel sinken. Ein tiefer Seufzer entrang sich seiner Kehle, als er seinen Blick traurig nach oben richtete. »Ach Emma, hätte ich doch in dieser Duttenhofer-Sache nur nicht auf dich gehört. Auch wenn du nur das Beste gewollt hast, jetzt ist es genau andersherum gekommen.«
Am Nachmittag war er seinem altbewährten Meister Anton Welt begegnet, und kaum dass man sich voller Freude die Hände geschüttelt hatte, da war es auch schon aus Welt regelrecht herausgebrochen. Mit den bittersten Worten beschwerte er sich bei seinem langjährigen Chef über die Verhältnisse, die mittlerweile in der Firma herrschten. »Also, ich bin ja schon seit dem Beginn der Produktion auf dem Seelberg dabei, aber einen solchen Murks wie jetzt habe ich in den ganzen Jahren mit ihnen noch nie zusammenbauen müssen, Herr Daimler!«

»Du hast ja recht, Welt. Aber du weißt wohl, dass mir das alles auch nicht recht ist. Wenn es nach mir ginge, dann würden hier bald wieder ganz andere Zustände herrschen. Aber Geschichte wiederholt sich anscheinend immer wieder. Ich habe das alles schon einmal erleben müssen. Damals während meiner Zeit in Deutz. Kaum hat man etwas Gutes erfunden, da kommen auch schon die Geschäftemacher herangeschlichen und setzen sich an die Hebel der Macht. Und eh man sich's versieht, ist man zur Seite gedrängt.« Daimler ballte unwillkürlich die Fäuste und nickte seinem Meister aufmunternd zu. »Hab bitte noch ein bisschen Geduld, Welt. Es werden auch wieder andere Zeiten kommen. Vielleicht sogar schneller, als du vermutest.«
»Na hoffentlich«, knurrte Welt verdrießlich. »Denn so wie jetzt kann es nicht mehr lange weitergehen. Mit diesen ganzen ahnungslosen Idioten drüben im Konstruktionsbüro. Also den Herrn Maybach, den vermissen wir inzwischen an allen Ecken und Enden. So einen Experten wie den findet man so schnell kein zweites Mal.«
»Wem sagst du das, Welt. Aber wie gesagt: noch ist nicht aller Tage Abend ...« So überzeugend es ihm auch gelungen war, seinen Worten einen zuversichtlichen Klang zu geben, so müde, krank und unsicher fühlte sich sein Leben im tristen Grau des Alltag an.
Und das in einem Alter von noch nicht einmal 60 Jahren, von dem es gemeinhin doch hieß, man befinde sich in seinen besten Jahren. Dazu diese Leere, die sich seit Emmas Tod in der riesigen Villa ausgebreitet hatte. Selbst dann noch, wenn alle fünf Kinder und dazu sämtliche Dienstboten das Haus bevölkerten, verspürte Gottlieb Daimler eine seltsame Art der Einsamkeit. Regelrecht ausgebrannt und niedergeschlagen war er in diesen Tagen. Noch nicht einmal fähig, sich im späteren Verlauf des Abends womöglich wieder in sein geliebtes Turmzimmer zu begeben, um sich dort, so wie zu Emmas Lebzeiten, in die eine oder andere Konstruktionszeichnung zu vertiefen. Wann hatte er sich überhaupt das letzte Mal im Turmzimmer aufgehalten?

Unwirsch schnaufte der Konstrukteur. Nein, so konnte, so durfte es auf Dauer einfach nicht weitergehen!
Auf gar keinen Fall!
Man musste etwas dagegen tun.
Aber was?
Ob er es vielleicht doch noch einmal mit einem Besuch in Maulbronn probieren sollte? Bei Emmas Schwester Marie, die ihm ja so oft den Haushalt führte?
Ab und an hatte er in Maulbronn vorbeigeschaut. Vordergründig einen Besuch bei den Schwiegereltern gemacht. Und war dabei umsichtig genug gewesen, sein eigentliches Motiv mit keiner Silbe zu erwähnen, auch wenn die Marie sich das Ihrige sicherlich dabei gedacht hatte. Sie lebte schließlich nicht hinter dem Mond, sondern war eine überaus attraktive, intelligente und gebildete Frau! Doch in der letzten Zeit – das wurde ihm erst jetzt so richtig bewusst – waren seine Schreiben und die Besuche seltener geworden. Vor lauter Ärger, samt der damit verbundenen Korrespondenz mit den »Geschäftspartnern«, die ihm kaum noch Luft für seine Konstrukteurstätigkeit ließ. Und wenn er dann am späten Abend endlich zu Hause eintraf, wartete da im Wohnzimmer niemand mehr auf ihn. Die kleineren Kinder schliefen längst in ihren Betten, die beiden Ältesten lebten inzwischen weitestgehend ihr eigenes Leben. Niemand schenkte ihm ein verständnisvolles Lächeln, wenn er sich erschöpft in den großen Ledersessel sinken ließ. Keine Ehefrau, die mit ihm ein Glas Trollinger trank, während sie den Tag gemeinsam noch einmal Revue passieren ließen. Es war ein einsamer, alt gewordener Mann, gebeugt von Ärger, Krankheit und den vielen Kämpfen des Lebens, der da mutterseelenallein in dem riesigen Raum saß, der ihn beinahe zu erdrücken schien. Diese Einsamkeit! Wie Mehltau senkte sie sich auf sein Gemüt und ließ ihn immer tiefer in diesen lähmenden Zustand der Depression hinein sinken.
Nein: So konnte es auf Dauer gesehen tatsächlich nicht weitergehen! Er durfte sich einfach nicht treiben lassen. Musste

aktiv werden und die Dinge selbst in die Hand nehmen. So, wie das seinem Naturell entsprach. Und schon war der Entschluss gefasst. Höchste Zeit, den Kontakt nach Maulbronn wieder zu intensivieren! Am besten, er setzte sich gleich an den Schreibtisch – oder nein, es war noch besser, wenn er sich morgen auf den Weg machen würde. Ja, doch. Das war die beste von allen Möglichkeiten.
Gleich morgen früh würde er den Meister Bauerschmidt bitten, ihn nach Maulbronn zu chauffieren. Unmittelbar nachdem diese Entscheidung nunmehr feststand, fühlte er sich besser. Irgendwie beschwingt und leichter. Das war in der Tat eine gute Idee. Zur Feier des Tages durfte er sich deshalb ein Viertele Remstäler Trollinger gönnen, um dann umso besser in den Schlaf zu finden.

Heftige Meinungsverschiedenheiten im Vorstand der DMG sorgten jedoch dafür, dass der Besuch in Maulbronn um mehrere Tage verschoben werden musste. Nun musste er also doch einen Brief schreiben, um überhaupt den Kontakt nach Maulbronn herzustellen. In absehbarer Zeit werde er zu einem Besuch vorbeikommen, ließ er die Apothekersfamilie darin wissen. Doch erst am Montag der darauf folgenden Woche konnte das Vorhaben endlich in die Tat umgesetzt werden. Meister Bauerschmidt, der in der Firma nicht nur einen guten Ruf als verlässlicher Arbeiter besaß, sondern eben auch als einer der geschicktesten Chauffeure, war natürlich gerne bereit, die Arbeit in der Fabrik heute mit der Position hinter dem Lenkrad des Daimler-Wagens zu vertauschen und seinen Vorgesetzten nach Maulbronn zu chauffieren. Auch wenn er darauf gar nicht vorbereitet gewesen war. »Meinst du nicht, du solltest erst noch mal nach Hause gehen und dir für die Fahrt etwas Gescheites anziehen?«, fragte denn auch Daimler nach einem kurzen kritischen Blick auf Bauerschmidts Kleidung, als der gerade im Begriff stand, auf seinen Chauffeurssitz zu klettern. »Du hast ja nicht einmal einen Mantel an. Und immerhin ist der Herbst schon fast vorbei.«

»Ach was, Herr Daimler«, winkte Bauerschmidt lässig ab. »Das geht schon. Machen Sie sich mal darüber keine Sorgen. So arg kalt ist es ja heute nicht, und außerdem wird es gegen Mittag sicherlich noch ein paar Grad wärmer werden. Ich bin sowieso nicht arg verfroren.«
»Na ja, ich weiß nicht so recht. Aber gut, wenn du meinst, erwachsen bist du ja schließlich«, gab Daimler nach, als er sah, wie Bauerschmidt auf seinen neuerlichen Einwand hin das Gesicht verzog. »Dann fahren wir halt los. Auf nach Maulbronn. Den Weg kennst du ja.«
Es wurde eine schöne Fahrt durch die spätherbstliche württembergische Weinlandschaft. Erst den Neckar entlang über Ludwigsburg, dann nach Bietigheim ins Enztal und weiter nach Vaihingen in Richtung Maulbronn. In manchen Weinhängen wurden gerade die letzten Trauben geerntet. Im milden Sonnenlicht erstrahlten die bunt gefärbten Blätter in den schönsten Farben, und überall erschallte aus den Weinbergen ein lautes Hallo, in das sich begeisterte Hochrufe und Beifall mischten, als der Daimler-Wagen mit seinen beiden Insassen unten auf der Straße an den staunenden Leuten vorbeiknatterte. Es war halt immer noch ein Ereignis, wenn so eine Benzinkutsche in den ländlichen Regionen des Königreichs um die Ecke bog, wo die Fortbewegung mit Pferdefuhrwerken oder Ochsenkarren nach wie vor den Alltag bestimmte.
Als die beiden Reisenden gute drei Stunden später wohlbehalten an der riesigen Klosteranlage von Maulbronn angekommen waren, erlebte Gottlieb Daimler eine bittere Enttäuschung. Nur die beiden betagten Schwiegereltern, die sich überschwänglich über sein unerwartetes Erscheinen freuten, waren zu Hause anwesend. Aber die Schwägerin Marie, der sein Besuch eigentlich gegolten hatte, war seit einigen Tagen verreist. Es schien ihm gerade so, als habe Marie Kurtz sein baldiges Kommen zum Anlass genommen, um sich gleich eine ganze Woche bei einer alten Freundin in Karlsruhe aufzuhalten. Die Botschaft, die sich dahinter verbarg, war klar. Spätestens jetzt würde er diese

Tatsache auch akzeptieren müssen. Eine eheliche Verbindung mit der Marie Kurtz konnte er sich endgültig aus dem Kopf schlagen. Nach einem dementsprechend kurzen Aufenthalt, den Daimler mit dringenden Geschäften begründete, die am Abend auf ihn warteten, nahmen sie also schon wieder die Rückfahrt unter die Räder.

Zu allem Übel verschlechterte sich auch noch das Wetter. Die Sonne war von einer dunklen Wolkenwand verschluckt worden, zudem blies plötzlich ein unangenehm scharfer, geradezu eisiger Wind aus Osten. Ausgerechnet aus jener Richtung, die sie für die Fahrt nach Cannstatt einzuschlagen hatten! Und dann Bauerschmidt mit seiner geradezu fahrlässig leichten Bekleidung. Schon nach wenigen Kilometern schlotterte der arme Chauffeur an allen Gliedmaßen. Das blieb Daimler natürlich keineswegs verborgen, so sehr sich Bauerschmidt auch bemühte, einen möglichst gleichmütigen Gesichtsausdruck an den Tag zu legen. Allein seine vom Fahrtwind tief geröteten Wangen sprachen Bände! Als sich jetzt eine heftige Niesattacke dazugesellte, war es höchste Zeit, ein Machtwort zu sprechen. »So, Bauerschmidt, jetzt langt's aber erst mal, bevor du dir noch den Tod holst. Da drüben ist schon Vaihingen. Da hältst du dann am Gasthaus Zur Post an. Dort wärmen wir uns auf und essen was Gescheites. Ich weiß nämlich, dass es dort ein anständiges Rostbrätle gibt und dazu ein gutes Viertele Rotwein. Außerdem werden wir uns dort noch einen warmen Mantel für dich ausleihen, bevor du dir eine Lungenentzündung holst. Und danach werden wir dann weiterfahren. Aber erst, wenn du aufgehört hast, so zu schlottern!«

Der in der Tat völlig durchgefrorene Bauerschmidt nickte seinem Arbeitgeber dankbar zu. Ja, so war er einfach, der gutmütige Herr Daimler. Immerzu besorgt um das Wohlergehen seiner Leute. Und niemals »von oben herab«, so wie man es von anderen Fabrikbesitzern zur Genüge kannte. Menschlich halt. Genauso wie er jeden seiner Fahrer, selbst die neuen, die ihn manchmal in der Taubenheimstraße zu einer Ausfahrt abholten, grundsätzlich erst einmal zu fragen pflegte: »Hast du heute überhaupt schon etwas gegessen?« Um den Fahrer im Abschluss daran, ohne dessen Antwort abzuwarten, gleich entsprechend zu instruieren. »Jetzt geh halt erst einmal in die Küche, und lass dir ein gscheites Vesper geben. Danach kann's losgehen.« Auch das war ein Grund, weshalb Gottlieb Daimler sich darauf verlassen konnte, dass seine Leute für ihn notfalls durchs Feuer gehen würden. Wenn da nur nicht Duttenhofer und die anderen wären, die ihm das Leben in der eigenen Firma zur Hölle machten.

Im Winter nach dem Jahreswechsel von 1892 auf 1893 verschlimmerte sich Gottlieb Daimlers Herzleiden gravierend. Das war ganz sicher auf die zunehmenden Schwierigkeiten mit Duttenhofer, Lorenz und Steiner zurückzuführen. Es war ja auch weiß Gott unglaublich. Zunächst hatte er gemeint, seinen Ohren nicht trauen zu können, als die drei Herren ihn über ihre definitive Entscheidung in Kenntnis setzten, bereits im Laufe des Monats März erst das Konstruktionsbüro und danach Schritt für Schritt auch die Produktionseinrichtungen der DMG nach Ettlingen zu verlagern. In die Gebäude der Patronenfabrik, die praktischerweise im Besitz von Lorenz war. Dort im Badischen lasse es sich viel effektiver produzieren als in Cannstatt, wo man – allerhöchstens – noch eine kleine Dependance aufrechterhalten werde. Das – das war ja …
Es hatte ihn alle Kraft gekostet, die Selbstbeherrschung nicht zu verlieren. Seine Antwort war dann genauso kurz wie eindeutig ausgefallen: Auf gar keinen Fall werde er diesem Treiben tatenlos zusehen. Der Auflösung seiner eigenen Firma!
Dann machte er auf dem Absatz kehrt und verließ das Direktionsbüro, ohne sich von den Herren zu verabschieden. Nicht einmal einen Gruß waren sie wert!
Überallhin schrieb er seitdem Briefe, in denen er seine Lage und die Machenschaften seiner Geschäftspartner in den drastischsten Worten schilderte: »… ich habe allen Glauben an die bessere Menschheit verloren und auch beinahe den Verstand, weshalb ich geistig so abgespannt bin. Diese Kerls haben es verstanden, mich um meine Sache zu bringen und reißen mir nun sozusagen meine Kinder, die Motoren, Schiffe und Wagen vom Leib, und ich muss zusehen, wie die von ihnen angestellten Direktoren meine Sache verwirtschaften und nichts fertigbringen. Die beiden Kerls

sind der Pulvermillionär Duttenhofer von Rottweil, ein früherer Duzfreund von mir, und Patronenfabrikant Lorenz von Karlsruhe, der mit seinen Lieferungen für das Militär seine 6 Millionen auf die Seite gebracht hat und jetzt mich um mein Hab und Gut und meine Erfindungen beschissen hat und in Ettlingen fabrizieren will. Ich war beim Abschluss der Verträge zu vertrauensselig – und meine großherrlichen Freunde (es sind beide Kommerzienräte, die es verstanden haben, nach oben sich wichtigzumachen, sich bei mir in Wirklichkeit aber als die gemeinsten Ausbeuter ihrer Mitmenschen erwiesen haben) haben mir alles Schöne versprochen, aber sobald der Knopf gemacht war, wollten sie herrschen und hielten ihre Verträge nicht. Das sind die richtigen Züchter der Sozialdemokraten, denn ich sehe auch ein, dass wenn die Oberen und Großen sich so benehmen und ihre Herrschsucht und ihre Habgier so weit treiben, dass sie den ehrlichen, um seine Sache arbeitenden und Nützliches schaffenden Menschen um sein Alles bringen können, solches Raubgesindel gehört vernichtet wie die Wölfe.«

Doch was der schier verzweifelnde Gottlieb Daimler auch unternahm, um die Verlagerung der Produktion aus Cannstatt zu verhindern: Gerade diese Angelegenheit zeigte ihm seine völlige Machtlosigkeit auf. Das war schon deshalb nicht weiter verwunderlich, weil die Herren, über die er so bitteres Zeugnis ablegte, zu den mächtigsten, reichsten und einflussreichsten Persönlichkeiten im Königreich Württemberg und im Großherzogtum Baden zählten. Überdies durften sie sich der Tatsache erfreuen, dass in der Person des Bankiers Kilian Steiner ein weiterer, überaus mächtiger und mit besten Kontakten bis in die höchsten Kreise der Politik versehener Strippenzieher mit ihnen auf das Freundschaftlichste verbunden war. Daimler hatte also schlichtweg keine Chance mehr, den Stein aufzuhalten, der längst ins Rollen geraten war.
Und so nahm die unglaubliche Tatsache der Verlagerung

der DMG nach Ettlingen mit dem 23. März 1893 ihren Lauf. Auf Dauer gesehen würde es das Aus der DMG in Cannstatt bedeuten. Kein Wunder, dass die Atemnot ganz plötzlich zurückkam. Schlimmer denn je. Dieses Gefühl, in manchen Nächten ersticken zu müssen.

Was tun? Erst eher widerwillig, dann jedoch mit mehr und mehr Vorfreude auf das, was ihn dort erwarten würde, leistete er dem dringenden Rat seines Arztes Folge und brach im Frühjahr 1893 zu einem ausgedehnten Kuraufenthalt nach Italien auf. Nicht nur des heilenden Wassers in den verschiedenen, vom Arzt empfohlenen Kurbädern wegen, sondern auch deswegen, um wieder einmal die ganzen Probleme und Zumutungen hinter sich lassen zu können. Ein anderes Umfeld: weit weg aus dem spätwinterlichen Cannstatt, hinein in das wesentlich mildere italienische Klima. Bis hinunter nach Florenz würde ihn dieser wochenlange Aufenthalt führen. Ein wahrer Glücksfall, denn in dem Hotel, in dem er in Florenz abgestiegen war, begegnete Gottlieb Daimler einer überaus faszinierenden Dame, die er bereits vor einigen Jahren bei mancherlei gesellschaftlichen Zusammenkünften in Cannstatt kennengelernt hatte. Es handelte sich um Lina Hartmann, gebürtige Schwend, die Witwe des deutschen Hotelbesitzers, der vor einiger Zeit verstorben war. »Ja so ein Zufall!« Die attraktive 38-Jährige stammte aus Schwäbisch Hall und freute sich genauso wie Daimler über dieses unverhoffte Wiedersehen, zumal es ihr dadurch möglich sei, »endlich wieder mit jemandem schwäbisch reden zu können«, wie sie sich freudestrahlend ausdrückte. »Wie gut das doch tut, den heimatlichen Dialekt zu hören.« Die Freude war durchaus gegenseitig – zumal sich die beiden in genau demselben Leid über den Verlust des Ehepartners verbunden fühlten, ohne darüber groß Worte verlieren zu müssen. Beinahe jeden Abend saß man zusammen und redete so unbekümmert »über Gott und die Welt«, als kenne man sich schon seit ewigen Zeiten. Und bei diesen zwangslos heiteren Begegnungen geschah

etwas, was keiner der beiden jemals für möglich gehalten hätte. Eines Tages begriff Gottlieb Daimler ganz plötzlich, dass er sich in die 21 Jahre jüngere Frau tatsächlich verliebt hatte. Unfassbar – aber wahr!
Die nächsten Schritte, die dieser Erkenntnis folgen sollten, verliefen genauso atemberaubend zügig, wie das Resultat überaus erstaunlich war. Mit pochendem Herzen hatte er ihr noch am selben Abend seine Zuneigung gestanden. Ja mehr noch: Ihr strahlendes Lächeln, das auf dieses Bekenntnis folgte, ermunterte ihn sogar zu einem ganz spontanen Heiratsantrag, auf den ein genauso spontanes, überglücklich jubelndes »Ja!« folgte. Die Verlobung von Lina Hartmann mit Gottlieb Daimler – und das keine Woche, nachdem sie sich begegnet waren. Umso ausgelassener wurde dieses erstaunliche Ereignis mit einem besonders guten Champagner begossen.
Verlobung, Heiratsabrede. Von einem Tag auf den anderen verspürte Gottlieb Daimler plötzlich wieder neuen Lebensmut. Kraft und Energie strömten durch seine Adern. Die gerade noch gramgebeugten Schultern schienen sich förmlich zu straffen. Ja, doch – im wahrsten Sinn des Wortes: der aufrechte Gang kehrte zu ihm zurück, oder um es mit einem weiteren, genauso passenden Begriff zu umschreiben: Er fühlte sich wie neu geboren.
Die alten Sorgen – sie waren mit einem Schlag wie weggeblasen.
Allerdings …
»Etwas, das muss ich dir schon noch sagen, Lina …«
Allein der Klang seiner Stimme ließ Lina aufhorchen.
»Dann sag es ruhig.«, lächelte sie ihm aufmunternd zu.
»Ja weißt du, das ist nicht ganz so einfach«, begann Daimler umständlich nach den richtigen Worten zu suchen.
»Dass ich Kinder habe, das ist dir ja inzwischen bekannt.«
»Ja, sicher. Genau wie ich ebenfalls eine Tochter habe. Wo ist da ein Problem?«
»Nun ja, der Wilhelm, mein Kleinster …«
»Der bald zwölf Jahre alt wird?«

»Genau.«
»Was ist denn mit ihm? Jetzt komm schon, Gottlieb. Einfach heraus mit der Sprache.«
»Er … er ist … er ist halt mein Sorgenkind.«
»Und wieso?«
»Weil … weil er eine Behinderung hat. Er kann so gut wie gar nicht laufen. Er ist als kleines Kind verunglückt und hat seitdem ein Rückenleiden, das ihn sein Leben lang beeinträchtigen wird. Welchen Arzt wir auch immer aufgesucht haben, es hat ihm bisher niemand helfen können. Mit anderen Worten: Mein Wilhelm ist ein Pflegefall.« Jetzt war es heraus!
Eine Zeit lang herrschte Schweigen. Wie ein düsteres Menetekel schien Daimlers Feststellung über den beiden zu schweben. Dann räusperte sich Lina vernehmlich, wobei sie ihren zukünftigen Ehemann zunächst aus ernsten Augen von oben bis unten musterte, um danach langsam den Kopf zu schütteln. »Und deswegen hast du geglaubt, mir etwas gestehen zu müssen. Weil dein kleiner Sohn krank und bettlägerig ist. Du meinst doch nicht etwa, dass das einen Hinderungsgrund für unsere Hochzeit darstellt, oder?«
»Nein, das nicht gerade …« Wieder verkrampfte er unglücklich die Hände und rang sichtlich nach den richtigen Worten.
»Aber?«
»Hm … ich weiß auch nicht. Ich dachte nur, du solltest es halt wissen.«
»Also, jetzt weiß ich es. Das ändert doch nicht das Geringste an meinen Gefühlen dir gegenüber, Gottlieb. Außerdem bringe ich mit meiner Gretel ja selber ein Kind in diese Ehe mit. Und ich hoffe sehr, dass sich auch die Gretel als Teil unserer neuen Familie verstehen wird. Was für ein Mädchen mit 14 Jahren sicherlich auch nicht ganz einfach sein wird. Aber ich hoffe zuversichtlich, dass es uns gelingen wird, unsere Kinder zumindest zu guten Freunden werden zu lassen. Und das mit deinem armen Wilhelm …« Sie unterbrach sich kurz und bedachte ihren Verlobten

mit einem entschlossenen Blick. »Das ist wahrhaftig schon tragisch genug, dass es deinem Kleinen so schlecht geht. Da muss man doch nicht noch mehr Probleme darum herumbauen als ohnehin schon vorhanden sind. Aber gut«, sie machte eine beschwichtigende Handbewegung. »Ich habe dich schon verstanden, Gottlieb, worauf du eigentlich hinauswolltest. Der Wilhelm, das ist dein Nesthäkchen und eben gleichzeitig dein Sorgenkind, das dementsprechend auch viel Zuneigung und Fürsorge braucht. Ich denke, das werden wir schon schaffen – wie es uns hoffentlich auch gelingen wird, eine neue Familie zu bilden, in der sich alle unsere Kinder wohl- und geborgen fühlen.«
Ein tiefer Seufzer entrang sich Gottlieb Daimlers Kehle. »Ach, Lina. Genau das ist es ja, was ich meine. Nach dem Tode von meiner Emma hatte ich jede Hoffnung verloren, jemals noch einmal so etwas erleben zu können wie Familienglück. Das wäre schön. So schön.«
Überglücklich streckte er seinen rechten Arm aus und zog Lina eng an seinen Oberkörper. »Dann lass uns so bald wie möglich heiraten. Ich kann es kaum noch erwarten, dich endlich nach Hause führen zu dürfen.«
Beide ergaben sich der Magie dieses ganz besonderen Augenblicks. Es war das Beste, was sie machen konnten. Denn die spätere Wirklichkeit im familiären Alltag sollte so manche romantische Wunschvorstellung in einen harten Stolperstein verwandeln. Und diese Hindernisse umgehen zu können, das lag dann nicht in ihrer Macht. So sehr sie es sich auch gewünscht hätten.

Die Kinder machten Schwierigkeiten! Natürlich war das so. Allen voran Paul und Adolf, die beiden ältesten Söhne mit ihren inzwischen 24 und 22 Jahren. Ausgerechnet die! Das hätte der Vater viel eher von den Mädchen, also von Emma oder insbesondere von der doch erst 15-jährigen Martha erwartet. Aber die Mädchen verhielten sich im Gegensatz zu ihren Brüdern eher neutral – und der kranke Wilhelm, den der Tod seiner Mutter besonders schwer getroffen hatte,

hatte sich seit diesem alptraumhaften Geschehen sowieso längst tief in sein Innerstes, in eine Art Schneckenhaus zurückgezogen und ließ nur noch ganz selten jemanden an sich heran. Dass die neue Verbindung ihres Vaters bei den Kindern nicht sofort auf überschäumende Freude stoßen würde, war ja zu erwarten gewesen. Aber doch nicht so! Und schon gar nicht aufseiten der beiden größten. Die als junge, erwachsene Männer sowieso inzwischen weitestgehend ihr eigenes Leben führten. Obwohl Gottlieb Daimler die Kinder gleich nach der Rückkehr aus Florenz über seine Heiratspläne informiert und damit die erste Schockwelle in der Familie ausgelöst hatte, war er hoffnungsvoll gewesen, dass sich die Wogen rasch wieder glätten lassen würden. Denn wenn sie seine Lina erst einmal persönlich zu Gesicht bekommen und ihre freundliche Wesensart kennengelernt hätten, spätestens dann würden sich die Dinge zum Guten wenden. Davon war Daimler überzeugt, und deshalb lud er Lina auf den Nachmittag des 10. Mai nach Stuttgart ein, damit man sich dort, »sozusagen auf neutralem Boden«, wie er scherzhaft meinte, in einem Café kennenlernen konnte. Doch es kam ganz anders als geplant. Schon bei der Begrüßung war die eiskalte Ablehnung, die hauptsächlich von Paul und Adolf ausging, beinahe körperlich zu spüren gewesen. Und im weiteren Verlauf des Nachmittags, als ihr Vater gerade einmal kurz zur Toilette gegangen war, da hatten sie der völlig konsternierten Lina äußerst deutlich ihre Meinung über die geplante Ehe an den Kopf geworfen. Sie solle bloß nicht glauben, sich nun einfach ins gemachte Nest setzen zu können, nachdem sie einem 21 Jahre älteren Mann, der doch genauso gut ihr Vater sein könne, raffiniert den Kopf verdreht habe. Man würde nicht einfach nur zusehen, wie sie an die Stelle von Emma Daimler rücke und das Andenken an die Mutter allmählich verdränge. »Und schon gar nicht brauchen Sie darauf zu hoffen, dass sich die Herzkrankheit von unserem Vater verschlimmert und Sie dann als lustige Witwe sein Vermögen verprassen könne. Dafür werden wir Sorge tra-

gen, dass das nicht so kommt!« Im Übrigen sei die gesamte Verwandtschaft, die sie inzwischen ebenfalls alarmiert hätten, genau derselben Meinung. Eine Erbschleicherin im Haus, das sei nun wirklich das Letzte, was man brauchen könne. Damit habe man jetzt alles gesagt.
Kein Wunder, dass es nach diesen scharfen Tönen im Nebenzimmer des Cafés mucksmäuschenstill geworden war, als der nichts ahnende Daimler wieder zur Tür hereinkam und dabei direkt auf die bedrückende Atmosphäre prallte, die sich wie ein erstickender Nebel im ganzen Raum ausgebreitet hatte. Was dem ganzen Übel dann noch die sprichwörtliche Krone aufsetzte, war die knappe Ankündigung der beiden Söhne gewesen, am nächsten Morgen mit den drei anderen Geschwistern nach Maulbronn aufzubrechen, wo man im Haus der Schwiegereltern offensichtlich willkommener sei als im väterlichen Haushalt. Außerdem könnten die jüngeren damit schon einmal üben, wie es sich anfühlte, bald ganz aus Cannstatt wegzuziehen und für immer in Maulbronn wohnen zu müssen. Dann, wenn man in der Taubenheimstraße »der neuen Frau« Platz machen müsse …

Noch auf dem Weg zum Stuttgarter Bahnhof, wo sie wie geplant den Abendzug zurück nach Hessental nehmen wollte, bot Lina ihrem völlig konsternierten Begleiter an, die Verlobung wieder zu lösen. »Ich will nicht als Erbschleicherin oder Heiratsschwindlerin dastehen, Gottlieb. Das ist wirklich nicht mein Motiv. Wenn aber deine Kinder so große Schwierigkeiten haben, unsere gegenseitige Zuneigung zu erkennen und diese – trotz des zweifelsohne großen Altersunterschiedes zwischen uns – auch zu respektieren, dann verzichte ich besser auf eine Heirat und gebe dich wieder frei. Schweren Herzens zwar, aber es wäre vielleicht das Beste für uns alle.«
»Aber nein!« Daimlers entsetzter Ausruf geriet so laut, dass der Kutscher alle Hände voll zu tun hatte, sein erschrockenes Pferd wieder fest an den Zügel zu bekommen. Doch

das bemerkte der bis ins Mark getroffene Konstrukteur in diesem Moment gar nicht. Er fixierte Lina aus ernsten Augen und schüttelte dann entschieden seinen Kopf. »Das kommt ja gar nicht infrage! Es ist mein Leben – unser Leben vielmehr. Und so gut ich die Trauer meiner Kinder über den Verlust ihrer Mutter verstehen kann – weiß Gott kann ich das, auch wenn es jetzt bald schon vier Jahre her ist –, klar und deutlich werde ich ihnen sagen, dass ich mir diesbezüglich weitere Einmischungsversuche auf das Strengste verbitte. Wie gesagt, es ist unser Leben! Und was für uns beide das Beste ist, das wissen wir wohl auch am besten. Gerade weil jeder von uns schon einmal einen lieben Menschen verloren hat – vielleicht ist es sogar gerade diese bittere Erfahrung, die uns so besonders eng zusammenschweißt. Und jetzt keinen Ton mehr darüber. Am 8. Juli wird geheiratet. Punktum!«

Dass es freilich einer behutsamen Vorgehensweise bedürfen würde, um die Wogen zu glätten, das war den beiden seit diesem so überaus unglücklich verlaufenen Treffen klar. Doch klein beigeben, das kam gar nicht infrage! Und so wiederholten sie anlässlich von Gottliebs Besuch bei Linas Eltern in Hessental sogar feierlich ihr Eheversprechen. »Niemand soll es gelingen, einen Keil zwischen uns zu treiben!«

So heftig das Herzklopfen verständlicherweise auch war, mit dem Lina den Bräutigam nunmehr ihren Eltern vorstellte, so erleichtert atmete sie auf, als sich bei diesem ersten Kennenlernen eine freundliche, ja geradezu warmherzige Atmosphäre einstellte. Auch Linas weitere Verwandtschaft rund um Schwäbisch Hall, Gaildorf und Winnenden, die sie in den beiden folgenden Tagen besuchten, zeigte sich ausnahmslos höchst erfreut über die geplante Verbindung und gratulierte den Verlobten dementsprechend herzlich zu ihrem Entschluss. »Du hast in den letzten Jahren schon genug durchmachen müssen, Lina. Da ist es schön, dass du jetzt so einen guten Mann gefunden hast.«

Voller Dankbarkeit über die warmherzige Aufnahme in Linas Familie und mit einem geradezu euphorischen Hochgefühl in der Brust verabschiedete sich Gottlieb nach den drei Tagen in Schwäbisch Hall von seiner Lina und machte sich mit dem Zug auf den Heimweg an den Neckar. Und kaum in Cannstatt angekommen, da verspürte er bereits wieder eine brennende Sehnsucht nach seiner Verlobten. So rasch wie möglich musste Lina nach Cannstatt kommen. Und bei diesem zweiten Zusammentreffen mit der Familie, das schwor er sich hoch und heilig, würde er es nicht noch einmal zu einem solchen Eklat kommen lassen. Mit jedem Familienmitglied einzeln würde er vor Linas Ankunft sprechen. Auch mit den Schwiegereltern in Maulbronn und vor allen Dingen auch mit seiner Schwägerin Marie Kurtz, die durch ihre häufige Anwesenheit in Cannstatt einen besonders großen Einfluss auf seine Kinder besaß. Deren Kommentar bezüglich seiner geplanten Wiederverheiratung war besonders negativ ausgefallen. Es schien beinahe so, als sei sie eifersüchtig. Ausgerechnet die »Tante Marie«, die ihm doch stets bei all seinen zaghaften Annäherungsversuchen überdeutlich die kalte Schulter gezeigt hatte! Und jetzt hatte sie sogar davon gesprochen, dass sie nach einer Heirat des Schwagers künftig wohl überflüssig sein werde. Dann brauche sie ja gleich gar nicht mehr nach Cannstatt kommen. Als ob die Kinder etwas dafür könnten, die sie mit einem solchen Verhalten am meisten treffen würde. Ja, genau das musste er ihr ganz deutlich sagen und ihr die Konsequenzen dieses eigenartigen Verhaltens aufzeigen.

Dieses Mal würde das Zusammentreffen also garantiert anders ablaufen. Man durfte nichts dem Zufall überlassen. Sogar die Frage nach einer geeigneten Übernachtungsmöglichkeit musste auf das Genaueste geklärt werden. An besten, er besprach sich deswegen gleich mit dem befreundeten Ehepaar Kindel, ob sie Lina vielleicht für eine Nacht bei sich beherbergen könnten. Denn natürlich schickte es sich nicht, wenn Lina jetzt schon in der Taubenheimstraße

übernachtete – noch nicht einmal in einem der zahlreichen Gästezimmer.
Innerhalb von drei, höchstens vier Tagen müsste alles geklärt sein. Was bedeutete, dass er seine Lina spätestens auf den 28. Mai nach Cannstatt einladen könnte.
Ja, genau! Er ballte die Hand zur Faust und ließ sie voll grimmiger Entschlossenheit auf die Schreibtischplatte donnern. »So und nicht anders wird es gemacht! Punktum! Eine solche Blamage wird mir kein zweites Mal passieren!«
Am 25. Mai war auch das letzte Gespräch geführt. Alles schien auf einem guten Weg. Endlich konnte er einen Brief schreiben – so wie er das zur Zeit fast täglich machte. Nur, dass der heutige Brief wesentlich umfangreicher ausfiel und außerdem die Einladung an Lina enthielt.
»Cannstatt, den 25. Mai 1893. Meine gute Lina, mein Herzenskind. Du musst bald kommen, ich habe so Heimweh nach Dir, damit meine bewegte Seele bei Dir ausruhen kann wie ein Kind an seiner Mutter. Ich bin so beglückt, dass wir uns gefunden haben und bin doch so traurig, dass ich weinen muss; es ist mir, wie wenn ich nach schwerem Erdenleid durch Dich wieder aufgerichtet würde und Du als guter Leitstern mich zum Himmel führen und begleiten solltest.
Unsere Angelegenheiten wegen meiner lieben Schwägerin und meiner Kinder habe ich nun auch geordnet, so dass Du mit getrostem Herzen kommen kannst. Meine Schwägerin, obgleich betrübt, schickt sich nun darein, und ihr einziger Wunsch sei nur noch, dass die Kinder ihre Heimat wie bisher im Vaterhaus haben sollen und das konnte ich ja bei Deinem Charakter mit voller Überzeugung zusagen, und dass sie an Dir eine gute Mutter haben werden und die Tante Dich noch lieb gewinnen wird, wenn sie Dich mit der Zeit näher kennengelernt hat. Ich habe nämlich – wie ich mir dachte – unsere ganze Familie mit Tante aus Maulbronn nach Cannstatt zurückgekehrt gefunden. Und nun komme und bleibe einige Tage hier, es gibt so viel zu besprechen und zu bestimmen.

Deine Grüße an Herrn und Frau Vi. habe ich ausgerichtet und wegen der Wohnung gesprochen; Sie meinten, für später wäre es ihnen immer willkommen, aber für den ersten Besuch wäre, wegen gewisser Rücksichten auf unsere liebe Tante, ein neutrales Haus besser und es gibt nichts Netteres und Passenderes als das Karl Olgabad an den Kuranlagen ganz in unserer Nähe, das städtisch ist und von zwei Fräulein verwaltet wird und wo Badegäste sich einmieten und Du als einzelne Dame ganz ungestört wohnen kannst. Ich habe bereits ein schönes Zimmer für Dich ausgesucht und bestellt. Nun möchte ich Dir vorschlagen, am nächsten Samstag mit dem Schnellzug 10.44 Uhr ab Hall zu fahren. Dann bist Du um 12.54 Uhr mittags in Cannstatt. Ich reise Dir entgegen bis Winnenden, wo ich 11.54 Uhr ankomme und Du 12.27 Uhr. Wenn Du einen anderen Plan machen willst, so bin ich auch damit einverstanden; teile ihn mir mit, komme bald und gehe nicht gleich wieder. Samstag Mittag und Sonntag sind auch unsere zwei älteren Söhne, Paul und Adolf, gewöhnlich bei uns.
Die Verlobungsanzeige wirst Du morgen schon im »Merkur«, wie von Dir projektiert, lesen können; ich habe sie heute aufgegeben. Die Karten, wohl 150 Stück, will ich Dir zur Besorgung überlassen, wenn Du mir davon ca. 50 in Güte überlassen willst?
Ich grüße und küsse Dich herzlich, Dein getreuer Gottlieb«

Lina hatte gegen die Vorschläge ihres Verlobten nicht das Geringste einzuwenden. Und so waren sich die beiden also am 28. Mai um halb ein Uhr mittags auf dem Bahnhof in Winnenden in die Arme gefallen, wo ein sichtlich nervöser Daimler, der seiner Braut wie angekündigt mit dem Zug von Cannstatt aus entgegengefahren war, mit einem Strauß Blumen in der Hand auf dem Bahnsteig stand und sehnsüchtig auf die Ankunft des Schnellzugs aus Schwäbisch Hall wartete.
Eine gute Stunde später waren die beiden überglücklichen Verlobten in der Cannstatter Taubenheimstraße einge-

troffen, wo Lina zum ersten Mal ihr zukünftiges Zuhause in Augenschein nehmen konnte. Der Eindruck, den das Anwesen auf sie machte, war überwältigend. Vor allem der wunderschöne Garten, der sie auf zauberhafte Weise an den Garten des Hotels in Florenz erinnerte, wo sie so viele glückliche Stunden verbracht hatte. Ja, in diesem kleinen Paradies hier würde sie sich wohlfühlen. Hier konnte sie wirklich heimisch werden.

Auch der anschließende Empfang durch die Familie Daimler, dem Lina verständlicherweise mit einiger Nervosität entgegengefiebert hatte, verlief ganz anders als bei der ersten Begegnung. Man behandelte sie mit ausgesuchter Höflichkeit – beinahe schon zu bemüht und überkorrekt – aber immerhin. Natürlich durfte sie, speziell von der Tante Marie, keine besondere Herzenswärme erwarten, doch das musste ja auch gar nicht sein. Hauptsache, man zeigte ihr nicht wieder die kalte Schulter oder gar diese schroffe Ablehnung. So war es fürs Erste in Ordnung, alles Weitere würde sich mit der Zeit schon finden, davon war Lina felsenfest überzeugt.

Und wie ihr Verlobter in seinem Brief versprochen hatte, stellte das Städtische Logierhaus eine angenehme Übernachtungsmöglichkeit dar, wo Lina gut aufgehoben war und sich bestens von den Strapazen erholen konnte, die der Besuch in Cannstatt nun einmal zwangsläufig mit sich brachte. Im sicheren Gefühl, dass das erste Eis gebrochen war, machte sich Lina zwei Tage später wieder auf die Heimreise nach Schwäbisch Hall, um sich ab sofort in die umfangreichen Vorbereitungsarbeiten für die Hochzeitsfeier zu stürzen.

Ihr Verlobter freilich … der schien es keinen einzigen Tag mehr ohne seine zukünftige Ehefrau auszuhalten. Beinahe täglich tauchte er völlig überraschend in Hessental auf und berichtete der kopfschüttelnden Lina, der in Wahrheit das Herz in der Brust vor Glück und Freude beinahe überquoll, dass er es einfach nicht mehr schaffe, sich auf seine Arbeit zu konzentrieren, wenn er Lina nicht bei sich in Cannstatt wisse. Und deswegen sei er dann halt auch am heutigen Mittag wieder einmal losgefahren. So ging das nahezu täglich. Am heutigen Tag kam Gottlieb sogar mit Chauffeur und Motorwagen vorgefahren, um sie zu einer kleinen Ausfahrt in die reizvolle Haller Umgebung einzuladen. Die erste Motorwagenfahrt ihres Lebens! War das ein tolles Erlebnis! All diese staunenden, jubelnden, manchmal auch beinahe zu Tode erschrockenen Menschen am Straßenrand. Wie sie an all denen vorbeigebraust waren, in einer geradezu atemberaubenden Geschwindigkeit. Und dann die ganzen Steigungen hinauf: das Kochertal, das Jagsttal, das Bühlertal. Ohne dabei auch nur ein einziges Mal anhalten zu müssen.

In der Rückschau betrachtet mochten diese Tage vor der offiziellen Hochzeitsfeier des frisch verliebten Paares vielleicht die glücklichsten Tage ihres ganzen gemeinsamen Lebenswegs gewesen sein. Diese wunderschönen Ausflüge in den Schwäbischen Wald. Die unbeschwerten, stundenlangen Gespräche, die sich immer wie zufällig ergaben. Der Tag, an dem sie die Ringe anprobiert hatten – und ihre bisherigen Eheringe an die andere Hand gesteckt hatten. Das waren genauso ernste wie innige Stunden, in denen sie sich voller Zuneigung und Dankbarkeit an ihre verstorbenen Ehepartner erinnerten. Eng umschlungen und sich der Tatsache nur allzu bewusst, wie flüchtig das Glück doch war und welchen Schatz sie mit ihrer Zweisamkeit noch einmal hatten finden dürfen. Gleich zweimal hintereinander besuchten die beiden das schöne Städtchen Murrhardt. Vor allem die weitläufige Klosteranlage mit der Walterichskirche und der gleichnamigen Kapelle hinterließ einen nachhaltigen Eindruck auf sie. »Eine Anlage, die unmittelbar auf Kaiser Karl den Großen zurückgeht«, war ihnen vom Aufseher des weitläufigen Parks mit unüberhörbarem Stolz in der Stimme erklärt worden. An der angrenzenden Friedhofsmauer gab es ein besonders nettes, sonnenbeschienenes Plätzchen. Tief ins Gespräch versunken, hatten sie die Zeit völlig vergessen und wurden sich ihrer Umgebung erst wieder bewusst, als sie eine empfindliche Kühle frösteln ließ, weil die Sonne längst hinter den Wipfeln der Bäume verschwunden war.

Die Zeit bis zur Hochzeit verging für die glückselige Lina buchstäblich wie im Flug, denn zwischen Gottliebs ständigen Besuchen, den Ausfahrten und weiteren Vorbereitungen der Feier – wie das Schreiben von Einladungskarten, dem Zusammenstellen der Speisefolge und all die anderen Anforderungen – blieb keine Stunde mehr ungenutzt.
Das war im Juni schon so gewesen, und es wurde natürlich zu Beginn des Monats Juli, also in der Woche vor der Hochzeitsfeier, noch wesentlich turbulenter.
Allein all die »amtlichen« Dinge, die es ebenfalls peinlich genau zu beachten galt. Wie beispielsweise ihr gemeinsamer sonntäglicher Kirchenbesuch am 2. Juli, wo im Gottesdienst der versammelten Haller Kirchengemeinde offiziell und feierlich die Tatsache bekannt gegeben wurde, dass das Brautpaar Lina Hartmann, geborene Schwend, und Gottlieb Daimler am kommenden Samstag, dem 8. Juli, hier in dieser Kirche vor den Traualtar schreiten würde. Das anerkennende Kopfnicken, das diese Ankündigung des Pfarrers auslöste und die vielen spontanen Glückwünsche, mit denen sie unmittelbar nach dem Gottesdienst draußen am Kirchenportal bedacht wurden, sorgten dafür, dass sich die innerliche Anspannung löste und sie die verbleibenden Tage bis zur Trauung in einer heiter-gelassenen Stimmung verbringen ließ.
Für den folgenden Tag stand nun in der Haller Lamm-Post die abschließende Besprechung über die Speisenfolge der Hochzeitsfeier an. Bei der Lamm-Post handelte es sich um ein überaus renommiertes Haus mitten im Zentrum der altehrwürdigen Salzsiederstadt. »Ach Gottlieb, wird das denn nicht alles viel zu teuer?«, gab Lina zwischendurch flüsternd zu bedenken, als der Koch, mit dem sie die Liste noch einmal Punkt für Punkt durchgegangen waren, gerade in die Küche gerufen worden war, um dort nur Augen-

blicke später ein fürchterliches Donnerwetter über einen der Hilfsköche hereinbrechen zu lassen. »Auf den Fisch könnten wir doch eigentlich verzichten, das ist hier in Hall sowieso nicht Tradition, da tut's eine gute Suppe zum Beginn genauso gut. Eine richtig schöne hohenlohische Hochzeitssuppe mit verschiedenen Klößchen drin. Danach der Braten und meinetwegen noch das Reh, das langt dann aber wirklich. Wir sind ja nicht in Italien, wo man ein Gericht nach dem anderen auffährt und den ganzen Tag lang aus dem Essen nicht mehr rauskommt. Aber so wie ich meine Haller kenne, werden die sich schon beim ersten Gang dermaßen den Bauch vollschlagen, dass für die nächsten Gänge sowieso gar kein Platz mehr im Magen ist. Die sind das nämlich nicht gewöhnt, Gottlieb.«

»Aber das steht dann doch alles auf der Karte, was es geben wird – und lesen werden sie hoffentlich wohl selber können«, ließ sich Gottlieb Daimler nicht so leicht von seinem Vorhaben abbringen, sein neu gefundenes Eheglück mit einem besonders opulenten Festmahl feiern zu wollen. Seine Verlobte schien jedoch alles andere als überzeugt durch diesen Einwand. »Ich glaube, da bist du ziemlich auf dem Holzweg. Obwohl du doch auch in der schwäbischen Provinz aufgewachsen bist, Gottlieb. Da geht man bei solchen Einladungen doch immer nach dem bewährten Motto vor: ‚Was man hat, das hat man. Wer kann schon sagen, ob noch was Gscheites nachkommen wird. Nicht, dass man hungrig vom Tisch aufstehen muss.‛ Diese Einstellung müsstest du doch eigentlich selber kennen.«

»Also wirklich, Lina! Ganz so hinterwäldlerisch geht es hierzulande schon längst nimmer zu. Und bei unseren Gästen gleich zweimal nicht!«

Lina schickte einen vielsagenden Blick zum Himmel. »Ich kenne meine Pappenheimer …«

»Und wenn schon …« Auch Gottlieb blieb bei seinem Standpunkt und bedachte seine Braut mit einem warmherzigen Lächeln. »Sollen sie doch machen, was sie wollen. Schließlich geht es an diesem Tag in allererster Linie um uns. Und ich will den Beginn unseres gemeinsamen Lebensweges halt nun einmal mit einem ganz besonders guten Essen feiern. Wer mit weniger zufrieden ist, der soll seinen Gaumen eben mit dem Lendenbraten zufriedenstellen. Ich auf jeden Fall will da noch ein bisschen mehr an Raffinesse haben – und wie ich weiß, magst du solche Tafeleien ja auch!«

»Das stimmt schon«, nickte Lina. »Diese Art und Weise des Essens habe ich in Italien tatsächlich kennen und schätzen gelernt. Da hast du schon recht. Also gut«, klatschte sie unternehmungslustig in die Hände. »dann machen wir es halt genau so, wie du dir das vorgestellt hast. Und wenn was übrig bleiben sollte, wovon ich allerdings schon ausgehe, dann freut sich das Personal in der Lamm-Post sicherlich über ein selten gutes Resteessen.«

»Genau. Ich hoffe nur, dass die das hier alles auch gut zubereiten können. Insbesondere den Fisch.«

»Aber Gottlieb! Die Lamm-Post ist das erste Haus am Platze, wie man so schön sagt. Die können sogar mit Fisch gut umgehen.«

»Hoffen wir es! Obwohl bei denen manchmal anscheinend auch etwas danebengeht!«, zwinkerte Daimler seiner zukünftigen Ehefrau amüsiert zu, um sich anschließend dem Koch zuzuwenden, der gerade mit hochrotem Kopf wieder aus der Küche stapfte. »Also, wir haben uns entschieden«, erläuterte er dem immer noch sichtlich über irgendein kulinarisches Missgeschick aufgebrachten Mann. »Wir nehmen die komplette Speisenfolge, so, wie ich das auf dieses Blatt hier geschrieben habe: erst die Krebssuppe, dann den Rheinsalm mit holländischer Tunke, anschließend einen Lendenbraten mit Gemüse umlegt und verschiedenen Beilagen. Diesem Gang soll ein Rehfilet in Madeira-Tunke folgen. Danach ein gebratener Hahn – wer will, soll Salat dazu haben. Zum Abschluss möchten wir gerne Kompott anbieten, eine Haselnuss-Eisbombe und natürlich noch ein paar schöne Torten. Zum Trinken Haller Bier, Wasser, als Wein einen guten Silvaner und natürlich einen Trollinger, der darf auf keinen Fall fehlen. So!« Aufseufzend deutete er vielsagend auf seinen Bauch. »Und weil mir allein diese Auflistung hier schon so richtig das Wasser im Mund hat zusammenlaufen lassen, könnte ich mich jetzt für ein schönes Rostbrätle begeistern, was meinst du, Lina? Um halb ein Uhr am Mittag kann man sich das ruhig schon gönnen, oder? Und ein Viertele Trollinger dazu, das wäre fein.« Linas Antwort kam genauso prompt wie eindeutig. Gegen ein gutes Mittagessen zusammen mit ihrem baldigen Ehemann war nicht das Geringste einzuwenden. Ja, doch: es war eine Lust, das Leben wieder genießen zu dürfen. Nach allem, was sie in den vergangenen Jahren hatten durchleben und durchleiden müssen. Da durfte man sich getrost auch einmal ein bisschen treiben lassen. Der Alltag würde sie von ganz allein wieder einholen. Vermutlich rascher, als ihnen das lieb sein konnte.

Am Nachmittag ging es mit dem Zug nach Cannstatt, denn dort waren inzwischen die ersten Hochzeitsgäste eingetroffen. Besonders liebe Gäste, über deren Zusage sich Gottlieb riesig freute: Madame und Monsieur Levassor aus Frankreich hatten es sich nämlich keinesfalls nehmen lassen wollen, persönlich bei der Trauung ihres langjährigen Freundes und Geschäftspartners anwesend zu sein. »Eine selten gewordene Kombination ist das: Einerseits sind wir geschäftlich miteinander verbunden, und auf der anderen Seite verbindet uns seit vielen Jahren ein vertrauensvolles Band der Freundschaft«, erläuterte er seiner Lina diese ganz besondere Beziehung, die ihn mit den beiden verband. »Es muss also weiß Gott nicht immer so sein wie zwischen mir und Duttenhofer oder so, wie es in Deutz gewesen ist. Man kann, wenn man ein anständiger Mensch ist, durchaus auch eine Freundschaft pflegen, obwohl man Geschäfte miteinander macht.« Und dann erzählte er noch, wie er viele Jahre lang mit Eduard Sarazin befreundet gewesen war, bis der dann völlig überraschend gestorben war und seine junge Ehefrau zurückließ, vor der sich ein wahrer Berg von

Problemen aufgetürmt hatte. »Aber dann war es ihr glücklicherweise noch einmal vergönnt, ein neues Glück zu finden, indem sie die Ehe mit Emile Levassor geschlossen hat. Schon von daher verbindet uns ein ganz besonderes Band. Ich denke, niemand kann uns besser verstehen als diese beiden guten Leute. Du wirst sehen, du wirst dich auf Anhieb gut mit ihnen verstehen.«

Genauso war es. Gleich bei ihrem ersten Zusammentreffen entspann sich eine lockere und zwanglose Unterhaltung, die an diesem wunderbar milden Juliabend in einem ausgedehnten Abendessen im Cannstatter Kurpark mündete. Die Tatsache, dass Gottlieb die französische Sprache ja perfekt beherrschte und auch Lina über gute Kenntnisse darin verfügte, machte die Sache natürlich umso einfacher. Und als man sich schließlich zu schon erstaunlich vorgerückter Stunde voneinander verabschiedete, nachdem man den Levassors noch einen Chauffeur organisiert hatte, der sie zu ihrem Nachtquartier ins Stuttgarter Hotel Marquardt bringen würde, da war es den beiden Paaren gerade so, als würden sie sich bereits seit Ewigkeiten kennen. So schön und unbeschwert konnte das Leben sein!

Für den folgenden Tag war ein Ausflug »in Richtung Remstal« verabredet worden. Und zwar mit dem neuesten Motorwagen der DMG, für den sich vor allem Monsieur Levassor ganz besonders interessierte. Dieser Ausflug führte die vier mit dem Chauffeur Bauerschmidt zunächst nach Winnenden, wo man nach einem kleinen Spaziergang durch die herrlich grünen Weinberge zum Mittagessen in einem gutbürgerlichen Wirtshaus einkehrte. Natürlich ließ Gottlieb Daimler seinen Gästen bei dieser Gelegenheit all die schwäbischen Spezialitäten auftischen, die er selbst so gerne zu sich nahm. Eine schöne heiße Nudelsuppe vorneweg, danach das obligatorische Rostbrätle, selbstverständlich mit viel Zwiebeln und einer Extraportion Soße, dazu Spätzle. Spätzle. Klar. Was denn sonst? So überaus irritiert die beiden Levassors zunächst auf die Spätzlesbeilage herunter gestarrt hatten, so hervorragend mundete es ihren verwöhnten französischen Gaumen anschließend. Auch die hellrote Farbe des Trollingers schien ihnen anfangs für einen sogenannten Rotwein doch eher verwunderlich, zumal er so ganz anders schmeckte, als man das in Frankreich von einem Rotwein üblicherweise gewöhnt war. Aber nach dem zweiten Viertele, dem recht schnell sogar noch ein drittes folgte, war auch diese Irritation verflogen. Ein überaus vergnügliches Mittagessen, das erst dann sein Ende fand, als sich die Wirtsleute mit sichtlicher Unruhe bei ihren letzten fünf im Lokal verbliebenen Gästen gleich mehrfach erkundigten, ob die Herrschaften eventuell noch weitere Wünsche hätten. Irgendwann hatte der ausgelassene Gastgeber Daimler diesen überdeutlichen Wink mit dem Zaunpfahl schließlich verstanden. »Also, Freunde, man drängt uns zum Aufbruch. Die Leute wollen ihr Mittagsschläfchen halten. Und was machen wir jetzt mit dem angebrochenen Tag? Ich schlage vor, wir fahren jetzt vollends ins Remstal hinüber, am besten bis nach Schorndorf. Das ist bei so einem Wetter ein herrliches Vergnügen – und bei dieser Gelegenheit kann ich euch gleich meine Geburtsstadt Schorndorf zeigen. Das lohnt sich. Ihr werdet sehen. Außerdem kenne ich da eine schöne Weinstube, wo es immer einen besonders guten Trollinger gibt. Und gute Brezeln sowieso«, lächelte er verschmitzt in sich hinein, um sich dann direkt an den Chauffeur zu wenden. »Also komm, Bauerschmidt. Sattle die Pferdchen und lass den Motor wieder an!«

Das war ein großes Hallo in Schorndorf, als die muntere Gesellschaft in dem kleinen Remstalstädtchen eintraf. Für Lina war es eine gute Gelegenheit, dabei auch die restliche Schorndorfer Verwandtschaft ihres Mannes kennen zu lernen, die sich in Windeseile in der Höllgasse 7 einfand, wo Daimlers Brüder Johannes und Karl nach wie vor die elterliche Bäckerei samt der Weinstube bewirtschafteten. Kein Wunder, dass die Ausflügler erst am späten Abend wieder in Cannstatt eintrafen, um dort am Ende eines wunderbar verlaufenen Tages todmüde in ihre Betten zu sinken.

Am nächsten Morgen nahmen die vier im Stuttgarter Café Bechtel ein spätes Frühstück ein. Anschließend verabschiedete sich Lina, um nach Schwäbisch Hall zu fahren, wo sie die letzten Hochzeitsvorbereitungen persönlich überwachen wollte, während die Levassors einen gemütlichen Einkaufsbummel durch Stuttgart planten und Gottlieb den restlichen Tag in der Firma zu verbringen gedachte. »Wie ich das freilich aushalte, einen ganzen Abend ohne dich und den nächsten Tag auch noch, das weiß ich ehrlich gesagt nicht«, drückte der Bräutigam seiner Verlobten mit leicht zerknirschter Miene auf dem Bahnsteig noch einen letzten Kuss auf die Wange.
»Ach Gottlieb, es sind doch nur anderthalb Tage. Das wirst du wohl aushalten können«, gab Lina lachend zurück. »Ich schaue jetzt erst einmal, dass mit deiner Übernachtung in Hall alles zum Besten steht – und ums Rumgucken bist du dann ja auch schon da.«
»Nun denn, einfach wird es nicht«, gab Daimler seufzend zurück und schloss die Tür des Zugabteils hinter seiner zukünftigen Ehefrau.

So angenehm die vergangenen Tage für Lina auch verlaufen waren, so unaufhaltsam wuchs inzwischen ihre Anspannung. Das hatte noch nicht einmal unmittelbar mit der bevorstehenden Trauung zu tun, sondern vielmehr mit der Unsicherheit, ob sich ihre Tochter Gretel wohl wirklich trauen würde, bei der Hochzeit anwesend zu sein. Seit dem Tod des Vaters wuchs die 14-Jährige bei ihren Großeltern in Florenz auf und hatte folglich so gut wie keine Berührungspunkte mit dem für sie fast gänzlich fremden Deutschen Reich. Seit der Bekanntschaft ihrer Mutter mit dem Cannstatter Konstrukteur hatte sich das Verhältnis zwischen ihnen deutlich abgekühlt. Lina war es dabei so vorgekommen, als sträube sich die Gretel gegen jede neue Verbindung ihrer Mutter und lehne deshalb auch deren Hochzeit mit Gottlieb Daimler kategorisch ab – selbst jetzt noch, so viele Jahre nach dem Tod ihres Vaters. Ob sie dennoch

wenigstens der mehrfach geäußerten Bitte ihrer Mutter nachkommen würde, anlässlich der Hochzeit auch einmal die Großeltern mütterlicherseits in Hessental zu besuchen samt der ganzen Haller Verwandtschaft, das schien Lina äußerst fraglich. Außerdem verblieben jetzt nur noch zwei Tage bis zur Hochzeit.
Umso größer war ihre Freude, als die mit zwei großen Koffern bepackte Gretel am Nachmittag des 6. Juli plötzlich an der Haustür der Großeltern schellte und damit völlig unverhofft vor ihrer freudestrahlenden Mutter stand. Wie schön! Jetzt stand dem Glück und einer wunderschönen Hochzeitsfeier also wirklich nichts mehr im Wege.
In dementsprechend gelöster Stimmung feierten sie am 7. Juli ihren Polterabend, den sie freilich nicht allzu sehr in den Abend hinein ausdehnen mochten, um morgen, »an unserem großen Tag«, wie Gottlieb das so treffend ausdrückte, die Feier gut ausgeschlafen und aus vollem Herzen genießen zu können. »Ob ich freilich heute Nacht in meinem einsamen Hotelbett vor lauter Aufregung in den Schlaf finden werde, das scheint mir zwar zweifelhaft, aber ich will es wenigstens versuchen«, bekannte der Bräutigam mit einem zaghaften Lächeln. »Auf jeden Fall wünsche ich dir morgen einen schönen Tag!«
»Und ich dir genauso«, gab die strahlende Lina zurück. »Und vor allem wünsche ich uns eine gute und glückliche Zeit miteinander.«

Am 8. Juli 1893 fand in Schwäbisch Hall dann die Hochzeit statt. Trotz der erfolgreich verlaufenen Aussprache kürzlich in Cannstatt war es bis zuletzt fraglich geblieben, ob Daimlers Kinder zur Trauung und zu der anschließenden Feier im Gasthof Lamm-Post in Schwäbisch Hall auch wirklich erscheinen würden. Falls sie sich jedoch dazu entschließen könnten, hatte Paul seinem ob dieser alles andere als eindeutigen Auskunft nicht gerade begeisterten Vater vor wenigen Tagen angedeutet, brauche er sich um nichts zu kümmern. »Wenn, dann nehmen wir die Kleinen selber im Auto mit – falls sie wollen.« Es würde kein Bitten irgendetwas nützen. Eine strenge Anweisung im Fall der drei noch minderjährigen Kinder Emma, Martha und Wilhelm konnte man schon erteilen, aber was würde das dann für eine Stimmung sein, wenn ihre Anwesenheit nur zwangsweise erfolgt war? Nein, so gesehen schien es Daimler geraten, den Dingen ihren Lauf zu lassen. Auch wenn es einen bedauerlichen Schatten auf sein Glück werfen würde, wenn die Kinder der neu erwachten Lebensfreude ihres Vaters tatsächlich teilnahmslos gegenüberstünden!

Zur überschwänglichen Freude des Hochzeitspaares waren jedoch alle erschienen. Also nicht nur Linas Tochter Gretel, sondern auch die fünf Kinder von Gottlieb. Die Sorgen hätten sie sich wahrhaftig sparen können. Denn es war erstaunlich: Die Kinder waren nicht nur anwesend, sondern sogar in muntere Gespräche miteinander vertieft. Vor allem die sonst so schüchterne Gretel und die nur ein Jahr ältere Martha. »Das wäre ja schön …«, sinnierte der frischgebackene Ehemann und richtete seinen hoffnungsvollen Blick weiter auf die beiden Mädchen, während er Lina innig die Hand drückte.
»Was genau meinst du damit?«
»Wenn sich unsere Kinder so gut verstehen würden, dass wir deine Gretel vielleicht sogar bei uns aufnehmen könnten – falls sie das will, natürlich.«
Ein leichter Schatten huschte über Linas Miene. »Ja, doch. Das wäre wirklich schön. Wobei ich ehrlich gesagt nicht daran glaube. Die Gretel ist einfach schon zu lange bei meinen Schwiegereltern in Florenz und wird da sicherlich bleiben wollen. Was dem Kind andererseits auch guttut, eine vertraute Umgebung zu haben. Bei all dem Unglück, das ihr mit dem Tod des Vaters widerfahren ist. Und so gerne ich sie bei mir haben würde, dieses kleine Glück darf ich ihr nicht nehmen – und ich werde das auch nicht tun.«
Daimler nickte verständnisvoll und drückte noch einmal fest die Hand seiner Ehefrau. »Ich verstehe nur allzu gut,

was dich dabei umtreibt. Aber Hauptsache, sie verstehen sich so, dass uns deine Gretel ab und zu vielleicht sogar gerne besuchen wird. Wenn sie dann immer mit Freuden zu uns kommt, ist das ja auch etwas Schönes.«

Es war eine großartige Feier, auf die nach dem ausdrücklichen Wunsch des frisch vermählten Ehemanns bereits in der kommenden Woche eine ausgedehnte Hochzeitsreise folgen sollte. Eine Fahrt in die USA, über New York bis zur Weltausstellung nach Chicago. »Aber Gottlieb. Kannst du deinem Herzen das denn überhaupt zumuten?«

»Aber sicherlich!«

»Bist du dir wirklich ganz sicher? Erst die lange Anfahrt hoch nach Bremerhaven, dann die mindestens einwöchige Schiffsreise, danach die Ankunft in Amerika, von einem Hotel zum nächsten. Diese ganzen Strapazen, die damit verbunden sein werden.«

»Ach Lina, lass gut sein. Was kann mir schon passieren – ich weiß ja dich an meiner Seite!«

Und so wurde die große Reise, die von Gottlieb Daimler insgeheim schon längst vorbereitet und gebucht worden war, am Ende dank Linas mittlerweile zerstobener Bedenken zur fest beschlossenen Tatsache.

»So ist es recht«, nickte er begeistert. »Also, du kannst dann am besten gleich deine Sachen packen, damit wir uns auf den Weg nach Bremerhaven machen können. Nicht dass wir zu spät zur Abfahrt kommen. Das wäre schade. Denn ich habe bei der Hapag für uns beide die beste Kabinenkategorie gebucht, die sie auf der Fürst Bismarck haben.«

»Auf der Fürst Bismarck?« Lina bedachte ihren frisch vermählten Ehemann mit einem ungläubig staunenden Blick. »Du meinst, wir werden mit diesem neuen Schnelldampfer von der Hapag fahren, über den man gerade so viel lesen kann?«

»Genau so ist es«, bestätigte ihr Ehemann mit einem stolzen Lächeln. »Und mit ein bisschen Glück werden wir als

Passagiere sogar unmittelbar Zeugen einer neuen Rekordfahrt werden, denn sie wollen mit der Fürst Bismarck unbedingt das »Blaue Band« für die schnellste Atlantiküberquerung gewinnen. Das wäre doch eine tolle Zugabe bei dieser Reise, nicht wahr?«

»Nun ja, ich weiß nicht so recht«, wiegte Lina eher bedenklich ihren Kopf. »Nicht, dass wir vor lauter Rekordfahrt dabei auch noch seekrank werden. Darauf kann ich nämlich gerne verzichten.«

»Ich auch. Aber bei so einem riesigen Schiff kann ich mir das eigentlich kaum vorstellen. Das ist nicht irgendeine x-beliebige Nussschale. Und außerdem: Je schneller wir unterwegs sind, desto sicherer fahren wir der Seekrankheit davon.«

»Na, dann ist es ja gut«, lächelte die von dieser eigenartigen Begründung eher weniger überzeugte Lina, drückte ihrem Gottlieb aber dennoch einen schmatzenden Kuss auf die Wange. »Das alles hast du klammheimlich hinter meinem Rücken wunderbar eingefädelt. Aber ich freue mich jetzt richtig auf die Reise. Auf Amerika, dieses Land der unbegrenzten Möglichkeiten, wie die Leute immer sagen – ich bin wirklich neugierig, ob das alles tatsächlich so ist. Und auf die Weltausstellung bin ich natürlich auch gespannt – ach, im Grunde genommen eigentlich auf alles. Und weißt du, was das Schönste daran ist?«

»Hm, das könnte vielerlei sein. Jetzt sag halt schon. Ich bin nämlich nicht so gut im Rätselraten.«

»Dass du dabei bist, mein lieber Gottlieb. Dass ich das alles zusammen mit dir erleben darf.«

Ja, es war eine Freude zu leben!

Schon Mitte Juli 1893 trafen sie in New York ein – und obwohl ihr Schnelldampfer es nicht geschafft hatte, einen neuen Rekord aufzustellen, war die Überfahrt dennoch wie im Fluge vergangen. Nachdem das Schiff endlich vor Anker lag, wurde das Ehepaar Daimler von einer Barkasse zum Ankunftskai im New Yorker Hafen gebracht, wo man jedoch vergeblich Ausschau nach dem Repräsentanten der Steinway Motor-Company hielt, der sie, wie das eigentlich vereinbart gewesen war, persönlich zu ihrer Unterkunft hätte bringen sollen. Den beiden blieb somit nichts anderes übrig, als sich einer großen Reisegruppe anzuschließen, die glücklicherweise für dasselbe Hotel gebucht war wie die beiden Daimlers. »Na, das fängt ja gut an«, knurrte der Konstrukteur verdrießlich. »Buchstäblich wie bestellt und nicht abgeholt stehen wir hier herum! Was ist denn das für ein Benehmen?«

»Ach Gottlieb, lass nur. Sieh es halt als unser erstes Abenteuer auf amerikanischem Boden an. Wir haben doch Zeit, es hetzt uns niemand. Immerhin ist es unsere Hochzeitsreise. Da können sich die ganzen Geschäftspartner ruhig einmal verspäten. Umso mehr können wir uns und unser Zusammensein so richtig genießen.«

»So gesehen hast du auch wieder recht«, brummelte Daimler noch immer leicht verstimmt. »Aber ein Benehmen ist es trotzdem nicht.«

Wie sich später herausstellen sollte, hatte man es schlichtweg vergessen, sich vorsorglich nach der exakten Ankunftszeit der Fürst Bismarck zu erkundigen. Denn obwohl es für das Blaue Band nicht ganz gereicht hatte, waren sie dennoch einen halben Tag früher in New York angelandet, als dies im offiziellen Fahrplan aufgeführt gewesen war. Was wiederum zur Folge hatte, dass das um einen halben Tag verspätete Begrüßungskomitee nun ebenso verdattert am Hafenkai stand wie einige Stunden zuvor das Ehepaar Daimler.

Dem dafür verantwortlichen Firmenrepräsentanten der Steinway Motor-Company war die Sache furchtbar peinlich. Aber noch während er sich in der Empfangshalle des riesigen Hotels mit einem nicht enden wollenden Wortschwall für diese Panne entschuldigte, da stürmte bereits der freudestrahlende William Steinway auf die beiden Neuankömmlinge zu und begrüßte sie mit dem typisch amerikanischen Überschwang, den Lina schon gleich nach ihrer Ankunft als deutlichen Unterschied zu den europäischen Gepflogenheiten wahrgenommen hatte. Dennoch, trotz allen »Theaters«, wie das ihr Mann später nennen sollte, war die offensichtliche Freude, die der alte Steinway dabei an den Tag legte, ehrlich und schien wirklich von Herzen zu kommen. Das zeigte sich besonders in den nächsten Tagen, an denen es sich der von heftigen Gichtattacken geplagte Mann nicht nehmen ließ, seine beiden Gäste persönlich zu den sogenannten Highlights dieser genauso gigantischen wie extrem widersprüchlichen Stadt zu begleiten.

Lediglich an den Abenden pflegte sich Steinway einigermaßen früh nach Hause zurückzuziehen. »Um am nächsten Morgen wieder einigermaßen fit zu sein«, wie er den Daimlers mit einem freundlichen Lächeln erklärte. Die zeigten sich alles andere als unglücklich darüber, denn all die vielen Sehenswürdigkeiten und neuen Eindrücke zu verarbeiten, das kostete Kraft, »selbst wenn man ja im Grunde genommen gar nichts geschafft hat«, wie Daimler das ausdrückte. »Aber anstrengend ist es halt schon – und außerdem habe ich nicht das mindeste dagegen einzuwenden, auch ein bisschen Zeit mit dir verbringen zu können. Alleine zu zweit sozusagen«, fügte er glücklich lächelnd hinzu.

Ganze elf Tage – viel länger als ursprünglich vorgesehen – blieben Lina und Gottlieb Daimler schließlich in New York. Es war eine herrlich unbeschwerte Zeit, die sie miteinander verbrachten. Wenn jetzt womöglich noch die Kinder ihr ablehnendes Verhalten Lina gegenüber allmählich aufgeben würden. »Das wäre nämlich mein sehnlichster Wunsch, Gottlieb. Dann wäre unser Eheglück tatsächlich vollkommen. Ich will ja nichts anderes, als auch deinen Kindern eine gute Mutter sein.«

Lina spielte mit dieser Bemerkung auf die Auseinandersetzung an, zu der es bereits zwei Tage nach der Hochzeit gekommen war, als die beiden ältesten Söhnen ihrem völlig konsternierten Vater mit barschen Worten erklärt hatten, sie fühlten sich durch den Einzug der neuen Ehefrau in das Haus in der Taubenheimstraße »als Fremde im eigenen Haus« und hätten deshalb nicht vor, ihr Elternhaus in der nächsten Zeit noch einmal zu betreten.

Diese Aussage hatte Gottlieb Daimler schwer zu schaffen gemacht – und das so kurz nach der Hochzeit, wo ihm die Kinder doch schon allein durch ihre vollzählige Anwesenheit eher den Eindruck vermittelt hatten, sie hätten sich mit der Wiederverheiratung ihres Vaters abgefunden. Von wegen! Allein das sichtlich distanzierte Mienenspiel, mit dem die drei jüngeren Kinder in den Tagen vor der Abreise nach Bremen jeden Satz von Lina quittierten, tat ein Übriges, um einen dunklen Schatten auf sein neues Eheglück zu werfen. Wobei er nach wie vor die Hoffnung in sich trug, dass diese Phase in absehbarer Zeit vorbei sein würde. »Die Zeit heilt alle Wunden.« Irgendwann würden sich seine Kinder mit Linas Anwesenheit im Haus arrangieren. Irgendwann würden sie schon merken, um was für eine liebe und einfühlsame Seele es sich bei Lina handelte. Hoffentlich konnte man das auch den beiden Großen begreiflich machen.

»Lina«, zärtlich streichelte der Jungvermählte über das dichte braune Haar seiner Ehefrau, »das wird schon noch kommen. Da bin ich mir ganz sicher. Sie brauchen halt noch eine Weile. Gib ihnen einfach diese Zeit, damit sie sehen können, was sie – und vor allem – was ich durch die Verbindung mit dir an wahrem Glück noch einmal geschenkt bekommen habe. Die Zeit wird's schon richten – auch wenn es mir wie dir geht. Mir wäre es natürlich lieber

gewesen, wenn sie dich von Anfang an und mit Freuden in den Kreis der Familie aufgenommen hätten. Aber wie gesagt: Das wird schon noch, und dann, spätestens dann werden wir wieder eine richtige Familie sein. Meine Kinder, deine Gretel, ich – und vor allem du!«
»Ach Gottlieb«, seufzte Lina. »Nichts lieber als das. Das wäre schön. So schön.«

Am 1. August 1893 erfolgte ihre Weiterreise nach Chicago. Was für ein Erlebnis! Die Weltausstellung machte ihrem Namen wahrhaftig alle Ehre, denn es handelte sich nicht nur um eine gigantische Veranstaltung, die hier aus Anlass der 400-Jahr-Feier der Entdeckung Amerikas ausgerichtet wurde, sondern sie präsentierte tatsächlich die allerneuesten technischen Erzeugnisse der ganzen Welt. Dementsprechend riesig war die Zahl der Besucher, die zu der Weltausstellung strömten. Als einer der größten Publikumsmagnete erwies sich dabei das erste betriebsfähige Automobil, das jemals in den USA öffentlich gezeigt worden war – bei dem es sich natürlich um einen Daimler-Wagen handelte. Kein Wunder, dass sich die Mitarbeiter der Daimler-Motoren-Gesellschaft vor Anfragen kaum retten konnten, mit denen sie vonseiten der Presse, von Geschäftsleuten und Kaufinteressenten geradezu überrollt wurden. Regelrecht überschäumend vor Freude, die er angesichts dieses triumphalen Erfolgs seiner Produkte empfand, formulierte es Gottlieb Daimler in seinem ganzen Überschwang gleich so: »Man könnte grad meinen, dass 400 Jahre nach der Entdeckung Amerikas ein neuer Stern entdeckt worden ist: der Daimler-Wagen!« Aber in der Tat: Es war ja auch so. Staunend drückten sich die in langen Schlangen anstehenden Besucher die Nasen platt, als sie endlich das Prunkstück der Ausstellung zu Gesicht bekamen, eine leicht verbesserte Version des Maybach'schen Stahlradwagens.
Und voller Stolz wurde die amerikanische Presse von Gottlieb Daimler darauf hingewiesen, dass im Frühsommer die-

ses Jahres der britische Kaufmann Frederick Simms jetzt auch auf dem Gebiet des britischen Königreiches, dem Mutterland der Industrialisierung, in London die Daimler Motor Syndicate Ltd. gegründet hatte. Die führende Industrienation der Erde erwarb Lizenzen von einem deutschen Konstrukteur! Das war ja eine wahrhaft weltumspannende Erfolgsgeschichte! »Ist das schön! Und das alles darf ich noch erleben – an der Seite meiner liebreizenden Gemahlin. Lina, du ahnst gar nicht, welches Glück du mir bereitest. Welche Zufriedenheit mir damit nach all den schlimmen Jahren noch einmal vergönnt ist!«
Kein Wunder also, dass selbst Lina Daimler angesichts solcher Aussagen ihres Mannes den Eindruck gewann, dass die Geschäfte der DMG viel besser zu laufen schienen, als dies ihr Gottlieb in seinen manchmal eher düsteren Szenarien doch immer wieder schilderte. Was für ein eigentümlicher Zwiespalt. Einerseits die ganzen Erfolgsmeldungen und andererseits Gottliebs Berichte über peinliche Qualitätsprobleme bei der DMG, dramatische Absatzeinbrüche, permanente Auseinandersetzungen mit der geschäftlichen Leitung. Wie passte das alles denn zusammen? Erst im Laufe der folgenden Wochen würde Lina allmählich erkennen, dass ihr Mann in dieser Hinsicht in einem beinahe unauflösbaren Zwiespalt steckte. Denn er war sich durchaus darüber bewusst geworden, dass er der DMG in absehbarer Zeit würde den Rücken kehren müssen, dass er die von ihm gegründete Firma verlassen musste. Ein überaus folgenschwerer Schritt. Selbst eingedenk der Tatsache, dass Daimler in der Firma schon längst nicht mehr das Sagen hatte. Aber dennoch: Er war immerhin der Gründer. Weshalb ihm die DMG immer noch so sehr am Herzen lag, beziehungsweise seine langjährigen Arbeiter und Weggefährten. Aber auch in dieser Hinsicht gab es ja inzwischen einen Weg, den er zusammen mit dem getreuen Maybach längst vorgezeichnet hatte. Wenn da halt nur nicht die ganzen Erinnerungen an die Zeit der Firmengründung wären …

Auch an diesem Tag unternahmen die beiden wieder einen ausgiebigen Spaziergang über die gigantische Weltausstellung, der sich vom zeitigen Vormittag bis in den Abend hinein zog. Die Zeit schien wie im Fluge zu vergehen, so anstrengend es auch sein mochte, all die vielen Eindrücke aus aller Herren Länder zu verarbeiten, die dabei auf sie einstürmten.

Ganz plötzlich klammerte sich Gottlieb an Linas Oberarm.

»Was ist denn, Gottlieb?«

»Nichts. Gar nichts«, antwortete der Konstrukteur mit einer seltsam heiseren Stimme. »Mir ist es nur ein kleines bisschen schwindelig geworden.«

Besorgt wandte sie ihren Kopf und starrte erschrocken in das aschfahle Gesicht ihres Mannes. »Um Gottes willen, Gottlieb! Ist es arg?«

»Nein, nein. So arg dann auch wieder nicht«, machte er einen wenig überzeugenden Versuch, seine zutiefst beunruhigte Ehefrau zu beschwichtigen. »Aber lass uns halt bald ein Plätzchen zum Ausruhen suchen – vor lauter Laufen und Herumgucken ist mir eben ein bisschen schwindelig geworden. Und außerdem habe ich Hunger und Durst. Ich könnte einen ganzen Bären verspeisen!« Allein die Art und Weise, wie er seine Hand jetzt regelrecht in Linas Oberarm verkrampfte, strafte Daimlers Worte Lügen.

In panischer Hast blickte Lina sich um, bis sie in einer Entfernung von circa zweihundert Metern endlich ein kleines Restaurant entdeckte, in dem offenbar auch noch einige Plätze frei waren. »Komm, Gottlieb. Da drüben sind Stühle. Da kannst du dich hinsetzen.« Ein Blick auf die große Uhr vor dem Eingang der Gaststätte ließ Lina erkennen, dass es bereits auf 11 Uhr am Abend zuging. So spät schon! Im Nachhinein konnte man wohl von Glück sagen, dass sie die Gaststätte so rasch entdeckt hatten, denn ihr Ehemann wurde, sie fühlte es genau, von Meter zu Meter schwächer. Mit einiger Mühe gelang es Lina, den mittlerweile schwer atmenden Mann langsam zu einem der Stühle zu bugsieren, ohne dass den anderen Gästen dabei auffiel, in was für einem schlechten Zustand sich der späte Besucher befand. Das wäre ja noch mal schöner gewesen, wenn jemand diesen Schwächeanfall bemerkt und den deutschen Konstrukteur womöglich auch noch erkannt hätte. Denn wenn eine solche Nachricht erst einmal die Runde machte …

»Am besten, wir trinken jetzt in aller Ruhe zusammen eine Flasche Wein, das wäre mir jetzt angenehm. Und vielleicht haben sie sogar auch ein Gläsle Trollinger, denn immerhin scheint es sich hier um ein deutsches Restaurant zu handeln, wenn ich die Speisekarte betrachte«, deutete der nach wie vor deutlich zitternde Daimler auf den Tisch vor sich.

In der Tat handelte es sich um ein Restaurant, das von einem deutschen Gastwirt betrieben wurde, aber dennoch könne man hier weder ein Gläschen Trollinger und erst recht keine ganze Flasche Wein bekommen, wie der Ober seinen Gästen mit bedauernder Miene erklärte. Es sei halt schon arg spät am Abend, höchstens noch ein Glas Wein, »irgendeinen Rotwein«, könne er den Herrschaften noch anbieten. Mehr aber leider nicht.

»Na gut, dann bringen Sie uns wenigstens den kläglichen Rest«, gab Daimler seufzend zur Antwort und rollte schicksalsergeben mit den Augen. »Besser den Spatz in der Hand als die Taube auf dem Dach, nicht wahr? Und so etwas nennt sich das Land der unbegrenzten Möglichkeiten, wo es dann schon an einem gescheiten Trollinger scheitert …«

Immerhin: Allein das Sitzen und Ausruhen bekamen dem erschöpften Mann sichtlich gut, und der erstaunlicherweise gar nicht einmal so schlechte Rotwein, den er in vorsichtigen, kleinen Schlucken genoss, tat dann ein Übriges, um ganz allmählich wieder etwas Farbe in sein Gesicht zu bringen.

Nachdem allerdings auch die Küche des Restaurants bereits geschlossen hatte, ergriff Lina die Initiative und erhob sich. »Ich mache mich einmal auf die Suche nach einem kleinen Imbiss. Irgendwo wird's ja hoffentlich noch etwas zu essen geben – auf einer Weltausstellung!« Sie musterte

ihren Gatten mit einem prüfenden Blick. »Kann ich dich kurz alleine lassen, Gottlieb?«
»Also bitte, Lina! Ich bin doch kein kleines Kind!« Der recht deutliche Tonfall dieser Antwort war beruhigend. Seine Lebensgeister waren ganz offenkundig zurückgekehrt. Lina konnte also ihre Suche aufnehmen.
Sie hatte Glück. Eine knappe Viertelstunde später kam sie mit zwei sogenannten Sandwiches zurück, von denen sie eines »Da ist Schinken drauf – für mich habe ich eins mit Käse genommen« an ihren dankbar aufblickenden Ehemann weiterreichte.
»Man sollte es nicht für möglich halten: Da befindet man sich auf einer dermaßen riesigen und bedeutenden Ausstellung mit Tausenden von Besuchern aus aller Welt, und am Abend könnte man mitten in der Weltstadt Chicago dennoch glatt verhungern, weil man nichts mehr zu essen bekommt«, konstatierte sie verwundert.
»Und das, was man bekommt, das hat ja mit einem Brot noch nicht einmal den Hauch einer Ähnlichkeit!« Kopfschüttelnd betrachtete Daimler das Sandwich in seinen Händen und legte es dann vor sich auf das kleine Tischchen. »Das ist ja, wie wenn man in Watte beißt. Das ist doch kein Brot, so wie wir das kennen. Und satt werden kann man von so einem labberigen Ding sowieso nicht. Da beppt es einem hinterher höchstens den Magen zu.«
»Ja, wie heißt es so schön: andere Länder, andere Sitten.«
»Aber keine Sitten für mich. So etwas! Wen man aus einer Bäckersfamilie stammt, dann weiß man schon noch, wie ein gescheites Brot schmecken muss. So auf alle Fälle nicht! Aber was soll's.« Seufzend griff er wieder zu seinem Sandwich und führte es langsam zum Mund. »In der Not frisst der Teufel Fliegen. Oder meinetwegen auch ein sogenanntes Sandwich. Hauptsache es stopft …«
»… und bringt einen hoffentlich auch wieder ein bisschen zu Kräften!« nickte Lina ihrem Ehemann aufmunternd zu. »Was meinst du, Gottlieb? Wirst du nachher wieder so weit beieinander sein, dass du es bis zum Ausgang schaffst?«

Daimler schnaubte unwirsch. »Aber natürlich! Was denkst du denn? Das war doch nur ein kleiner Schwächeanfall. Kein Wunder bei dem ganzen Trubel hier. Ein kleine Weile noch ausruhen, dann springe ich dir wieder auf und davon wie ein heuriger Hase. Du wirst schon sehen.«

Lina beschrieb eine unwirsche Geste. »Mir kannst du nichts vormachen, Gottlieb. Egal was du auch sagst: wenn wir wieder zu Hause sind, dann wirst du dich sorgfältig untersuchen lassen. Und ich werde aufpassen, dass du auch wirklich zum Arzt gehst. Ich werde dich vorsichtshalber sogar begleiten. Doch!« Schon im Ansatz begegnete sie dem Protest ihres Mannes mit einer eindeutigen Handbewegung. »Das wird auf alle Fälle so gemacht. Glaubst du denn, ich will schon wieder Witwe werden?«

Daimler sandte einen gequälten Blick zum Himmel, zog es aber vor, jede weitere Kommentierung zu unterlassen, während er den letzten Bissen seines Sandwiches tapfer hinunterschluckte.

Nachdem sie eine Zeit lang schweigend nebeneinandergesessen hatten, stupfte Lina ihren Gatten plötzlich am Unterarm: »Du sag einmal, Gottlieb, dieser Mann da drüben, ich glaube, den habe ich schon mal auf einer Fotografie gesehen. Ist das nicht der Herr Benz aus Mannheim?«

»Der Benz? Wo denn?« Angestrengt spähte er in die Richtung, die seine Frau ihm wies. »Meinst du den mit dem Walrossbart dort hinten?« Ganz am anderen Ende der Halle war schemenhaft ein schlanker, weißgrauer Mann mit einem ebenfalls eher weißen Bart auszumachen, der sich ganz intensiv für die Konstruktionsmerkmale einer riesigen Maschine zu interessieren schien.

Impulsiv fuhr Daimler in die Höhe. »Nein, Lina. Das ist jemand ganz anderer. Komm jetzt, bitte. Ich will nämlich sowieso noch in eine andere Halle.« Ehe sie sich's versah, nahm sie der doch gerade eben noch so erschöpfte Mann an der Hand und zog sie fort in Richtung der nächsten Ausstellungshalle. Manchmal konnte sie sich nicht genug über die Sprunghaftigkeit ihres Mannes verwundern. Und erst recht über diese plötzliche Eile, die ihn jetzt geradezu im Laufschritt aus der Halle trieb.

»Ich glaube, er war es doch.«

»Ach was, auf gar keinen Fall.«

Doch so rasch würde sie nicht klein beigeben. Diese sonderbare Hetze, dafür musste es doch einen Grund geben. Einen Grund, den sie sogar zu ahnen glaubte. »Und warum hast du es dann so eilig?«

»Ich? Eilig?« Sofort verlangsamte er seine Schritte. »Ich habe es überhaupt nicht eilig.«

Lina musterte ihren Gottlieb mit einem prüfenden Blick. »Kann es vielleicht sein, dass du dem Herrn Benz aus dem Weg gehen willst?«

»Ich? Dem Benz? Niemals!«

»Ich habe aber den Eindruck.«

»Ich nicht«, knurrte Daimler mit allen Anzeichen einer beginnenden Verstimmung. Ein überdeutliches Anzeichen dafür, dass sie mit ihrer Vermutung alles andere als danebenlag. Doch vorsichtshalber ließ sie es damit bewenden. Natürlich war es genau so gewesen: Ihr Mann war seinem Konkurrenten ausgewichen, wie sich auch Carl Benz ebenfalls den Anschein geben würde, den anderen schlichtweg nicht bemerkt zu haben, selbst wenn sie einander direkt gegenüberstehen sollten. Eigentlich war das ja kaum zu glauben, aber dennoch entsprach es genau den Tatsachen: Carl Benz und Gottlieb Daimler, die beiden berühmtesten Konstrukteure der noch jungen Automobilgeschichte, pflegten sich zu meiden wie Feuer das Wasser.

Zum Glück war diese Episode bald wieder vergessen, schon deshalb, weil es sowohl Lina wie auch Gottlieb tunlichst vermieden, noch einmal darauf zu sprechen zu kommen. Was hätte es schon gebracht. Höchstens dass sein Blutdruck wieder sprunghaft in die Höhe geschnellt wäre – das pure Gift für sein angegriffenes Herz. Lina hatte diesbezüglich genug gesehen und war zu dem Schluss gekommen, es damit auch sein Bewenden haben zu lassen. Manche Menschen konnten sich nun einmal einfach nicht ausstehen.

Das war eben so. Dann musste man halt einen Bogen um sie machen. Ende der Diskussion.
Nichts und niemand sollte das Glück trüben können, das sie in diesen Tagen und Wochen in vollen Zügen genossen. Der Alltag würde sich von ganz alleine wieder einstellen. Und so vergingen auch die letzten Aufenthaltstage des Ehepaars Daimler in Amerika beinahe wie im Flug.

Lina sollte mit ihrer Befürchtung recht behalten: Kaum waren sie im Spätherbst dieses Jahres 1893 wieder nach Cannstatt zurückgekehrt, da türmten sich auch schon die Probleme vor ihnen auf »wie die Eiger Nordwand vor einem Murmeltier«, knurrte Daimler gleich am ersten Abend nach ihrer Ankunft kopfschüttelnd, als er zusammen mit Lina im Wohnzimmer saß, um bei einem Viertele Trollinger den Tag noch einmal Revue passieren zu lassen. »Als ob sie es alle gleichzeitig auf uns abgesehen hätten: der Duttenhofer, seine ganzen unfähigen Berater, allen voran dieser eigenartige Lorenz, der während meiner Abwesenheit doch allen Ernstes darangegangen ist, seinen wahnwitzigen Plan in die Tat umzusetzen, und wesentliche Teile unserer Produktion in seine Patronenfabrik nach Ettlingen verlagert hat. Und ich, ich kann dagegen sagen, was ich will, ich habe schlichtweg keinen Einfluss mehr, um diese Verrücktheiten zu verhindern!«

»Sie haben … was gemacht?«

»Ja Lina, du hast richtig gehört: In einer Patronenfabrik sollen die dortigen Arbeiter demnächst Daimler-Motoren produzieren. Die ersten Maschinen dafür sind inzwischen schon von Cannstatt nach Ettlingen gebracht worden. Es ist unfassbar!«

»Aber was sagen eigentlich deine Männer dazu?«

Daimler schnaufte tief durch und richtete dabei einen hoffnungslosen Blick aus dem Fenster hinaus in die tiefe Dunkelheit dieses nasskalten, nebligen Novembertages. »Die gucken mich nur fassungslos an und schütteln stumm mit dem Kopf. Sie sind sprachlos – genauso sprachlos wie ich selber. Und ebenso machtlos natürlich. Es ist fürchterlich: ein ewiges Wechselbad der Gefühle. Gerade eben noch haben wir dieses gemeinsame Glücksgefühl erleben dürfen, und mir ist es mit dir in Amerika so gut gegangen wie schon seit Jahren nicht mehr, und dann, kaum sind wir wieder hier, bricht alles von neuem über mich herein. Kein Wunder, dass ich heute Mittag natürlich auch mein Herz plötzlich wieder gespürt habe …«

Lina unterbrach ihn mitten im Satz. »Du spürst dein Herz wieder?«

»Ja, allerdings. Es ist schlagartig gekommen. Nach diesen ganzen Hiobsbotschaften mit der Produktionsverlagerung, die ich ursprünglich eher für einen schlechten Witz gehalten habe. Und dann türmen sich auf meinem Schreibtisch momentan auch noch die Reklamationen wegen schlechter Qualität. Sogar dafür will der Duttenhofer jetzt ausgerechnet mich verantwortlich machen. Meine Produkte seien mangelhaft, behauptet er frech. Dass es an den ungelernten Arbeitern liegt, die sie, ohne auf mich zu hören, eingestellt haben, und an dem schlechten Material, das inzwischen eingekauft wird, das alles kommt natürlich nicht zur Sprache. Das muss einem ja aufs Gemüt schlagen – wobei es bei mir halt immer das Herz mit trifft. Aber keine Sorge, Lina«, er machte eine beschwichtigende Handbewegung, »ich habe gleich eine Tablette genommen, und seitdem geht es mir wieder deutlich besser.«

»Du machst mir nichts vor«, ließ sich seine Ehefrau jedoch nicht so leicht von dem bemüht-lockeren Tonfall ihres Mannes über die wahren Gegebenheiten hinwegtäuschen. »Ich habe es dir ehrlich gesagt schon an der Nasenspitze angesehen, als du nach Hause gekommen bist, dass da irgendetwas nicht stimmt. Das nagt an dir, so gut kenne ich dich inzwischen schon – und es wird weiternagen.«

»Was soll ich denn tun?« In einer plötzlichen Gefühlsaufwallung riss Daimler beide Arme in die Höhe. »Die Situation ist doch im Grunde genommen auswegslos. Ich kann nur hoffen, dass es mir gelingen wird, mit dem Motor, den mein Maybach im Hotel Hermann gerade entwickelt, möglichst bald eine eigene Produktion aufzubauen. So lange muss ich es aber irgendwie schaffen, stillzuhalten und meinen Ärger im Großen und Ganzen hinunterzuschlucken.

Denn ich werde das Geld, das ich bei der DMG verdiene, gut brauchen können, wenn ich eines Tages wieder mit einer eigenen Firma in Erscheinung trete. Obwohl mir das Ganze ja wie Spitzgras ist und mir irgendwo auch gewaltig widerstrebt: Denn wenn es so weit kommt, dann werde ich sozusagen meiner eigenen Firma Konkurrenz machen. Womöglich sogar den Garaus. Nicht auszudenken, so etwas.« Der von den Strapazen dieses Tages sichtlich gezeichnete Konstrukteur schauderte bei dem Gedanken fröstelnd zusammen. »Weißt du was, Lina? Weißt du, was mir am liebsten wäre?«
»Ich kann es mir denken …«, gab Lina mit einem andeutungsweisen Lächeln auf den Lippen zurück.
»Am liebsten würde ich unsere Koffer nehmen und gleich wieder mit dir zurückfahren. Entweder nach Amerika – oder sonst wohin. Meinetwegen auch bis ans Ende der Welt. Nur möglichst weit weg von hier – und von den ganzen alten Problemen!«
Jetzt wurde Linas Lächeln noch breiter. »Schön wär's, Gottlieb. Aber vor dem Alltag kann man auf Dauer gesehen nicht entfliehen. Wir werden das schon schaffen, wir beide gemeinsam, da bin ich mir ganz sicher. Solange wenigstens wir zwei immer wissen, was wir aneinander haben, dann kann uns nichts passieren. Wir dürfen das halt niemals vergessen.« Wovon sie ihrem Mann an diesem Abend lieber nicht mehr berichtete, das war die geradezu eisige Ablehnung, mit der ihr seine beiden ältesten Söhne am heutigen Mittag gegenübergetreten waren. So schnell würden die Daimlers also wohl doch nicht zu jener glücklichen Familie zusammenwachsen, von der sie während ihrer Amerikareise zuversichtlich geträumt hatte.
Dabei hatte Lina noch am Vormittag voller Erleichterung zur Kenntnis nehmen können, dass die 20-jährige Emma und ihre jüngere Schwester Martha ganz von sich aus ein belangloses Gespräch mit ihr begannen, was sie als eine Art des allmählichen Übergangs zur familiären Normalität gewertet hatte. Und bei dem bettlägerigen kleinen Wilhelm

schien sogar die anfängliche Skepsis von Freude verdrängt worden zu sein, als sie sich an sein Bett gesetzt hatte, um dem armen Buben eine Geschichte vorzulesen. Nicht so Paul und Adolf. Kaum dass die beiden zum Mittagessen eingetroffen waren, da hatten sie mit ihrem beinahe schon unverschämt schroffen Tonfall allen Anwesenden überdeutlich signalisiert, dass sie keinesfalls gewillt waren, Lina als jene Frau anzuerkennen, die sie nun einmal war – die Ehefrau an der Seite ihres Vaters. Aber mit dieser bitteren Beobachtung wollte sie ihren schwer angeschlagenen Mann an diesem Abend nicht auch noch belasten. Er würde es ohnehin früh genug merken, dass die Dinge auch in dieser Hinsicht noch lange nicht im Lot waren.

Kurz nach dem 22. Juli 1894 traf überaus angenehme Post im Hause Daimler ein. Ein Eilbrief aus Frankreich. Gespannt öffnete Gottlieb Daimler das Kuvert und entnahm ihm ein zweimal gefaltetes Blatt Papier, auf das ganz augenscheinlich in ziemlicher Hast einige wenige Zeilen geworfen worden waren. »Paul, das ist Pauls Handschrift. Ha ja – und hier ist auch seine Unterschrift. Ein Brief vom Paul. Jetzt bin ich aber neugierig, was er mir von dieser sogenannten Wettfahrt zu berichten hat.« In der Tat war Paul Daimler nämlich vor einiger Zeit als Abgesandter der DMG und seines Vaters nach Frankreich aufgebrochen, um dort als Beobachter die erste Automobilwettfahrt der Welt persönlich zu verfolgen und später dann über deren grundsätzlichen Nutzen und womöglich weitergehende Erkenntnisse im Hinblick auf die Automobiltechnik berichten zu können. Die Tour war in erster Linie als Zuverlässigkeitsfahrt deklariert worden und führte von Paris bis nach Rouen. 21 Teilnehmer waren am Start erschienen, nur 15 waren ins Ziel gekommen, darunter neun Fahrzeuge mit nach Daimler-Lizenz produzierten Motoren von Panhard-Levassor und dazu mit dem drei PS starken Benz Vis-à-Vis ein weiteres deutsches Fahrzeug. Für die DMG und insbesondere für Daimler war das natürlich ein triumphaler Erfolg, der dem internationalen Publikum die Überlegenheit seiner Produkte überdeutlich vor Augen geführt hatte. Und die Tatsache, dass Emile Levassor beim Siegerwagen sogar persönlich am Steuer gesessen hatte, sorgte erst recht dafür, dass sich die Nachrichten darüber in den französischen Zeitungen vor Begeisterung förmlich überschlugen.

In dementsprechend euphorischen Tönen war deshalb auch Paul Daimlers Brief abgefasst, den er bemerkenswerterweise an die Privatanschrift seines Vaters nach Cannstatt schickte – zum ersten Mal nach den doch ziemlich heftigen Verwerfungen wegen der Wiederverheiratung seines Vaters. Das sagte einiges über die Gefühle aus, die den jungen Mann offenbar in eine gewaltige Hochstimmung versetzt hatten. Ebenso begeistert war der Inhalt des Gratulationsbriefes, den Gottlieb Daimler in seinem geschliffenen Französisch, das er ja seit den Tagen seiner Ausbildung in Grafenstaden »wie eine Eins« beherrschte, postwendend an Emile Levassors Ehefrau Louise schickte, die verwitwete Madame Sarazin. »Ich freue mich sehr, dass unsere gemeinsame langjährige und so überaus vertrauensvolle Geschäftspartnerschaft in solche Erfolge mündet! Es gab also noch gute Nachrichten – zumindest im Ausland.

Am Abend des 4. September 1894 herrschte in der Taubenheimstraße eine geradezu überschäumende Freude – als alles endlich gut überstanden war. Lina hatte ein Kind zur Welt gebracht. »Es ist ein Sohn«, flüsterte die glückliche Mutter mit erschöpfter Stimme und schenkte ihrem Mann dabei ein strahlendes Lächeln. »Wir werden ihn Gottlieb nennen, das wäre mein größter Wunsch.

Die Glücksgefühle, die in diesem Moment auf den frischgebackenen Vater einstürmten, waren unbeschreiblich. Unbeschreiblich schön. »Aber Lina«, brachte Gottlieb dementsprechend nur ein verlegenes Gestammel zustande, »das muss doch nicht sein. Wir könnten ihn schon auch beim Vornamen von deinem Vater nennen, weil …«

»Er heißt Gottlieb!«, schnitt ihm Lina barsch das Wort mitten im Satz ab. »Ich denke, das gehört sich so, dass einer deiner Söhne deinen Namen weiterträgt. Dieser kleine Junge da soll Gottlieb heißen. Das ist einfach mein Wunsch – schon seit Beginn der Schwangerschaft ist das so –, und ich bitte dich nun darum, dass du diesen Wunsch auch respektierst. Beim nächsten Kind, da können wir uns ja vorher rechtzeitig beraten, welchen Namen wir für das Kleine aussuchen wollen – falls du überhaupt noch eines haben willst. Immerhin sind es – mit meiner Gretel – jetzt schon sieben.«
Ihr Mann strahlte über das ganze Gesicht: »Von mir aus könnte es ein ganzes Dutzend sein. Mir gefällt das, so eine muntere, fröhliche Kinderschar um mich zu wissen. Aber dass eines klar ist«, jetzt fixierte er seine Frau mit einem entschlossenen Blick, »ich werde ein weiteres Kindermädchen anstellen, denn das alles ist sonst einfach zu viel für dich.«
»Aber deine drei Großen sind doch inzwischen erwachsen«, wandte Lina kopfschüttelnd ein. »Das muss also doch gar nicht sein. Deine Martha wird demnächst auch schon 16 Jahre alt, und die Gretel ist bereits 15 …«
»Nein, das wird so gemacht, wie ich es gesagt habe. Das wiederum ist mein fester Wille«, bekräftigte Daimler kategorisch seinen Standpunkt. »Zumal sich eine Person ja pausenlos um unseren armen Wilhelm zu kümmern hat – da sollst du nicht auch noch mit belastet sein. Du hast mit unserem großen Haushalt schon mehr als genug zu tun – und auch mit den ganzen Gesprächen, die du an meiner Stelle mit meinen älteren Kindern führst. Ja, Lina, das ist mir wohl bewusst, dass du für mich sozusagen als Mutter in die Bresche springst und dich als Ratgeberin und Gesprächspartnerin zur Verfügung stellst, weil ich selbst nach wie vor viel zu wenig Zeit für meine Kinder aufbringe – bei dem ganzen Ärger in der Firma, der mich allmählich beinahe auffrisst. Und dennoch: Ein weiteres Kind wäre mir ebenfalls noch willkommen. Sehr gerne übrigens ein Mädchen,

denn dann hätten wir in gewisser Weise einen Kreis geschlossen.«
»Ein Mädchen«, lachte Lina. »Das können wir dann aber nicht so nennen wie meinen Vater! Du bist mir vielleicht ein Schlitzohr!«
»Ertappt.«, stimmte auch Daimler in dieses fröhliche Lachen ein. Ach, wie schön das Leben doch sein konnte. Dass es ihm nach dem Tod seiner geliebten Emma noch einmal vergönnt gewesen war, ein neues Ehe- und Familienglück zu genießen, das war ein Schatz, den er bislang längst nicht so zu würdigen gewusst hatte, wie er das eigentlich hätte tun sollen. Viel zu sehr ließ er sich schon wieder von den Alltagsquerelen einfangen. Das konnte, nein, das durfte auf Dauer einfach nicht so weitergehen. Es war hohe Zeit, sein unverhofftes Glück endlich stärker zu genießen – dieses großzügige Geschenk des Himmels, das seine Ehe mit Lina schließlich darstellte.
»Also wird unser Sohn demnächst auf den Vornamen seines Vaters getauft werden«, unterbrach Linas fröhliche Stimme seine Gedankengänge. »Gottlieb Daimler der Zweite.«
Daimler eins nickte selig. »Auf dass eines Tages dann die Nummer eins aus ihm werde …«
»… wie im Falle seines durch und durch ehrgeizigen Vaters«, schmunzelte die von einem Gefühl der glückseligen Zufriedenheit durchströmte Lina.
»Aber jetzt – jetzt mache ich auf dieses freudige Ereignis hin erst einmal einen guten Champagner auf! Einverstanden?«
Zur Überraschung ihres Mannes wiegte Lina jedoch mit eher bedenklicher Miene den Kopf. »Ich weiß nicht so recht, ob das wirklich gut für mich ist, jetzt, wo ich unser Kind doch bald stillen werde.«
»Ach was!«, wischte der frischgebackene Vater diese Bedenken genauso rasch wie entschlossen beiseite. »Das ist jetzt wie gesagt schon mein sechstes Kind. Da bringe ich mittlerweile also einen gewissen Erfahrungsschatz mit. Ein

Gläschen Champagner, das wird dir schlichtweg guttun«, entschied Daimler kategorisch. »Außerdem wirst du danach umso besser schlafen können, um dich von den ganzen Strapazen zu erholen – und unser Kleiner ebenso. Ein winziger Schluck von so einem edlen Getränk kann wahrhaftig nicht schaden.«
»Also gut, wenn du meinst«, gab sich Lina in dieser Hinsicht nur allzu gerne geschlagen. »Dann also zum Wohl, auf uns …«
»… vor allem aber auf dich – und auf unseren Gottlieb. Dass ich das noch einmal erleben darf. Ach Lina, du ahnst ja gar nicht, wie glücklich du mich gemacht hast. Nicht nur heute, sondern auch gestern, vorgestern und an jedem anderen Tag, seitdem ich mit dir zusammen sein darf.«
»Das ist schön zu hören. Mir geht es im Übrigen mit dir ganz genauso.« Lina nippte kurz an ihrem Sekt. »Dann vergiss das auch künftig nicht, wenn du wieder einmal wegen dem Duttenhofer aus der Haut fahren willst. Denke dann halt einfach an unser Kind und meinetwegen auch an mich, dass zu Hause zwei Menschen auf dich warten, die dich lieb haben. So«, sie streckte ihrem Mann das halb gefüllte Sektglas wieder entgegen und gähnte vernehmlich, »jetzt muss ich aber dringend schlafen. Heute Abend wirst du ohne mich auskommen müssen, ich bin nämlich nur noch müde wie ein Murmeltier. Sicherlich werde ich auch etwas Schönes träumen – wahrscheinlich von meinem innig geliebten Ehemann, dem Vater unseres kleinen Gottlieb!«

Es war so typisch für diese Wochen und Monate! Während er in der Ehe mit Lina sein Glück hatte finden dürfen, gab es in der Firma ständig neue Auseinandersetzungen. Schon wieder Streit mit Duttenhofer! Der hatte doch tatsächlich – gegen den ausdrücklichen Willen Gottlieb Daimlers – an die Gasmotorenfabrik Deutz nicht nur die Rechte an der lizenzmäßigen Herstellung eines Daimler-Motors vergeben, sondern strebte inzwischen ganz offen eine Fusion mit den Deutzern an. Ausgerechnet Deutz! Und für Daimler

gab es keinerlei Möglichkeit, sein Veto dagegen einzulegen. Aller heftigen Gegenwehr zum Trotz: Schlussendlich hatte der Kaufmann den Konstrukteur ganz einfach überstimmt! Wie immer halt. So, wie er es nun schon seit Jahrzehnten erleben und erleiden musste. Seit dem Beginn seiner Berufslaufbahn. Wie schon im Reutlinger Bruderhaus und dann in Deutz. Es war zum Verzweifeln! Wieso musste sich die Geschichte nur beständig wiederholen?
Ach, weshalb hatte er damals nur auf die Emma gehört – und auf Adolf Groß, seinen angeblichen Freund, der sich inzwischen jedoch längst auf Duttenhofers Seite geschlagen hatte.
Ein falscher Freund mehr also. Im Grunde genommen war ihm nur der getreue Maybach als wahrer Vertrauter geblieben. Und natürlich seine Arbeiter in der Fabrik am Seelberg, die schon mehr als einmal deutlich beteuert hatten, sie würden für »unseren Herrn Daimler« notfalls auch durchs Feuer gehen. Letzten Endes waren ihnen aber die Hände gebunden, denn gegen den übermächtigen Duttenhofer und dessen nicht minder einflussreiche Hintermänner ließ sich nicht das Geringste ausrichten. Alle Argumente, Tatsachen und Proteste prallten wirkungslos an dieser eiskalten Seele ab. Es war zum Verzweifeln! Genau wie damals in Deutz, als sie ihm das Leben dort zur Hölle gemacht hatten.
Ja, so war es: es waren ganz genau dieselben Vorgänge, die sich jetzt wiederholten. Zumutungen, die er sich vor vielen Jahren in Deutz im Sudelbuch von der Seele geschrieben hatte. Ach ja, richtig, das Sudelbuch … Vielleicht war es ganz gut, wenn er den ganzen Ärger auch jetzt wieder seinem kleinen Notizbuch anvertraute. Auf alle Fälle schien es ihm besser, als seine junge Frau in den wenigen Stunden ihres abendlichen Zusammenseins mit seinen lästigen Alltagsproblemen belasten zu müssen. Ja doch: Das war eine hervorragende Idee. Und so wurde das Sudelbuch in diesen Tagen wieder zu Gottlieb Daimlers ständigem Begleiter, sozusagen zum Ventil in allen Lebenslagen. Manchmal

sogar, wenn er genügend Zeit und Muße fand, seine alten Aufschriebe durchzublättern, zu einem wertvollen Wegzeiger in die Zukunft.
Doch, es war viel besser, darin seinen Gefühlen Luft zu verschaffen, als sich direkt vor Duttenhofer zu blamieren. Das war ihm leider schon mehr als einmal passiert. Und jedes Mal, wenn er gemeint hatte, in diesem Gefühl der Ohnmacht und Hilflosigkeit beinahe ersticken zu müssen, dann hatte dieser unverschämte Duttenhofer nur ein ironisches Grinsen zur Schau gestellt und damit überdeutlich aufgezeigt, wer die ganze Macht in Händen hielt – und wer nicht. Und so konnte der maßlos gedemütigte Daimler in Bezug auf den Kommerzienrat wenigstens im Sudelbuch sein eindeutiges Fazit festhalten: »Sie werden nie nach meiner Pfeife tanzen – ich tanze niemals nach der ihrigen. Schämen Sie sich, mich um mein Eigentum gebracht zu haben!«

Diese fürchterliche Mixtur aus Zwängen, Zumutungen und Demütigungen, die ihm sprichwörtlich die Luft zum Atmen nahm und trotz der Freude über die Geburt seines kleinen Gottlieb auch die alten Gesundheitsprobleme wieder in voller Stärke ausbrechen ließ! Erst jetzt, beim Niederschreiben all dieser ungeheuerlichen Vorgänge, wurde ihm das ganze Ausmaß der Entwicklung so richtig deutlich.
Nein, so konnte es keinesfalls weitergehen. Er würde das Heft des Handelns endlich wieder in die Hand nehmen müssen. Die Konsequenz aus diesem Prozess des Nachdenkens und der Analyse war freilich die folgenschwerste seines ganzen Berufslebens – und wurde bereits am 10. Oktober 1894 vollzogen: Nach Wilhelm Maybach trennte sich nun auch Gottlieb Daimler definitiv von der DMG. Mehr noch: Er schied sogar aus dem Kreis der Aktionäre aus. Im Sudelbuch fand dieser atemberaubende Vorgang seinen hastigen Niederschlag in einer bitteren Notiz: »Ihr Hunde, die ihr euch mit eurem Patriotismus brüstet, als ob ihr nur das Wohl des Volks und Vaterlands wolltet, ihr seid schuld,

dass meine Sache verloren geht, dass meine Arbeit und Sorgen alle umsonst und mein Geld verloren ist.«

So seltsam sich das Ausscheiden aus dem eigenen Betrieb natürlich auch anhören (und fühlen) mochte: Für Gottlieb Daimler bedeutete es einen regelrechten Befreiungsschlag! Denn endlich hatte er damit all die fruchtlosen Diskussionen, Auseinandersetzungen und Kränkungen in der DMG mit einem Schlag hinter sich lassen können. Gemeinsam mit seinem treuen Maybach konnte er sich nun in ihrer neuen Fabrikationsstätte im ehemaligen Hotel Hermann wieder ausschließlich der Weiterentwicklung des Automobils zuwenden, ohne irgendwelche Rücksichten auf seine vertraglichen Bindungen an die DMG nehmen zu müssen. Dem technischen Fortschritt den Weg bereiten und nicht den kurzsichtigen Geschäftsinteressen geldgieriger Kaufleute unterworfen sein!
So heftig natürlich auch der Ärger an ihm nagte, dass sie es tatsächlich geschafft hatten, ihn aus seiner eigenen Firma zu verdrängen, so nachhaltig fühlte er sich jetzt von einer neuen Kraft durchströmt. Niemals würde er freilich die Tränen in den Augen von Anton Welt vergessen, die sein langjähriger Meister auf dem Seelberg beim Abschied vergossen hatte. »Bitte holen Sie mich nach, Herr Daimler, sobald es geht. Denn ohne Sie bleibe ich hier auch nimmer lang.«
Er würde nicht allzu lange warten müssen. Denn inzwischen war auch die einstige »Rattenburg« zu einer einigermaßen sauberen und gut organisierten Produktionsstätte gewachsen, in der Maybach und seine Leute mit der Weiterentwicklung ihrer Motoren einen großen Schritt vorangekommen waren. Auf jeden Fall waren sie den Pfuschern am Seelberg im Hinblick auf Qualität und Effektivität längst mit wahren Siebenmeilenstiefeln auf und davon geeilt.

Frühjahr 1895
»Komm, Vater, lass die Arbeit sein. Heute machen wir einmal einen kleinen Ausflug!«
Überrascht wandte Gottlieb Daimler sich um und blinzelte in die unternehmungslustige Miene seines Sohnes Paul. Der 26-Jährige machte eine eindeutige Handbewegung, indem er mit dem Daumen hinter sich zeigte. »Für heute ist Schluss. Ich werde nämlich mit dir im Automobil in den Schwarzwald fahren.«
»Aber das geht nicht, Paul. Ich muss die Arbeit hier noch fertigbekommen. Morgen vielleicht ...«
Doch Paul ließ nicht locker. Er kannte seinen Vater ja gut genug. Über Jahre hinweg hatte er in der Werkstatt schon mitgeholfen. Und er wusste deshalb genau, dass am morgigen Tag die nächste Herausforderung anstehen würde, die Gottlieb Daimler daran hinderte, seine Arbeit wie angekündigt tatsächlich liegen zu lassen. »Wir machen das jetzt. Wer weiß, wie das Wetter morgen wird. Heute ist so ein schöner Tag, da tut es dir ganz gut, wenn du einmal an die frische Luft kommst. Also Vater, gib dir einen Ruck!«
In gespielter Resignation rollte Daimler mit den Augen und fügte sich, nicht ohne einen scheinbar resignierten Seufzer, in sein Los. »Nun gut, dann sollst du eben deinen Willen haben. Willst du den Wagen etwa selber chauffieren?«
»Aber sicher, Vater. Du weißt ja, wie gerne ich zur Zeit vor allem mit dem Panhard-Daimler fahre. Das macht einfach richtig Spaß!«
»Und wohin genau soll es jetzt gehen?«
»In den Nordschwarzwald. Nach Wildbad. Da kann man den Motor schön auf seine Leistung testen. Und genießen. Und vielleicht während der Fahrt sogar noch die eine oder andere Konstruktionsraffinesse erörtern – um es den Her-

ren Duttenhofer und Co. mit unseren nagelneuen Produkten dann so richtig zu zeigen.«

»Einverstanden!«, nahm der Konstrukteur diese Vorlage seines Sohnes begeistert auf. Der Paul hatte ja recht. Eine kleine Ausfahrt konnte nur guttun. Zumal an einem solch herrlichen Frühjahrstag. Es konnte der Seele guttun – und seiner Gesundheit. Auf andere Gedanken kommen. Sich anstecken lassen vom jugendlichen Elan seines Sohnes, dessen Maschinenbaustudium ihn erst recht zu einem interessanten Gesprächspartner machte, von dem selbst so ein erfahrener Konstrukteur wie Daimler mittlerweile noch etwas lernen konnte. Zum Beispiel, wenn es um die neuen Produktionstechniken ging.

Es wurde wirklich eine herrliche Fahrt, die beide Männer in vollen Zügen genossen. Mühelos hatte ihr Wagen alle Höhen erklommen, bis sie oberhalb von Wildbad den Scheitelpunkt der Strecke erreichten. »So, Vater – und nun wollen wir einmal die Federung und die Bremsen testen, ob sie genauso gut sind wie der Daimler-Motor.«

»Aufpassen, Paul! Übertreib's nicht mit der Belastung für die Bremsen. Du weißt ja: Übermut tut selten gut.«

»Schon gut, Vater«, rief Paul seinem hinter ihm sitzenden Vater unbekümmert zu. »Wozu hast du mich Ingenieur studieren lassen, wenn ich nicht wüsste, was ich den Bremsen zumuten darf und was nicht!«

Doch den Vater bewegten noch weitere Bedenken. »Es ist nicht nur wegen der Bremsen. Denk daran, wir sind im Schwarzwald. Und da ist es selbst im späten Frühjahr an schattigen Stellen oft noch leicht vereist. Da sieh mal, überall an den Straßenrändern der Schnee. Das Schmelzwasser gefriert ruck, zuck wieder, wenn die Sonne weg ist.«

»Ich weiß, ich weiß.«, wischte Paul auch diese Einwände rasch zur Seite.

Aber kaum hatte er den Mund wieder geschlossen, da kam es auch schon, wie es wahrscheinlich hatte kommen müssen. Paul Daimler hatte die Steilheit der Strecke – und insbesondere die teilweise rutschige Fahrbahn in den Kurven –

schwer unterschätzt. Der Wagen geriet erst ins Rutschen, dann sogar ins Schleudern! Und ausgerechnet jetzt versperrte ihnen auch noch ein Langholzfuhrwerk den Weg. »Vater! Achtung, halt dich gut fest! Ich kann nicht mehr lenken!« Krampfhaft umklammerte er das Lenkrad, das jedoch auf keine seine Bewegungen mehr so reagierte, wie es eigentlich sollte. Mit vor Schreck weit aufgerissenen Augen suchte Paul die Straßenränder ab, die sie in zunehmend rasender Fahrt passierten. »Vater! Steig aufs Trittbrett – für alle Fälle!«

Gottlieb Daimler, der sich noch Tage später nicht genug darüber verwundern konnte, wie ruhig er bei dieser wahren Höllenfahrt geblieben war, tat, wie ihm sein Sohn geheißen hatte.

»Achtung, Vater: da kommt gleich eine geeignete Stelle. Wir müssen abspringen. Jetzt!«

Daimler befolgte auch diese Anweisung. Augen zu. Die Lippen fest zusammengepresst. Muskeln anspannen. Und: los! Mit einem mächtigen Satz sprang er vom Trittbrett des schlingernden Automobils, traf zum guten Glück mitten in einem Schneehaufen auf, überschlug sich einmal – und blieb liegen. Als er die Augen wieder öffnete, leuchtete der Himmel über ihm noch immer genauso blau, wie das wenige Momente zuvor schon der Fall gewesen war. Die Sonne schien, die Schulter schmerzte ein bisschen. Aber sonst? Sonst war erstaunlicherweise weiter nichts passiert. Gar nichts. Alle Knochen schienen heil. Aber Paul?

»Paul! Wo bist du?« Du meine Güte, Paul! Was war nur mit seinem Jungen geschehen?

Stille.

Bedrückende Stille.

»Paul!« Um Gottes willen! Immer noch keine Antwort. Nur diese entsetzliche Stille – die allerdings in genau diesem Augenblick vom erschreckten Wiehern der Pferde durchbrochen wurde, die das Langholzfahrzeug zogen. Und jetzt folgte dem Wiehern eine menschliche Stimme. Eine überaus zornige Stimme. Die Stimme des Kutschers. »Da drü-

ben bewegt er sich, der Kerl! Beinahe hätte er mich über den Haufen gefahren mit seiner Höllenmaschine!« Es folgte ein ausgedehnter, geradezu gotteslästerlicher Fluch, doch Gottlieb Daimler nahm das in diesem Moment der grenzenlosen Erleichterung gar nicht wahr. Paul war am Leben. Gott sei Dank!
Im letztmöglichen Augenblick war auch er abgesprungen. Kurz bevor es den heftig schlingernden Wagen über die Böschung gerissen hatte. Und auch Paul war offenbar nichts Gravierendes passiert. So schien es jedenfalls von weitem.
»Paul, was ist mit dir?«
»Nichts, Vater. Gar nichts. Es scheint sogar noch alles an mir dran zu sein. Und wie ist es mit dir?«
»Ganz genauso«, stieß der überglückliche Daimler hervor. »Das Einzige ist, dass ich friere wie ein Schneider. Der Schnee ist klatschnass gewesen – und meine Kleider sind es jetzt auch.«
»Wenn es weiter nichts ist! Also eine gewisse Strafe hast du dir schließlich schon verdient!« Gottlieb Daimler atmete erleichtert durch, während er seine sämtlichen Körperteile ein weiteres Mal vorsichtig abtastete. »Anscheinend ist wirklich alles in Ordnung. Der Herrgott hat mich noch nicht gewollt. Aber dir«, deutete er mit dem ausgestreckten Zeigerfinger direkt auf den sichtlich betroffenen Paul, »dir sollte man den Hintern versohlen! Und ich würde es auch wirklich tun, wenn du nicht 20 Jahre zu alt dafür wärst!«
»Ich muss dir leider recht geben, Vater«, bekannte der angehende Ingenieur mit zutiefst zerknirschter Miene. »Aber das wird mir für alle Zeiten eine Lehre sein. Versprochen!«
»Na hoffentlich«, brummelte der Konstrukteur verdrießlich in seinen grauweißen Vollbart. »Kaum zu glauben, dass ausgerechnet so jemand den Ruhm für sich beanspruchen kann, das erste Motorrad der Welt gelenkt zu haben. Das eine aber sage ich dir: Die Kosten für die Instandsetzung des Wagens, die wirst du selber bezahlen. Ich schieße dir das Geld zwar vor, aber du wirst es dann später bei mir in monatlichen Raten abstottern. Strafe muss sein!«

»Ja, Vater.« Widerspruchslos ergab sich Paul in sein Schicksal. Wobei – ob es zu der Rückzahlung des Geldes tatsächlich kommen würde, das stand auf einem ganz anderen Blatt. Denn der Zorn seines Vaters verrauchte bekanntlich immer genauso rasch, wie er gekommen war. Man durfte also zuversichtlich hoffen, dass es auch in diesem Fall so kommen würde. Pauls Hoffnung trog am Ende nicht.

»So, und jetzt versuchen wir unser Glück bei dem Fuhrmann. Falls er uns vor lauter Wut nicht in Stücke reißt.«

Nach einigen Mühen gelang es den beiden auf so wundersame Weise unverletzt gebliebenen Bruchpiloten, den nach wie vor zornbebenden Kutscher des Holzfuhrwerks dazu zu bewegen, dass er sie auf dem Kutschbock Platz nehmen ließ und sie auf diese wesentlich gemächlichere Art und Weise wieder hinunter nach Wildbad gelangen konnten. Unvermeidbar war freilich das gehörige Donnerwetter, das sie über sich ergehen lassen mussten, währenddessen sich der Schwarzwälder über diese verfluchten Benzinkutschen genauso wütend ausließ wie über deren nicht minder verantwortungslose Lenker. Der Zorn des Kutschers war jedoch rasch verraucht, als ihm der Konstrukteur eine Geldmünze entgegenstreckte, die er für seine Fuhrdienste erhalten sollte.

Das Schwarzwaldabenteuer war für die beiden Daimlers damit gerade noch einmal gut ausgegangen. Und es war sowohl für Paul als auch für seinen Vater eine Lehre: Der eine würde sich niemals mehr so vertrauensselig in ein Automobil setzen, während sich der andere feierlich schwor »und zwar bei allem, was mir hoch und heilig ist«, hinter dem Lenkrad künftig deutlich vorsichtiger zu agieren. »Ich bin schließlich kein Rennfahrer, sondern bloß ein angehender Konstrukteur!« Noch ganz am Anfang einer Karriere, in der er eines Tages immerhin in die Fußstapfen seines Vaters treten wollte.

Bei der Firma auf dem Seelberg war alles genauso gekommen, wie Daimler und Maybach dies vorausgesagt hatten:

Innerhalb der DMG türmten sich die Schwierigkeiten. Die massiven Probleme in der Herstellung drückten auf die Qualität, die selbst für Laien unschwer erkennbare Pfuscharbeit ließ die Auftragseingänge drastisch zurückgehen. Immer mehr Kunden stornierten ihre Aufträge und machten sich auf die Suche nach anderen, verlässlicheren Produzenten. Die Bilanz wies längst tiefrote Zahlen auf, selbst die Banken wurden allmählich unruhig. Und das, obwohl doch mit Kilian Steiner der mächtigste Bankier in ganz Stuttgart als heimlicher Mitgesellschafter seine Hände im Spiel hatte. Die Zahlen freilich sprachen eine derart eindeutige Sprache, dass keine noch so wortreichen Ausflüchte mehr halfen. Allmählich machten sich die Finanzleute ernsthafte Sorgen um die Rückzahlung des von ihnen verliehenen Kapitals und waren sogar drauf und dran, die Kreditlinien vorzeitig zu kündigen. Mit anderen Worten: Die DMG stand vor dem Aus!

Wie dramatisch die Lage inzwischen sein musste, ließ sich an einem geradezu unglaublichen Schritt ablesen, zu dem sich Max Duttenhofer aufgerafft hatte. Er war tatsächlich auf Wilhelm Maybach zugegangen. Und zwar persönlich. Ausgerechnet auf Maybach, den er doch als Ersten aus der Firma hinausgeekelt hatte!

»Er hat mich allen Ernstes gefragt, ob ich nicht gerne als Chefkonstrukteur in die DMG zurückkehren wolle«, berichtete Maybach noch am selben Abend dem genauso überraschten Gottlieb Daimler. »Er braucht ganz offenkundig endlich gute Nachrichten. Und eine solche wäre es nach seinem Kalkül wohl, wenn er mich wieder als leitenden Konstrukteur in der DMG präsentieren könnte!«

»Und was hast du ihm geantwortet?«, fragte sein Gesprächspartner gespannt.

»Aber das können Sie sich doch wohl denken, Herr Daimler«, gab Maybach indigniert zurück und reckte sein Kinn dabei entschlossen in die Höhe. Eine Körpersprache, die er ansonsten im Beisein seines jahrzehntelangen Förderers niemals an den Tag zu legen pflegte. Aber jetzt schien ihm eine solche Pose durchaus angemessen, denn: »Wenn Sie es genau wissen wollen: Ich habe ihm wortwörtlich gesagt, ich bin ein Zögling Daimlers. Wir stehen nicht so isoliert da, wie Sie meinen. Ich möchte diese Gelegenheit nicht vorübergehen lassen, ohne beide Teile wieder in ein gutes Einvernehmen zu bringen.« Maybach machte eine bedeutungsvolle Pause, während er Daimler mit einem ernsten Blick bedachte. »Ich habe ihm also vorgeschlagen, sich doch am besten gleich mit Ihnen ins Benehmen zu setzen. Wenn er über diesen Schatten springt und Sie wieder so, wie es der Geist des ursprünglichen Vertrags vorgesehen hat, in den Vorstand der DMG als alleinigen technischen Leiter einzustellen gewillt ist, für diesen Fall habe ich ihm signalisiert, könnte auch ich mir eine Wiederaufnahme meiner Tätigkeit bei der DMG vorstellen. Aber nur direkt unter Ihrer unmittelbaren Ägide, Herr Daimler. Nur so. Niemals ohne Sie. Wenn er also dazu bereit ist …«

»Ach was!« Mit einer hastigen Handbewegung, als verscheuche er eine lästige Fliege, winkte Daimler ab. »Das macht der nie. Das lässt schon sein Stolz nicht zu.«

»Aber ein Zusammenbruch der DMG, eine Pleite, so etwas, das kratzt ja auch gewaltig an seinem Lack. Das wird er wohl auf alle Fälle vermeiden wollen.«

»Geld genug aus seinen anderen Unternehmungen hätte er, um die Firma zu stützen. Aber natürlich weiß er auch, dass er das Geld in diesem Fall genauso gut verbrennen könnte. Das ist dann nämlich weg – und das behagt ihm logischerweise noch viel weniger.«

»Eben drum«, pflichtete Maybach dieser Analyse bei. »Deswegen wird er über kurz oder lang diesen Gang nach Canossa antreten müssen und Sie persönlich bitten, sich der DMG wieder zur Verfügung zu stellen. Und ehrlich gesagt«, fügte er rasch hinzu, als er das zornige Aufblitzen in den Augen seines Gegenübers bemerkte, »ehrlich gesagt wäre es mir das Liebste. Es ist nun einmal Ihre Firma, die wir gemeinsam in jahrelanger Arbeit gehegt und gepflegt haben.

Es ist für mich beinahe so etwas wie ein eigenes Kind – und für Sie, Herr Daimler, so gut kenne ich Sie ja nun wirklich, für Sie ist es gleich so wie eine ganze Familie.«
»Oh Wilhelm«, winkte Daimler müde ab, während es in seinen Augen gleichzeitig verdächtig schimmerte. »Jetzt wirst du auf deine alten Tage auch noch sentimental.« Um kaum hörbar noch hinzuzufügen: »Aber schön wär's schon …«

Es musste jedoch noch gewaltig viel Wasser den Neckar hinunterfließen, bis es tatsächlich zum Wiedereintritt von Gottlieb Daimler in seine ehemalige Firma kam. Mit allen Mitteln hatte Duttenhofer versucht, diesen Triumph seines Kontrahenten zu verhindern, doch am Ende, wenngleich erst nach massivem Druck von außen, hatte auch er einsehen müssen, dass ihm keine andere Möglichkeit mehr blieb, wenn er einen Konkurs verhindern wollte. Niemand anderer als der überaus einflussreiche Frederic Simms war es gewesen, der ultimativ auf Daimlers Wiedereinstellung gepocht hatte. »Ich will grundsätzlich nur die allerbesten Produkte – und die mit dem allerbesten Ruf. Das bin ich meiner eigenen Reputation schlichtweg schuldig – und dem Ansehen bei meinen Geschäftspartnern. Und das bedingt, dass Sie Gottlieb Daimler unverzüglich wieder in die Firma aufnehmen – mitsamt dem Maybach natürlich. Aber dieses Mal auf einer Position mit all den Rechten, die es ihnen ermöglicht, die besten Motoren und die besten Wagen zu bauen.«
»Das ist unmöglich!« Vergeblich versuchte der innerlich zornbebende Max Duttenhofer, dem englisch-deutschen Kaufmann gegenüber eine unnachgiebige Haltung an den Tag zu legen – und dies, obwohl er sich ganz genau darüber im Klaren war, dass er den Kampf in Wahrheit schon längst verloren hatte. Aber zumindest das Gesicht zu wahren, das musste noch möglich sein.
Womit er die Rechnung freilich ohne den Wirt gemacht hatte. »Also, dass wir uns klar verstehen, Herr Duttenho-

fer. Ich habe keine Zeit für irgendwelche Mätzchen. Meine Bedingungen sind glasklar: Entweder Sie stellen den Daimler und den Maybach wieder ein – und zwar unter den von mir geschilderten Bedingungen – oder es wird nichts mit dem geplanten Kauf von Daimler- und Maybach-Patenten für meine nunmehr als British Motor Syndicate, Ltd. fungierende Gesellschaft in England. Ich kaufe keine Patente von einem Unternehmen mit inzwischen äußerst zweifelhaftem Ruf. Also: entweder … oder. Sie allein haben die Wahl!«

Natürlich hatte Duttenhofer keine Wahl. Das war dem cleveren Kaufmann Simms nur allzu bewusst. Vor allem war ihm klar, dass es sich die Firma in ihrer äußerst bedrängten Lage nicht würde leisten können, auf die gewaltige Summe von 350.000 Mark zu verzichten, die er als Lizenzgebühr zu zahlen bereit war.

»Also gut!« In einer impulsiven Bewegung schoss der massige Duttenhofer aus seinem Sessel hoch und fuchtelte unwirsch mit den Händen in der Luft herum, bevor er den alles entscheidenden Satz endlich aussprach. »Meinetwegen! Sie sollen Ihren Willen haben. Ich stelle den Daimler wieder ein.«

»Und erfüllen all seine Bedingungen?«

»Ja, sicher. Das alles müssen wir doch jetzt nicht noch mal von vorne erörtern. Also, schlagen Sie ein!«

Ein zufriedenes Lächeln zuckte um die Mundwinkel des mit allen Wassern gewaschenen Geschäftsmanns Frederic Simms, als er kräftig in die ausgestreckte Rechte Duttenhofers einschlug. Diese Vereinbarung, mit all ihren vertraglich bedingten Folgerungen, würde sich für ihn schon bald als wahre Goldgrube erweisen. Dessen war sich Frederic Simms ganz sicher. Und die beiden Konstrukteure, deren Rückkehr er hiermit erzwungen hatte, würden seine Erwartungen nicht enttäuschen. Die Namen Daimler und Maybach standen nicht nur für Qualität: sie waren Gold wert. Im wahrsten Sinn des Wortes. »Der Handel ist hiermit perfekt!«

»Und wann darf ich der Buchhaltung mitteilen, dass sie mit dem Eingang der Lizenzgelder rechnen darf?«
Aha! Was für eine raffinierte Formulierung, die in Wahrheit offenbarte, wie hoch der DMG das Wasser bereits bis zum Hals stand! Wenn der Duttenhofer sich höchstpersönlich danach erkundigte, ab wann der Geldstrom endlich fließen würde! Wo er sich ansonsten mit solcherlei »Gewöhnlichkeiten« nicht selbst abzumühen pflegte. Frederic Simms konnte ein leichtes Schmunzeln nicht unterdrücken, als er die Antwort erteilte: »Das Geld ist bereits unterwegs. Morgen früh können Sie in der Württembergischen Vereinsbank darüber verfügen. Herrn Kommerzienrat Steiner werde ich vorsorglich noch heute eine diesbezügliche Notiz zukommen lassen.«
Von nun an ging alles ruck, zuck. Schon wenige Tage nach dem Zustandekommen dieses Vertrags, genau gesagt am 8. November 1895, konnten Gottlieb Daimler, Wilhelm Maybach und wenig später auch alle Mitarbeiter der Produktionsstätte im »Hotel Hermann« in »ihre« DMG zurückkehren. Begleitet von den Hochrufen der langjährigen Arbeiter, die ihren Tränen sogar völlig ungeniert freien Lauf ließen, und ausgestattet mit all jenen Rechten, die man ihnen bislang durch eine Vielzahl an juristischen Spitzfindigkeiten verwehrt hatte.

❧

Der 21. Dezember 1895 wurde zu einem echten Jubeltag. Zu einer Art vorgezogenem Weihnachten für die DMG-Arbeiter. Obwohl gerade einmal erst sechs Wochen seit der triumphalen Rückkehr von Daimler und Maybach in ihre Firma vergangen waren, gab es schon einen stolzen Grund zum Feiern. Seit dem Bekanntwerden der Wiedereinstellung der beiden Konstrukteure und der Vereinbarung, dass sie auch den in der Zwischenzeit von Maybach im »Hotel Hermann« entwickelten Phönix-Motor, von dem man sich wahre Wunderdinge erzählte, in die neu formierte DMG einbringen würden, ergossen sich die Aufträge wie eine stürmische Flutwelle über die aufatmenden Cannstatter. Man kam mit dem Produzieren plötzlich sogar kaum noch hinterher – zumal gleichzeitig auch noch die Herkulesaufgabe zu bewerkstelligen war, die Qualität der Arbeit und des Materials wieder auf den früheren Stand zu bringen. Dass das den beiden bewährten Fahrensleuten problemlos gelingen würde, das stand für die alten Kunden, die in Scharen zur DMG zurückfanden, jedoch vollkommen außer Frage. Wer, wenn nicht diese beiden?
Und so konnte also drei Tage vor dem Heiligen Abend die Auslieferung des eintausendsten Daimler-Motors getätigt werden. Aber »nicht einfach nur so«. Nein, vielmehr wurde dieses Ereignis mit einem großen Festakt in Daimlers Garten hinter der Villa in der Taubenheimstraße kräftig gefeiert. Zum Glück hatte es nicht geschneit, und der Boden war leicht gefroren, so dass es möglich war, nicht nur die aktuellen DMG-Motorräder und Automobile, sondern sogar einen großen Straßenbahnwagen auf das Gelände zu bugsieren. Es war ein wunderschönes Arrangement: all die stolzen Fahnen, auf die sie Jubelsprüche und überlebensgroße Porträts des Firmengründers gezeichnet hatten. Im Hintergrund der Flaggenparade ragte schemenhaft das

Türmchen auf, in dem er an so vielen Abenden seinen Konstruktionsideen nachgespürt hatte. Ja, es war eine wahrhaft würdevolle Feier. Ausnahmslos alle DMG-Arbeiter hatte er dazu eingeladen – und alle waren gekommen, um die neue, endlich wieder verheißungsvolle Zukunft zu begrüßen – bis auf die Vorstände rund um Duttenhofer. Aber die vermisste von den Arbeitern sowieso niemand. Nachdem dann die offiziellen Reden und Lobeshymnen auf die Konstrukteure und deren endlich wieder vorzeigbare Produkte vorüber waren und sich allmählich eine winterliche Dämmerung über den Garten senkte, trat Gottlieb Daimler noch einmal ans Rednerpult, um unter den begeisterten Hochrufen seiner Belegschaft zu verkünden, dass die Feier mit Einbruch der Dunkelheit natürlich noch lange nicht vorbei sei. »Im Gegenteil, jetzt geht's erst richtig los. Ich lade euch alle ein in den Kursaal, dort ist schon ein schönes Büfett aufgebaut worden. Es braucht also niemand zu verhungern – und zu verdursten gleich zweimal nicht. Langt ruhig wacker zu, und lasst es euch gut gehen – ihr habt es euch wirklich und wahrhaftig verdient. Heute Nacht wird gefeiert, solange es uns beliebt!«
Es wurde ein unvergesslicher Abend im Cannstatter Kursaal. Niemand von der Belegschaft würde diesen Abend jemals vergessen. Endlich waren die trüben Tage vorüber. Endlich war »wieder Schwung im Laden«, wie ihr hochverehrter Firmengründer das ausdrücken würde. Heute also wollten sie nur noch ihren Gottlieb Daimler hochleben lassen, der die komplette Feier übrigens aus seinem privaten Vermögen ausrichtete und bei dieser Feierstunde, die sich tatsächlich bis weit in den frühen Morgen des nächsten Tages hinein ziehen sollte, auch bis zum Schluss fröhlich mit dabei war. Der im Lauf der Jahre grau gewordene Konstrukteur präsentierte sich seiner staunenden Gästeschar in geradezu überschäumend fröhlicher Laune. So heiter und lebenslustig, wie sie ihn schon lange nicht mehr gesehen hatten. Besonders ausgelassen war auch Anton Welt, also jener Meister, der von Beginn an treu zu »seinem

Herrn Daimler« gehalten hatte. Einen Hochruf nach dem anderen brachte er auf Daimler, Maybach und die Motoren aus – ein Gläschen Trollinger um das andere versickerte in der Kehle des überglücklichen Mannes, der »endlich seinen Herrn Daimler wieder in der Firma« wusste. Seiner Firma. Ihrer Firma. Dem Stolz von ganz Cannstatt.
Eine solche Feierstunde durfte freilich nicht vorübergehen, ohne dass es zu einer vom Konstrukteur höchstpersönlich vorgetragenen Gedichtrezitation gekommen wäre. Man kannte ja seine Leidenschaft für das eigenhändige Verfassen von Gedichten. Und dass er aus Anlass dieses stolzen Jubiläums, der Fertigstellung des 1000. Daimler-Motors, natürlich auch einen Rückblick auf die Geschichte der Firma in ihren Anfangsjahren einbauen würde, das stand ebenfalls von vornherein fest. Klar, dass dabei auch die Episode mit der beinahe erfolgten Verhaftung wegen angeblicher Falschmünzerei nicht fehlen durfte. Nicht jeder von den neuen DMG-Arbeitern kannte sie – umso schallender wurde anschließend darüber gelacht. Es war ein vielstimmiger Chor, der sich nicht genug über die Tölpelhaftigkeit der Behörden und der Polizei amüsieren konnte – alle vergnügten sich köstlich, bis auf einen einzigen Gast, den ebenfalls anwesenden Cannstatter Bürgermeister Nast. Der rang im Anschluss an das Gedicht sichtlich um Fassung, ohne dass er jedoch auf das Mitleid der Gäste zählen durfte, egal wie oft er den Satz »Er hat mich in diesem Reim als kompletten Idioten dargestellt« in seiner Fassungslosigkeit auch ausstieß. Nast war und blieb am heutigen Abend im Kursaal das Gespött der Leute.
»Nun ja, wer den Schaden hat, der spottet eben jeder Beschreibung, wie es so schön heißt.« Aufmunternd hieb ihm der inzwischen einigermaßen angeheiterte Anton Welt genauso kräftig wie unvermittelt auf den Rücken, so dass der Bürgermeister beinahe vom Stuhl gefallen wäre. »Und ganz so falsch ist diese Deutungsweise ja wohl auch wieder nicht, Herr Oberbürgermeister, nicht wahr? Aber kommet Se, trinket mir ein Viertele Cannstatter Zuckerle Trollinger

miteinander: Ein Prosit auf die edle Falschmünzerei, die inzwischen sogar die Kutschen vorantreibt!«
Es war nicht weiter verwunderlich, dass der Bürgermeister bereits kurze Zeit später auf der Feier nicht mehr gesichtet wurde, während der endlich wieder aktivierte, einst ebenfalls von Gottlieb Daimler gegründete Gesangverein der DMG, der Gesangverein Petroleum, eine Jubelhymne nach der anderen zu Ehren des guten deutschen Weins anstimmte. Dass der Gesang mit der Zeit immer mehr von der vorgegebenen Notenbahn abkam, das störte dabei niemand in der ausgelassen feiernden Festgesellschaft. Denn das bisschen Schräge in der Intonierung wurde ja schließlich durch eine deutlich erhöhte Lautstärke spielend wieder wettgemacht.

Seit dieser Zeit war es im Übrigen zur selbstverständlichen Tradition geworden, dass sich Gottlieb Daimler in einer Cannstatter Gastwirtschaft immer wieder mit seiner »alten Garde« zusammenfand. Mit Leuten wie Bauerschmidt, Kübler, Welt und vielen anderen, die einander längst ans Herz gewachsen waren – nach dem ganzen Auf und Ab der vergangenen Jahre. Diese Treffen sollten einzig und allein dem Zweck dienen, sich die gemeinsam erlebten und glücklich überstandenen alten Zeiten wieder in Erinnerung zu rufen und um auch einmal ganz entspannt über private Dinge und das alltägliche Geschehen in der Firma zu plaudern. »Einfach so halt miteinander zusammensitzen. Das ist mir mittlerweile zu einem überaus angenehmen Bedürfnis geworden,« Sich ohne jeden Zeitdruck mit den alten Weggefährten austauschen können. Leute, von denen er nicht nur den Namen kannte, sondern selbstverständlich auch deren Familienverhältnisse.
Das hatte sich inzwischen natürlich gewaltig geändert. Denn dank der erfreulich steigenden Auftragseingänge hatte die DMG auch viele neue Leute einstellen müssen, wodurch es Daimler zu seinem großen Bedauern unmöglich geworden war, über jeden einzelnen Arbeiter weiterhin

persönlich im Bilde zu sein. Schade – aber das war nun einmal nicht zu ändern. Umso wichtiger war deshalb das Zusammensein mit den alten Fahrensleuten. Dass er hinterher grundsätzlich die gesamte Zeche übernahm, brauchte nicht extra betont werden. Das war ja schlicht und einfach Ehrensache für einen Mann vom Schlage eines Gottlieb Daimler.

Aber wieder war sein Glück nicht von langer Dauer. Vor allem im privaten Umfeld trübten deutliche Misstöne die Harmonie, nach der sich der sichtlich gealterte Konstrukteur doch so sehr sehnte.
Da war zum einen die Tatsache der zunehmenden Bettlägerigkeit des kranken Wilhelm. Und zum allem Überfluss setzte nun auch wieder das ärgerliche Störfeuer ein, das vor allem von seinen beiden ältesten Söhnen Paul und Adolf ausging. Ausgerechnet die wieder! Diese beiden Erwachsenen, die doch längst ihre eigenen Wege gingen!
Natürlich war Linas Wunsch verständlicher gewesen, das Weihnachtsfest 1895 im Kreis der Familie zu feiern. Der ganzen Familie wohlgemerkt. Doch schon die Mienen sprachen Bände, mit denen Paul und Adolf am 23. Dezember in der Taubenheimstraße erschienen waren. Egal wie sehr sich Lina auch um die beiden bemühte und sich sogar extra nach ihren Essenswünschen für den Heiligen Abend und den 1. Weihnachtsfeiertag erkundigte, blieben sie ablehnend und verschlossen. Es sei ihnen schlichtweg einerlei, was an Weihnachten auf dem Tisch stünde. Ohnehin gebe es ja nicht das Mindeste zu feiern, angesichts des elenden Zustandes, in dem sich ihr kleiner Wilhelm inzwischen befand. Wie könne man da nur ans Feiern denken?! Dass sie sich nicht noch zu der Bemerkung verstiegen hatten, das sei halt das typische Verhalten einer Stiefmutter, grenzte beinahe schon an ein Wunder. Doch auch unausgesprochen stand der Vorwurf im Raum und vergiftete damit die ganze Weihnachtsatmosphäre, noch bevor sie überhaupt bei der Familie Daimler Einzug halten konnte.

Besonders schmerzlich daran war, dass sich auch die zwei Mädchen von der aggressiven Stimmung ihrer Brüder anstecken ließen. Allein der Tonfall, der in diesen Tagen in der Cannstatter Taubenheimstraße herrschte, ließ Daimlers Hoffnung auf eine friedliche und harmonische Weihnachtsstimmung im Kreis der Familie nicht den geringsten Raum. Von dieser Warte aus betrachtet, empfand er es beinahe schon als eine glückliche Fügung des Schicksals, als die vier ihm am 28. Dezember erklärten, sie hätten eine Einladung von der Waldenburger Verwandtschaft erhalten, die Neujahrstage in dem Städtchen am Rande des Schwäbischen Waldes zu verbringen. Und sehr gerne würden sie dieser Einladung Folge leisten. »Nichts lieber als das«, knurrte Daimler missmutig und gab dem Hausmädchen die Anweisung, vom Chauffeur unverzüglich einen Wagen bereitstellen zu lassen, damit die Kinder möglichst noch am heutigen Tage nach Waldenburg gelangen konnten. »Je früher, desto besser, dann habe ich wenigstens an Silvester meine Ruhe!« Es fügte sich diesbezüglich gut, dass der 26-jährige Paul die Automobile grundsätzlich selbst zu lenken pflegte. So musste er seinen Chauffeur nicht auch noch an Weihnachten bei Wind und Wetter durch die Gegend hetzen, und man brauchte sich um die Hin- und Rückreise der vier dennoch keine großen Gedanken zu machen.
Innerlich aufatmend verfolgten Lina und Gottlieb kurze Zeit später von der Haustür aus die Abfahrt der Kinder. »So, nun kann also doch noch ein bisschen weihnachtlicher Friede in unsere Hütte einziehen«, murmelte der Konstrukteur niedergeschlagen, als er zu einem kurzen Abschiedsgruß seine Hand hob und sich danach rasch wieder dem Haus zuwandte.
Das Gegenteil war jedoch der Fall. Der Stachel saß tief. Niemals hätte er vermutet, dass sich die Kinder derart bockig zeigen würden. Was ihn dabei ganz besonders wurmte, das war die Tatsache, dass die Misstöne auch auf seine Zweisamkeit mit Lina ihre erste dunkle Schatten warfen.

»Warum wollen sie mir denn das bisschen Glück nicht gönnen, das ich in meinen späten Tagen mit dir noch gefunden habe. Die paar Jahre, die mir noch bleiben …«
»Gottlieb!« Kopfschüttelnd legte Lina den Zeigefinger auf die Lippen ihres deprimierten Mannes und fixierte ihn mit einem strengen Blick. »Gottlieb! So etwas darfst du nicht sagen. Bitte!«
Doch der alte Konstrukteur, in dessen Gesicht sich tiefe Kummerfalten gegraben hatten, zuckte nur hilflos mit den Schultern. »Wenn es aber so ist – leider«, murmelte er noch und ließ sich anschließend kraftlos in den Ledersessel sinken, um dort eine ganze Stunde lang wortlos zu verharren.

Selbst die Feier zum Jahreswechsel 1895/96 war ihm durch diese Auseinandersetzung irgendwie vergällt. Und das ausgerechnet zu einem Zeitpunkt, wo er seine triumphale Rückkehr in die Firma eigentlich in vollen Zügen hätte auskosten können. Aber nach diesem fürchterlich verlaufenen Weihnachtsfest … Nein, er war nicht der Mann, der seine familiären Probleme einfach beiseiteschieben und dennoch munter vor sich hin feiern konnte, als sei da nichts gewesen. Das entsprach nicht seinem Naturell. Er war halt keine rheinische Frohnatur, sondern doch eher ein ziemlich bodenständiger und damit auch einigermaßen schwerblütiger Schwabe. Was in diesem speziellen Fall ausnahmsweise einmal kein Vorteil sein musste.

Zum guten Glück stellte sich dann doch noch eine hochwillkommene Ablenkung ein. Der anderthalbjährige Gottlieb begann nämlich plötzlich mit dem Sprechen. »Na endlich! Da habe ich jetzt doch noch eine Aufgabe und einen wunderbaren familiären Zeitvertreib bis zum Dreikönigstag! Also, mein Kleiner: bis dahin werde ich dir vielleicht sogar schon beigebracht haben, wie man einen ganzen Satz formuliert!«
»Ach, da spricht wieder der Techniker«, lachte Lina erleichtert über die hörbar bessere Stimmung ihres Mannes.

»Womöglich wird er unseren Besuchern bis dahin auch schon erklären, wie man einen Motor zusammenbaut.«
»Gut möglich«, gab der stolze Vater grinsend zurück. »Also Gottlieb. Sag mal Motor. M-o-t-o-r, Motor. Das ist ganz einfach.«
In der Tat machte der kleine Gottlieb tagtäglich Fortschritte beim Sprechen. Für seinen Vater war es das reinste Lebenselixier. Schlagartig fühlte er sich von seiner Niedergeschlagenheit befreit. Vielleicht war es sogar ganz gut gewesen, dass die Mädchen zusammen mit ihren Brüdern nach Waldenburg »geflüchtet« waren. Wodurch ihr jüngstes Kind nun folglich ganz alleine im Mittelpunkt der Aufmerksamkeit seiner Eltern stand. Eine Zuwendung, die der Kleine sichtlich genoss und dementsprechend auch zu nutzen wusste. Immerhin. Wenigstens der kleine Gottlieb …

Dass sich kurz nach Dreikönig aber ausgerechnet Max Duttenhofer in der Taubenheimstraße eingefunden hatte, »um der verehrten gnädigen Frau Daimler endlich meine Aufwartung machen zu dürfen«, wie er das mit der von ihm gewohnten Gestelztheit ausdrückte, das versetzte der guten Laune des Konstrukteurs gleich wieder einen gewaltigen Dämpfer. Zumal dieser Besuch zustande gekommen war, ohne dass es der Kommerzienrat zuvor für nötig gehalten hätte, seinen Vorstandskollegen Daimler offiziell von seinem Vorhaben in Kenntnis zu setzen. Was an und für sich ja das Mindeste gewesen wäre.
Natürlich hatte aber Lina ihren Mann über Duttenhofers Anfrage in Kenntnis gesetzt, ob er »demnächst zu einem privaten Besuch bei ihr erscheinen« dürfe.
»Dieser hinterlistige Hund«, hatte Daimler geknurrt. »Aber lass ihn ruhig einmal vorbeikommen. Dann kannst du dir nämlich dein eigenes Bild von dem Kerl machen – ohne dass ich dich in irgendeiner Form dabei beeinflusse. Aber nimm dich vor diesem Schönschwätzer bloß in Acht, denn der schafft es mit seinem Wortschwall mühelos, dir ein X für ein U vorzumachen!«

Das Schlimme war, dass es genau so kam, wie er Lina prophezeit hatte. Und dass sich seine Ehefrau überdies recht angetan von dem Kerl zeigte, der zwar »sehr viel gesprochen, um nicht zu sagen einfach nur dahergeschwätzt« habe, dass sie aber dennoch den Eindruck gewonnen hätte, Gottlieb stelle den Ärmsten ihr gegenüber vielleicht doch »etwas zu düster« dar, denn ihr gegenüber sei der Kommerzienrat »ausgesucht höflich und sehr artig« gewesen, das schlug dem Fass buchstäblich den Boden aus. Also auch das noch! Dieser Duttenhofer, der sich im Übrigen schon bei Linas Begrüßung durch einen völlig übertrieben großen Strauß Blumen hervorgetan hatte, schien es ganz offensichtlich darauf anzulegen, schon wieder einen Keil in Daimlers Leben zu treiben. Und jetzt sogar in der eigenen Familie! Das würde ihm aber nicht gelingen! Niemals!

In den folgenden Wochen bestimmte jedoch eine ganz andere Sorge das Leben der Familie Daimler. Es war die Sorge um den kleinen Wilhelm, dessen Gesundheitszustand sich seit Anfang Februar rapide verschlechtert hatte. Von Tag zu Tag schien der aufgrund seiner jahrelangen Bettlägerigkeit für einen 14 Jahre alten Jungen sowieso äußerst schwache Wilhelm noch schwächer zu werden. Inzwischen schaffte er es nicht einmal mehr, sich zur Einnahme der Mahlzeiten in seinem Bett aufzurichten. Und noch schlimmer: Bald darauf musste er sogar von Gottlieb und auch von Lina – die sich diese Geste der Zuwendung aber keinesfalls nehmen lassen wollte, solange ihr Mann in der Firma beschäftigt war – mit dem Löffel mühsam gefüttert werden. Doch alle Fürsorge, alles verzweifelte Ringen der Ärzte um Wilhelms Leben waren vergeblich: Am 6. März des Jahres 1896 wurde Wilhelm Daimler von seinem langjährigen Leiden erlöst. »Ja, doch: Er ist von seinen schlimmen Schmerzen endlich erlöst worden, Gottlieb. So solltest du das sehen«, versuchte Lina ihrem bitterlich weinenden Mann, der sich seiner Tränen nicht schämte, am Totenbett des kleinen Jungen Trost zu spenden. »Die Ärzte haben wirklich getan,

was sie konnten. Es war das, wozu die Medizin momentan in der Lage ist. Es war zwar nicht genug, aber er ist jetzt zumindest von den ganzen Qualen erlöst, die ihm das Leben in seinen letzten Tagen so schwergemacht haben!«
Aber dass die Schwägerin Marie Kurtz noch nicht einmal zu Wilhelms Begräbnis erschienen war, tat ein Übriges dazu, die alten Wunden neuerlich aufbrechen zu lassen. Und nicht nur das: Sie wies überdeutlich auf die Quelle hin, von der aus der Familienfriede im Hause Daimler immer wieder gestört würde. Aber was sollte das alles? Weshalb konnte ihm ausgerechnet die Marie das bisschen Glück denn nicht gönnen, das er mit Lina gefunden hatte. Es war – so sinnlos.

Über Tage und Wochen hinweg zeigte sich Gottlieb Daimler vom Tod seines Wilhelm tief verstört und getroffen. Irgendwie schien ihm Wilhelm das letzte Bindeglied gewesen zu sein, das ihn noch mit seiner Emma verbunden hatte. Ihrem gemeinsamen Sorgenkind, das sie liebevoll »unser Nesthäkchen« genannt hatte.
Lina war rasch klar geworden, dass es nur ein Mittel gab, um ihren Mann von seiner Trauer abzulenken: Er musste sich wieder in seine Arbeit vertiefen. Und zwar so schnell und so intensiv wie möglich. Aber wie? Am besten, sie wandte sich rasch an Wilhelm Maybach. Der sollte Daimler mit der Frage konfrontieren, die ihm derzeit bei den Benzinmotoren am meisten Kopfzerbrechen machte. Gemeinsam würden sie dem Problem schon auf die Spur kommen – und dabei die Sorgen und Nöte vergessen, die der Alltag bald genug wieder mit sich bringen würde.
Die Hoffnung trog Lina nicht. Wilhelm Maybach brauchte nicht viele Worte, um Daimler das Problem zu schildern, bei dem er momentan einfach nicht so recht vorankäme. Und der hatte sich tatsächlich sofort an die Arbeit gemacht …

Der 1. Oktober 1896 wurde zu einem Meilenstein in der

noch jungen Unternehmensgeschichte. Es war der Tag, an dem die Daimler-Motoren-Gesellschaft ihren ersten Lastwagen an die dortige Motorwagen-Handelsgesellschaft von Frederic Simms nach London auslieferte. Den ersten motorisierten Lkw der Welt, der sage und schreibe 1500 Kilogramm Nutzlast würde befördern können! Eine wahrhaft beeindruckende Leistung! Es war der Tag, an dem die Mitarbeiter bei ihrem Chef zum ersten Mal seit Wilhelms Tod wieder ein zufriedenes Lächeln um dessen Lippen spielen sahen. Endlich. Der Erfolg schien ihm sichtlich gutzutun. Es war aber auch höchste Zeit gewesen. »Damit haben wir jetzt bei den Engländern Fuß gefasst. Diesen Vorsprung wird uns so rasch keiner mehr streitig machen. Dank Simms – und vor allem natürlich dank der Qualität unserer Erzeugnisse!« Von nun an ging es auch mit der Laune des Konstrukteurs ganz allmählich wieder bergauf.

❧

Am 19. April 1897 schien es seinen Leuten fast so, als sei ihr Chef von einem Tag auf den anderen in eine Art Jungbrunnen gefallen. So freudestrahlend wie schon lange nicht mehr stürmte er an diesem Morgen in sein Büro. »Leute, lasst die Arbeit ruhen«, rief er schon von weitem in den Raum hinein. »Heute wird gefeiert. Meine Ehefrau hat mir gestern ein Kind geboren. Es ist ein Mädchen. Und sie wird Emilie heißen. Emilie: zur bleibenden Erinnerung an meinen auf so tragische Weise verstorbenen Freund Emile Levassor.« Einen kurzen Augenblick lang huschte ein Schatten über die Miene des alten Konstrukteurs, als er den Namen des französischen Automobilbauers Emile Levassor ausgesprochen hatte, der wenige Tage zuvor, am 14. April, an den Spätfolgen seiner schweren Verletzungen verstorben war, die er sich bereits im vergangenen September bei einem Unfall während der Automobilwettfahrt Paris – Marseille zugezogen hatte. »Die arme Louise – nun ist sie schon zum zweitenmal Witwe geworden … Aber genug der düsteren Gedanken jetzt!« Als könne er damit die finsteren Gedanken aus seinem Kopf verscheuchen, wischte sich Daimler mit der Handfläche rasch über die Augen. »Heute ist ein Glückstag. Die Emilie ist auf die Welt gekommen. Gesund und munter. Die Sektflaschen her! Wo sind die Gläser? Ein Prosit auf meinen kleinen Augenstern!«
»Ein so liebes kleines Mädchen! Der Stolz meiner späten Jahre. Dass ich dieses Glück noch einmal erleben darf, Lina.« Gottlieb Daimler schämte sich seiner glückseligen Tränen nicht, die ihm vor lauter Rührung über die Wangen rannen, als er abends an Linas Bett saß und dabei das kleine Mädchen, das sie ihm gestern geboren hatte, vorsichtig in seinen Armen wiegte. »Das ist ein unbeschreibliches Geschenk, das du mir damit gemacht hast. Du ahnst gar nicht, wie glücklich ich bin. Jetzt wird endlich alles gut, das weiß

ich. Unser kleiner Gottlieb, und nun noch die Emilie! Das ist unfassbar – so unfassbar schön. Unser Glück ist vollkommen. Jetzt werden wir wieder eine richtige Familie sein, da bin ich mir ganz sicher.«

»Ja.« Lina schenkte ihrem Ehemann ein strahlendes Lächeln. »Und du wirst schon sehen: Auch der Paul und der Adolf werden sich jetzt auf uns zu bewegen.«

Daimler zuckte leicht zusammen und wiegte dann skeptisch den Kopf. »Hoffentlich ...« Besonders im Hinblick auf seinen Sohn Paul war er sich nämlich alles andere als sicher. Obwohl Paul nach seinem erfolgreich absolvierten Ingenieursstudium in diesem Winter als Konstrukteur in die DMG eingetreten war, hatte er peinlich darauf geachtet, seinem Vater sogar innerhalb der Firma aus dem Weg zu gehen. Aber ein solcher Gedanke sollte am heutigen Glückstag keine Rolle spielen dürfen.

Und tatsächlich – allein durch die Tatsache seiner Geburt vollbrachte das kleine Mädchen ein Wunder. Die Annäherung innerhalb der Familie. Während sich Paul und Adolf im Jahr 1894 durch die Geburt ihres Stiefbruders eher verstört gezeigt hatten, erschienen sie nun erstmals seit längerer Zeit wieder in der Taubenheimstraße und ließen sich von Lina sogar ihre winzige Halbschwester in die Arme drücken. Auch die beiden Mädchen waren wie verwandelt. Schlagartig war all das Eis gebrochen, das sich seit Wilhelms Tod eher noch verfestigt hatte. Dank Emilies Geburt waren sie zu einer richtigen Familie zusammengewachsen. Und plötzlich waren auch die Herzschmerzen nicht mehr zu spüren, die Daimler in letzter Zeit ziemlich zu schaffen gemacht hatten. Alle traurigen Gedanken, alle gesundheitlichen Probleme: Sie schienen wie weggeblasen. Dank der Geburt seiner kleinen Emilie – und dank seiner lieben Ehefrau, die er auf das Sträflichste vernachlässigt hatte. Dabei war es doch seine Lina, mit der er ganz unverhofft das Glück seiner späten Jahre geschenkt bekommen hatte. Was war er nur für ein eigensinniger und selbstvergessener Trottel gewesen! Von nun an würde er strikt darauf achtgeben, dass ihm so etwas kein zweites Mal passierte!

Ein dauerhaftes Familienglück! Was anfangs nur als Hoffnungsschimmer keimte, wurde spätestens im folgenden Monat, an Linas 42. Geburtstag, also am 16. Mai 1897, für Gottlieb Daimler zur freudigen Gewissheit. Und das, obwohl der Tag zunächst alles andere als harmonisch begonnen hatte. Denn kaum war die Familie um den großen morgendlichen Frühstückstisch versammelt, wo Lina sich gerade daranmachte, die große Geburtstagstorte anzuschneiden, die Gottlieb vorgestern höchstpersönlich in einer Cannstatter Konditorei bestellt hatte (»Wenn man wie ich aus einer altehrwürdigen Bäckersfamilie stammt, dann ist es Ehrensache, so etwas selber in die Hand zu nehmen und es nicht durch Dienstboten ausrichten zu lassen.«), da war ein persönlicher Bote von Max Duttenhofer an der Tür erschienen, der Daimler die sofortige Einladung zu einer außerordentlichen Vorstandssitzung in den Direktionsräumen der DMG überbrachte. »Das ist wieder einmal typisch Duttenhofer«, knurrte der Konstrukteur verdrossen, als er die knappen Zeilen des Schreibens überflog. »Sogar deinen Geburtstag hat er uns jetzt verdorben!«
»Ach Gottlieb, das macht doch nichts«, gab Lina gelassen zurück. »Dann feiern wir halt nach, sobald du wieder da bist.« Doch trotz aller Anstrengung, sich von dieser Störung möglichst unbeeindruckt zu zeigen, schaffte sie es nicht, die Enttäuschung in ihren Augen ganz zu verbergen. Ihrem Ehemann brach es beinahe das Herz, als er gewahrte, wie seine Frau wirklich empfand. »Dieser elende Duttenhofer! Aber ich kann es mir nicht leisten, nicht zu erscheinen. Denn dann treffen sie in meiner Abwesenheit wieder Entscheidungen, die in die völlig falsche Richtung gehen. Das kann ich nur verhindern, wenn ich da bin und rechtzeitig mein Veto einlege, sofern es sich um Konstruktionsangelegenheiten handelt. Ich bin mir sicher, dass dieser Termin, der angeblich so plötzlich notwendig gewor-

den ist, in Wahrheit von Duttenhofer ganz genau geplant war. Er rechnet damit, dass ich nicht erscheinen werde. Aber diese Rechnung, die wird nicht aufgehen!« Wütend ballte er die Fäuste.
»Gottlieb, jetzt rege dich bloß nicht so auf. Du weißt doch, das tut dir nicht gut. Und außerdem: Woher soll der Duttenhofer denn wissen, dass ich heute Geburtstag habe. Ich glaube, du reimst dir da einfach zu viel zusammen. Du solltest nicht immer gleich an eine Verschwörung denken, wenn zwei Dinge zufällig miteinander …«
»Da hast du schon die Antwort«, unterbrach Daimler seine Frau mitten im Satz und deutete auf einen weiteren Boten, der inzwischen mit einem gewaltigen Strauß roter Rosen beladen an der Eingangstür eingetroffen war und dort geduldig darauf wartete, dass ihm jemand den Blumenstrauß abnahm.
»Ich wette, so angeberisch, wie dieser Strauß aussieht, ist er vom Duttenhofer. Das wäre wieder einmal typisch für ihn: übertreiben, wo es nur geht.«

Keine Minute später bekam er die Bestätigung. Lina zog ein großes Kuvert aus dem Strauß und öffnete den Umschlag: »Du hast recht gehabt: Der Kommerzienrat Duttenhofer lässt mir die allerbesten Grüße und Wünsche zu meinem Geburtstag überbringen und bittet mich gleichzeitig um Entschuldigung dafür, dass er wegen einer unaufschiebbaren Vorstandssitzung meinen Mann um dessen Anwesenheit in der Firma ersucht!«
»Sage ich doch: typisch Duttenhofer. Aber wie gesagt: Falls er damit gerechnet hat, dass ich trotz seiner Bitte nicht erscheinen werde, dann hat er sich getäuscht. Denn ich gehe fest davon aus, dass er ausgerechnet heute etwas ganz besonders Arglistiges im Schilde führt. Diese Suppe werde ich ihm jedoch gründlich versalzen!«
»Aber schön ist es doch, dass er mir einen so wunderbaren Blumenstrauß geschickt hat, das muss man schon anerkennen«, betrachtete Lina voller Bewunderung den wirk-

lich besonders prächtigen dunkelroten Strauß aus langstieligen englischen Edelrosen.

»Das kann auch nur eine Frau so sehen«, brummelte Daimler kopfschüttelnd, drückte Lina einen innigen Kuss auf die rechte Wange und griff dann nach seinem Gehrock, um wenig später das Haus zu verlassen. »Aber spätestens bis zum Mittagessen bin ich wieder zurück, das verspreche ich euch. Wartet also bitte auf mich!«

Doch das Mittagessen auf dem Herd war längst zu einem wenig ansehnlichen Einheitsbrei verkocht, als Daimler am späten Nachmittag endlich mit hochrotem Kopf und wütenden Schritten in das Wohnzimmer stürmte. »Dieser Kerl! Er hat tatsächlich wieder versucht, mich übers Ohr zu hauen. Du hättest sehen sollen, wie ihm das Gesicht entgleist ist, als ich gegen sein ganzes Kalkül dennoch erschienen bin. Und wie er dann versucht hat, zu tricksen und mich hinzuhalten und die Besprechung immer mehr in die Länge zu dehnen. Aber ich habe nicht nachgegeben, sondern bin eisern bei meiner Position geblieben. Dieses Mal habe ich ihm gezeigt, wo der Barthel den Most holt, auch wenn es ein hoher Preis war, den ich – und vor allem du an deinem Geburtstag – dafür habe zahlen müssen. Das holen wir aber alles nach, das verspreche ich dir. Ich habe für den Samstag von meinem Büro aus schon mal eine Nachfeier im Kursaal arrangieren lassen, und danach gehen wir in die Stuttgarter Oper, dort führen sie nämlich gerade den »Freischütz« auf. Was meinst du, Lina, wäre das zumindest ein kleiner Ersatz für deine kaputt gemachte Geburtstagsfeier?«

»Ach, Gottlieb«, seufzte Lina glücklich. »Aber natürlich ist es das. Und weißt du, gar so schlimm ist der Tag heute nämlich gar nicht verlaufen. Denn die Martha hat sich geradezu rührend um mich gekümmert – und außerdem habe ich so viele liebe Briefe bekommen, da war ich den halben Tag lang nur mit dem Lesen beschäftigt. Auch von Paul und Adolf sind Glückwünsche eingetroffen – dazu ein ganz besonders lieber Brief von der Emma. Aber das Schönste war wie gesagt die Tatsache, dass die Martha wirklich nicht von meiner Seite gewichen ist und auch alles so herzig arrangiert hat. Ich glaube, das Eis zwischen uns ist jetzt endgültig gebrochen.«

»Ach, wäre das schön.« Erschöpft ließ sich Daimler in seinen Lieblingssessel sinken. »Dann hätte dieser seltsame Tag ja doch noch etwas Gutes mit sich gebracht. Wenn wir endlich eine richtig normale Familie sein könnten.«

»Wobei du genau weißt, dass es in einer richtigen Familie immer mal Ärger geben kann«, gab Lina lächelnd zu bedenken.

»Ach wo«, wischte ihr Mann den Einwand lässig beiseite. »So ein Ärger, der ist ja im Grunde genommen gar keiner, denn …«

In diesem Augenblick wurde Daimler jäh von einer zarten Babystimme unterbrochen – und als er sich umwandte, sah er die glückliche Miene seiner Tochter Martha, die ein kleines weißes Bündel sanft in ihren Armen wiegte. »Ich glaube, unsere Emilie hat Hunger.« Sie schluckte kurz, dann richtete sie einen verlegenen Blick auf ihre Stiefmutter. »Darf – darf ich beim Stillen vielleicht zuschauen? Ich könnte dir danach auch beim Wickeln helfen.«

Es war ganz plötzlich da, dieses geradezu magische Glücksgefühl, das sich warm in Gottlieb Daimlers Seele ausbreitete, als er seiner Frau und seiner Tochter hinterherblickte, die sich mit dem Säugling ins Kinderzimmer begaben, um die kleine Emilie zu stillen und zu wickeln. Das Leben konnte so einfach sein! Und einfach schön.

Am 16. Juni dieses ereignisreichen Jahres 1897 wurde der Daimler-Motorwagen Typ Victoria mitsamt einem sogenannten Taxameter an den Stuttgarter Fuhrunternehmer Friedrich Greiner in Stuttgart ausgeliefert. Das erste Taxi mit Motorantrieb! Natürlich war es Greiner, der die Bestellung aufgegeben hatte. Denn Friedrich Greiner war ein genauso umtriebiger wie vorausschauender Mann. Früher als alle anderen war er sich darüber klar geworden, dass die

Zukunft den motorisierten Kutschen gehörte, und aus dieser Erkenntnis heraus gründete er in Stuttgart seine Motor-Wagen-Kutscherei. Im Nachhinein betrachtet handelte es sich dabei um das erste motorisierte Taxiunternehmen der ganzen Welt. Schon damals war das der richtige Grund für eine kleine Feierstunde. Man hatte sich wieder einmal durchgesetzt – auch gegen die immer stärker werdende Konkurrenz aus Mannheim, also gegen Benz & Co., der am 2. April des vergangenen Jahres ausgerechnet in Stuttgart eine Zweigniederlassung eröffnet hatte. Natürlich waren Carl Benz die zahllosen Querelen und die damit verbundenen massiven Qualitätsprobleme innerhalb der DMG nicht verborgen geblieben. Schon von daher hatte er die Gründung der Dependance für sinnvoll gehalten, um der DMG die verärgerten Kunden sozusagen gleich vor der eigenen Haustür abspenstig zu machen. Dabei handelte es sich natürlich um eine gezielte Provokation des Kurpfälzers gegenüber dem Motorenkonstrukteur aus Schwaben, doch dessen Ärger war rasch verflogen. Am Ende war es dann eben doch Daimler gewesen, der sich durchgesetzt hatte, indem er seinen zunächst zweifellos vorhandenen Rückstand im Hinblick auf Fahrzeugtechnik und Komfort nicht nur aufholte, sondern dank seiner tüchtigen Leute wieder einen Vorsprung herausarbeitete. Von der seit jeher besseren Motorentechnik brauchte erst gar nicht die Rede zu sein. »Wir können stolz sein auf das Erreichte – und auf die Qualität unserer Arbeit. Die Produkte aus dem Hause Daimler sind auf allen Gebieten führend: zu Wasser, in der Luft und zu Lande ja sowieso. Zum Wohl, meine Herren.«

Doch kaum hatte Gottlieb Daimler sein Glas erhoben und Wilhelm Maybach als Erstem von allen dankbar zugeprostet, da platzte ein Bote mitten in die Feier, der schnurstracks auf Daimler zustrebte und dem überraschten Konstrukteur einen Zettel mit einer handschriftlichen Notiz überreichte.

Daimler runzelte besorgt die Stirn, während er das Schreiben in einen kritischen Augenschein nahm. »Was ist es denn, das so wichtig sein soll, dass wir selbst bei einer unserer wenigen Mußestunden gestört werd...« Er unterbrach sich mitten im Satz und fasste sich an den Hemdkragen, den er mit einem raschen Handgriff lockerte.

»Einen Stuhl, bringt rasch einen Stuhl herbei. Dem Herrn Daimler ist schlecht geworden.«

Kraftlos ließ sich Daimler auf den Stuhl sinken, den seine Leute gerade noch rechtzeitig herangeschoben hatten. »Herr Daimler, was ist denn mit Ihnen. Sollen wir einen Arzt rufen? Einen Arzt, holt unseren Arzt. Sofort!«, gab der tief besorgte Wilhelm Maybach das entsprechende Kommando.

»Das ist nicht nötig«, winkte Daimler müde ab und überreichte Maybach das Schreiben, dessen Inhalt diesen Schockzustand bei ihm ausgelöst hatte. »Da, lies es selber, Wilhelm. Der Wölfert ist tot – und der Knabe ebenfalls! Beide sind mit ihrem Luftschiff abgestürzt.«

Vor vier Tagen, am 12. Juni 1897 war es geschehen. In Tempelhof bei Berlin waren Friedrich Wölfert und sein Mechaniker Knabe mit ihrem Luftschiff Deutschland abgestürzt. Sie hatten keinerlei Überlebenschance gehabt. Gleich beim Aufprall auf den Boden war das mit einer riesigen Menge hoch entzündlichem Wasserstoff gefüllte Luftfahrzeug explodiert. Wölfert und Knabe, die beiden Männer, die vor neun Jahren zusammen mit Daimler die Pioniertat der ersten motorbetriebenen Luftfahrt der Menschheitsgeschichte bewerkstelligt hatten, waren dabei in den Flammen umgekommen. »Das ist ein trauriger Tag. Nicht nur für uns, sondern für die ganze Welt«, resümierte Daimler betroffen und fasste sich dabei wieder an den heftig schmerzenden Brustkorb. »Und dennoch: Es wird weitergehen mit der motorisierten Luftfahrt. Es ist nicht das Ende, sondern wie einst der Phoenix aus der Asche wird auch die Luftfahrt aus diesen Flammen zu neuen Höhenflügen emporsteigen. Wölfert und Knabe waren ihre Wegbereiter. Möge ihnen für alle Zeiten ein ehrendes Gedenken erhalten bleiben.«

»Wo ist er?« Mit eiligen Schritten stürmte der von den Mitarbeitern alarmierte Arzt in den Raum, ergriff Daimlers Handgelenk und suchte nach dessen Puls, während er den Patienten mit einem besorgten Blick kopfschüttelnd musterte. »Sie sollen sich doch nicht so aufregen, Herr Daimler. Das habe ich Ihnen schon so oft gesagt. Das tut Ihrem Herzen nicht gut. Sie brauchen jetzt Ruhe – absolute Ruhe. Ich lasse Sie am besten gleich auf der Stelle nach Hause bringen.«

»Aber …«, protestierte Daimler schwach. »Es geht doch schon wieder. Nur einen Moment noch bitte …«

»Nichts da, keine Widerrede. Ich lasse Sie jetzt nach Hause bringen – und bitte Sie inständig, sich an meinen Ratschlag zu halten, zumindest am heutigen Tag das Bett nicht mehr zu verlassen. Ihr Herz braucht diese Erholung – und zwar dringender, als Sie sich das anscheinend vorstellen können oder wollen. Also bitte!« Der Arzt schnippte mit den Fingern und winkte Daimlers Chauffeur, den treuen Bauerschmidt, zu sich. »Bringen Sie ihn nach Hause, Herr Bauerschmidt – und zwar auf dem direkten Weg.«

Die Herzattacke hatte ihn länger an das Haus gefesselt, als es ihm recht war. Dazu legte sich ausgerechnet in diesem Sommer wochenlang eine drückend feucht-schwüle Hitze über das Land, die gerade Patienten mit solchen Herz-Kreislauf-Problemen natürlich besonders zu schaffen machte. Es dauerte folglich bis Mitte August, bis sich Daimler endlich so weit erholt fühlte, dass er an die Wiederaufnahme seiner Arbeit denken konnte. Und an die schon seit längerem geplante Reise nach Berlin, wo in seinem Beisein am 30. September feierlich der Mitteleuropäische Motorwagenverein aus der Taufe gehoben werden sollte. Immerhin der erste deutsche Automobilclub. Lina war gegen seine Teilnahme gewesen. Geradezu mit den sprichwörtlichen Engelszungen hatte sie mehrfach versucht, ihrem Ehemann dessen persönliche Anwesenheit an der Gründungsversammlung auszureden. »Erstens die lange, beschwerliche

Reise bis nach Berlin. Und das, nachdem du gerade eben erst mit Mühe und Not wieder auf den Beinen stehst. Und zweitens wird dort ja auch der Carl Benz vertreten sein. Das ist so sicher wie das Amen in der Kirche.«

»Na und, was habe ich denn wohl mit dem Benz zu schaffen?«, zog Daimler verächtlich die Mundwinkel nach unten.

»Was du mit dem Benz zu schaffen hast?« Mit allen Anzeichen der Empörung stemmte Lina ihre Arme in die Hüften. »Das weißt du selber doch am allerbesten. Aufregen wirst du dich – allein wenn du ihm auch nur von weitem begegnest. Dann wirst du dich wieder fürchterlich echauffieren – und bei einer solchen Versammlung wirst du schlichtweg nicht umhin kommen, ihn zu sehen. Da kannst du machen, was du willst. Das tut deinem Herz nicht gut, Gottlieb. Sei doch wenigstens einmal vernünftig, und lass es sein mit der Fahrt nach Berlin. Die werden diesen Automobilclub auch ohne deine Teilnahme gründen können.«

»Sie haben mich aber extra dazu eingeladen«, beharrte der Konstrukteur trotzig auf seinem Standpunkt. »Das liegt ja wohl auch auf der Hand, dass sie jenen Mann bei der feierlichen Gründungsversammlung unter sich wissen wollen, der ihnen das Automobil beschert hat.«

»Dieser Satz hätte genauso gut von Carl Benz sein können.«

»Sonst noch was. Das käme dem Benz gerade recht, dass ich ihm in Berlin kampflos das Feld überlasse. Also: Wir fahren! Ende der Diskussion.«

Es war nichts zu machen. Lina kannte ihren dickschädeligen Ehemann inzwischen gut genug. Wenn der sich erst einmal etwas in den Kopf gesetzt hatte … »Nun gut!« seufzte sie auf und sandte einen gequälten Blick zum Himmel. »Ich ergebe mich in mein Schicksal – und kann nur hoffen, dass dein Herz das alles mitmacht.«

Die Reise zur Gründungsversammlung des Mitteleuropäischen Motorwagenvereins in Berlin konnte also stattfinden. Und wie nicht anders zu erwarten, war dort natürlich auch Carl Benz erschienen. Obwohl die beiden Männer sogar in der vordersten Stuhlreihe beinahe nebeneinander platziert worden waren, gelang ihnen das Kunststück, sich gegenseitig völlig zu ignorieren. Noch nicht einmal zu einem direkten Blickkontakt war es gekommen. Von einem kurzen Gespräch oder wenigstens einer knappen Begrüßung gar nicht erst zu reden.

Trotz aller gesundheitlichen Probleme Gottlieb Daimlers konnte es einem Chauffeur der rasch zahlreicher werdenden »Motor-Wagen-Kutschen« in diesen Jahren im Übrigen durchaus passieren, dass er irgendwo in Cannstatt auf seiner Fahrt von einem am Straßenrand stehenden, wild gestikulierenden Mann angehalten wurde.
»Ist Ihnen etwas passiert? Kann ich helfen?«
»Passiert ist nix, aber helfen können Sie mir trotzdem«, gab der gut gekleidete untersetzte Herr, der ein Alter von gut und gerne 60 Jahren erreicht haben dürfte, dem verdutzten Wagenlenker daraufhin meistens zur Antwort. Er sei nämlich nur der Konstrukteur des Motorwagens.
»Sie? Sie sind – der Herr Daimler etwa?!«
»Ganz genau, der bin ich, und ich wollte mich bei Ihnen nur einmal erkundigen, wie sich der Wagen denn so fährt.«
»Ha, gut natürlich«, beteuerte der Fahrer.
Doch damit gab sich der Fragesteller noch lange nicht zufrieden. »Und wenn Sie einen anderen Gang einlegen müssen, wie viel Gas geben Sie dann vorher?«
»Nun ja, was soll ich jetzt sagen? Ich mache das alles eigentlich immer ganz automatisch, wissen Sie.«
In solchen Fällen pflegte Daimler meist kurzen Prozess zu machen: »Ach, wissen Sie was? Wenn es Ihnen grade nicht allzu arg pressiert, dann setze ich mich jetzt halt neben Sie auf den Beifahrersitz, und Sie können mich ein kleines Stück mitnehmen. Dann werde ich ja sehen, wie Sie den Wagen steuern. Wissen Sie, das ist mir nämlich ganz wichtig, so etwas aus erster Hand zu erfahren, denn mit solchen Beobachtungen kann ich anschließend darangehen, unsere Fahrzeuge weiterzuentwickeln. Denn wer aufhört, ein gutes Produkt besser machen zu wollen, der hat seine Zukunft schon bald hinter sich.«
Wer wollte sich schon getrauen, die Bitte des mittlerweile

in ganz Cannstatt zur Legende gewordenen Konstrukteurs einfach abzuschlagen. »Na gut, wenn das so ist. Ein bisschen Zeit habe ich schon. Dann kommen Sie halt hoch zu mir.«
Und ab ging die Testfahrt durch die Cannstatter Straßen, die oftmals wesentlich länger dauerte, als das der alte Konstrukteur eigentlich im Sinn hatte. Nach einem erstaunten Blick auf seine Taschenuhr pflegte er dann genauso erstaunt wie schuldbewusst die Schultern zu heben und den Chauffeur »als kleine Entschädigung« zu einem Viertele Trollinger in eine Cannstatter Gastwirtschaft einzuladen, wo man sich natürlich weiter intensiv über die möglichen Verbesserungen der Fahreigenschaften des Vehikels unterhielt – weshalb es freilich mit einem Viertelesglas Wein meistens auch nicht getan war …

Am 16. Oktober 1897 erhielt der im mondänen Kurort Baden bei Wien und im nicht minder exklusiven Nizza lebende Geschäftsmann Emil Jellinek sein erstes Daimler-Automobil geliefert, das er anlässlich eines Besuches in Cannstatt in Auftrag gegeben hatte. Auch wenn Jellinek, der einige Wochen zuvor extra persönlich nach Cannstatt gereist war, nachdem er in einer Zeitung geradezu sensationelle Wunderdinge über Maybachs neu entwickelten Motor gelesen hatte, angesichts seiner bis weit über die Backenknochen hinunter wuchernden Koteletten und diesem seltsamen Tropenhut auf dem Kopf nicht nur auf Gottlieb Daimler, um es vorsichtig auszudrücken, einen etwas eigentümlichen Eindruck gemacht hatte, so war man sich bei der DMG durchaus darüber im klaren, was dieses Interesse des offenbar schwerreichen Mannes für die weiterhin ziemlich finanzklamme Firma bedeuten konnte. Wenn nämlich, so hatte sich Jellinek geäussert, dieser Motor tatsächlich in der Lage sei, das Fahrzeug so stark zu beschleunigen, wie im besagten Artikel beschrieben, dann könne er sich durchaus für den Gedanken erwärmen, sich bei seiner hoch vermögenden Nachbarschaft an der Côte

d`Azur künftig exklusiv als Verkäufer der Daimler-Wagen zu betätigen. Wie nicht anders zu erwarten, reagierten die DMG-Vorstände hocherfreut auf diese Ankündigung. Ein solcher Mann mit den allerbesten Kontakten zu den höchsten Kreisen nicht nur der europäischen Adelshäuser, sondern, was ihnen noch viel wichtiger schien, auch zum europäischen Geldadel! Das könnte sich für die Zukunft der DMG als äußerst vorteilhaft erweisen. Denn wenn es der High Society erst einmal zur puren Selbstverständlichkeit würde, grundsätzlich einen Daimler-Wagen zu fahren, dann wäre nicht nur der Imagegewinn gewaltig. Das wäre dann der absolute Durchbruch – und zwar weltweit!
Dazu gesellte sich die angenehme Erkenntnis, dass man mit dieser Art von vermögender Kundschaft beim Kaufpreis nicht um jede Mark würde herumfeilschen müssen.
Wenige Tage später dämmerte den Vorständen jedoch die Kehrseite der Medaille. Jellineks Ansprüche waren immens. Der Mann entpuppte sich als ständiger Unruheherd, der von der Daimler-Motoren-Gesellschaft immer schnellere Wagen einforderte, mit dementsprechend immer leistungsstärkeren Motoren.
Und so folgte der ersten Euphorie die Ernüchterung gleich auf den Fuß. Denn Jellinek zeigte sich von seinem ersten Wagen maßlos enttäuscht. Er habe sich, so schrieb er in einem zornigen Brief an den DMG-Vorstand, von dem in den Zeitungen so hoch gepriesenen Riemenwagen doch deutlich mehr erhofft. Viel, viel mehr, um genau zu sein. Sechs Pferdestärken, die es dennoch nur schafften, eine Höchstgeschwindigkeit von 24 Stundenkilometern auf die Straße zu bringen, das sei ja geradezu erbärmlich. Und selbstredend entspräche es nicht im Entferntesten seinen Wünschen und seinen Ansprüchen.
Acht Pferdestärken, mindestens, müsste so ein Wagen schon vorweisen können. Und auf alle Fälle sollte man damit eine Geschwindigkeit von 40 Stundenkilometern erreichen. Nur für den Fall, dass die Ingenieure der DMG diesen Anforderungen gerecht werden könnten – natürlich

baldmöglichst – würde er hiermit zwei solche Wagen in Auftrag geben. Aber nur dann.
Selbstverständlich dürfe für diesen Fall mit üppigen Folgeaufträgen von der Côte d`Azur gerechnet werden. Der Brief war nicht nur unverschämt. Er grenzte an ein Ultimatum. Nein: vielmehr war es ein Ultimatum.
Vor allem Gottlieb Daimler fühlte sich von Jellineks unverblümter Kritik auf das Schwerste angegriffen und gewaltig in seiner Ehre verletzt. Was den alten Konstrukteur dabei ganz besonders in Rage versetzte, das war die Tatsache, dass dieser schrullige Geschäftemacher, der von der Motorentechnik doch nicht den Schimmer einer Ahnung besaß, plötzlich daherkam und allen Ernstes jetzt auch noch den Verzicht auf die altbewährte Glührohrzündung forderte – zugunsten irgendeines neuartigen Drehhülsen-Zündapparates, wie ihn die Werkstätte für Feinmechanik und Elektrotechnik Robert Bosch inzwischen anbot. Dabei hatte Daimler dem jungen Bosch doch schon vor Jahren mit deutlichen Worten die kalte Schulter gezeigt, als der mit dem Nachbau eines Deutzer Zündapparates zu ihm gekommen war. Nein, seine eigene Glührohrzündung hatte sich in den vergangenen zwölf Jahren schließlich bestens bewährt. Mit dieser Zündung hatte er den Siegeszug des Automobils begonnen. Weshalb also jetzt plötzlich umschwenken und der unverschämten Forderung des technischen Laien Jellinek widerstandslos Folge leisten?
»Weil der Jellinek das halt ultimativ verlangt! Entweder den Bosch-Zündapparat oder gar kein Wagen von der DMG! Da bleibt uns doch gar nichts anderes übrig, als diesem Wunsch nachzukommen. Da können Sie sagen, was Sie wollen.« Ausgerechnet Duttenhofer war es wieder einmal, der ihn, den Erfinder des Automobils, mit solch barschen Worten in die Schranken gewiesen hatte – natürlich nicht ohne im selben Atemzug überflüssigerweise auch noch darauf hinzuweisen, wer bei der DMG letztendlich das Sagen hatte. »Und wenn Sie das nicht wollen und wir deshalb dann auch keine Wagen an den Jellinek ausliefern können,

dann können Sie gleich aufs Amtsgericht nach Cannstatt gehen und dort einen Konkursantrag stellen. Nur damit Sie wissen, worum es geht«, war Daimler abschließend beschieden worden. Denn trotz aller erfreulichen Umsatzsteigerung in den vergangenen Monaten litt die DMG immer noch spürbar unter den Folgen des drastischen Einbruchs der Absatzzahlen, der damals beim Ausscheiden von Maybach und Daimler gewaltige Furchen in die Bilanz gefräst hatte. Nach wie vor dominierte die Farbe Rot in den Geschäftsbüchern der DMG.
Gottlieb Daimler hatte es ausnahmsweise vorgezogen, auf die harschen Worte Duttenhofers nichts mehr zu erwidern. Sollte der doch sagen, was er wollte, dank Frederic Simms befand sich die technische Oberleitung ausschließlich in seinen Händen.
Und diesem ahnungslosen Laien Jellinek würde er mit dem nagelneuen Motor, dessen baldige Vollendung Maybach kürzlich in Aussicht gestellt hatte, schon zeigen, wo es langging. Mit welcher Zündung auch immer. Das konnte dem Kerl doch egal sein. Hauptsache, sein Automobil war, so wie von Jellinek gefordert, das stärkste und das schnellste von allen. Und genau das würde es sein. Ohne Wenn und Aber. Die Leistung zählte. Pferdestärken, Zuverlässigkeit, Geschwindigkeit. Sonst nichts. Die seltsamen Bedingungen, die sich der Jellinek, aus welchen Gründen auch immer, zu eigen gemacht hatte, würden dann ganz automatisch in der Versenkung verschwinden. Er würde dem Kerl das Maul schon zu stopfen wissen.

Es war kurz nach dem Jahreswechsel 1897/98.
»Und du meinst, es sei wirklich notwenig?«
»Aber sicher ist es das.« Mit sichtlicher Entschlossenheit hielt Gottlieb Daimler dem skeptischen Blick seiner Ehefrau stand. »Das alles habe ich mir in den letzten Tagen ganz genau überlegt, und deswegen machen wir es auch so. Das Kindermädchen wird eingestellt!«
»Ach Gottlieb.« In Lina Daimlers Augen stahl sich ein

feuchtes Schimmern. »Du bist so ein herzensguter Mann. Womit habe ich dich nur verdient?«
»Wegen deiner Liebe und Güte, mit der du mir den Herbst meines Lebens vergoldest«, murmelte der Konstrukteur, der seinerseits ein leichtes Vibrieren in der Stimme nicht verbergen konnte. »Und ich möchte halt, dass das immer so bleiben soll zwischen uns. Dabei weiß ich auch, dass du deine Freiheit brauchst. Du musst doch auch Zeit dazu haben, deine Freundinnen zu besuchen, deine Eltern und auch die Gretel in Florenz. Was glaubst du, wie die sich freuen wird, wenn du an ihrem 19. Geburtstag plötzlich vor ihr stehst, um ihr persönlich zu gratulieren!«
»Aber die Kinder …«
»Eben drum. Darum wird es ja so gemacht. Du sollst nicht das Gefühl haben, durch die Kinder hier an dieses Haus gefesselt zu sein. Du brauchst einfach die Möglichkeit, den Haushalt wieder einmal einfach hinter dir lassen zu können – und die Gewissheit, dass die beiden Kleinen dann ebenfalls gut versorgt sind. Deswegen werden wir jetzt ein extra Kindermädchen für den Gottlieb und die Emilie einstellen.«
»Wobei die Emilie ja noch nicht einmal ganz ein Jahr alt ist«, gab Lina zu bedenken.
»Aber sie ist längst abgestillt und außerdem völlig gesund, so dass es für ein gutes Kindermädchen keinerlei Problem sein dürfte, sich um die Emilie und den Gottlieb zu kümmern, wenn ich tagsüber noch in der Firma bin. Der Gottlieb ist ja immerhin schon dreieinhalb.«
»Und der andere Gottlieb tut im Augenblick gerade so, als würde er dann jeden Abend, wenn er nach Hause kommt, den Kindern das Abendessen machen, sie füttern und …«
»… jetzt sage bloß noch, dass ich unsere Kinder nicht schon oft ins Bett gebracht habe. Dann glaube ich halt bald selber, dass ich ein echter Rabenvater bin!«
»Aber nein, du bist alles andere als das«, beschwichtigte Lina ihren anscheinend etwas gekränkten Mann. »Ich will damit nur sagen, dass es auch tagsüber ganz schön viel Ar-

beit ist, wenn man für die beiden da sein muss. Zum Glück sind deine anderen Kinder inzwischen ja alle erwachsen.« Erschrocken registrierte Lina, wie sich bei dieser arglosen Bemerkung ganz plötzlich ein Schatten über Daimlers Miene legte. Wahrscheinlich hatte sie ihn damit an den kleinen Wilhelm erinnert. Seinen kleinen Lieblingssohn, der vor knapp zwei Jahren verstorben war. Gottlieb hatte diesen schmerzlichen Verlust offenbar noch immer nicht ganz verkraftet.
»Auf jeden Fall«, beeilte sie sich, das Gespräch rasch fortzusetzen, »braucht es dann aber ein einfühlsames Kindermädchen. Eines, das ein gutes Wesen hat, das kleine Kinder wickeln kann und das auch mit einem dreieinhalbjährigen Dreikäsehoch richtig umgehen kann. Am besten wäre eine junge Frau, die aus einer Familie mit vielen Kindern kommt, natürlich am allerbesten aus einem schwäbischen Haushalt. Und mit dem Hausmädchen und dem übrigen Personal müsste sie sich auch gut vertragen. So jemanden zu finden, das wird nicht einfach sein, Gottlieb.«
Die Antwort kam wie aus der Pistole geschossen. »Ist schon geschehen!« Die düstere Stimmung schien schlagartig wieder von ihm gewichen. Gott sei Dank! Aber was sollte das denn nun wieder heißen?
»Was meinst du mit schon geschehen?«
»Dass ich dieses Kindermädchen, so wie du es grade beschrieben hast, bereits gefunden habe«, strahlte er. »Sie heißt Frida Völter und kommt aus dem Ermstal. Aus Metzingen ganz genau.«
»Du – du hast also heimlich ein Kindermädchen gesucht – und auch bereits eingestellt? Einfach so?«
Mit einer schuldbewussten Geste hob der Konstrukteur die Hände. »Ja, ich nehme diesbezüglich die ganze Schuld auf mich und gebe zu, das alles heimlich und hinter deinem Rücken getan zu haben. Aber nicht, um dir Böses zu wollen, sondern vielmehr, um dich zu entlasten und dir auf diese Art und Weise eine hoffentlich schöne Überraschung bereitet zu haben.«

»Ach, Gottlieb. Das ist wirklich lieb von dir. Aber ich kenne das junge Fräulein ja gar nicht.«
»Es ist eine ganz junge, hübsche ...«, entgegnete er grinsend und hatte mit dieser Bemerkung ganz absichtlich voll ins Schwarze getroffen.
»Gottlieb!« Der Protest verpuffte jedoch rasch, als Gottlieb seine Ehefrau in den Arm nahm und ihr einen zärtlichen Kuss auf die Wange hauchte. »Ach, Lina! Du brauchst doch nicht eifersüchtig zu sein. Für keine andere Frau der Welt habe ich Augen, außer für dich. Ich müsste ja wirklich verrückt sein, wenn ich dieses Glück aufs Spiel setzen wollte. Nein, Lina, das ist es nicht, was mich zu diesem Schritt bewogen hat. Vielmehr wollte ich dir eine nette Überraschung machen und es dir damit ermöglichen, dass du tatsächlich spätestens am 9. Februar in Florenz sein kannst, wenn die Gretel ihren Geburtstag feiert. Du kannst also reisen, ohne dass du dir ein schlechtes Gewissen machen musst, wie es wohl daheim gerade sein wird. Und das soll im Übrigen nicht nur für diesen einen Anlass gelten, sondern grundsätzlich. Ich weiß ja, wie gerne du reist. Im Gegensatz zu mir, wo ich mit dem Alter eigentlich immer häuslicher werde und kleine Tagesausflüge längst den längeren Reisen vorziehe. Aber weil viele von deinen Freundinnen eben nun einmal weit entfernt wohnen, sollst du dennoch nicht das Gefühl haben, wegen unserer kleinen Kinder hier an dieses Haus gefesselt zu sein. Eben dafür habe ich das Fräulein Völter eingestellt. Morgen früh kommt sie vorbei, um sich bei dir persönlich vorzustellen. Und wenn du dann das Gefühl hast, sie passe nicht zu uns – nun denn, dann werde ich deinen Ratschlag befolgen und mich halt wieder auf die Suche machen. Und da werde ich dann halt einen ganz alten, hässlichen Putzteufel heraus suchen. Einverstanden?«
Lina strahlte glücklich, als sie die dargereichte Hand ihres Mannes ergriff und kräftig drückte. »Einverstanden!«
Am nächsten Morgen erschien die junge Frida Völter aus Metzingen pünktlich zur abgemachten Uhrzeit in der Taubenheimstraße 13 und wurde von der Dame des Hauses

ausgiebig begutachtet. Die Prüfung mündete in einem anerkennenden Kopfnicken von Lina Daimler. »Ich glaube, mein Mann hat tatsächlich das richtige Kindermädchen für uns ausgesucht. Wenn Sie wollen, können Sie gleich morgen früh bei uns anfangen, Fräulein Völter.«
Es war eine gute Wahl. Insgesamt 14 Jahre sollte Frida Völter als Kindermädchen im Hause Daimler in Bad Cannstatt verbringen.

Mai 1898. Ein neues Etappenziel war erreicht, denn die Daimler-Motoren-Gesellschaft präsentierte in diesem Monat erstmals ein komplettes Omnibusprogramm. Reisebusse mit einer Leistung von sage und schreibe zehn Pferdestärken für die Beförderung von bis zu 16 Personen! Nachdem man ja schon seit dem Jahreswechsel verschiedene Lieferwagen-Modelle für Nutzlasten von bis zu 2000 Kilogramm hatte anbieten können, war mit den Omnibussen das Programm der Daimler-Geschäftswagen-Sparte vollständig. Für Gottlieb Daimler war es die Verwirklichung eines weiteren Etappenziels auf seinem Weg zur allumfassenden Motorisierung der Gesellschaft.
Wie schön, dass es ihnen gelungen war, diese stolze Wegmarke in der allerschönsten Jahreszeit zu realisieren, im Mai, der in diesem Jahr seinem Namen als Wonnemonat überdies auch wirklich alle Ehre machte. Alle Sorgen schienen wieder einmal wie weggeblasen. Es war halt eine Lust zu leben. Im Überschwang der Gefühle verfasste Daimler mit dem sogenannten Lastwagengedicht nicht nur wieder einmal eines seiner inzwischen berühmten (und manchmal auch berüchtigten) Gedichte, nein, mehr noch: Auf der obligatorischen Feierstunde für die Belegschaft im Cannstatter Kursaal, bei der die DMG ihr komplettiertes Angebot erst den eigenen Leuten und später der staunenden Kundschaft präsentierte, ließ er es sich nicht nehmen, das »Gedicht Marke Eigenbau« auch höchstpersönlich zu rezitieren – begleitet vom begeisterten Applaus seiner Arbeiter:

»Ein Daimler ist ein gutes Tier,
zieht wie ein Ochs. Du siehst´s allhier.
Er frisst nichts, wenn im Stall er steht,
und sauft nur, wenn die Arbeit geht.

Er drischt und sägt und pumpt dir auch,
wenn's Moos dir fehlt, was oft der Brauch.
Er kriegt nicht Maul- und Klauenseuch´
Und macht dir keine dummen Streich´.

Er nimmt im Zorn dich nicht aufs Horn,
verzehrt dir nicht dein gutes Korn.
Drum kaufe nur ein solches Tier,
dann bist versorgt du für und für.«

Es wurde wieder eine lange Nacht im Cannstatter Kursaal. Ein durch und durch unterhaltsamer und kurzweiliger Abend, an dem die Daimler-Arbeiter ihren hochverehrten Firmengründer an der Seite seiner jungen Ehefrau in einer dermaßen ausgelassenen Stimmung erleben konnten wie selten zuvor. Es war einer jener seltenen Glücksmomente in der Öffentlichkeit, die dem alten Konstrukteur das Herz vor Freude bis zum Hals pochen ließen. Es sollte das letzte Mal gewesen sein.

Nur wenige Tage später war es innerhalb der Firmenleitung wieder zum Eklat gekommen. Und dieses Mal ging es anscheinend besonders heftig zur Sache. Sogar noch draußen auf dem Hof waren die zornigen Stimmen zu hören, die von oben aus den Räumen der Geschäftsleitung herunterdrangen.
Kein Wunder, dass es bei der morgendlichen Vesperpause in der DMG auch nur ein einziges Thema gab, das die Gespräche der Arbeiter bestimmte.
»Habt ihr gehört, wie heftig es schon ganz früh heute Morgen wieder gekracht hat?«
»Wie – gekracht?«
»Sag bloß, du hast nichts davon mitbekommen! Du scheinst wohl taub zu sein – das hat man ja bis auf den Rotenberg hinauf hören können. Der Herr Daimler ist so früh in der Firma erschienen wie seit Jahren nicht mehr – und schon von weitem hat man ihm ansehen können, dass er kurz vor

dem Explodieren war. Und dann, dann haben sich der Duttenhofer und der Herr Daimler regelrecht angebrüllt.«
»Oje, immer dieser Duttenhofer! Wäre der doch nur bei seiner Schießpulverfabrik in Rottweil geblieben – oder sonst wo. Meinetwegen auch dort, wo der Pfeffer wächst – auf jeden Fall weit weg von Cannstatt …«
»Jetzt ist er aber da – und hat hier bekanntlich auch gewaltig was zu sagen. Das ist ja das Vertrackte, dass da mit dem Kaufmann und mit unserem Konstrukteur immer zwei völlig verschiedene Welten aufeinanderprallen.«
»Wobei ich eindeutig auf der Seite vom Herrn Daimler bin. So wie mindestens 99 Prozent von der ganzen Belegschaft. Was hat es denn dieses Mal wieder gegeben zwischen den beiden?«
»Es ist wegen den neuen Motoren. Der Österreicher da, dieser Jellinek, so heißt er, glaube ich, der verlangt jetzt ultimativ eine andere Zündung.«
»Eine andere Zündung? Aber unsere hat's doch bisher auch immer gut getan.«
»Das ist dem ganz egal. Dem hat irgendjemand einen Floh ins Ohr gesetzt, und seitdem behauptet er, das Glührohr sei ihm an seinen Wagen zu gefährlich. Und angeblich auch noch zu wenig leistungsfähig für die neuen, schneller laufenden Motoren.«
»Ja, aber was will er denn dann?«
»Die neue Zündung vom Bosch.«
»Aber das will doch der Herr Daimler nicht.«
»Eben, und genau das ist ja auch das Problem!«
»Und was sagt der Wilhelm Maybach dazu?«
»Der würde wohl schon wollen, denn das muss tatsächlich ein ziemlich gutes Produkt sein, das mit unseren Motoren zusammenpassen würde. Aber wenn sein Herr Daimler klipp und klar Nein dazu sagt, dann wird sich der Maybach niemals öffentlich gegen ihn stellen.«
»Ach ja, unser guter alter Gottlieb Daimler … im Grund seines Herzens ist und bleibt er halt ein echter Schorndorfer.«

»Was soll denn das wieder heißen.« Der Vorarbeiter musterte seinen Kollegen verständnislos.
»Kennst du denn die Geschichte von der Barbara Künkelin und den Schorndorfer Weibern nicht? Das war dort irgendwann im Dreißigjährigen Krieg, als die Männer gerade vor den Belagerern ihrer Stadt kapitulieren und die Stadttore öffnen wollten. Da hat dann eine Frau namens Barbara Künkelin alle anderen Frauen aus Schorndorf um sich geschart und die Stadt verteidigt. Bis die Gegner schließlich unverrichteter Dinge abgezogen sind. Das ist die Geschichte der tapferen Weiber von Schorndorf. Im Gegensatz zu den Männern scheinen die Frauen dort entscheidungsfreudiger zu sein. So wie unser guter Herr Daimler halt manchmal vielleicht ein bisschen zu lange zaudert …«
»Da bräuchte es deiner Meinung nach jetzt also eine Frau vom Schlage einer Barbara Künkelin …«
»… oder zumindest halt wieder einen Impuls von außen. Wenn die neue Zündung tatsächlich ihre Vorteile hat, dann wär's doch schade, wenn wir die nicht einbauen dürften. Nicht, dass der Jellinek es der Konkurrenz anbietet. Dem Benz beispielsweise.«
»Bloß nicht dem!«
»Eben. Bloß nicht dem Badenser!«
»Aber mit unserem Herrn Daimler wird der Jellinek eine harte Nuss zu knacken haben. Wenn der nicht will, dann kann er bockelhart sein.«

Auch Emil Jellinek blieb hart. Ohne die neue Zündung würde er auf seinen geplanten Großauftrag an die DMG lieber verzichten. Also: entweder – oder. Boschs Zündung in den für ihn gelieferten Automobilen oder gar nichts. Ende der Diskussion.

»Nun ja«, hatte der vorsichtige Maybach eines Tages eher wie beiläufig zu Daimler bemerkt. »Wenn in dieser Hinsicht wirklich nichts zu machen ist, dann soll der Jellinek halt seinen Willen haben! Einen Moment noch, Herr Daimler«, beschwichtigte er den Konstrukteur, der bereits zu einer scharfen Gegenrede angesetzt hatte, während er Maybach mit einem zornigen Blick fixierte. »Ich habe gestern einmal mit dem Herrn Linck in der Buchhaltung gesprochen, und wir waren uns einig, dass man sich gegen das Unabänderliche nun einmal nicht stemmen sollte. Das ist sinnlos. Der Karl Linck hat daraufhin gemeint, dann soll er wenigstens ordentlich für diese Zumutung zahlen. Geld genug scheint der Jellinek ja zu haben. Wir sollten also schauen, dass wir uns den Einbau dieses Bosch-Zündapparates so teuer wie möglich bezahlen lassen. Dann ist immerhin diesbezüglich für eine gewisse Satisfaktion gesorgt.«

»Also ich weiß nicht«, brummelte Daimler verdrießlich, der angesichts dieser Erklärung jedoch wieder einigermaßen zur Ruhe gekommen war. »Gefallen tut mir die ganze Sache trotzdem nicht, aber meinetwegen. Von mir aus. Dieses eine Mal gebe ich mich geschlagen. Wie gesagt: nur dieses einzige Mal. Dann soll er eben kräftig dafür blechen!«

Dementsprechend hoch fiel die Rechnung für den Einbau des Zündapparates aus – was freilich weder bei Emil Jellinek noch bei dessen vermögender Kundschaft auch nur für ein Wimpernzucken sorgte. Trotz des geradezu atemberaubend hohen Preises von unglaublichen 1000 Mark, die sie für jeden Bosch-Zündapparat extra berechneten, war es Daimler »wie Spitzgras«, von Jellinek zu diesem Einbau gezwungen worden zu sein.

Wenn dieses unverschämte Beispiel erst einmal Schule machte …

Da konnte demnächst ja jeder kommen und meinen, er müsse einem erfahrenen Konstrukteur vom Schlage eines Gottlieb Daimler nun ebenfalls in die Parade fahren. Dabei waren diese Kunden doch allesamt technische Laien, die nur gedankenlos nachschwätzten, was sie von angeblichen Experten an abstrusen Behauptungen so alles aufschnappten. Sonst noch was!

Ausgerechnet sein ehedem entscheidender Unterstützer Frederic Simms schien inzwischen vom selben Bazillus infiziert. Der Mann, dem er so viel zu verdanken hatte. Auch wenn ihm durchaus bewusst war, dass der Simms damals keineswegs aus Menschenfreundlichkeit so gehandelt hatte, sondern aus purem Geschäftsinteresse, als er bei der DMG ultimativ Daimlers Wiedereinstellung durchgedrückt hatte. Dennoch würde er diesen Mann nicht genauso barsch »abbürsten« können, wie er es in dieser Frage mit anderen zu tun pflegte.
Also traf man sich am besten zu einem Abendessen, bei dem er in aller Ruhe die Gelegenheit nutzen würde, den Simms von seiner neuen Vorliebe wieder abzubringen.
Das Essen im Cannstatter Kursaal fiel üppig aus und zog sich über mehrere Stunden hin, wobei Simms zunächst keinen Gedanken an die geschäftlichen Angelegenheiten zu verschwenden schien, weswegen sie doch eigentlich zusammengekommen waren. Nein, vielmehr erging er sich in den ausführlichsten Beschreibungen seiner Jagdausflüge in den Tiroler Alpen samt einer genauen Aufzählung des Wildes, das er bei der letzten Jagd zur Strecke gebracht hatte. Um im Anschluss daran auf sein beachtliches Waffenarsenal zu sprechen zu kommen. »Ach ja, da fällt mir ein: Sie sind doch von Hause aus Büchsenmacher, nicht wahr, Herr Daimler?«
»Ja, das bin ich. Ist zwar schon lange her, aber ich denke, diese Ausbildung war es, die mir entscheidend dabei geholfen hat, später so hoch präzise Teile für die Motoren herstellen zu können. Denn bei einem Büchsenmacher muss es immer ganz exakt zugehen.«
»Dann dürfte ich vielleicht einmal mit meinen Gewehren bei Ihnen vorbeikommen und mir einen fachmännischen Rat von Ihnen einholen?«
Das wurde ja immer besser! Jetzt sollte er dem Engländer also auch noch als Waffensachverständiger zur Verfügung stehen. Aber andererseits wäre es unklug, den Simms mit einer schroffen Absage zu verärgern.

»Aber sicher, Herr Simms. Das können wir durchaus einmal machen. Ich glaube allerdings, dass ihre Waffen von der allerbesten Qualität sein werden, denn die englischen Büchsenmacher gelten schließlich als absolute Könner.«
»Das schon, aber es gibt nichts, was man nicht noch besser machen könnte«, warf Simms scheinbar belanglos ein. Daimler horchte sofort auf. Aha! Der raffinierte Engländer versuchte also, über diesen Umweg auf das Zündungsthema zu kommen. Das war nicht gut – das musste am besten auf der Stelle mit einer genauso harmlos klingenden Gegenoffensive verhindert werden.
»Ja, da haben Sie recht: die Weckle hier beispielsweise«, gab er trocken zur Antwort – und konnte damit augenblicklich einen Punkt für sich verbuchen.
Irritiert betrachtete Simms das Brötchen, das ihm Daimler gerade präsentierte. »Ich verstehe nicht. Was meinen Sie damit?«
»Ich bin ja nicht nur Büchsenmacher, sondern meine Eltern haben in Schorndorf eine Backstube gehabt. Und von daher denke ich, kann ich beurteilen, dass diese Weckle hier nicht arg viel taugen. Als Bäckerbub merkt man so etwas. Da hat der Koch vom Kursaal anscheinend etwas Neues ausprobieren wollen, hat es aber nicht richtig hinbekommen. Und wir haben nun den Salat – beziehungsweise diese fast schon ungenießbaren Weckle. Womit wieder einmal bewiesen wäre, dass nicht jede Neuerung automatisch etwas Gutes ist, bloß weil sie eine Neuerung ist«, setzte er mit Unschuldsmiene hinterher. Und bevor der sichtlich verblüffte Simms seine Gedankengänge so richtig durchschaute, wandte Daimler sich um und gab dem Ober ein Zeichen. »Herr Ober, schönen Gruß an die Küche. Das Essen ist wirklich gut gewesen – nur die Weckle, die taugen nichts. Geben Sie uns lieber ein paar Scheiben Weißbrot, da weiß man wenigstens, was man hat.«
Diese Runde war eindeutig an ihn gegangen. Prima! Und nun würde er – sozusagen zum Dessert – bei Käse und Weißbrot die Sache mit den Daimler-Motoren und den

fremden Zündapparaten von seiner Warte aus angehen und dem in technischen Dingen ja nicht gänzlich ahnungslosen Simms einen detaillierten Vortrag halten, der ihm die Vorzüge der zwar althergebrachten, aber von Maybach doch längst perfektionierten Glührohrzündung auf das Deutlichste vor Augen führen würde!

Was wenig später erst als Gerücht und dann ganz langsam aber doch als verbürgte Tatsache in den Kreisen der darüber ziemlich verblüfften DMG-Belegschaft durchsickerte, war die Beobachtung, dass kurze Zeit nach dem Gespräch im Kursaal ein mit der Niederspannungs-Magnetzündung von Bosch ausgerüsteter Daimler »Riemenwagen« im Morgengrauen ganz heimlich zu einer fünftägigen Erprobungsfahrt in die österreichischen Alpen aufgebrochen war. Am Steuer hatte der zu absoluter Verschwiegenheit verdonnerte Meister Bauerschmidt gesessen, und als Beifahrer war kein geringerer als Gottlieb Daimler höchstpersönlich identifiziert worden. Fünf Tage lang waren sie unterwegs gewesen – und genauso heimlich wieder nach Cannstatt zurückgekehrt, wie sie aufgebrochen waren. Aber wie hätte man so etwas wirklich auf Dauer geheim halten können? Da konnte sich der alte Daimler ärgern, so viel er wollte: Natürlich war es ans Tageslicht gekommen. Und es gab gleich noch einen weiteren Anlass zum Ärgern: Denn die Bosch-Zündung hatte einwandfrei funktioniert. Hatte sich gegenüber der herkömmlichen Zündung sogar tatsächlich als überlegen erwiesen. Selbst Daimler musste sich diese Erkenntnis zähneknirschend zu eigen machen. Ausgerechnet aufgrund dieser von ihm nunmehr sogar höchstpersönlich gewonnenen Erfahrungen würde es in absehbarer Zeit zur Ablösung der alten Zündung kommen – denn wie lautete bekanntlich sein Wahlspruch: »Das Beste oder Nichts!« Und das war zugegebenermaßen inzwischen das Produkt von diesem sonderbaren Bosch.
Sei es, wie es wolle: Mit dem guten alten Glührohr waren sowohl das erste Motorrad wie auch das erste Automobil

der Weltgeschichte bewegt worden. Diese Tatsache war und blieb dennoch unbestreitbar: eine Tatsache eben.

Jetzt ging es Schlag auf Schlag. Erst der 12. September 1898: Das weltweit erste Straßenfahrzeug mit Vierzylindermotor, ein Daimler Phönix Phaeton, wurde an den freudestrahlenden Emil Jellinek ausgeliefert. Der von Maybach konstruierte Motor leistete bereits acht PS! Er sollte dem inzwischen vom Rennfieber infizierten Jellinek und dessen extra dafür angestellten Fahrer Wilhelm Bauer die erwarteten Siege bei den Motorwagenrennen an der Côte d`Azur sichern. Was wiederum weitere Bestellungen durch Jellinek nach sich ziehen würde – falls sich der Phaeton-Wagen tatsächlich als so überlegen erweisen sollte, wie das von Gottlieb Daimler mit begeisterten Worten geschildert worden war.
Dieses Mal brauchte Emil Jellinek keine Enttäuschung zu verdauen. Sein nagelneuer Phaeton-Wagen erwies sich als echter Renner – und das im wahrsten Sinn des Wortes. Kein Wunder, dass sich jetzt die schwerreiche Kundschaft aus Cannes und Nizza bei Jellinek regelrecht die Klinke in die Hand gab, um über den inzwischen als DMG-Generalvertreter für Südfrankreich tätigen Kaufmann ebenfalls ein solches Wunderfahrzeug zu erwerben. Wie ein warmer Regen gingen diese Bestellungen über der DMG in Cannstatt nieder.
Was freilich keinesfalls bedeutete, dass man sich jetzt auf diesen ersten Lorbeeren ausruhen durfte. Dazu erwies sich Jellinek als viel zu ungeduldig. Er wollte mehr. Immer mehr. Viel mehr. Immer stärkere Motoren und damit immer schnellere Automobile. Der Mann schien keine Grenzen zu kennen. Emil Jellinek war unersättlich!

Kurz nach dem weltweit beachteten Erfolg der Phaeton-Wagen schrieb schon wieder ein Erzeugnis der DMG in gewisser Weise Automobilgeschichte, denn am 2. Oktober 1898 hatte ein Daimler-Motoromnibus, der Platz für zehn

Personen bot, im Auftrag der württembergischen Postverwaltung zwischen Künzelsau und Mergentheim den fahrplanmäßigen Verkehr aufgenommen. Das war die allererste Kraftpostlinie in ganz Deutschland, auch wenn der Verkehr aus Kostengründen bereits im Juli 1899 wieder eingestellt werden musste.

Im Nachhinein betrachtet waren gerade diese Monate so typisch für das ewige Wechselbad, in dem sich Gottlieb Daimler befand. Denn während ihn die Schlagzeilen der Presse für diese erstaunlichen Produkte geradezu überschwänglich feierten, agierten die trickreichen Mitgesellschafter nach wie vor hinter seinem Rücken. Wie anders sollte man den Vorgang bezeichnen, der erst klammheimlich eingefädelt und dann am 3. November in Marienfelde bei Berlin sogar ganz offiziell über die Bühne gegangen war? Die dortige Maschinenbauanstalt war von Duttenhofer und seinen Gewährsleuten in eine Aktiengesellschaft umgewandelt worden, die unter dem Namen Motorfahrzeug- und Motorenfabrik Berlin AG ab sofort Personenwagen, Omnibusse und Nutzfahrzeuge nach DMG-Patent produzieren würde. Ein gezieltes Unterlaufen der ursprünglichen Vertragsvereinbarungen zwischen Daimler und Duttenhofer! »Das ist eiskaltes Kalkül. Er will mich auf kaltem Wege abservieren!« Schlagartig waren die Herzschmerzen wieder da! Aufstöhnend fasste sich Daimler an die linke Brustseite. »Und allem Anschein nach hat er auch Erfolg damit …«

Dass ihn zeitgleich mit dieser niederschmetternden Nachricht auch noch die Kunde von Emil Jellineks neuestem Vorstoß in der DMG-Geschäftsleitung erreichte, der seinen künftigen Phaeton-Motorwagen mit der Bezeichnung Mercedes versehen haben wollte, machte das Maß des Unerträglichen übervoll. Kein Daimler-Automobil, sondern ein Mercedes sollte es also sein. Und wie nicht anders zu erwarten, hatte Duttenhofer bereits seinen Segen dazu ge-

geben. Zwar unter der scheinheiligen Maßgabe, das DMG-Emblem müsse klar und deutlich sichtbar bleiben, aber einer Zusatzbezeichnung, noch dazu einer so klangvollen, wolle er sich keinesfalls verweigern. Mercedes. Wie schön. Ebenso schön wie die Begründung, die Jellinek für seinen Vorschlag beigesteuert hatte. Mercedes sei der Kosename seiner zehnjährigen Tochter Adrienne Manuela Ramona Jellinek. Seit dem frühen Tod der Mutter war das Mädchen lange Zeit von Jellinek alleine aufgezogen worden – dementsprechend eng war die Bindung der beiden aneinander. Das wiederum sei die Erklärung dafür, weshalb Mercedes in tiefe Depressionen versunken war, als sich ihr geliebter Vater wieder verheiratete. Egal, was er ihr auch versprochen hatte, Mercedes war der Meinung gewesen, sie sei ihm plötzlich nicht mehr wichtig und er werde sie womöglich in ein Heim stecken. Um seiner Tochter das Gegenteil zu beweisen, entschloss sich Emil Jellinek zu der wahrhaft spektakulären Initiative, seine Daimler-Rennwagen künftig mit dem Kosenamen seiner Tochter zu versehen. Mercedes! Konnte es einen größeren Beweis für seine väterliche Liebe geben als diesen Schritt?
Und natürlich stand der völlig verunsicherte Daimler nach dieser herzerweichenden Erklärung nun vor der Frage, ob er gegen »so etwas Großartiges« tatsächlich juristisch vorgehen sollte?
Abgesehen von der wundervollen Melodie dieses Wortes: Mercedes.
Nun denn!
Aber nur als Zusatzbezeichnung!
Und ausschließlich nur für die Rennwagen …

Zumindest daheim fand Gottlieb Daimler die so dringend benötigte Ruhe und das Verständnis seiner Ehefrau. Lebenslustig und unternehmensfreudig, wie Lina von Hause aus nun einmal war, veranstaltete sie zahlreiche Feste und prachtvolle Gesellschaften. Das war zwar nicht unbedingt Daimlers Sache, aber andererseits spürte er, wie gut es tat,

dank solcher Anlässe aus dem Alltag gerissen zu werden und sich mit ganz anderen Menschen und Themen zu beschäftigen, als das üblicherweise der Fall war. Und außerdem konnte man es an ihrem unbeschwerten Lachen hören und an ihren strahlenden Augen ablesen, wie sehr Lina diese bis in den frühen Morgen andauernden Gesellschaften in vollen Zügen genoss. Weshalb sollte er Lina also nicht diesen Gefallen tun? Schließlich war er es doch, der seine Ehefrau ansonsten unablässig mit den ganzen Problemen konfrontierte, die ihm das Leben zunehmend schwerer machten. Ja, diese unbeschwerten Stunden hatte sie sich wahrhaftig verdient.
Und so bestand zwischen den beiden eine Übereinkunft, für die es nur weniger Worte bedurft hatte. Im Hause Daimler sollte man sich als Gast immer willkommen fühlen. Und wenn Lina wieder einmal eine große Gesellschaft ausrichten wollte, dann bekam sie dafür alle Unterstützung, die sie brauchte. Gottlieb selbst, der ja eher die kleineren Zusammenkünfte bevorzugte, pflegte dann mit der ihm eigenen Gutmütigkeit zu brummen: »Heut bin i halt wieder mol dein Gascht!« – und so wollte er dann auch den Abend verbringen: einfach als einer von vielen Menschen, die sich alle gut aufgehoben fühlten im Haus mit der Nummer 13 in der Bad Cannstatter Taubenheimstraße.

Und gerade dann, wenn zu Beginn des Abends die beiden kleinsten Daimlers wieder einmal trotz dem strikten Verbot der Mutter in ihren weißen Nachthemden, verfolgt von einem schimpfenden Kindermädchen, durch die leicht irritierte Abendgesellschaft wirbelten, fühlte sich der freudestrahlende Daimler so richtig glücklich und zufrieden. Denn Kinder, das waren für ihn schon immer die leuchtenden Sterne im Leben gewesen. Wie oft hatte er dabei die Tatsache bedauert, dass er für seine Kinder aus der ersten Ehe nicht die Zeit hatte aufbringen können, die er sich doch so gerne genommen hätte. Diese Einstellung pflegte er auch gegenüber gleichaltrigen Besuchern regelmäßig zu bekräftigen, wenn einer ihnen angesichts des wild umhertobenden Daimler'schen Nachwuchses aufatmend bekannte, wie froh er doch sei, dass die eigenen Kinder längst das Erwachsenenalter erreicht hätten. Aber in diesem Alter quasi »noch mal von vorne anfangen« zu müssen, also wirklich …

Daimler konterte solche Bemerkungen souverän: »Von mir aus könnten es gerne noch einmal zehn sein!« Er war und blieb halt ein Kinderfreund.

Und ein wahrer Menschenfreund dazu. Das war vermutlich eine jener Eigenschaften, die ihn für Attacken der Vorstandskollegen bei der DMG umso anfälliger und verletzbar machten. Beispielsweise, wenn er wieder einmal beteuerte, er sei »auch nichts Besseres als die anderen«. Weshalb sollte es denn anders sein?

Auch wenn sich in der Taubenheimstraße mittlerweile fast die ganze Welt die Klinke in die Hand gab, um dem großen Konstrukteur einmal persönlich gegenüberstehen zu dürfen, war und blieb Gottlieb Daimler gerade auch in seinem Cannstatter Zuhause der ganz normale Mensch, der er immer hatte sein wollen. Für jeden seiner Hausangestellten fand er ein freundliches Wort, und sofern die Zeit reichte, erkundigte er sich noch ausführlich nach dem Befinden und wie es in der Familie denn so gehe. Manchmal schien es ihm geboten, einem der Angestellten eine kleine Freude zu machen. Mit einem vielsagenden Seitenblick auf den Chauffeur, das Hausmädchen oder den Gärtner pflegte er seiner Lina dann leise ins Ohr zu flüstern: »Schenk ihm doch auch mal wieder ebbes Schönes!«

Ganz bewusst sollte es Lina sein, die dieses Geschenk übergab. »Denn sie sollen dich genauso schätzen und mögen wie mich.« Zumal sie ihn ja sicherlich um viele Jahre überleben würde.

Das war so typisch für Gottlieb Daimler. Umso mehr zehrten Auseinandersetzungen in der Familie an seinen Nerven, beispielsweise wenn Paul und Adolf in Fragen der Motorenkonstruktion wieder einmal einen völlig anderen Standpunkt einnahmen als ihr Vater. Zumal sie ihre Argumente mit genau derselben Heftigkeit vorzubringen pflegten wie der Konstrukteur selbst. Das hatte es auch schon früher manchmal gegeben – noch zu Emmas Lebzeiten. Doch weil Emma immer hart dazwischen gegangen war und die Streithähne mit scharfen Worten auseinanderbrachte, war der Streit meistens wieder rasch beendet worden. Das traute sich Lina freilich nicht. Sie war ja nur die Stiefmutter. Eine Aussage, die Gottlieb Daimler jedes Mal einen schmerzhaften Stich ins Herz versetzte. Streit in der eigenen Familie. Das war das Letzte, was er gebrauchen konnte!

Manchmal gingen Wochen ins Land, bis sich die Söhne endlich wieder einfanden, um über einige belanglose Sätze wieder Frieden mit ihrem Vater zu schließen, der in dieser sprachlosen Zwischenzeit nach seinem eigenen Bekenntnis »gelitten hatte wie ein Hund«. Bis zur nächsten Auseinandersetzung …

1899

Neben Paul Daimler war nun auch Adolf in die Firma eingetreten. Auch Adolfs hatte das Ingenieursstudium in Stuttgart mit Erfolg abgeschlossen und wurde nun genauso wie der ältere Bruder in der Konstruktionsabteilung angestellt. Aber es solle sich ja keiner auf seine Herkunft irgendetwas einbilden, hatte ihnen der Vater strikt eingeschärft. Sie seien Techniker wie viele andere in der DMG auch. Nicht durch Beziehungen, sondern nur durch Leistung sei ein Vorwärtskommen möglich. Eine Anmerkung, die zwar Daimlers grundsätzlicher Überzeugung entsprach, aber im Hinblick auf seine Söhne völlig überflüssig gewesen war. Denn weder Paul noch Adolf dachten auch nur im Entferntesten daran, sich einfach auf die faule Haut zu legen und von der Pionierarbeit ihres Vaters zu profitieren. Vielmehr trieb sie der Ehrgeiz, »es dem Alten einmal so richtig zu zeigen«. Und nachdem ihr Vater bekanntermaßen im DMG-Vorstand eher geduldet als hoch geschätzt wurde, war ihnen nur allzu bewusst, dass sie es innerhalb der Firma nur dann zu etwas bringen würden, wenn sie trotz ihres eher hinderlichen Nachnamens Daimler eine respektable Arbeit vorweisen konnten. Das war die Devise, die beiden einen überaus erfolgreichen Karriereweg beschreiten ließ. Sehr zur stillen Freude ihres Vaters, der am 17. Februar des Jahres 1899 einen weiteren Meilenstein seines Lebensmottos »Zu Lande, zu Wasser und in der Luft« setzen konnte. Denn es war der Tag, an dem der erste von zwei mächtigen Daimler-Motoren ausgeliefert wurde, die später das riesige Luftschiff des Grafen Zeppelin antreiben sollten. Das war eine ganz andere, ungleich gewaltigere Dimension als seinerzeit bei den ersten Luftfahrt-Versuchen des unglücklichen Wölfert in Cannstatt. Denn jeder der

imposanten Vierzylindermotoren aus Leichtmetall brachte es auf sage und schreibe 15 Pferdestärken – und das bei nur 700 Umdrehungen pro Minute. Zweimal 15 PS! Damit würde der Kapitän in der Lage sein, sein Luftschiff in jede nur denkbare Position zu bugsieren. Mit dem LZ 1 würde eine neue Epoche der Luftfahrt beginnen. Ob es mit dem Jungfernflug allerdings tatsächlich noch in diesem Jahr klappen konnte, schien Daimler eher fraglich, denn die Sache war nicht nur wegen des für die Hülle verwendeten Wasserstoffgases äußerst heikel, die Ausmaße des Luftschiffs sprengten auch alle bisher gekannten Ausmaße.
Es kam dann genau so, wie es der alte Konstrukteur vorhergesagt hatte. Erst mehr als ein Jahr später, am 2. Juli 1900, hob sich das von den beiden Daimler-Motoren zuverlässig angetriebene LZ 1 endlich in den Himmel. Knapp vier Monate nach Gottlieb Daimlers Tod, der diesen Triumph doch so gerne noch erlebt hätte.

Kaum war der Jubel über den geglückten Probebetrieb und die Auslieferung des Luftschiffmotors in den Fabrikräumen auf dem Seelberg verklungen, da mischten sich schon wieder schrille Misstöne in die Arbeitsatmosphäre. Es gab heftige Kritik von Emil Jellinek.
»Der Jellinek! Ausgerechnet! Was hat der denn jetzt schon wieder zu kritisieren?« Gerade eben erst hatte doch Jellineks Rennfahrer Wilhelm Bauer bei der Rennwoche von Nizza mit einem zweisitzigen Daimler-Rennwagen die Tourenfahrt Nizza–Magagnone–Nizza über die Entfernung von 85 Kilometer mit einer Durchschnittsgeschwindigkeit von sage und schreibe 34,7 Stundenkilometern gewonnen. Einen nachdrücklicheren Beweis von der Zuverlässigkeit der DMG-Automobile konnte es gar nicht geben! Und dennoch war Jellinek wieder einmal unzufrieden. Mehr als unzufrieden sogar.
»Der Jellinek sei stinksauer, sagen sie.« Obwohl es sich zunächst noch um ein Gerücht handelte, machte es wie ein Lauffeuer unter den DMG-Arbeitern die Runde. Und –

noch schlimmer – es erwies sich zu Gottlieb Daimlers grenzenlosem Ärger schon bald als zutreffend. Ja, der Jellinek sei sauer. »Er ist in der Tat sogar stinksauer.« Allem Anschein nach nicht minder aufgebracht wie ihr inzwischen wichtigster Kunde deutete der von den beiden anderen Vorständen flankierte Max Duttenhofer auf das Telegramm aus Südfrankreich, in dem sich Jellinek in genauso bitteren wie drastischen Formulierungen über die an ihn ausgelieferten Daimler-Automobile beschwerte. Dieser eine Sieg beim Langstreckenrennen, nun ja, das sei doch eine Selbstverständlichkeit gewesen. Aber was war mit den beiden anderen Rennen? Wieso hatten dabei andere Marken die Nase vorn gehabt? Wo man ihm doch hoch und heilig versprochen hatte, er habe von der DMG die besten Automobile der Welt erhalten. Wie konnte das denn sein?!

Weder in der extra ausgeschriebenen Geschwindigkeitsprüfung noch beim Bergrennen von Nizza hatte es für Jellineks Wagen zum Sieg gereicht. Zwei Niederlagen in Folge! So sah er das. Das war weiß Gott nicht nach dem Geschmack des sieggewohnten und über die Maßen anspruchsvollen Emil Jellinek!

Ob sich die Herrschaften in Cannstatt wohl eine Vorstellung von der Situation machen könnten, in der er sich nun befände? Denn wie sollte er nach dieser »Niederlagenserie« seiner Kundschaft noch unter die Augen treten? Höchst anspruchsvollen Leuten, denen er die Vorzüge seiner Rennwagen in den leuchtendsten Farben geschildert hatte. »Im Vertrauen auf die großspurigen Aussagen der Cannstatter Ingenieure« habe er die Wagen als unbesiegbar bezeichnet. Und dann so etwas! Der zornbebende DMG-Generalvertreter, der den Wagen zu allem Überfluss auch noch erstmals unter dem Pseudonym Mercedes für das Rennen gemeldet hatte, setzte den Cannstattern ein neuerliches Ultimatum. »Er verlangt in dem Telegramm, dass Sie einen völlig neuen Wagen bauen. Er will den Sieg im nächsten Jahr garantiert haben!«

»Garantiert haben!« Unwirsch stippte sich Daimler mit

dem Zeigefinger gegen die Stirn. »Der spinnt doch, der Jellinek. Wie soll ich ihm das garantieren können? Da braucht doch nur sein Chauffeur einen Fehler zu mach…«

»Was der Chauffeur macht, das muss uns nicht interessieren«, schnitt ihm Duttenhofer barsch das Wort ab. »Er verlangt von uns das beste und stärkste Automobil der Welt. Mit dem besten und stärksten Motor der Welt. Nicht mehr und nicht weniger.«

»Aber was glaubt der eigentlich, wer er ist?!«

»Er ist unser mit Abstand wichtigster Kunde, wenn Sie sich vielleicht daran erinnern möchten. Und außerdem – auch darauf darf ich Sie hiermit vielleicht hinweisen – hält er sich lediglich an das Motto, das doch bekanntlich von Ihnen persönlich stammt: »Das Beste oder Nichts«. Das ist doch schließlich Ihr Leitspruch, oder etwa nicht?«

Der von Duttenhofer in einem so unverschämten Tonfall bloßgestellte Daimler rang in seiner fassungslosen Empörung krampfhaft um die richtigen Worte. »Also wirklich …«

Aber wieder fuhr ihm sein Gegenüber rücksichtslos dazwischen: »Sie können sich die ganzen Ausflüchte sparen. Unser Hauptkunde verlangt die besten Produkte von uns, und die wird er von uns auch bekommen. Und zwar genau so wie er das wünscht: dieses Mal mit der Zündung, die er für die Rennwagen schon seit geraumer Zeit verlangt, also mit der Zündung von dem Bosch. Entweder wir gehen auch auf diese Bedingung ein, oder er droht mit der sofortigen Stornierung sämtlicher Bestellungen. Zwei Dutzend Wagen hat er bei uns geordert. Und wie auch Ihnen bekannt sein dürfte, zu einem für uns äußerst vorteilhaften Auslieferungspreis. Das alles will er jetzt stornieren – so lange, bis seine Bedingung erfüllt ist. Sie werden ihm also seinen Wunsch erfüllen!«

»Den Teufel werde ich tun!«, echauffierte sich der Konstrukteur in einem von ihm selten so lautstark erlebten Wutausbruch. »Falls Sie es vergessen haben sollten: Die technische Verantwortung für sämtliche Motoren trage ich

– und niemand sonst!« Damit machte er auf dem Absatz kehrt und verließ die Direktionsräume der DMG, ohne die Herren Vorstandskollegen noch irgendeines Blickes zu würdigen. Das letzte Wort in dieser Frage war damit gesprochen.
Scheinbar zumindest.
Doch dann … dann ging Jellinek einen spektakulären Schritt weiter. Es handelte sich um eine ungeheuerliche Provokation, mit der er die DMG – und dabei natürlich in vorderster Front Daimler und Maybach – in aller Öffentlichkeit vorführte. Mehr noch: regelrecht blamierte. Jellinek hatte einen ganz besonders raffinierten Weg gewählt, um seine Forderungen an die DMG mit brachialer Gewalt durchzusetzen. Er schaltete Zeitungsanzeigen. Mit einem geradezu skandalösen Text, der sich frontal gegen die DMG-Produkte richtete! So erschien im »Neuen Wiener Abendblatt« der Text: »Die Glührohrzündung bildet eine schwere Gefahr für die Sicherheit des Kraftfahrzeuges, da dieses bei unsachgemäßer Bedienung der Glührohrzündung leicht in Brand geraten könnte. Die Glührohrzündung muss jeden Wagen einmal zum Brennen bringen. Ich will damit nicht gesagt haben, dass dadurch auch jeder Wagen verbrennen muss. Es ist nicht notwendig, dass ein Wagen umfällt, um das Benzin in Brand zu stecken, es genügt, dass eine heftige Erschütterung das Zuleitungsrohr zu den Brennern beschädigt, um den Brand hervorzubringen. Mir selbst sind in meiner langjährigen Praxis unzählige Male meine Wagen in Brand geraten. Ein Bollée ist mir vollständig ausgebrannt. Hoffentlich wird in kurzer Zeit die Einsicht der Fabrikanten, oder, wenn es nicht anders geht, ein Gesetz die Verwendung jeder Glührohrzündung bei Automobilwagen abschaffen, da bei Ausbreitung dieses Verkehrsmittels die Folgen dieser gefährlichen Zündung gar nicht absehbar sind!«
Das war ja … einfach unglaublich, wozu sich Jellinek mit dieser Annonce verstiegen hatte. Jeden anderen hätten sie auf Schadenersatz und Gegendarstellung verklagt. Aber

ausgerechnet der vermögende Jellinek … Wie sollte das angehen, nachdem sich Jellinek doch längst zum wichtigsten Kunden der DMG entwickelt hatte?
Und selbst wenn man sich zu einem juristischen Vorgehen gegen ihn entschließen würde, lief man ernsthaft Gefahr, am Ende selbst im Pulverdampf zu stehen. Denn der mit allen Wassern gewaschene Österreicher hatte seine Kampagne mit aller Raffinesse gestartet: vorgeblich ging es ihm dabei nur um Sicherheitsfragen. Und welcher Hersteller wollte sich schon den Vorwurf gefallen lassen, nicht alles dafür getan zu haben, um Gesundheit und Leben seiner Kundschaft zu schützen und zu bewahren. Es war eine Dreistigkeit sondergleichen! Wo es in der Automobilbranche doch ein offenes Geheimnis war, dass sich Jellinek für nichts anderes interessierte als für Leistung und Geschwindigkeit. Immer stärker, immer schneller, immer besser. Und da sorgte sich ausgerechnet der Jellinek vorgeblich um Fragen der Sicherheit. Und finanzierte die Kampagne zum Wohle der Menschheit sogar noch aus eigener Tasche. Mit welchen Argumenten sollte man sich öffentlich gegen ihn stellen? Es schien den Verantwortlichen in der DMG am Ende ihrer Überlegungen das Beste, gar nichts zu unternehmen. Lieber nicht noch mehr Öl ins Feuer gießen und die Jellinek-Kampagne einfach ignorieren. Um dann nach einiger Zeit stillschweigend auf seine Forderung einzuschwenken. Da mochte der alte Daimler toben und schimpfen, so viel er wollte: Im Interesse der Aufträge dieses Kunden und im Hinblick auf die wirtschaftliche Situation der DMG würde er sich fügen müssen.
Die alleinige Schuld an dieser peinlichen Situation trug sowieso der Daimler. Wäre er halt schon früher über seinen Schatten gesprungen und hätte bei Jellinek-Aufträgen eben diese Bosch-Zündung eingebaut, dann wäre es erst gar nicht zu diesem Skandal gekommen. Du meine Güte! Daimler! Dieses Mal würden sie ihm nicht mehr nachgeben. Da konnte der alte Polterer sagen, was er wollte. Der Wunsch des Kunden war nun einmal Befehl!

Selbst Stunden nach der Vorstandssitzung, auf der sie ihn unter Androhung der Einleitung eines Konkursverfahrens gezwungen hatten, den Wünschen Jellineks zu entsprechen, hatte sich Gottlieb Daimler noch immer nicht beruhigt. Nach der heute ausnahmsweise besonders früh beendeten Arbeit war er schimpfend in den Hausflur gestürmt, wo seine sorgenvoll dreinschauende Lina gleich zur Begrüßung mit einem wahren Wortschwall überschüttet wurde. »Das wird allmählich immer toller! Erst die unverschämte Forderung mit dem Namen Mercedes! Unglaublich! Als hätte den Wagen eine gewisse Mercedes gebaut und nicht die DMG! Die Daimler-Motorenwagen-Gesellschaft, um die Dinge klar und deutlich beim Namen zu nennen. Und jetzt noch diese Sache mit der Bosch-Zündung! Nach dieser ungeheuerlichen Zeitungskampagne. Was glauben diese Leute eigentlich?! Wie kann man sich nur auf so etwas einlassen. Ich werde dem Duttenhofer gleich morgen früh sagen, dass er unverzüglich …«
»Du wirst gar nichts, Gottlieb«, fiel ihm seine Ehefrau barsch ins Wort. »Du hast dich in den letzten Wochen schon mehr als genug aufgeregt – mehr als es deiner Gesundheit zuträglich gewesen ist. Allein wenn ich daran denke, wie du ja beinahe in Ohnmacht gefallen bist, als deine Mitgesellschafter von dir verlangt haben, persönlich für einen 700.000-Mark-Kredit zu haften, und sie dir gleichzeitig erklärt haben, dass du wegen dieser sonderbaren Bereinigung der Jahresbilanz auch die 50.000 Mark, die man dir ja vertraglich zugesichert hatte, nicht bekommen wirst.«
»Betrüger! Das sage ich ja die ganze Zeit schon. Jetzt hast du es selber einmal erleben können, wie der Lorenz und erst recht der Duttenhofer mich um mein Geld und um mein ganzes Lebenswerk betrogen und bestohlen haben. Und deswegen …«
»… deswegen werden wir noch heute in die Kur abfahren. Ich habe alles vorbereitet. In einer Stunde geht es los.«
Für einen Moment schien Gottlieb Daimler sprachlos und musterte seine bessere Ehehälfte mit einem fassungslosen

Blick. »In die Kur? Noch heute? Aber davon weiß ich ja gar nichts. Das geht heute nicht. Ich muss morgen doch noch …«

»… gar nichts musst du. Ich habe in den letzten Tagen, als sich die Dinge mit Duttenhofer, mit der Zeitungsannonce und mit den Finanzen schon ziemlich zugespitzt haben, einen Kururlaub für uns gebucht. Und den werden wir jetzt antreten. Du brauchst Abstand – im wahrsten Sinn des Wortes. Du musst weg von hier – je schneller und je weiter weg, desto besser.«

»Aber du hast mir kein Wort davon gesagt!«

Lina schickte einen vielsagenden Blick zum Himmel. »Ja wie denn auch. Du warst doch gar nicht mehr ansprechbar in deiner grenzenlosen Wut über die Umtriebe von Duttenhofer und Jellinek. Du hast ja für nichts anderes mehr Gedanken gehabt – noch nicht einmal für deine beiden kleinen, für den Gottlieb und die Emilie.«

»Das stimmt allerdings«, nickte Daimler mit zerknirschter Miene. »Das ist tatsächlich unverzeihlich, wenn man sich von diesen Blutsaugern dermaßen aus der Bahn werfen lässt, dass man sich nicht einmal mehr um seine eigenen Kinder kümmert – und genauso wenig um seine geliebte Ehefrau«, setzte er mit einem bedeutungsvollen Blick auf Lina hinterher. »Aber apropos, wenn du das mit der Kur ernst meinst …«

»… und ob ich das ernst meine!«

»Was ist dann mit den Kindern?«

»Nun, das ist ja wirklich kein Problem. Genau dafür hast du doch unser Kindermädchen eingestellt. Und die Frieda haben unsere zwei inzwischen gewaltig ins Herz geschlossen.«

»Aber das ist doch kein Ersatz für die Eltern. Dann sehen sie mich ja gar nicht mehr.«

»Womit fast alles so wäre, wie es sowieso immer ist«, setzte Lina Daimler lächelnd den Schlusspunkt der Debatte. »Und damit ist jetzt alles beredet. Komm, auf geht's! Ich habe gehört, dass draußen schon der Wagen vorgefahren ist.

Der Herr Bauerschmidt wird uns extra fahren, dein Lieblingschauffeur. Abmarsch jetzt!«

Der spontane Kuraufenthalt hatte Daimler spürbar gutgetan – sowohl seiner angegriffenen Gesundheit als auch seiner tief gekränkten Seele. Doch kaum war er im Konstruktionsbüro auf dem Seelberg zurück, da sah er sich von den alten Sorgen und Zumutungen schon wieder umzingelt. Gerade so als ziehe sich ein unsichtbares Netz immer dichter um ihn zusammen. »Ach Lina, am besten wären wir ganz in der Kur geblieben«, seufzte er beim Kaffeetrinken am darauffolgenden Sonntagnachmittag. »Wie schön und harmonisch könnte alles sein, wenn sie mich nur in Ruhe schaffen lassen würden.«
»Dann lass uns doch gleich noch einmal einige Tage fahren, wenn es schon wieder so schlimm ist. Zeige ihnen einfach die kalte Schulter, anstatt dass du ihnen den Gefallen tust und dich aufregst – was ja auch zu nichts anderem führt, als dass es deine Gesundheit ruiniert. Von mir aus können wir gleich morgen noch mal aufbrechen – mit der Familie bekomme ich das schon geregelt. Die Kinder und der Haushalt werden ja trotzdem wieder gut versorgt sein.«
»Ach, meine liebe Lina. So impulsiv und tatendurstig wie eh und je.« Ein mildes Lächeln spielte um die Lippen des von den Vorgängen um ihn herum sichtlich gezeichneten Konstrukteurs. »Aber in der Tat: Ich habe in dieser wunderschönen Kur schon ein bisschen dazugelernt, auch anderen Dingen Platz im Leben einzuräumen. Ich könnte es mir also durchaus vorstellen, gleich noch einmal für eine oder zwei Wochen das Weite zu suchen und dabei noch mehr Abstand zu gewinnen. Allerdings morgen noch nicht. Denn morgen, da darf ich einen anderen Jungbrunnen erleben. Der Wilhelm Maybach will nämlich vorbeikommen und mich zu einer Fahrt mit dem von ihm überarbeiteten Phoenix-Wagen abholen. Das kann ich mir natürlich nicht entgehen lassen. Darauf freue ich mich – wie ein kleines Kind!«

Lina nickte verständnisvoll. »Das Kind im Manne! Aber gut, das verstehe ich schon. Das wird dir sicherlich auch guttun, so eine Erprobungsfahrt – zudem mit dem treuesten deiner Getreuen. Mach das ruhig, und ich schaue einmal, ob wir dann vielleicht schon übermorgen die Kur sozusagen noch ein bisschen fortsetzen können.«

»Gut, genau so wird's gemacht!« Gottlieb Daimler drückte einen schmatzenden Kuss auf die Wange seiner Gemahlin – und fühlte sich gleich viel besser, als das noch vor einer halben Stunde der Fall gewesen war.

Allein die Vorfreude auf die Ausfahrt mit seinem Wilhelm Maybach ließ sein Herz höherschlagen.

Doch der Mensch denkt – und Gott lenkt. Zu einer Fortsetzung des gemeinsamen Urlaubs konnte es nicht mehr kommen, denn auf der Testfahrt mit dem Phoenix-Wagen war etwas Fürchterliches passiert: Gerade als Maybach und Daimler die erste Hälfte der Wegstrecke mit ihrem Wagen und dessen wunderbar starkem, so beruhigend regelmäßig schnurrenden Motor hinter sich gebracht hatten und Maybach auf Wunsch seines Beifahrers vor einem Gasthaus haltmachte, um die geglückte Probefahrt dort mit einem Viertele Trollinger zu begießen, hatte sich Gottlieb Daimler unvermittelt ans Herz gefasst. Ein heftiges Keuchen drang aus seinem weit geöffneten Mund. Schlagartig war er ganz blau im Gesicht und wand sich in Krämpfen. Noch bevor ihm der zu Tode erschrockene Maybach zu Hilfe kommen konnte, sackte Daimler plötzlich kraftlos in sich zusammen und fiel aus dem Wagen. Mit einem dumpfen Geräusch prallte sein Kopf auf dem Straßenpflaster auf. Der von den Passanten sofort herbeigerufene Arzt – es schien dem entsetzten Maybach dennoch eine Ewigkeit zu dauern, bis der Mann endlich erschien – schüttelte nach einer ersten hastigen Untersuchung bedenklich den Kopf und verfügte die sofortige Einweisung des Patienten in ein Stuttgarter Krankenhaus. »Dort haben sie mehr Erfahrung mit der Behandlung von Herzinfarkten als wir hier auf dem

Land«, hatte er zu Maybach gemeint, der ihn mit fassungsloser Miene anstarrte.
»Ein Herzinfarkt? Sind Sie sich da ganz sicher?«
»Ganz sicher bin ich mir nicht – aber alle Anzeichen deuten darauf hin. Und deswegen sollte er so schnell wie möglich ins Marienhospital nach Stuttgart kommen – wenn ihm überhaupt noch jemand helfen kann, dann sind es die Kollegen dort.«
Maybach fackelte nicht lange. »Dann bringe ich ihn sofort dorthin. Helfen Sie mir bitte, den Herrn Daimler in den Wagen zu setzen, und begleiten Sie mich nach Stuttgart. Das wird am Besten sein.«
Es war die schnellste Fahrt, die Wilhelm Maybach in seinem ganzen Leben absolviert hatte. Und die mit Abstand beklemmendste.

Die Stuttgarter Ärzte schafften das Wunder, den Patienten mit knapper Not am Leben zu halten. Doch Gottlieb Daimlers Gesundheitszustand blieb kritisch. Nur mit einer besonders intensiven Pflege und ganz viel Geduld könne sich vielleicht eine Besserung einstellen. Das Herz sei halt schon seit vielen Jahren stark in Mitleidenschaft gezogen, und der schwere Infarkt habe ein Übriges getan, um die Wahrscheinlichkeit einer völligen Gesundung gegen null tendieren zu lassen. »Ganz gesund wird er auf keinen Fall mehr werden – aber vielleicht wird es ihm noch einmal möglich sein, das Bett zu verlassen und sich zumindest im Haus selbstständig zu bewegen.«
Wahrlich keine guten Aussichten – aber so leicht würde sich die Kämpfernatur Lina nicht geschlagen geben. Düstere Prognosen hin oder her. Nicht schon wieder Witwe werden. Bitte nicht! Sie würde alles daransetzen, ihren Mann wieder auf die Beine zu bringen – im wahrsten Sinn des Wortes. Sie würde dafür kämpfen – und sie würde diesen Kampf gewinnen. Kein anderer Gedanke zählte mehr für Lina Daimler in diesen Tagen, die zu Wochen und Monaten gerannen.

Der ganze Spätsommer war ein ewiges Auf und Ab gewesen. Kaum hatte Lina hoffnungsvoll gemeint, zaghafte Anzeichen für eine Besserung des Allgemeinzustands von Gottlieb beobachten zu können, folgte die Ernüchterung postwendend auf dem Fuße. Doch heute, am 29. September 1899, schienen sich die Dinge tatsächlich positiv zu entwickeln. Am zeitigen Morgen war ihnen durch einen Boten des Vorstands eine gute Nachricht überbracht worden. Max Duttenhofer hatte wenigstens einmal Wort gehalten und beim Kaiserlichen Patentamt für die DMG auch den Namen »Daimler« als Warenzeichen angemeldet. So wurde aus dem Familiennamen ein gesetzlich geschützter Begriff, der bald sämtliche Erzeugnisse der Firma zieren würde und den Kunden allein durch diesen Namen grundsätzlich herausragende Qualität und modernste Technik garantierte. Das Beste oder Nichts. Daimler eben.

Seitdem diese Nachricht eingetroffen war, ging es mit dem Patienten sichtlich bergauf. »Ihr werdet schon sehen, euer Vater wird eines Tages wieder ganz der Alte sein«, wurde Lina nicht müde, ihre Hoffnung, die für sie schon längst zur festen Gewissheit geworden war, den Kindern gegenüber regelmäßig zu betonen. »Man muss einfach daran glauben. Auf keinen Fall dürfen wir die Hoffnung fahrenlassen. Denn wer das tut, der hat sowieso schon verloren«, beteuerte Lina unaufhörlich. »Wir müssen ihm alles Schöne zeigen, was es auf dieser Welt zu sehen gibt. Allein wenn sich seine Stimmung weiter so verbessert wie in den letzten Tagen, dann werden wir den Ärzten bald zeigen können, wie gewaltig sie mit ihrer Diagnose danebengelegen haben. Es wäre ja nicht das erste Mal«, setzte sie nachdrücklich noch hinzu, um dann mit ihrem weit ausgestreckten Arm nach draußen ins gleißende Sonnenlicht dieses wunderschönen Herbsttages zu deuten. »Schaut einmal, wie schön sonnig es ist. Und sogar richtig warm ist es geworden. Ich denke, der Vater hat sicher Spaß daran, wenn wir den Chauffeur kommen lassen, damit er uns ein bisschen durch die Herbstlandschaft spazieren fährt. Und falls der Vater eventuell keine Lust dazu haben sollte, kann ich ihn vielleicht mit der Aussicht auf ein Viertele Trollinger in einer schönen Ausflugswirtschaft im Remstal doch noch locken.«
»Aber Mutter, Alkohol …«, gab die besorgte Martha zu bedenken. »Also ich weiß nicht …«
»Am besten, du fragst deinen Vater selber, wie er das wohl sieht«, gab Lina zuversichtlich zurück. »Ich kann's mir aber bereits denken …«
»Ich mir eigentlich auch«, seufzte Martha, begab sich aber

dennoch ans Bett ihres Vaters, um ihre Frage zu stellen. Die Antwort fiel in der Tat genauso klar und eindeutig aus wie Linas Voraussage. »Du hättest einmal sehen sollen, wie seine Augen plötzlich geleuchtet haben, als ich nur das Stichwort Trollinger habe fallenlassen«, berichtete Martha ihrer Stiefmutter nur wenig später. »Und dann hat er gesagt, Trollinger, das sei doch kein Alkohol, sondern für Menschen wie ihn, da sei das die reinste Medizin. Schließlich hat er sogar noch den Wilhelm Busch rezitiert. »Rotwein ist für alte Knaben eine von den schönsten Gaben!« Und sogar gelacht hat er dabei – das habe ich bei ihm ja schon ewig nicht mehr erlebt. Also ich glaube, du hast recht, ihr solltet die Ausfahrt machen. Am besten, du schaust, dass der Vater gute, warme Kleider anzieht, und ich kümmere mich solange um den Wagen und darum, dass ihr möglichst seinen Bauerschmidt als Chauffeur bekommt. Einverstanden?«

»Einverstanden«, nickte Lina dankbar. Es war schön zu sehen, wie rührend sich die ganze Familie um ihren kranken Vater sorgte. Das war ja weiß Gott nicht immer so gewesen. Es schien ihr gerade so, als müsse es manchmal erst zur Katastrophe kommen, bevor die Menschen zu begreifen begannen, was sie aneinander hatten. »Es ist schon sonderbar«, murmelte sie leise, »aber wenn am Ende mein Gottlieb nur wieder ganz gesund wird, dann ist das ja die Hauptsache.«

Es wurde ein wunderschöner Ausflug, der auf den Kranken wie ein Lebenselixier zu wirken schien. Waren es die warmen Sonnenstrahlen, die allmählich beginnende prächtige Herbstverfärbung der Laubbäume, die frische, würzige Oktoberluft oder einfach das gute Gefühl, endlich wieder in einem Benzinwagen zu sitzen, das Knattern des Motors zu hören und sich den charakteristischen Geruch der Motorenabgase um die Nase wehen lassen zu können. Erstmals seit Wochen begann Daimler sogar, von sich aus zu erzählen – um dann die Frage anzufügen: »Sag mal, Lina. Heute ist doch Donnerstag, nicht wahr?« »Ja sicher.«

»Da könnten wir doch eigentlich der Donnerstagsrunde einen kleinen Besuch abstatten. Die sitzen heute sicherlich im Freien. Nicht wahr, Bauerschmidt. Du weißt doch hoffentlich, wo die Kerle heute hocken.«
»Aber natürlich weiß ich das, Herr Daimler. Bei dem schönen Wetter, da wollten sie direkt in eine Wirtschaft am Neckar gehen. Also, wenn Sie wollen, dann kann ich Sie dort hinbringen?«
»Was meinst du, Lina«, wandte sich Daimler an seine eher skeptisch dreinschauende Frau. »Auf ein einziges kleines Viertele halt …«
Der Blick, mit dem er sie dabei bedachte, ließ jeden Widerstand im Keim ersticken. »Na gut, Gottlieb. Auch wenn die Ärzte sicherlich sagen werden, das sei gegen jede Vernunft.«
»Ach was, die Ärzte«, winkte der sichtlich aufblühende Patient rasch ab. »Wenn man immer nur auf die Ärzte hört, dann ist man schneller unter der Erde, als man denken kann. Und freudlos ist so ein Leben sowieso, denn die gönnen einem kein Viertele. Kein einziges! Also, Bauerschmidt: Fahr uns bitte hin zu meinen guten Leuten. Und zwar so schnell wie möglich.«
Es wurde ein riesiges Hallo, als Gottlieb Daimler zur freudigen Überraschung seiner langjährigen Mitarbeiter plötzlich in der Donnerstagsrunde auftauchte. Natürlich blieb es dann auch nicht bei einem einzigen Viertele Trollinger. Dafür sei der Nachmittag doch viel zu schön, »um ihn nur auf einem Bein stehend zu beenden«, hatte sich Daimler bei seiner missbilligend dreinschauenden Ehefrau gerechtfertigt, nachdem er die Bestellung für ein weiteres Glas Trollinger aufgegeben hatte.
Nun denn, wenn es ihm guttat und wenn er endlich wieder einmal so heiter und fröhlich mit seinen Leuten zusammensitzen konnte wie heute. Wieso sollte sie ihm die Freude verderben. Vielleicht war dieser unbeschwerte Nachmittag am Ende sogar dazu geeignet, ihren Mann gänzlich aus den Fängen der Krankheit zu reißen und seine voll-

ständige Genesung einzuleiten. So kamen sie an diesem 3. Oktober 1899 folglich viel später wieder nach Hause zurück als geplant. Die Dämmerung hatte längst eingesetzt – und mit ihr die Sorgen, die man sich in der Taubenheimstraße wegen ihres langen Ausbleibens machte.
»Es hätte ja weiß Gott was passieren können«, meinte die erleichtert aufatmende Martha, als sie beobachtete, wie ihr Vater sogar ganz ohne fremde Hilfe die Stufen bis zur Eingangstür des großen Hause bewältigte, bis er sich mit einem erschöpften Seufzer in den großen Sessel im Hausflur sinken ließ, um sich die Schuhe auszuziehen. »Was für ein herrlicher Tag das gewesen ist. Einer der schönsten Tage in meinem ganzen Leben«, strahlte er kurze Zeit später im Schlafzimmer, wo ihn Lina, ohne irgendeinen Widerspruch zu dulden, ins Bett brachte. Wenige Augenblicke später war Gottlieb Daimler bereits selig eingeschlafen.

Die Freude dieses Tages war nur von kurzer Dauer. Der Ausflug war Daimler nicht gut bekommen. Die Strapazen waren wohl doch größer gewesen, als er es hatte zugeben wollen. Schon in der Nacht war er mehrmals aufgewacht und schnappte keuchend nach Luft, bevor er wieder in einen unruhigen Schlaf fiel. Am nächsten Morgen verstärkten sich die Herzprobleme, eine lebensbedrohliche Atemnot fesselte ihn tagelang auf das Krankenlager, ohne dass ihm die schon vor dem Frühstück herbeigerufenen Ärzte eine Linderung verschaffen konnten. Selbst Dr. Blezinger und Dr. Cammerer, die beiden überaus erfahrenen Mediziner, wirkten auf Lina völlig ratlos.

»Es ist ernst – sehr ernst sogar«, schilderte Lina Daimler ihren fassungslosen Stiefsöhnen Paul und Adolf am nächsten Abend die besorgte Hilflosigkeit der Ärzte mit deutlichen Worten. »Und deshalb möchte ich euch bitten, allen Zwist, den ihr in den vergangenen Jahren mit eurem Vater ausgetragen habt, zumindest für den Augenblick zu vergessen und daran zu denken, dass es sich vielleicht um das letzte Jahr handeln könnte, in dem der Vater noch am Leben ist.

»Also wirklich«, begehrte Paul zornig auf.

»Doch Paul, es ist so«, fiel ihm Lina mit ungewohnter Schärfe ins Wort, »du warst ja jetzt lange Zeit in Wien und hast im Gegensatz zu mir die Entwicklung der vergangenen Tage und Wochen nicht miterleben müssen. Aber ich habe das alles durchlebt und durchlitten, dieses permanente Auf und Ab – wobei es unter dem Strich mit der Gesundheit eures Vaters eindeutig bergab gegangen ist. Machen wir uns also besser nichts vor. Auch die Ärzte scheinen mit ihrem Latein am Ende zu sein, wenn ich ihre ratlosen Mienen richtig deute – und erst recht diese vielen unterschiedlichen Therapieversuche, die mir eher konfus und widersprüchlich erscheinen als gesundheitsfördernd.«

In der Tat verschlechterte sich der Zustand des Patienten rapide. Schweißnasse Stirn, rasselnder Atem, Wasser in den Beinen. Manchmal schien es beinahe so, als würde er seine eigenen Kinder gar nicht mehr erkennen. Dazu gesellte sich, selbst in den eher besseren Momenten, eine wachsende Unzufriedenheit über sein Leiden. Zusehends wurde er mürrischer und kanzelte sogar seine Tag und Nacht um ihn bemühte Ehefrau in einem scharfen Befehlston ab, wenn sie nicht sofort verstand, was er von ihr gewollt hatte. Manchmal war es so schlimm, dass sich Lina der Tränen nicht mehr erwehren konnte, die ihr einfach über die Wangen liefen. Solche Worte war sie von ihrem Mann nicht gewohnt.

»Wie auch immer: Es führt kein Weg an der Erkenntnis vorbei, dass sich der Zustand eures Vaters Tag für Tag verschlechtert«.

Selbst der so heftig widerstrebende Paul konnte vor dieser klaren Tatsache nicht mehr die Augen verschließen – auch wenn ihm diese Erkenntnis beinahe das Herz brach. »Lieber Vater, wenn ich nur geahnt hätte, dass es so schnell so

weit kommen wird … Was gäbe ich darum, die Zeiger der Uhr noch einmal zurückdrehen zu können«, flüsterte er tief betroffen, während er dem Kranken mit einem feuchten, kühlen Waschlappen behutsam über die fieberheiße Stirne tupfte. »Und ich verspreche dir, Vater, der Adolf und ich, wir werden alle ärztliche Hilfe für dich in Anspruch nehmen, die wir bekommen können.« Ob seine Worte überhaupt zu dem erschöpften, leichenblassen Mann auf dem Krankenlager durchgedrungen waren? Nicht einmal das ließ sich mit Gewissheit sagen. Denn Gottlieb Daimler hatte keinerlei Reaktion gezeigt. Es war zum Verzweifeln.
»Ach, Vater! Du darfst doch mit 65 Jahren noch nicht sterben. Wir haben noch so viel miteinander zu bereden. Und zu erfinden – einen ganz neuen, noch stärkeren Motor!«
War es dieses Wort gewesen, das für den langgezogenen Seufzer sorgte, der gerade aus dem Mund des Kranken gedrungen war? Beinahe hatte es den Anschein. Gott sei Dank! Der Vater war also doch so weit bei Bewusstsein, dass er auf ganz bestimmte Stichworte reagieren konnte. Begriffe, die mit seiner jahrzehntelangen Berufstätigkeit zu tun hatten: Motoren, Kolben, Automobile … Ja, das war es! Man musste also dafür Sorge tragen, dass diese vertrauten Begriffe möglichst häufig an Gottlieb Daimlers Ohren drangen, um ihn aus diesem verhängnisvollen Dämmerzustand zu befreien, in dem er scheinbar hoffnungslos gefangen war. Scheinbar nur. Denn Paul hatte eindeutig eine Spur entdeckt. Vielleicht sogar eine Art Therapie, die mehr bewirkte als alle von den Ärzten verschriebenen Medikamente.
Auf alle Fälle würde er seinem Bruder gleich von dieser interessanten Wahrnehmung berichten, sobald er zurück in der Firma war.
Auch Adolf Daimler horchte auf, als ihm Paul schilderte, wie der Besuch am Krankenbett verlaufen war – und kam dabei auf eine glänzende Idee: »Weißt du was? Wir werden ihm zu Ehren eine Parade veranstalten. Eine riesige Schau, bei der wir ihm alle seine Produkte vor Augen führen. Das

könnte möglicherweise wieder so einen Impuls geben wie bei dem Motoren-Stichwort. Und wer weiß, vielleicht löst es ja sogar einen richtigen Energieschub aus, der ihn mit einem Schlag von der Krankheit befreit, wenn er plötzlich seine geliebten Automobile wiedersehen kann. Was meinst du?«

Paul nickte anerkennend. »Das klingt gut. Aber wer soll das alles organisieren?«

»Ich natürlich. Das ist ja das Gute, dass ich mich in der Firma mittlerweile bestens auskenne. Und die alten Weggefährten von unserem Vater, die kenne ich sowieso schon seit meiner Kindheit. Was ist denn, Paul?«

Der ältere der beiden Daimler-Brüder fuhr sich nachdenklich über die Stirn. »Ich helfe dir natürlich gerne dabei. Aber das geht erst nächste Woche, denn momentan stecke ich bis zum Hals in der Arbeit. Schon heute Nachmittag muss ich mit der Eisenbahn wieder nach Wien fahren und kann erst am Wochenende zurückkommen. So lange musst du bei den Vorbereitungen dann halt ohne mich auskommen. Leider.«

»Das macht doch nichts. Mach dir bloß keine Gedanken deswegen. Das schaffe ich auch ohne dich. Die anderen helfen mir sicher gern dabei: der Welt, der Kübler, der Bauerschmidt. Und wenn die dann ihre Kollegen aktivieren, dann werden wir die Sache ruck, zuck auf die Beine gestellt haben. Du wirst sehen, bis du zurück bist, wird die Automobilparade schon so gut wie perfekt sein. An die Arbeit also – und dir eine gute Reise. Servus Wien!«

Adolf klatschte unternehmungslustig in die Hände und begab sich unverzüglich an die Umsetzung seines Vorhabens. Und tatsächlich: Nur wenige Tage später, Mitte Oktober des Jahres 1899, war es dem emsigen Adolf gelungen, die Vorführung wie geplant stattfinden zu lassen. Das Glück des Tüchtigen war ihm hold, denn heute hatte sich die Sonne schon am frühen Morgen durch die Wolken kämpfen können und tauchte die Stadt nun in ein angenehmes, warmes Licht. Das war natürlich das Tüpfelchen auf dem »i« für die

längste Parade von Motorfahrzeugen, die Cannstatt jemals gesehen hatte. Alle waren sie gekommen, die engen Freunde, die treuen Arbeiter und Weggefährten, um dem schwer erkrankten Gottlieb Daimler eine vielleicht letzte Freude zu machen. Insgesamt 12 motorisierte Fahrzeuge, eine beeindruckendere Demonstration des Daimler'schen Lebenswerks konnte es gar nicht geben: Omnibusse. Lastwagen, Automobile, Motorräder, selbst Rennwagen. Zur Krönung des Triumphzuges hatten sie sogar seine allererste Motorkutsche wieder aus dem Magazin hervorgeholt und vom Staub der vielen Jahre befreit. Und sie funktionierte nach wie vor – einwandfrei natürlich!
Laut knatternd und eine schwarz-dunkle Rauchwolke ausstoßend, ratterte die motorisierte Wimpff-Kutsche am weit geöffneten Hoftor der Taubenheimstraße 13 vorbei, in dessen Nähe sie den alten Konstrukteur behutsam in einem großen Sessel platziert und mit einer dicken Bettdecke vor den herbstlichen Temperaturen geschützt hatten. »Da, schau nur, Vater! Sie läuft immer noch!«, schrie der begeisterte Paul, der die Kutsche eigenhändig lenkte, zu dem Kranken hinüber, während jetzt auch der neben ihm auf dem Fahrzeug sitzende Wilhelm Maybach grüßend seinen Hut lupfte. »Eine echte Daimler'sche Wertarbeit!« In diesem Augenblick war es um Gottlieb Daimler geschehen: Dicke Tränen der Rührung rannen über seine Wangen. Und er schämte sich dieser Tränen nicht.
Es tat gut. So gut! Die alten Getreuen noch einmal vor sich sehen zu dürfen, die einzig und allein seinetwegen gekommen waren. »Ich danke euch. Ich danke euch allen«, flüsterte er mit vor Rührung heiserer Stimme. »Dass ihr das für mich getan habt …«

Adolfs Idee hatte tatsächlich Wirkung gezeigt. Die Freude über dieses anrührende Wiedersehen war Gottlieb Daimler noch Tage später anzumerken – und auch sein Gesundheitszustand schien sich deutlich zu bessern. Selbst der bislang so skeptische Dr. Cammerer zeigte sich erstmals seit langem wieder leicht optimistisch, als er die Untersuchung des Kranken an diesem Abend beendete. Mit einem zufriedenen Kopfnicken verstaute er das Stethoskop wieder in seiner Arzttasche: »Wenn ich das richtig beurteile, dann können wir vielleicht wirklich noch einmal Hoffnung schöpfen. Es käme einem Wunder gleich – aber in der Medizin ist bekanntlich nichts unmöglich. Man hat es ja schon oft erleben können: Die Hoffnung stirbt tatsächlich zuletzt!«

Zwischenzeitlich erholte sich der Patient sogar so weit, dass er immerhin ein paar Stunden am Tag in seinem Lieblingssessel im Wohnzimmer zubringen konnte. Hier empfing er die Krankenbesuche, und hier war es ihm auch möglich, mit seinen Dienstboten das eine oder andere Gespräch zu führen. So bestellte er eines Morgens das Kindermädchen Frida Völter zu einem kurzen »und zwar vertraulichen Gespräch« zu sich, bei dem er die junge Frau eindringlich darum bat, sich auch nach seinem Tod weiter um die beiden Kleinsten zu kümmern. »Lass dir bitte die Kinder von niemandem aus der Hand nehmen. Mein kleiner Gottlieb und die Emilie haben sich so an dich gewöhnt. Wenn sie nach dem Vater dann auch noch dich verlieren würden, wäre das furchtbar. Es ist im Übrigen ebenfalls der Wunsch meiner Frau, mit der ich diese Frage schon besprochen habe, so sehr sie sich auch dagegen wehrt, mit mir über den Tod zu reden. Aber wir müssen den Dingen nun einmal ins Auge sehen. Also, versprich mir in die Hand hinein, dass du dir von niemandem einreden lässt, du würdest hier nicht mehr gebraucht.«
Unter Tränen ergriff das Kindermädchen die Hand des todkranken Konstrukteurs und drückte sie innig, während sie ihm mit stockender Stimme das Versprechen gab, sich auch über seinen Tod hinaus weiter um Gottlieb und Emilie kümmern zu wollen. »Und um Ihre liebe Frau ebenso, Herr Daimler. Das verspreche ich Ihnen – bei allem, was mir heilig ist!«

Nur wenige Tage danach war die Phase der Hoffnung durch eine neue Herzattacke schlagartig zunichte gemacht worden. Die Herzschwäche hatte sich in der Nacht unvermittelt zurückgemeldet. Schwerer als jemals zuvor. Wieder und wieder war sein Herzschlag ins Stocken geraten, keuchend rang der Kranke um Atem. Stundenlang. Quälende Stunden, in denen ihm weder die Krankenschwester noch Lina Linderung hatten verschaffen können. Erst lange nach dem Morgengrauen war er in einen unruhigen, fiebrigen Schlaf gefallen. Spätestens seit dieser Nacht musste die zwischenzeitliche Zuversicht in der Familie endgültig den niederschmetternden Tatsachen weichen.

Gleich nach der Rückkehr von einer Hamburgreise war der von seiner Stiefmutter benachrichtigte Paul am übernächsten Morgen am Krankenbett des Vaters erschienen. »Es ist gut, dass du kommst, Paul. Eine Aufmunterung täte heute dringender Not denn je. Dein Vater ist vorhin aufgewacht, und es scheint mir, dass er nun in eine tiefe Depression gefallen ist – kein Wunder, nach dieser schrecklichen Nacht, in der ich befürchtet habe, dass er vor unseren Augen ersticken wird«, berichtete die verzweifelte Lina. »Selbst der Titel eines Commerzienrats, den man ihm gestern für seine großen Verdienste um die Industrie im Königreich Württemberg verliehen hat, lässt ihn inzwischen kalt. Wenn ich daran denke, wie sehr er sich als gesunder Mann über eine solche Auszeichnung gefreut hätte …«
Paul nickte ernst und begab sich sofort in das Krankenzimmer. »Du, Vater, ich habe da gerade eine wunderbare Geschichte gehört«, begann Paul gleich mit seiner Erzählung, die den schwer kranken Mann, der seinen Sohn anscheinend nur mit Mühe erkannte, auf andere Gedanken bringen sollte. »Natürlich hängt es mit der Qualität deiner Automobile zusammen. Selbst der Kaiser Wilhelm ist mittlerweile ein glühender Verehrer von Daimler-Wagen.«
Der Kranke machte eine erschöpfte Handbewegung. »Der Kaiser«, flüsterte er mit matter Stimme. »Ich habe diesen

seltsamen Wilhelm II. noch nie leiden können – im Gegensatz zu unserem ganz anders gearteten schwäbischen König Wilhelm.«

»Und doch ist es eine schöne Geschichte vom Kaiser – ausnahmsweise.« So leicht würde sich Paul nicht geschlagen geben – und er war sich dessen sicher: Die Geschichte würde seinem Vater gefallen. »Also soll ich sie dir jetzt erzählen oder nicht?«

»Du wirst ja doch keine Ruhe geben.«

»Da kannst du recht haben. Also: Vor einiger Zeit, Anfang Herbst, da haben sie wieder ein Kaisermanöver abgehalten, und der Wilhelm II. hat dabei einen Daimler-Wagen benutzt. Vom kaiserlichen Adjutanten ist dem Chauffeur dabei vorgeschrieben worden, auf keinen Fall schneller als 30 Stundenkilometer zu fahren. Das sei die absolute Höchstgeschwindigkeit, wenn Seine Majestät mit im Fahrzeug sitze. Dann hat aber selbst der Kaiser verlangt, doch endlich ein bisschen mehr Gas zu geben, worauf der Adjutant den Fahrer streng zur Vorsicht ermahnt hat: »Bedenken Sie, es geht um das Leben Seiner Majestät!« Postwendende Antwort des Chauffeurs: »Um meins au!« Und daraufhin hat er das Gaspedal kräftig durchgedrückt.«

»Herrlich!« Vom Krankenbett ertönte ein kaum hörbares Lachen, das zu Pauls Schrecken jedoch in einen erstickten Hustenanfall mündete, der kein Ende mehr zu nehmen schien. »Um Gottes willen, Vater!« Mit raschen Schritten eilte er zur Tür und riss sie auf: »Schwester! Einen Arzt! Schnell, holen Sie einen Arzt! Dem Vater geht es furchtbar schlecht!«

In diesem dramatischen Augenblick begriff Paul endgültig: Sein Vater würde das Krankenlager niemals mehr verlassen. Er würde nicht mehr gesund werden. Gottlieb Daimlers Tage waren gezählt. Eine fürchterliche Erkenntnis.

Auch die alten Freunde zeigten sich tief besorgt. Vor allem Louise Levassor, die sich regelmäßig über den Zustand des Konstrukteurs nach Paris telegrafieren ließ – und nach der jüngsten dramatischen Zuspitzung hatte sich Madame Levassor sogar dazu entschlossen, unverzüglich nach Cannstatt zu reisen. Früh am Morgen des 24. November 1899 war sie eingetroffen, um Gottlieb Daimler am Krankenbett ihre Aufwartung zu machen. Kurze Zeit später verließ sie das Haus in der Taubenheimstraße wieder: mit tief ins Gesicht gezogenem Schleier, um die bitteren Tränen zu verdecken, die ihr unaufhaltsam über die Wangen rannen. Es war ein Abschied für immer.

Mit dem Patienten ging es weiter rapide bergab. Trotz mancher kurzen Erholungsphasen, deren trügerischen Schein sie inzwischen nur allzu genau einzuordnen wusste, war sich Lina der bitteren Tatsache mittlerweile bewusst geworden, dass sie nie wieder mit ihrem Mann zu einer fröhlichen Ausfahrt ins Remstal aufbrechen würde, nie mehr in einer schwäbischen Gaststube bei Rostbraten und Trollinger das Mittagessen einnehmen würde, sondern dass sich das unwiderrufliche Ende ihres kurzen Eheglücks längst angekündigt hatte. Was diese schlimme Erkenntnis für Lina beinahe unerträglich machte, das war die völlige Hilflosigkeit, mit der sie das Siechtum ihres Mannes anschauen musste, ohne dem Todkranken eine entscheidende Linderung verschaffen zu können. Über Wochen und Monate zog sich dieses Elend hin.
Lina wich nicht von Gottliebs Seite. Tage und Nächte, bis zu ihrer völligen Erschöpfung und inzwischen selbst dem Zusammenbruch nahe, verbrachte sie am Krankenlager. Weit und breit gab es niemanden, an dessen Brust sie sich hätte ausweinen können. Einzig war da das Tagebuch, dem sie allen Kummer und alle Verzweiflung anvertrauen konnte. Wenigstens das. Schon allein das Niederschreiben dieser bitteren Empfindungen verschaffte ihr eine gewisse Ruhe. Ja, es brachte ihr zeitweise sogar Trost, wenn sie sich am Morgen todmüde an den Sekretär setzte und den Verlauf der vergangenen Nacht hastig zu Papier brachte. Sich das Leid gewissermaßen von der Seele schrieb.

So wurden Lina Daimlers Tagebucheintragungen über die letzten Lebenswochen ihres Mannes zu einem herzerweichenden Dokument eines aussichtslosen Kampfes zwischen Hoffen, Bangen und schierer Verzweiflung.

1900 1. Januar: »Gottlieb sehr übel dran. Täglich kommt Medizinalrat. Was wird das neue Jahr bringen? Der Höchste wird es wissen und dem wollen wir alles anheim stellen. Amen.«

2. Januar: »Besser heute.«

3. Januar: »Herr Medizinalrat zwei mal.«

10. Januar: »Besuch von Herrn Geheimrat von Duttenhofer, sehr liebenswürdig gewesen. Über eine Stunde im Schlafzimmer zugebracht, viel geplaudert, zuletzt noch Paul auch. Freitag nach Rottweil bestellt. Gottlieb nachher sehr befriedigt über den Besuch.«

11. Januar: »Ohne zu wissen habe ich für Gottlieb Dr. Cammerer bestellt, er war sehr befriedigt. Das Herz habe sich seit Urach sehr gebessert, nur brauche es noch viel Schonung und viel Ruhe mit Liegen. Paul nach Friedrichshafen zu Zeppelins Luftschiff bestellt, morgens 9 Uhr abgereist.«

12. Januar: »Gottlieb ordentlich geruht. Paul in Rottweil gewesen, abends heimgekommen. Herr Medizinalrat kam nicht.«

13. Januar: »Gottlieb unruhiger, auch der kleine Gottlieb noch krank.«

14. Januar: »Gottlieb sehr unruhige Nacht. Herr Medizinalrat da, fand aber nichts Besonderes.«

15. Januar: »Gottlieb im Bett.«

18. Januar: »Paul auf Wunsch von Herrn Geheimrat zur Direktion bestellt worden. Herr Medizinalrat zweimal da.«

19. Januar: »Gottlieb müde. Grässlichen Husten.«

27. Januar: »Dr. Cammerer dritter Besuch. Leider viel Wasser gefunden. Neues Mittel gegeben mit Herrn Dr. Blezinger.«

28. Januar: »Neues Mittel leider nicht gewirkt. Sehr schlechte Nacht.«

29. Januar: »Besserer Tag. Herr Medizinalrat.«

31. Januar: »Herr Medizinalrat zwei mal im Tag.«

2. Februar: »Hensels Nährsalz angekommen. Um 18.20 Uhr Herr Medizinalrat.«

3. Februar: »3 mal Nährsalz probiert.«

4. Februar: »Adolf krank. Herr Medizinalrat zwei Besuche.«

Am 5. Februar war dann klar, dass sich jetzt die gesamte Familie mit Influenza angesteckt hatte. Auch das noch! Erst war die Grippe bei Adolf ausgebrochen, dann hatte sie sich rasch im ganzen Haus ausgebreitet. Der schwer kranke Gottlieb Daimler, die Söhne und Töchter, selbst Lina: Niemand wurde von der Grippe verschont. Lina erwischte es besonders heftig, so dass sie sich sogar gezwungen sah, für die Nacht vom 8. auf den 9. Februar eine fremde Schwester für die Nachtwache bei ihrem Mann zu verpflichten. Aber nur für eine Nacht, dann wollte sie es wieder allein auf sich nehmen. Eine trügerische Hoffnung, mit der sie ihre Kräfte weit überschätzte. Was sich in der Folgezeit aber als besonders schwere Zumutung erweisen sollte, das war die Tatsache, dass sich ausgerechnet die beiden Ärzte mittlerweile völlig uneinig über die richtige Behandlungsmethode waren.

Ja, schlimmer noch: Sie lieferten sich sogar in Anwesenheit der entgeisterten Lina regelrechte Wortgefechte.

10. Februar: »Ohne Schwester, schweren Tag. Gottlieb bekam Kampfereinspritzung, dann etwas besser, aber ich habe große Sorge. Herr Medizinalrat 3 mal bei Vater und 2 mal Einspritzung gemacht. Schwester kam zur Nacht. Vater wollte mich auch im Zimmer. 3 Stunden konnte Vater schlafen, selbst sehr unruhig und besorgt.«

11. Februar: »Schwester Nachtdienst und Schwester Emma heute Tagdienst. Herr Medizinalrat fand Vater besser, das heißt gestärkter, ich finde ihn schwer leidend. Heute 1 Kampfereinspritzung, abends 2 mal. Abend schlecht. Herr Medizinalrat zum 2. Mal.«

12. Februar: »Schwester Emma Nachtdienst. Morgens 5 1/2 Uhr Herrn Medizinalrat gerufen. 6 Uhr hier. Einspritzung gemacht, aber dann gut geschlafen. Nachher wieder ganz wirr, auch der Afterschaden plagt ihn grässlich. Tag sehr schwer und besorgniserregend. Emilie Keuchhusten, grässlich. Fieber ist sie frei.«

13. Februar: »Nacht besser. Selbst etwas geschlafen, auch Vormittag ordentlich. Herr Medizinalrat machte eine Kampfereinspritzung. Vater nahm Eier und ein kleines Stück Wecken, war auch heller im Kopf. Ach, der liebe Gott sei uns allen gnädig. Nachmittag auf der Seite Schmerzen gefühlt. Herrn Medizinalrat kommen lassen, schlief aber gut ein und abends kam er zur Consultation mit Obermedizinalrat Landenberger. Leider auch von ihm keine günstige Diagnose. O Gott, hilf und steh uns bei. Sehr verwirrt.«

14. Februar: »Schwester Caroline Nachtdienst. Nacht sehr unruhig, kurzer Schlaf, dann immer heraus, wirr im Kopf, Wasser und Stuhl ging einmal. Sonst sehr traurig. Ich brauche alle Kräfte, es zu ertragen, so hinfällig hätte ich die

Krankheit nicht vermutet. Sehr gestört 3 mal in der Nacht Morphiumeinspritzungen und Kampfer. Abend sehr unruhig. Schwester dageblieben. Herr Medizinalrat kam 2 mal auch in der Nacht.«

15. Februar: »Schwere Nacht und Morgen. Heute ganz wirr. Wenig leichte Augenblicke. Herr Cammerer da. Herrn Medizinalrat früh geholt, da um 11 Uhr. Dr. Cammerer um 6 Uhr, Medizinalrat auch dabei. Kanülen angelegt, ziemlich Wasser geflossen. Nach 3 1/2 Stunden musste man die Röhren wieder entfernen, da sie ihn schmerzten, und da erst richtete er behaglich einige Zeit recht ordentlich, wir haben selbst geschlafen, um morgens wieder frisch zum Kampf bereit zu sein.«

16. Februar: »Schwester Caroline Nacht- und Emma heute Tagdienst. Herr Medizinalrat 2 mal, Dr. Cammerer 1 mal. Vormittag beruhigt und es schien, als habe der Wasserabzug erleichtert, denn Vater sprach ganz klar auf einmal. Er verlangte Paul. Guter Schatz, sagte er, verzeihe mir, ich danke dir für alles, was du an mir getan, und gell, wir sehen uns wieder, auch unsere armen Kinder. Paul ermahnte er, ließ Herrn Link zu Adolf, der in Maulbronn war, fahren. Er musste spät auch noch kommen. Zu Gretel sagte er adieu, Gretel, denk an mich. Er sagte: Gute Kinder, ich möchte euch noch viel sagen, kann aber nicht mehr. Oh, es war ein schöner Moment, wo er wieder so klar war, später kamen alle anderen, und da war er schon wieder wirr.«

17. Februar: »Medizinalrat 2 mal. Nacht unruhig, wieder hoffnungslos und doch durch den Besuch von Dr. Cammerer um 12 Uhr wieder aufgerichtet. Er meinte, wenn nur die Lunge nicht so schlimm wäre, dann könnte es gut noch zum durchreichen sein. Wasser geht, heute mehr müde als sonst. Herr Medizinalrat da, er verspricht mehr gutes, wütend auf Cammerer wegen der Kanülen. Im Hause stiller, Paul und Adolf daheim wegen Vater. Tag ruhiger, schläft mehr. 3 Uhr

Nachmittag aufgeregt. Durch Linderungsmittel zum Schlafen gebracht. ½ 6 Uhr Dr. Cammerer. Große Aufregung. Adolf und Paul kommen.«

18. Feb.: »Tag des Herrn. Steh du uns bei in dieser schweren Zeit. Nacht ruhiger. Gegen Morgen sehr wirr. Die Kleinen rief er auch. Herr Medizinalrat sehr aufgebracht über Dr. Cammerer, dann aber beruhigt, er fand gottlob den Patienten ordentlich. Viele Besuche. Ein recht schwerer Tag für mich. Gottlieb geschlafen, weniger gegessen, sollte mehr trinken. Abend ruhig. 6 Uhr Herr Medizinalrat.«

19. Februar Montag 1900: »Tag und Nachtwache Schwester Emma. Anfang der Woche nicht entmutigend, so Gott will, wendet sich's zum Bessern. Nacht gut geruht, dabei kurze Pausen durch Aufregungen, wenig zu sich genommen, doch bleibt ein guter Pulsschlag. Tag ordentlich, Störungen durch Diarrhö, auch wenig genommen. 10 Uhr, Herr Medizinalrat fand ihn über Erwarten ordentlich. Abends sehr unruhig, viel heraus, immer Drang. 2 Morphiumspritzungen, gegen Morgen ruhig. Von 1/2 7 bis ½ 9 Uhr gut geschlafen. Viel Durst.«

20. Februar: »Nachtwache Schwester Karoline. Nacht unruhig. Gegen Morgen gut eingeschlafen. Appetit schlecht, Durst groß. Vormittag gut weitergeschlafen. 2 Eier zum Frühstück, etwas Tee und Milch. Herr Medizinalrat fand ihn sehr gebessert, es könnte sich doch wieder etwas machen, meint er, nur das Wirre ist noch. Nachmittag Emma und Paul und Martha da, große Freude. Abend nicht so gut. Herr Medizinalrat abends besucht.

21. Februar: »Schwester Emma. Herr Medizinalrat 2 mal da. Nacht nicht gut, gegen Morgen dann erschöpft und gut geschlafen. Abend besser. Ruhig geschlafen bis 2 Uhr, dann wieder bis 6 Uhr. Schwester fort zum Umkleiden. Tag über recht ordentlich, Abend unruhiger.«

22. Februar: »Schwester Emma. Nacht besser und auch den ganzen Tag. Herr Medizinalrat sehr befriedigt. Gottlieb klarer. Abends leider Schwester Marie gekommen. Hoffentlich wird die Nacht ordentlich. Emilie mit Maulbronner Tante spazieren.«

23. Februar: »Nacht Schwester Marie, Tag Emma. Nacht nicht schlecht, aber alle Stunden auf und wirr gesprochen, ½ 2Uhr läutet's am Hoftor, große Aufregung, war Schutzmann wegen der großen Kellertür. Konnte nicht mehr schlafen. Tante Maulbronn zu sehr aufgeregt, Gottliebte war auch unruhig, nicht geschlafen. Morgen besser. Gottlieb ganz klar. Herr Medizinalrat fand ihn sehr befriedigt, 2 mal da. Tante lange oben. 11 Uhr am Bett, Gottlieb noch nicht ruhig.«

24. Februar 1900: »Schwester Karolin Nacht, Emma Tag. Herr Medizinalrat 3 mal da. Schwester Karolin ist ein wahres Labsal, so angenehm und beruhigend, für Kranke und Gesunde. Gottliebte wartet immer sehnsüchtig auf sie abends. Nacht ordentlich, etwas mehr wirr, gegen Morgen besser. Wetter heller, wenn es Gottes Wille ist, so macht das auch auf den Kranken etwas aus. Tag sehr gut mit Adolf und Paul angestoßen, Zapfenstreich am Haus vorbei, machte gar nichts. 6 Uhr Herr Medizinalrat und Herr Dr. Cammerer. Untersuchung rasch vorbei, nachher sehr gut, plötzlich gräßlich aufgebracht. Herrn Medizinalrat rufen müssen. Einspritzung, dann ruhig. Hoffentlich gute Nacht.«

25. Februar: »Sehr schlechte Nacht. Gottlieb war fürchterlich aufgeregt und wirr, wollte alle Kinder haben etc. Gegen Morgen endlich kam Wasser, aber bald war wieder die Ruhe vorbei. Herr Medizinalrat gab Medizin und die lästigen Einspritzungen. Hoffentlich bleibt es ihm leichter. 6 Uhr trübe Gedanken, Kinder müssten kommen, endlich ruhig ins Bett und 1 Stunde Schlaf. Herr Medizinalrat noch vom Kursaal aus hier. Abend ruhiger.«

26. Februar: »Schwester Marie und Schwester Emma. Gott sei Lob und Dank, früh 6.15 Uhr schreibe ich dies und danke aus vollem Herzen für die ruhige Nacht. Schwester Marie hat ihn sehr gut versorgt, zuerst hatte ich Angst, weil sie Vater nicht genügend kannte, aber sie kommt so gut mit dem Kranken aus. Selbst einige Stunden geschlafen, Tag ruhiger, auch klarer. Abends große Debatte mit Herrn Medizinalrat über Dr. Cammerer, bin sehr alteriert, denn man will das beste und wird nicht verstanden.«

den 27. Februar 1900: »Nacht beruhigend. Morgen gut geschlafen. Tag unruhig, dann wieder sehr müde. Herr Medizinalrat sehr gnädig, ich ruhig darüber, Emma da, mit Tante gesprochen. Immer Besuche. Sehr traurige Stimmung, warum prüft mich der liebe Gott so schwer? – Abends Herr Medizinalrat da, etwas besser nach seiner Ansicht, Gottlieb ruhiger, der liebe Gott schenke ihm eine ruhige Nacht.«

den 28ten Februar: »Nacht zur Hälfte ordentlich. Herr Medizinalrat besser gestimmt. Um 12 Uhr Herr Dr. Cammerer da, sehr lieb und sachlich. Gottlieb sehr kurz und befehlerisch, oft schnauzt er, aber der liebe Gott schenke Geduld und Kraft. Zustand gleich. Abends Herr Medizinalrat da, Schwester Marie kam zur Nacht.«

den 1ten März 1900: »Nacht wie die vorher gehende. Patient sehr ungeduldig und ganz ohne Appetit. Heute Mittag neues Mittel angewandt, oh Herr, gib deinen Segen dazu. Herr Medizinalrat da, besser gestimmt, nachmittags unruhig, abends zum 2ten mal durch Herrn Medizinalrat die Einspritzung gemacht. Abend sehr unruhig und um ½ 1 Uhr fürchterliche Aufregung. Ganz wirr, die Nacht war schrecklich. Schwester Emma sehr tapfer.«

den 2ten März: »Eine tief betrübte Stimmung liegt auf uns. Beide Ärzte gerufen, wieder kein einstimmiges Zusammenwirken. Herr Medizinalrat sehr aufgebracht, denn Herr

Cammerer, der sehr ruhig, will das neue Mittel anwenden. Mittag wieder Herr Medizinalrat da, fand den Zustand sehr ernst, die Buben da. Vater schläft viel, spricht wenig mit ihnen. Hoffentlich wird der Abend besser, Gottlieb ruhiger, aber sehr schwer krank. ½ 9 Uhr von Schwester gerufen. Augen wie blind. Ich rief, aber er sah mich nicht mehr. Gott ist ihm gnädig gewesen und lässt ihn jetzt schlummern.«

Samstag den 3. März 1900: »Wie lange Vater geschlummert. Nach der gestrigen Abenderscheinung ließ sich schließen, dass er kaum die Nacht erlebt. Um 1 Uhr kam das Bewusstsein wieder, das heißt, er wollte heraus. Dann mit vieler Mühe brachten wir ihn zu Bett. Schlief bis 4 1/2 Uhr, weckte Paul und Adolf, halfen ihn ins Bett, aber er selbst hatte wieder Kraft. Nun ½ 7 Uhr morgens, schläft er noch fest und ruhig. Tag befriedigend. Mittag 2 Uhr kam ich vom Essen und wollte ruhen, dann gleich kam Schwester Emma. Nachher erkannte er mich klar, fiel mir um den Hals und rief, ach mein armes Weib, meine arme Alte. Er war rührend, nachdem er im Bett war und ich ihm ein Glas Champagner gab, sagte er, gib mir den ersten und letzten Kuss, und so lieb wie früher. Es waren schwere Stunden, aber schöne, und Gott danke ich dafür. Dann kamen alle, ich gab dann Wein, und dann wollte er, ich müsse zuerst trinken. Ich trank und dann nahm er's mit vollen Zügen.«

Sonntag, den 4. März: »Nacht ruhig von 11 Uhr ab. Herr Medizinalrat da. Zustand sehr traurig. Erscheinungen wie im Schlagzustande, den ganzen Sonntag wartete man aufs Erlöschen, so elend lag er da. Herr Medizinalrat sagte wieder, es dauere kaum bis zum Abend, und abends kam Herr Medizinalrat, und er war noch gleich. So kam die Nacht und mit ihr die lange, lange Nacht. Vater im Sessel ruhend. Um 6 Uhr ins Bett gebracht, nachdem er sagte, Mutter, helf! --«

Mit dieser Eintragung brechen die Aufzeichnungen im Tagebuch ab. In der darauffolgenden Nacht, am 6. März 1900, ist Gottlieb Daimler frühmorgens um 3 Uhr in den Armen seiner Ehefrau Lina verstorben.

Ein 6. März war auch der Todestag seines Sohnes Wilhelm.

Zwei Tage später, am 8. März 1900, fand die Beerdigung des Automobilpioniers statt. An diesem schweren Morgen vertraute sich Lina Daimler wieder ihrem Tagebuch an: *»Gott steh mir bei!«*

Vom Haus in der Taubenheimstraße 13 trugen die ältesten Meister der DMG den Sarg mit der sterblichen Hülle ihres hochverehrten Firmengründers unter großer Anteilnahme der Bevölkerung durch ganz Cannstatt bis hinauf zum Uffkirchhof. Während von Max Duttenhofer, der es vorgezogen hatte, in Berlin zu bleiben, nur ein Kranz geschickt wurde, ließ es sich Louise Sarrazin-Levassor nicht nehmen, extra aus Frankreich zum Begräbnis anzureisen. Wie viele andere war sie sich bewusst, dass an diesem Tag ein wahrhaft großer Mann zu seiner letzten Ruhe gebettet wurde.

Zum guten Schluss:

Sämtliche Ereignisse, Daten, Fakten und Jahreszahlen in diesem Buch entsprechen den historischen Tatsachen. Sie sind nach sorgfältiger Recherche in verschiedensten Archiven, Schriften und Biografien zusammengetragen worden. Dafür verbürge ich mich bei meinen Leserinnen und Lesern.
Fiktiv sind nur die Gespräche, denn natürlich war damals niemand mit einem Aufnahmegerät dabei. Aber das spielt keine Rolle, denn wer sich jahrelang mit diesen faszinierenden Persönlichkeiten und ihrer Lebensgeschichte beschäftigt, der versteht irgendwann, wie sie gedacht, gefühlt und gehandelt haben. Wie sie gelebt und manchmal auch gelitten haben.
Gottlieb Daimler und Wilhelm Maybach: Nur in diesem einmaligen Zusammenspiel zwischen dem weit über seine Zeit hinaus blickenden Gottlieb Daimler und dem genialen Konstrukteur Wilhelm Maybach konnte es gelingen, den Traum vom Fahren »zu Lande, zu Wasser und in der Luft« Wirklichkeit werden zu lassen. Sie haben mit ihrer Arbeit Weltgeschichte geschrieben.
Und dennoch sind ihnen zahlreiche Rückschläge und Demütigungen nicht erspart geblieben. Auch Wilhelm Maybach wurde das Opfer gezielter Intrigen. Im Jahr 1907 hat er der DMG verbittert den Rücken gekehrt und mit seinem Sohn Karl eine eigene Firma gegründet, in der die bis heute legendären Maybach-Wagen gebaut wurden.
Gottlieb Daimler und Wilhelm Maybach liegen auf dem Cannstatter Uffkirchhof begraben. Nur wenige Meter von ihrer einstigen Wirkungsstätte entfernt, wo eine kühne Idee ihren atemberaubend triumphalen Aufstieg genommen hat.

Der Markenname Mercedes ist ein Jahr nach Gottlieb Daimlers Tod zur Legende geworden. Im März 1901, in der Rennwoche von Nizza, wo die von Emil Jellinek gemeldeten Daimler-Wagen in allen Disziplinen unschlagbar waren. Vor lauter Begeisterung änderte Jellinek daraufhin seinen Familiennamen offiziell in Jellinek-Mercedes.

Viele Jahre hat es gebraucht, bis der berühmte Stern zum Mercedes gekommen ist. Im Jahr 1909 sind Paul und Adolf Daimler, die Söhne des Konstrukteurs, auf die Idee mit dem Stern gekommen. Als sie sich eines Tages den Kopf darüber zerbrachen, wie man die Vision ihres Vaters von einem Zeitalter der umfassenden Motorisierung »zu Lande, zu Wasser und in der Luft« auch optisch darstellen könnte, erinnerten sie sich an die Postkarte, die Gottlieb Daimler ganz zu Beginn seiner Tätigkeit in Deutz an seine Ehefrau nach Süddeutschland geschickt hatte und auf die er einen Stern gezeichnet hatte – samt der Anmerkung: »Von hier aus wird ein Stern aufgehen, und ich will hoffen, dass er uns und unseren Kindern Segen bringt«. Ohne es zu wissen, hat Gottlieb Daimler damals die Vorlage für eines der berühmtesten Markenzeichen der Welt geschaffen. Einige Jahrzehnte später brauchten seine Söhne diesen Schatz nur noch zu heben.

Sowohl Paul Daimler als auch sein jüngerer Bruder Adolf haben es in der von ihrem Vater gegründeten Firma als Konstrukteure zu einigem Ansehen gebracht. Adolf wurde Direktor der Betriebsabteilung, während Paul lange Jahre als Vorstandsmitglied und Chefkonstrukteur der DMG tätig war. Und sicherlich wäre ihnen eines Tages auch ihr Stiefbruder Gottlieb nachgefolgt, doch Gottlieb ist als 22-jähriger Soldat im Ersten Weltkrieg gefallen.

Nur zwei Jahre nach dem Tod des Konstrukteurs wurde die Familie Daimler von Max Duttenhofer aus dem Kreis der einflussreichen Aktionäre gedrängt. Lina Daimler überlebte ihren Ehemann um 32 Jahre und starb im Juni 1932.

Carl Benz und Gottlieb Daimler sind sich zeitlebens tatsächlich aus dem Weg gegangen – bestenfalls haben sich

ihre Blicke bei der einen oder anderen Veranstaltung versehentlich kurz gekreuzt, doch zu sagen hatten sich diese beiden bedeutendsten Pioniere der Mobilität nicht das Geringste.
Ihre beiden Namen sind dennoch für immer miteinander verbunden: in der Geschichte des Automobils genauso wie in dem weltumspannenden Unternehmen, das ihre Nachfolger aus den beiden Einzelfirmen Daimler und Benz später geschaffen haben.

Vielen Dank …
an meinen Verleger Hans-Frieder Willmann, für seine wie immer messerscharfen Analysen und punktgenauen Ratschläge, an unseren unermüdlichen Verlagsleiter Bernhard Driehaus, ohne den dieses Buchprojekt gar nicht möglich wäre, an Uwe Heintzer vom Daimler-Konzernarchiv in Stuttgart, sowie an die vielen Leserinnen und Leser des vorangegangenen Buches über »Robert Bosch – der Mann, der die Welt bewegte«. Das beflügelt!

Der authentische Roman über das bewegte Leben eines großen Unternehmers:

Robert Bosch – Der Mann, der die Welt bewegte

erschien 2009 im Masken-Verlag und liegt bereits in zweiter, unveränderter Auflage vor.

Robert Bosch, geboren im Jahr 1861 in Albeck auf der Ulmer Alb war viel mehr als »nur« ein erfolgreicher Unternehmer: Der »rote Bosch« hat Sozialgeschichte geschrieben: Miteinander – nicht gegeneinander müssen wir unseren Weg gehen, nach diesem Motto hat er zeitlebens gehandelt.

... sein Leben und Wirken – als spannendes Leseerlebnis!

Ein atemberaubendes Kapitel in der deutschen Industriegeschichte – geschrieben aus der Perspektive eines genialen Unternehmers mit sozialer Einstellung.
Auch der rasante Siegeszug des Automobils wäre ohne Boschs Weitblick nicht möglich gewesen. Er war der Mann, der die Welt bewegte und dennoch blieb ihm, trotz allem wirtschaftlichen Erfolg, sein größter Wunsch versagt: die Welt nachhaltig zu verbessern.

Robert Bosch als Mensch wie du und ich! Gunter Haug ist es in beeindruckender Art und Weise gelungen, bislang unveröffentlichte Quellen in sein Werk einzubinden. Damit ist dieser Roman alles andere als eine der üblichen Biographien, sondern ein Lesebuch, in dem Robert Bosch für den Leser wieder greifbar und nacherlebbar wird.

Masken-Verlag, Stuttgart ISBN 978-3-939500-17-9

Und so geht es weiter mit den historischen Tatsachenromanen von Gunter Haug zum 125jährigen Jubiläum des Automobils:

Das Fräulein Mercedes –
Ein Mädchen erobert die Autowelt

Eine atemberaubende Lebensgeschichte. Der Autor bringt völlig neue Fakten ans Tageslicht, mit denen die Anfangsjahre des Automobils in Teilen neu beleuchtet werden. Ein faszinierendes Leben zwischen Nizza und Wien! Glanzvolle Feste und Amouren, legendäre Autorennen, immense Reichtümer, der internationale Hochadel und die Welt der glamourösen Aufsteiger vom Schlage eines Emil Jellinek und seiner Tochter. Dazu Tempo, Tempo und nochmals Tempo – das sind die Zutaten in einem sorgfältig recherchierten, authentischen Buch, das über Spannung, Leid und zu Herzen gehende Gefühle hautnah berichtet: von der ersten bis zur letzten Seite voller Temperament und Dramatik.

Nur wenige wissen um die wahre Geschichte der Mercedes Adrienne Ramona Jellinek (1889 – 1929). Sie war die Tochter des genauso visionären, wie automobilbegeisterten Lebemanns Emil Jellinek, und wurde zur Namenspatin seiner Daimler-Automobile, mit denen der beispiellose Siegeszug des Mercedes seinen Anfang nahm.

Wieder ein spannender Tatsachenroman, keine übliche Biographie, keine sich im Detail verlierende Darstellung für Kenner, sondern informative Unterhaltung in ihrer allerbesten Form! Ein Buch in aktueller, temporeicher Sprache, das Leseerlebnis!
Erscheint Frühjahr 2011 zum 125. Jahr des Automobils.

Masken-Verlag, Stuttgart ISBN 978-3-939500-30-8

Zeitlos aktuell und faszinierend zugleich:

Ferdinand Porsche – Ein Mann und sein Mythos

Eine hoch spannende Lebensgeschichte, die mit – im wahrsten Sinn des Wortes – elektrisierenden Knabenstreichen des Ferdinand Porsche im Elternhaus ihren atemberaubenden Anfang nahm. Schon in seiner Heimat Böhmen war der Weg des genialen Erfinders klar und deutlich vorgezeichnet. Zu einer Karriere, die dann weltweite Maßstäbe gesetzt hat und den Mythos Porsche entstehen ließ.

Und viel mehr noch: Er war ein genialer Konstrukteur, dem es auch mit anderen Motortechniken beinahe spielend gelungen ist, im Automobilbau Maßstäbe zu setzen. Seine Konstruktionen sorgten weltweit für Aufsehen.

Der Ingenieur aus Böhmen war schon vor 110 Jahren davon überzeugt, dass dem Elektromotor die Zukunft gehören wird.
Sein legendärer Lohner-Porsche war die Sensation der Weltausstellung in Paris im Jahr 1900.
Dennoch blieb ihm der große Durchbruch damit versagt.
Doch Ferdinand Porsche hat seine Vision für immer im Herzen bewahrt.

Ein Tatsachenroman, spannend im bekannten Erzählstil von Gunter Haug. Keine sich im Detail verlierende Darstellung oder gar Technikbuch für Insider, sondern beste Unterhaltung für alle.
Das ganz besondere Leseerlebnis! Erscheint 2012

Masken-Verlag, Stuttgart ISBN 978-3-939500-37-7

www.gunter-haug.de

Gunter Haug,

geboren 1955 in Stuttgart–Bad Cannstatt. Aufgewachsen in Stuttgart-Untertürkheim und auf der Schwäbischen Alb. Der studierte Landeshistoriker, Journalist und Autor ist durch zahlreiche biografische und historische Tatsachenromane bekannt geworden. Mit seinen Büchern »Niemands Tochter“, »Niemands Mutter« und »So war die Zeit« erreichte er in bislang über 45 Auflagen insgesamt mehr als 250. 000 verkaufte Exemplare.
Viele Jahre lang war Gunter Haug als Moderator und Redakteur bei Radio und Fernsehen tätig; unter anderem als Fernseh-Nachrichtenchef von SWF und SDR – wo er hinter die Schnelllebigkeit und die rasant zunehmende Oberflächlichkeit des Mediums immer mehr Fragezeichen zu setzen begann.
Schließlich wurde daraus ein Ausrufezeichen! Die »Liebe zum geschriebenen Wort« ließ ihn im Jahr 2003 den elektronischen Medien endgültig den Rücken kehren. Seitdem ist er als freier Autor tätig.
Seine heutige Leidenschaft gehört den Automobilpionieren Bosch, Daimler, Maybach, Porsche und Jellinek – und dem bedeutenden Jubiläum: 125 Jahre Automobil.
Die Erfindung, mit der die ganze Welt in Bewegung geraten ist! Geschichte begreifbar machen und vor allem die Menschen und ihre Lebensgeschichten hinter den nüchternen technischen Fakten wieder in sorgfältig recherchierten Büchern ans Tageslicht zu holen, das ist es, was unseren Autor mobilisiert und motiviert. Mit seinen bereits vorliegenden historischen Romanen im Masken-Verlag ist ihm das in überzeugender Art und Weise gelungen.
Und es geht munter weiter ...
Gunter Haug lebt als freier Autor in der Region Franken.

Masken-Verlag
www.masken-verlag.de